ullstein

JULIANA WEINBERG wurde in Neustadt an der Weinstraße geboren. Heute lebt sie mit ihrem Mann und ihren Kindern im Pfälzer Wald. Neben dem Schreiben ist ihr Beruf als Lehrerin ihre große Erfüllung.

Von Juliana Weinberg sind in unserem Hause bereits erschienen:
Audrey Hepburn und der Glanz der Sterne
Josephine Baker und der Tanz des Lebens

Juliana Weinberg

Mein SOMMER mit ZELDA

Mit den Fitzgeralds an der Riviera

Roman

Ullstein

Besuchen Sie uns im Internet:
www.ullstein.de

Wir verpflichten uns zu Nachhaltigkeit

- Klimaneutrales Produkt
- Papiere aus nachhaltiger Waldwirtschaft und anderen kontrollierten Quellen
- ullstein.de/nachhaltigkeit

MIX
Papier aus verantwortungsvollen Quellen
FSC
www.fsc.org
FSC® C104608

Originalausgabe im Ullstein Taschenbuch
1. Auflage November 2022

Umschlaggestaltung: bürosüd° GmbH, München
Titelabbildung: © Ilina Simeonova / Arcangel;
www.buerosued.de
Gesetzt aus der Albertina powered by *pepyrus*
Druck und Bindearbeiten: Nørhaven, Viborg-Dänemark
ISBN 978-3-548-06570-0

The loneliest moment in someone's life is
when they are watching their whole world fall apart,
and all they can do is stare blankly.
F. Scott Fitzgerald

Der einsamste Moment im Leben eines Menschen ist der, in dem er zusieht, wie seine ganze Welt zusammenbricht, und in dem er nichts anderes tun kann, als ins Leere zu starren.

Prolog

Nyon, Genfer See, August 1930

Jules und Hélène liefen lachend voraus. Mylène hatte alle Mühe, ihnen zu folgen, und strauchelte ein paarmal im hohen Gras. Der Genfer See lag klar und glatt wie ein Spiegel vor ihnen, eingerahmt vom beeindruckenden Massiv der Alpen, deren Spitzen selbst im Hochsommer weiß gezuckert aussahen.

»Ich hab dich«, rief Mylène und hob ihren fünfjährigen Sohn in die Luft. Er quietschte vor Vergnügen, als sie ihn herumwirbelte. Seine Wangen waren heiß und rot, und seine Augen, blaugrau wie die seines Vaters, glänzten. Für die Kinder waren die Urlaubstage am See paradiesisch. Mylène küsste ihn auf die verschwitzte Kinderstirn, dann ließ sie ihn zu Boden und sah sich nach ihrer dreijährigen Tochter um, die ein paar Meter entfernt Gänseblümchen pflückte; das Fangspiel hatte sie bereits wieder vergessen.

»Sieh nur, Maman.« Jules deutete mit ausgestrecktem Zeigefinger auf die gezackte Kette der Gebirgsformation, die sich jenseits des Sees erhob. »Das sieht aus wie Schnee, aber wie kann das sein?«

Mylène legte einen Arm um ihn. »In den Bergen ist es im Sommer viel kälter als unten im Tal, deshalb liegt hier oft Schnee.«

Jules lauschte ihren Worten konzentriert. In diesem Moment sah er seinem Vater sehr ähnlich, was Mylène schmunzeln ließ. Hoffentlich konnte sich ihr Mann bald von seiner Korrespondenz loseisen und zu seiner Familie stoßen, denn der Urlaub tat auch ihm merklich gut.

Mylène atmete tief durch und genoss die warmen Sonnenstrahlen, die ihre Haut liebkosten, und den Anblick der Ausflugsdampfer vor dem wildromantischen Panorama. Sie bemühte sich, die Landschaft tief in sich aufzunehmen und im Gedächtnis zu verwahren, um sie später für eine ihrer Geschichten verwenden zu können.

»Wo ist Hélène schon wieder?« Umsichtig, wie er als großer Bruder war, schaute Jules sich um, während Mylène aus ihren Träumereien schrak. Notizen für ihre Geschichten konnte sie sich am Abend machen, jetzt standen die Kinder im Vordergrund. Hektisch suchte sie mit den Augen die Wiese ab, doch ihr Sohn hatte Hélène bereits entdeckt und rannte auf sie zu.

Die Kleine, die in einem niedlichen, erdbeerroten Sommerkleid steckte und einen Strohhut auf den dunklen Locken trug, hatte sich zu einer Frau gesellt, die unter einer weit ausladenden Weide saß und malte. Ohne sich stören zu lassen, setzte sie Pinselstrich für Pinselstrich auf die Leinwand.

»Hélène!«, rief Jules und rannte auf seine Schwester zu, doch Mylène hielt ihn am Kragen fest.

»Du störst die Frau, sei nicht so laut!«

Die Malerin schien jedoch keinen von ihnen zu bemerken. Den Glockenhut tief über das Gesicht gezogen, beschäftigte sie sich mit ihrem Gemälde. Als Mylène näher kam, bemerkte sie, dass Gesicht und Hals der Frau von einem feuerroten Ausschlag verunstaltet wurden. Die Arme litt gewiss Höllenqualen.

»Hier, Madame, für Sie!« Hélène hielt der Frau in ihrer pummeligen Kleinkinderhand einen Strauß Gänseblümchen hin und strahlte sie an. Sie war in dem Alter, in der sie Fremden vorbehaltlos und unerschrocken gegenübertrat. Mylène nahm ihre Tochter rasch an die Hand und zog sie ein Stück weg.

»Pardon, Madame, wir wollten nicht aufdringlich sein.«

In diesem Moment wandte sich ihnen die Frau erstmals zu, der Pinsel schien in der Luft erstarrt.

»Zelda?«, drang die besorgte Stimme einer weiteren Frau zu ihnen. Mylène und die Kinder drehten sich um; eine junge Krankenschwester in gestärkter Tracht und mit einem Häubchen auf den Haaren saß etwas abseits auf einem Stuhl. Offensichtlich handelte es sich um die Begleiterin der Malerin, die sichergehen wollte, dass nichts die ihr Anvertraute verstören konnte.

Zelda … Als Mylène den Namen hörte, geriet ihr Inneres in Aufruhr, Gefühle und Erinnerungen an sonnendurchflutete Tage voller Müßiggang an der Riviera, Nächte unter schwarzem Sternenhimmel drangen in ihr Bewusstsein. Leidenschaft und Schmerz eines lang vergangenen Sommers. So plötzlich an diese Zeit erinnert zu werden erschien ihr im Nachhinein, als werfe sie einen verbotenen Blick auf einen Stapel alter, vergilbter Fotografien.

»Maman?« Jules und Hélène schienen ihre Verunsicherung zu spüren, denn sie umklammerten je einen ihrer Arme und sahen fragend zu ihr auf.

»Zelda«, murmelte sie, ohne auf die Kinder einzugehen. »Bist du es wirklich?«

Die Malerin musterte sie einen Moment mit ausdruckslosem Gesicht, dann glitt ein Funkeln des Erkennens über ihre Züge. »Mylène?«

Mylène lächelte, insgeheim schockiert über das einfache, geflickte Kleid und Zeldas entzündete Haut, die unerträglich brennen musste.

»Ja, ich bin es. Ich wusste nicht, dass du auch in der Schweiz bist.« Sie wollte nach Zeldas Ehemann Scott fragen, brach jedoch ab. Seit Längerem hatte sie keine Klatschspalten mehr gelesen und war nicht auf dem Laufenden, ob das einstige Glamourpaar Zelda und Scott überhaupt noch zusammen war. Ihr Alltag mit den Kindern und ihren Geschichten nahm sie zu sehr in Anspruch, als dass sie Zeit gefunden hätte, den Lebensweg der beiden weiterzuverfolgen. Sie hatte einen einzigen Sommer mit ihnen zusammen verbracht, dann hatten sich ihre Wege getrennt.

Zelda deutete auf eine Bank, die nah am Ufer des Sees stand, und holte sich mit einem kurzen Blick das Einverständnis der Krankenschwester, sich mit Mylène dorthin begeben zu dürfen.

Verwirrt setzte sich diese, Hélène auf dem Schoß, Jules dicht an sie gedrängt, neben Zelda auf die Bank.

»Wie geht es dir, Zelda?« Kaum hatte sie die Frage ausgesprochen, hätte sie sie am liebsten gleich wieder zurückgenommen. Dass es Zelda schlecht ging, war offensichtlich. Zwar war sie noch immer schön – so zierlich und agil wie eh und je, und das Haar quoll noch immer wie dunkles Gold unter dem Hut hervor –, doch wirkte etwas in ihr gebrochen, so als habe man einem schillernden Schmetterling einen Flügel halb abgetrennt und notdürftig wieder angenäht.

»Mal so, mal so«, antwortete Zelda ausweichend. Ihr Blick verlor sich in der Ferne, schien das ferne Gebirge in seiner kühlen Pracht zu fixieren, bevor er wieder ziellos umherschweifte. »Ich bin seit einigen Monaten in der Klinik hier untergebracht. Les Rives de Prangins. Zum Glück habe ich wieder Ausgang, in Begleitung natürlich«, sie sah rasch zu der Krankenschwester hinüber, die regungslos auf ihrem Stuhl saß, sie aber dennoch scharf beobachtete. »Die Zeit in der geschlossenen Abteilung war furchtbar. Sie haben mir verboten, zu schreiben und zu malen.«

Mylène fühlte Zeldas Schmerz, als wäre es ihr eigener. Sie konnte gut nachvollziehen, welch eine Tragödie es für die Künstlerin in Zelda sein musste, sich nicht ausdrücken zu dürfen. Wahrscheinlich war es, wie den Kopf unter Wasser gedrückt zu bekommen und nicht atmen zu können.

»Les Rives de Prangins ist sündhaft teuer«, vertraute Zelda ihr an. »Scott muss viele Kurzgeschichten schreiben und verkaufen, um all das finanzieren zu können.«

»Schreibt er auch wieder an einem Roman?« Mylène erinnerte sich der Szenen, die sich damals in der Villa über den Felsen abgespielt hatten, als Scott den *Großen Gatsby* geschrieben hatte, seiner Frustration, wenn er sich in seinem Schreibfluss blockiert fühlte, seiner Trinkerei, um ebendiesen Frust zu betäuben, seiner Schlaflosigkeit, der Zankereien zwischen ihm und seiner Frau.

»Scott schreibt immer an einem Roman.« Zelda nahm geistesabwesend ein Gänseblümchen entgegen, das Hélène ihr hinhielt. »Oder er versucht es zumindest. Seit dem *Großen Gatsby* hat er allerdings kein glückliches Händchen mehr fürs Schreiben.«

Auch Zelda schien das Glück ihrer früheren Lebensjahre abhandengekommen zu sein.

Die Tatsache, dass sie in einer Nervenheilanstalt gelandet war, überraschte Mylène nicht. Wieder überschwemmten sie Erinnerungsfragmente an die Zeit vor sechs Jahren: die rauschenden Partys auf der Steinterrasse der alten Villa hoch über dem Meer, Gelächter, das durch die laue Abendluft schallte …, aber auch die Anspannung und die Tränen.

»Und was machst du hier? Deine Kinder sind entzückend.« Zelda versuchte, Konversation zu machen, aber Mylène spürte, dass sie aus der Übung war.

»Wir machen hier Urlaub. Mein Mann müsste gleich nachkommen. Das sind Jules und Hélène.« Sie strich ihren Kindern über die Haare und wagte es dann doch, nach Scott zu fragen: »Ist Scott … auch hier?«

Ein trauriges Lächeln umspielte Zeldas Lippen. »Scott wohnt im Hotel, um in meiner Nähe zu sein. Aber im Moment darf er mich nicht besuchen, meine Ärzte finden das nicht sinnvoll.«

Mylène konnte sich gut vorstellen, dass es Zelda durcheinanderbrachte, Besuche von Scott zu empfangen. Dieser ewige Kreislauf aus Trinken und Schreiben, Schreiben und Trinken, in den Scott bereits vor sechs Jahren verstrickt gewesen war, dauerte bestimmt noch immer an. Er und Zelda schienen für immer in dieser Achterbahn aus Hoffnung und Selbstzerstörung gefangen.

»Und Scottie?«, fragte sie leise. Hélène legte den zerzausten Kopf an ihre Schulter und schloss die Augen, wahrscheinlich wurde sie allmählich müde von der frischen Luft und der Bewegung. Mylène wollte sich gar nicht vorstellen, wie es wäre, von ihren Kindern getrennt zu sein, so wie Zelda. Allein der Gedanke war ihr unerträglich. Wie alt Scottie jetzt wohl war? Acht oder neun? In jenem Sommer war sie ein Kleinkind gewesen.

»Scottie ist in Paris mit ihrem Kindermädchen.« Zeldas Stimme klang brüchig, und ihre Augen schienen wässrig. Sie berührte die brandrote Haut ihrer Wange, wie um sich zu kratzen, ließ es dann aber bleiben. »Wir wollten nicht, dass sie die Schule wechseln muss. Im Juni durfte sie mich das erste Mal hier besuchen, und dann noch einmal vor ein paar Tagen.«

Aus ihrem sehnsüchtigen Tonfall schloss Mylène, dass der Besuch nicht sehr erfolgreich abgelaufen war, was sie nicht überraschte. Seltene Kontakte zwischen Mutter und Kind, die Mutter lediglich ein blasser, kranker Abklatsch ihrer selbst – das schadete jeder noch so liebevollen Beziehung.

Mylène erinnerte sich des pausbäckigen Kleinkinds, das sie im Sommer vor sechs Jahren gehütet hatte. Damals war die Welt noch in Ordnung. Nein, korrigierte sie sich im Stillen, auch damals zeigte das Glück der berühmten Familie bereits feine Risse, die die glänzende Oberfläche lädierten.

»Ich hoffe, es geht ihr gut in Paris«, murmelte sie, um einen Hauch von Optimismus auszustrahlen.

»Gewiss.« Zelda sank wieder in sich zusammen und starrte regungslos auf den See. Sie wirkte auf einmal völlig abwesend, so als schotte sie sich von der Außenwelt ab und ließe nur ihre äußere Hülle auf der Bank zurück. Von hinten näherte sich die Krankenschwester.

»Zelda, wir sollten langsam zurückgehen«, sagte sie leise.

»Oh!« Zelda schrak auf wie aus einem Traum. »Ja, natürlich.« Doch sie machte keinerlei Anstalten, aufzustehen und ihre Malsachen zusammenzusuchen, sondern blickte Mylène durchdringend an, was einen seltsamen Kontrast zu ihrer vorherigen Selbstversunkenheit darstellte. »Wo ist dein Mann, Mylène? Ihr wart so ein hübsches Paar.«

»Er ist noch im Hotel, er muss ein paar Briefe schreiben. Ich denke, dass er gleich kommt. Wir wollten essen gehen.« Sie biss sich auf die Lippen, denn es kam ihr wenig feinfühlig vor, von alltäglichen und doch so schönen Vorhaben wie einem Restaurantbesuch zu erzählen, wo derlei für Zelda unmöglich war.

Zelda summte eine kleine Melodie vor sich hin, die Mylène als einen Hit des Jahres 1924 erkannte, jenes verheißungsvollen und schicksalhaften Jahres, in dem sich die Welt für sie schneller drehte, bis sie stillzustehen schien.

»Sechs Jahre ist es her, nicht wahr?«, sinnierte Zelda. Die Krankenschwester berührte sie an der Schulter, doch sie ignorierte sie. »Es kommt mir vor wie gestern. Du und dein Liebster wart so jung und unschuldig und frisch wie Morgentau, während Scott und ich uns bereits in diesem Strudel aus Euphorie und Selbstzerfleischung befanden … Es konnte nicht gut gehen.«

»Wir müssen wirklich zurück«, insistierte die Schwester nun und griff nach Zeldas Ellenbogen. Seufzend erhob sie sich und packte ihre Pinsel zusammen.

Sich einfach sang- und klanglos zu verabschieden erschien Mylène mit einem Mal unmöglich. »Wir gehen ein Stück mit.«

Jules half Zelda stolz, die Staffelei zu tragen, und Hélène bestand darauf, die Pinsel zu halten.

»Grüße Scott und Scottie, wenn sie wieder zu Besuch kommen«, sagte Mylène, bereute aber auch dies sofort wieder. Wer wusste schon, wann die beiden Zelda wiedersehen durften? Es war sehr mühevoll, ein unbeschwertes Gespräch in Gang zu halten, wenn man so viele Klippen umschiffen musste. »Mein Mann könnte dir einen Arzt empfehlen, der sich deinen Ausschlag ansieht, bestimmt gibt es ein Mittel dagegen …«

Zelda begann sich zu kratzen, was flammend rote Striemen in ihrem Gesicht hinterließ und sie vor Schmerz zusammenzucken ließ. »Das ist nicht nötig, meine Liebe … Docteur Forel hat die Ekzeme bereits wochenlang unter dicken Verbänden verborgen.«

»Hat es geholfen?«, fragte Mylène misstrauisch.

»Nein. Es hat wie Feuer gebrannt und mich wahnsinnig gemacht. Ich habe es kaum noch ausgehalten. Daraufhin haben sie mich mit Tabletten ruhiggestellt und an meinem Bett festgebunden.« Zelda klang so unbeteiligt, als erzähle sie von einem Spaziergang am See. Mit einem Mal wünschte sich Mylène nun doch, sich möglichst rasch zu verabschieden, sie sehnte sich nach der Normalität ihres Lebens, nach der Geborgenheit, die ihr Mann ihr und den Kindern schenkte. Wo blieb er nur?

»*It ain't gonna rain no mo …*«, sang Zelda plötzlich munter vor sich hin. Mylène erkannte das Lied sofort. Es war in jenem Sommer ebenfalls ein Hit gewesen, und sie hatten es in Endlosschleife auf dem Grammofon gehört. Zeldas Stimmungsschwankung von melancholisch zu sorglos-beschwingt verwirrte sie, aber bereits damals war sie immer für eine Überraschung gut gewesen.

»Warum singt die Frau?«, flüsterte Jules, der ihre Hand ergriff. Sie schüttelte den Kopf, um ihm zu signalisieren, dass sie seine Fragen später beantworten würde. Mit ihrem Sohn an der Hand und ihrer Tochter auf dem Arm ging sie ein Stück des Wegs neben Zelda her, die noch jede Zeile des Songs auswendig kannte und sang, als sei sie allein unterwegs. Mylène hatte kein Auge mehr für die malerische Landschaft, der stille, in der Sonne leuchtende See, die mit Schnee betupften Gipfel der Berge zerflossen zu einem pastellfarbenen Hintergrundgemälde, während ihre Gedanken mehr und mehr ins Jahr 1924 zurückdrifteten, sie in den Sog ihrer lange verblassten Erinnerungen zogen …

Kapitel 1

Hyères, März 1924

Eine heftige Windbö, die vom Meer heranwehte, trieb eine alte Zeitung über den Weg, die an ihren blank gewienerten Schuhen hängen blieb, noch dazu wirbelten Schmutz und Staub auf.

»Verflixt«, murmelte Mylène nervös und bückte sich, um die Zeitung aufzuheben. Als sie sich nach einem Abfalleimer umsah, entdeckte sie auf den verstaubten Seiten des Blattes das Porträt eines glamourösen Paares, offenbar der Mittelpunkt einer Party: Die Augen aller Gäste fixierten den gut aussehenden Mann mit dem intensiven Blick und die zierliche, elfenartige Frau an seiner Seite. Die Kronleuchter über ihnen setzten die beiden in Szene, als seien sie ein Paar auf einer Bühne.

»F. Scott und Zelda Fitzgerald waren wieder einmal der strahlende Mittelpunkt eines rauschenden Festes im Ritz-Carlton in New York City, allerdings beklagten Hotelmitarbeiter, dass sie ihr Zimmer in einem recht desolaten Zustand hinterließen – überall lagen leere Flaschen, kaputte Gläser, zersprungene Lampenschirme«, las sie fast gegen ihren Willen. Sie sollte sich besser um den Zustand ihrer Schuhe kümmern, als in den Klatschspalten der Zeitung zu versinken. »Nach diesem ausschweifenden Leben befragt, das das Schriftstellerehepaar führt, äußerte Fitzgerald, er wüsste nicht, ob er und seine Gattin real seien oder lediglich Romanfiguren, wie sie in seinen Geschichten vorkommen.«

Mylène riss sich vom Anblick des amerikanischen Traumpaares los, so sehr sie die Neuigkeiten auch faszinierten, und stopfte die Zeitung in einen Papierkorb. Rasch zerrte sie ein Taschentuch aus ihrer Handtasche und rieb ihre verschmutzten Schuhe, so gut es ging, sauber. Wieso musste ihr solch ein Missgeschick geschehen? Es war so wichtig, im Grimm's Park Hotel einen guten Eindruck zu hinterlassen!

Von außen sah das in Hyères gelegene Hotel so aus, wie Mylène sich ein Schloss vorstellte. Sie war noch nie in Paris gewesen, ja, sie hatte mit ihren zweiundzwanzig Jahren noch nie die Region Provence-Alpes-Côte d'Azur verlassen, aber das Bild, das sie sich vom Palast des Sonnenkönigs in Versailles machte, glich dem, das sie vor Augen hatte.

Die klassizistische Fassade wirkte durch ihren hellgelben Anstrich freundlich und einladend, die beiden seitlich vorgesetzten Flügel und die korinthischen Säulen, die links und rechts den Eingang flankierten, strahlten eine vornehme Würde aus. Auf dem Dach befanden sich steinerne Brüstungen, die in Mylène den Wunsch wachriefen, dort oben zu stehen und bis zum Mittelmeer zu schauen. Sofort machte sie sich eine geistige Notiz – Luxushotel, Dachterrasse, Meerblick –, die sie bei nächster Gelegenheit in ihr kleines Büchlein eintragen würde, das sie immer bei sich trug. Wenn man wie sie den Kopf voller Fantasiegestalten und Geschichten hatte, die sich fast ohne ihr Zutun entwickelten, musste man sich alles aufschreiben, um nichts davon zu vergessen.

Mit klopfendem Herzen trat sie durch die Eingangstür in die imposante Halle. Wo sie nur hinsah, entdeckte sie Marmor, Säulen, prunkvolle Ölgemälde und kristallene Leuchter, die von der hohen Decke hingen, das Tageslicht einfingen und es funkelnd zurückwarfen.

Es herrschte eine fast gespenstische Stille in der Halle, so als sei das Hotel unbewohnt. Sie nahm all ihren Mut zusammen und trat an die Rezeption, um sich bemerkbar zu machen und auf die Klingel zu drücken. Doch in diesem Moment kam bereits ein junger Concierge aus einem hinter dem Empfang gelegenen Raum, und gleichzeitig erschienen einige betagte Engländerinnen wie ein Schwarm schnatternder Vögel. Sie belagerten den Tresen und erkundigten sich nach Restaurants, obwohl Mylène vor ihnen da gewesen war. Der junge Mann hinter dem Tresen lächelte ihr entschuldigend zu.

Während sie wartete, betrachtete sie sich unbehaglich in der Spiegeltür zu dem kleinen Dienstraum, aus dem der Concierge gekommen war. Sie trug ein einfaches beiges Kleid mit einer Strickjacke, dazu einen altmodischen Hut, der früher ihrer Großmutter gehört hatte, und weiße Handschuhe. Ihre Haare, die sie in kinnlange Wellen gelegt hatte, hatten die Farbe von dunklen Kirschen, und ihre Sommersprossen leuchteten wie unzählige Zimttupfer in ihrem hellen Gesicht. Verlegen verstaute sie ihr Halstuch, das ihr auf dem

Weg nach Hyères als Sitzunterlage gedient hatte und das nach muffigen Hühnern roch, in ihrer Tasche. Ich gehöre nicht hierher, dachte sie, diese Umgebung ist viel zu vornehm für mich. Sie versuchte sich damit zu beruhigen, dass sie ja zum Arbeiten und nicht zum Urlaubmachen hergekommen war.

»Vielen Dank, junger Mann, dann versuchen wir es mit dem Chez Maurice.« Endlich waren die Engländerinnen zufrieden und verließen das Hotel, wobei sie eine Wolke schweren Lavendelparfüms hinterließen.

Der Concierge seufzte erleichtert auf, und Mylène musste schmunzeln, obwohl sie sich noch immer beklommen fühlte. *Armand Goutier*, entzifferte sie auf dem Namensschild an der dunkelroten Weste des Hotelangestellten.

»Was kann ich für Sie tun, Mademoiselle?«

»Ich habe einen Termin beim Hoteldirektor, bei Monsieur Guillaud.« Wie zur Bestätigung zog sie den zerknitterten Brief aus ihrer Handtasche, in dem der Direktor ihr den heutigen Termin bestätigt hatte. Sie wünschte, sie hätte eine andere Möglichkeit gehabt, in die Stadt zu gelangen, als auf dem wackligen Viehtransporter ihres Nachbarn Hervé. Ob der Angestellte den Geruch nach Hühnerausscheidungen wahrnehmen konnte, der dem Tuch in ihrer Handtasche entströmte?

»Oh, natürlich!« Armands Gesicht hellte sich auf. »Ich weiß Bescheid! Monsieur le Directeur erwartet Sie. Einen Moment, ich rufe Rosalie, sie wird Sie nach oben ins Büro bringen.«

Der Concierge läutete die Glocke, und einige Momente

später eilte eine junge Frau in Mylènes Alter herbei, die eine Hausmädchentracht mit weißer, rüschenbesetzter Schürze trug. Das dunkle Haar hatte sie mithilfe vieler Haarnadeln zu einem strengen Chignon zusammengesteckt.

»Salut, ich darf dich doch duzen, oder?«, verfiel Rosalie sogleich in lockeren Plauderton, als sie ihr voran über den dicken, alle Geräusche schluckenden Teppich ging und dann die Treppe hochstieg. »Ich freue mich, dass du hier bei uns arbeiten willst, im Moment sind wir nämlich nicht so viele, weißt du, das Hotel ist wie ausgestorben, da braucht Monsieur eigentlich nicht so viel Personal.«

Mylène wartete, bis Rosalie zwischendurch Luft holte, um zu bemerken: »Ich hoffe, ich bekomme die Stelle überhaupt.« Sie *musste* die Stelle einfach bekommen, sie hatte keine Ahnung, wie sie sich sonst über Wasser halten sollte. In Riboux, wo sie herkam, konnte sie auf keinen Fall bleiben, dort gab es nichts für sie zu tun. Außer einigen wenigen einsamen Gehöften hatte der kleine Ort nichts zu bieten. Aber hätte Monsieur Guillaud eine Stellenanzeige aufgegeben, wenn er keine Arbeitskraft brauchte?

»Bestimmt«, beruhigte Rosalie sie. »Hoffen wir das Beste. Wenn du bleibst, ziehst du bestimmt in mein Zimmer. Wäre das nicht lustig zu zweit?«

Mylène hatte sich in den letzten Monaten so einsam gefühlt, dass sie sich nur schwer vorstellen konnte, mit diesem lebensfrohen Mädchen eine Unterkunft zu teilen. Doch sie brauchte erst einmal eine Zusage, bevor sie sich darüber Gedanken machen konnte.

»Die Arbeit hier ist wirklich nicht allzu anstrengend.« Rosalie bog schwungvoll um die Ecke, Mylène hatte Mühe, ihr zu folgen. »Vor allem im Frühling und Sommer, wenn nichts los ist. Die Gäste sind alt, um nicht zu sagen, uralt.« Sie zog eine Grimasse in Mylènes Richtung. »Da ist niemand Interessantes dabei, falls du vorhast, dich nach einem Ehemann umzusehen.«

»Das habe ich nicht vor.« Nichts lag ihr nach den schweren Monaten, die hinter ihr lagen, ferner. Es würde ihr vollends genügen, ein Dach über dem Kopf zu haben und die Füße wieder auf den Boden zu bekommen.

»Irgendetwas riecht hier seltsam ...« Rosalie schnupperte, und Mylène lief rot an.

»Wahrscheinlich ... Nun, mein Halstuch ...« Sie geriet ins Stammeln, als sie auf ihre Handtasche zeigte, aus dem ein Zipfel des beigefarbenen Leinenschals hervorlugte. Sie hätte im Erdboden versinken mögen – am besten hätte sie das Tuch nach der Fahrt zwischen den gackernden Hühnern gemeinsam mit der Zeitung, die ihr um die Füße geweht war, in den Abfall geworfen! Doch das hatte sie versäumt, und nun würde der Hoteldirektor sie bestimmt nicht einstellen. Ein Zimmermädchen, das allzusehr nach Landluft roch, hatte in diesem eleganten Hotel nichts verloren. »Ein Nachbar aus meinem Heimatdorf hat mich mit nach Hyères genommen ... mich und seine Hühner.«

Zu ihrer Erleichterung lachte Rosalie nur, sie schien Mylènes Geständnis nicht schlimm zu finden.

»So, hier sind wir.« Rosalie blieb vor einer Tür stehen, neben der eine Plakette mit der Aufschrift *Claude Guillaud* befestigt war. Wahrscheinlich sah sie Mylène ihre Aufregung an, denn sie raunte ihr zu: »Keine Angst, er beißt nicht!«, bevor sie sich umwandte und der Treppe nach unten entgegeneilte.

Zaghaft klopfte Mylène an und trat auf ein gedämpftes »Herein« hin ein. Hinter einem wuchtigen Schreibtisch aus dunklem Holz saß ein Mann mittleren Alters in gestreiftem Anzug mit Weste. Die Fenster hinter ihm gaben den Blick auf die Altstadt mit ihren Befestigungsmauern und Türmen, die engen Gassen und die Parks mit den prächtigen Palmen frei. Um wie viel ansprechender die Stadt doch als ihr winziges Heimatdorf Riboux mit seiner felsigen Berglandschaft war! Sie hoffte so sehr, in Hyères ein neues Leben beginnen zu können und die Einsamkeit und den Schmerz, die sie in Riboux begleitet hatten, abzustreifen wie eine alte Haut.

»Mademoiselle Collard!« Der Direktor erhob sich, eilte um den Schreibtisch herum und begrüßte sie herzlich. »Wie schön, Sie zu sehen. Hatten Sie eine gute Anreise?«

»Ja, danke sehr.« Mylène verschwieg ihre Anreise per Viehtransport, sie wollte keinen altbackenen Eindruck machen. Wer in einem Hotel dieser Größe und dieses Ansehens arbeiten wollte, musste sicherlich weltgewandt wirken. Mit zitternden Händen schob sie ihren Schal in ihrer Handtasche ganz nach unten, um den Geruch unter Verschluss zu halten. Ihr Gesicht glühte vor Verlegenheit.

»Setzen Sie sich.« Monsieur Guillaud deutete auf den Stuhl vor seinem Schreibtisch. »Dann wollen wir mal …« Er wurde jäh von einem ohrenbetäubenden Hämmern unterbrochen, das durch eine nur angelehnte Verbindungstür zum Nebenzimmer drang. Mylène zuckte unwillkürlich zusammen, der Direktor, der den Lärm gewöhnt schien, verzog nur schmerzhaft das Gesicht. »Verzeihen Sie, wir nutzen die Zeit, in der keine Saison ist, für Reparaturarbeiten. Sie kommen aus Riboux. Wo haben Sie vorher gearbeitet?«

»In Le Castellet, in einem kleinen Restaurant namens Les Papilles. Als Kaltmamsell.«

»Ah ja, das haben Sie in Ihrem Bewerbungsbrief geschrieben.« Monsieur Guillaud blätterte durch einen Stapel Briefe, gab dann aber die Suche auf. »Und wieso haben Sie Ihre Stelle dort aufgegeben?«

»Ich …« Gerade als sie zu einer Antwort ansetzen wollte, verstärkte sich das Hämmern nebenan. Sie bemühte sich, lauter zu sprechen, um sich verständlich zu machen. »Meine Großmutter, bei der ich aufgewachsen bin, wurde krank. Schwer krank. Ich musste meine Arbeit kündigen und nach Riboux zurückkehren, um sie zu pflegen.«

»Ich hoffe, es geht ihr inzwischen wieder besser?«

Mylène senkte den Kopf. Die Trauer war noch so frisch, sie musste sich zusammenreißen und durfte sich nicht von ihren Gefühlen überwältigen lassen. Hier und jetzt war weder der richtige Ort noch der richtige Zeitpunkt dafür. »Sie ist vor Kurzem gestorben.«

»Mein Beileid«, sagte der Direktor mitfühlend. Er wartete einen Moment, wie um ihr Zeit zu geben, sich zu fassen. Sie hielt sich krampfhaft an den Henkeln ihrer Handtasche fest, als böten sie ihr Halt und Schutz gegen dieses überwältigende Gefühl der Verlassenheit, das wie eine eisige Woge über ihr zusammenschlug.

»Und Sie konnten Ihre alte Stelle nicht wiederbekommen«, stellte er dann fest.

»Nein, sie war inzwischen natürlich anderweitig vergeben.«

»Nun, dann will ich Ihnen etwas über unser Hotel erzählen.« Monsieur Guillaud räusperte sich. »Wie Sie sicher gemerkt haben, wimmelt es hier nicht gerade vor Gästen. Unsere Küste ist zwar im Herbst und Winter recht beliebt – vor allem bei wohlhabenden Engländern, die das milde Klima schätzen. In der warmen Jahreszeit jedoch bleiben die Gäste fort. Der Tourismus hat unsere Gegend noch nicht erobert, fürchte ich. Ich kann mir auch nicht vorstellen, dass sich das irgendwann ändern wird. Frankreich hat so viele bezaubernde Landstriche und Küsten, was sollten die Menschen aus dem Norden hier bei uns an der Riviera verloren haben?«

Erneut fragte sich Mylène, wieso der Direktor in der Zeitung annonciert hatte, wo ihr doch jeder hier erklärte, dass kein Bedarf an weiteren Hausmädchen bestand. Furcht kroch in ihr hoch. Wo sollte sie hin, wenn sie im Hotel nicht unterkam? Sie hatte keine Menschenseele, zu der sie gehen konnte, kein Dach über dem Kopf und keinen Sou in der Geldbörse. Einer jener anfallsartig auftretenden Anfälle von Panik überkam sie urplötzlich, ließ ihr Herz klopfen wie eine Gewehrsalve.

»Trotzdem, Sie haben Glück, Mademoiselle.« Der Direktor lächelte sie aufmunternd an, so als ahne er ihr Dilemma. »Wir müssen ein Hausmädchen, das gerade ausgeschieden ist, ersetzen. Wann können Sie anfangen?«

Er schob Mylène einen maschinengeschriebenen Vertrag hinüber und reichte ihr einen Stift. Sie fühlte sich ein wenig überrumpelt, obwohl sie ihr Glück kaum fassen konnte.

Sollte es ihr tatsächlich so mühelos gelungen sein, eine Arbeitsstelle mitsamt Unterkunft ergattert zu haben? Sie würde Riboux hinter sich lassen können, das enge kleine Dorf, das Haus, in dem sie ihre Jugend bei ihrer Großmutter verbracht hatte, das nun aber längst an neue Mieter gegangen war. Mit all dem Ballast, der Trauer um die geliebte Grand-mère, dem Gefühl, plötzlich entwurzelt zu sein wie ein junger Baum, der seinen ersten großen Sturm nicht überstanden hatte. Doch sie nahm auch schöne, wertvolle Erinnerungen mit, die sie hüten würde wie einen Schatz. Jedenfalls würde der Umzug nach Hyères eine große Zäsur in ihrem Leben darstellen. Nichts würde mehr sein wie zuvor.

»Ich kann sofort anfangen«, gestand sie fast beschämt. Sicher war es armselig, einen solch bedürftigen Eindruck zu machen.

Monsieur Guillaud sah sie erstaunt an. »Sofort? Nun, ich denke, Sie müssen bestimmt noch ein paar Dinge regeln, bevor Sie sich im Hotel einrichten. Ich habe an den 1. April gedacht. Passt Ihnen der Termin?«

Da von nebenan nun ein lautes Sägen einsetzte, nickte sie nur. Sie rechnete nach, wie viele Nächte sie noch im Haus ihrer Nachbarin Jeanne verbringen musste, bis sie endgültig nach Hyères übersiedeln konnte. Jeanne hatte bestimmt nichts dagegen, sie noch ein paar weitere Tage zu beherbergen, auch wenn sie mit ihrem Mann und ihren sechs Kindern eng zusammenrücken musste. Trotzdem hasste Mylène es, sich der Familie aufzudrängen, sie fühlte sich wie ein Fremdkörper.

»Der Lärm geht mir schrecklich auf die Nerven«,

brummte Monsieur Guillaud. »Hoffentlich ist Marais bald fertig für heute. Ich komme mir vor, als würde ich auf einer Baustelle leben. Unterschreiben Sie bitte hier, Mademoiselle. Und tragen Sie in der Spalte oben Ihre jetzige Adresse ein.«

Mylène sah verlegen auf, errötete erneut wie ein gekochter Krebs. »Ich habe eigentlich keine … Ich wohne im Moment bei Nachbarn.«

»Oh, na gut.« Der Direktor sah sie mit einem Anflug von Mitleid an. »Dann lassen wir das einfach frei.« Er zog an einer Klingelschnur, die sich neben seinem Schreibtisch befand, und irgendwo im Haus läutete eine Glocke. »Rosalie wird Ihnen schon mal Ihr Zimmer zeigen. Sie wird Sie dann auch einweisen, sobald Sie bei uns angefangen haben. Da wir, wie gesagt, alles andere als ausgelastet sind, wird die Arbeit überschaubar bleiben.«

Während sie auf das Hausmädchen warteten, trommelte Guillaud mit seinen Fingerspitzen auf die Tischplatte, als könne er es nicht erwarten weiterzuarbeiten. Das Sägen im Nebenzimmer hatte einen hohen, kreischenden Ton angenommen, dann brach es abrupt ab, und es herrschte Stille. Kurz rumpelte es, dann trat ein junger Mann in Arbeitskleidung durch die Tür. Staub lag auf seinem welligen braunen Haar. Seine blaugrauen Augen verweilten einen Moment auf Mylène, dann gab er sich einen Ruck und wandte sich an den Direktor. »Ich bin fertig, Monsieur le Directeur. Morgen kann ich mit den Reparaturen im Dachgeschoss anfangen.«

»Jaja.« Monsieur Guillaud winkte nur zerstreut ab. »Danke, Marais. Machen Sie Schluss für heute, Ihnen muss der Kopf doch genauso hämmern wie mir von dem ständigen Krach, nicht wahr?«

Der junge Mann lächelte flüchtig, schenkte Mylène noch einen kurzen Blick und verabschiedete sich. Sie ertappte sich dabei, wie sie ihm nachschaute. Im gleichen Moment kam Rosalie, um ihr das künftige gemeinsame Zimmer zu zeigen.

»Au revoir, Mademoiselle, bis bald.« Monsieur Guillaud reichte ihr über den Schreibtisch hinweg die Hand, damit war sie entlassen.

»Hast du die Stelle?«, raunte Rosalie, als sie die Treppe nach oben gingen. Ihr leiser, verschwörerischer Tonfall wäre nicht nötig gewesen, denn es war weit und breit niemand in Sicht. Aus keinem einzigen Zimmer hörte man Geräusche.

»Ja.« Mylène strahlte über das ganze Gesicht, und auch Rosalie lächelte. Wahrscheinlich freute sie sich, Gesellschaft zu bekommen. »Am 1. April darf ich anfangen. Wie viele Zimmer hat das Hotel eigentlich?«

»Achtzig.« Sie hatten die obere Etage erreicht, auf der sich außer einer Suite am Ende des Korridors offenbar nur die Unterkünfte der Angestellten oder hauswirtschaftliche Räume befanden, wie Mylène vermutete, denn der Teppich im Flur war dünn und abgenutzt, nicht so flauschig und farbenprächtig wie in den anderen Stockwerken. Auch hingen hier keine Gemälde an den Wänden. »Und hier ist deine zukünftige Luxussuite.« Rosalie schloss ihr Zimmer auf und ließ Mylène den Vortritt.

»Wie findest du es? Es ist ganz annehmbar, wenn du mich fragst.«

Selbst wenn das Zimmer eine schäbige Absteige gewesen

wäre, hätte Mylène es gemocht, denn in ihrer Situation durfte sie nicht wählerisch sein. Es war ihr tatsächlich gelungen, sowohl eine Bleibe als auch eine Arbeit zu ergattern. Ihr fiel ein, dass Monsieur Guillaud ihr nicht mitgeteilt hatte, wie hoch ihr Lohn sein würde. Aber das war egal, denn sie lebte ohnehin sparsam und hatte keine hohen Ansprüche. Doch ein neues Sommerkleid wäre schön, sie sah sich bereits an ihrem freien Tag in einem pastellblauen Blumenkleid am Strand entlangflanieren. »Ich finde es sehr schön. Es bietet Platz für uns beide.«

Sie sah sich um. Der Raum beinhaltete nur das Nötigste – zwei Betten, einen einfachen Tisch, zwei Stühle, einen Schrank und eine Kommode –, aber Rosalie hatte ihm durch einen Blumenstrauß, der in einem Marmeladenglas auf dem Tisch stand, und einem kleinen Gemälde vom Meer einen Hauch von Heimeligkeit verliehen. »Du hast es sehr nett eingerichtet.«

»Danke.« Rosalie war sichtlich angetan von dem Lob. »Die linke Schrankhälfte ist für dich. Und die untere Kommodenschublade. Du kannst auch gerne Bilder aufhängen. Hast du einen Verehrer?« Neugierig musterte sie Mylène, während sie ein paar Haarnadeln, die aus ihren Haaren zu rutschen drohten, neu befestigte.

Mylène schüttelte den Kopf. »Nein.« Sie hatte das letzte halbe Jahr am Krankenbett ihrer Großmutter verbracht und kaum das Haus verlassen; zudem war Riboux mit seinen wenigen Einwohnern wohl kaum dazu geschaffen, neue Bekanntschaften zu machen.

»Ich sage es dir am besten gleich – Armand ist für mich

reserviert.« Rosalie schaute sie erwartungsvoll an, die Hände in die Hüften gestemmt.

»Armand? Ach, der Concierge, nicht wahr?« Mylène warf einen Blick aus dem Fenster auf die belebte Innenstadt. Sie sehnte sich plötzlich danach, durch die Gassen zu spazieren, den Geruch des Meeres einzuatmen und den Wind zu spüren, der mit ihren Haaren spielte. Doch ein Spaziergang würde warten müssen, zuerst musste sie noch einmal nach Riboux zurückreisen. »Keine Angst, Rosalie, ich habe kein Interesse daran, mich mit jemandem einzulassen.«

Trotz ihrer Beteuerung beschlich sie ein mulmiges Gefühl; Rosalie schien recht eifersüchtig veranlagt zu sein, ob ihr Zusammenwohnen auf Dauer harmonieren würde?

»Perfekt.« Ihre neue Zimmergenossin schien erleichtert. »Armand und ich gehen manchmal zusammen aus, weißt du? Tanzen in einer der Bars oder einen Cocktail trinken. Hyères ist zwar nicht Paris, ein bisschen Spaß kann man aber auch hier haben. Du kannst uns gerne mal begleiten.«

»Danke, warum nicht?« Tatsächlich hatte sie große Lust, einmal tanzen zu gehen, doch würde das nicht wieder Rosalies Eifersucht befeuern, wenn sie sich ihr und Armand anschloss? Aber die letzten Monate war sie in Riboux wie gefangen gewesen, außer ihren Geschichten, die sie abends im trüben Lampenschein geschrieben hatte, hatte es keinerlei Zerstreuung für sie gegeben.

»Was an Arbeit zu erledigen ist, erkläre ich dir am besten, wenn du im April anfängst. Wir müssen uns hauptsächlich um die Zimmer der Gäste kümmern, aber da, wie ich schon gesagt habe, nur wenige belegt sind, ist das schnell erledigt.

Und die alten Herrschaften, die ihren Urlaub hier verbringen, sind oft schon etwas tüdelig und nehmen es mit der Ordnung nicht ganz so genau. Nur der russische Möchtegerngraf in der ersten Etage schaut einem ganz genau auf die Finger.«

»Möchtegerngraf?«, fragte Mylène verwundert.

Rosalie seufzte theatralisch. »Ja, er ist Dauergast hier. Aleksej Fjodorowitsch. Sein Zimmer fällt in deinen Tätigkeitsbereich. Er wird dir mit Sicherheit in aller Ausführlichkeit erzählen, wie er vor den Bolschewiken geflohen ist, ob du es hören willst oder nicht. Er behauptet, ein Verwandter der Romanows zu sein. Na ja, ich weiß nicht. Sein Zimmer ist ein bisschen wie ein Museum, er hortet dort angebliche Kunstgegenstände, die er aus Russland schmuggeln konnte.«

»Da bin ich aber mal gespannt.«

»Trinkgelder gibt es hier so gut wie gar nicht, da muss ich dich gleich vorwarnen. Diese steinalten Engländer sind zu geizig dazu, und Aleksej Fjodorowitsch hat selbst so gut wie keinen Centime.«

Damit war alles gesagt, und Rosalie brachte Mylène wieder nach unten in die Eingangshalle.

»Wie ist es gelaufen?«, fragte Armand, der am Empfangstresen lehnte und einen milchig weißen Pastis trank; zu tun hatte er offenbar nichts.

»Sie hat die Stelle«, klärte Rosalie ihn auf.

»Prima! Ich bin übrigens Armand.« Der Concierge tippte auf sein Namensschild.

»Das weiß sie bereits. Und nun komm, Mylène, ich bringe dich zur Tür.« Trotz Mylènes Beteuerung, kein Interesse an Armand zu haben, verspürte Rosalie anscheinend doch ein wenig Eifersucht, ihre plötzlich verschlossene Miene zeigte es nur allzu deutlich.

»Auf Wiedersehen, Armand«, rief Mylène dem jungen Mann über die Schulter hinweg zu, während sie Rosalie hinterhereilte. »Ich habe wirklich kein Interesse an Armand, da kannst du ganz unbesorgt sein.«

»Na schön.« Rosalie zeigte sich versöhnlich. »Und er hoffentlich nicht an dir. Wie auch immer. Ich freue mich, dass wir bald Kolleginnen sind. In der Zwischenzeit drohe ich, vor Langeweile einzugehen.«

Mylène lachte. »Halte durch, es sind ja nur noch ein paar Tage.« Rosalie schien wirklich nett zu sein, ihre Bedenken, nicht gut mit ihr, Mylène, auszukommen, da sie in ihr eine Konkurrentin sah, die Interesse an Armand haben könnte, würde sie in der nächsten Zeit bestimmt noch weiter zerstreuen können.

Sie küssten sich zum Abschied auf die Wangen, dann trat Mylène durch die Tür in den Frühlingssonnenschein. Die plötzliche Wärme, die in auffallendem Kontrast zu der Kühle der marmornen Eingangshalle des Hotels stand, liebkoste ihr Gesicht. Die hohen, majestätischen Palmen wiegten sich in der Brise, die vom Meer her wehte. Locker warf sie sich ihre Handtasche über die Schulter, nun musste sie sich nicht mehr sorgen, wegen des Geruchs nach Hühnerdreck unangenehm aufzufallen. Zuversicht erfüllte sie, verdrängte die Unsicherheit, die sie noch vor einer Stunde, als das Hotel so würdevoll vor ihr aufgeragt war, empfunden hatte, und sie atmete tief die salzige Luft ein. Vielleicht würde die herrliche Umgebung ihre Lebensgeister wieder wecken.

Von Hervé, der sie auf seinem Wagen wieder mit nach Riboux mitnehmen würde, war weit und breit noch nichts zu sehen, und so schlenderte sie den Häusern der Altstadt entgegen, die sich unweit des Hotels erstreckten. Gleich zu Beginn der Straße lag das Café de l'Univers. Im Schatten seiner gestreiften Markisen saßen unzählige Menschen an kleinen runden Tischen, tranken, aßen und unterhielten sich lebhaft, vor allem ältere Männer und junge Paare. Mylène setzte sich auf ein niedriges Mäuerchen und beobachtete die Szenerie, ließ sie auf sich wirken. Wie immer zuckten Ideen für Geschichten wie Blitzlichter in ihrem Kopf auf, und sie murmelte sie lautlos vor sich her, um sie nicht zu vergessen. Café – malerische Altstadt – leuchtende Nachmittagssonne. Zum Glück hatte sie nun Zeit, ihre Beobachtungen in ihr Notizbüchlein einzutragen; in ihrem Innern begann bereits eine neue Geschichte Gestalt anzunehmen. Vielleicht kam sie heute Abend dazu, schon mal ein paar Abschnitte zu schreiben. Obwohl – im Haus ihrer einstigen Nachbarin Jeanne, in dem ständig die Kinder um sie herumwuselten, fand sie dazu wahrscheinlich keine Ruhe. Plötzlich sehnte sie sich so heftig nach den alten Zeiten mit ihrer Großmutter zurück, in denen sie abends ungestört unter dem hellen Lichtkegel der Küchenlampe sitzen und schreiben konnte, dass ihr die Tränen in den Augen brannten. So manche Geschichte hatte sie dort verfasst, während ihre Großmutter ruhig neben ihr gesessen und die Kleider fremder Leute ausgebessert hatte, wodurch sie sich ein bisschen Geld verdiente. Sobald eine Geschichte fertig war, hatte Mylène sie Großmutter vorgetragen und sich deren begeistertes Lob angehört.

Sie kramte in ihrer Handtasche nach einem Taschentuch. Hervé musste jeden Augenblick kommen, und er sollte sie nicht verweint hier sitzen sehen. Gefühlsregungen überforderten den wortkargen Mann aus Riboux völlig.

Um sich abzulenken, betrachtete sie die Gäste des Café de l'Univers. Zu ihrem Erstaunen entdeckte sie ein bekanntes Gesicht, nämlich das des jungen Handwerkers aus dem Hotel, dessen Lärm den Direktor so gestört hatte. Er saß allein an einem Tisch und aß eilig etwas, das ein Croque Monsieur sein konnte, genau konnte Mylène es nicht erkennen, da die Entfernung zu groß war. Wie er so dasaß, inmitten der plaudernden und lachenden Menschen, erschien er ihr wie eine Insel weit draußen im Meer, einsam und ganz auf sich gestellt. Auf irgendeine Weise erinnerte er sie an sich selbst; das lag nicht nur an der Tatsache, dass er als Einziger unter der Markise ohne Gesellschaft war, sondern auch an seinem Gesichtsausdruck, der ihr ein wenig verloren erschien.

Als sie ihn so ansah, hob er den Blick und bemerkte sie auf dem Mäuerchen. Sie hielt seinem Blick einen Moment stand, dann sah sie schnell weg. Später wanderten ihre Augen noch einmal zu ihm. Die alten Männer am Nebentisch gestikulierten so lebhaft, dass sie ihn mit ihren Ellenbogen fast berührten. Doch inzwischen hatte er seine Mahlzeit beendet und stand auf, um zu gehen. Sie verfolgte jede seiner Bewegungen. Er trat auf die in der Sonne glühende Straße, blieb kurz stehen und lupfte seine Baskenmütze in ihre Richtung, nickte ihr zu und lächelte. Mylènes Herz setzte einen Schlag aus; auch er hatte sie wiedererkannt. Sein Lächeln wirkte so warm und liebenswürdig, schloss sie für einen Moment in seine Welt ein, dass sie es sofort erwiderte.

Er setzte seine Mütze wieder auf und ging in Richtung Hotel, und da hörte Mylène auch schon das Trappeln von Hervés Pferdegespann aus dem Motorengebrumm zweier Automobile heraus.

Der Nachbar aus Riboux hielt die Pferde an und kurbelte die Bremse fest. Das Menschengetümmel schien ihn zu überfordern; er beschattete die Augen mit der Hand und sah sich suchend um. Sie winkte ihm zu und lief rasch zu ihm.

»Ah, da bist du. Komm, steig auf, Mylène.« Er reichte ihr die prankenähnliche Hand und zog sie auf die Wagenfläche. »Pass auf, die Hühnerdamen haben ein paar Federn gelassen.«

»Und nicht zu wenige«, erwiderte Mylène. Sie kramte ihr Halstuch hervor, breitete es wieder auf dem schmutzigen Boden aus, auf dem die Federn klebten, und setzte sich darauf. Noch immer roch es durchdringend, doch das machte nichts, denn sie hatte ihr Ziel erreicht und die Arbeitsstelle im Hotel bekommen. Selbst wenn sie ihr Tuch und das Kleid nicht mehr sauber bekäme, im Hotel würde man ihr ein adrettes schwarzes Kleid, so wie Rosalie eines trug, geben. Ihr neues Leben rückte in immer greifbarere Nähe.

Kapitel 2

Am Einunddreißigsten des Monats März stand Mylène am Fenster der kleinen, engen Wohnküche ihrer Nachbarin Jeanne und schaute auf das Haus ihrer Kindheit. Hier hatte sie seit ihrem vierzehnten Lebensjahr mit ihrer Großmutter gewohnt, bis diese vor drei Wochen gestorben war und der Vermieter, ein eleganter Mann aus Toulon, ihr eine Frist von wenigen Tagen eingeräumt hatte, die vertrauten Räume zu verlassen. Außer ihrer Großmutter hatte sie keine Verwandten mehr, und deshalb empfand sie ihren Verlust als doppelt schlimm. Sie hatte buchstäblich nichts mehr – niemanden, zu dem sie gehörte, kein Zuhause, kein Geld. Die letzten Ersparnisse ihrer Großmutter hatten sie für den Arzt und Arznei ausgeben müssen, allerdings war das Geld, das die alte Dame in einer Blechbüchse in der Küche aufzubewahren pflegte, seit einigen Jahren ohnehin knapp bemessen. Ihr Sohn, Mylènes Vater, hatte sie zeitlebens unterstützt, hatte er doch mit seinen Investitionen in moderne Stahlwerke und Eisenbahngesellschaften ein Vermögen angehäuft, doch seit seinem Tod war der Geldfluss versiegt. Mylène hatte erst nach dem Ableben ihrer Großmutter das ganze Ausmaß der

Geldnot erfasst; seit Monaten war keine Miete mehr an den Hauseigentümer bezahlt worden, weshalb dieser unerbittlich darauf bestand, dass sie rasch auszog und sich eine neue Bleibe suchte. Das war leichter gesagt als getan – nächtelang hatte sie verzweifelt ins Dunkle gestarrt und sich gefragt, wie es mit ihr weitergehen, wo sie eine Arbeit finden sollte.

»Hast du alles eingepackt?«, fragte Jeanne, die wie immer ein Putztuch in der Hand hatte und an den zahlreichen Flecken herumrieb, die ihre sechs Sprösslinge an Türen, Wänden und Möbeln hinterließen. Das blonde Haar hing ihr aufgelöst ins Gesicht.

Mylène nickte und zeigte auf ihren Koffer und die zwei Kisten mit Büchern, die ihren ganzen Besitz darstellten. Die inzwischen abgegriffenen Exemplare erinnerten sie an eine lange entschwundene Zeit, in der ihre Eltern noch gelebt und sie in dem großzügigen Haus in Rocbaron gelebt hatten, umgeben von Gemälden und stets mit duftenden Blumen gefüllten Porzellanvasen. Schnell schob sie die Erinnerungen beiseite und vergewisserte sich, dass ihr neuestes Manuskript und ihr Notizbuch sicher in ihrer Handtasche verstaut waren, es wäre eine persönliche Katastrophe für sie, diese Habseligkeiten zu vergessen.

»Sei froh, dass du aus diesem Nest rauskommst«, brummte Jeanne und putzte im Vorbeigehen ihrem Jüngsten die laufende Nase. »In Riboux ist man lebendig begraben, hier gibt es ja nichts. In Hyères wirst du bestimmt oft ans Meer gehen können oder zum Tanzen. Oder was junge Leute anderswo auch immer tun.« Sie schnaubte verbittert, und Mylène empfand Mitleid für die Nachbarin, die nur wenige

Jahre älter war als sie, aber bereits so verlebt aussah, als sei sie doppelt so alt.

»Ich weiß nicht, ob ich dazu Gelegenheit haben werde«, antwortete sie rasch, damit Jeanne sie nicht noch missmutiger ansah. »Ich werde ja den ganzen Tag arbeiten.«

»Bestimmt lachst du dir bald einen gut aussehenden Mann an und heiratest.« Jeanne trennte zwei ihrer Kinder voneinander, die auf dem Boden lagen und sich balgten. »Aufhören, ihr zwei, sofort.«

»Ich habe ganz andere Ziele«, erklärte Mylène und wandte sich wieder dem windschiefen Häuschen zu, in dem sie mit Großmutter gewohnt hatte. »Ich möchte Schriftstellerin werden. Oder vielleicht auch als Journalistin für eine Zeitung arbeiten.« Normalerweise hielt sie ihre Wünsche geheim, um nicht ausgelacht oder verspottet zu werden, doch sie würde Jeanne wahrscheinlich nicht wieder begegnen. Sie waren lediglich Nachbarinnen, die das Schicksal zusammengewürfelt hatte, keine Freundinnen; Jeanne hatte sie aus Pflichtgefühl bei sich aufgenommen, weil man dies auf dem Dorf, wo man enger zusammenrückte als in der Stadt, eben tat.

Wie erwartet verzog Jeanne den Mund. »Schriftstellerin? Journalistin? Auf welchem Stern lebst du? Bis jetzt hat deine Großmutter, Gott hab sie selig, immer ihre Flügel schützend über dir ausgebreitet, aber in der Stadt wirst du schon merken, wie hart das echte Leben ist. Als Frau hast du keine andere Möglichkeit, als zu heiraten, glaub mir.«

»Das werden wir sehen«, murmelte Mylène und überprüfte zum wiederholten Mal, ob sich ihr Manuskriptblock auch wirklich in ihrer Tasche befand. Als ihre Eltern noch lebten, hatte sie ein Mädchenlycée besuchen dürfen, ihr Vater war da sehr fortschrittlich gewesen. Natürlich würden ihre Chancen, ihre Träume zu verwirklichen, viel besser stehen, wenn sie die Schule tatsächlich mit dem Bakkalaureat hätte abschließen können. Das Schicksal hatte ihr einen Strich durch die Rechnung gemacht, aber musste es nicht doch eine Möglichkeit geben, ihre Ziele zu verwirklichen? Auf jeden Fall hatte sie keine Lust, mit Jeanne über ihre Optionen zu diskutieren und zuzulassen, dass ihr deren pessimistische Haltung aufs Gemüt drückte. Ihre Großmutter hatte sie immer darin bestärkt, an ihren Träumen festzuhalten, ihr hatte sie alle ihre Geschichten vorgelesen und mit ihr Verbesserungsvorschläge besprochen. Großmutter war äußerst belesen gewesen, das Regalbrett über der Holzbank in der Küche hatte sich gebogen vor Büchern, denn Mylène hatte ihr während ihrer Zeit als Kaltmamsell in Le Castellet bei ihren Heimatbesuchen stets ein Buch mitgebracht, das sie in dem kleinen Buchladen in der Nähe des Restaurants sorgfältig ausgesucht hatte – sofern ihre mühsam zusammengetragenen Ersparnisse es zuließen.

»Du bist intelligent und schön«, hatte Großmutter ihr so manches Mal eindringlich gesagt, wenn Mylène an der Qualität ihrer Geschichten zweifelte oder befürchtete, kein Magazin würde sie je abdrucken. »Du kannst alles erreichen. Sieh jede Niederlage lediglich als kleinen Stolperstein an, über den du auf dem Weg zum Ziel hüpfen musst.«

Großmutters Zuspruch hatte ihr immer so gutgetan, sie beflügelt, weiterzuschreiben. Doch nun war ihre engste Vertraute tot. Insgeheim hatte sie Angst, die Erinnerung an sie könnte irgendwann verblassen, so wie das Bild ihrer Eltern, das mit den Jahren immer undeutlicher geworden war. Sie waren durch tragische Umstände ums Leben gekommen, und seitdem hatte Mylène bei Großmutter gewohnt, die sich nach Kräften bemüht hatte, ihr ein liebevolles Zuhause zu schenken.

Das Einzige, was ihr nun blieb, waren die Bücherkisten, die sie mit ins Hotel nehmen würde, und der kleine silberne Kreuzanhänger, den Großmutter immer an einer Kette um den Hals getragen hatte. Jetzt gehörte er ihr. Vorsichtig berührte sie das kleine Schmuckstück, als brächte es sie ihrer Großmutter noch einmal nah.

»Hervé ist da«, verkündete Jeanne, als sie von draußen das Getrappel von Pferden vernahmen. »Dann au revoir, und viel Glück in der Stadt.«

»Danke für alles. Und danke, dass ich bei euch wohnen durfte.« Mylène umarmte ihre Nachbarin, was diese unbeholfen über sich ergehen ließ.

Jeanne wies die Kinder an, beim Tragen des Koffers und der Kisten zu helfen, und mit vereinten Kräften hievten sie alles auf den Viehtransporter.

Die Kinder winkten ihr fröhlich nach, als sich der Wagen langsam entfernte. Das kleine Wohnhaus mit dem krummen Dach, der sprudelnde Wasserlauf, der sich am Bergrücken dahinter seinen Weg grub – das waren das die letzten Bilder, die Mylène von Riboux mitnahm.

Die erste Nacht im Hotel war ungewohnt. Als sie am Morgen

aufwachte, war sie einen Moment orientierungslos, und wie immer in den letzten Wochen zersplitterte ihr Herz in tausend Stücke, sobald ihr die traurige Erkenntnis erneut ins Bewusstsein rückte: Großmutter war tot, und sie war ganz allein auf der Welt. Zum Glück plauderte Rosalie auch am frühen Morgen bereits ohne Unterlass, was den stechenden Schmerz in ihrer Brust vorerst dämpfte.

Mylène knöpfte ihr neues schwarzes Kleid zu und band sich die weiße, rüschenbesetzte Schürze um, dann bürstete sie ihr Haar, das jedoch zu kurz war, um es wie Rosalie aufzustecken.

»Beim Frühstück lernst du die anderen kennen«, versprach ihr die Zimmergenossin, »ich stelle dir alle vor. Monsieur le Directeur hat mir gestern gesagt, ich soll dich unter meine Fittiche nehmen. Aber ich denke, du wirst dich bald zurechtfinden.«

»Das glaube ich auch.« Mylène hoffte, möglichst viel zu tun zu haben, um von ihrem Elend und ihrer Trauer abgelenkt zu werden.

Auf dem Weg hinunter begegnete ihnen Monsieur Guillaud, der ihr einen guten Start wünschte. In der Küche ging es bereits geschäftig zu. Rosalie stellte ihr die Belegschaft vor, die gerade ein schnelles Frühstück zu sich nahm.

»Das ist Fernand, unser Koch«, sie deutete auf einen langen, schmalen Mann mit Schnauzer und weißer Kochmütze auf dem Kopf, der zur Begrüßung kurz den Kopf neigte, »und das sind die Küchenjungen, Philippe und André. Die drei Frauen, die draußen auf dem Hof stehen und rauchen, kommen frühmorgens zum Putzen, aber du wirst kaum etwas mit ihnen zu tun haben, sie haben andere Arbeitszeiten. Zum Servieren im Restaurant sind Étienne und Maël angestellt, aber die sind natürlich gerade dabei, oben das Frühstück der Gäste vorzubereiten.«

»Und mich kennst du ja schon«, ergänzte Armand, der sich mit einer Tasse Kaffee zu ihnen gesellte.

»Da du den Eingang belagerst, kommt an dir wahrlich niemand vorbei«, spottete Rosalie voller Zuneigung, »es sei denn, er schleicht sich über den Hintereingang ein.«

»Vielleicht solltest du dich ein wenig sputen und nicht so viel erzählen«, zog Armand sie auf, während er genüsslich in eine dick mit Butter bestrichene Scheibe Weißbrot biss. »Die Zeit könnte knapp werden, wenn du Mylène vor der Arbeit noch das ganze Hotel zeigen willst.«

Hektisch trank Rosalie den Rest ihres Kaffees aus und sprang auf. »Oh ja, du hast recht. Monsieur le Directeur hat mir gestern Abend noch aufgetragen, dir erst mal alle Räumlichkeiten zu zeigen. Komm!«

»Äh … ja.« Mylène legte ihre halb aufgegessene Brotscheibe auf den Teller zurück, Appetit hatte sie ohnehin keinen, sie war viel zu aufgeregt, wie sich ihr erster Arbeitstag gestalten würde und ob sie alles hinbekäme, ohne allzu viele Fehler zu machen. Nicht auszudenken, wenn sie sich ungeschickt anstellen würde, sodass der Direktor sie wieder entlassen musste! Dann stünde sie endgültig auf der Straße, denn nach Riboux gab es kein Zurück mehr. Rasch kämpfte sie die Panik nieder, die sich wie eine giftige Schlange in ihr emporwand.

Rosalie zog sie ungeduldig am Ärmel. »Nun komm. Wir

sehen uns später, Armand. Wollen wir heute Abend ausgehen?«, rief sie ihrem Verehrer über die Schulter zu.

»Ich bin zu jeder Schandtat bereit«, grinste der Concierge.

Während sie die stillen Gänge des Hotels abliefen und Rosalie sie auf die einzelnen Räumlichkeiten hinwies, fühlte sich Mylène wie bei ihrem ersten Besuch beeindruckt von der Grandeur des Gebäudes. Die Gästezimmer waren mit edlen Materialien und zierlichen Möbeln aus glänzendem Mahagoni ausgestattet, und vor den Fenstern bauschten sich bodenlange Vorhänge aus weinrotem, schwerem Brokat. Mylène dachte an die karge Einrichtung im Haus ihrer Großmutter zurück und kam sich erneut vor wie in einem Palast. Wie herrlich es wäre, in einem der breiten Betten mit den gedrechselten Bettpfosten unter den schneeweißen Decken zu liegen und in die satte Morgensonne zu schauen, die zwischen den Gardinen hereinblinzelte! Sie versuchte, sich das Bild, das in ihrem Kopf immer deutlichere Konturen annahm, gut einzuprägen, um es in ihrer nächsten Geschichte zu verwenden. Sie war überzeugt, hier im Hotel viele neue Inspirationen zu finden.

»Träumst du?« Rosalie stieß sie mit dem Ellenbogen in die Rippen. »Wo bist du nur immer in Gedanken? Pass jetzt gut auf, ich zeige dir das Zimmer des Exilrussen.«

Mit ihrem Generalschlüssel schloss sie die Zimmertür auf, während Mylène ihr beklommen zuschaute.

»Und wenn er da ist?«

»Keine Bange, mit Sicherheit nicht. Er sitzt immer schon lange vor den offiziellen Frühstückszeiten im Restaurant, als hätte er Angst, nichts zu bekommen. Nach seinen Essenszeiten kann man die Uhr stellen.« Rosalie ging ihr voran in das Zimmer, das eines der kleineren des Hotels zu sein schien.

Mylène fielen sofort einige merkwürdige Gegenstände auf, die auf einem Regal aufgereiht standen, und sie erinnerte sich an Rosalies Beschreibung der Kunstgegenstände, die der Russe in seinem Zimmer ausstellte.

»Nicht anfassen!«, rief Rosalie schrill, obwohl sie noch nicht einmal in die Nähe des Regals gekommen war.

»Was sind das für Dinge?«, fragte Mylène. »Sie sehen so alt und fremdartig aus. Die Buchstaben auf der Titelseite des Buches sind unlesbar – ist das Kyrillisch?«

»Nein, das ist Russisch. Aleksej Fjodorowitsch hat mir mal erklärt, dass es sich um eine Bibel handelt.«

Mylène bestaunte den golden glänzenden Rücken des dicken Buches; die Seiten schienen hauchdünn zu sein. »Die Russen schreiben kyrillische Buchstaben.«

Rosalie verdrehte die Augen. »Wie auch immer. Ist mir egal, wie das heißt. Laut Aleksej ist die Bibel ein sündhaft teures Familienerbstück. Auf der Flucht vor den Bolschewiken konnte er kaum etwas von seinen Besitztümern mitnehmen, nur die Bibel, dieses Ölbild daneben und das seltsame Ei.«

Mylène beugte sich zu dem kleinen Bildnis, das eine Heilige mit frommem Gesichtsausdruck und goldenem Heiligenschein zeigte; es war so alt, dass die Farben stumpf wirkten und haarfeine Risse aufwiesen. »Das ist eine Ikone, wie interessant.«

»Was du nicht alles weißt.« Dass Mylène sich besser mit den Kunstgegenständen auskannte als sie, schien Rosalie zu wurmen. »Und was soll dieses bunte Osterei darstellen?«

Mylène betrachtete das purpurrote Oval, das auf goldenen Füßen stand, eingehend. Feine goldene Linien zeichneten ein Rautenmuster auf die gewölbte Oberfläche, und filigrane Blüten aus funkelnden Steinen – Diamanten? – schmückten die Spitzen der geometrischen Formen. »Es ist wunderschön. Aber ich weiß leider auch nicht, was das für ein Kunstwerk ist.«

»Ich finde das viele Gold sehr aufdringlich, und wenn du mich fragst, sieht es recht billig aus. Das kann unmöglich echtes Gold sein. Wahrscheinlich sind die Dinger nicht viel wert.« Rosalies Blick schweifte recht gelangweilt über die Gegenstände, während Mylène noch ganz in deren Betrachtung vertieft war.

»Wenn sie nichts wert wären, hätte Monsieur Aleksej sie bestimmt nicht aus Russland herausgeschmuggelt. Das muss sehr gefährlich gewesen sein.«

»Kann sein.« Rosalie schien das Interesse an Aleksej Fjodorowitschs Habseligkeiten verloren zu haben. »Auf jeden Fall darfst du die drei Gegenstände auf keinen Fall abstauben. Wir haben ein striktes Verbot. Normalerweise bewahrt er sie im Hoteltresor auf, aber manchmal vergisst er es. Er holt sie nämlich jeden Tag heraus, um sie zu bewundern.«

»Wahrscheinlich erinnern ihn die Stücke an seine verlorene Heimat«, sagte Mylène leise. Sie konnte den unbekannten Russen gut verstehen, denn sicherlich fühlte er sich wie sie entwurzelt, wusste nicht, wohin er gehörte.

»Lass uns weitergehen. Ich will dir noch den Rest des Hotels zeigen, bevor wir mit der Arbeit beginnen.« Rosalie schloss wieder hinter ihnen ab, und sie setzten ihren Rundgang fort, wobei ihnen kaum ein Gast begegnete. Im Erdgeschoss befand sich im letzten Zimmer eine kleine, aber sehr gemütliche Bibliothek. An allen vier Wänden zogen sich Regale mit Büchern bis zur stuckverzierten Decke hoch, und Samtsofas und Sessel luden zum Lesen und Verweilen ein.

Mylène glaubte sich wie im Paradies. Ehrfürchtig ging sie an den Regalreihen entlang und las die Titel auf den Buchrücken. Sämtliche berühmten Autoren waren hier zu finden, von Balzac, Zola und Hugo über Proust, Verne und Dumas. Tatsächlich fand sie eine Vielzahl an Büchern, von denen sie noch nie gehört hatte. Behutsam zog sie ein Werk von Stendhal hervor, *Rot und Schwarz*. Es drängte sie, sofort mit dem Lesen zu beginnen, doch dann besann sie sich, dass sie ja nicht zum Vergnügen hier war.

»Die Bibliothek ist nur für Gäste.«

»Im Ernst?« Mylène starrte Rosalie enttäuscht an, und die wunderbare Vorstellung, wie sie ihre Abende hier verbringen würde, im Schneidersitz auf einem der Sofas kauernd, ein dickes Buch auf dem Schoß, und in fremden Welten versank, zerplatzte wie eine Seifenblase. »Wir Angestellten dürfen nicht hierher? Dürfen wir uns wenigstens Bücher ausleihen und in unserem Zimmer lesen?«

Rosalie zuckte mit den Schultern. »Keine Ahnung. Ehrlich gesagt habe ich mich das noch nie gefragt, ich bin kein Bücherwurm. Allerdings habe ich noch nie einen Gast gesehen, der sich hierher verirrt hat. Ich glaube, die Bibliothek steht immer leer. Wenn du so versessen auf Bücher bist, komm einfach nach Feierabend her, wenn die Gäste das

Nachtleben erkunden – zu dieser Zeit ist die Gefahr, entdeckt zu werden, vielleicht am geringsten.«

»Hm.« Mylène kaute nervös auf ihrer Unterlippe und überlegte, ob sie das Risiko, sich unbefugt hier aufzuhalten, wirklich eingehen sollte. Sie wollte nichts tun, was ihre Stellung gefährdete; andererseits wusste sie nicht, wie sie sich dem Zauber des stillen, nach dem Staub alter Bücher duftenden Raumes entziehen sollte, ihre Leidenschaft für Geschriebenes aller Art war einfach zu groß. »Macht Monsieur le Directeur abends noch Rundgänge durchs Haus?«

Rosalie lachte, als habe sie einen Scherz gemacht. »Natürlich nicht. Er ist froh, wenn er sich abends in seine Wohnung im oberen Stockwerk zurückziehen, Zigarre rauchen und sich seiner jungen Frau widmen kann. Und jetzt komm, wir müssen weiter.«

Mylène nickte ergeben, doch beim Hinausgehen blieb ihr Blick an einem Stapel Zeitungen hängen, der auf einem kleinen runden Beistelltisch lag. Kurz ereilte sie ein Déjà-vu – wie am Tag ihres ersten Besuchs im Hotel erkannte sie das bekannte Schriftstellerpaar F. Scott und Zelda Fitzgerald, nur dieses Mal auf dem Titelbild des Magazins *Vanity Fair* statt in einer Klatschkolumne. *Party-Exzesse auf Long Island,* lautete die Schlagzeile. *F. Scott und Zelda Fitzgerald wegen nächtlicher Ruhestörung im Fokus der New Yorker Polizei. Nachbarn fühlen sich gestört durch Lärm bis in die Morgenstunden und Umgehung der Prohibitionsgesetze.*

Rosalie, die bereits auf dem Flur stand, steckte ihren Kopf in die Bibliothek. »Wo bleibst du?«

»Ich komme …« Ein letztes Mal betrachtete Mylène das

Glamourpaar, nahm die sorglose Heiterkeit in sich auf, die in ihrem Lachen steckte; jedoch entging ihr nicht, dass die Fröhlichkeit die Augen der beiden Berühmtheiten nicht erreichte.

Der Rest des Tages flog nur so dahin. Mylène sollte vorerst noch keine selbstständige Arbeit erbringen, sondern lediglich Rosalie begleiten und sich die nötigen Handgriffe von ihr abschauen. Aleksej Fjodorowitsch trafen sie nicht an, dafür vier betagte, aber rüstige Engländerinnen, die in einer Suite zusammensaßen und Bridge spielten. Eine von ihnen, sie hatte wie ihre Begleiterinnen akkurate, silbergraue Löckchen, die in regelmäßigen Reihen auf ihrem Kopf festgepinnt schienen, hielt einen kleinen Malteser-Mops im Arm, der die beiden Hausmädchen mit hängenden Lefzen ausdruckslos anstarrte.

»Meine Teuerste«, wandte sich die Mopsdame, die Miss Hyacinth gerufen wurde, an Rosalie. »Meiner Madeleine ist ein Missgeschick passiert. Wären Sie so freundlich ...«

Rosalie und Mylène sahen auf den dicken, königsblauen Teppich hinab, der unter einer frischen Pfütze aufquoll.

»Natürlich, Madame«, versicherte Rosalie, bevor sie den Rückzug antraten, um adäquate Reinigungsmittel aus der Wirtschaftskammer zu holen. Im Hinausgehen verdrehte sie die Augen und zischte Mylène zu: »Wie du siehst, sind unsere Gäste sehr speziell! Ständig brauchen sie Extrawürste! Der Russe mit seinen wertvollen Antiquitäten, die englischen Ladys mit ihrem Fiffi, der nicht stubenrein ist ... Dann dieser Ornithologe im ersten Stock, der nie ein Wort spricht, aber ständig mit ein paar neuen Schmetterlingen für seine Sammlung ankommt – er spießt die armen Insekten auf und stellt sie in Glaskästen auf, die wir immer polieren müssen. Jeder Winkel seiner Suite ist voller toter Schmetterlinge!«

Mylène verzichtete darauf, ihre Kollegin darauf hinzuweisen, dass Ornithologen Vogelkundler waren und keine Schmetterlinge sammelten, sie wollte nicht schon wieder als Besserwisser erscheinen. Sie half ihr, ein Putztuch zu befeuchten und Reinigungsmittel darauf zu geben. »Klingt doch alles sehr unterhaltsam«, schmunzelte sie.

Rosalie schnaubte. »Unterhaltsam? Ich wollte, es würden mal wirklich unterhaltsame Gäste anreisen. Vielleicht ein paar Berühmtheiten? Aber was sollten die hier in Hyères? Nein, die unterhaltsamen und interessanten Leute sind natürlich alle in Paris, wo das Leben tobt.«

Am Abend wich Rosalies misslaunige Stimmung, und sie begann sich in ihrem Zimmer herauszuputzen. Mylène saß auf ihrem Bett und notierte ein paar Stichpunkte in ihr Notizbuch, während sie mit halbem Auge zusah, wie ihre Zimmergenossin in ein seidenes, champagnerfarbenes Kleid schlüpfte, das locker ihre Hüften umspielte – sicher hatte Rosalie lange dafür gespart –, und ihre Haare zu Wellen frisierte. Zum Abschluss malte sie sich großzügig roten Lippenstift auf den Mund und puderte sich das Gesicht, bis sie so vornehm blass wie eine weiße Lilie wirkte.

»Wohin gehst du mit Armand?«

»Mal sehen, vielleicht ins Café de l'Univers oder wo immer heute Abend etwas los ist. Ich will tanzen bis zum Umfallen und mal nicht an undichte Möpse oder mausetote

Schmetterlinge denken. Willst du wirklich nicht mitkommen?«

»Heute nicht.« Mylène zeichnete mit ihrem Bleistift Kringel in das Notizbuch. Zwar war die Aussicht, etwas Nachtleben zu schnuppern, verlockend, doch noch verführerischer erschien es ihr, die Bibliothek aufzusuchen, auch wenn sie für sie tabu war. Außerdem brauchte sie Zeit für sich, um die vielen neuen Eindrücke, die seit Arbeitsbeginn auf sie eingestürmt waren, zu ordnen. »Ich hoffe, dass ich mutig genug bin, in die Bibliothek zu gehen. Ich würde gern jedes Buch darin lesen, jedes einzelne, und wenn es Jahre dauert! Oder ich arbeite dort an meiner Kurzgeschichte weiter, die ich gerade schreibe.«

Rosalie legte eine Kette offensichtlich falscher Perlen an, wobei sie Mylène verständnislos musterte. »Wozu um alles in der Welt tust du das? Was soll das bringen?«

»Ich will Schriftstellerin werden«, sagte Mylène leise. »Ich will Geschichten und Romane schreiben, die vielen Menschen Freude bereiten.«

»Du bist mir eine Nummer.« Rosalie lachte kurz auf, dann konzentrierte sie sich darauf, die schmalen Riemchen ihrer Schuhe zu schließen. »Wo bleibt da der Spaß für dich? Willst du nicht ausgehen, tanzen und feiern und von einem gut aussehenden Mann Champagner spendiert bekommen?«

Mylène lächelte nur. Rosalie würde es sicher nicht nachvollziehen können, wenn sie ihr erklärte, dass Schreiben die Welt für sie bedeutete. In die Haut fremder Menschen zu schlüpfen, durch ihre Augen zu sehen, was ihr im wahren Leben niemals widerfahren würde, unbekannte Orte kennenzulernen, sich eine völlig neue Realität zu schaffen, die je nach Stimmung heiter, unbeschwert, aber auch magisch oder traurig sein konnte. »Ich wünsche dir viel Spaß heute Abend.«

»Danke.« Rosalie strahlte. »Das nächste Mal kannst du ja mitkommen.«

Nachdem sie gegangen war, arbeitete Mylène noch ein wenig an ihren Notizen weiter, doch dann überfiel sie die altbekannte Einsamkeit, lag ihr so schwer auf der Seele wie ein Fels, der ihr die Luft zum Atmen abschnürte. Sie trat ans Fenster und sah hinaus auf einen farbenfrohen Sonnenuntergang. In verschwimmenden Purpur- und Orangetönen versank die Sonne da, wo Mylène das Meer wusste, und gleichzeitig schwang sich die schmale Sichel des Mondes in die Höhe. Plötzlich verspürte sie eine tiefe Sehnsucht, auch an der Pracht dieses Abends teilzuhaben, nicht auf dieselbe Weise wie Rosalie, die die Nacht durchtanzen und Cocktails trinken würde, sondern auf andere, tiefer gehende Art. Sie huschte auf den Flur, der bereits von tiefen Schatten verdunkelt wurde, und sah sich nach allen Seiten um, doch überall herrschte absolute Stille. Sie lief die Treppe hinunter, lediglich hinter der Tür von Aleksej Fjodorowitsch vernahm sie leise, schwermütige Grammofonmusik. Ihre Hand lag bereits auf der Klinke der Tür zur Bibliothek, als sie noch andere Geräusche vernahm und erschrak. Sekundenlang lauschte sie in den verlassenen Korridor hinein, dann, als die Stimmen sich näherten, wich sie rasch in eine unbeleuchtete Ecke zurück. Miss Hyacinth und eine ihrer Freundinnen kamen schrill plaudernd, wie es ihre Art war, um die Ecke und betraten die Bibliothek. Unsanft zogen sie die Tür hinter sich zu, sodass Mylène noch einmal zusammenzuckte. Mit hängenden Armen verharrte sie in ihrem Versteck, bis ihr klar wurde, dass die beiden Damen das gemütliche Lesezimmer wohl nicht so schnell wieder verlassen würden. Enttäuscht trat sie den Rückweg zu ihrer Unterkunft an; unterwegs hielt sie sich am Treppengeländer fest und gähnte heftig. Der erste Tag hatte sie sehr erschöpft, vielleicht war es am besten, sich erst einmal auszuruhen und im Hotel einzuleben, bevor sie einen erneuten Versuch wagte, die Bibliothek aufzusuchen.

Nach ein paar Tagen allerdings hielt sie die Neugier kaum noch aus, und da Rosalie zu einem Stelldichein mit Armand an den Strand verschwand, versuchte sie ihr Glück noch einmal.

Vorsichtig öffnete sie die Tür zur Bibliothek, wobei sie sich zuerst vergewisserte, dass sich niemand darin aufhielt. Doch der gemütliche Raum lag da wie verlassen. Ein letzter Funken Tageslicht fiel durchs Fenster, deshalb setzte sie sich auf einen mit rotem Samt bezogenen Schemel darunter, nachdem sie sich *Rot und Schwarz* von Stendhal, das ihr bereits bei ihrem ersten Besuch aufgefallen war, geschnappt hatte.

Sie las und las und verlor sich irgendwo im 19. Jahrhundert, hing zwischen Bourgeoisie und Adel fest. Irgendwann war es so dunkel, dass sie die Buchstaben auf den eng bedruckten Seiten kaum noch entziffern konnte, und sie stand auf, um die Stehlampe in der Ecke anzuschalten. Als das helle Licht aufflammte und sie aus dieser Perspektive nicht nur die Rückenlehne eines der Samtsofas sah, sondern auch die Sitzfläche, begann ihr Herz vor Schreck so heftig zu pochen, dass sie glaubte, es würde sich überschlagen. Sie war nicht allein im Raum, nein, sie war die ganze Zeit nicht allein gewesen.

Vor ihr lag der junge Mann, der am Tag ihres Vorstellungsgesprächs nebenan gehämmert und gesägt hatte, und schlief. Seine Schuhe hatte er ausgezogen und auf den Teppich gestellt, und seine Füße, die in löchrigen Socken steckten, ruhten auf der Armlehne des Sofas. Neben den Schuhen standen eine Flasche und ein halb volles Glas Rotwein, und auf seiner Brust lag ein aufgeschlagenes Buch, in dem er offensichtlich vor Kurzem noch gelesen hatte.

Mylène betrachtete ihn einige Minuten lang, unschlüssig, was sie tun sollte. Sollte sie ihn wecken? Doch wozu? Oder war es besser, so zu tun, als habe sie ihn nicht gesehen, und ungestört weiterzulesen? Aber der junge Mann machte sie neugierig, genau wie vor zwei Wochen, als sie ihn im Café de l'Univers gesehen hatte. Sie musste unbedingt herausfinden, was er las, denn ihrer Meinung nach erfuhr man am meisten über Menschen, wenn man ihre Lektüre genauer unter die Lupe nahm.

Handbuch der Inneren Medizin las sie auf dem Buchrücken, tief über den Schlafenden gebeugt. War das nicht ein merkwürdiger Lesestoff für einen Hausmeister?

In diesem Moment schlug er die Augen auf und fixierte sie stumm mit seinen graublauen Augen, die Pupillen groß vor Überraschung. Gleichzeitig zuckte Mylène zurück und prallte gegen eines der Bücherregale, sodass die Bücher darin zitterten.

»Hoppla, Mademoiselle«, sagte er, rieb sich müde die Augen und strich sich eine braune Haarsträhne aus der Stirn. »Nicht so stürmisch. Wenn Sie die Bücher aus den Regalen werfen, gibt das einen Riesenlärm, und Sie wissen bestimmt, dass weder Sie noch ich hier sein dürften.« Er lächelte, so als sei es nicht sehr wahrscheinlich, in der Bibliothek entdeckt zu werden, vielleicht war es ihm aber auch gleichgültig.

»Entschuldigung, dass ich Sie geweckt habe«, stammelte Mylène und rückte *Madame Bovary*, den *Glöckner von Notre-Dame* und *Die Reise zum Mittelpunkt der Erde* gerade. »Aber ich konnte ja nicht wissen, dass Sie hier schlafen.«

Er setzte sich gerade hin und lud sie mit einer Handbewegung ein, sich zu ihm zu gesellen. Zaghaft nahm sie Platz und sah ihn erwartungsvoll von der Seite an. Er trug ein helles Leinenhemd, das vom Liegen ganz zerknittert war; irgendetwas an ihm brachte eine Saite in ihr zum Klingen, und sie wollte gerne mehr über ihn erfahren. Eigentlich wusste sie noch rein gar nichts über ihn, aber seit diesem kurzen Blickwechsel vor dem Café, den sie als so ernst und intensiv empfunden hatte, waren ihre Gedanken so manches Mal zu ihm gewandert.

Plötzlich sprang er auf die Beine. »Warten Sie! Ich hole Ihnen auch ein Glas! Ich bin gleich wieder zurück, ich schleiche mich nur schnell in die Küche.«

Mylène verfolgte erheitert, wie er fast über sein auf dem Boden stehendes Weinglas stolperte, einen Moment das Gleichgewicht verlor, auf einem Bein herumhüpfte wie ein Flamingo und dann erst seine Schuhe anzog.

»Rühren Sie sich nicht von der Stelle.«

»Ich gehe nirgendwohin«, antwortete sie lachend.

Als er weg war und sie im warmen Lichtkegel der Lampe saß, während die übrige Bibliothek mehr und mehr in Dunkelheit eintauchte, legte sie den Kopf gegen die Samtlehne und schloss die Augen. Wie der junge Mann wohl mit Vornamen hieß?

Es dauerte nicht lange, da kam er zurück und goss ihr ein Glas Rotwein ein.

»Santé.«

»Santé.«

»Übrigens …« Er drehte sein Glas in den Händen und sah sie im Schein der Stehlampe, die das Sofa erleuchtete wie eine Bühne, auf dem gerade ein kleines, intimes Stück gespielt wurde, intensiv an. »Ich bin Sébastien Marais.«

»Ich heiße Mylène Collard«, antwortete sie und nippte an ihrem Wein, der nach alten Fässern in dunklen Kellern schmeckte. »Ich bin erst seit wenigen Tagen im Hotel.«

»Ich weiß. Wo kommen Sie her … Oder darf ich sagen: Wo kommst *du* her?«

»Gerne ›du‹.« Sie lächelte, wurde aber sogleich wieder ernst, als sie an die Ereignisse dachte, die sie hierhergebracht hatten. »Ich komme aus Riboux. Das ist so klein, dass man es auf keiner Landkarte findet. Ich bin bei meiner Großmutter aufgewachsen, aber als sie vor Kurzem starb, musste ich weg von dort. Der Vermieter komplimentierte mich rasch aus unserem Häuschen, ich hätte auch gar kein Geld gehabt, weiter Miete zu bezahlen. So musste ich mir eine Arbeit suchen – und hier bin ich.«

»Es tut mir sehr leid, dass deine Großmutter gestorben ist.« Sébastien sah sie an, und sie erkannte, dass das Mitgefühl in seinen Augen ehrlich war. »Wieso bist du bei deiner Großmutter aufgewachsen? Hast du keine Eltern mehr? Verzeih, wenn ich zu aufdringlich bin.«

Mylène schüttelte den Kopf. »Nein, das ist schon in Ordnung. Meine Eltern sind gestorben, als ich vierzehn war. Meinen Vater verlor ich zuerst, meine Mutter starb ein paar Wochen später. Der Arzt konnte mir nicht sagen, woran, doch ich glaube, ihr Herz war einfach gebrochen.« Die vollständige Geschichte verschwieg sie lieber, wie die Tatsache, dass ihr Vater in moderne Eisenbahngesellschaften investiert hatte, bis die größte darunter pleiteging und er mit einem Schlag ein Vermögen verlor. Das hatte ihn zerstört.

Mylène nagte an ihrer Unterlippe. Die Atmosphäre in der Bibliothek war so ungewohnt vertraulich, und der süße Rotwein drohte ihre Zunge zu lockern; doch sie durfte auf keinen Fall verraten, dass ihr Vater nicht an einer Krankheit oder Schwermut gestorben war, sondern zum Schluss dem Alkohol verfallen war und den Tod selbst gewählt hatte. Was würde Sébastien von ihr denken! Auch wenn ein Freitod in der Literatur stets als romantische Verzweiflungstat dargestellt wurde, fand die Gesellschaft es noch immer unschicklich, freiwillig aus dem Leben zu scheiden. Zum Glück fragte Sébastien nicht genauer nach, sodass sie nur leise hinzufügte: »Außer Großmutter gab es niemandem mehr, deshalb bin ich zu ihr übergesiedelt.«

»Das muss sehr schwer gewesen sein.« Sébastien sah sie so mitfühlend an, dass sie schnell weitersprach, bevor ihre Gefühle zu übermächtig wurden.

»Ja, das war es.« Sie dachte noch immer schmerzlich berührt daran zurück, wie sie ihr Lycée verlassen musste und ihre Freundinnen, mit denen sie regelmäßig einen Lesezirkel veranstaltet hatte, um sich über ihre Lieblingsbücher auszutauschen. Das große Haus wurde natürlich verkauft, um Vaters Gläubiger auszuzahlen. Doch davon sprach sie nicht gern, die Erinnerungen taten allzu weh; lieber ließ sie Sébastien im Glauben, einen einfachen Hintergrund zu haben. Auch Jahre später war es, als hätte sie der Tod ihrer Eltern in eine andere Welt katapultiert – von der Stadt mit all ihren kulturellen Angeboten in ein winziges Dorf, in dem es noch nicht mal eine Boulangerie gab.

Er deutete mit dem Kinn auf Stendhals *Rot und Schwarz.* »In diesem Dorf … wie hieß es noch gleich? Riboux? … musst du als Bücherwurm doch geistig ausgehungert sein.«

Mylène lächelte. »So schlimm war es nicht. Ich habe als Kaltmamsell in Le Castellet gearbeitet. Dort gab es einen Buchladen. Meine Großmutter hat auch immer gerne gelesen, und so habe ich uns beide mit Lesestoff versorgt. Aber jetzt erzähl mir von deiner Familie.«

Sébastien starrte nachdenklich in seinen Wein, der im Licht der Lampe fast schwarz wirkte. »Ich habe ähnliche Erfahrungen gemacht. Meine Mutter starb vor sechs Jahren an der Spanischen Grippe, und mein älterer Bruder fiel bereits zwei Jahre vorher bei der Schlacht an der Somme.«

»Oh.« Mylène schnürte es die Kehle zu. Das Schicksal fremder Menschen schockierte sie oft genauso wie ihr eigenes. »Das ist schrecklich. Was ist mit deinem Vater?«

Sébastien nippte an seinem Wein und gab ein unbestimmtes »Mmh« von sich.

»Also lebt er noch?«, hakte sie irritiert nach.

»Ja«, sagte er knapp und stellte mit einer heftigen Bewegung sein Glas auf dem Teppich ab. »Er wohnt in Le Lavandou. Aber wir verstehen uns nicht besonders gut.«

Mylène hätte gerne mehr darüber erfahren, doch obwohl sie sich durchaus zu Sébastien hingezogen fühlte, kannten sie sich kaum, deshalb schwieg sie und strich mit dem Zeigefinger sachte den Rand des Glases entlang.

»Zum Glück bin ich schon vor Jahren zu Hause ausgezogen und habe nur noch die Semesterferien und die Feiertage bei ihm verbracht.«

»Semesterferien?«

Sébastien lachte über ihre verwirrte Miene. »Ja, ich habe Medizin studiert. In Marseille. Aber nun habe ich die letzte Prüfung hinter mir.«

»Oh.« Damit, dass der hoteleigene Hausmeister in Wahrheit ein Doktor in spe war, hatte sie nicht gerechnet.

Er schmunzelte über ihre überraschte Miene. »Ich habe eine Praxis in Aussicht, die ich im Herbst übernehmen darf, in La Croix-Valmer. Der Ort liegt auf der Halbinsel von Saint-Tropez. Es ist ein wunderschöner Ort.«

In Mylène stiegen sofort malerische Bilder eines kleinen Ortes an der Côte d'Azur hoch, und sie stellte sich vor, wie sich ihre bloßen Füße in den warmen Sand eingruben und wie sie in einem Liegestuhl an der Promenade saß, in den Händen ein Manuskript, dessen Seiten sich in der lauen Brise bauschten. »Ist La Croix-Valmer weit von hier?«

Sébastien schüttelte lächelnd den Kopf und goss ihr noch einen Schluck Rotwein nach. »Etwa fünfzig Kilometer.«

»Aber was tut ein Arzt hier im Hotel? Ich habe dich für einen Handwerker gehalten oder für einen Hausmeister.«

»So etwas in der Art bin ich im Moment auch. Es ist ein wenig kompliziert.« Sébastien schob sich eine wuschelige Haarsträhne aus der Stirn, die ihm immer wieder über die Augen fiel. Sie betrachtete ihn fasziniert; obwohl sie ihn eben erst kennengelernt hatte, strahlte er etwas Vertrautes aus, und in seiner Nähe spürte sie Wärme und Wohlbehagen. »Da ich die Praxis erst in einem halben Jahr übernehmen kann – der alte Arzt praktiziert nämlich noch bis Oktober, bevor er zu seiner Tochter nach Marseille zieht –, muss ich mir wohl oder übel meinen Lebensunterhalt anderweitig verdienen. Außerdem muss ich die Ablöse für die Praxis aufbringen. Mein Vater …«

Unglücklich brach er ab.

»Ja?«, fragte sie leise. Ob Sébastien ebenfalls Geheimnisse hatte, was seinen Vater betraf? »Monsieur Guillaud hat mich glücklicherweise in seinem Hotel eingestellt, und zwar in zwei Funktionen.«

»Als Hausmeister?«, riet Mylène. Sie hing an seinen Lippen.

»Genau. Handwerklich bin ich ganz geschickt, und es gibt immer mal was zu reparieren. Außerdem fungiere ich als eine Art Hotelarzt.« Er verzog das Gesicht. »Nicht, dass ich viele Patienten hätte. Woher sollten die auch kommen, es wimmelt hier ja nicht gerade vor Gästen.«

»Das habe ich auch schon bemerkt«, seufzte Mylène.

»Na ja, ab und zu klagt einer der Gäste über Magenbeschwerden oder es hat jemand einen über den Durst getrunken. Dann darf ich in Erscheinung treten. Zumindest verdiene ich etwas und kann Geld sparen, das ich in neue Geräte für die Praxis stecken kann.«

Plötzlich war Mylène, als hörte sie außerhalb der Bibliothek Schritte, und sie lauschte angestrengt. »Hast du die Geräusche auch gehört, Sébastien? Ist da draußen womöglich jemand? Wir dürfen ja eigentlich gar nicht hier sein.«

»Du brauchst dich nicht zu beunruhigen.« Sébastien verharrte regungslos an ihrer Seite und horchte mit ihr in die Nacht, wobei er sie die ganze Zeit mit seinem Blick festhielt. »Seit ich hier arbeite, verbringe ich ein paar Abende pro Woche hier. So gut wie nie kommt ein Gast hierher. Aber wir sollten dennoch aufbrechen, es ist schon spät.«

»Ja.« Mylène stand auf und strich ihren Rock glatt. Stendhals *Rot und Schwarz* stellte sie wieder ins Regal zurück, das Buch würde nicht weglaufen, sie würde einfach morgen weiterlesen.

Sébastien griff nach den Gläsern und der nur noch zu einem Drittel gefüllten Weinflasche, sein Medizinbuch klemmte er unter den Arm. »Die Gläser spüle ich morgen früh schnell in der Küche.«

»Wohnst du auch hier im Hotel?«, fragte Mylène im Flüsterton, als sie auf den Flur traten, in dem es so still war wie in einer leeren Kirche.

»Ja«, raunte er zurück. »So muss ich mir kein Zimmer im Ort mieten. Ich wohne im obersten Stockwerk, und du?«

»Ich auch.« Es erfüllte sie mit leiser Aufregung, dass Sébastien unter demselben Dach schlief wie sie; bisher hatte es in ihrem Leben keinerlei Gelegenheit gegeben, einen jungen

Mann kennenzulernen, doch Sébastien machte sie unerwartet neugierig, ein ganz neues, aufwühlendes Gefühl.

»Da ist mein Zimmer«, erklärte sie, als sie in der oberen Etage angekommen waren, und deutete auf ihre Tür.

»Mein Zimmer ist nur drei Türen weiter.« Einen Moment standen sie sich unschlüssig gegenüber und sahen sich im Dunkeln an, zwei farblose Schatten, von der Nacht verschluckt.

»Gute Nacht«, flüsterte er dann. »Schlaf gut und bis morgen.«

»Du auch«, gab sie leise zurück und schloss ihre Zimmertür auf. Rosalie war noch nicht wieder zurück, worüber sie froh war. Sie wollte noch eine Weile mit ihren Gedanken allein sein, ungestört, bevor Rosalie den Raum wieder mit ihrem Geplauder füllen würde. Während sie sich auskleidete und in ihr Nachthemd schlüpfte, starrte sie wie gebannt in die Sterne, die vor ihrem Fenster am schwarzen Himmel tanzten. Sie stellte sich vor, dass Sébastien dasselbe Bild vor Augen hatte, und Wärme stieg in ihr auf.

Kapitel 3

Hyères, Mai 1924

Das Quartett der englischen Ladys stand abfahrbereit in der Eingangshalle, als dem Malteser-Mops eines seiner üblichen Missgeschicke geschah.

»Oh mein Gott! Er ist ja so aufgeregt wegen der Abreise und der langen Zugfahrt bis nach Calais!«, rief Miss Hyacinth schrill und umkreiste den Hund mit nervösen Schritten, ohne jedoch etwas zu unternehmen. Miss Tabitha, Miss Elizabeth und Miss Prudence standen mit langen Gesichtern und verkniffenen Lippen dabei.

»Mylène, würdest du bitte …«, rief Armand, der das Spektakel von der Rezeption aus beobachtete, angewidert. »Fiffi hat sich mal wieder danebenbenommen.«

»Mal wieder«, wiederholte Mylène kaum hörbar und zog eine Grimasse in Armands Richtung. Beide waren froh, dass die exaltierten Gäste abreisten. Rasch holte sie das Putzzeug und wischte den Marmorboden sauber, während die Damen – Miss Hyacinth hielt den Mops nun auf dem Arm wie einen Säugling – keinen Zentimeter zur Seite wichen.

»Würden Sie vielleicht ein bisschen beiseitetreten«, bat Mylène, doch da keine der Engländerinnen ihrem Wunsch nachkam, war sie gezwungen, ihnen bis an die Schuhspitzen zu wischen.

»Huch, was erlauben Sie sich!« Miss Prudence stieß einen kleinen Schrei aus und wich entsetzt einen Schritt zurück. »Halten Sie Abstand!«

»Entschuldigung, Madame«, sagte Mylène, innerlich zähneknirschend, und versuchte, freundlich zu bleiben. Freundlichkeit war das oberste Gebot, schärfte Monsieur Guillaud ihnen täglich ein.

Wenigstens erheiterte die Episode später die Angestellten. Armand imitierte Miss Prudence' zitronensauren Gesichtsausdruck und ihren englischen Akzent, während Mylène, Rosalie und Sébastien sich vor Lachen bogen. »Huch, was erlauben Sie sich, Sie ungeschicktes kleines Ding«, keifte er gespielt erbost in Mylènes Richtung, »wieso beschmutzen Sie meine Schuhe mit den Ausscheidungen dieses feisten Mopshündchens!«

»Zum Glück sind sie nun fort.« Auch Sébastien amüsierte sich bestens, warf Mylène jedoch einen mitfühlenden Blick zu. »Es steht nur zu befürchten, dass sie im nächsten Winter wiederkommen.«

»Sie kommen seit vier Jahren jeden Winter und reisen erst im Mai wieder ab«, verkündete Rosalie mit Grabesstimme.

»Hier geht es ja heiter zu.« Ohne dass sie ihn bemerkt hätten, stand plötzlich Monsieur Guillaud vor ihnen. »Doch nun haben Sie Ihr Päuschen gehabt und können weiterarbeiten.«

Er runzelte die Stirn, doch Mylène kannte ihn inzwischen

gut genug, um zu wissen, dass er gern den gestrengen Hoteldirektor gab, im Grunde jedoch Spaß verstand und seinen Angestellten auch mal eine kleine Auszeit gönnte. Er zwinkerte ihnen zu, trotzdem beeilten sie sich alle vier, wieder zu ihren Aufgaben zurückzukehren.

Sébastien begleitete Mylène den Flur des Erdgeschosses entlang.

»Ich muss mir als Nächstes das Zimmer des Schmetterlingssammlers vornehmen.«

»Das trifft sich gut.« Sébastien lächelte sie an. »Da muss ich auch hin.«

Mylènes Herz begann zu klopfen, und sie betrachtete ihn verstohlen von der Seite. Ob er sich auch so über ihre kleinen Begegnungen während des Arbeitsalltags freute wie sie, ihnen sogar entgegenfieberte? Auf jeden Fall traf sie ihn fast jeden Abend in der Bibliothek, in die sie sich unter dem Vorwand, ein bestimmtes Buch zu suchen oder etwas Ruhe zum Schreiben zu brauchen, begab. Meistens unterhielten sie sich dann, vertrauten sich ein paar Kleinigkeiten aus ihrem Leben an, bis sie sich verlegen, so als hätten sie eine unsichtbare Grenze überschritten, Gute Nacht sagten und in ihren Zimmern verschwanden.

Sébastien klopfte an die Tür des Schmetterlingssammlers, und wenige Sekunden später steckte dieser seinen fast kahlen Schädel durch den Türspalt und blinzelte orientierungslos, so als habe er zumindest Mylène, die jeden Tag sein Zimmer reinigte, noch nie gesehen. »Ja bitte?«

»Ich möchte Ihr Zimmer in Ordnung bringen«, erinnerte sie ihn sanft, und Sébastien fügte hinzu: »Und ich möchte

Ihnen mit Ihren Schmetterlingskästen helfen – Sie baten darum.«

»Aha.« Verwirrt zog der Schmetterlingssammler die Tür ganz auf und ließ sie eintreten. Mylène staunte jeden Tag von Neuem, wenn sie sich umsah. Der gesamte Raum war vollgestopft mit Fangnetzen, Spannbrettern, Nadeln in verschiedenen Größen und Spannstreifen aus brüchigem Pergament, und an den Wänden stapelten sich gläserne Schaukästen, in denen Monsieur Papillon – heimlich nannten ihn sämtliche Angestellten so, sogar Monsieur Guillaud, kaum jemand benutzte seinen wirklichen Namen, Laurel – die Objekte seiner Sammelleidenschaft aufgespießt präsentierte.

»Bitte nur ganz leicht mit einem feuchten Lappen über die Schaukästen wischen«, mahnte Monsieur Papillon mit zittriger Stimme. »Nicht, dass es noch Scherben gibt.«

»Was kann ich für Sie tun, Monsieur?«, erkundigte sich Sébastien.

Der Schmetterlingssammler starrte ihn an, als bemerkte er ihn erst jetzt. »Oh, Sie! Sie könnten Nägel in die Wände schlagen, an denen ich meine Schaukästen aufhängen kann.«

Sébastien hatte Mühe, sich seine Verblüffung nicht anmerken zu lassen. »Aber … Ich weiß nicht, ob Monsieur le Directeur das so recht wäre …? Haben Sie ihn um Erlaubnis gebeten?«

»Das brauche ich nicht.« Der Hotelgast umklammerte mit beiden Händen einen der Ausstellungskästen, so fest, dass seine Fingerknöchel weiß hervortraten. »Schon vor dem Großen Krieg bin ich regelmäßig hier abgestiegen, um Schmetterlinge zu sammeln. Das ist meine Lebensaufgabe, junger

Mann! Ich reise von Gegend zu Gegend, um meine Sammlung zu vergrößern, und bleibe in jedem Hotel viele Wochen! Auch hier. Ich darf mich also Stammgast nennen. Ich bin mir absolut sicher, dass Monsieur le Directeur nichts dagegen hat, wenn ich mich ein wenig gemütlich einrichte.«

»Ich weiß wirklich nicht, ob das erlaubt ist«, begann Sébastien von Neuem und wechselte einen Hilfe suchenden Blick mit Mylène. Diese verfolgte die Szene gebannt. Nie hätte sie sich träumen lassen, auf welche illustren, manchmal gar skurrilen Persönlichkeiten sie in einem Hotel stoßen würde. Ihr kleines Notizbuch füllte sich von Tag zu Tag mehr, die Inspirationen für neue Kurzgeschichten flogen ihr nur so zu. Gestern Abend erst hatte sie eine Geschichte über ein diebisches Paar mit Mops, das in einem Hotel eincheckte und Tafelsilber mitgehen ließ, beendet und sie abends Rosalie, die gespannt an ihren Lippen hing, in ihrem Zimmer vorgelesen.

Bald hatte sie den Raum gereinigt und aufgeräumt, so gut es eben ging, wenn jede freie Fläche mit Schmetterlingskästen zugestellt war, und musste Sébastien allein lassen. Seine Verzweiflung darüber, mit dem exzentrischen Sammler zurückzubleiben, war nicht zu übersehen. Er warf ihr einen Blick zu, bei dem es ihr ganz flau wurde, so als schlügen unzählige Insekten mit ungestümen Flügeln in ihrem Magen. Die feuchten Hände um den Staubwedel geklammert, hoffte sie, Sébastien später noch einmal zu begegnen, allein, ohne die Gesellschaft eines Hotelgastes. Sie bekam gerade noch mit, wie er zaghaft den ersten Nagel in die Wand hämmerte.

»Vielleicht bis später.« Sie kam sich regelrecht tollkühn

vor, Sébastien auf ein weiteres Wiedersehen anzusprechen, ihre Wangen waren heiß wie nach einem Dampfbad. Doch sie hätte es nicht ertragen, Monsieur Laurels Zimmer ohne ein kleines Quäntchen Hoffnung, mehr von ihm zu bekommen, zu verlassen.

»Ja, wir sehen uns sicher nachher noch.« Er hielt einen Moment im Hämmern inne und schenkte ihr ein Lächeln. Sie hielt sich an ihren Putzsachen fest, da sie nicht wusste, wohin mit ihren Händen – oder ihren überschäumenden Gefühlen.

Nebenan wohnte der Exilrusse, Aleksej Fjodorowitsch Melnikow. Anfangs war er ihr so Respekt einflößend und ehrwürdig erschienen, dass sie sich kaum in seine Suite getraut hatte, aber mittlerweile war ihr auch dies zur Routine geworden. Trotzdem zog sie es vor, sein Zimmer zu reinigen, wenn er nicht anwesend war, doch heute schien er sein Frühstück zu ihrem Leidwesen früher beendet zu haben und nickte ihr von seinem hochlehnigen Sessel, in dem er meistens saß, knapp zu. Er hatte schwarzes, dichtes Haar, einen beeindruckenden Schnurrbart und aristokratisch anmutende Gesichtszüge. Wie immer verschanzte er sich hinter einer Zeitung, bekam jedoch ganz genau mit, was sie tat.

»Ist es Ihnen recht, wenn ich mich jetzt um Ihr Zimmer kümmere, oder soll ich später noch mal wiederkommen?«

»Ich werde mich den ganzen Tag hier aufhalten, also bringen Sie es hinter sich«, brummte er. Mylènes erster Blick wanderte zu der Sammlung seiner Kunstgegenstände; heute hatte er die Bibel, die Ikone und das merkwürdige Ei wieder auf seiner Kommode drapiert, an anderen Tagen verbarg er sie im Hoteltresor.

Der Gast raschelte ungeduldig mit seiner Zeitung. »Auf dieser Kommode wird nichts abgestaubt, verstehen Sie? Gar nichts. Sonst beschädigen Sie womöglich noch meine Heiligtümer. Sie sind das Einzige, was ich aus Mütterchen Russland mitnehmen konnte.« Seine Stimme mit dem schweren, harten Akzent klang melancholisch, fast schwermütig.

»Ich bin wie immer vorsichtig«, versprach Mylène und begann, am anderen Ende des Raumes Staub zu wischen.

»Einen einzigen kleinen Koffer konnte ich auf der Flucht mitnehmen«, erinnerte sich Aleksej Fjodorowitsch und starrte ins Leere, als sähe er damit zurück in eine entschwundene, unvergessene Vergangenheit. Sie hörte die Geschichte nicht zum ersten Mal. »Ich habe nur zwei Kleidungsstücke mitgenommen – einen blauen Pullover und eine Unterhose. Doch nicht, um Wechselkleidung dabeizuhaben, oh nein.«

Er sah Mylène auffordernd an; diese malte sich in ihrer Fantasie bereits einen gut aussehenden Protagonisten bei seiner dramatischen Flucht aus Sankt Petersburg aus, zu gern nur würde sie eine Geschichte darüber schreiben, bis sie bemerkte, was von ihr erwartet wurde.

»Wozu dann?«, beeilte sie sich zu fragen.

Aleksej Fjodorowitsch nickte, befriedigt darüber, seine Pointe loszulassen. »Ich habe die Familienbibel, das Marienbildnis und das Fabergé-Ei darin eingewickelt, um sie zu schützen.«

In der Mittagspause musste sie sich seine Worte unbedingt in Stichpunkten in ihr Notizbuch schreiben. Fabergé-Ei – hoffentlich konnte sie sich den Begriff bis dahin merken.

»Was hat es mit diesem Fabergé-Ei auf sich?«, fragte sie, und hielt im Abstauben inne.

»Sie kennen Fabergé-Eier nicht?« Aleksej Fjodorowitsch faltete seine Zeitung zusammen und legte sie beiseite. Behutsam nahm er das dunkelrote, mit glänzendem Gold verzierte Ei in die Hände. »Vor mehr als dreißig Jahren begann Peter Carl Fabergé, in Sankt Petersburg diese wundervollen Schmuckstücke herzustellen. Sie sind ungeheuer kunstvoll gearbeitet und sündhaft teuer. Die meisten fertigte Fabergé für den Zaren persönlich an, aber auch andere bedeutende Personen durften ein Ei in Auftrag geben. Mit der Revolution war natürlich Schluss damit.«

Mylène hörte ihm so fasziniert zu, dass sie darüber ihre Arbeit vergaß. »Und Sie waren eine bedeutende Person, Monsieur?«

Aleksej Fjodorowitsch nickte würdevoll. »Ja. Ich bin mit den Romanows verwandt. Aber lassen wir das, bevor ich allzu trübsinnig werde. Schlimme Dinge sind unserem Zarenreich widerfahren, und dieser Stalin, der jetzt an der Macht ist, wird das Land noch mehr ins Unglück stürzen.«

Mylène, die nur wenig über die Zustände in Russland wusste, nickte zögerlich und schüttelte die Bettdecke und die Kissen auf. Aleksej Fjodorowitsch legte eine Schellackplatte mit seiner üblichen traurigen Musik auf und lauschte mit geschlossenen Augen. »Die *Pathétique* von Tschaikowsky«, erklärte er Mylène, »Musik so düster wie die russische Seele.«

Behutsam, um den Gast nicht zu stören, staubte Mylène den Lampenschirm auf dem Beistelltisch ab, wobei ihr Blick auf die unachtsam zusammengefaltete Zeitung fiel. *Gefeierter*

Schriftsteller Fitzgerald schifft sich nach Europa ein, las sie. Neugierig überflog sie den Text, bis Aleksej Fjodorowitsch neben ihr geräuschvoll grunzte und sie vorwurfsvoll ansah. »Sie sind ja noch immer hier. Ich dachte, Sie wären längst fertig.«

»Verzeihung«, murmelte Mylène und packte ihre Putzutensilien zusammen, vermochte sich aber nur schwer von dem Artikel über Fitzgerald zu lösen.

Der Russe wedelte ungeduldig mit der Hand. »Nehmen Sie das Schundblatt mit, wenn es Sie so interessiert. Es steht ja ohnehin nichts von Bedeutung drin.«

Das ließ sie sich nicht zweimal sagen. »Danke!« Sie klemmte sich die Zeitung unter den Arm und verabschiedete sich, doch der Gast, der sich wieder vollends den schwermütigen Melodien hingab, hörte sie bereits gar nicht mehr.

Zum Mittagessen fanden sich die Hotelangestellten in der Küche ein, wo sie die übrig gebliebenen Speisen der Gäste verzehren durften. Fernand, der Koch, empfand es als Beleidigung, dass im Restaurant immer etwas übrig blieb, aber Mylène hegte den Verdacht, dass er einfach zu viel kochte. Er bereitete immer Berge von Gerichten zu, so als sei das Hotel ausgebucht.

Sie genoss die halbe Stunde am Mittag, die sie in Gesellschaft Rosalies, Armands und natürlich Sébastiens verbringen durfte, sehr. Es fühlte sich ein bisschen an, wie an einer lauten, munteren Familienmahlzeit teilzunehmen, was sie als Einzelkind nie erlebt hatte.

»Und, hast du in Monsieur Papillons Zimmer für jeden

Schaukasten einen Nagel in die Wand geschlagen?«, erkundigte sie sich.

Sébastien verdrehte die Augen. »Er hat mich dazu genötigt.«

Rosalie und Armand ließen sich die ganze Geschichte erzählen. »Monsieur le Directeur wird nicht sehr erbaut sein«, vermutete Armand.

»Das kann man wohl sagen. Ich habe ihm später gestanden, was ich getan habe. Er war hin- und hergerissen – einerseits will er stets, dass wir uns an sein Motto *Der Kunde ist König* halten, andererseits missfällt es ihm natürlich, dass die Wände der Neunundsechzig jetzt unzählige Löcher haben. Sobald Monsieur Papillon mitsamt seinen Schmetterlingskästen abreist, sieht es aus, als habe sich eine Raupe durch die Wände gefressen.«

Mylène und Rosalie kicherten, während Fernand mit einem Tablett voller Schokocremetörtchen erschien, die das Restaurant hatte zurückgehen lassen.

»Köstlich, Fernand!«, riefen sie wie aus einem Munde.

»Monsieur Guillaud hat mir aufgetragen, die Löcher zuzuspachteln, sobald der Schmetterlingsmann abgereist ist.« Sébastien zuckte die Achseln. »Menschen sind schon seltsame Wesen.«

Rosalie hatte ihr Cremetörtchen verschlungen und tupfte sich mit ihrer Serviette die Mundwinkel ab. »Habt ihr Lust, heute Abend auszugehen? Es ist Samstagabend, Zeit, mal wieder ein Tänzchen aufs Parkett zu legen.«

»Ich bin dabei«, stimmte Armand zu. »Wie sieht's mit euch beiden aus?«

Mylènes Gesicht begann zu glühen. Eigentlich hatte sie vorgehabt, sich auch heute Abend in die Bibliothek zurückzuziehen, ihre geheime Oase, und in den verstaubten Buchseiten zu blättern, die Hunderte von Geschichten erzählten, in der Hoffnung, auch Sébastien möge wieder wie zufällig aufkreuzen. Bei dem Gedanken, so nah neben ihm auf dem Samtsofa zu sitzen, dass sich ihre Knie fast berührten, während das Licht vor dem Fenster einer lila Abenddämmerung wich, geriet ihr Herzschlag einen Moment aus dem Takt.

Sébastiens fragender Blick streifte sie flüchtig. »Ich glaube, ich bleibe lieber hier. Ich muss noch ein paar medizinische Wälzer durchackern.«

Mylène nickte eifrig, wahrscheinlich standen ihr ihre wahren Beweggründe, hierbleiben zu wollen, ins Gesicht geschrieben.

Rosalie sah sie bedeutungsschwer an. »Was seid ihr doch für Trantüten, ihr zwei. Der angehende Monsieur le Docteur und die Schriftstellerin – richtige Stubenhocker seid ihr. Wollt ihr nicht mal was erleben, ein bisschen Spaß haben?«

»Ich würde eingehen, wenn ich einen Samstagabend mit Büchern verbringen müsste«, fügte Armand hinzu, wobei er das Wort *Bücher* betonte, als handelte es sich dabei um ein längst überholtes Relikt aus vergangenen Zeiten. »Gebt euch einen Ruck, ihr zwei, und begleitet uns. Ihr seid beide jung, herumsitzen könnt ihr auch noch, wenn ihr Großeltern seid.«

Um Sébastiens Mundwinkel zuckte ein Lächeln, und Mylène ertappte sich bei dem Gedanken, wie es wäre, seine Lippen mit den Fingerspitzen zu berühren. Plötzlich überkam sie unbändige Lust, sich wie Rosalie und Armand ins Nachtleben zu stürzen, um mit Sébastien zu tanzen, seine Hände auf ihrer Taille zu spüren. »Vielleicht hast du recht«, gestand sie. »Ich komme mit.« Gleichzeitig trommelte ihr mit jedem Atemzug der Wunsch in der Brust, Sébastien möge sich ihnen anschließen. Es würde wohl kaum eine bessere Gelegenheit geben, ihm näherzukommen, als bei einem gemeinsamen Tanzabend mit Freunden.

Alle Augen waren auf Sébastien gerichtet. »Und wie steht es mit unserem Gelehrten?«, fragte Armand spitz.

Sébastien hob abwehrend beide Hände und lachte. »Also gut, warum nicht. Heute bin ich für jede Schandtat zu haben.«

Um sich ihre überschäumende Freude nicht anmerken zu lassen, Rosalie und Armand hätten sie sonst nur aufgezogen, beugte sich Mylène über die Zeitung, die sie aus dem Zimmer des Exilrussen mitgenommen hatte. Die Tischgesellschaft löste sich allmählich auf, und sie blieb mit Sébastien allein zurück.

Etwas unaufmerksam, da sie seine Nähe aus dem Konzept brachte – er roch so verwirrend und gleichzeitig anziehend nach frischer Kernseife und Hühnersuppe –, las sie den Artikel über F. Scott Fitzgerald weiter. *An Bord der SS Mennewaska stach der Autor zusammen mit Ehefrau Zelda und der kleinen Tochter Scottie in See, im Gepäck siebzehn Schrankkoffer, mehrere Kisten, Koffer und Taschen sowie sämtliche Bände der* Encyclopaedia Britannica.

»Was liest du da?« Sébastien beugte sich zu ihr und blickte ihr über die Schulter. »Ah, die Fitzgeralds! Seltsam, dass selbst die französischen Zeitungen über sie berichten, soviel ich weiß, wurde bisher keiner seiner Texte ins Französische übersetzt, oder?«

Sie schüttelte den Kopf. »Nein, wohl nicht. Aber ihr exzentrischer Lebensstil erregt wohl genug Interesse.«

Gemeinsam lasen sie den Artikel weiter. Mylène musste sich jeden Satz zweimal vor Augen führen, um ihn zu verstehen, denn ihre Gedanken drehten sich wie auf einem Kettenkarussell. Ob es Sébastien genauso ging?

Da F. Scott und Zelda Fitzgerald auf Long Island ein ausschweifendes Partyleben führten und nicht zur Ruhe kamen, was den bekannten Schriftsteller daran hinderte, an seinem neuesten, vom Publikum lange ersehnten Roman weiterzuarbeiten, entschlossen sie sich, in die Alte Welt zu reisen. Fitzgerald hofft, hier einen gemächlicheren Lebensrhythmus zu finden und seine Schöpfungskraft neu zu entfachen. Das erste Etappenziel der Familie soll Paris sein …

»Paris?« Mylène sah überrascht zu Sébastien auf. »Im Ernst?«

»Merkwürdig, nicht?«, bestätigte er. »Ausgerechnet in Paris will er genügend Ruhe zum Schreiben finden? Paris ist der Inbegriff des Nachtlebens, Paris schläft nie – all die Partys, Klubs, Bars, Revuen … Ich bezweifle, dass sich zwei Gesellschaftslöwen wie Fitzgerald und seine Frau davon fernhalten … In Magazinen habe ich Fotografien gesehen; die beiden wissen, wie man feiert.«

Nachdenklich betrachtete sie das Porträt der beiden Prominenten. »Wahrscheinlich wäre es ratsamer für die Fitzgeralds, an einen Ort zu reisen, an dem es ruhiger ist. Vielleicht sollten sie zu uns nach Hyères kommen. Hier wäre der Roman im Nu fertig geschrieben, so wenig Ablenkung, wie es hier gibt.«

Sébastien lachte. »Da hast du recht. Beschaulicher als hier trifft man es nirgendwo. Ich kann mir aber nicht vorstellen, dass sie sich hierher verirren.«

Schade eigentlich, dachte Mylène. Wäre es nicht wunderbar, wenn der amerikanische Autor samt Familie im Grimm's Park Hotel Quartier beziehen würde? Wie aufregend es wäre, einmal einen echten Schriftsteller von Nahem zu sehen und möglicherweise, wenn sie Glück hätte, ein paar verstohlene Einblicke in seine Arbeitsweise gewinnen zu können! Natürlich machte sie sich keinerlei Illusionen – sie wusste, das wirkliche, aufregende Leben spielte sich ausschließlich in Paris ab, nicht hier in dieser verschlafenen Hafenstadt, in der von April bis Oktober absolut nichts los war.

»Seltsame Leute«, befand Sébastien und besah sich noch einmal das Bild des Ehepaares, das mit seiner Tochter, umringt von unzähligen Koffern und Kisten, in New York am Pier stand. Sie lachten offen und selbstbewusst in die Kamera, und auch eine Spur erwartungsvoller, fast fordernder Neugier mischte sich in ihre Blicke. »Sie wirken, als gehöre ihnen die Welt.«

Wahrscheinlich hatte er recht, trotzdem versetzten seine abschätzigen Worte Mylène einen Stich. Die Fitzgeralds faszinierten sie über alle Maße, sie erschienen ihr wie Märchengestalten aus *Tausendundeiner Nacht*. Und dass sie demnächst Paris erreichen würden, die Stadt der Kunst und Kultur, der Literatursalons und Bälle, vervielfachte noch diesen Zauber, der sie umgab wie sprühende Funken.

Während sie bis zum Abend in leer stehenden Zimmern die Betten frisch überzog und überall die Seifen auffüllte, überlegte sie ohne Unterlass, was sie nur anziehen sollte. Sie besaß nur ein Sonntags- sowie zwei Alltagskleider, und die waren wohl kaum zum Tanzen geeignet. Der Gedanke, äußerst unpassend gekleidet in irgendeinem Nachtklub zu erscheinen, vermieste ihr die Stimmung; ob Sébastien überhaupt einen Anzug besaß?

Doch Rosalie hatte bereits vorgesorgt. Als Mylène nach Feierabend in ihr gemeinsames Zimmer kam, lag ein Chiffonkleid auf ihrem Bett ausgebreitet, das je nach Blickwinkel rosa oder grau wirkte, einmal wie ein trübes Rosenblatt, einmal wie Asche.

»Rosalie, das kann ich nicht annehmen. Das Kleid ist entzückend, zieh es doch bitte selbst an.« Ehrfürchtig berührte sie den zarten Stoff, der unter ihren Fingern kühl knisterte.

»Ach was.« Ihre Zimmergenossin winkte lässig ab. Sie trug bereits das champagnerfarbene Kleid von ihrem letzten Tanzabend, Perlen und schwarze Lackschuhe, die frisch poliert glänzten. »Ich leihe es dir gerne, ich habe ohnehin mehr Kleider als du. Meine Großmutter schenkt mir zu Weihnachten jedes Jahr ein neues, und ich halte die Stücke immer in Ehren, damit sie noch lange aussehen wie neu. Komm, zieh es an, ich helfe dir mit den Knöpfen.«

Zögernd ließ Mylène sich in das Kleid hineinhelfen und trat dann vor den kleinen Spiegel, der ein Bruchstück ihrer Erscheinung wiedergab. Das pudrige Rosa betonte ihre helle Haut mit den Sommersprossen und die lakritzschwarzen Haare.

Rosalie begutachtete sie fachmännisch. »Wundervoll. Du brauchst noch Schmuck – hast du keine Perlen? Eine lange Perlenkette, viel Wimperntusche und dunklen Lippenstift, und schon bist du der perfekte Flapper.«

Mylène legte ihre Hand über das silberne Kreuz ihrer Großmutter, als müsse sie es schützen. »Ich habe leider keine Perlen.«

»Dann muss es auch so gehen«, seufzte Rosalie. »Vielleicht solltest du mal ein bisschen für Accessoires sparen und nicht nur für Schreibpapier und Bleistifte.«

Als ob ich das jemals tun würde, dachte Mylène und lächelte in sich hinein.

Der Nachtportier am Empfang pfiff ihnen bewundernd hinterher, und auch Sébastien und Armand, die draußen in der lauen Abendluft auf sie warteten, maßen sie mit stolzen Blicken.

Sébastien trug tatsächlich einen Anzug; er wirkte darin so souverän und auf liebenswürdige Weise vornehm, dass Mylène ihn mehrmals heimlich musterte. Heute Abend kamen wohl ungeahnte Seiten an allen zum Vorschein. Er bot ihr galant seinen Arm, und sie hakte sich bei ihm unter, während sie Rosalie und Armand in die Altstadt folgten.

»Vielleicht sollten wir öfter ausgehen«, bemerkte Sébastien mit einem Funkeln in den Augen, »zu viert, meine ich.«

»Das finde ich auch.« Mylène fand es bezaubernd, wie er leicht errötete. Er schien genauso aufgeregt wie sie. Sie fühlte sich wie ein Teil eines glamourösen Paares, das wie Motten durch die angehende Nacht taumelte, sich treiben ließ. Überall schien Leben zu herrschen, die Fenster der pastellfarbenen, dicht aneinandergedrängten Häuser leuchteten in der Dämmerung, und aus den Restaurants und Bars drang Musik. Frauen, die wie sie und Rosalie gekleidet waren, drängten an den Armen gut aussehender Männer in die Gaststätten.

Sie folgten Rosalie und Armand, die sich offensichtlich gut auskannten, in einen Nachtklub und ergatterten einen der wenigen freien Tische, um den sie gedrängt sitzen mussten. Die Luft war schwer und undurchdringlich vom Rauch unzähliger Zigaretten und Zigarren, die Lichter spärlich, sie huschten wie ein Schwarm Irrlichter über die vielen Köpfe hinweg, schluckten alle Farben.

»Champagner für uns alle«, schrie Rosalie der Bedienung, einem jungen Mann in schwarzem Frack und mit glatt zurückgekämmten Haaren, gegen die laute Musik und das Stimmengewirr entgegen. »Und nun lass uns tanzen, Armand!«

Sie verschwand mit ihrem Verehrer auf der kleinen Tanzfläche, auf der es so eng war, als wären die Menschen Heringe, die man in eine Büchse gesteckt hatte.

Sébastien und Mylène sahen sich ein wenig ratlos an, doch beide lächelten.

Was nun?, schien Sébastiens Blick zu sagen. Er rief ihr etwas ins Ohr, seine Lippen so nah an ihrem Kopf, dass sie ihr Haar berührten. Es war eine ganz neue, aufregende Erfahrung, so dicht an ihn heranzurücken, dass es in ihrem Innern kribbelte. Sie vermutete, dass er sie gefragt hatte, ob sie auch tanzen wollte, und nickte einfach. Er drückte ihre Hand und zog sie auf die Beine, um sich ihr voran durch die Menge der Feiernden zu schlängeln.

Sie eroberten ein kleines Stückchen der Tanzfläche und bewegten sich Bauch an Bauch zu Liedern wie dem *St. Louis Blues, Tea for Two* und *California, here I come.* Die Menge um sie herum wogte auf und ab wie ein Meer sich biegender Schilfblätter, an den Tischen ringsum knallten Champagnerkorken, und lautes Gelächter vermischte sich mit den Klängen der Band.

Mylène schloss die Augen und atmete Sébastiens vertrauten Duft ein, fühlte den glatten Stoff seines Anzugs unter ihren Fingerspitzen. Sie spürte, wie sein Herz pochte, so eng schmiegten sie sich aneinander. Sie fühlte sich wie im Himmel vor Glück; sie hätte sich tagelang mit ihm zu der schwungvollen Musik bewegen können, an seinen warmen Körper gedrückt. Dieses Gefühl, sich so stark zu jemandem hingezogen zu fühlen, dass man den Wunsch verspürte, sich in ihm aufzulösen, hatte sie bisher nur in ihren Geschichten beschrieben – jetzt empfand sie es selbst.

Nach einer Ewigkeit, wie ihr schien, signalisierte er ihr stumm, dass er allmählich erschöpft war und zum Platz zurückkehren wollte. Sie nickte, und sie gingen zum Tisch zurück. Die Champagnerflasche, die der Ober gebracht hatte, war bereits leer, obwohl sie noch keinen Schluck getrunken hatten. Das hatten offensichtlich Rosalie und Armand übernommen, die mehr auf den Stühlen hingen als saßen und sich giftig anblickten.

»Zielst du darauf ab, mich eifersüchtig zu machen?« Armand verschränkte trotzig die Arme vor der Brust, er klang undeutlich, lallte fast.

»Es wird doch noch erlaubt sein, auch mal mit anderen

Männern zu tanzen«, fuhr Rosalie auf. Auch ihr merkte man den Alkohol an, ihr dunkles Haar, das sie im Hotel so sorgfältig zu Wellen frisiert hatte, war zerzaust. »Wir sind ja nicht verheiratet oder so.«

»Wir sind aber zusammen hier.« Armand wedelte mit seiner leeren Champagnerflöte, um den Ober auf sich aufmerksam zu machen. »Noch eine Flasche bitte.«

»Das lässt du besser bleiben.« Sébastien nahm ihm das Glas aus der Hand und platzierte es wieder auf dem Tisch. »Ich glaube, ihr hattet beide genug.«

»Hier spricht wohl Monsieur le Docteur aus dir«, stichelte Rosalie. Sie vermochte ihn kaum zu fokussieren, ihre Augen irrten unstet im Raum umher. »Ja, wir sind zusammen hier, aber ich bin nicht dein Eigentum, werter Armand. Außerdem hast du auch mit dieser … dieser Rothaarigen getanzt, als wärt ihr allein auf der Tanzfläche.« Rosalie presste sich die Hände gegen den Magen und stöhnte auf; ihre Stirn glänzte vor Schweiß. »Mir ist gar nicht gut.«

»Kein Wunder«, murmelte Mylène. »Du hast einfach zu viel getrunken. Wir sollten nach Hause gehen.« Die Gewissheit, dass der Abend hiermit auch für sie und Sébastien zu Ende war, stimmte sie traurig, doch sie hoffte, dass es noch viele Gelegenheiten wie diese geben würde.

»Macht, was ihr wollt, ich bin weg.« Ehe sie sich versahen, hatte Armand einen Geldschein auf den Tisch gelegt und drängelte sich durch die Menge, wobei er schwankte wie ein Schiff in Seenot. Bald war er aus ihrem Sichtfeld verschwunden.

»Na toll.« Rosalie war den Tränen nahe, von ihrer vorherigen, alkoholgeschwängerten Aggressivität war nichts mehr übrig. »Jetzt lässt er mich einfach hier sitzen, der Schuft.«

Sébastien seufzte. »Wir bringen dich heim, komm schon. Aber aufstehen musst du noch selbst.«

Doch Rosalie war so schwach auf den Beinen, dass sie ihr auch dabei helfen mussten. Sowohl Mylène als auch Sébastien packten sie unter einem Arm und zogen sie auf die Füße, bis sie unsicher stand. Mylène graute es vor dem Heimweg – wie lange würde es wohl dauern, eine völlig betrunkene junge Frau ins Hotel zu schleifen?

Die Nachtluft, die überraschend kühl war und sich wie ein feuchtes Tuch auf ihre erhitzten Gesichter legte, schien Rosalie ein bisschen zu ernüchtern. Zwischen Mylène und Sébastien eingeklemmt, die sie halb zogen, halb schoben, weinte sie leise vor sich hin. »Dieser Mistkerl. Lässt mich einfach so stehen.«

Sébastien warf Mylène über Rosalies Kopf hinweg einen bedeutungsschweren Blick zu. »Ich wette mit dir, dass du nächstes Wochenende wieder mit ihm ausgehst, als sei nichts gewesen. So ist es doch jedes Mal mit euch beiden.«

»Dieses Mal nicht«, schniefte Rosalie.

Im Hotel angekommen, führten sie sie durch die dunklen Gänge. »In meinem Kopf dreht sich alles«, jammerte Rosalie. »So kann ich nicht schlafen, mir ist, als würde ich Karussell fahren.«

Sie bugsierten sie in die Hotelküche, die nun, mitten in der Nacht, still und einsam war. Mylène fand es ungewohnt, dass es zu dieser Tageszeit nichts zu schnuppern gab – sonst duftete es immer nach etwas, nach frisch gebackenem Brot, gedünstetem Gemüse oder zuckrigen Eclairs. Sie setzte sich neben Rosalie auf die Holzbank und sah zu, wie Sébastien Kaffee aufbrühte. Er reichte Rosalie eine große Tasse und wies sie an, diese auszutrinken, sobald der Kaffee abgekühlt war.

»Wenn ihr wüsstet, wie schlecht mir ist«, murmelte Rosalie, doch das Getränk schien ihr gutzutun und die Wirkung des Alkohols etwas abzuschwächen.

»Zum Glück wissen wir das nicht.« Sébastien grinste sie im Licht der trüben Notbeleuchtung an. Mylène bewunderte ihn, wie er sich so gelassen und ruhig um ihre Kollegin kümmerte, er würde mit Sicherheit ein guter Arzt werden, dem man sich anvertrauen konnte. Er war fürsorglich, ohne großes Aufheben zu machen. Am liebsten wäre sie ihm nicht mehr von der Seite gewichen. Vielleicht war Heimat nicht nur ein Ort, schoss es ihr durch den Kopf, sondern auch ein Mensch, bei dem man sich geborgen fühlte?

»Und jetzt ab in die Federn«, sagte Sébastien, als der Kaffee getrunken war. Wieder mussten sie Rosalie aufhelfen und unterhaken, damit sie den Weg bis ins Obergeschoss bewältigen konnte.

Sébastien half Mylène, Rosalie auf ihr Bett zu legen und ihr die Schuhe auszuziehen sowie die Perlen abzunehmen, damit sie sich im Schlaf nicht strangulierte. Sie führten jeden Handgriff aus, als hätten sie sich abgesprochen. Endlich lag Rosalie unter ihrer Decke und rührte sich nicht mehr. Ihr schönes Kleid wäre am Morgen völlig zerknittert, aber daran konnten sie nichts ändern.

Mylène begleitete Sébastien zur Tür, und einen Moment lang standen sie sich schweigend im Dunkeln gegenüber.

»Was für eine Nacht«, flüsterte er und lachte leise.

Sie stimmte mit ein. »Auf jeden Fall habe ich neue Inspirationen bekommen.«

»Das nächste Mal gehen wir allein tanzen – ohne Gesellschaft.«

Ihr Herz begann schneller zu schlagen, flatterte wie ein aufgeregter Vogel in ihrem Brustkorb. Er wollte ein nächstes Mal; für sie persönlich konnte es nie genug nächste Male geben. »Ja, das tun wir.«

Plötzlich beugte er sich herab und küsste sie auf die Lippen, leicht und zärtlich. Dann legte er ihr die Hand in den Nacken, zog sie noch näher an sich und küsste sie leidenschaftlicher, sodass auch ihr schwindlig wurde, und das ganz ohne Champagner.

Kapitel 4

»Na, die Damen?«

Erfreut sah Mylène von ihrer Arbeit hoch. Sie polierte mit Rosalie im leeren Restaurant das Silber, eine schöne, ruhige Arbeit, die sie liebte, da man dabei so gut seinen Gedanken nachhängen konnte. Sébastien hielt einen Werkzeugkasten in der Hand.

»Wo kommst du denn her?«, fragte sie und spürte, wie sich wieder dieses warme Gefühl in ihr einstellte, das sie stets überkam, wenn Sébastien in ihrer Nähe war. Seit dem Kuss, den sie sich nachts vor ihrer Zimmertür gegeben hatten, kribbelten die Schmetterlinge in ihrem Bauch so stark, wenn sie ihn sah, dass sie sich so leicht fühlte, als könne sie abheben und eine Handbreit über dem Boden schweben.

»Ich musste ein paar tropfende Wasserhähne reparieren.« Er lächelte sie an. Die milde Frühlingssonne, die durch die bodentiefen Fenster fiel, vergoldete seine dunklen Haare und spiegelte sich im Silberbesteck, das ausgebreitet auf einem großen Tisch lag. Goldene Lichtpunkte tanzten über die Wände.

»Willst du uns nicht beim Polieren helfen?« Rosalie gähnte ungeniert. »Die Arbeit ist so unendlich öde.«

»Danke, nein.« Sébastien lachte. »Die Ehefrau eines Geschäftsreisenden hat sich anscheinend verkühlt und nach einem Arzt verlangt, ich muss gleich mal nach ihr schauen. Ich wollte dich etwas fragen, Mylène.« Er räusperte sich und warf einen verlegenen Seitenblick auf Rosalie, die gespielt gelangweilt die Augenbrauen hochzog.

»Tut, als wäre ich gar nicht da.«

»Was willst du mich fragen?« Erwartungsvoll sah Mylène ihm in die blaugrauen Augen, die auf ihr ruhten. Vielleicht würde er sie zu einem Spaziergang am Strand einladen? Der Gedanke, dass dies einem richtigen Rendezvous gleichkäme, ließ ihre Knie weich werden. Ein Wirbelsturm der Gefühle fegte über sie hinweg, Aufregung, Nervosität, Angst, er würde sie lediglich bitten, ihm bei einer Reparatur zu helfen … Womöglich bildete sie es sich nur ein, dass er in ihrer Gegenwart genauso albern glücklich war wie sie in seiner?

»Du hast doch morgen auch deinen freien Nachmittag, oder? Ich muss nach La Croix-Valmer, in meine zukünftige Praxis. Es gibt noch einiges zu besprechen, wie zum Beispiel die Summe der Ablöse … Docteur Talon führt mich auch noch mal durchs Haus, damit ich mir alles genau anschauen und die Räume ausmessen kann. Ich … ich wollte dich fragen, ob du mich begleiten möchtest?« Seine Stimme klang zaghaft, so als befürchte er, seine Einladung würde wenig reizvoll klingen. Womit er sich natürlich gründlich täuschte – Mylène bedeutete sein Angebot so viel, dass ihr vor Rührung ein Kloß im Hals saß, der ihr das Sprechen schwer machte. Bisher waren sie kaum einmal allein gewesen, stets hatten Kollegen oder Hotelgäste sie umringt; die Aussicht, unter sich zu sein, nur zu zweit – und zwar deutlich länger als die ein, zwei Stunden, die sie in der Bibliothek zu verbringen pflegten –, war verlockend und aufwühlend zugleich. Sie schluckte und strich sich nervös über das Haar, als hätte Sébastiens Frage es in Unordnung gebracht, so wie er ihr Inneres in Aufruhr versetzte.

»Ja, gerne«, brachte sie heiser hervor.

Rosalie beobachtete sie amüsiert. »Ihr seid mir ja ein Gespann. Nicht so schüchtern, sonst wird das nie was mit euch.«

Mylène bekam heiße Wangen, und Sébastien sah Rosalie einen Moment irritiert an, bevor er fortfuhr: »Morgen nach dem Mittagessen? Ein ehemaliger Kommilitone von mir leiht mir sein Automobil.«

»In Ordnung.« Vorfreude tanzte in Mylènes Magen, und sie war entsetzlich aufgeregt. Ein ganzer Nachmittag allein mit Sébastien, eine Fahrt im Automobil an der Küste entlang – sie war noch nie in einem solchen Gefährt mitgefahren – verhießen das pure Glück für sie.

»Wunderbar, dann bis später.« Sébastien umfing sie noch einmal mit leuchtenden Augen, dann verschwand er wieder mit seinem Werkzeugkasten.

»Du Glückspilz!«, rief Rosalie, kaum dass er die Tür hinter sich geschlossen hatte. »Ich glaube es nicht! Er ist total verliebt in dich.«

Mylène, für die die Situation völlig neu war, griff verlegen nach ein paar Silberlöffeln, die sie gerade erst poliert hatte, und schrubbte sie noch mal. »Ach was«, wehrte sie ab, doch innerlich dachte sie: Und wenn doch? Der Gedanke ließ ihr Herz stolpern; völlig neue Welten taten sich vor ihr auf, mit denen sie sich noch nie auseinandergesetzt hatte.

»Hast du nicht bemerkt, wie er dich angesehen hat? Ich glaube, dass Armand in mich verschossen ist, aber so hat er mich noch nie angeschaut, das schwöre ich dir.«

Einen Tag später wartete Sébastien bereits in einem klapprigen alten Peugeot vor dem Eingang des Hotels, als sie, kurzatmig vor Aufregung, nach draußen kam. Sie hatte ihr schwarzes Hausmädchenkleid gegen eine weiße Bluse und einen roten Rock getauscht und trug einen mit einem gelben Band geschmückten Strohhut. Sébastien hielt ihr galant die Autotür auf, und sie fühlte sich auf einmal wie eine Touristin, die Urlaub am Meer machte; dieses Gefühl musste sie unbedingt in ihrem Innern verwahren und am Abend stichpunktartig in ihrem Notizbuch festhalten. Mit wachen Sinnen nahm sie sein herbes Rasierwasser wahr, das Sorglosigkeit und Unbeschwertheit zu symbolisieren schien.

Sébastien fuhr mit quietschenden Reifen los, und sie hielt sich instinktiv am Türgriff fest.

»Was ist?«, fragte er lachend. »Ängstigt dich die Geschwindigkeit? Bist du noch nie in einem Automobil gefahren?«

»Nein … eigentlich nicht«, gestand sie. »Ein Dorfbewohner aus Riboux hat mich auf einem Viehtransport mit nach Hyères genommen.«

»Höchste Zeit, dass wir beide mal rauskommen und etwas erleben, findest du nicht?« Sébastien beschleunigte und folgte der Küstenstraße. Mylène schaute wie verzaubert auf das Meer zu ihrer Rechten. Weiße Schaumkrönchen, die in der Sonne funkelten, hüpften auf den Wellen auf und ab. Unter der Oberfläche schien das Wasser unergründlich tief, saphirblau, an anderen Stellen grün wie Smaragde. Der Strand war menschenleer, nur einmal bemerkte sie eine Frau, die mit drei kleinen Kindern und einem Hund durch den Sand stakste, nah am Wasser entlang, das ihre Fußabdrücke überspülte.

Sie lockerte ihre Hand, mit der sie sich verkrampft am Türgriff festgehalten hatte. Der herrliche Ausblick entspannte sie mehr und mehr, und die anfängliche Nervosität darüber, mit Sébastien allein im Automobil zu sitzen, flog davon wie ein Schwarm Möwen.

»La Croix-Valmer liegt auf einer Halbinsel – das finde ich herrlich«, schwärmte Sébastien. »Stell dir nur vor, wie schön es sein muss, vor und nach der Arbeit am Meer entlangzuspazieren; nie könnte ich auf Dauer in einer Stadt leben, zwischen den Häuserzeilen und Straßenschluchten käme ich mir vor wie eingesperrt. Was denkst du?« Er nahm für einen Moment den Blick von der Straße und sah sie an. Mylène spürte, dass er die Frage nicht stellte, um zu plaudern, nein, die Antwort schien ihm durchaus wichtig zu sein, nach dem ernsten, plötzlich rauen Klang seiner Stimme zu urteilen.

»Ich glaube, ich bin auch ein Landei«, sagte sie nachdenklich. »Zumindest ein bisschen. Riboux mit seiner Handvoll Einwohner war mir eindeutig zu eng und zu klein, ich hatte das Gefühl, dort zu ersticken. Hyères ist schon recht groß.

Ich könnte mir gut vorstellen, in einer kleinen Stadt zu leben, in der es Annehmlichkeiten wie Geschäfte und Cafés gibt, aber auch Natur. Ich liebe das Meer, obwohl ich seit meiner Kindheit, als meine Eltern mich auf Ausflüge mitgenommen haben, nicht mehr dort war. Und ich hätte gerne einen Garten, in dem ich Gemüse und Obst anpflanzen kann. In einer größeren Stadt ist das ja nicht gut möglich.«

Sébastien lächelte zufrieden. »Ich glaube, La Croix-Valmer wird dir gefallen. Es hat nur wenige Tausend Einwohner, also sehr viel weniger als Hyères, und die Lage auf der Halbinsel ist malerisch – ich war erst zweimal dort, um die Übernahme der Praxis in trockene Tücher zu bringen, aber ich habe sofort mein Herz an den Ort verloren. Ein guter Ort, um sich niederzulassen und sein Leben aufzubauen.« Den Rest der Fahrt verbrachten sie in angenehmem Schweigen. Mylène genoss die milde Brise auf ihrer Haut und hielt ihren Hut fest, der in den Kurven von ihrem Kopf zu segeln drohte. Die Sonne wärmte ihre Arme und glitzerte wie Splitter von Diamanten auf dem Meer. Trotz aller Verluste, die sie erlitten hatte – war das Leben nicht herrlich?

In La Croix-Valmer hielt Sébastien vor einem zweistöckigen, grauen Steingebäude, das von einem Garten umgeben war. Hinter dem niedrigen Mäuerchen, welches das Grundstück von der Straße trennte, wuchsen knorrige Feigenbäume mit ausladenden Kronen, duftender Thymian, Rosmarin und Oleander. Der Garten war etwas zugewuchert, aber gerade diese ursprüngliche Wildheit zog Mylène an. Ihr schossen sofort Ideen durch den Kopf, wo man die Pflanzen etwas zurückschneiden und noch ein paar Blumen säen konnte, die den Garten in ein farbenfrohes Blütenmeer verwandeln würden.

»Gefällt es dir?«, fragte Sébastien und sah sie erwartungsvoll an.

Sie nickte begeistert. »Der Garten ist schon mal prächtig, wenn er auch etwas Pflege braucht.«

»Docteur Talon ist nicht mehr der Jüngste«, raunte er ihr zu, während er auf den Klingelknopf drückte. »Die Praxis und das Haus sind ihm mittlerweile zu viel geworden, deshalb bricht er hier seine Zelte ab und zieht zu seiner Tochter nach Marseille.«

In diesem Moment wurde die Haustür geöffnet, und ein älterer Herr kam mit ausgebreiteten Armen auf sie zu. »Mein lieber Marais, wie schön, Sie zu sehen. Und Ihre Verlobte haben Sie auch mitgebracht.«

Sébastien und Mylène öffneten beide den Mund, um die Aussage richtigzustellen, doch der Arzt ließ sie gar nicht erst zu Wort kommen, sondern küsste Mylène herzlich auf beide Wangen und schüttelte Sébastien die Hand. »Nur hereinspaziert in euer zukünftiges Heim! Es wartet auf euch!«

Sie sahen sich achselzuckend und ein wenig verlegen an, beschlossen aber stillschweigend, die Art ihrer Beziehung auch jetzt nicht zu offenbaren.

»Kommt in die gute Stube!« Docteur Talon bedeutete ihnen ungeduldig, einzutreten. Er hatte die Hemdsärmel hochgekrempelt und wirkte trotz seines Alters energiegeladen und tatkräftig. »Machen wir mit der jungen Dame einen Rundgang, ja, Marais? Auch wenn Sie schon alles kennen, aber Ihre Verlobte möchte sicherlich auch wissen, wo sie hier landet.«

»Ja, ich möchte ihr alles zeigen«, stimmte Sébastien zu, den Blick auf Mylène geheftet. Die Eindringlichkeit seiner Miene verunsicherte und freute sie zugleich; sie wusste nicht so recht, woran sie war. Spielten sie gerade ein Spiel, das sie, zugegeben, selbst genoss?

»Übrigens hat sich auch Ihr Herr Vater für nachher angemeldet.« Der Arzt strahlte Sébastien an, als verkündete er ihm gerade eine wundervolle Überraschung, doch dessen Miene verschloss sich augenblicklich. »Ich traf ihn vor ein paar Tagen zufällig und erzählte ihm, dass Sie heute kommen würden. Ich habe ihn spontan eingeladen, er ist ja an der Finanzierung der Praxisübernahme nicht ganz unbeteiligt, nicht wahr?«

Docteur Talon blinzelte Sébastien zu, und dieser bemühte sich offensichtlich um einen neutralen Gesichtsausdruck. »Natürlich, Docteur.«

Während Mylène hinter den beiden Männern den Flur entlangging, fragte sie sich, wieso die Aussicht, auf seinen Vater zu stoßen, Sébastien nicht zu behagen schien. Sie wusste noch zu wenig über ihn, um sich eine Meinung über sein Verhältnis zu dem älteren Monsieur Marais zu bilden; seit seiner ersten rätselhaften Äußerung in der Bibliothek, die nun eine gefühlte Ewigkeit zurücklag, hatten sie nicht wieder über ihre Eltern gesprochen.

»Zuerst die Praxisräume. Treten Sie nur ein, Mademoiselle.« Docteur Talon präsentierte seinen Behandlungsraum. Alles stand ordentlich in Reih und Glied und war blitzblank.

»Können Sie sich Ihren Verlobten vorstellen, wie er hier die Patienten versorgt? Er kann ja mal probehalber den weißen Kittel anziehen.«

»Ich kann ihn mir sehr gut hier vorstellen«, bestätigte Mylène. Sie sah Sébastien bereits hinter dem wuchtigen Schreibtisch sitzen und sich fürsorglich nach den Beschwerden der Patienten erkundigen. Er hatte eine derart vertrauensvolle, dabei ruhige und gelassene Art, die Menschen würden sicher gerne zu ihm kommen. Stolz darauf, mit ihm befreundet zu sein, keimte in ihr auf.

»Und nun das Wartezimmer.« Der Arzt ging ihnen voraus in den angrenzenden Raum, Sébastien und Mylène folgten, wobei sie sich verstohlen anlächelten, als hüteten sie ein Geheimnis.

»Voilà.« Der Wartebereich bestand aus bequemen Korbstühlen, an den Wänden hingen Bilder mit Meeresszenen. »Meistens ist es hier proppenvoll, und oft werden Sie mittags und abends nicht rechtzeitig schließen können, aber der Weg nach Hause ist ja nicht weit.« Docteur Talon zwinkerte ihnen zu. »Assistieren Sie Ihrem Zukünftigen in der Praxis, Mademoiselle?«

»Ich …« Mylène schaute Hilfe suchend zu Sébastien. Vielleicht wäre es jetzt doch an der Zeit, ihre kleine Scharade aufzuklären. Aber war es dazu nicht bereits zu spät?

»Wir werden sehen«, antwortete Sébastien diplomatisch. »Mylène ist eigentlich ausgelastet. Sie ist Schriftstellerin, müssen Sie wissen.«

»Tatsächlich?« Der Arzt sah Mylène beeindruckt an.

»Donnerwetter. Habe ich vielleicht schon was von Ihnen gelesen?«

»Nein, so weit bin ich noch lange nicht.« Mylène verschränkte angespannt ihre Hände ineinander. Es war ihr unangenehm, Vorschusslorbeeren zu erhalten, die sie ihrer Meinung nach gar nicht verdient hatte. Ein paar handschriftlich auf linierte Blöcke hingeworfene Geschichten machten noch lange keine Autorin aus ihr. Doch Sébastiens Blick hing so bewundernd an ihr, dass sie sich entspannte.

»Hier sind noch ein paar kleinere Räume, ein winziges Labor, eine Kammer, in der ich meine Medikamentenschränke habe, und Abstellräume. Und jetzt zum interessanten Teil – der Wohnung.« Es schien Docteur Talon großen Spaß zu machen, sie herumzuführen. Vergnügt stapfte er die Treppe nach oben. Das Haus war hell und gepflegt, überall standen Pflanzen in Kübeln, und maritime Dekorationsgegenstände verbreiteten eine heimelige Atmosphäre. Mylène entdeckte Glasflaschen mit winzigen Schiffen im Innern, riesige, perlmuttfarbene Muscheln und wie im Praxisbereich Gemälde, die allesamt das Meer zum Thema hatten, mal ruhig in der glitzernden Sonne, mal aufgewühlt von einem Sturm. Sie konnte gut verstehen, warum Sébastien sich sofort in dieses Haus verliebt hatte – es war ein richtiges Zuhause, in dem man sich einfach geborgen fühlen musste. Dagegen war ihr Zimmer im Hotel, das sie mit Rosalie teilte, geradezu nüchtern, auch wenn sie es durch Blumen aufhübschten.

»Wunderschön«, sagte sie und drehte sich im Kreis, um alle Details in sich aufzunehmen. »Du wirst hier sehr glücklich sein, Sébastien.« Sie hatte leise gesprochen, sodass Docteur Talon sie nicht hören konnte. Sébastien sah sie an, als habe er etwas auf dem Herzen, er schwieg jedoch, als ihr Gastgeber sie in den nächsten Raum winkte.

»Und hier ist das Kinderzimmer.« Er lächelte sie verschmitzt an, doch weder Mylène noch Sébastien gingen darauf ein. »Das waren Zeiten, als meine Kinder noch klein waren und hier gewohnt haben. Es gab immer Trubel; oft musste ich mich bei meinen Patienten für den Lärm entschuldigten, den die beiden veranstalteten. Aber keine Sorge, die Patienten haben es alle mit Humor genommen.«

Nachdem sie alle Räume besichtigt und ausgemessen hatten – Docteur Talon überließ ihm das Haus mit Möbeln, doch Sébastien wollte noch ein paar eigene anschaffen –, bat der alte Arzt sie an den gedeckten Kaffeetisch, auf dem eine Tarte au citron verführerisch duftend auf sie wartete. »Meine Haushälterin hat extra gebacken, zur Feier des Tages. Ich habe Ihnen schon mal ein paar Unterlagen bereitgelegt mit den finanziellen Details zur Ablöse, sehen Sie sie sich durch, ich koche in der Zeit den Kaffee. Ah, es läutet, das muss Ihr Vater sein.«

Mylène bemerkte, wie Sébastien sich versteifte. Mit ungelenken Fingern blätterte er die Unterlagen durch. »Wieso hast du ihn im Glauben gelassen, ich sei deine zukünftige Frau?«, fragte sie, um ihn aus seiner offensichtlichen Nervosität zu reißen, während sie befangen mit den Kuchengabeln spielte, um zu verbergen, wie sehr es sie noch immer aufwühlte, als zukünftige Madame Marais zu gelten.

Sébastien lächelte geistesabwesend. »Du hast ihn ja auch nicht aufgeklärt.«

»Ja, aber …« Sie gestikulierte, hilflos nach Worten suchend. Obwohl Worte ihre Leidenschaft waren, wusste sie eigentlich gar nicht so recht, was sie sagen wollte. Bevor sie ihren Satz beenden konnte, brachte Docteur Talon einen älteren Mann herein. Trotz der frühsommerlichen Wärme war er sehr korrekt in Anzug und Weste gekleidet, die Schuhe makellos poliert. Sein ernster Blick schweifte zuerst über Sébastien, der rasch aufgestanden war, dann zu Mylène.

»Vater«, begrüßte Sébastien den Neuankömmling und reichte ihm die Hand. »Ich wusste nicht, dass du heute auch kommen würdest, Docteur Talon hat es mir vorhin erst gesagt.«

»Da das Geld für die Ablöse der Praxis zum Großteil von mir stammt, ist es wohl nicht mehr als recht, dass ich mich bei einer Tasse Kaffee zu euch geselle«, gab Monsieur Marais trocken zurück und nahm Mylène nun näher in Augenschein. Sein Blick war nicht unfreundlich, aber abschätzig, und sie wünschte plötzlich, sie wäre nicht mitgekommen. Dass zwischen Sébastien und seinem Vater reichlich Unausgesprochenes in der Luft lag, war nicht zu übersehen. Hilflos glättete sie eine Falte ihres Rockes und fragte sich, ob die kräftige rote Farbe nicht etwas zu aufdringlich war.

»Setzen Sie sich, alter Freund, nehmen Sie Platz.« Der alte Doktor wuselte geschäftig herum und zog einladend einen Stuhl zurecht. »Ich kümmere mich um den Kaffee, und Sie können ein wenig plaudern.«

Er verschwand in der Küche und ließ sie in unangenehmem Schweigen zurück, das nur von Wasserrauschen und klapperndem Porzellan unterbrochen wurde. Mylène betrachtete ihre Fingerspitzen und fühlte sich sehr fehl am Platz.

»Woher kennen Sie meinen Sohn, Mademoiselle?«, wandte sich Monsieur Marais höflich an sie.

»Wir … wir arbeiten beide im Grimm's Park Hotel.« Ihre Stimme klang dünn und unsicher; wenn sie doch nur ein wenig mehr Selbstbewusstsein hätte an den Tag legen können, dann würde sie sich nun gewiss nicht wie das fünfte Rad am Wagen fühlen.

»Tatsächlich? Was arbeiten Sie genau?«

Sein Tonfall war so inquisitorisch, dass Mylène sich vorkam wie bei einem Bewerbungsgespräch.

»Ich bin Zimmermädchen.«

Unbehaglich spähte sie zu Sébastien, der die Lippen zusammenpresste.

»Mylène ist bei den Gästen sehr beliebt, sie vermittelt ihnen das Gefühl, im Hotel zu Hause zu sein, sie hat einfach das Talent, eine behagliche Atmosphäre zu schaffen. Und sie schreibt wunderbare Kurzge…«

Es klang, als wolle er sie vor seinem Vater um jeden Preis in einem guten Licht dastehen lassen, ihre Vorzüge herausstellen, doch Monsieur Marais unterbrach ihn unwirsch. »Aus welcher Familie stammen Sie? Sind Ihre Eltern auch Angestellte?« Das letzte Wort betonte er, als handelte es sich um Menschen niedriger Klasse.

»Ihre Eltern …«, setzte Sébastien aufgebracht an, doch

Mylène brachte ihn mit einem Kopfschütteln zum Schweigen.

»Meine Eltern sind tot«, erklärte sie schlicht. Was nützte es, auszuholen und von den einst blühenden Geschäften ihres Vaters zu berichten? Dies würde einen Menschen wie Monsieur Marais vielleicht beeindrucken, nicht jedoch das tragische und unehrenhafte Ende der Geschichte.

Sébastiens Vater schien plötzlich jegliches Interesse an ihr verloren zu haben und wandte sich an seinen Sohn.

»Wir sollten uns noch mal eingehender über die Ablöse unterhalten, Junge. Wie du weißt, ist meine Unterstützung an gewisse Bedingungen geknüpft.«

»Ich weiß.« Sébastien sank noch mehr in sich zusammen. Die Situation zerrte so an Mylènes Nerven, dass sie aufsprang und unter dem Vorwand, Docteur Talon helfen zu wollen, in die Küche eilte.

»Meine Liebe, es gibt nichts für Sie zu tun, sehen Sie, alles steht bereit, nur das Wasser muss noch kochen«, empfing der Arzt sie liebenswürdig. »Setzen Sie sich ruhig wieder an den Tisch.«

»Nein, nein, schon gut.« Sie versuchte, ihren flachen Atem unter Kontrolle zu bekommen, und strich noch mal glättend über ihren Rock, als könne sie damit sämtliche Unannehmlichkeiten, die seit der Ankunft von Sébastiens Vater aufgetreten waren, beseitigen. »Ich warte, bis der Kaffee fertig ist, und helfe Ihnen beim Tragen.«

Durch die angelehnte Tür vernahm sie das gedämpfte Gespräch am Kaffeetisch, während der Arzt vorgab, nichts zu hören.

»Das ist nicht dein Ernst«, zischte Monsieur Marais. »Du lässt dich mit einem einfachen Zimmermädchen ein? Ich stürze mich doch nicht in Unkosten, um dir eine Praxis zu finanzieren, und du schleppst ein unbedarftes Bauernmädchen an?«

»Mylène ist alles andere als ein unbedarftes Bauernmädchen!«, entgegnete Sébastien entrüstet. »Sie ist belesen und intelligent und …«

»Jaja, verschone mich mit deinem gefühlsduseligen Geschwätz. Ich erwarte, dass du dir als angehender Arzt eine standesgemäße Frau suchst, und deine zukünftigen Patienten erwarten das auch, verstanden?« Marais' Worte klangen in Mylènes Ohren wie eine Drohung. Eine Welle des Entsetzens ergoss sich wie ein Eimer eiskalten Wassers über sie. Monsieur Marais erachtete sie als nicht gut genug, um mit seinem Sohn befreundet zu sein? Noch immer zupfte sie hilflos an ihrem Rock herum, während ihre Lider brannten. Am liebsten wäre sie aus dem Haus gelaufen, um dem Kaffeekränzchen zu entgehen. Noch nie hatte sie sich derart unwillkommen gefühlt.

»Kommen Sie, Mademoiselle?« Docteur Talon hielt die dampfende Kaffeekanne in den Händen und sah sie teilnahmsvoll an. »Sie sind ein bisschen blass um die Nase und sehen aus, als könnten Sie ein köstliches Stück Zitronentarte vertragen.«

Nachdem der Kuchen verspeist war – trotz der herben Süße hinterließ er einen bitteren Geschmack auf Mylènes Zunge –, hatte Sébastien es sehr eilig aufzubrechen, und auch sein Vater verabschiedete sich von Docteur Talon.

Auf der Straße redete Monsieur Marais noch einmal eindringlich auf seinen Sohn ein; dieser widersprach ein paarmal vehement, wurde jedoch von dem älteren Herrn stets untergebuttert. Mylène, die sich abseits hielt, war sich vollkommen im Klaren darüber, dass es um sie ging, deshalb schlenderte sie am parkenden Automobil vorbei die Straße entlang, um keine Gesprächsfetzen mitzubekommen, die sie nur noch mehr verstört hätten.

Die Vorgärten, die sie passierte, wirkten im Gegensatz zu dem des Arzthauses liebevoll gepflegt und verströmten betörende Blumendüfte. Sie kam an einem kleinen Zeitungskiosk vorbei und blieb stehen, um durch eine der Zeitschriften zu blättern, denn sie wollte sich nicht zu weit von Sébastien entfernen. Hoffentlich fand das unleidliche Gespräch mit seinem Vater bald ein Ende, sie wollte nur noch ins Hotel zurück und unter ihre Bettdecke kriechen, allein und ungestört.

»Die lieben Fitzgeralds, da sind sie ja wieder«, flüsterte sie vor sich hin, als sie in einem englischsprachigen Magazin erneut ein Porträt des Ehepaares fand. Dieser Tage schien sie ständig auf die beiden zu stoßen, wie ein Bumerang sausten sie durch ihr Leben. Im Moment waren sie ihre Rettung und lenkten sie von der unerquicklichen Zwiesprache zwischen Sébastien und seinem Vater ab. Zum Glück war ihr Englisch dank ihrer Schulzeit am Lycée gut genug, um den Text zu verstehen.

… Tatsächlich ist der berühmte F. Scott Fitzgerald nun in Paris angekommen und genießt die französische Hauptstadt. Mit Frau und

Tochter stieg er im Hôtel des Deux Mondes in der Avenue de l'Opéra ab und schloss alsbald Bekanntschaft mit dem äußerst wohlhabenden amerikanischen Ehepaar Sara und Gerald Murphy, welches von den Zeitungen als Golden couple *bezeichnet wird. In ihrem luxuriösen Künstlerzirkel in der Rue Gît-le-Cœur gehen Berühmtheiten wie Pablo Picasso, Cole Porter und Rudolph Valentino ein und aus. Die Fitzgeralds integrierten sich rasch in diese erlesenen Kreise und sind nun Bestandteil der allabendlichen Partys, man möchte fast sagen, Gelage. Mehr als einmal war bereits die Polizei aufgrund von Lärmbelästigung und Handgreiflichkeiten involviert.*

Mylène verschlang den Bericht und betrachtete mit zusammengekniffenen Augen das grobkörnige Foto des Schriftstellers und seiner Frau Zelda, wie sie an einer feuchtfröhlichen Fête in einem noblen Restaurant teilnahmen. F. Scott Fitzgerald prostete dem Fotografen mit einem überschäumenden Champagnerkelch zu, während sich Zelda, die einen eng am Kopf anliegenden Glockenhut trug, der wie ein Helm anmutete, an ihn schmiegte. Sie schaute in einer Mischung aus Verzweiflung und Übermut in die Kamera, aber vielleicht interpretierte Mylène das nur hinein. Was wusste sie schon über das Dasein der Schönen und Reichen?

»Da bist du!« Atemlos blieb Sébastien neben ihr stehen. Sie war so versunken in die Fitzgeralds gewesen, dass ihr entgangen war, wie er herbeieilte. »Ich habe dich gesucht. Verzeih bitte diese unglückselige Begegnung mit meinem alten Herrn. Er ist so unsensibel wie ein Stock und unhöflich wie ein Stein.«

Er wirkte so beschämt, dass sich Mylènes trübe Stimmung sofort erhellte und Mitgefühl sie warm durchflutete.

Sébastien konnte schließlich nichts für seinen Vater. Doch dass dieser sie ablehnte, ohne sie zu kennen, schnitt ihr wie mit einer scharfen Scherbe ins Herz. »Er war nicht gerade begeistert, dass ich dich heute begleitet habe, nicht wahr?«

»Nein, aber das kann uns egal sein.« Sébastien reichte ihr seinen Arm, und sie hakte sich bei ihm ein. Gemeinsam schlenderten sie zurück zum Auto. Es fühlte sich gut an, neben ihm herzuspazieren, als gehörten sie zusammen. »Ich bin erwachsen, ich bin mein eigener Herr. Bald übernehme ich meine eigene Praxis.«

Aber nur mit der finanziellen Hilfe deines Vaters, wollte Mylène sagen, biss sich aber gerade noch rechtzeitig auf die Lippen. Sébastien schien, seit sein Vater außer Sichtweite war, zu seinem normalen, gelassenen Ich zurückzukehren, da wollte sie nicht noch einmal Öl ins Feuer gießen. Die Vorahnung, dass Monsieur Marais auch künftig noch für Unmut sorgen würde, hing wie eine dunkle Wolke am Horizont.

»Wollen wir noch an den Strand?«, fragte Sébastien. »Eigentlich sind wir ja nicht nur der Praxis wegen hergekommen, sondern auch, damit ich dir die Landschaft zeigen kann.«

»Ja, ich möchte gerne das Meer sehen.« Mylène lächelte ein wenig verhalten, doch dann beschloss sie, keinen Gedanken mehr an Sébastiens Vater zu verschwenden. Wie ihr Freund gesagt hatte – er war erwachsen. Sie wollte die seltene Gelegenheit, mit ihm allein zu sein, nicht verderben.

Ausgelassen liefen sie zum Meer, das ganz nah war, zogen dort ihre Schuhe aus und rannten durch den warmen Sand. Einige Kinder waren gerade dabei, eine prächtige Festung mit wehrhaften Türmen und einem Burggraben zu bauen, in den sie Wasser schütteten. Die Sonne brannte Mylène auf den Scheitel und die Arme, doch die kleinen Wellen, die nun über ihre Füße spülten, kühlten angenehm. Es war herrlich, zuzusehen, wie in der Ferne Boote schaukelten und Möwen über den klaren, blauen Himmel zogen. Mylène fühlte sich ganz eins mit dem Tosen der Brandung, dem ewig gleichen Heranrollen des Wassers, das fast zärtlich ihre Beine umspielte.

Erst als sie das Naturschauspiel eine Weile genossen hatten, setzten sie sich in den Sand. Sébastien rückte ganz nah an Mylène heran und legte einen Arm um sie. So verharrten sie beide, still und andächtig, während Mylène das Blut in den Ohren rauschte, überwältigt vom Anblick der funkelnden Wellen und von Sébastien, dessen Haut frisch und salzig roch.

»Nun habe ich endlich das Meer gesehen«, flüsterte sie. »Es ist so schön.«

»Du bist so schön.« Mit dem Zeigefinger schob er ihr Kinn sachte zu sich her und küsste sie auf die leicht geöffneten Lippen. Sie hatte das Gefühl, als drehe sich die Welt plötzlich schneller, alles vermischte sich miteinander, das Blau des Himmels, die Weite des tintenblauen Ozeans, der Strand mit seinen funkelnden Sandkörnern. Ihr Leben erschien ihr mit einem Mal wie ein Abenteuer, und sie wusste, dass ein endlos langer Sommer vor ihr und Sébastien lag, ein Sommer voller Schmetterlinge und Blumen und Schlösser im Sand.

Kapitel 5

Ein schwarz befrackter Herr mit Melone schlug ungeduldig mit den Fingerknöcheln auf den blank polierten Empfangstresen, hinter dem Armand in die Tageszeitung vertieft stand.

»Ich habe ein Zimmer reserviert. Noirot ist mein Name, Émile Noirot.«

Mylène, die gerade einige Schlüssel, die eine inzwischen abgereiste Familie ihr in die Hand gedrückt hatte, in das Schlüsselschränkchen hängte, warf dem Neuankömmling einen verstohlenen Blick zu. Neue Gäste waren noch immer die Ausnahme im Hotel, weshalb jede frisch eintreffende Person etwas Besonderes darstellte. Außer zwei Ehepaaren aus der Normandie war Aleksej Fjodorowitsch zurzeit der einzige Bewohner; aber er schien das Gebäude kaum zu verlassen, gab sich nur der melancholischen Musik Tschaikowskys und Mussorgskis hin. Da der Sommer nun angebrochen war und die gleißende Mittelmeersonne die Stadt in grelles Licht tauchte, vergrub er sich in seiner Suite wie in einer Höhle, zog die Vorhänge zu und brütete im Dämmerlicht vor sich hin. Vielleicht brachte der neue Gast etwas Abwechslung.

Doch dieser fixierte Armand mit zusammengekniffenen Augen und machte einen abweisenden Eindruck.

»Oh, natürlich.« Armand legte rasch die Zeitung beiseite und schlug das dicke Anmeldebuch auf, in dem er mit schwarzer Tinte Noirots Namen notierte.

»Sie sind aus der Hauptstadt, Monsieur?«

Noirot nickte bedeutungsschwer. »Ganz recht. Ich bin hier am Meer auf der Suche nach Inspirationen.«

Mylène erkannte an Armands Stirnrunzeln, dass er mit dieser Aussage wenig anfangen konnte, jedoch aus Höflichkeit nicht nachfragte. Doch das war auch gar nicht nötig, denn Noirot versorgte ihn mit mehr Informationen, als der Concierge wahrscheinlich aufnehmen konnte. »Ich bin Schriftsteller, müssen Sie wissen, ich widme mich der Kunst des geschriebenen Wortes, ganz im Sinne von Gustave Flaubert, Émile Zola oder Guy de Maupassant. Wobei ich auch neueren, experimentelleren Strömungen nicht unaufgeschlossen gegenüberstehe.« Er schien zu merken, dass Armand ihm nicht ganz zu folgen vermochte, und presste seine blutleeren Lippen zu einem dünnen Strich zusammen. »Wie auch immer. Eine Frage noch, junger Mann. Mit welchen Sommerspektakeln kann Hyères aufwarten?«

»Sommerspektakel?« Armand starrte ihn verständnislos an.

Noirot wedelte unwirsch mit der Hand. »Jaja, Sie wissen schon, was ich meine. Bälle, Tanzabende, Freilichttheater, Soireen, Vernissagen … All diese Dinge.«

Mylène musste sich ein Kichern verkneifen, es war zu lustig, wie Armand immer hilfloser erschien. Mit den Wünschen des Gastes schien er absolut nichts anfangen zu können.

»Ich befürchte, das alles gibt es nicht in Hyères«, stammelte er, woraufhin die Gesichtszüge des Schriftstellers gefroren.

»Tatsächlich«, murrte er verdrossen. »Schade. Wie ich anfangs erwähnte, bin ich auf der Suche nach Inspirationen für mein Buch.«

»Ich habe Monsieur le Directeur vorhin sagen hören, es gibt am Sonntag eine Regatta«, beeilte sich Mylène einzuwerfen. »Sie findet jedes Jahr im Mai statt. Monsieur Guillaud sagt, es ist immer ein großes Fest, aus dem ganzen Umkreis reisen Zuschauer an, und es wird Essen und Trinken angeboten.« Mit irgendetwas musste man den Autor doch locken, zu schade, wenn er wieder abreisen würde und sie noch weniger Gäste zu verzeichnen hätten.

»Richtig«, ergänzte Armand, »dann erwacht unsere kleine Stadt aus ihrem hundertjährigen Schlaf, und es ist richtig was los.«

»Hm«, grummelte Noirot nicht sehr überzeugt. »Wir werden sehen. Ich darf doch?« Ohne eine Antwort abzuwarten, schnellte seine bleiche Hand hervor und griff nach der Zeitung. »Als Mittagslektüre.«

»Aber gerne doch.«

Verdatterte schauten sowohl Armand als auch Mylène dem Gast hinterher, der kurz seine Melone lupfte und mit Koffer, Schlüssel und Zeitung zu seinem Zimmer ging.

»Warten Sie, ich lasse den Gepäckjungen holen, der Ihnen hilft«, rief der Concierge durch die marmorne Eingangshalle, doch Noirot winkte nur ab.

»Da geht sie hin, meine Zeitung. Ich habe erst die erste Seite gelesen. Und eigentlich wollte ich gerade das Kreuzworträtsel lösen.« Armand gähnte verhalten. In der Halle war es nun recht warm, und die Stille wirkte anscheinend einschläfernd auf ihn. »Aber egal, es stand sowieso nichts von Bedeutung drin. Wer interessiert sich schon für amerikanische Schriftsteller, die in Paris einfallen, sämtliche Regeln des Anstands vergessen und durchs Nachtleben tingeln?«

»Ich interessiere mich dafür.« Nun bedauerte auch Mylène, dass sich der Gast Armands Zeitung unter den Nagel gerissen hatte, zu gerne nur hätte sie die neueste Schlagzeile über die Fitzgeralds gelesen.

»Salut, ihr beiden.« Als sie Sébastiens Stimme hinter sich hörte, überwältigten sie Aufregung und Freude, wie immer, wenn er in ihre Nähe kam, und sie strich sich befangen eine Haarsträhne aus dem Gesicht.

»Ich habe etwas von einer Regatta gehört, in der Stadt habe ich auch schon Plakate gesehen. Wollen wir zusammen hingehen?« Obwohl er auch Armand ansprach, ruhten Sébastiens Augen nur auf ihr.

»Ja! Gerne.« Mylène war sofort Feuer und Flamme, auch wenn sie versuchte, nicht allzu eifrig zu erscheinen. Schließlich galt die Einladung nicht nur ihr allein, von einem Rendezvous konnte man also kaum sprechen. Doch seit sie mit Sébastien tanzen und am Meer gewesen war, verspürte sie ein immenses Verlangen, mit ihm zusammen zu sein, so als habe sie zum ersten Mal von einer süßen Frucht gekostet, von der sie nun nicht genug bekommen konnte. Wenn sie an den Kuss zurückdachte, spürte sie einen Knoten im Magen, einen angenehmen Schmerz, das sehnsüchtige Verlangen nach mehr. »Was sagst du, Armand? Bestimmt möchtet Rosalie und du auch mitkommen?«, wandte sie sich an den Concierge. Fast hätte sie vergessen, dass er auch noch da war.

»Ja, klar. Rosalie und ich haben uns bereits für die Regatta verabredet.« Armand gähnte, das Nichtstun an der Rezeption schien ihn unendlich zu ermüden. »Womit sollten wir uns am Sonntag sonst die Zeit vertreiben?«

»Prima, ich freue mich darauf.« Nun sah Sébastien nur sie an, sie ganz allein. Sie lächelte ihn zaghaft an, unsicher, ob sie nun, da Armand und Rosalie bereits miteinander verabredet waren, auch ein romantisches Rendezvous haben würden.

»Ich mich auch.« Sie wünschte, ihre Wangen würden nicht immer diese verräterische Röte annehmen und ihre Gefühle verraten.

»Gehen Sie auch zur Regatta, Monsieur Melnikow?«, erkundigte sich Rosalie am Sonntag bei dem Exilrussen, der sich der spärlichen Schar Hotelgäste anschloss, um in Richtung Strand zu defilieren.

»Das lässt sich wohl nicht vermeiden«, stöhnte Aleksej Fjodorowitsch; er war von Kopf bis Fuß in Schwarz gekleidet – etwas unpassend für eine sommerliche Segelregatta, wie Mylène fand, in der Hitze würde er schmoren. »Seit Tagen wird von nichts anderem geredet. Das ganze Hotel scheint leer zu sein, wie mir scheint.«

»Ja, kann schon sein, Monsieur le Directeur hat dem gesamten Personal heute Nachmittag freigegeben, und wie Sie sehen, wollen sich auch alle Gäste die Regatta ansehen«, erklärte Mylène. Sie und Rosalie hatten sich sorgfältig zurechtgemacht und ihre Sonnenhüte auf die frisch gelegten Locken gesetzt.

Aleksej Fjodorowitsch gab sich gespielt beeindruckt. »Was, alle sechs Gäste? Ist das zu glauben?«

Mylène und Rosalie lachten. »Ja, so ist es. Alle sind ausgeflogen, das Haus ist verwaist.«

»Der ideale Nachmittag, um einzubrechen und die Zimmer leer zu räumen.«

Erstaunt drehten sie sich um. Émile Noirot, der merkwürdige Gast aus Paris, stand hinter ihnen und fixierte sie mit verengten Augen. Mylène fühlte sich unwohl unter diesem Blick, Rosalie, die so schnell nichts aus der Fassung brachte, lachte nur. »Bei uns gibt's nichts zu holen.«

Aleksej Fjodorowitsch starrte Émile Noirot düster an. »Und meine Schätze liegen sicher im Hoteltresor verwahrt«, warf er mit seinem schwerfälligen Akzent ein.

»Aber, Monsieur!« Mylène zog fassungslos die Augenbrauen hoch. »Setzen Sie doch gleich eine Annonce in die Zeitung, damit jeder Langfinger weiß, dass bei Ihnen etwas zu holen ist.«

»Ich gehe davon aus, dass es im Hotel nur ehrliche Menschen gibt«, erwiderte er verstimmt.

Noirot schnaubte spöttisch.

Mylène entdeckte Sébastien, der an der Palme neben dem Hoteleingang auf sie wartete. Auch er hatte sich für die Regatta chic gemacht und trug ein weißes Hemd zu einer dunklen Hose. Sie nickte Rosalie, Émile Noirot und Aleksej Fjodorowitsch zu und schlenderte zu ihm hinüber.

»Darf ich dich entführen?«, fragte Sébastien aufgekratzt und nahm sie am Arm, um sie Richtung Hotel zurückzugeleiten.

»Wo willst du denn hin? Wir wollten doch auch die Regatta anschauen?« Mylène sah ihn fragend an.

»Ja, aber es gibt viele Orte, von denen man sie ansehen kann.« Sébastien lächelte geheimnisvoll, und ihr Herz pochte vor Erwartung. Egal, was er vorhatte, sie wäre ihm überallhin gefolgt. Entschuldigend winkte sie Rosalie zu.

»Ihr zwei Bücherwürmer habt natürlich wieder was völlig anderes im Kopf als der Rest von Hyères«, rief diese ihr kopfschüttelnd nach.

Sébastien lachte nur und führte Mylène durch die Eingangshalle, wo der Staub in den hellen Lichtflecken tanzte, die durch die Fenster fielen, die Gänge entlang, die in völliger Lautlosigkeit ruhten, bis ins obere Stockwerk. Hier befand sich am Ende des Flügels die größte Suite des Hauses. Mylène hatte sie bisher noch nie betreten. Seit ihrer Ankunft war sie noch nie bewohnt gewesen, sodass keine Notwendigkeit bestanden hatte, herzukommen.

»Was tun wir hier?« Sie wagte es kaum, laut zu sprechen, sie hatte das Gefühl, etwas Verbotenes zu tun. Trotzdem hallte ihre Stimme in dem menschenleeren Stockwerk. »Die Regatta fängt bald an, wir kommen zu spät.«

Sébastien schmunzelte nur und steckte seinen Generalschlüssel, der mit einer Reihe weiterer Hotelschlüssel an einem schweren Bund hing, in das Schloss. »Nicht so ungeduldig, Mademoiselle. Voilà, treten Sie ein.«

Zögernd trat in sie den großzügig geschnittenen Raum und hielt sogleich den Atem an. Die Suite war märchenhaft – rosenrote, mit lindgrünen Blätterranken bedruckte Stofftapeten schmückten die Wände, und auch die weichen Ottomanen und Sessel waren in denselben Farben bezogen. Bauchige chinesische Blumenvasen mit Kirschblütenmustern warteten nur darauf, mit prächtigen Sträußen befüllt zu werden. Im Nebenraum stand ein Himmelbett mit gedrechselten Mahagonipfosten und meerblauen Seidenvorhängen. Mylène stellte sich vor, bei geschlossenen Vorhängen in diesem Bett zu liegen und sich wie Dornröschen in ihrem Turm zu fühlen, von der Welt abgeschnitten und doch behütet. Die Maisonne flutete durch die großen Fenster in die Suite und ließ jedes Möbelstück leuchten wie mit Blattgold überzogen.

»Meine Güte«, flüsterte Mylène, »das ist der pure Luxus. Die Suite muss unbezahlbar sein.«

Sébastien trat hinter sie, und sie spürte seinen raschen Atem in ihrem Nacken. Sie waren ganz allein, das ganze Hotel gehörte nun ihnen. »Ach was, gegen die Hotelpreise in Paris ist das hier bestimmt ein Schnäppchen. Setzen Sie sich doch mal an den Sekretär, Mademoiselle Collard. Mesdames et Messieurs, Sie sehen hier die berühmte Schriftstellerin Mylène Collard, die in dieser himmlischen Suite ihr Meisterwerk *Die Liebenden von Hyères* schrieb, das in diesem Jahr den Prix de l'Académie française gewann.« Er dienerte gespielt unterwürfig und zog ihr den Schreibtischstuhl zurecht.

Lachend ging Mylène auf sein Spiel ein. »Danke, Jean-Marie. Ein Kelch Champagner würde mir jetzt munden, wenn Sie so freundlich wären … Dann fließen die Worte wie von selbst aus meiner Feder …«

»Sofort, Gnädigste.« Sébastien nahm sie an der Hand und zog sie wieder auf die Beine. »Komm, weiter geht's, die Suite ist nur eine Durchgangsstation.«

»Schade.« Mylène riss sich nur schwer von der prachtvollen Ausstattung los, folgte Sébastien dann aber. Sie fühlte sich wie ein Kind auf Abenteuertour, alles war aufregend und neu. Sébastien öffnete die Tür zu einer kleinen Kammer, in der Bettwäsche lagerte, und schob sich zwischen den Regalen hindurch bis an die hintere Wand. Es war so eng, dass ihre Arme die Wäschestücke berührten. Atemlos beobachtete sie, wie Sébastien mit den Fingern die Tapete abtastete.

»Was tust du?«, raunte sie. Obwohl das Hotel menschenleer war, fürchtete sie trotzdem, dass jederzeit Monsieur Guillaud vor ihnen stehen würde, um sie zur Rechenschaft zu ziehen. Ein Lächeln lag auf Sébastiens Gesicht, als er fand, was er gesucht hatte: Eine in die Wand eingelassene Tapetentür, die so sehr mit der Wand verschmolz, dass sie für das ungeübte Auge unsichtbar war, sprang mit leisem Knarren auf.

»Da geht's lang.« Triumphierend winkte er sie hindurch, und einen Moment später befanden sie sich außerhalb der Suite. Mylène sah sich in dem winzigen Flur, in dem die Spinnweben von den Decken hingen und ihr der Staub in der Nase kitzelte, um. Es faszinierte und gruselte sie gleichermaßen, durch unbekannte, scheinbar geheime Gänge des Hotels zu streifen, in denen sich, dem Schmutz nach zu urteilen, nie jemand aufhielt.

»Na, setzt das deine Gehirnwindungen in Gang?«, fragte Sébastien und klapperte in der Stille so laut mit dem Schlüsselbund, dass sie zusammenschrak. »Labyrinthartige Geheimgänge im Luxushotel – das wäre ein guter Stoff für eine Detektivgeschichte, findest du nicht?«

»Wohl wahr … Können wir weitergehen? Irgendwie drängen sich mir Bilder von zuschlagenden Türen auf, die sich nicht mehr öffnen lassen, weißt du? Im Labyrinth eingesperrte Helden, die tagelang auf Rettung warten?« Tatsächlich wünschte sie sich nur noch, der stickigen Enge des kleinen Flurs zu entkommen und wieder ans Tageslicht zu gelangen.

Sébastien gab sich geheimnisvoll. »Gleich. Nur noch ein kleines Stück. Folge mir unauffällig.«

Seufzend trottete sie hinter ihm her. Der Gang machte eine Biegung, mündete in einem winzigen Räumchen ohne Fenster und ohne Ausstattung, dafür mit recht niedriger Decke; Sébastien vermochte kaum aufrecht zu stehen.

Der Staub brannte so in ihrer Nase, dass sie heftig niesen musste. »Woher weißt du überhaupt von diesen geheimen Gängen? Ich könnte mir vorstellen, dass selbst Monsieur le Directeur nie einen Fuß hierher setzt.«

»Als Hausmeister kenne ich das Hotel wie meine Westentasche«, antwortete er verschmitzt.

Mylène sah an ihrem hellen Sommerkleid herab, an dem die Spinnweben hingen wie Kletten. »Eigentlich wollten wir zum Strand.«

»Ich habe dir versprochen, die Regatta zu sehen, und daran halte ich mich auch.« Sébastien legte beide Hände an die Decke und stieß dagegen. Zu Mylènes Erstaunen bewegte sich eine Platte über seinem Kopf, die er mühelos beiseiteschob.

»Sesam, öffne dich …« Mit einem Griff zog er eine zusammenklappbare Leiter nach unten und entfaltete sie. Seine Bewegungen schienen so geschickt und mühelos, dass Mylène vermutete, er habe Übung darin.

»Verfolgst du nebenbei eine Karriere als Meisterdieb, bei der du in verlassene Gebäude eindringst und sie ausräumst?«

»Warum musste ich mich unbedingt in eine Schriftstellerin verlieben, die aus den alltäglichsten Situationen unglaubliche Geschichten zusammenfabuliert?« Hatte er soeben zugegeben, dass er sich in sie verliebt hatte? Die Füße bereits auf der Leiter, hielt er sie für einen Moment in einem zugleich heiteren und zärtlichen Blick fest. Natürlich hatte Mylène von Anfang an gespürt, dass sie sich beide voneinander angezogen fühlten, wie zwei Falter, die im Taumel der Nacht dem Licht entgegenflogen, aber dass er seine Gefühle so klar verbalisierte, stellte ihre Beziehung noch einmal auf eine höhere Stufe.

Er riss sich von ihrem Anblick los und kletterte die Stufen der Klappleiter hoch. Helles Sonnenlicht übergoss seinen Körper – sie befanden sich auf dem Dach des Hotels. Noch immer ganz durcheinander, erklomm auch sie die Leiter, während er sich von oben herabbeugte, sie an den Handgelenken fasste und in Empfang nahm.

Die Helligkeit blendete sie, deshalb beschirmte sie die Augen mit den Händen und zog ihren Strohhut tiefer. Von hinten legte Sébastien seine Arme um sie, und sie drehten sich im Kreis, als wären sie eins. Unter ihnen, hinter der steinernen Brüstung, die das Dach von allen Seiten umgrenzte, lag die Stadt, weiter vorn das Meer. Die an der Regatta teilnehmenden Segelboote lagen wie ein Schwarm weißer Schmetterlinge vor Anker, bereit zum Start. Der Strand war menschenüberfüllt, wie bunte Tupfen bevölkerte das Publikum des Spektakels den langen Sandstreifen.

»Ich glaube, von hier oben ist die Aussicht auf die Regatta am besten, meinst du nicht?«, fragte Sébastien, und sie drehte sich zu ihm, sodass sie ganz nah beieinanderstanden. Sie sah, wie sich seine Brust hob und senkte, und stellte fest, dass sie im gleichen Rhythmus atmeten. »Ja, das glaube ich auch. Und ich mag sowieso keine Menschenmassen. Aber wieso stehen hier Liegestühle auf dem Dach? Hast du …«

»Ja, ich habe da was vorbereitet. Komm, machen wir es uns bequem.« Er nahm sie wieder an die Hand und führte sie zu der Brüstung, vor der zwei rot-weiß bespannte Liegestühle standen, dazwischen ein Picknickkorb, aus der eine Flasche Landwein und eine Stange Baguette herausragten, dazu Schüsseln mit Oliven und Tomaten.

Mylène nahm die ganze Szenerie sprachlos in sich auf, während Sébastien gespannt auf ihre Reaktion wartete.

»Du hast das alles hier geplant? Du warst vorher schon hier oben und hast die Liegen und das Picknick hochgeschleppt? Das … das ist eine wundervolle Überraschung!« Überwältigt beugte sie sich ihm entgegen, und er küsste sie. Mit geschlossenen Augen verlor sie sich in der Weichheit seiner Lippen.

»Ich freue mich, dass sie gelungen ist.« Er strich ihr zärtlich eine Haarsträhne aus dem Gesicht, die ihnen beim Küssen in die Quere gekommen war.

Als sie sich auf den Liegestuhl setzen wollte, entdeckte sie ein kleines, in silbernes Papier eingeschlagenes Geschenk. Verwundert sah sie zu Sébastien, der tat, als könne er kein Wässerchen trüben.

»Ist das für mich?«

»Könnte schon sein.«

Schmunzelnd packte sie das Geschenk aus und brachte ein kleines, in weinrotes Leder gebundenes Notizbuch zutage. Plötzlich schossen ihr Tränen in die Augen. Dass Sébastien derart aufmerksam war – er hatte tatsächlich mitbekommen, dass ihr Notizbuch vollgeschrieben war – und ihr gleich Nachschub besorgt hatte, noch dazu ein so edles Exemplar, nicht eines ihrer üblichen Büchlein aus der Bar Tabac, rührte sie. In Romanen schenkten Männer den Frauen, die sie liebten, Blumen oder Pralinen, aber Sébastien war anders. Er war einzigartig. Er wusste genau, was sie brauchte und sich wünschte. Noch kein einziges Mal hatte er ihren Traum, Schriftstellerin zu werden, abgetan.

»Tausend Dank«, brachte sie heiser zustande. Er bemerkte, wie berührt sie über seine kleine Geste war, und tupfte ihr behutsam die Tränen weg, die ihr aus den Augen quollen.

»Gerne«, flüsterte er. »In deinem Notizbuch gibt es keine freie Seite mehr – und du willst doch bestimmt nach deiner letzten Kurzgeschichte bald Ideen für eine neue notieren, nicht wahr?«

Sie nickte, während er eine weitere Träne wegwischte, die

von ihren Wimpern perlte. »Natürlich. Als wir vorhin heimlich die Luxussuite betreten haben, kam mir eine Idee für eine neue Geschichte. Ein reiches Ehepaar, das in einem Hotel am Meer absteigt und …«

Sébastien legte den Kopf in den Nacken und lachte. »Wo nimmst du nur all diese Ideen her? Aber wieso versuchst du nicht mal, deine Geschichten an den Mann zu bringen? Hast du nicht mal erwähnt, dass du deine Texte an Magazine und Zeitungen schicken willst, die sie dann veröffentlichen? So wie andere berühmte Schriftsteller das getan haben? Zum Beispiel Balzac oder Alexandre Dumas oder George Sand oder … hm, mehr Autoren fallen mir nicht ein.«

In diesem Moment fiel der Startschuss der Regatta.

»F. Scott Fitzgerald veröffentlicht seine Kurzgeschichten auch in Magazinen.« Mylène starrte auf die blendend weißen Segel, die über das Meer schwebten. Das aufgeregte Rufen der Zuschauer, die die Bootsführer anfeuerten, drang wie ein leises, fernes Echo bis zu ihnen auf das Hoteldach. »Wahrscheinlich hast du recht. Ich schreibe nicht für die Schublade. Ich sollte sie wirklich an eine Zeitung schicken.« Sie legte ihre Hand auf seine, etwas verlegen zuerst, doch als er sie nicht wegzog, gewann sie an Sicherheit und strich ihm sachte über den Daumen. Sie fühlte sich ihm so nah, dass sie das Gefühl hatte, mit ihm zu verschmelzen, untrennbar verbunden. »Danke, dass du mich so ermutigst, das bedeutet mir sehr viel. Du bist nach Großmutter der einzige Mensch, der mir je zugeredet hat, an mich zu glauben und etwas zu wagen.«

»Wer nicht wagt, der nicht gewinnt.« Sébastien goss zwei

Gläser Wein ein und reichte ihr eines. »Auf die Wagnisse des Lebens – und auf uns.«

Am nächsten Morgen – Mylène und Sébastien nahmen gerade mit Rosalie und Armand ein schnelles Frühstück ein, das Fernand ihnen zubereitet hatte –, erschien Monsieur Guillaud in der Küche, obwohl er sich dort zu dieser frühen Stunde sonst nie blicken ließ.

»Hört zu, Mädchen«, erklärte er hektisch, »ihr nehmt euch heute als Erstes die Suite im oberen Stockwerk vor. Die mit der rosaroten Tapete. Eine amerikanische Familie hat telegrafieren lassen, dass sie morgen Nachmittag ankommt. Alles muss picobello sein, verstanden? Ihre Nachricht klang so – ich weiß auch nicht, nach altem Adel oder nach geerbtem Geld oder auch nur nach der Dekadenz der Neuen Welt. Auf jeden Fall wollen wir uns Mühe geben, vielleicht empfehlen sie uns in Amerika weiter, wir könnten gut neue Klientel aus Übersee gebrauchen.«

Rosalie schlang das letzte Stück ihres mit Butter bestrichenen Croissants herunter. »Amerikaner sind so pingelig. Da darf kein Staubkorn herumfliegen.«

»Auch bei den übrigen Gästen sollte kein Staub herumfliegen«, entgegnete Monsieur Guillaud stirnrunzelnd. »Also, allez hopp, Mesdemoiselles, an die Arbeit. Und Marais, stellen Sie bitte ein Kinderbett in der Suite auf.«

Mylène entsann sich der vielen leeren Vasen, die sie in der Suite gesehen hatte. »Soll ich Blumensträuße besorgen, Monsieur le Directeur? Damit die Suite recht einladend und elegant erscheint?« Sie zwinkerte Sébastien verstohlen zu, um dessen Mundwinkel es verräterisch zuckte. Das kleine Geheimnis, das sie teilten, verband sie noch stärker, als es vorher der Fall gewesen war.

»Gute Idee.« Monsieur Guillaud stand bereits in der Tür, um wieder in sein Büro zu eilen. »Kaufen Sie riesige Sträuße, die was hermachen. Wir wollen uns nicht lumpen lassen.«

Rosalie maulte zunächst ein wenig, weil Mylène auf die Idee mit den Blumen gekommen war und in die Stadt gehen durfte, um sie zu besorgen, während sie mit der Großreinigung der Suite beginnen musste. Als Mylène jedoch eine Stunde später mit herrlichen, überbordenden Sträußen voller Rosen, Lilien, Gerbera und Tulpen erschien, deren rosa, gelbe und weiße Pracht wie duftende Schleier in den Raum schwebten, half sie ihr, diese in den chinesischen Vasen anzuordnen. Die Suite wirkte mit ihren samtbezogenen Möbeln, dem dicken purpurnen Teppich, in den die Füße so tief einsanken wie in eine feuchte Sommerwiese nach einem erfrischenden Regenguss, und den Blüten, die ihre Köpfe majestätisch in die Höhe reckten, wie ein heiteres Refugium, das die Gäste von der Außenwelt abschirmte.

»Das muss reichen«, sagte Rosalie nach getaner Arbeit. »Ich bin gespannt, was für Vögel die neuen Gäste sind. Amerikaner hatten wir noch nie in unserer Sammlung. Ob sie wohl auch so exzentrisch wie Aleksej Fjodorowitsch oder Monsieur Noirot sind?«

Als Mylène am Nachmittag des nächsten Tages mit Rosalie in einigen unbewohnten Zimmern Staub wischte, um sie in tadellosem Zustand zu halten, platzte Armand atemlos zu ihnen herein.

»Hier seid ihr!«, keuchte er. »Ich habe euch schon überall gesucht! Monsieur le Directeur schickt mich, euch zu holen. Die amerikanischen Gäste sind eingetroffen.«

»Und dazu braucht ihr uns?« Rosalie verdrehte die Augen. »Als du eben hereingestürmt bist, dachte ich, König George der Fünfte von England persönlich gibt sich die Ehre.«

Doch Armand ging nicht auf ihren ironischen Tonfall ein. »Wirklich, ihr sollt kommen. Wir brauchen viele Hände.«

Mylène nickte Rosalie zu und legte das Staubtuch nieder. »Wir sollten uns besser beeilen.«

Schnellen Schrittes folgten sie Armand nach draußen. Vor dem Eingang des Hotels parkten vier Taxis mit geöffneten Türen, und ein kleines Empfangskomitee hatte sich dazugesellt. Monsieur Guillaud, Sébastien, Fernand, der Koch, die Küchenjungen Philippe und André, die Kellner Étienne und Maël, sogar Aleksej Fjodorowitsch und Émile Noirot hatten sich eingefunden. Mylène erkannte sogleich, wieso Armand von vielen helfenden Händen gesprochen hatte. Die vier Taxifahrer waren gerade dabei, mühsam das Gepäck der neuen Gäste aus den Automobilen zu wuchten.

Rosalie neben ihr starrte fassungslos auf die Kisten und Taschen, die die Chauffeure auf die Gepäckwagen hoben, welche Armand eilig herbeirollte. »Ich weiß nicht, ob wir genügend Gepäckwagen haben!«, zischte Monsieur Guillaud seinem Concierge zu, so als besitze dieser die Fähigkeit, noch weitere herbeizuzaubern.

»Wie viele Koffer sind das?«, flüsterte Rosalie Mylène zu; sie gab sich keinerlei Mühe, ihre schockierten Gesichtszüge unter Kontrolle zu bekommen.

»Siebzehn«, murmelte Mylène schwach.

»Woher weißt du das?«, zischte Rosalie. »Die Fahrer haben doch anscheinend noch gar nicht alle aus den Taxis geräumt.«

Mylène blieb ihr eine Antwort schuldig. Sie wusste einfach, dass es sich um siebzehn Koffer handelte, denn sie hatte es in der Zeitung gelesen. Ebenso wusste sie, dass sich in einer der Kisten die *Encyclopaedia Britannica* befand. Und nun war auch endlich die amerikanische Familie ausgestiegen, der dieses viele Gepäck gehörte. Der Mann war ungefähr Ende zwanzig und trug einen hellen Sommeranzug, seine dunkelblonden Haare waren in der Mitte modisch gescheitelt. Seine auffallend grünen Augen schweiften kurz über die kleine Versammlung der Angestellten und Gäste, so als nähme er mit einem Blick alles, was von Bedeutung war, in sich auf, um es abzuspeichern und zu einem späteren Moment wieder hervorzuholen. An seiner Hand hielt er ein kleines Mädchen von etwa zwei Jahren, dessen pausbackige Wangen an die einer Putte erinnerten. Mylène hätte es nicht gewundert, wenn das Kind kleine, golden glitzernde Flügel gehabt hätte. Auch sie betrachtete wie ihr Vater die Menschen, die zu ihrem Empfang gekommen waren, sowie das imposante, an die Residenz eines Königs erinnernde Hotel im Hintergrund. Ihre Miene blieb ruhig und ausdruckslos, wahrscheinlich war sie bereits viel gereist, hatte viel gesehen, und es konnte sie nichts mehr erstaunen. Am auffälligsten war die Erscheinung der Frau. Sie war zierlich, fast elfengleich, das Haar umgab ihre feinen Züge wie eine Wolke von der Farbe dunklen Honigs.

Monsieur Guillaud griff nach zwei Koffern und ließ sogleich einen französischen Redeschwall auf die Neuankömmlinge herabregnen. »Willkommen, willkommen, die Herrschaften. Wir fühlen uns geehrt, dass Sie auf unser bescheidenes Hotel aufmerksam wurden und unsere Gäste sein möchten, wir hoffen, es wird alles zu Ihrer äußersten Zufriedenheit sein, wenden Sie sich bitte mit dem kleinsten Wunsch an uns, wir kümmern uns …«

Armand, der ebenfalls einige Gepäckstücke unter die Arme geklemmt hatte, warf dem Direktor einen vielsagenden Blick zu und raunte: »Sie verstehen kein einziges Wort Französisch, Monsieur!«

»Oh.« Monsieur Guillaud ließ die Arme sinken, dann sah er wenig hoffnungsvoll in die Runde. »Wer von euch kann Englisch?«

»Ich.« Sébastien trat näher, lächelte dem Ehepaar zu und griff nach einem weiteren der siebzehn Koffer.

»Und ich auch, ganz leidlich zumindest.« Mylène spürte, wie Sébastien sie verwundert von der Seite ansah. Vielleicht sollte sie ihm bald einmal gestehen, dass sie vor vielen Jahren eine tadellose Erziehung an einem privaten Mädchenlycée genossen hatte. Aber im Moment war das nicht wichtig; nur die neuen Gäste zählten. Mit glühenden Wangen und stolperndem Herzen ging sie einen Schritt auf die Amerikaner zu und begrüßte sie mit heiserer Stimme auf Englisch: »Willkommen im Grimm's Park Hotel, Mrs und Mr Fitzgerald.«

Kapitel 6

»Bitte gib gut darauf acht.« Mylène drückte das Päckchen, in das sie sorgfältig ihr Manuskript eingepackt hatte, fest an ihre Brust. »Du weißt, wie wertvoll es für mich ist.«

Sébastien nickte beruhigend und streckte die Hände aus. »Ich weiß. Mir ist es genauso wichtig. Du kannst es mir getrost anvertrauen, ich liefere es sicher auf der Post ab.«

Sie übergab ihm das Paket, wobei sie sich nervös auf die Lippen biss. Ob Sébastien nachvollziehen konnte, wie viel Herzblut sie in ihre Geschichte gesteckt hatte, dass ihr die Protagonisten so ans Herz gewachsen waren, dass sie ihr nah waren wie echte, lebende Personen? *An einem sonnenüberfluteten Sommertag begegneten sich Melisande Dupin und Michel Houquou zum ersten Mal; Melisande betrat gerade den labyrinthartigen Garten des Parks in der Rue Victor Hugo, als sie von Weitem …*, so begann ihre Erzählung. Sie kannte jedes Wort auswendig.

Es war früh am Morgen, und der Hoteleingang lag noch kühl im Schatten der hohen Palmen. Die Luft roch frisch und feucht vom Tau, was sich in den nächsten Stunden ändern würde, wenn die Sonne höher stieg und herabbrannte. Die Temperaturen waren bereits sommerlich.

»Vielleicht sollte ich es selbst zur Post bringen, das würde womöglich Glück bringen, wer weiß?«

Sébastien lachte. »Ach, sei nicht albern. Ich muss ohnehin ein paar Besorgungen für Monsieur Guillaud tätigen, warum sollte ich das Paket nicht mitnehmen? Ich komme auf jeden Fall an der Post vorbei.«

»Schriftsteller sind eben abergläubisch.« Sie lächelte schief.

Sébastien befestigte das Päckchen auf dem Gepäckträger des Fahrrades, das Monsieur le Directeur ihm für Besorgungen zur Verfügung stellte, und räusperte sich, als wolle er noch etwas sagen, nahm sich dann aber zurück.

»Was ist?« Sie blickte ihm in die blaugrauen Augen und verlor sich wie so oft darin.

»Nichts ...« Er zögerte. »Es ist nur ... Ich habe mich gefragt, woher du so gut Englisch kannst. Du hast dich fließend mit diesen Amerikanern unterhalten. Auf der Dorfschule lernt man das nicht.«

Mylène spürte, wie sie rot anlief. In diesem Moment bereute sie es, ihm nicht von Anfang an die Wahrheit über ihre Vergangenheit gesagt zu haben. Sie verbrachten immer mehr Zeit zusammen, irgendwann würden ihre Geheimnisse sie einholen und ihr schaden, denn das war die Natur von Geheimnissen. Sie hatte genügend Romane gelesen, um das zu wissen. »Ich habe einige Jahre ein Lycée besucht, doch dann starben meine Eltern, und es war kein Geld mehr da ...«

»Ach so.« Behutsam strich er ihr ein Haar aus dem Gesicht. Seine Anteilnahme war ihr unangenehm, sie schämte sich, ihm auch jetzt noch nicht die ganze Wahrheit zu sagen.

Doch wie hätte sie ihm gestehen sollen, dass ihr Vater sich verspekuliert und am Ende das Leben genommen hatte, ohne Rücksicht auf Frau und Tochter? Sämtliche Nachbarn hatten sie gemieden, der Pfarrer hatte sich geweigert, ihren Vater auf dem Friedhof beizusetzen. Ihre Beziehung mit Sébastien war noch so jung und frisch, wie eine zarte Pflanze, deren Blätter gerade erst zu sprießen begannen, da konnte sie ihm unmöglich ein derart pikantes Detail aus ihrer Vergangenheit anvertrauen. Mit Sicherheit würde er sich von ihr abwenden.

»Das ist schade.« Er schien nichts von ihrem inneren Zwiespalt zu bemerken und küsste sie leicht auf die Nasenspitze, hier draußen wagte er das, da weit und breit niemand zu sehen war, der sich daran stören konnte. »Dann bringe ich mal dein Manuskript zur Post. Bis später. Und viel Spaß mit den Fitzgeralds.«

Er zwinkerte ihr zu, schwang sich auf das Fahrrad und radelte davon, das Päckchen fest auf dem Gepäckträger verschnürt. Sie riss ihre Gedanken von ihrem Vater und der Schande, die er der Familie in den Augen der ganzen Stadt bereitet hatte, los, und strich sich gedankenverloren über die Haare. Ob das Magazin *Je sais tout*, an das sie ihre Geschichte schickte, ihren Text annehmen und abdrucken würde? Sie würde keine ruhige Minute mehr haben, bis sie Bescheid wüsste.

Nachdenklich kehrte sie ins Hotel zurück und stieg die Treppen hoch zur rosenroten Suite, wie sie und Rosalie die Luxuszimmer wegen der gleichfarbigen Stofftapete inzwischen nannten. Mylène hatte sich auf einen Kampf mit ihrer

Kollegin eingestellt, wer von ihnen beiden sich um die Unterkunft des Schriftstellerehepaars kümmern durfte, doch zu ihrer Erleichterung hatte Rosalie gar kein Interesse daran. Die Suite sei ihr zu groß und bedeute ihr zu viel Arbeit, hatte sie beteuert, zudem sei das amerikanische Paar recht merkwürdig und habe bestimmt viele Extrawünsche.

Noch immer konnte Mylène es kaum fassen, dass die Fitzgeralds tatsächlich im Grimm's Park abgestiegen waren. Seit Scott und Zelda, wie sie die beiden insgeheim nannte, angereist waren, befand sie sich in einer Art Seifenblase, dem wirklichen Leben immer ein wenig entrückt, und studierte fasziniert jede noch so kleine Geste der beiden. Noch nie hatte sie so elegante, weltgewandte Menschen gesehen! Welch ein unglaublicher Glücksfall, dass die Familie genug von Paris gehabt hatte und in Richtung Süden weitergezogen war! Vielleicht hatte Scott eingesehen, dass er in einer Stadt, die nie schlief, seinen vom amerikanischen Publikum ersehnten neuen Roman niemals würde schreiben können, und deshalb beschlossen, sich einen ruhigeren Zufluchtsort zu suchen.

Mit vor Aufregung pochendem Herzen klopfte sie an die Tür zur rosenroten Suite.

»Herein«, rief eine schleppende, fast gelangweilte Stimme.

Mylènes Hand verharrte in der Luft. Da die Fitzgeralds am Vortag ihr Frühstück sehr zeitig im Restaurant eingenommen hatten, war sie automatisch davon ausgegangen, dass das jeden Tag so wäre. Heute offensichtlich nicht. Am liebsten hätte sie sich aus dem Staub gemacht, um die Familie nicht zu stören – vielleicht war Fitzgerald gerade am Schreiben! –, doch nachdem sie geklopft hatte, musste sie wenigstens sagen, was sie hergeführt hatte.

Zaghaft öffnete sie die Tür, gerade so weit, dass sie ihren Kopf ins Zimmer stecken konnte. »Verzeihung, Madame, Monsieur, ich wollte die Suite reinigen, aber ich komme am besten später noch mal. Entschuldigen Sie die Störung.«

»Ich liebe es, wie die Leute hier alle mit Madame und Monsieur betiteln, Scott«, erklang es aus dem Himmelbett, dessen Vorhänge halb zugezogen waren. »Das klingt so französisch.«

»Vielleicht weil es französisch ist?«, hörte sie nun Fitzgerald, der ein wenig gereizt klang, aus der anderen Zimmerecke.

»Egal, treten Sie nur ein«, sagte Zelda, von der Mylène noch immer nur den Haarschopf auf dem weißen Kissen sah. »Sie stören mich nicht, wenn Sie durchfeudeln, ich liege ja noch im Bett. Zumindest ich werde Ihnen also nicht im Weg herumstehen.«

Mylène wusste nicht, was sie tun sollte – Monsieur Guillaud würde es mit Sicherheit unschicklich finden, wenn sie sauber machte, während die Gäste im Bett lagen; ihre Neugier war allerdings stärker, und so betrat sie mit ihren Putzutensilien schüchtern die Suite.

Zelda lugte zwischen den Vorhängen hindurch, sie trug ein Nachthemd, ein fast durchsichtiges, spitzenbesetztes Teil, das in nichts an die bodenlangen Nachthemden aus Baumwolle erinnerte, die Rosalie und sie selbst besaßen. Vor lauter Verlegenheit wusste sie nicht, wohin sie schauen sollte.

Großmutter hätte das Hemdchen als sehr unzüchtig, ja, verrucht bezeichnet. »Nur hereinspaziert, junge Lady. Keine falsche Scheu, tun Sie, als ob wir nicht hier wären.«

Mylène räusperte sich verlegen. »In Ordnung.« Verstohlen blickte sie sich um. Auf dem Beistelltisch vor dem Sofa stand eine geöffnete Flasche Whiskey, dazu ein halb leeres Glas. Fitzgerald selbst saß vor einer Reiseschreibmaschine am Schreibtisch, die Hemdsärmel aufgerollt, doch er schrieb nicht. Seine geröteten Augen starrten sie an. Hinter ihm hing auf einem Kleiderbügel ein extravagantes Abendkleid mit schrägen Volants, das, wie Mylène von Rosalie wusste, in Paris »le dernier cri« war. Offensichtlich waren die Fitzgeralds gestern Abend aus gewesen.

»Wie weit ist es bis zum Strand?« Zelda streckte sich in ihren Kissen und schien niemanden im Besonderen anzusprechen, doch Mylène ging davon aus, dass sie gemeint war.

»Nur ein paar Minuten, Madame.« Sie begann, ein paar zerknüllte Papiere und andere Abfälle einzusammeln, die im oder um den Mülleimer herum lagen.

»Scott, ich möchte unbedingt an den Strand. Gleich nachher. Versteck dich nicht immer hinter deinem Buch, das kann warten.«

»Meine Güte, ja, Zelda, wir können nachher an den Strand. Allerdings wäre es nett, wenn du mich vorher noch ein, zwei Seiten schreiben ließest, ich komme überhaupt nicht voran.« Scott senkte verdrossen den Kopf und fuhr sich mit den Händen durch die dunkelblonden Haare, bis sie in alle Richtungen standen.

»Entschuldigung, ich bin still.« Verschwörerisch blinzelte Zelda Mylène zu, so als sei sie ihre Vertraute.

Mylène wollte gerade einen Koffer gerade rücken, der mit geöffnetem Deckel unter dem Bett hervorlugte, als ihr Blick auf den Inhalt fiel: Der Koffer war voller Konservenbüchsen. Bohnen, Frühstücksfleisch, Erbsen und Karotten, eingemachtes Obst – Lebensmittel, die für mehrere Wochen reichten. Sie warf Zelda einen unsicheren Blick zu, doch diese schien ihre Verwunderung nicht bemerkt zu haben. Wieso reisten die Fitzgeralds mit Lebensmittelkonserven durch Europa? Waren sie der Meinung, hier nichts zu essen zu bekommen?

Ein Rascheln zwischen Himmelbett und Kommode ließ sie zusammenzucken. Gab es neuerdings Mäuse im Hotel? Doch dann atmete sie erleichtert auf, denn es war die kleine Tochter der Fitzgeralds, die mit ihrem drallen Puppengesicht auftauchte. Sie spielte selbstvergessen mit Zeldas hochhackigen Schuhen, stellte sich dann aber, als sie Mylène entdeckte, auf ihre pummeligen Beinchen und stakste davon.

»Lass Daddy seine Geschichte weiterschreiben, Scottie, Zuckerpuppe«, mahnte Zelda, die sich anscheinend vorgenommen hatte aufzustehen. Sie hatte es bereits bis zum Bettrand geschafft, wo sie mit baumelnden Beinen saß und aus dem Fenster in die milde Morgensonne sah.

»Oh mein Gott!« Mylène ließ ihre Putzmaterialien fallen und war mit einem Satz bei Scottie. Die Kleine hielt das Glas, das eben noch neben der Whiskeyflasche gestanden hatte, in ihren drallen Händchen und trank einen kräftigen Schluck.

»Scottie hat Durst.«

»Das darfst du nicht trinken!« Mylène riss ihr das Glas aus der Hand, woraufhin das Kind in lautstarkes Protestgeschrei ausbrach. Auch Zelda kam nun barfuß herbeigeeilt und nahm ihre Tochter auf den Arm, um sie zu beruhigen.

»Scott!«, donnerte sie und blitzte ihren Mann an wie ein Racheengel. »Hast du schon wieder deinen Alkohol herumstehen lassen! Wir haben ein Kind, falls du es noch nicht bemerkt haben solltest! Willst du sie vergiften?«

Scott sprang auf, war mit drei langen Schritten bei ihr und nahm die Flasche an sich. »Wie viel hat sie davon getrunken?«

Mylène verknotete ihre Hände, um ihr Zittern zu verbergen. »Ich weiß nicht, ich glaube nicht, dass es viel war.«

»Schaff die Flasche weg.« In Zeldas Augen brannte die Wut, trotzdem schaffte sie es, einigermaßen kühl zu klingen. »Siehst du nun, was passieren kann, wenn du so viel trinkst? Überhaupt, musst du schon am frühen Morgen zur Flasche greifen?«

Scott knirschte mit den Zähnen und warf Mylène einen Seitenblick zu, so als wolle er seiner Frau signalisieren, dass vor Fremden nicht über dieses Thema, das bestimmt öfter für Zündstoff sorgte, gesprochen werden sollte.

»Ich lasse Sie allein«, stammelte Mylène. Sie war eindeutig überflüssig, die beiden sollten Zeit und Ruhe haben, den Vorfall unter vier Augen zu besprechen. »Ich komme später wieder und bringe noch das Badezimmer in Ordnung.«

Mit gesenktem Blick eilte sie hinaus.

»Warten Sie!« Zelda kam ihr hinterher, wobei sich ihr

transparentes Nachthemd zwischen ihren Beinen verfing. Betreten wandte Mylène den Blick ab.

»Hier, nehmen Sie das.« Die Amerikanerin drückte ihr ein paar Geldscheine in die Hand und sah sie entschuldigend, ja, fast flehend an.

»Aber Madame …« Das Trinkgeld war lächerlich hoch, unmöglich, es anzunehmen. »Das ist viel zu viel, bitte nehmen Sie es zurück.«

Doch Zelda nickte nur traurig, schob sie mitsamt ihrem Besen und den Reinigungsflaschen auf den Flur und schloss sachte die Tür hinter ihr.

Die Fitzgeralds beschäftigten Mylène unaufhörlich; am Morgen hatte zwischen dem Paar eine merkwürdige Stimmung geherrscht, teilweise gereizt, so als störe sie die Anwesenheit des jeweils anderen, dennoch hatte Mylène sehr wohl das starke Band zwischen den beiden gespürt – die intensiven Blicke, die sie sich zugeworfen hatten, sagten dies deutlich. Leider musste sie die Suite nur einmal am Tag säubern, sodass sie nicht viel Gelegenheit hatte, ihre menschlichen Studien weiterzuführen. Die Fitzgeralds erschienen ihr jedenfalls wie Wesen aus einer fernen, romantischen Welt, zu der sie wahrscheinlich nie Zugang finden würde; das Äußerste war, wie durch ein Fenster in ihr Universum hineinzuschauen und in winzigen Portionen diesen Glamour und Glitzer in sich einzusaugen, den sie hinterließen wie Sternenstaub.

Zufällig ergab sich am Abend eine Gelegenheit, einen weiteren Blick auf die beiden zu erhaschen. Es war ungewöhnlich warm, und Hyères schien entgegen seiner sonstigen Schläfrigkeit nicht zur Ruhe kommen zu wollen. Von irgendwoher drang leise Musik bis zum Hotel, und es flanierten mehr Paare als sonst vorbei. Rosalie und Armand waren, obwohl es ein Werktag war, zum Tanzen in irgendeine Bar verschwunden, und auch Sébastien und Mylène verließen das Hotel, wenn auch nur für einen Spaziergang.

»Ein herrlicher Abend«, sagte Mylène seufzend. Die laue Luft, die nach Blüten und dem Salz des Meeres roch, liebkoste ihre Haut, und die leichte Brise, die stets vom Meer her wehte, zerzauste ihre Haare. Sébastien schlang den Arm um sie, drückte sie eng an sich, und sie schlenderten den Weg entlang in Richtung Stadt. Dunkelheit senkte sich wie eine schützende Decke über Hyères.

»Maël aus dem Restaurant hat mir interessante Dinge über deine neuen Lieblingsgäste berichtet«, erzählte Sébastien. Vor ihnen lag das Café de l'Univers wie ein Leuchtturm im Finstern. Stimmengewirr und lautes Gelächter schallten bis auf die Straße, vermischt mit flotten Tanzklängen.

»Was denn?« Begierig hing sie an seinen Lippen.

Sébastien grinste. »Die Frau des Schriftstellers …«

»Zelda«, half Mylène gebannt aus.

»Zelda hat sich erkundigt, ob noch andere Speisen außer Ziegenfleisch serviert werden, sie hätte nämlich gehört, wir Franzosen würden kaum etwas anderes zu uns nehmen, es gäbe zu jeder Mahlzeit Ziegenfleisch. Zufällig gab es heute tatsächlich Ziegenfleisch.«

Mylène prustete los. »Das klingt, als hätte sie heute nicht viel gegessen …«

»Genau. Sie verlangte nur einen Salat und kaute während der ganzen Mahlzeit auf ein paar Blättern herum.«

»Ich glaube, die Fitzgeralds haben seltsame Vorstellungen über Frankreich. Beim Saubermachen habe ich heute Morgen einen Koffer voller Konservendosen entdeckt. Stell dir das mal vor! Dachten die beiden, bei uns in Frankreich nichts Schmackhaftes zu bekommen?«

»Wahrscheinlich. Das passt doch zu der Episode mit dem Ziegenfleisch.« Sébastien lachte, doch Mylène schien plötzlich völlig abgelenkt. Die Türen des Café de l'Univers standen weit offen, und sie spähte auf das bunte Treiben im Innern. Die Gäste drängten sich um die kleinen runden Tische, Cocktails und Champagner wurden herumgereicht, und in der Mitte des verrauchten Raumes hatte sich ein einziges Paar eine winzig kleine Fläche zum Tanzen erobert.

Gebannt betrachtete Mylène die Tanzenden. »Scott und Zelda Fitzgerald«, flüsterte sie.

Zelda, die ein in Braun- und Goldtönen changierendes Kleid mit Fransen trug, die aufspringenden Locken, die ihr Porzellangesicht umgaben, von einem goldenen Kamm gebändigt, lag in Scotts Armen, der sie eng an sich gepresst herumschwenkte. Seine Lippen strichen über ihr Haar. Das Orchester spielte nur für sie, und alle Blicke im Raum hingen an ihnen, hingerissen, verfolgten jede ihrer geschmeidigen Bewegungen. Mylène spürte die Chemie, die zwischen den Ehepartnern herrschte, ganz deutlich, ihre Wesen schienen zu einer Einheit verschmolzen, die man nie wieder zu trennen vermochte.

Nach einem Tusch, der so laut und gewaltig war, dass die Stiele der Champagnerflöten auf den Tischen erzitterten, verbeugten sich Zelda und Scott lächelnd. Der gesamte Raum gehörte ihnen, die Gäste waren ihr Publikum.

»Lass uns weitergehen«, schlug Sébastien vor. Mylène hakte sich wieder bei ihm unter; jäh ereilte sie die Erkenntnis, dass Sébastien es nicht halb so faszinierend fand wie sie, dem berühmten Paar zuzuschauen. Er wirkte wenig beeindruckt von der Tanzdarbietung und dem tosenden Applaus, zu dem sich die Einwohner von Hyères, die sonst eher nüchterne Zeitgenossen waren, hinreißen ließen. »Wir wollten doch zur Strandpromenade.«

Sie seufzte. »In Ordnung.«

Einige Sterne waren inzwischen am dunklen Himmel erschienen und leuchteten nebeneinander, wie auf einer Diamantkette aufgereiht. Sie hoffte, die Fitzgeralds mochten möglichst lange bleiben; sie sehnte sich danach, Scott bei so vielen Gelegenheiten wie möglich zu beobachten, unaufdringlich natürlich, um von ihm zu lernen, was einen guten Schriftsteller ausmachte. Obwohl er als Mensch in einer völlig anderen Liga spielte als sie – als einfaches Hausmädchen hatte sie nichts, aber auch gar nichts gemein mit diesem erfolgsverwöhnten, charismatischen Autor –, konnte sie sich vielleicht aber das eine oder andere von ihm abschauen. Ihre Gedanken wanderten zu ihrer Kurzgeschichte, die nun auf dem Weg zum Chefredakteur des monatlich erscheinenden Magazins *Je sais tout* war, das sie verschlang, sobald sie es in die Finger bekam. Der Wunsch, Glück zu haben und veröffentlicht zu werden, war so stark, dass es ihr das Herz zu sprengen schien.

»Ich hoffe, die Zeitschrift wird meine Geschichte abdrucken. Was meinst du, Sébastien? Manchmal denke ich, dass ich gegen so begnadete Schriftsteller wie Fitzgerald niemals bestehen kann.«

»Ach komm, stell dein Licht nicht unter den Scheffel. Und wenn diese Geschichte nicht genommen wird, dann die nächste oder die übernächste. Du darfst einfach nicht aufgeben. Wurde Fitzgeralds erstes Manuskript sofort mit Kusshand angenommen?«

Mylène schüttelte den Kopf. »Nein, ich glaube, er hat an *Diesseits vom Paradies* noch einiges verändert, bevor sein Verlag es akzeptierte.«

Auch die folgenden Tage verbrachte sie wie unter einer Glocke, hatte kein Ohr für die Plänkeleien zwischen Rosalie und Armand, kein Auge für andere Menschen als die Fitzgeralds. Seit dem Zusammentreffen am Anfang ihres Aufenthaltes fand sie die Suite am Morgen stets verlassen vor, sodass sie in Ruhe putzen und aufräumen konnte. Das enttäuschte sie einerseits, andererseits erleichterte es sie insgeheim, da sie sich der stets eleganten, kühlen Schönheit Zeldas gegenüber unzulänglich fühlte.

Vorsichtig staubte sie Fitzgeralds Schreibtisch ab, auf dem sich ein ungeordneter Wust aus Notizen, Papieren und maschinengeschriebenen Seiten befand. Natürlich wusste sie, dass sie die Texte des Autors nicht im Geringsten etwas angingen, aber die Neugier brannte so heftig in ihr, dass sie nicht anders konnte als ein paar Sätze des Bogens, der in die Schreibmaschine eingespannt war, zu lesen. *Ein letzter Sonnenstrahl verklärte für einen Augenblick romantisch ihr Gesicht; ihre Stimme zwang mich atemlos lauschend zu ihr. Dann verblasste das Glühen; ein Lichtstrahl nach dem anderen wich von ihr, zögernd und ungern wie Kinder, die im Abenddämmer ihr Straßenparadies verlassen müssen.*

Wie wundervoll die Worte klangen, wie poetisch. Sie wünschte, sie würde für ihre Texte ebenfalls Begriffe finden, die die Leser derart berührten.

Rasch riss sie sich los, ihr war, als nähme sie Einblicke in etwas ganz und gar Verbotenes. Sie selbst mochte es auch nicht, wenn Rosalie sich abends in ihrem gemeinsamen Zimmer einen Spaß daraus machte, in ihren Aufzeichnungen zu stöbern.

Als sie zu Mittag mit ihrer Zimmergenossin und Armand beim Essen in der Küche saß, stieß Sébastien hinzu, einen Packen Post in der Hand.

»Voilà«, verkündete er strahlend und fischte aus dem Stapel einen braunen Umschlag heraus, den er Mylène feierlich überreichte. »Ich habe den Briefträger abgepasst und mir sämtliche Briefe geben lassen. Der hier ist für dich.«

»Von wem?« Rosalie beugte sich zu Mylène und las neugierig mit. »Redaktion von *Je sais tout.* Wieso bekommst du Post von dieser langweiligen Zeitschrift? Da steht höchst selten etwas über Mode drin.«

»Ich kann den Brief nicht aufmachen«, flüsterte Mylène Sébastien bange zu. »Was, wenn er eine Absage enthält?«

Armand pfiff anerkennend durch die Zähne, bevor er

sich wieder seiner Suppe widmete. »Hast du dich etwa endlich getraut, einen Text von dir einzuschicken?«

Mylène nickte stumm. Ihr Herz flatterte wie ein aufgeregter Schmetterling. Wenn der Brief eine Zusage enthielt, wäre sie der glücklichste Mensch auf der Welt. Sie sah sich bereits am Abend in Gemeinschaft von Sébastien im Café de l'Univers Champagner trinken und ein ebenso gewagtes Tänzchen aufs Parkett legen wie Zelda und F. Scott Fitzgerald am Vorabend. Sie würde dem berühmten Autor von ihrem Erfolg erzählen, und vielleicht würde er ihre Veröffentlichung lesen wollen ... Stopp, ermahnte sie sich im Stillen. Ihre Fantasie drohte mit ihr durchzugehen. Fitzgerald würde niemals eine ihrer Kurzgeschichten lesen, denn er verstand kein Wort Französisch. Außerdem – wieso sollte er sich für ein einfaches Zimmermädchen interessieren?

»Jetzt mach es nicht so spannend.« Sébastien nahm ihr kurzerhand den Brief ab und schlitzte ihn mit ihrem Brotmesser auf. »Willst du lesen oder soll ich?«

Mylène vergrub den Kopf in ihren Händen und starrte auf die Tischplatte. »Lies du.«

»Gut. Sehr geehrte Mademoiselle Collard, mit großem Interesse haben wir ...« Sébastiens Stimme schrumpfte zu einem dumpfen Murmeln, während er das Schreiben überflog. »Oh. Also ... Das ist ...«

»Nun sag schon«, drängte Rosalie ungeduldig.

»Es ist eine Absage, nicht wahr?« Mylènes Lippen zitterten, während sie in Sébastiens Gesicht forschte und nach einem Zeichen der Hoffnung suchte. Doch zu ihrem Elend nickte er nur bekümmert. »Ich fürchte, ja.«

Tränen der Enttäuschung stiegen ihr heiß und brennend in die Augen; hatte sie es nicht von Anfang an gespürt? Sie war einfach nicht gut genug, man konnte ihre Geschichten keinem großen Publikum zumuten. Ihr war, als bräche eine Welt, eine wunderschöne, heimliche, verheißungsvolle Welt, die sie kraft ihrer Worte in ihrem Kopf hatte entstehen lassen, in sich zusammen.

»Und wieso?«, fragte Armand, der seinen Nachtisch, eine köstliche Crème brulée, verschlang.

»Chère Mademoiselle, Ihre Geschichte ist höchst unterhaltsam und geistreich, doch verfügen wir momentan über zu viele fest für uns schreibende Autoren, um noch Platz in unserem Programm zu haben. Melden Sie sich gerne in einem Jahr wieder, um zu sehen, ob …« Sébastien ließ den Brief sinken und nahm Mylènes Hände in seine. »Siehst du, es liegt nicht an deinem Können, dass sie deine Geschichte nicht in *Je sais tout* abdrucken. Sie haben im Moment einfach keinen Platz für weitere Autoren. Kein Grund, trübsinnig zu sein, mon cœur. Du schreibst einfach weiter und versuchst es immer wieder.«

»So fleißig wie du schreibst, wird es irgendwann klappen«, warf Rosalie in tröstendem Tonfall ein.

Auch Armand bemühte sich, sie aufzumuntern. »Du darfst die Absage nicht persönlich nehmen. Sie schreiben ja, dass die Geschichte gut ist.«

»Ich stecke so viel Herzblut in meine Geschichten. Natürlich nehme ich die Ablehnung persönlich, ich kann gar nicht anders«, stieß Mylène trostlos hervor.

»Ich kann dich sehr gut verstehen.« Rosalie schob ihren

Dessertteller von sich und griff nach ihrer Hand, um sie zu drücken.

Sébastien steckte den Brief in den Umschlag und schob ihn nach dem Motto »Aus den Augen, aus dem Sinn« in seine Hosentasche. »Lass dich nicht entmutigen. Wie wäre es mit einem Spaziergang am Strand heute Abend? Mir wird es schon gelingen, dich auf andere Gedanken zu bringen.« Sie nickte mit zusammengepressten Lippen.

Am Abend holte er sie an ihrem Zimmer ab, und sie verließen das Hotel, gesittet nebeneinanderher gehend, bis sie weit genug entfernt waren, um sich an den Händen zu fassen. Sébastien trug ein frisch gebügeltes weißes Hemd und hatte die dunklen Haare, die noch feucht vom Baden waren, ordentlich gescheitelt. »Nimm dir die Absage des Magazins nicht so zu Herzen«, tröstete er sie, doch sie schüttelte nur traurig den Kopf. Ihr Misserfolg nagte noch immer an ihr. Doch dann erblickte sie in der Ferne drei Gestalten, klein wie Stecknadelköpfe, und ihr Puls beschleunigte sich. An ihren Gesten konnte man ablesen, dass sie herumalberten und Spaß hatten.

»Schau nur, die Fitzgeralds.« Die Familie war ganz allein am Strand, und selbst von Weitem ging eine Fröhlichkeit von den dreien aus, die Mylène anzog. Scott steckte in einem Badeanzug mit gestreiftem Oberteil und Gürtel, Zeldas Badebekleidung war schwarz und betonte ihre grazile Gestalt. Scottie, das kleine Mädchen, kniete im seichten Wasser und beförderte mit einer Schaufel nassen Sand in einen bunten

Eimer, wobei ihr beide Eltern assistierten. Zwischendurch küssten sie sich wie ein frisch verliebtes Paar.

Sie wirkten wie eine Familie auf einer Postkarte – dazu die schaumig heranrollenden, sanften Wellen und der Himmel, dessen strahlendes Blau sich bald zu weicheren Lavendel- und Purpurtönen verwaschen würde. Anscheinend hatten die Fitzgeralds keine Eile, ins Hotel zurückzukehren und das Abendessen einzunehmen.

»Hm. Ja, die Fitzgeralds. Eine seltsame Familie. So unkonventionell.« Sébastien gönnte den Amerikanern lediglich einen flüchtigen Blick. Mylène ließ seine Hand los, um sich nach einer Muschel zu bücken und sorgfältig den feuchten Sand wegzuwischen. Mit einem Mal verspürte sie wenig Lust, noch weiter über Zelda und Scott zu reden, überhaupt fühlte sie sich ausgelaugt und müde nach dem langen Tag und der großen Enttäuschung.

»Können wir wieder zurückgehen?«, fragte sie leise, und er nickte.

Im Hotel wurde Sébastien von Émile Noirot, der an einer Magenverstimmung litt, gerufen, weshalb sie den Rest des Abends nicht gemeinsam verbringen konnten. Unschlüssig, was sie mit sich anfangen sollte, zog sich Mylène in die Bibliothek zurück. Ihr Zimmer mied sie, da sie Rosalies Geplauder entgehen wollte, die sie von ihren Grübeleien über ihr abgelehntes Manuskript abhielt. Sie wollte für sich sein.

Nachdem sie eine Stunde oder länger auf dem Samtsofa gesessen und im Schein der Stehlampe ein wenig in *Rot und Schwarz* gelesen hatte, wurde mit einem Ruck die Tür aufgerissen, und niemand Geringeres als Zelda Fitzgerald betrat den Raum. Mylène schlug erschrocken ihr Buch zu und umklammerte den Einband mit verkrampften Händen. Ihr Herz schlug bis zum Hals – unglaublich, sie befand sich mit Zelda allein in einem Zimmer!

»Oh, hallo.« Zeldas Augen huschten flüchtig über sie, bevor sie über die langen Regalreihen glitten. Ihre Haare waren noch feucht vom Meer und bauschten sich wie Zuckerwatte über ihren Ohren, und sie trug lediglich einen knielangen Kaftan, der ihre zierliche Figur verhüllte, trotzdem füllte sie die kleine Bibliothek mit ihrer Präsenz aus. Mylène konnte sich gut vorstellen, wie sie der Mittelpunkt einer jeden Party war, ein strahlender Stern, der alle anderen Anwesenden in ihre Umlaufbahn zog.

»Guten Abend, Madame«, brachte sie überwältigt hervor.

Zelda nahm wahllos ein Buch aus dem Regal und setzte sich neben sie auf das Sofa, um hektisch darin herumzublättern. Mylène hielt den Atem an und beobachtete sie heimlich aus dem Augenwinkel. Zelda roch nach Salz, Wind und einem letzten Hauch eines sicherlich sündhaft teuren Parfums, das sich exotisch daruntermischte, und ihre Hände, mit denen sie das schmale Büchlein hielt, waren im Gegensatz zu ihren eigenen zart und weich wie die eines Babys. Sicherlich hatte sie in ihrem Leben kaum einmal Geschirr abspülen oder den Boden schrubben müssen.

Plötzlich erinnerte sich Mylène erschrocken an die eiserne Regel, dass Angestellte die Bibliothek nicht benutzen durften, und wollte sich schon davonstehlen, als Zelda sie zurückhielt. »Bleiben Sie doch noch, und leisten Sie mir ein bisschen Gesellschaft. Mein Gott, wie langweilig«, fügte sie seufzend hinzu, als spräche sie zu sich selbst. »Diese Bücher sind ja alle auf Französisch geschrieben. Denkt in Frankreich niemand an uns Amerikaner?«

Zeldas Anspruch, auch in Europa, wo man sie lediglich durch kurze Artikel in den Klatschspalten kannte, müsse sich alles um ihre Bedürfnisse drehen, belustigte Mylène insgeheim, gleichzeitig beeindruckte sie dieses kühne Selbstbewusstsein.

»Wir haben nicht oft amerikanische Gäste«, sagte sie bedauernd. »Eigentlich nie. Gelegentlich kommen Briten ins Hotel, doch diese haben noch nie nach englischsprachigen Büchern verlangt. Aber in der Empfangshalle gibt es Zeitungen auf Englisch.«

Zelda warf ihr Buch zwischen sich und Mylène und betrachtete sie nun voller Interesse. »Sie sprechen ein entzückendes Englisch, meine Liebe – dieser französische Akzent, einfach allerliebst!«

»Danke«, murmelte Mylène. Sie wusste nicht, ob sie Zeldas enthusiastischen Ausruf als Kompliment auffassen sollte; jedenfalls war sie froh um ihre Ausbildung am Lycèe, auch wenn sie diese vor der Zeit hatte abbrechen müssen.

Zelda streckte sich. »Ich bin ohnehin nicht zum Lesen hergekommen. Ich brauchte einen Moment für mich. Männer können manchmal wirklich anstrengend sein, wenn Sie wissen, was ich meine.«

»Durchaus.« Mylène nickte zustimmend, auch wenn sie in Wahrheit gar nicht mitreden konnte. Sébastien war der erste Mann, an den sie ihr Herz verloren hatte, und sie hatte ihn noch keine Sekunde als anstrengend empfunden, im Gegenteil – in seiner Gegenwart fühlte sie sich geborgen und glücklich.

»Die ganze Zeit dreht sich alles um ihn. Sein Buch, seine Personen, der Plot … Ständig bittet er mich um Rat, aber wenn ich ihm Tipps gebe, mäkelt er oft genug daran herum, oder aber, und das ist noch schlimmer, er nimmt sie begeistert an und gibt sie später als seine Ideen aus.«

»Wirklich?« Mylène starrte Zelda mit geweiteten Pupillen an. Wie aufregend, aus erster Hand Informationen über den gefeierten Schriftsteller zu erhalten! Und auch Zelda selbst erschien ihr wie eine Berühmtheit in all ihrer Eleganz und Eloquenz, der lässigen, völlig sorglosen Körperhaltung; sie hätte gut als Leinwandgöttin durchgehen können, die in einem dieser Stummfilme mitspielte.

»Ja«, antwortete Zelda, stand auf, als hätte sie bereits zu lange auf dem Sofa gesessen, trat ans Bücherregal und strich mit dem Finger sachte über die Buchrücken. »Aber so sind die Männer wohl. Eigensüchtig und auf den eigenen Vorteil fixiert.«

»Aber doch nicht alle!«, widersprach Mylène heftig. Wann hatte Sébastien sie je anders als zuvorkommend und liebevoll behandelt?

Zelda zuckte mit den Schultern. »Sie erscheinen mir noch sehr jung, meine Liebe. Bestimmt werden Sie auch noch Ihre Erfahrungen sammeln.«

Aus den Zeitungsberichten wusste Mylène, dass Zelda lediglich zwei Jahre älter war als sie, trotzdem kam sie sich auf einmal vor wie ein unreifes Kind, das noch nichts erlebt hatte. Wobei das natürlich stimmte, sie hatte mit Sicherheit viel weniger Lebenserfahrung als die weit gereiste Zelda, die mit illustren Persönlichkeiten und Künstlern verkehrte.

»Wenn ich Ihnen einen Ratschlag geben darf: Achten Sie darauf, eine gewisse Eigenständigkeit zu bewahren, wenn Sie einmal verheiratet sind, sonst gehen Sie unter. Und geben Sie nicht das devote Frauchen, sondern bleiben Sie ruhig ein wenig geheimnisvoll.«

»Geheimnisvoll?« Mylène beugte sich angespannt nach vorn und stützte die Ellenbogen auf die Knie. Sie hatte Sébastien noch immer nichts von ihrer schwierigen Vergangenheit erzählt, noch immer wusste er nichts über die Verhältnisse, aus denen sie stammte, und die Ereignisse, die sie aus ihrem Kindheitsparadies vertrieben hatten. Die ganze letzte Zeit hatte sie das schlechte Gewissen geplagt, nicht reinen Tisch zu machen. Sébastien und sie kamen sich täglich näher, sollte sie ihrem Liebsten nicht allmählich die Wahrheit sagen? Doch noch immer plagte sie die Angst, er könne sie ablehnen, wenn er erfuhr, dass ihr Vater mit seinen Geschäften den Hals nicht voll genug bekommen konnte und sich feige und unehrenhaft das Leben genommen hatte. »Sie meinen, eine Frau soll ihrem Mann nicht alles über sich erzählen?«

Zelda lächelte, als rühre sie Mylènes Unbedarftheit. »Natürlich nicht, wo denken Sie hin? Eine Frau ist nur interessant für einen Mann, solange sie rätselhaft erscheint.«

»Hm.« Mylène lehnte sich zurück und spielte nachdenklich mit ihrem Kreuzanhänger. So ganz überzeugend erschien ihr Zeldas Meinung nicht, doch wusste sie sicher mehr von Männern und dem Leben generell als sie.

»Ich sollte mich um Scottie kümmern«, fiel Zelda plötzlich ein. »Ich hoffe, wir finden bald ein passendes Kindermädchen, das das abendliche Zubettbringen übernehmen kann. Scottie ist abends oft so furchtbar aufgedreht. Wissen Sie zufällig jemanden, der infrage käme?«

Mylène schüttelte den Kopf. »Leider nein, Madame.«

»Wir werden schon jemanden auftun, der nicht so schrecklich ist wie unsere letzten Nannys.« Zelda lächelte sie zum Abschied an und verschwand. Mylène blieb allein in der dämmrigen Bibliothek zurück und starrte minutenlang vor sich hin. Im Nachhinein kam es ihr vor, als hätte sie lediglich mit einem Phantom gesprochen, einer imaginären Gestalt, die flüchtig vorbeigeschwebt war. Zelda Fitzgerald, die Gesellschaftsdame, die sich durch alle Zeitschriften tanzte, hatte tatsächlich einen Bruchteil des Abends mit ihr verbracht? Die Szene erschien ihr immer unwirklicher, so als habe sie sie geträumt.

Seufzend stellte sie *Rot und Schwarz* zurück an seinen Platz und begab sich auf den Weg zu ihrem Zimmer. Hoffentlich schlief Rosalie bereits, sie befürchtete, sie würde sie in eine belanglose Unterhaltung verstricken und die Begegnung mit Zelda, die sie wie eine glühende Sternschnuppe in sich trug, zum Erlöschen bringen.

Kapitel 7

»Sputen Sie sich, Sie halten mich vom Schreiben ab.« Émile Noirot saß in angespannter Haltung auf seinem Bett und beobachtete Mylène mit einem eigentümlichen Ausdruck im Gesicht – sie wusste nicht, ob er ihre Figur in Augenschein nahm oder ob er so in seine Arbeit vertieft war, dass er sie gar nicht richtig wahrnahm. Auf seinen Knien lag ein abgegriffenes Notizbuch, und er kaute an einem Bleistift. Er bewohnte eines der billigen Zimmer, und es war so klein, dass es keinen Schreibtisch gab.

»Ich beeile mich, Monsieur.« Mylène wischte mit einem Tuch über das Fensterbrett und das schmale Regal; auch sie drängte es, dem Raum zu entkommen, denn noch immer wussten weder sie noch Rosalie, was sie von dem Gast halten sollten. Er lief mit einer solch düsteren Miene herum, als schultere er das Unglück der ganzen Welt. Aber vielleicht war er nur mit seiner schriftstellerischen Arbeit ins Stocken geraten, seinem leeren Büchlein nach zu urteilen, ließen die Inspirationen auf sich warten.

»Machen Sie auch bei dem amerikanischen Autor im

Obergeschoss sauber?« Noirots dunkle Augen bohrten sich wie Kohlestücke in ihre.

»Ja«, gab sie unbehaglich zurück. Hoffentlich fragte er sie nicht nach Fitzgerald aus, Diskretion und die Wahrung der Privatsphäre waren im Grimm's Park Hotel oberstes Gebot, das trichterte Monsieur Guillaud ihnen immer wieder ein.

»Und wie ist er so?«, brummte Noirot und legte sein Notizbuch zur Seite.

»Was meinen Sie?« Am besten gab sie vor, nicht zu wissen, was er bezweckte. Sie würde Noirot wohl kaum von dem heillosen Durcheinander erzählen, das in der Suite der Amerikaner herrschte, oder von den leeren Flaschen, die sich jeden Morgen auf dem Tisch sammelten, Zeugen einer arbeitsreichen Nacht, die Fitzgerald an seiner Reiseschreibmaschine verbracht hatte, wie sie vermutete.

»Als Schriftsteller interessiere ich mich natürlich für seine Arbeit. Schreibt er den ganzen Tag? Es scheint gut zu laufen für ihn, oder? Und seine bezaubernde Frau, sie ist wohl ständig außer Haus, um ihn nicht zu stören, was? Wo verbringt sie ihre Zeit?«

Daher weht der Wind, er interessiert sich für Zelda, dachte Mylène, während sie Brotkrümel zusammenfegte. Noirot schien sämtliche Mahlzeiten in seinem Zimmer einzunehmen, vielleicht konnte er sich das Restaurant nicht leisten.

»Das weiß ich wirklich nicht, Monsieur.« Das war geflunkert, denn natürlich wusste sie, dass Zelda Stunden am Strand zubrachte, von wo sie jeden Abend wie von der Sonne geküsst, mit immer neuen goldenen Reflexen in den Haaren, atemberaubend schön heimkehrte. Mylène bemühte sich stets, sie nicht anzustarren, aber Zelda wirkte wie eine Königin, die Einzug in ihren Palast hielt. Die Hotelangestellten schien sie nur flüchtig wahrzunehmen, so als seien sie ihre Dienerschaft. Ausgenommen Mylène – nach ihrer Begegnung in der Bibliothek sprach Zelda sie meistens an, richtete ein paar Worte an sie, sei es über die Qualität des Meerwassers, einen Wutanfall ihrer zweijährigen Tochter oder über die Blumen, die in bauchigen Vasen die Eingangshalle schmückten. Mylène berührte es, dass Zelda sie als Einzige in ihren inneren Zirkel aufgenommen hatte, auch wenn sie natürlich wusste, dass das rein gar nichts bedeutete.

»Wahrscheinlich werden die Fitzgeralds ohnehin bald abreisen«, vermutete Sébastien, dem sie sich anvertraute. »Menschen wie sie langweilen sich doch rasch, sie brauchen ständig neue Stimulation. Sie wollen etwas erleben, Ruhe und Beschaulichkeit sind nichts für sie.«

»Kann sein«, murmelte Mylène, hoffte aber dennoch inständig, dies würde nicht so sein.

Auf jeden Fall würde sie sich hüten und Noirot Einzelheiten über die Fitzgeralds erzählen. Wenn er so neugierig war, konnte er die Fitzgeralds ja selbst ansprechen.

»Ich bin fertig, Sie sind mich wieder los.« Sie legte ihre Putzutensilien in den Korb, den sie von Zimmer zu Zimmer mit sich trug. »Einen schönen Tag noch, Monsieur.«

»Gleichfalls.« Wieder bedachte er sie mit einem merkwürdigen Blick.

Als sie am Speisesaal vorbeikam, vernahm sie Sébastiens gedämpfte Stimme. Er schien sich mit jemandem zu unterhalten, wobei er recht angespannt klang. Unwillkürlich hörte sie genauer hin. Sébastiens Gesprächspartner erkannte sie bereits am harschen Tonfall – es gab keinen Zweifel, es handelte sich um seinen Vater. Ungute Erinnerungen an das Zusammentreffen in La Croix-Valmer schnürten ihr die Kehle zu.

»Sieh zu, dass du dich einen Nachmittag freimachst und mich zur Bank begleitest. Die Finanzierung der Ablöse ist noch nicht geregelt.«

»Ich kann Monsieur le Directeur fragen, ob er am Donnerstag oder Freitag auf mich verzichten kann«, murmelte Sébastien. Er klang weit weniger gelassen und frohgemut als sonst. Ganz leise stellte sie ihren Eimer ab und lauschte atemlos. Es bedrückte sie, dass Sébastiens Vater ihn so schroff behandelte; sie wusste, die Unterhaltung ging sie nichts an, und sie sollte mit ihrer Arbeit weitermachen, doch wie unter einem Bann blieb sie in dem stillen Flur stehen und spürte, wie ihr Herzschlag in ihren Ohren rauschte.

»Gut«, sagte Monsieur Marais besänftigt, um gleich darauf zu poltern: »Und was ist nun mit diesem Mädchen, das du in La Croix-Valmer im Schlepptau hattest? Ich habe dir geraten, dich nicht weiter mit ihr abzugeben, ich hoffe, du hast dich daran gehalten!«

Mylène hielt instinktiv die Luft an. Sie wollte Sébastiens Antwort nicht hören, denn sie fürchtete sie, aber ihre Füße schienen an den marmornen Fliesen festgewachsen, trugen sie nicht fort.

»Nein«, antwortete Sébastien entschlossen, und eine Welle der Erleichterung durchflutete Mylène. Er hielt zu ihr, verriet sie nicht. »Ich habe mich in sie verliebt, ich kann meine Gefühle für sie nicht einfach abschalten, und das will ich auch gar nicht. Mylène ist so liebenswert und klug und begabt – sie ist ehrgeizig, Vater, sie möchte Schriftstellerin werden, sie versucht gerade, ihre Kurzgeschichten Magazinen anzubieten, und ich bin sicher, sie wird damit Erfolg haben.«

Mylène stützte sich an der weiß getünchten Wand ab. Sébastiens Worte riefen ein solches Glücksgefühl in ihr wach, dass sie kurz das Gefühl hatte, auf einer Wolke zu schweben, losgelöst vom Hier und Jetzt. Doch Monsieur Marais' Antwort ließ nicht auf sich warten und kühlte den kurzen Moment der Euphorie erheblich ab.

»Ich glaube, du verdrängst die Tatsache, dass sie nichts weiter als ein Zimmermädchen ist, mein Sohn! Sie scheint aus einer einfachen, unbedarften Familie zu stammen, sonst würde sie nicht hier im Hotel die Zimmer putzen!«

»Und wenn schon.« Durch den offenen Türspalt vernahm Mylène, wie ein Stuhl gerückt wurde. Vielleicht hatte Sébastien genug von der Unterhaltung und war aufgestanden. Sie griff wieder nach ihrem Eimer, bereit, schnell das Weite zu suchen, falls die beiden Männer aus dem Speisesaal kommen sollten. »Mir ist es völlig egal, ob sie Zimmermädchen ist oder die Tochter reicher Eltern. Auf jeden Fall bestreitet sie ihren Lebensunterhalt selbst, und das bewundere ich.«

»Denk doch mal nach, Junge.« Der Vater klang immer ungeduldiger. »Sie mag ja noch so tüchtig sein, aber du bist der zukünftige Arzt von La Croix-Valmer. Du kannst sie unmöglich als deine zukünftige Ehefrau mit in die Praxis nehmen.

Deine Ehefrau muss deinem Stand entsprechen, sonst nehmen dich deine Patienten niemals ernst. Sie werden dich für einen ungebildeten Bauern halten, wenn du mit diesem Mädchen ankommst.«

»Das glaube ich nicht.« Mylène hörte, wie Sébastiens Stimme leise bebte. Auch sie selbst hätte sich am liebsten in eine dunkle Ecke zurückgezogen und die Hände vor das Gesicht geschlagen, um ihrem Schmerz ein Ventil zu verschaffen. »Und wenn, dann hängen sie hoffnungslos veralteten Ansichten nach. Der Hintergrund eines Menschen sollte unwichtig sein, die Hauptsache ist doch, was man aus sich macht.«

»So denken die Leute aber nicht«, entgegnete Monsieur Marais scharf. »Vielleicht tun sie das in Paris, aber doch nicht hier im Süden. Und lass dir eins gesagt sein: Versuche nicht, deinen Dickschädel durchzusetzen und dich weiterhin ungeniert mit diesem Dienstmädchen zu vergnügen. Ich habe da auch ein Wörtchen mitzureden. Falls du dich meinen Wünschen widersetzt, bin ich durchaus willens, dir den Geldhahn zuzudrehen.«

»Das würdest du tun, Vater?«, fragte Sébastien gepresst. »Aber ich brauche deine Hilfe für die Praxis, und du hattest mir versprochen …«

»Ich hatte versprochen, dich zu unterstützen, doch zu meinen Bedingungen, nicht zu deinen. Schließlich ist mein Geld hart verdient. Ich habe mich nicht ein Leben lang als Buchhalter abgerackert, um dir deinen Traum zu erfüllen, und du schlägst alles in den Wind, was ich dir an Werten mitgegeben habe.«

»Das tue ich doch gar nicht, aber Mylène und ich …«

Sie hatte genug gehört. Enttäuscht griff sie nach dem Eimer und schlich davon, bemüht, keine Geräusche zu verursachen. Sébastien liebte sie und stand zu ihr, verteidigte sie vor seinem Vater, doch sie fragte sich: Wie lange noch? Wenn es hart auf hart käme, wäre es dumm von ihm, an ihrer Beziehung festzuhalten und Gefahr zu laufen, die Praxis zu verlieren, oder nicht? Sollte sie ihm endlich gestehen, dass sie keineswegs aus einer Bauernfamilie, sondern aus gutem Hause stammte? Doch was würde das für einen Unterschied machen? Egal, welche Erziehung sie genossen hatte, sie war nun einmal nicht mehr als ein Dienstmädchen. Der Kummer drückte sie nieder wie eine schwere Last, als sie sich auf den Weg zu Aleksej Fjodorowitsch machte, um sein Zimmer zu reinigen.

Am nächsten Tag wies Monsieur Guillaud Sébastien an, etwas in Émile Noirots Zimmer zu reparieren. Mylène begleitete ihn auf ihrer üblichen Putzrunde. Sie hatte ihm nicht gestanden, einen Teil seines gestrigen Gesprächs mit seinem Vater mitbekommen zu haben, auch wenn es ihr unaufhörlich im Kopf herumgeisterte. Sébastien schien die Begegnung kaum aufs Gemüt geschlagen zu haben, er war zwar ein wenig abwesend, aber so zuvorkommend und aufmerksam zu ihr wie sonst auch.

»Komm mal her.« Nachdem er sich nach allen Seiten umgesehen hatte, zog er sie verstohlen in eine Nische. »Was ist los mit dir? Du wirkst heute so anders, so traurig.«

»Es ist nichts«, brachte sie hervor und bemühte sich zu lächeln, was aber reichlich misslang.

»Wirklich?« Er legte ihr die Hand in den Nacken, zog sie zu sich heran und küsste sie zart auf die Lippen. Einen Moment sträubte sie sich, doch dann wurde alles in ihr weich und sie lehnte sich ihm entgegen. Seine Umarmung fühlte sich so vertrauensvoll an; vielleicht würde ja doch alles gut werden. In Büchern wurden ja meistens auch alle Schwierigkeiten gelöst und es kam zu einem glücklichen Ende.

Émile Noirot saß in einem Lehnsessel, die Hände gefaltet, und starrte ins Leere, als habe er nichts anderes zu tun, als auf sie zu warten. »Der Türrahmen ist aus der Wand gerissen«, murmelte er düster und deutete auf die Zwischentür, die zum Badezimmer führte.

Sébastien war sprachlos. Er prüfte die Unglücksstelle, während Mylène den Werkzeugkasten hielt. »Chapeau, Monsieur, wie haben Sie das denn fertigbekommen?«

Noirot schürzte die Lippen, als empfinde er es als Kränkung, von einem Angestellten so jovial behandelt zu werden. »Ich habe mich in Leibesertüchtigung geübt.« Mit einer flüchtigen Handbewegung deutete er auf eine Metallstange, die in der Nähe des eingerissenen Türrahmens auf dem Teppich lag.

Sébastien warf Mylène einen Blick zu; sie musste an sich halten, um nicht zu schmunzeln, und wandte sich rasch ab, um das Kopfkissen aufzuschütteln. Der rätselhafte Pariser mit den dunklen Haarsträhnen, die ihm viel zu lang ins Gesicht fielen, und dem trotzigen Gesichtsausdruck eines Kindes, das etwas angestellt hatte, erheiterte sie insgeheim. Noirot selbst wirkte allerdings nicht, als verfüge er über Humor.

»Wie darf ich das verstehen?« Sébastien hob grübelnd die Stange auf, und auch Mylène überlegte, wozu diese dienen sollte.

»Herrgott, stellen Sie sich nicht so an!« Mit einem Satz war Noirot bei ihnen und riss das Metallteil an sich. »Das ist eine Reckstange, die man in den Türrahmen klemmen kann, um daran Klimmzüge zu machen, seien Sie doch nicht so schwer von Kapee!«

Mylène stellte sich bildlich vor, wie der Gast an der Stange hing, womöglich mit derselben verbissenen Miene, die er jetzt zur Schau trug. Sie bewunderte Sébastien, der ungerührt erwiderte: »Nun verstehe ich. Körperertüchtigung ist immens wichtig, das muss ich als angehender Arzt natürlich zugeben, trotzdem war Ihre Übung ein wenig … destruktiv.«

Noirot sah ihn mit zusammengekniffenen Augen an. »Schwafeln Sie nicht, reparieren Sie die Tür endlich.«

Sébastien stemmte sich mit aller Kraft gegen den in der Luft schwebenden Türrahmen. »Hilfst du mir, Mylène? Ich bräuchte einen Hammer …, ja, Hammer, Nägel, Holzleim.«

Er ähnelte einem Chirurgen, der im Operationssaal Skalpell, Tupfer, Klemme anordnete, und wieder belustigte sie die Situation ungemein.

Als er die eine Seite des Rahmens wieder einigermaßen festgenagelt hatte, wurden sie von Armand unterbrochen, der den Kopf hereinsteckte. »Ach, da bist du, Sébastien. Du sollst sofort in die Eingangshalle kommen, Anweisung von Monsieur le Directeur. Deine Dienste als Arzt sind gefragt.«

Sébastien murmelte mit ein paar Nägeln zwischen den Zähnen, die Mylène ihm rasch abnahm, seine Zustimmung.

»Tut mir leid, aber ein medizinischer Notfall ist wohl dringender als Ihre Tür«, wandte er sich an Noirot, der ungehalten zusah, wie der halb geflickte Türrahmen sich erneut in eine Schieflage begab.

»Kommen Sie so schnell wie möglich wieder!«

Mylène, die noch rasch das Regal abgestaubt hatte, klaubte ihre Siebensachen zusammen und begleitete Sébastien neugierig. In der Eingangshalle wartete eine kleine Versammlung auf sie. Mylènes Herz schlug höher, als sie bemerkte, dass die Fitzgeralds im Zentrum der Aufmerksamkeit standen, vor allem die kleine Scottie. Inmitten ihrer besorgten Eltern, Monsieur Guillaud und Armand, schrie sie aus Leibeskräften, ihr Gesicht war krebsrot. Von der gleichen Farbe waren der Nacken und die Schultern, nur unterbrochen von den dünnen Trägern ihres Badeanzugs. Mylène schlug erschrocken die Hand vor den Mund; das Kind war arg verbrannt, es musste große Schmerzen empfinden.

»So tun Sie doch was«, klagte Zelda, die auf dem Boden kniete und versuchte, die Kleine zu beruhigen, während Scott mit fahrigen Bewegungen herumfuchtelte.

»Sie haben mir einen Arzt versprochen, wo bleibt er nur? Es ist unglaublich, wie lange hier in Frankreich alles dauert!«

Monsieur Guillaud hob bedauernd die Hände, des Englischen noch genauso wenig mächtig wie vor einer Woche, als die Fitzgeralds angekommen waren.

»Es ist alles gut. Ich bin Arzt und schaue mir Ihre Tochter an«, sagte Sébastien auf Englisch, kniete sich ebenfalls neben das Kind und besah sich seine Haut, die bereits Blasen bildete. Alle sahen wie gebannt zu. Sébastien vermochte es mit seiner gelassenen, ruhigen Art, die aufgeregte und gereizte Stimmung zu entschärfen. Fitzgerald trat einen Schritt zurück, um nicht im Weg zu stehen.

Mylène fühlte wie so oft Stolz auf Sébastien in sich aufwallen; er meisterte jegliche Situation souverän und unaufgeregt, seine zukünftigen Patienten in La Croix-Valmer würden ihn lieben.

»Das tut ziemlich weh, ich weiß, aber das wird wieder«, beruhigte er Scottie, die nunmehr leise vor sich hin schluchzte. »Du musst dich ein paar Tage lang im Schatten halten, dann heilt die Haut.« Er erhob sich und wandte sich an die Fitzgeralds, die an seinen Lippen hingen. »Ihre Kleine hat einen schweren Sonnenbrand. Verbringen Sie die nächsten Tage so viel Zeit wie möglich in Ihrer Suite oder zumindest im Schatten. Als Soforthilfe empfehle ich Quarkwickel …« Er wiederholte das Wort auf Französisch und sah fragend zu Monsieur Guillaud, der diensteifrig nickte und beteuerte, das Gewünschte sogleich in der Küche anzufordern. Mylène verfolgte den kurzen Wortwechsel gespannt – es schien, als hätten ihr Freund und der Hoteldirektor die Rollen getauscht, denn plötzlich war es Sébastien, der Anweisungen erteilte.

»Sehr gut.« Sébastien wechselte wieder ins Englische. »Ich schreibe Ihnen auch noch ein Rezept für eine lindernde Salbe, ich muss nur rasch meinen Rezeptblock holen. Das Rezept bringe ich Ihnen nachher vorbei, wissen Sie, wo Sie in der Stadt eine Apotheke finden?«

Zelda nickte, noch immer etwas mitgenommen wirkend. »Ja, Doktor. Bei unseren Streifzügen durch den Ort sind wir an einer Apotheke vorbeigekommen. Tausend Dank für Ihre Hilfe.«

Vorsichtig, um ihrer Tochter nicht noch mehr Schmerzen zuzufügen, nahm sie sie auf den Arm und küsste sie auf die tränenfeuchte Wange.

»Danke.« Fitzgerald nickte Sébastien zu. Auch er schien zu viel Sonne abbekommen zu haben, denn sein Gesicht leuchtete nicht minder rot als das seiner Tochter. Nur Zeldas Haut hatte einen zart gebräunten Schimmer angenommen. Seltsam, dachte Mylène, dass sich die Amerikaner so unbesorgt in die Sonne legten. Keine Französin würde auf die Idee kommen, ihre Haut verbrennen zu lassen, bis sie einem gekochten Hummer glich. Aber die Bräune stand Zelda hervorragend, betonte ihren feingliedrigen Körper und das makellose Gesicht und harmonierte mit dem cremeweißen Schimmer ihrer Perlenkette.

»Hätten Sie Lust, morgen Abend unser Gast zu sein? Wir haben ein paar Bekannte zu einer Strandparty eingeladen.« Fitzgeralds meergrüne Augen ruhten so intensiv auf Sébastien, als wolle er ihm bis auf den Grund seiner Seele schauen. »Mit Begleitung natürlich.«

Mylènes Knie wurden weich vor Aufregung. Bitte sag Ja, bitte sag Ja, trommelte ein jeder ihrer Herzschläge. Unfassbar – F. Scott Fitzgerald lud sie und Sébastien zu einer Party ein! Sie tastete nach Sébastiens Hand und drückte sie leicht. Glücklicherweise verstand er ihren Wink.

»Oh ja, danke schön … Natürlich kommen wir gerne.«

»Gut. Freut mich.« Fitzgerald wandte sich ab, als sei die Angelegenheit damit erledigt, legte Zelda die Hand auf den

Rücken und ging mit ihr und dem Kind zur Treppe, um nach oben zu gehen.

Mylène erwachte aus ihrer Erstarrung. »Ich kann es nicht glauben. Die Fitzgeralds haben uns zu einer Party eingeladen.«

»Worum ging es gerade?«, fragte Monsieur Guillaud, der natürlich kein Wort verstanden hatte.

»Monsieur Fitzgerald hat uns zu einer Strandparty eingeladen.« Mylènes Stimme klang rau, sie vermochte ihre überbordenden Gefühle kaum zu kontrollieren.

»Ach so. Ich dachte, er hätte noch was Wichtiges gesagt.« Der Direktor zwinkerte ihr zu, scheuchte Armand zurück an die Rezeption und begab sich wieder in Richtung seines Büros.

Sébastien betrachtete Mylène mit liebevollem Kopfschütteln. »Mon cœur – es handelt sich lediglich um ein paar Drinks am Strand, nicht um einen Staatsempfang. Ich bin eigentlich gar nicht scharf drauf, hinzugehen. Ein ruhiger Abend mit dir in der Bibliothek wäre mir lieber gewesen.«

»Das ist nicht dein Ernst – du weißt, wie wichtig es mir ist, Kontakt zu einem echten, erfolgreichen Schriftsteller zu haben!«, protestierte Mylène. Sie erinnerte sich an die Bilder von den Partys in Paris, die die Zeitungen abgedruckt hatten, an die ausgelassenen Gesichter Scotts und Zeldas, die wie die gefeierten Stars eines Leinwandstückes wirkten und über einen roten Teppich schritten, der eigens für sie ausgerollt worden war. Einmal mit dem Paar zu feiern – davon könnte sie ihren Enkeln noch erzählen.

»Ich weiß, du bist vollkommen in die beiden vernarrt.«

Sébastien lächelte nachsichtig und küsste sie kurz auf die Nasenspitze. »Deshalb habe ich ja auch zugesagt. Aber jetzt muss ich das Rezept für die Kleine noch ausstellen. Und danach wartet noch der demolierte Türrahmen auf uns.«

Den Abend verbrachte Mylène in heller Aufregung. Sie und Rosalie saßen im Schneidersitz auf ihren Betten und sprachen über die Party. Warmes Abendlicht fiel durch das offene Fenster und tauchte ihr Zimmer in honiggoldenen Schein, während draußen die Vögel in den Palmen ein wahres Konzert aufführten.

»Morgen um diese Zeit werde ich mit einem der berühmtesten Schriftsteller Amerikas am Strand sitzen und Cocktails trinken«, murmelte Mylène verträumt.

»Na ja, ob das so unterhaltsam wird? Womöglich redet er nur über Bücher«, zog Rosalie sie auf, woraufhin Mylène ihr ein Kissen an den Kopf warf.

»Du weißt, dass es für mich nichts Unterhaltsameres gibt als Bücher.«

»Schon gut.« Rosalie hob abwehrend die Hände und ließ sich bäuchlings auf ihre Matratze fallen. »Dann lass uns mal überlegen. Was wirst du anziehen?«

»Ich habe nichts Passendes. Es ist einfach unmöglich, in meinem biederen Sommerkleid aus Riboux-Zeiten aufzuschlagen.« Mylène seufzte. »Aber ich habe eine Idee. Die Fitzgeralds geben mir fast jeden Tag ein unanständig hohes Trinkgeld, und ich werde deinen Ratschlag befolgen und mir zum ersten Mal kein Schreibpapier oder Tinte dafür kaufen, sondern ein Kleid.«

»Endlich kommst du zur Vernunft«, lobte Rosalie. »Und nun rutsch zur Seite, damit ich mich neben dich setzen kann. Wollen wir meine Modemagazine wälzen, um zu schauen, was gerade en vogue ist?«

Monsieur Guillaud erlaubte ihr am nächsten Tag tatsächlich, für eine Stunde ins Stadtzentrum zu gehen, wo sie in einer Boutique, deren Schaufenster sie bisher immer nur von außen bewundert hatte, ein Kleid erstand. Noch nie hatte sie etwas derart Elegantes besessen; es war kreiderosa und mit schillernden Pailletten bestickt. In der Mitte war eine Kellerfalte eingenäht, unter der heller, knisternder Seidenstoff hervorlugte, der auch für die lockere Schleife des Gürtels verwendet worden war. Das Kleid umschmeichelte in lockerer Silhouette ihren Körper und endete zwischen Knien und Waden. Die Verkäuferin überredete sie noch zu einem dazu passenden rosa Stirnband, das ihre dunklen, kinnlangen Haare zurückhalten sollte. Sie fühlte sich wie ein völlig anderer Mensch, als sie das Kleid, kurz bevor Sébastien sie abholen würde, Rosalie vorführte.

»Wie ein Filmstar«, seufzte diese. »Aber tu mir einen Gefallen und nimm meine Perlen dazu, dieses silberne Kreuz deiner Großmutter lässt dich wie ein Landei wirken. Oder wie eine entlaufende Nonne.«

»Na schön. Aber ich lege die Kette nur heute Abend ab.« Ihre Gedanken drifteten zu ihrer Großmutter. Ob sie wohl stolz auf sie gewesen wäre, glücklich, dass ihre Enkelin es aus Riboux herausgeschafft und neue Freunde gefunden hatte?

Es klopfte an der Tür, und Sébastien lugte durch den

Spalt. Er sah in seinem dreiteiligen dunklen Anzug sehr attraktiv aus, und ihr Herz flog ihm zu.

»Wunderschön«, murmelte er, legte die Arme um sie und zog sie an sich. »Man könnte meinen, du wärst der Star der Nacht, und nicht …«

»Zelda«, half sie ihm aus.

»Zelda«, wiederholte er gehorsam. »Ich vergesse ihren Namen immer. Jedenfalls kann ich mir kaum vorstellen, dass sie heute Abend so wunderschön und strahlend ist wie du.«

»Oh, sie ist noch viel mehr als das – glamourös und rätselhaft und auf liebenswerte Weise exzentrisch.«

Sébastien zog eine Grimasse, die Mylène zum Lächeln brachte. »Diese Attribute reizen mich überhaupt nicht.«

Sie verabschiedeten sich von Rosalie und verließen das Hotel. Die brennende Sonne hatte sich verflüchtigt, und die Landschaft lag nun in mildem Abendschein. Der Strand schien sich unendlich weit zu erstrecken, er war menschenleer bis auf eine kleine Ansammlung von Menschen, die aus der Ferne wie bunte, sich bewegende Punkte wirkten.

»Da vorn ist es wohl«, murmelte Sébastien.

»Etwas mehr Enthusiasmus bitte«, neckte Mylène ihn; sie fieberte vor Vorfreude, und sie wollte, dass auch er der Party wohlwollend entgegensah. Es würde ihr Vergnügen sehr schmälern, wenn er sich langweilen würde. Die Einladung der Fitzgeralds war ein wahr gewordener Traum für sie, den sie so gern mit ihm teilen wollte.

Die Meeresbrise trug schnelle Musik zu ihnen herüber; die Fitzgeralds hatten es tatsächlich geschafft, ein Grammofon aufzutreiben und Platten abzuspielen. Auch über den Ort der Party hatten sie sich Gedanken gemacht – sie hatten nicht nur ein beliebiges Stück Strand in Beschlag genommen, sondern mit vielen bunten Decken und Sonnenschirmen, zwischen die sie Tücher gespannt hatten, ein gemütliches Plätzchen geschaffen. Es erinnerte Mylène an ein Zeltdorf von Beduinen, das sie in einem Bildband in der Bibliothek gesehen hatte.

»Stil haben sie«, flüsterte Sébastien ihr zu, als sie sich näherten, »und Originalität, auch wenn sie meiner Ansicht nach etwas großspurig rüberkommen.«

»Pscht! Sonst hören sie dich noch.« Mylène gab ihm einen sanften Rippenstoß, denn sie hatten die Feiernden erreicht.

»Wie schön, dass Sie beide kommen konnten!« Zelda flog ihnen mit ausgebreiteten Armen entgegen. Mylène spürte, wie sich Sébastien an ihrer Seite versteifte, er fand die übertriebene Begrüßung wohl etwas unangemessen.

»Danke für die Einladung«, sagte Mylène zaghaft. Die laute Musik, die aufgedonnerten Gäste, die Champagnerkübel, die im Sand steckten, schüchterten sie ein; derlei war sie seit dem Tod ihrer Eltern nicht mehr gewöhnt. Die Erinnerungen, die sie an die Feste ihrer Kindheit in sich trug, waren längst verblasst, wie alte Fotografien, die man lange nicht mehr betrachtet hatte.

»Dafür müssen Sie mir nicht danken. Wir freuen uns, dass Sie heute Abend dabei sind, Ihr Verehrer hat sich so reizend um unsere Kleine gekümmert.«

»Wie geht es ihr inzwischen?«

»Etwas besser. Die Salbe lindert etwas die Beschwerden, aber sie hat noch immer Schmerzen. Ich hoffe, sie schreit nicht das ganze Hotel zusammen, wenn die Nanny ihr die Salbe aufträgt. Aber lassen Sie uns über interessantere Themen reden.« Zelda reichte ihr ein überschäumendes Glas Champagner. Vertraulich hakte sie sich bei Mylène unter und zog sie ein Stück von den anderen Gästen weg. Ihr berauschender Duft nach Jasmin stieg Mylène zu Kopf, benebelte ihre Sinne. Zelda wirkte wie eine exotische Prinzessin, wie eine Gestalt aus *Tausendundeiner Nacht*. Ihr Partykleid glich einem Kaftan aus mehreren schwarzen Lagen, die oberste war transparent und gab den Blick auf die darunterliegende frei, die mit Rosen aus unzähligen roten Glitzersteinen bestickt war. Eine feuerrote Feder steckte in ihrem aufgebauschten, gekräuselten Haar.

»Ich bewundere euch Französinnen«, schwärmte Zelda. »Ihr seid so apart. Diese dunklen Haare und diese Sommersprossen auf einer Haut, die so weiß wie Milch ist.«

Mylène umklammerte verunsichert ihr Champagnerglas. Noch nie hatte ihr jemand derlei Komplimente gemacht, sie wusste nicht, was sie darauf antworten sollte. Doch Zelda erwartete offenbar keine Erwiderung.

»Für meine neue Kurzgeschichte stelle ich mir eine junge Französin wie Sie vor, Mylène … Sie heißen doch Mylène, nicht wahr?«

»Ja.« Sie biss sich auf die Lippen, verärgert über sich selbst. Noch immer war ihr Kopf wie leer gefegt, ihr fiel nichts ein, was sie zum Gespräch beitragen konnte. Hoffentlich hielt Zelda sie nicht für verstockt oder, schlimmer noch – für uninteressant.

»Darf ich mir Ihr Aussehen stehlen für meine neue Geschichte?« Zelda legte den Kopf schief und sah sie mit einem erwartungsvollen kleinen Lächeln an.

»Ich … ähm, ja …« Mit einem Mal drehten sich die Rädchen in ihrem Gehirn wieder. Hatte Zelda von einer Kurzgeschichte gesprochen, die sie schreiben würde? »Schreiben Sie auch, Madame Fitzger…«

»Zelda«, schnitt diese ihr das Wort ab. »Natürlich schreibe ich auch. Gibt es eine bessere Möglichkeit für eine denkende, intelligente Frau, sich und ihre Sicht der Dinge auszudrücken? Auch wenn gewisse Männer der Meinung sind, sie hätten ein Monopol auf die schreibende Kunst.«

»Liebling, wieso beanspruchst du unseren Gast nur für dich?« Der berühmte Autor, der ein Glas in der Hand hielt, das etwas anderes als Champagner zu enthalten schien, vielleicht Whiskey, schlenderte in seinem lässigen Leinenanzug zu ihnen und küsste seine Frau zärtlich auf den Mundwinkel, bevor er seine Gäste anblickte. Wieder fiel Mylène auf, wie stechend seine grünen Augen jeden durchbohrten, so als könnte er neue Bekanntschaften auf den ersten Blick einschätzen, vielleicht sogar ihre Gedanken erahnen. Menschenkenntnis war für einen Schriftsteller eine wichtige Gabe, das wusste sie.

»Soll ich Ihnen die anderen Gäste vorstellen?«, fragte er. Sie nickte und lehnte sich an Sébastien, der sich dazugesellte.

»Das Paar, das so angelegentlich die Kurbel des Grammofons bedient, ist das Ehepaar Murphy. Sara und Gerald. Wir haben die beiden in Paris kennengelernt und wurden innerhalb weniger Tage unzertrennlich. Expats, so wie wir.«

»Sehr wohlhabend, sehr beliebt, sehr stylish und Gastgeber legendärer Partys«, fügte Zelda hinzu. Ihr Blick hing bewundernd, ja sehnsüchtig an den beiden Murphys. Sara trug ein einfaches Kleid, das genauso schwarz wie das von Zelda war, Gerald hingegen wirkte mit seiner weißen, zerknitterten Hose und dem blau-weiß gestreiften, langärmeligen Baumwollpullover wie einer jener ausländischen Touristen, die sich zwanghaft den Einheimischen anpassen wollten und dadurch umso mehr auffielen.

»Legenden gehen bei ihnen aus und ein.« Fitzgerald betrachtete die Murphys beeindruckt. »Cole Porter, Picasso, Strawinsky … Namen, die auf der Zunge zergehen wie Karamell.«

Mylène lauschte so gebannt, dass sie vergaß, ihren Champagner zu trinken, der in ihrer Hand warm wurde. Allein diese berühmten Namen zu hören – und noch dazu aus dem Mund ihres absoluten Idols Fitzgerald! – war, als regnete ein winziges Stückchen Glitzer aus einer Welt auf sie herab, zu der sie sonst keinen Zugang hatte.

Plötzlich spürte sie, wie Sébastien sich neben ihr unbehaglich räusperte; natürlich, diese ganzen Namen bedeuteten ihm nichts. Rasch trank sie einen Schluck ihres warmen Champagners, wie aus einem Traum erwachend.

Außer den Murphys war noch ein weiteres amerikanisches Paar zugegen, Lillian und Andrew Vanderstock, die sich offenbar selbst genügten und sich in eines der provisorisches Tuchzelte zurückgezogen hatten. »Bostoner Geldadel«, raunte Zelda Mylène zu, ohne besonders leise zu sein. »Meine Güte, Goofo«, wandte sie sich dann vorwurfsvoll an ihren

Mann, »du hast doch nicht wirklich diese beiden schrecklichen Männer aus dem Hotel eingeladen?«

Fitzgerald sah den beiden Neuankömmlingen entgegen, die sich, bei jedem Schritt im Sand einsinkend, näherten. »Doch, warum nicht? Je illustrer die Gäste, desto unterhaltsamer der Abend.« Er wirkte äußerst zufrieden.

Sprachlos beobachteten Mylène und Sébastien, wie Aleksej Fjodorowitsch, der sich sehr steif, fast abweisend verhielt, und Émile Noirot sich verbeugten und dem Gastgeberpaar die Hände schüttelte.

»Und jetzt eine zweite Runde Champagner für alle!«, rief Zelda überschwänglich und füllte Gläser auf, die sie hektisch verteilte, so als mache sie die Aufgabe der Gastgeberin nervös.

Während Sébastien und Mylène an ihren Getränken nippten und das Treiben der Gäste beobachteten, tauschten sie einen heimlichen Blick. Sie war froh, dass ihr Freund den ganzen Trubel gelassen zu nehmen schien, auch wenn er viel zu bodenständig war, um Gefallen daran zu finden.

Es dämmerte, und kühlere Luft legte sich wie ein Schleier über den Strand. Der letzte Rest Sonne wurde in glühendem Gelb und Orange vom Meer verschluckt, und Sterne funkelten am ölblauen Himmel. Die schmale Sichel des Mondes brach sich in den sanften Wellen, so als sei er in tausend Stücke zersplittert.

»Wann kommt Ihr nächstes Buch heraus?« Émile Noirots Tonfall kam einer Inquisition gleich. Er starrte Fitzgerald düster und fordernd zugleich an.

»Ich sollte es erst beenden, bevor ich es veröffentliche«,

antwortete dieser leichthin. »Und womit verdienen Sie sich Ihre Brötchen, Mr Noirot?«

Die amerikanische Aussprache seines Namens musste für Noirot schmerzhaft klingen, denn er verzog unwillig das Gesicht. »Ich bin Schriftsteller.«

»Sie auch? Na, dann prost, auf die schreibende Zunft!« Fitzgerald hob sein Glas und nahm einen gewaltigen Schluck.

»Was schreiben Sie denn?« Aleksej Fjodorowitsch zog die Augenbrauen hoch, als traue er dem Pariser keinen eigenständigen Satz zu.

»Dies und das, ich bin nicht festgelegt auf ein Genre«, brummte Noirot.

»Haben Sie schon mal etwas veröffentlicht?«

Noirot wandte Aleksej nach dieser Frage endgültig den Rücken zu. »Noch nicht.« Sein Tonfall klang immer missmutiger.

»Da geht es Ihnen wie mir.« Zelda seufzte, anscheinend wollte sie die Situation entspannen. Mylène wäre nie in den Sinn gekommen, von ihren eigenen Schreibambitionen zu erzählen, ihr war, als folge sie einem Theaterstück, das sie in ihren Bann zog.

»Man hört, Sie leben hauptsächlich von Ihren Kurzgeschichten«, wandte sich Noirot wieder an Fitzgerald. »Welches französische Magazin würden Sie denn zur Veröffentlichung empfehlen?«

Fitzgerald betrachtete ihn freundlich. »Was französische Literatur angeht, bin ich leider nicht bewandert. Aber ich habe Gutes über *La Presse* gehört, dort werden regelmäßig Erzählungen oder Fortsetzungsromane veröffentlicht.«

Noirot bewegte die Lippen, als würde er sich eine geistige Notiz machen.

»Ich hoffe wirklich, Goofo schafft es in Frankreich, seinen Roman zu beenden. Stellt euch vor, Leute …« Zelda drehte sich im Kreis, sodass ihre zahlreichen Ketten und Armbänder klirrten, sprach aber niemanden im Besonderen an. »In Amerika haben wir eine solche Dekadenz entwickelt, dass ein normales Leben nicht mehr möglich war. Irgendwie schienen wir alle möglichen und unmöglichen Leute anzuziehen, nicht wahr, Goofo? Ständig hatten wir Gäste, jeden Abend gab es eine Party – obwohl wir das gar nicht geplant hatten –, und jede Nacht schliefen Leute bei uns, die es nicht mehr nach Hause geschafft haben. Auf dem Küchenboden, im Badezimmer, auf der Veranda, überall stieß man auf Leute.«

Mylène spürte, wie Sébastien von Zeldas Konversation zunehmend erschlagen war. Nichts war ihm fremder als diese schillernde Partywelt, dieses In-den-Tag-Hineinleben ohne Ziel.

»Es ist gut, dass ihr nach Frankreich gekommen seid, um Abstand zu gewinnen«, warf Sara Murphy energisch ein, wie eine Mutter, die ihre Kinder lobt. »Wir haben diesen Schritt auch nie bereut. Man denke nur an die Prohibition! Welch eine Bevormundung, erwachsenen Menschen harmlose Genussmittel vorzuenthalten!«

»Und die horrenden Miet- und Lebensmittelkosten in den USA«, bemerkte Gerald Murphy. »Hier in Frankreich ist es geradezu spottbillig. Für einen US-Dollar bekommt man neunzehn Franc, das muss man sich mal vorstellen!«

»Wir leben tatsächlich wie Gott in Frankreich, auch wenn Zelda das französische Essen noch immer mit Argwohn betrachtet.« Fitzgerald setzte sich in den Sand, zog seine Schuhe aus und vergrub die Zehen im Sand. »Am Anfang hat sie sich hauptsächlich von unseren mitgebrachten Konservendosen ernährt, nun isst sie wenigstens etwas Weißbrot und Tomaten. Nicht wahr, Liebling?«

Plötzlich hob Zelda ihre Arme wie eine Fee, die im Begriff war davonzuschweben. Ihre schwarzen Ärmel flatterten im Abendwind. Langsam, mit fast bedächtigen Bewegungen, drehte sie sich um die im Sand steckenden Champagnerkübel. »Lasst uns lieber tanzen, meine Lieben … Müssen wir immer so schrecklich viel reden? Und noch dazu über so langweilige Dinge wie Essen oder Geld? Wir wollen doch Spaß haben heute Abend.«

Mylène verfolgte jeden ihrer Schritte. Zelda schien unberechenbar, eben noch führte sie ernsthafte Diskussionen, gleich darauf glich sie einem Nachtfalter, der von Blüte zu Blüte taumelte. Doch ihre Worte zeigten Wirkung. Aleksej, Noirot und Gerald Murphy stürzten ans Grammofon, um erneut die Kurbel zu drehen.

»Sie hat die Männerwelt ganz schön im Griff«, flüsterte Sébastien Mylène zu, die in sich hinein schmunzelte. Wo waren sie hier nur hineingeraten? Die Strandparty war so ganz anders als die Feste mit viel Gelächter und Kuchen, die sie manchmal spontan in der Hotelküche feierten, wenn jemand Geburtstag hatte.

Die Gäste begannen zu tanzen, bewegten, drehten und schwangen sich zu Liedern wie *It ain't gonna rain no mo, Chili Bean* und *Wang Wang Blues* herum. Zelda tanzte mit Gerald Murphy, während Fitzgerald dessen Frau Sara aufforderte. Mylène beobachtete, wie Aleksej Fjodorowitsch und Émile Noirot den beiden Paaren aufmerksam zuschauten, wahrscheinlich wünschten sie sich an Murphys Stelle, denn Zelda war eine wahre Augenweide. Sie glich einer professionellen Tänzerin, ihr Körper war biegsam wie eine Weide und dabei anmutig und leichtfüßig wie der einer Ballerina. Mit Sicherheit hatte sie eine Tanzausbildung genossen.

»Ich fürchte, wir müssen auch tanzen«, flüsterte Sébastien ihr zu, und sie willigte nur zu gern ein. Sie hoffte, der Glamour der anderen Tanzpaare würde unwillkürlich auf sie beide abfärben, sodass auch sie distinguierter und kosmopolitischer wirkten. Während sie sich zur Musik bewegten, die kratzend aus dem Grammofon dröhnte, schmiegte sie sich an Sébastiens Brust und schlang die Arme um seinen Hals; er drückte sie ganz fest an sich, sodass kein Blatt Papier zwischen sie gepasst hätte. Es war eine intime Erfahrung, die sie zum ersten Mal machte. Die paar Schlucke Champagner, die sie getrunken hatte, verliehen ihr das Gefühl von Schwerelosigkeit.

»Wir sollten öfter auf Partys gehen«, murmelte sie und atmete seinen Geruch nach Seife und Champagner ein.

»Gott bewahre«, gab er leise lachend zurück. »Auf diese Art der Unterhaltung kann ich verzichten. Die Gäste schauen ja alle recht tief ins Glas hinein.«

Andrew Vanderstock, der mit seiner Frau inzwischen aus

dem Zelt aus Tüchern und Decken gekrochen war, wechselte die Platte, und es erklang ein weiterer Hit dieses Sommers, *Rhapsody in Blue* von George Gershwin.

»Wo haben Sie nur alle diese Platten her?«, murmelte Noirot, der am Rand stand und seine Augen kaum von Zelda zu lösen vermochte.

»Aus Paris«, rief Zelda in die Abendluft und schwang abermals ihre Flügelärmel in die Höhe, dass sie sich bauschten. »Wir haben die neuesten Platten besorgt, alle Hits dieses Sommers … Wir wollen diesen Sommer nichts anderes tun als am Strand liegen und Cocktails trinken, schwimmen und tanzen.«

»Und schreiben«, ergänzte Fitzgerald etwas gereizt.

Zelda kicherte; sie war eindeutig beschwipst. »Und schreiben. *Den* großen amerikanischen Roman.«

»Aber ihr wollt hoffentlich nicht den ganzen Sommer in diesem Fischernest bleiben«, bemerkte Lillian Vanderstock, die sich nun, eng, fast lasziv an ihren Mann gepresst, ebenfalls zur Musik bewegte.

»Kommt mit uns, ein Stück die Küste rauf.« Sara Murphys Stimme klang rau, fast beschwörend. »Während wir diese alte Villa, die wir erstanden haben, renovieren lassen, wohnen wir im Hôtel du Cap in der Nähe von Antibes. Siedelt doch auch dorthin um, wir könnten eine Menge Spaß zusammen haben! Die Gegend ist genauso verlassen wie diese hier, im Sommer ist dort keine Menschenseele, aber wir werden den Franzosen schon zeigen, wie man sich amüsiert!«

Mylène lauschte in die zunehmende Dunkelheit und wartete bange auf Zeldas Antwort. Sie wünschte sich mit aller

Kraft, die sie in ihrem champagnerduseligen Zustand noch aufbringen konnte, die Fitzgeralds würden in Hyères bleiben und nicht weiterreisen. Die Tage wären wieder farblos ohne das Paar, würden an Glanz verlieren. Sie hatte sich so daran gewöhnt, jedes Wort, jede Geste der beiden, die sie aufschnappen konnte, in sich einzusaugen. Sie waren für sie eine schier unerschöpfliche Quelle der Inspiration, aus jeder Pore verströmten die Fitzgeralds Geschichten aus der Alten und der Neuen Welt, die sie in ihren eigenen Werken verarbeiten konnte.

Zoë und Hubert waren ein charismatisches Paar, jeder, der ihnen begegnete, stand unter dem Bann ihrer geistreichen Konversation, ihres rätselhaften Lächelns, ihres Liebreizes, formulierte sie in Gedanken den Anfang einer neuen Geschichte.

»Ich glaube, wir sollten allmählich gehen«, wisperte ihr Sébastien ins Ohr, »was meinst du?«

Empört schüttelte sie den Kopf. »Auf keinen Fall! Die Party ist noch lange nicht zu Ende, und ich möchte tanzen!«

Er seufzte. »Es gibt noch nicht mal Häppchen, chérie. Im Hotel hätten wir es besser, Fernand hat vorhin erzählt, er hätte noch Windbeutel mit Schokoladencreme übrig.«

»So was bekommst du im Grimm's Park jeden Tag, eine Party wie diese aber nicht.« Sie zuckte zusammen, als sich eine fremde Hand auf ihren Arm legte.

»Darf ich abklatschen?« Gerald Murphy stand neben ihnen und sah sie auffordernd an.

»Gerne.« Sébastien schien froh über eine Atempause und reichte Mylène nur zu gerne an den Amerikaner weiter.

Auch die anderen wechselten die Tanzpartner. Zelda

tanzte mit Noirot, der sich an ihr festklammerte wie ein Äffchen.

»Sieht aus, als hätte er Angst, dass sie gleich das Weite sucht«, spottete Gerald gutmütig.

Mylène überlegte, wie sie die Konversation in Gang halten konnte, denn es war bereits spät, und der lange Arbeitstag machte sich nun bemerkbar. Die Müdigkeit brannte in ihren Augen, trotzdem hätte sie die Party auf keinen Fall verlassen wollen. »Sind Sie auch Schriftsteller, Monsieur?«

Gerald Murphy lachte und wirbelte sie so schwungvoll herum, dass sie einen Moment Sterne sah. »Ich? Nein. Ich male. Meiner Familie gehört das Lederwarengeschäft Mark Cross, bestimmt haben Sie davon gehört.«

Das hatte Mylène nicht, aber sie schwieg.

»Das Familienvermögen verleiht mir die Freiheit, meiner Malerei nachzugehen. Ich habe bei der begnadeten Natalia Goncharova studiert, eine einzigartige Künstlerin. Sie vermittelte mich an die Ballets Russes, für die ich Bühnenbilder malen durfte, und ich habe verschiedene Gemälde …« Ein spitzer Schrei unterbrach seine Ausführungen. Die Grammofonnadel kratzte weiter über die Schellackplatte, doch die Tanzenden waren in ihren Bewegungen erstarrt.

Etwas war geschehen, Unmut lag in der Luft, und im Epizentrum des Geschehens standen Zelda und Émile Noirot.

»Was haben Sie getan?«, fuhr Fitzgerald den Pariser an. »Haben Sie meine Frau unsittlich berührt? Sagen Sie schon, ich kriege es auf jeden Fall heraus …« Seine grünen Augen waren kalt wie Eis und fixierten Noirot mit hartem Glanz. Dieser schien den Panzer seiner üblichen Selbstsicherheit verloren zu haben, denn seine bleichen Lippen bewegten sich, ohne dass ein Wort herauskam.

Inzwischen versuchte Zelda, die Situation zu entschärfen, und strich ihrem Mann liebevoll über die Hand. »Es ist nichts passiert, Goofo, wirklich nicht. Ein Missverständnis beim Tanzen, eine Hand, die ausgerutscht ist, das kommt vor. Das ist dir auch schon passiert.«

Fitzgerald kräuselte ungläubig die Lippen. Die übrigen Gäste standen regungslos im Kreis, unangenehm berührt.

»Das ist mir noch nicht passiert«, knirschte Fitzgerald.

»Ich bin nur aus Versehen …«, stammelte Noirot, der ein erbärmliches Bild abgab, mit hängenden Schultern und flackerndem Blick, aber nichtsdestoweniger lauernd.

»Kommt, vertragt euch, ihr Lieben.« Sara Murphy trat hinzu und verteilte Champagnergläser, so wie man streitenden Kindern zur Besänftigung Bonbons schenkt.

Fitzgerald riss ein Glas an sich und stürzte es in zwei schnellen Zügen hinunter, Noirot noch immer misstrauisch fixierend. Dieser umklammerte seinen Champagner so fest, dass die gesamte Partygesellschaft das Brechen des Glases vernahm. Es war ein leises Geräusch, doch Mylène zuckte zusammen.

»Oh, nein!« Zelda griff erschrocken nach Noirots Hand und hielt sie in die Höhe. »Sie haben sich geschnitten! Sehen Sie nur, ein ganz tiefer Schnitt!«

Alle starrten auf die Wunde, aus der das Blut nur so sprudelte; es tropfte in den Sand und vermischte sich mit ihm zu einer körnigen Paste.

»Das muss versorgt werden«, rief Sara Murphy aufgeregt. »Jemand muss ihn zu einem Arzt bringen.«

Fitzgerald wandte sich ab, als habe er das Interesse an der Szene verloren, und füllte sein Glas erneut auf. Seine Stimme klang schwermütig, fast lallend, als er sprach. »Mr Marais ist Arzt. Wären Sie so freundlich?«

Ein Ruck ging durch Sébastien. »Selbstverständlich. Monsieur Noirot, ich begleite Sie zum Hotel, dort habe ich meine Arzttasche und Verbandsmaterial. Kommst du, mon cœur?«

Mylène stand einen Moment, ohne sich zu rühren. Kalt breitete sich die Erkenntnis in ihrem Magen aus, dass die Party für sie beendet war, und Enttäuschung krampfte ihr Herz zusammen. Doch es blieb ihr nichts anderes übrig, als mit Sébastien und Noirot zum Hotel zurückzugehen.

Zelda und Sara verabschiedeten sich wortreich von ihnen, dann trottete Mylène hinter den beiden Männern her, den Lichtern Hyères entgegen, stolperte im weichen Sand. Würde sie je wieder die Gelegenheit haben, auf eine Party von Künstlern und illustren Mitgliedern der höheren Gesellschaft eingeladen zu werden? Zelda hatte so nett und offen gewirkt, sie hätte sich gerne noch mit ihr unterhalten …

Noirot stapfte mit zusammengebissenen Zähnen voraus. Sébastien, der wohl spürte, wie enttäuscht Mylène war, legte ihr einen Arm um die Schulter. »Sei nicht traurig, mon cœur. Die Party war doch überaus seltsam, findest du nicht? Das sind alles merkwürdig abgehobene Leute. Wenn ich unseren Reckweltmeister versorgt habe, schauen wir, ob wir in der

Küche noch zwei dieser köstlichen Windbeutel bekommen, einverstanden?«

»Einverstanden.« Zwar waren Windbeutel ein bescheidener Ersatz für eine Strandparty, aber Schokoladencreme war immer tröstlich.

Kapitel 8

Hyères, Juni 1924

»Ich werde dich vermissen.« Mylène umarmte Sébastien ein letztes Mal im Schatten der korinthischen Säulen vor dem Hoteleingang. Der Abschied, auch wenn er nur für zwei Tage war, lastete ihr schwer auf der Seele. Bereits jetzt fühlte sie sich so einsam, als müsse sie die Zeit im Hotel ganz allein verbringen, auch die Aussicht auf einen gemütlichen Abend mit ihrer Zimmergenossin tröstete sie kaum. Ihr wurde bewusst, wie sehr sie sich daran gewöhnt hatte, jede freie Minute mit Sébastien zusammen zu sein; jede Nacht legte sie sich mit der beruhigenden Gewissheit ins Bett, dass er nur drei Türen weiter schlief.

»Morgen Abend bin ich doch wieder da«, tröstete er sie und warf sich seinen Reisebeutel über die Schulter. »Glaub mir, es macht mir auch keinen Spaß, nach Le Lavandou zu meinem Vater zu fahren. Aber er übt Druck auf mich aus, wegen der Ablösesumme für die Praxis. Wir müssen zusammen zur Bank, es hilft nichts.«

»Natürlich, ich verstehe das.« Mylène verknotete nervös

die Schleife ihrer Schürze. Dein Vater übt nicht nur wegen der Bankgeschäfte Druck auf dich aus, dachte sie im Stillen. Sie stand furchtbare Ängste aus, Monsieur Marais könnte die zwei Tage, in denen er seinen Sohn für sich hatte, dazu nutzen, Sébastien noch weiter gegen sie aufzubringen. Seine Meinung über sie, das einfache Zimmermädchen, hatte er ja deutlich zum Ausdruck gebracht.

»Aber du kannst dich immer noch dazu entschließen mitzukommen. Du könntest im Gästezimmer schlafen. Es war früher das Zimmer meines Bruders, bevor er …« Sébastien biss sich auf die Lippen, und Mylène drückte rasch seine Hand. Er musste nicht weitersprechen, sie spürte seinen Schmerz bis in die Fingerspitzen.

»Nein, das ist schon in Ordnung.« Der Gedanke, sich mit Sébastiens Vater unter einem Dach zu befinden, war erschreckend. Wäre es für den älteren Herrn nicht *die* Gelegenheit, sie in ihre Schranken zu weisen, ihr ein für alle Mal zu verdeutlichen, dass sie an Sébastiens Seite nichts zu suchen hatte? »Außerdem werde ich im Hotel gebraucht, du weißt, Zelda Fitzgerald hat mich gefragt, ob ich …«

»Ich weiß«, unterbrach Sébastien sie ungewohnt schroff, so als wolle er den Namen der Fitzgeralds nicht schon wieder hören. »Sie haben dich für den heutigen Tag als Kindermädchen engagiert, und ihr Angebot geht natürlich vor.«

Einen Moment fragte sie sich, ob er eifersüchtig war. Er starrte in den Himmel, der, typisch für einen Sommermorgen an der Riviera, in einem glasklaren, satten Blau erstrahlte.

»Nein, so ist es doch gar nicht.« Mylène wand sich. »Ich

möchte … ich möchte dir einfach Zeit geben, mit deinem Vater ein wenig allein zu sein. Bestimmt habt ihr viel zu besprechen, da wäre ich nur im Weg.« Sie konnte sich gut vorstellen, wie Monsieur Marais ihm einheizen würde, sie in den Wind zu schießen und sich eine standesgemäßere Freundin zu suchen. Sie trat zur Seite, um Émile Noirot, der sie neugierig musterte, den Weg frei zu machen. Als der Schriftsteller sie passiert hatte, sprach sie weiter. »Und die Fitzgeralds brauchen nun mal ein Kindermädchen, das heute nach der Kleinen sieht. Das Mädchen aus der Stadt, das sie das letzte Mal engagiert haben, ist verhindert, deshalb haben sie mich gefragt. Sie wollen ungestört die Küste nach Antibes hochfahren. So kann ich mir ein paar Francs dazuverdienen.«

»Als ob es dir ums Geld ginge.« Sébastien lächelte und küsste sie verstohlen auf den Mundwinkel; zum Glück war niemand in Sicht, der das missbilligen konnte.

»Lass dich von ihnen nicht ausnutzen.« Plötzlich wieder ernst, schulterte Sébastien sein Gepäck. »Gestern verlangte Madame Fitzgerald von mir, dass ich die Möbel in ihrer Suite verrücke, damit sie bessere Lichtverhältnisse hat, wenn sie vom Bett aus die Aussicht aus dem Fenster zeichnet. Sie sind die exaltiertesten Gäste, die wir je hatten. Aber jetzt muss ich mich beeilen, um meinen Zug zu erwischen. Wir sehen uns morgen Abend, mon cœur.« Er küsste sie noch einmal auf die Lippen.

»Bis bald, und pass auf dich auf.« Sie sah ihm nach, wie er der Altstadt entgegenging und sich sein dunkler Haarschopf immer weiter entfernte. Rasch kehrte sie ins Hotel zurück, um ihre Wehmut zu ersticken.

In der Hotelhalle wartete bereits Zelda Fitzgerald mitsamt Scottie, und auch Monsieur Guillaud war zugegen.

»Fühlen Sie sich der Aufgabe gewachsen?«, raunte der Hoteldirektor ihr zu, der bei Armand am Empfangstresen lehnte.

»Ein zweijähriges Kind zu hüten?«, fragte Mylène verwundert zurück. »Was sollte daran schwer sein?«

»Falls die Kleine genauso anspruchsvoll ist wie ihre Eltern, wird es sehr schwer werden.« Monsieur Guillaud verdrehte die Augen, was komisch und hoffnungslos zugleich wirkte. »Madame Fitzgerald verlangte für ihren Ausflug einen Proviantkorb mit ausschließlich amerikanischem Essen – Makkaroni mit Käse in Blechbüchsen und runde, zuckrige kleine Kuchen, mit deren Beschreibung Fernand nicht das Geringste anfangen konnte. Ich bitte Sie – Makkaroni mit Käse? Das ist ein Essen für Katzen.«

Mylène verkniff sich ein Lachen; Zelda verstand zwar kein Französisch, doch es war unschwer zu erraten, dass gerade über sie gesprochen wurde.

»Rosalie übernimmt Ihre Zimmer heute, nur das in der ersten Etage, also das russische Antiquitätenmuseum, müssten Sie heute Nachmittag noch in Ordnung bringen, sobald die Kleine wieder bei ihren Eltern ist.«

»In Ordnung.« Mylène ging zu Zelda hinüber, die lässig auf einer Récamiere zwischen Topfpalmen saß. »Ich bin so weit.«

»Wunderbar.« Zelda strahlte sie an. Sie trug ein ärmelloses, weißgrundiges, mit enzianblauen Blumen bedrucktes Kleid und einen weißen Sommerhut, der sich wie ein eng anliegendes feingliedriges Spinnennetz über ihre Haare stülpte. »Wir sind Ihnen so dankbar, dass Sie sich ein paar Stunden um Scottie kümmern – mit Kind erscheint so eine Autofahrt ziemlich lang, und Scottie würde mit Sicherheit die ganze Zeit quengeln und uns den Spaß verderben.«

»Ich denke, ich gehe mit ihr an den Strand, da kann sie im Sand buddeln und Burgen bauen.« Mylène lächelte Scottie zu, die daumenlutschend zu ihr hochsah.

»Das wird sie sicher lieben.« Zelda musterte Mylène einen Moment neugierig, dann beugte sie sich vertraulich zu ihr vor. »Ich habe Sie eben beobachtet – der Abschied von Ihrem Verehrer scheint Ihnen recht schwerzufallen. Was denkt er sich nur, zu verreisen und Sie allein hier zurückzulassen? In Amerika würde das kein Mann wagen.«

»Ach, er reist nur nach Hause zu seinem Vater, um dringende Geschäfte zu regeln«, verteidigte Mylène sich. »Ich wollte gar nicht mit.« Sie reichte Scottie, die ein Stück eines Palmenblattes abgerissen hatte und zwischen den Fingern zerbröselte, die Hand, um von sich abzulenken. Es machte sie verlegen, dass Zelda die Abschiedsszene beobachtet hatte.

»So.« Zelda nickte bedeutungsschwer, als wüsste sie genau, was zwischen Sébastien und Mylène vor sich ging. »Nun ja, wenn ich Ihnen einen Ratschlag erteilen darf, meine Liebe – es ist gar nicht schlecht, wenn man sich bei den Männern ein bisschen rarmacht. Damit bleibt man interessant.«

Mylène konnte sich ein Kichern gerade noch verkneifen. Zeldas Ratschläge – dieser war nun bereits der zweite – erschienen ihr ein wenig abstrus, sie konnte wenig damit anfangen. Auf der anderen Seite war die Amerikanerin so weltgewandt, dass sie sicherlich wusste, wovon sie sprach, oder?

»Dann wollen wir mal.« F. Scott Fitzgerald kam leichtfüßig die Treppe herunter und schien es eilig zu haben, wegzukommen. Ohnehin wirkte er ständig von einer vibrierenden Energie durchdrungen, als wolle er keine Minute untätig vergeuden. »Weihen wir unser neues Automobil ein.«

Mylène nahm Scottie auf den Arm, die erfreulich gelassen darauf reagierte, in die Obhut einer Fremden gegeben zu werden, und folgte den Fitzgeralds nach draußen.

Zelda deutete auf einen klapprigen, alten blauen Renault, der vor dem Seitenflügel des Hotels parkte. Die Farbe blätterte bereits ab, er machte keinen vertrauenswürdigen Eindruck mehr. »Sehen Sie nur, Mylène, was Scott erstanden hat: ein eigenes Automobil! Ist es nicht ein hübsches Modell? Zugegeben, ganz taufrisch ist es nicht, aber bis nach Antibes und vielleicht auch noch bis nach Monaco werden wir es hoffentlich schaffen.«

»Steig endlich ein, Zelda«, forderte Fitzgerald seine Frau ungeduldig auf.

Mylène und Scottie winkten den beiden hinterher, als sich das Auto nach einigen Startschwierigkeiten in Gang setzte.

Wenig später machten sie sich auf den Weg zum Strand, ausgerüstet mit einem Sonnenschirm, einer Decke, Eimer und Schaufel. Es machte Mylène Spaß, mit der Kleinen aus nassem Sand Kunstwerke zu bauen und im Wasser herumzuplanschen. Die Zeit verging wie im Flug. Um die Mittagszeit herum ruhten sie sich im Schatten des Sonnenschirms aus – Mylène wollte auf keinen Fall riskieren, dass sich das Kind noch einmal einen Sonnenbrand zuzog – und beobachteten die Vögel, die am Himmel ihre Kreise zogen.

Erst gegen Nachmittag wurde Scottie müde und unleidlich. »Scottie will zu Mommy und Daddy.«

Ihre helle Stimme klang so kläglich, dass sich Mylène das Herz zusammenzog. »Natürlich, chérie. Wir packen unsere Siebensachen und gehen ins Hotel zurück. Vielleicht kommen Mommy und Daddy schon bald zurück.«

Der Weg zurück gestaltete sich ungleich schwerer als der am Morgen. Die Sonne brannte auf ihrer Haut, der Sonnenschirm schien an Gewicht zugelegt zu haben, und Scottie war so erschöpft, dass sie sie an der Hand die Straße entlangziehen musste. Mit einem weinenden Kleinkind kam sie am Hotel an; ihr erster Weg führte sie in die Küche, um sich Limonade für sie beide geben zu lassen.

»Und vielleicht ein Eis?«, fragte Fernand, wobei er komische Grimassen zog, die Scottie wieder zum Lachen brachten. Sofort hellte sich die Stimmung auf.

»Ganz schön anstrengend, so ein Job als Kindermädchen, was?« Rosalie, die mit ausgestreckten Beinen auf der Küchenbank saß und ihren Nachmittagskaffee trank, betrachtete sie mitleidslos. »Da räume ich lieber Zimmer auf und mache Betten.«

Mylène lachte. »Ach was. Die Kleine ist wirklich süß, das ist keine Arbeit im eigentlichen Sinn.«

»Ich glaube, die Eltern sind wieder da.« Fernand, der sich auch ein Eis gönnte, schaute aus dem Fenster. »Jedenfalls ist gerade eine alte Rostlaube angekommen, die ausssieht, als ob sie beim nächsten Windstoß auseinanderfällt.«

»Das klingt nach dem Gefährt der Fitzgeralds.« Mylène erhob sich und nahm Scottie, deren Gesicht mit Eis verschmiert war, auf die Arme. »Bringen wir dich zu deinen Eltern.«

Zelda hatte sich auf einem Sofa in der Eingangshalle niedergelassen, als habe die Fahrt entlang der Küste sie vollkommen erschöpft. »Da ist ja meine kleine Zuckerpuppe.«

Mylène säuberte Scotties Gesicht notdürftig mit einem Taschentuch, bevor sie sie an ihre Mutter weitergab.

»Vielen Dank für Ihre Dienste.« Fitzgerald, der eng neben seiner Frau saß, den Arm um ihre Schulter gelegt, zog einen Geldschein aus seinem Portemonnaie und reichte ihn ihr. Wie immer war der Betrag unangemessen hoch, aber sie hatte in den letzten Tagen die Erfahrung gemacht, dass er oder seine Frau jeglichen Protest im Keim erstickten, deshalb bedankte sie sich nur und nahm das Geld an.

»Ist es nicht schade, dass wir Mylène nicht öfter als Kindermädchen engagieren können, Goofo?« Zelda strich durch Scotties dünne Flaumhaare und flocht sie gedankenverloren zu einem kleinen Zöpfchen.

Mylène lag bereits die Antwort auf der Zunge, dass sie gerne einmal wieder zur Verfügung stand, doch Fitzgerald fixierte sie mit seinem stählernen Blick. »Wir werden das Hotel verlassen, Miss. Die Murphys haben uns schon länger geraten, für den Sommer eine Villa zu mieten, denn dort ist man mehr unter sich …« Er warf einen bedeutungsschweren Blick auf Aleksej Fjodorowitsch, der sich mit einer Zeitung unter dem Arm und in fast gebückter Haltung aus dem Hotel schlich. »Was wir uns bisher angesehen haben, war zu klein, zu schmutzig oder zu heruntergekommen. Franzosen scheinen weniger Ansprüche an ihr Zuhause zu haben als wir Amerikaner.«

»Und nun haben Sie etwas Passendes gefunden, Monsieur?« Mylène spürte, wie die unbeschwerte Freude, die sie mit Scottie empfunden hatte, zerbröselte wie eine kaputte Muschel am Strand. Die Fitzgeralds würden weiterziehen, und im Hotel wäre es wieder unheimlich still und leer. So leer wie in ihrem Herzen, in dem sich ohne die Hoffnung, Fitzgerald wenigstens von ferne beim Schreiben seines *großen amerikanischen Romans* beobachten zu können oder gar noch einmal zu einer Strandparty eingeladen zu werden, Enttäuschung breitmachte.

»Ja.« Fitzgerald schlug zufrieden die Arme vor der Brust zusammen. »Die Murphys haben uns empfohlen, uns in der Nähe von Saint-Raphaël umzusehen – und wir sind fündig geworden.«

»Wir haben eine entzückende Villa in Valescure entdeckt«, klinkte Zelda sich ein. »Das ist zwar ein kleines Nest, aber direkt unterhalb unseres Hauses liegt der Strand; es ist traumhaft dort.«

»Das freut mich für Sie«, murmelte Mylène dumpf. »Wann reisen Sie denn ab?«

»Am liebsten gestern.« Zelda lachte, was sich in Mylènes Ohren ein wenig schrill und gekünstelt anhörte, so als sei der neuerliche Umbruch in ihrem Leben, ein neuer Standort, zu viel für sie.

Fitzgerald ignorierte den Ausruf seiner Frau und antwortete ruhig: »Morgen früh. Könnten Sie Bescheid sagen, dass man uns die Rechnung ausstellt?«

»Natürlich.« Sie bemerkte selbst, wie tonlos ihre Stimme klang. Niedergeschlagen schaute sie den dreien nach, wie sie zu ihrer Suite gingen. Erst Minuten später erinnerte sie sich daran, dass noch Arbeit auf sie wartete. Sie musste Aleksej Fjodorowitschs Zimmer aufräumen.

»Pfefferminzgrün ist dieses Jahr absolut en vogue.« Rosalie lag bäuchlings auf ihrem Bett und blätterte in einer Modezeitschrift. »Mein nächstes Kleid muss unbedingt diese Farbe haben. Aber ich seh schon, du hörst mir überhaupt nicht zu.«

Sie blickte nachsichtig zu Mylène hinüber, die im Schneidersitz auf ihrem Bett saß und sich Stichpunkte in ihr kleines Büchlein notierte.

Aurore krümmt sich vor Abschiedsschmerz, als Marius ihr vom Zugfenster aus zuwinkt …

Nur das Schreiben konnte die Traurigkeit verdrängen, die sie über die Abreise der Fitzgeralds empfand. Ihr war, als verliere sie ein wichtiges Stück ihres Lebens, das sie nie wiederfinden würde. »Du fabulierst dir gerade wieder eine Geschichte zusammen, hab ich recht?«

»Ja«, murmelte Mylène, ohne aufzusehen, »heute haben mich wieder eine Menge Ideen wie eine Heuschreckenplage aus dem Hinterhalt überfallen.«

Rosalie krümmte sich vor Lachen. »Meine Güte, so ein Autorendasein muss furchtbar anstrengend sein. Man sieht es ja an Fitzgerald und Noirot, denen scheint die Schreiberei ja auch manchmal die Laune zu verhageln.«

Es klopfte an die Tür, und beide riefen unisono: »Herein?«

Armands Kopf erschien im Türspalt; er wirkte nervös, und seine Finger umklammerten die Klinke. »Entschuldigung – Mylène, Monsieur le Directeur schickt mich. Du sollst sofort in sein Büro kommen.«

Mylène ließ überrascht ihren Notizblock auf die Bettdecke sinken. »Wieso? Um diese Uhrzeit?« Jeder im Hotel wusste, dass der Direktor zeitig Feierabend machte, nun zeigte die Uhr jedoch bereits sieben Uhr an.

Armand zuckte hilflos die Schultern. »Keine Ahnung, um was es geht – aber seine Miene verhieß nichts Gutes.«

»Dann spute ich mich besser.« Sie rutschte vom Bett, strich ihr Kleid glatt und ordnete vor Rosalies kleinem Spiegel ihre Haare, die noch von dem Tag am Strand zerzaust waren.

»Hoffentlich kriegst du keinen Ärger«, bemerkte Rosalie dumpf.

»Ich wüsste nicht, weswegen.« Doch das ungute Gefühl in ihr wurde mit jeder Treppenstufe, die sie hinabging, stärker. Als sie vor dem Direktionsbüro stand, war sie zu dem Schluss gekommen, dass Monsieur Guillaud ihr möglichst schonend beibringen wollte, Sébastien sei auf dem Weg nach Le Lavandou etwas zugestoßen. Schreckliche Bilder von Zugunglücken blitzten vor ihrem inneren Auge auf. Womöglich war Sébastien jedoch gut zu Hause angekommen und hatte nun selbst telegrafiert, dass er bei seinem Vater bleiben und nicht ins Hotel zurückkehren würde; vielleicht hatte er eingesehen, dass eine Beziehung mit Mylène seine Karriere als Arzt gefährdete, und hielt sich nun lieber von ihr fern. Zitternd pochte sie an die Tür und stand kurz darauf vor Monsieur Guillauds Schreibtisch. Für die Altstadt mit ihren im milden Abendlicht gebadeten Mauern und Türmen, die man durch das Fenster sah, hatte sie heute keinen Blick.

Ihr Chef war nicht allein, Aleksej Fjodorowitsch saß bei ihm; eine dunkle Haarsträhne hing ihm wirr ins Gesicht, und sein Kiefer war angespannt, so als beiße er mühsam die Zähne zusammen, um nicht die Kontrolle über sich zu verlieren.

Seltsamerweise nahm der Anblick des Russen Mylène die Ängste – was auch immer Monsieur Guillaud mit ihr zu besprechen hatte, hätte wohl nichts mit Sébastien zu tun. Denn warum sollte Aleksej einer solchen Unterhaltung beiwohnen?

Der Direktor erhob sich hinter seinem Schreibtisch und rieb unbehaglich die Handflächen aneinander. »Mylène, gut, dass Sie da sind. Wir müssen ein heikles Thema mit Ihnen besprechen. Setzen Sie sich doch.«

Mylène glitt auf den Stuhl neben Aleksej Fjodorowitsch, der sie giftig fixierte. Meine Güte, was hatte sie ihm denn getan? Er war doch immer gut auf sie zu sprechen gewesen und hatte ihr in aller Ausführlichkeit von seiner Flucht aus Sankt Petersburg berichtet!

»Es hat sich heute leider etwas zugetragen …« Monsieur Guillaud standen die Schweißtropfen auf der Stirn, so unangenehm schien ihm die Aufgabe zu sein, die er erfüllen musste. »Da Sie mit der Kleinen dieser Amerikaner unterwegs waren, haben Sie das Zimmer von Monsieur Melnikow erst am späten Nachmittag aufgeräumt, wenn ich recht informiert bin.«

Mylène nickte beklommen. »So, wie Sie es mir aufgetragen haben, Monsieur.«

»Jaja«, der Direktor wedelte ungeduldig mit der Hand, »und als Sie …«

»Papperlapapp!«, unterbrach ihn Aleksej Fjodorowitsch so ungestüm, dass Monsieur Guillaud zurückschreckte und auch Mylène sich vor banger Erwartung, worauf er hinauswolle, die Fingernägel in die Handinnenflächen grub. »Reden Sie doch nicht so lange um den heißen Brei herum, sprechen wir doch ganz offen aus, was Sache ist! Die junge Dame hat mein Zimmer betreten, aber nicht, um es zu säubern, sondern, um mich zu bestehlen!«

»Aber …« Mylène rauschte das Blut in den Ohren. Was redete Aleksej Fjodorowitsch da? Was in aller Welt sollte sie gestohlen haben?

»Nun mal sachte.« Monsieur Guillaud hob die Hände, um den aufgebrachten Gast zu beruhigen. »Alles der Reihe nach.«

Doch der Russe war dabei, sich so in Rage zu reden, dass er nicht auf ihn einging. »Ich war heute aus, etwas länger als sonst, zugegeben, und als ich zurückkam, war mein kostbares Fabergé-Ei weg. Einfach weg! Gestohlen!«

Die Gedanken wirbelten in Mylènes Kopf herum wie Gewittermücken. »Nur das Ei? Was ist mit der Bibel und der Ikone? Wurden diese nicht gestohlen?«

»Sehen Sie!« Aleksej zeigte mit anklagendem Finger auf sie. »Sie weiß genau, worum es geht!«

Der Direktor seufzte. »Jeder weiß, welche Schätze Sie besitzen, Monsieur, Sie gehen mit dieser Information leider nicht sehr diskret um.«

»Mein Ei! Ich bin mir sicher, dass sie das Ei entwendet hat! Es ist viel kostbarer als meine anderen Stücke. Sie weiß ganz genau Bescheid über meine Besitztümer, und sie hat freien Zugang zu meinem Zimmer. Es war ein Leichtes für sie, das wertvolle Stück einfach in ihre Tasche zu stecken.«

»Aber das habe ich nicht getan! Ich habe es noch nicht mal abgestaubt, da Sie mir dies von Anfang an untersagt haben.« Mylène stiegen Tränen in die Augen, doch sie wischte sie mit geballten Fäusten weg. Aleksej Fjodorowitsch beschuldigte sie einer kriminellen Tat – wie konnte sie ihn nur vom Gegenteil überzeugen? »Und überhaupt … Ich verstehe nicht, wieso nur das Ei genommen wurde? Die russisch-orthodoxe Bibel und die Ikone sind noch da, wenn ich Sie richtig verstanden habe? Sie haben nur das Ei erwähnt.«

»Die befanden sich im Tresor«, spie der Russe ihr entgegen. »Nur das Ei stand noch draußen auf dem Regal, weil ich im Innern meine Manschettenknöpfe aufbewahre, die ich mir für meinen Ausflug herausgenommen habe. Als ich ging, habe ich schlicht vergessen, das Ei auch in den Tresor zu legen.«

»Hm.« Monsieur Guillaud faltete nachdenklich die Finger und ließ sein Kinn darauf ruhen. »Ich wünschte, Sie hätten es nicht vergessen, Monsieur.«

»Es ist aber nun einmal so. Mein Gedächtnis funktioniert leider nicht wie eine zuverlässige Maschine. Das ist aber gar nicht der Punkt. Mein Fabergé-Ei wurde Opfer eines gewissenlosen Diebstahls, und ich bezichtige die junge Dame, die Tat begangen zu haben.« Aleksej Fjodorowitschs Züge waren so angespannt und hasserfüllt, dass Mylène sich in ihrem Stuhl am liebsten ganz klein gemacht hätte.

»Ich habe nichts gestohlen«, flüsterte sie mit blutleeren Lippen. »Der Dieb muss gekommen sein, nachdem ich das Zimmer verlassen habe.«

»Ich bestehe darauf …«, unterbrach der Gast sie unwirsch, »dass wir die Polizei hinzuziehen.«

»Aber nein, das ist doch nicht nötig!« Entsetzen spiegelte sich auf Monsieur Guillauds Gesicht. »Ich bin sicher, wir können die Angelegenheit unter uns klären.«

»Ich möchte mein Ei zurück.« Aleksej Fjodorowitsch durchstach Mylène mit einem grimmigen Blick, doch sie bemühte sich, ihm standzuhalten.

»Ich habe es wirklich nicht, Monsieur.«

Er schlug mit der Faust auf den Schreibtisch, dass einige Bleistifte und ein Füllfederhalter zur Seite hüpften. »Dann haben Sie es diesem jungen Mann gegeben, mit dem man Sie ständig zusammen sieht, wahrscheinlich ist er Ihr Kompagnon.«

»Aber er ist gar nicht …« Ein krampfhaftes Beben überfiel sie plötzlich, und sie schlang sich schützend die Arme vor die Brust, um nicht in Tränen auszubrechen.

»Monsieur Marais ist zurzeit gar nicht im Haus«, beschwichtigte der Direktor den aufgebrachten Gast. »Den können Sie sofort von der Liste Ihrer Verdächtigen streichen.«

»Außer *ihr* steht niemand auf der Liste«, knirschte der Russe. »Aber wir drehen uns im Kreis. Diese ganze Diskussion führt zu nichts. Ich verlange die Polizei, und davon wird mich niemand abbringen. Das Fabergé-Ei ist nicht nur sehr wertvoll, es ist auch von unschätzbar großem ideellen Wert für mich.«

»Das verstehe ich«, stammelte Monsieur Guillaud. Er warf Mylène einen mitfühlenden Blick zu. Sie hoffte inständig, wenigstens er würde auf ihrer Seite stehen. »Hören Sie, Monsieur, ich mache Ihnen einen Vorschlag – wir inspizieren Mademoiselles Zimmer. Entweder wir finden das Ei oder nicht, und je nachdem, wie unser Ergebnis ausfällt, gehen wir weiter vor, einverstanden?«

»Das ist der erste vernünftige Vorschlag, den Sie machen.« Aleksej Fjodorowitsch beäugte Mylène noch einmal böse und stand auf.

»Mylène, Sie warten am besten hier, bis wir wiederkommen.« Der Direktor nickte ihr zu, was wohl ermutigend wirken sollte. Doch Mylène war so aufgelöst, dass sie ihren Tränen erst einmal freien Lauf ließ, als die beiden Männer das Büro verlassen hatten. Sie hatte noch nicht einmal ein Taschentuch zur Hand. Sie schniefte und versuchte, den Tränenstrom zu unterdrücken, um nicht völlig verweint auf ihrem Stuhl zu kauern, wenn Monsieur Guillaud und Aleksej Fjodorowitsch wiederkommen würden – ohne Ei. Ihre lebhafte Fantasie spulte mögliche Szenarien vor ihr ab wie einen Film: Die Polizei würde sie verhaften und ins Gefängnis stecken, Rosalie, Armand, Fernand, vielleicht sogar Sébastien würden glauben, dass sie sich tatsächlich des Diebstahls schuldig gemacht hatte! Obwohl es im Büro warm war, fror sie und presste die Oberschenkel zusammen.

Nach einer gefühlten Ewigkeit vernahm sie Schritte im Korridor, und die beiden Herren traten wieder ein. Angstvoll versuchte sie, an ihren Gesichtern abzulesen, ob sich die Stimmung inzwischen verändert hatte. Doch Aleksej Fjodorowitsch schaute noch immer zornig und unversöhnlich drein, und auch Monsieur le Directeur wirkte alles andere als zufrieden. Er schlich geradezu herein, den Kopf eingezogen wie eine Schildkröte, und vermied jeglichen Blickkontakt mit ihr.

»Sie haben das Ei nicht gefunden, nicht wahr?«, sprudelte es aus ihr heraus. »Weil ich das Ei nämlich nicht gestohlen habe.«

»Dass das Ei nicht in Ihrem Zimmer ist, beweist gar nichts!« Aus Aleksej Fjodorowitschs Augen sprühte eine noch abgrundtiefere Verachtung als zuvor. »Sie könnten es überall versteckt haben! Sie könnten es bereits gewinnbringend verkauft haben.«

»Mylène.« Monsieur Guillaud drehte unruhig einen Bleistift in der Hand, noch immer wagte er es nicht, sie anzusehen. »Monsieur Melnikow und ich haben uns auf dem Weg von Ihrem Zimmer hierher eingehend unterhalten. Ich konnte ihn glücklicherweise davon abhalten, die Gendarmerie zu informieren, aber … Als Entgegenkommen unsererseits verlangt unser Gast, dass Sie das Hotel unverzüglich verlassen.«

»Dass ich … Pardon, Monsieur le Directeur?« Mylène glaubte im ersten Moment, nicht richtig verstanden zu haben, zu ungeheuerlich und undenkbar erschienen ihr die

Worte. Erst nach und nach sickerte die Information in ihr Bewusstsein.

»Monsieur Melnikow ist Stammgast im Hotel. Wir leben von Gästen wie ihm, vor allem in den Sommermonaten, in denen an der Riviera keine Saison herrscht. Wir … ich muss leider …« Er sah sie mit stummem, flehentlichem Blick an, bat sie ohne Worte, seine Entscheidung gutzuheißen. Doch das konnte sie nicht; wohin sollte sie, wenn er sie des Hotels verwies? Das Grimm's Park Hotel war das einzige Zuhause, das sie hatte. Sie durchwühlte die Tasche ihres Zimmermädchenkleides, in der Hoffnung, doch noch ein Taschentuch zu finden, denn die Verzweiflung trieb ihr immer mehr Tränen in die Augen; sie glaubte, an ihrem Elend zu ersticken.

»Aber ich habe doch nichts getan …«, stieß sie gepresst hervor. »Bitte setzen Sie mich doch nicht einfach auf die Straße, ich kann doch nirgends hingehen …«

»Ich sehe, die Angelegenheit ist geklärt«, verkündete Aleksej Fjodorowitsch düster. »Dann ziehe ich mich zurück. Der Verlust meines Fabergé-Eis macht mir schwer zu schaffen, dessen können Sie gewiss sein.« Mit hängendem Kopf verließ er das Büro. Wäre er nicht so ungerecht gewesen, hätte er Mylène wahrscheinlich leidgetan.

»Monsieur …«, flehte sie, an den Direktor gewandt, während ihr erneut die Augen in Tränen schwammen. »Bitte, darf ich weiterhin hier arbeiten? Ich schwöre Ihnen, ich habe das Ei nicht gestohlen! Bitte glauben Sie mir!«

Monsieur Guillaud seufzte so schwer, als trage er alles Leid der Welt auf seinen Schultern. »Ich glaube Ihnen ja, Mylène. Wer weiß, wo er sein Ei vertrödelt hat. Aber Sie müssen mich verstehen – ich kann es mir schlichtweg nicht leisten, dass er mir die Polizei ins Haus holt. Das würde den exzellenten Ruf des Grimm's Park ruinieren, im Sommer kämpfen wir ohnehin ums Überleben. Unser Hauptklientel, ältere Engländer, ziehen es ja vor, nur im Winter zu uns an die Riviera zu reisen. Es bleibt uns nichts anderes übrig, als uns tatsächlich von Ihnen zu trennen, so furchtbar ich persönlich es auch finde. Sie waren eine verlässliche Kraft, die sorgfältig gearbeitet hat.«

Mylène entging nicht, dass er bereits in der Vergangenheit von ihr sprach. So schnell wird man aus den Köpfen verbannt, dachte sie bitter.

»Vielleicht finden Sie eine andere Beschäftigung. Haben Sie nicht in der Vergangenheit als Kaltmamsell gearbeitet?« Zum ersten Mal sah Monsieur Guillaud ihr in die Augen, wobei sein rechtes Lid nervös zuckte. »Es ist schon spät, einmal können Sie noch hier übernachten – passen Sie bitte auf, dass Sie Monsieur Melnikow nicht über den Weg laufen, und morgen sollten Sie dann abreisen.«

Die Frage: Wohin?, lag Mylène auf den Lippen, doch sie sprach sie nicht aus. Der Direktor schien erleichtert, das Gespräch zu Ende gebracht zu haben und abhaken zu können. Mit einem Mal erfasste sie eine so tief greifende Müdigkeit, dass sie keine Kraft mehr in sich spürte, an den kommenden Tag zu denken. Vielleicht würde ihr morgen früh eine zündende Idee kommen. Und zu allem Unglück, dachte sie voller Schmerz, war Sébastien nicht da und würde erst morgen Abend wiederkommen.

Da es nichts mehr zu sagen gab, stand sie auf, murmelte

tonlos einen Abschiedsgruß und verließ das Direktionsbüro. Zu ihrem Leidwesen begegnete ihr auf dem Flur Émile Noirot, der sie stirnrunzelnd musterte. Schnell senkte sie den Blick und wandte den Kopf zur Seite, damit er ihre verquollenen Augen nicht sah; sie musste ein erbärmliches Bild abgeben.

»Mademoiselle«, sagte er mit seiner dunklen Stimme, »ich bräuchte frische Handtücher.«

Ihr wurde jäh bewusst, dass seine Bitte nun nicht mehr in ihren Tätigkeitsbereich fiel, und diese Erkenntnis schlug wie ein Blitz in sie ein. »Ich sage meiner Kollegin Bescheid, sie kümmert sich darum, Monsieur.«

Sie ließ ihn stehen und rannte nun fast zu ihrem Zimmer, bevor ihr noch mehr Gäste begegneten.

Es war eine Tragödie für sie, auch wenn Monsieur Guillaud dies nicht wahrhaben wollte und nur an den guten Ruf seines Hotels dachte. Was wusste er schon über ihr Leben und darüber, wie es ausgesehen hatte, bevor sie die Stelle im Grimm's Park ergattert hatte? Das Gefühl der absoluten Verlorenheit, das man empfand, wenn man plötzlich vor dem Nichts stand, war wohl vielen Menschen fremd. Anders als in der Zeit nach Großmutters Tod war sie nun zwar nicht völlig auf sich gestellt, sondern hatte Sébastien an ihrer Seite. Doch je weiter der Abend voranschritt, desto stärker verfestigte sich in ihr der Entschluss, dass sie Sébastien nichts von den Vorkommnissen des heutigen Tages erzählen würde. Womöglich war es seinem Vater inzwischen gelungen, ihn davon zu überzeugen, sich von ihr zu lösen, und falls nicht –

spätestens wenn er erfuhr, dass man sie des Diebstahls bezichtigte, würde er seine Gefühle für sie überdenken. Wer mochte schon eine Frau an seiner Seite, deren Vater sich aus lauter Raffgier verspekuliert und sich zusätzlich versündigt hatte, indem er den Freitod wählte, und die nun selbst ins Zwielicht rückte? Wieso sollte er ihr glauben, dass sie mit dem Diebstahl des verfluchten Eis nichts zu tun hatte? Aleksej Fjodorowitsch war sehr überzeugend aufgetreten, und Monsieur Guillaud hatte sich auch nicht gerade überschlagen, ihr beizustehen.

In der Nacht war an Schlaf nicht zu denken. Sie und Rosalie kauerten in ihrem Bett unter der Decke und beratschlagten, was zu tun war, doch auch der Zimmergenossin fiel nichts ein.

»Es ist entsetzlich«, klagte Rosalie in einem fort, »dich einfach so auf die Straße zu setzen, nur des guten Rufes wegen. Wir alle wissen, dass du dieses hässliche Ei nicht mit der Pinzette angefasst hättest. Wozu auch?«

Am nächsten Morgen half sie Mylène, ihren Koffer und die Bücherkisten zu packen, Letztere konnte sie jedoch nicht mitnehmen.

»Darf ich die Bücher bei dir unterstellen, bis ich eine Bleibe gefunden habe?«, fragte Mylène leise und rieb sich über die geschwollenen Lider. »Mehr als den Koffer kann ich nicht tragen.«

Rosalie stimmte schluchzend zu. Es wurde ein bitterer Abschied, auch Armand war betroffen darüber, dass man sie vor die Tür setzte. Monsieur Guillaud ließ sich nicht blicken, vermutlich hatte er Gewissensbisse.

»Was soll ich Sébastien sagen? Wo kann er dich finden?«, fragte Rosalie aufgelöst.

»Sag ihm nichts.« Mylènes Kinn bebte, doch sie riss sich zusammen, um nicht wie die Freundin schon wieder in Tränen auszubrechen. »Was solltest du ihm auch sagen? Ich weiß ja nicht, wo ich landen werde.« Falls ich überhaupt einen Ort finde, an dem ich bleiben kann, setzte sie in Gedanken düster hinzu. Sie sah sich bereits die nächste Nacht am Strand verbringen oder in einer abgeschiedenen, dunklen Gasse. Panik schwappte in ihr hoch, schien wie dunkle Wellen über ihr zusammenzuschlagen und sie zu verschlingen.

Rosalie gab einen Laut des Erschreckens von sich. »Aber das geht doch nicht! Er muss doch wissen, wo du bist, und Armand und ich auch! Wir kommen sonst um vor Sorge!«

Mylène hob hilflos die Hände. »Es tut mir leid … Wenn Sébastien zurückkommt, sag ihm einfach, es tut mir leid. Und gib ihm das hier.« Mit zitternden Fingern reichte sie Rosalie einen Zettel, den sie vorhin noch aus ihrem Notizbuch gerissen hatte. *Es tut mir leid.* M hatte sie darauf gekritzelt, zu mehr war sie nicht fähig gewesen.

Sie umarmte die beiden Freunde ein letztes Mal, dann nahm sie ihren Koffer und verließ das Hotel durch den Haupteingang. Ihr war, als bräche sie wieder einmal sämtliche Brücken zu ihrem bisherigen Leben ab, ließe nichts zurück als einen Scherbenhaufen. Ob sie Sébastien wiedersehen würde? Für ihn und seine Zukunft als Arzt von La Croix-Valmer war es wohl besser, nie wieder von ihr zu hören. Ihr war so schwer zumute, als trüge sie Backsteine mit sich herum, die ihr wie eine Zentnerlast im Magen lagen.

Kapitel 9

Bereits am Morgen brannte die Sonne erbarmungslos herab. Da es ihr nicht gelungen war, ihren Mantel zu den übrigen Kleidern in den Koffer zu stopfen, hatte sie ihn kurzerhand angezogen, doch nun schwitzte sie so, dass ihr Haaransatz und ihr Rücken ganz feucht waren. Unglücklich schleppte sie ihr Gepäck in Richtung der Küstenstraße; sie ging langsam, denn sie hatte kein Ziel, keinerlei Vorstellung, wohin sie gehen sollte. Sollte sie versuchen, sich für die nächste Nacht in einem Hotel oder einer Pension einzumieten? Doch sie wusste, dass außer dem Grimm's Park Hotel so gut wie keine Unterkunft im Sommer ihre Pforten für Gäste öffnete, das hatte Monsieur Guillaud oft genug betont. Außerdem waren ihre Ersparnisse nicht gerade üppig, hatte sie doch einiges für Schreibblöcke und das Kleid ausgegeben, das sie auf der Strandparty getragen hatte.

Am Meer setzte sie sich auf eine Bank, zog endlich den Mantel aus und legte ihn über die Knie. Sehnsüchtig sah sie zum Wasser hin, wo ein einsamer Schwimmer dem Horizont entgegenkraulte; sein rotes Badekostüm leuchtete fernhin wie eine Boje. Sie wünschte, es ihm gleichtun zu können, verschwitzt, wie sie war, in die kühlenden Fluten zu springen und davonzuschwimmen, ihren quälenden Gedanken durch körperliche Anstrengung zu entkommen. Der Strand mit den in der gleißenden Sonne glitzernden Sandkörnern und den Palmen wirkte wie ein Stück vom Paradies. Trotzdem fühlte sie sich vertrieben aus diesem Idyll. Beklommen malte sie sich Sébastiens Reaktion aus, wenn er am Abend ins Hotel zurückkam und feststellen musste, dass sie spurlos verschwunden war. Würde er sie suchen, oder hatte sein Vater ihn zu überzeugen vermocht, dass er ohne sie besser dran wäre? Bisher hatte er ihr keinen Anlass gegeben, an seiner Zuneigung und Treue zu zweifeln. Doch spätestens, wenn er erfuhr, dass sie im Verdacht stand, gestohlen zu haben, würde er ihre Beziehung wohl überdenken, oder?

Es half nichts, sie konnte schlecht den ganzen Tag auf der Bank sitzen bleiben und aufs Meer starren. Sie legte sich den Mantel über den Arm, kehrte auf die Straße zurück und trottete langsam weiter, dem Ortsausgang von Hyères entgegen.

Ihre Wanderung glich einer Tortur. Der Asphalt glühte unter ihren Füßen, und bald hatte sie sich in ihren Schuhen Blasen gelaufen. Ihre Armmuskeln brannten vom Tragen des schweren Koffers. Noch dazu quälte sie Durst, sie war so überstürzt aufgebrochen, dass sie nichts zu trinken mitgenommen hatte. Sie hatte nur noch weggewollt, ohne Monsieur Guillaud oder Aleksej Fjodorowitsch noch einmal zu begegnen.

Irgendwann – sie wusste nicht, wie lange sie bereits unterwegs war, in der Hitze hatte sie jegliches Orientierungsgefühl verloren – hörte sie auf der ruhigen Küstenstraße ein

Automobil heranfahren. Erstaunt bemerkte sie, dass es sie nicht überholte, sondern neben ihr hielt.

Mit tränenden Augen vom aufgewirbelten Straßenstaub starrte sie die Insassen des klapprigen, blauen Renaults an; niemand Geringeres als die drei Fitzgeralds saßen in dem Auto, dessen Verdeck weit geöffnet war.

»Nanu, wen haben wir denn da?«, fragte Fitzgerald gut gelaunt. Offenbar versuchte er, seinem Freund Gerald Murphy nachzueifern, denn er trug ein legeres, dunkelblau-weiß gestreiftes Langarmshirt, wohl in der Absicht, so französisch wie möglich auszusehen.

»Ich …« Mylène vermochte nur zu stammeln. Was sollte sie den Fitzgeralds schon erzählen? Dass sie des Diebstahls verdächtigt wurde und aus dem Hotel geworfen worden war? Doch Zelda zählte angesichts des Gepäcks, das sie bei sich trug, rasch eins und eins zusammen.

»Meine Güte, sagen Sie nicht, Sie haben gekündigt oder wurden gar rausgeschmissen?« Theatralisch riss sie ihre Augen auf, die von schwarz getuschten Wimpern umrahmt wurden. Scottie, die auf ihrem Schoß saß, imitierte ihren Gesichtsausdruck, was lustig gewesen wäre, wäre Mylène nicht so elend zumute gewesen. »Aber schauen Sie doch nicht so traurig, freuen Sie sich lieber – das Grimm's Park ist eine Absteige voller müder, alter Männer! Das ist doch kein Ort für eine Schönheit wie Sie.«

Fitzgerald lachte grunzend, doch Mylène stand der Sinn nicht danach, einzustimmen. Was soll's, dachte sie, bloß keine Geheimniskrämerei, ich habe ja doch nichts zu verlieren. Rasch fasste sie in wenigen Worten zusammen, was am

Vorabend geschehen war. Fitzgerald lauschte ihren Worten so gebannt, als wolle er sie sich für eine neue Kurzgeschichte einprägen. Vielleicht war es auch so, Mylène hätte es verstanden.

»Wie abscheulich!«, rief Zelda, als sie geendet hatte. Auch nun zeigten Scotties Gesichtszüge einen ebenso empörten Ausdruck wie die ihrer Mutter. »Ich kann es kaum glauben! Sie werden entlassen, obwohl es keinerlei Beweise gibt, dass Sie mit der Sache etwas zu tun haben?«

»Die Franzosen haben eine seltsame Art, Konflikte zu regeln«, stichelte Fitzgerald.

»Ich kann nichts dagegen tun.« Mylène war der bohrende, wenn auch einfühlsame Blick Fitzgeralds nicht geheuer, deshalb starrte sie die Küstenstraße hinab, die ruhig in der Sonne lag. Die Luft flimmerte und ließ die Landschaft erscheinen, als zittere sie.

»Sind Sie unterwegs zu Ihrem neuen Haus?« Auf nichts hatte sie weniger Lust als auf Konversation, denn sie war müde, verschwitzt und durstig, doch sie hätte es unhöflich gefunden, schweigend neben dem Auto zu stehen.

»Oh ja!« Zelda lächelte froh. »Wir werden uns heute in der Villa Marie einrichten. Das Grimm's Park lässt nachher unsere ganzen Koffer und Kisten vorbeischicken. Und wohin werden Sie nun gehen, meine Liebe?«

»Ich weiß nicht«, murmelte Mylène kläglich.

»Aber das ist doch ganz einfach – Sie kommen mit uns!« Zelda strahlte erst Mylène, dann ihren Mann an, als sei es beschlossene Sache, dass Mylène mir nichts, dir nichts, ins

Auto stieg und mitkam, ohne noch eine Sekunde zu überlegen.

Tatsächlich schien auch Fitzgerald der Sache nicht abgeneigt. »Warum nicht, Liebling? Gestern sprachen wir noch davon, dass wir dringend ein Kindermädchen brauchen, heute wird uns eins auf dem Silbertablett serviert … Und Sie haben Ihre Sache letztens, als Sie Scottie gehütet haben, wirklich hervorragend gemacht. Das passt doch perfekt.«

»Okay, steigen Sie ein.« Zelda erhob sich umständlich von ihrem Sitz und hievte Scottie nach hinten auf die Rückbank. »Nehmen Sie die kleine Prinzessin auf den Schoß, bitte, mein Rock ist schon ganz zerknittert.«

»Ja, aber …« Mylène schwirrte der Kopf. Die Fitzgeralds konnten unmöglich innerhalb einer Sekunde eine so wichtige Entscheidung treffen! Und sie selbst auch nicht – wäre es nicht sehr unbedacht, sich vom Fleck weg engagieren zu lassen? Mussten sie nicht erst einmal über ihre Erwartungen an sie sprechen, über die Arbeitsbedingungen, über *was auch immer …*? Doch was hatte sie für eine Wahl? Eigentlich war es ein unglaublicher Glücksfall für sie, auf der Küstenstraße unerwartet eine Stelle angeboten zu bekommen. Was konnte sie sich mehr wünschen?

So ganz vermochte sie ihrem Glück nicht zu trauen. »Stört es Sie nicht, dass man mir Diebstahl vorwirft?«

Zelda lachte, als amüsiere sie sich königlich. »Aber nein, Schätzchen, ich finde, die Angelegenheit klingt nach einer famosen Abenteuergeschichte. Die Murphys werden staunen, wenn wir ihnen davon erzählen. Nicht wahr, Goofo?«

Fitzgerald grunzte zustimmend, während Mylène immer

noch verloren neben dem Renault stand und mit feuchten Händen ihren Koffer umklammerte. Es erfüllte sie mit einem unguten Gefühl, Gesprächsthema bei einer der nächsten Partys zu sein und zum Amüsement der Gäste herzuhalten. Vielleicht machte Zelda aber auch nur Spaß. Jedenfalls schien den Fitzgeralds der Verdacht, unter dem sie stand, egal zu sein.

»Wir sind Amerikaner«, bekräftigte Fitzgerald, »wir vorverurteilen niemanden.«

Zelda kicherte, als habe nun er einen Witz gemacht.

»Darf ich bei Ihnen wohnen, oder …«, fragte sie zaghaft. Ohne Unterkunft nützte ihr auch der angenehmste Job nichts.

Zelda wischte ihre Frage mit einer lässigen Handbewegung beiseite. »Natürlich, wo denn sonst? Wir brauchen Ihre Dienste auch abends oder nachts, nicht wahr, Goofo? Ich beabsichtige, das ein oder andere Fest zu organisieren, und wenn ich für die Nacht Schlaftabletten nehme, was gelegentlich vorkommt, schlafe ich wie eine Tote und höre Scottie nicht, wenn sie nach mir ruft. Los, Scottie, mach Platz für Mylène.«

Mylène holte tief Luft, hob ihren Koffer ins Auto und stieg ein. Ihr Schicksal war besiegelt. Fitzgerald startete das Auto wieder, das sich hustend und röchelnd in Bewegung setzte, und sie fuhren Richtung Antibes. Während sie Scottie auf ihren Schoß zog und festhielt, was bei Fitzgeralds rasanter Fahrweise dringend vonnöten war, versuchte sie, ihre Gedanken zu ordnen, doch noch immer überschlugen sie sich wie die saphirblauen Wellen zu ihrer Rechten. Fürs Erste war alles gut; sie hatte eine neue Arbeit ergattert und ein Dach über dem Kopf.

Zelda und Scott begannen, lauthals *It had to be you* von Marion Harris zu singen; zwischendurch brachen sie immer wieder ab, lachten ausgelassen und warfen sich zärtliche Blicke zu. Auch Scottie hatte ihren Spaß und klatschte mit ihren kleinen Händen. Es kam ihr surreal vor, plötzlich mit den Fitzgeralds im Automobil zu sitzen, als befände sie sich auf einer fröhlichen Ausflugsfahrt und als hätten die Ereignisse des Vortags nur in ihrer Fantasie stattgefunden.

Während das Meer und der Strand an ihr vorüberzogen, schloss Mylène die Augen; die schlaflose Nacht, die Wärme und die Musik ließen sie hinwegdämmern. Eigentlich, dachte sie im Halbschlaf, hätte ihr nichts Besseres passieren können, als ihre Stelle als Zimmermädchen zu verlieren, um gleich darauf von den Fitzgeralds als Kindermädchen eingestellt zu werden. Vor Tagen noch hatte sie sich gewünscht, so viele Einblicke wie möglich in das Leben des berühmten Glamourpaars zu erhaschen, und nun ging ein Traum in Erfüllung – sie durfte mit der Familie zusammenleben! Die Verlorenheit und Ungewissheit über ihr Schicksal verdampften wie Wassertropfen in der Sonne, und ein seliges Gefühl trat an ihre Stelle, das ihr Herz zum Überschäumen brachte. Sie würde hautnah dabei sein, wenn F. Scott Fitzgerald seinen neuen Roman schrieb. Doch der Schmerz, von Sébastien getrennt zu sein, überschattete das neue Glück.

»Wir sind da. Sieht die Villa nicht zauberhaft aus?« Zelda reckte den Kopf, um das Haus, das sich auf einen felsigen

Hügel schmiegte, von der Straße aus zu erspähen. Valescure war ein winziger Ort direkt am Meer; die Häuser in den Gassen standen eng zusammengedrängt, die roten Dächer wurden von hohen Palmen beschattet, während die Mittagshitze wie eine drückende Decke über der stillen Landschaft lastete. »Von unserer Terrasse aus haben wir einen direkten Zugang zum Strand.«

Mylène war noch immer müde, und auch Scottie auf ihrem Schoß schien geschlafen zu haben. Da, wo ihr weiches Kindergesicht sich an ihre Brust gelehnt hatte, war der Stoff ihres Kleides feucht von Schweiß. Bestimmt konnte sie in der Villa baden – welch luxuriöse Aussicht, nachdem sie noch am Morgen obdachlos die Küstenstraße entlanggeirrt war!

»Neunundsiebzig Dollar Miete im Monat kostet uns das Gemäuer.« Fitzgerald wandte sich zu Mylène um, wie um sich zu vergewissern, dass auch sie das für ein Schnäppchen hielt. »Wissen Sie, wie viel Miete wir in Great Neck bezahlt haben? Ich behalte es lieber für mich, es würde Sie schockieren.«

Mylène hatte keine Ahnung, wie man US-Dollar in französische Francs umrechnete, deshalb schwieg sie. Doch auch sie war beeindruckt von der Villa. Strahlend weiß und mit blau gestrichenen Balkonen saß sie wie ein Sahnehäubchen auf der Anhöhe; hinter dem Haus, von der Straße kaum sichtbar, fiel ein felsiger Garten sanft zum Meer hin ab. Sie kam sich vor wie in einem Traum; ihr Kopf schien wie in Watte gepackt, unfähig, den malerischen Ort und die Tatsache, plötzlich mit einem der berühmtesten Schriftsteller Amerikas zusammenzuleben, zu erfassen.

Sie stiegen aus und trugen das wenige Gepäck, das sie bei sich hatten, zum Eingang, Zelda und Fitzgerald Hand in Hand wie aufgeregte Kinder. Der Schriftsteller schloss die Tür auf, und aufatmend traten sie von der brütenden Mittagshitze in einen kühlen, weiß getünchten Gang.

Zelda tanzte geradezu durch alle Zimmer, gefolgt von Scottie, die nach der langen Fahrt einen unstillbaren Bewegungsdrang hatte. Fitzgerald definierte eines der Zimmer – es war mit einem großen Schreibtisch aus dunklem Holz ausgestattet – als sein Arbeitszimmer und zog sogleich die Tür hinter sich zu, als wolle er sofort seinen Jahrhundertroman weiterschreiben.

Mylène folgte Zelda, noch immer in dem Gefühl gefangen, dass ihr Aufenthalt hier gar nicht real war, lediglich ein Hirngespinst ihrer überreizten Nerven.

Die Räume waren allesamt hell, zweckmäßig und provenzalisch zugleich eingerichtet; da gab es Korbstühle mit dicken Kissen, bunt bemalte Kacheln an den Küchenwänden und Steinfliesen auf dem Boden. Die hohen Fenster gaben den Blick nach draußen frei, und zwei Flügeltüren öffneten sich zur Terrasse.

»Sehr französisch«, schwärmte Zelda. »Und gleichzeitig sehr mediterran. Hier werden wir uns sicher wohler fühlen als im Grimm's Park – es ist ein richtiges Zuhause. Finden Sie nicht, Mylène?«

»Durchaus«, antwortete Mylène heiser. Es war lange her, dass sie ein richtiges Zuhause gehabt hatte. Bilder ihres Elternhauses schossen ihr durch den Kopf, auch dort hatte es solch lichtdurchflutete Räume und eine geflieste Terrasse gegeben, die auf einen gepflegten Garten hinausging. Als sie gedankenverloren durch den Salon schlenderte, fast wie eine Schlafwandlerin, und mit der Hand über ein paar große Muscheln strich, die auf einem leeren Regal lagen, stieß sie mit dem Fuß versehentlich gegen eine hohe Vase, die der Hauseigentümer wohl als Willkommensgeste mit rosa Blumen gefüllt hatte. Die Vase kippte um und zerbrach in zwei Teile, so als habe man sie in der Mitte durchgeschnitten; Wasser sickerte in die Fugen zwischen den Fliesen, und die Blüten schwammen wie Strandgut auf den sich bildenden Pfützen.

»Oh nein!« Scottie schlug die kleinen Hände vor das Gesicht und starrte das Durcheinander mit aufgerissenen Augen an. »Mommy wird böse!«

Mylène sah sich hektisch nach einem Tuch um, mit dem sie das Wasser aufwischen konnte, doch sie entdeckte keins. Scotties ängstlicher Ausruf ließ ihr Herz noch höherschlagen, hegte sie doch insgeheim die gleiche Befürchtung wie ihr zukünftiger Schützling. Zelda würde sicher ärgerlich sein, dass ihre neue Angestellte, kaum dass sie die Villa betreten hatte, für Chaos sorgte und Gegenstände kaputt machte. Wo fand sie nur ein Tuch, um das Unglück so schnell wie möglich zu beseitigen? Kopflos rannte sie in die Küche und zog dort scheppernd alle Schubladen auf; dass Zelda ihr etwas hinterherrief, nahm sie nur gedämpft wie durch Watte wahr. Endlich fand sie ein fadenscheiniges Handtuch, eilte zurück in den Salon und kniete sich nieder, um die Feuchtigkeit wegzuwischen.

»Nun mal langsam, meine Liebe.« Zelda stand in der offenen Terrassentür und sah ihrem Treiben fast belustigt zu. »Was wuseln Sie denn da herum wie eine Furie?«

»Ich … es tut mir furchtbar leid …« Sie würde noch ein zweites Handtuch brauchen, das erste war bereits völlig durchnässt. »Ich habe nicht aufgepasst, ich …«

»Was ist denn hier los?« Plötzlich befand sich auch Fitzgerald im Raum und starrte sie an. »Was ist das für ein Spektakel?«

Während Mylène in die Küche eilte, um ein weiteres Handtuch zu besorgen, fuhren die Gedanken in ihr Achterbahn. Das war's, hämmerte ihr ihre innere Stimme in unaufhörlichem Stakkato ein, am gleichen Tag, an dem die Fitzgeralds sie engagiert hatten, würden sie sie wieder entlassen. Der Autor schien missmutig, gestört worden zu sein, und Zelda legte gewiss keinen Wert auf ein Kindermädchen, das sich wie ein Trampeltier benahm und gleich einen beachtlichen Schaden verursachte. Die Vase, zumindest das, was von ihr übrig war, sah teuer aus.

»Na ja, Scherben bringen Glück.« Fitzgerald verschwand wieder in seinem Arbeitszimmer, doch Zelda lehnte noch immer lässig im Türrahmen, während Scottie auf dem Boden kniete und Mylène so interessiert zusah, als sei ihr eine Frau, die wischte, ein völlig unbekannter Anblick. »Die Vase war ohnehin hässlich wie die Sünde, ich bin froh, dass sie kaputt ist. Bei Gelegenheit kaufe ich eine neue im Dorf.«

Mylène hielt erstaunt inne. Ihre Wangen brannten. »Sie … Sie sind nicht verärgert?«

Zelda lachte. »Nun machen Sie mal einen Punkt. Wenn Sie beim Bügeln eines meiner Seidentücher versengt hätten, hätte Ihr letztes Stündlein geschlagen, aber diese altbackene Vase ist mir gleichgültig. Lassen Sie die Scherben liegen und kommen Sie lieber mit Scottie und mir nach draußen – es ist wunderschön.«

»Wenn Sie möchten …« Mylène kam wieder auf die Füße, unschlüssig, was sie tun sollte. Schließlich sammelte sie die Scherben doch ein und brachte sie mit den nassen Tüchern in die Küche. Vor Erleichterung war ihr ganz flau zumute; für einige Minuten war sie sich sicher gewesen, die Villa Marie gleich wieder verlassen zu müssen. Sie schwor sich, sich ab jetzt mehr Mühe zu geben, alles richtig zu machen. Was sollte aus ihr werden, wenn sie auch diese Anstellung verlieren würde?

Zelda streifte ihre Schuhe ab – Scottie tat es ihr sofort nach – und ging barfuß hinaus, den Kopf träumerisch in den Nacken geworfen und die Arme ausgebreitet, als habe sie Flügel.

»Mein Gott, es ist herrlich!«, rief sie beschwingt. »Ich werde mich den restlichen Sommer nicht das kleinste Stück von diesem Haus wegbewegen!«

Mylène blinzelte in die hoch stehende Sonne. Sie fühlte sich noch immer wie benommen. In einiger Entfernung folgte sie Mutter und Tochter, die nun Hand in Hand einen mit zersplitterten Steinplatten ausgelegten, schmalen Pfad den Hügel hinabgingen. Zu beiden Seiten wuchsen Zitronen-, Eukalyptus- und Feigenbäume, deren saftige, dunkelgrüne Blätter einen lieblichen Kontrast zu den Blumen bildeten, die in den Beeten blühten, Schwertlilien, Pfingstrosen und Kapuzinerkresse. Es war ein Schauspiel explodierender Farben, von feurigem Rot über Bonbonrosa bis hin zu verwunschenem Lila.

Am Fuße des Hügels erstreckte sich ein unberührter weißer Strand, der halb im Schatten der Felsen lag, dahinter das Meer, türkisgrün.

»Meine Güte!«, hörte sie Zelda, die bereits unten angelangt war, übermütig schreien. »Das ist der Himmel auf Erden! Wir haben einen eigenen Privatstrand, niemand weit und breit ist zu sehen!« Im Laufen schlüpfte sie aus ihrem Kleid und half auch Scottie, ihr Hängerchen über den Kopf zu ziehen. Ausgelassen rannten sie in die Wellen hinein, die an den Strand spülten.

Mylène hielt auf halbem Weg inne und setzte sich auf einen Felsen, der in der Sonne glühte. Sie wollte diesen innigen Moment zwischen Zelda und ihrer Tochter nicht stören, indem sie sich dazugesellte, außerdem drängte es sie, ihren eigenen Gedanken nachzuhängen. Zwar überlagerten die vielen neuen Eindrücke, die sie in der Villa Marie gewann, die Geschehnisse vom Vortag, doch ganz vergessen konnte sie sie auch nicht. Ob Sébastien mittlerweile wieder ins Hotel zurückgekehrt war? Oder befand er sich noch bei seinem Vater in Le Lavandou? Wie auch immer, auf jeden Fall würde er spätestens am Abend bemerken, dass sie nicht mehr da war. Wie er wohl reagieren würde? Mylène schlang die Arme um die angezogenen Knie, als friere sie, dabei heizte die Sonne die Landschaft kräftig auf. Aus der Ferne beobachtete sie Zelda und Scottie, die jauchzend vor den heranrollenden Wellen Reißaus nahmen, und beneidete sie um ihre Unbeschwertheit.

Sébastien wäre sicher schockiert, wenn er erfuhr, dass sie des Hotels verwiesen worden war, und noch schockierter über den Grund ihrer Entlassung. Ob er sich Sorgen um sie machen würde, sich verzweifelt fragte, wo sie denn nur steckte? Der Gedanke, ihm Kummer zu bereiten, versetzte ihr einen schmerzhaften Stich.

»Mylène! Komm!«, schrie Scottie von unten und winkte mit ihren pummeligen Ärmchen. Sie winkte zurück, spürte jedoch keinerlei Energie, sich zu Zelda und der Kleinen zu gesellen.

»Ein anderes Mal, ich bin zu müde zum Baden«, rief sie zurück.

Vielleicht war aber auch alles ganz anders; womöglich war es Monsieur Marais tatsächlich gelungen, Sébastien davon zu überzeugen, dass sie sich nicht als Gefährtin für ihn eignete. Mylène riss nervös einen Grashalm ab und verknotete ihn, ohne zu merken, was sie eigentlich tat. Im schlimmsten Fall erpresste Sébastiens Vater ihn nun ganz offen damit, dass er ihm das versprochene Geld für die Ablöse der Praxis nicht geben würde, wenn er sich nicht von ihr, Mylène, trennte. Erwies sie Sébastien nicht einen Gefallen, wenn sie abtauchte? Sie würde sich erst mal nicht bei ihm melden, er war ohne sie besser dran.

Sie spürte, wie sich ihre Gedanken in der Sonnenglut, die ihr auf die Arme und Schultern brannte, mehr und mehr aufzulösen begannen, und wie zuvor im Automobil überkam sie Schläfrigkeit. Die durchwachte Nacht machte sich noch immer bemerkbar. Vielleicht sollte sie sich in einen der Korbsessel auf der Terrasse legen, bis Zelda zurückkäme … Als sie den steilen Pfad zum Haus zurück erklomm, fielen ihr bereits fast die Augen zu. Vielleicht hatte sie trotz allem Glück im Unglück, die Villa Marie war nicht der schlechteste Arbeitsplatz.

Sie richtete ihr Zimmer ein, das durch eine Zwischentür mit dem Kinderzimmer verbunden war. Zelda stellte ihr eine Vase mit pinkfarbenen Pfingstrosen auf den Tisch, was sie sehr berührte. Ihrer Gastgeberin war offensichtlich daran gelegen, dass sie sich wohlfühlte. Zudem standen nun ein paar Bücher auf dem Regal über ihrem Bett – *Diesseits vom Paradies* und *Die Schönen und Verdammten* von Scott, zudem einige seiner Bände mit Geschichtensammlungen. Es handelte sich um die englischen Originalwerke, aber sie nahm sich vor, sie alle von der ersten bis zur letzten Seite zu lesen, auch wenn sie sicher nicht alles verstehen würde.

Da die neuen Eindrücke sie schier überwältigten, vermisste sie weder Rosalie noch das Hotel. Nur Sébastien fehlte ihr schmerzlich; es war ungewohnt, abends einzuschlafen und ihn nicht auf der anderen Seite des Flurs zu wissen. Von ihm getrennt zu sein war, als habe sie einen Teil von sich, den besten, vollkommensten, in Hyères zurückgelassen. Die Fitzgeralds waren der Rettungsring, der sie vor dem Untergang bewahrt hatte.

Auch in dieser Nacht fand sie keine Ruhe. Durch die angelehnte Tür zu Scotties Zimmer vernahm sie zwar keinen Laut, aber aus dem Arbeitszimmer drangen bis weit nach Mitternacht die Tastenschläge von Fitzgeralds Schreibmaschine. Als das Gehämmer endlich erstarb und sie dachte, er wäre zu Bett gegangen, hörte sie aus Zeldas und Scotts Schlafzimmer, wie sich die beiden angeregt unterhielten. Die Worte passierten mühelos die dünnen Wände der Villa. Den Kopf auf den Ellenbogen gestützt, die Decke weit zurückgeschlagen – es war trotz der nächtlichen Stunde noch immer sehr warm –, bekam sie einige Satzfetzen mit. Es war die Rede von Gatsby und Daisy. Ob das die Protagonisten seines Romans waren?

Mylène wälzte sich unruhig hin und her, ein ums andere Mal glitt sie in einen oberflächlichen Traum hinab, um kurz darauf wieder von Fitzgeralds Stimme aufgeweckt zu werden und erneut ins Mondlicht zu starren, das durch ihr Fenster schien. An seiner getragenen Stimme erkannte sie, dass er Zelda vorlas.

»... Der Wind war ganz abgeflaut. Man hörte jetzt die Geräusche der hellen Sommernacht, das Flügelschlagen im Gezweig und den anhaltenden Orgelton der Frösche, als blase die Erde selbst mit tiefem Dröhnen ihnen neues Leben ein. Die Silhouette einer Katze geisterte im Mondschein, und als ich den Kopf wandte, um sie zu beobachten, merkte ich, dass ich nicht allein war. Zwanzig Meter entfernt war eine Gestalt aus dem Schatten des Nachbarhauses aufgetaucht und stand, Hände in den Taschen, in die Betrachtung des silbern gesprenkelten Sternenhimmels versunken ...«

Wunderschön, dachte Mylène, bevor der Schlaf sie wieder in seine Tiefen zog. Ob sie wohl auch jemals zu solchen Formulierungen fähig wäre?

Glücklicherweise erwartete am nächsten Morgen niemand, dass sie früh aufstand. Zelda und Scottie schienen Langschläfer zu sein, nur Fitzgerald hieb im Arbeitszimmer wieder geräuschvoll in die Tasten der Schreibmaschine. Der Lärm trieb sie schließlich in die verwaiste Küche, wo sie sich einen Kaffee zubereitete. Essbares fand sie nicht, am Vortag hatten die Fitzgeralds offenbar keine Minute mit praktischen Überlegungen verschwendet, und auch sie selbst war zu sehr vom Zauber ihrer neuen Umgebung und dem Kummer um Sébastien gefangen gewesen, um anzubieten, einkaufen zu gehen.

Sébastien … Womit er wohl gerade beschäftigt war? Ging er wie um diese Zeit üblich seinen Erledigungen im Hotel nach, oder war er außer sich vor Sorge, wo sie sich aufhalten könnte? Das schlechte Gewissen darüber, einfach spurlos verschwunden zu sein wie ein Schiff im Nebel, setzte ihr zu. Aber was wusste sie schon, was in ihm vorging? Vielleicht war er böse auf sie oder wütend … Himmel, vielleicht hielt er es auch für möglich, dass an der Geschichte mit dem gestohlenen Ei etwas Wahres dran war!

Während sie wartete, dass das Wasser kochte, ging sie auf und ab. Die Ungewissheit zermürbte sie, hoffentlich standen Zelda und Scottie bald auf, damit sie die Kleine beschäftigen und sich ablenken konnte! Ihr Magen knurrte inzwischen laut vernehmlich, wann hatte sie eigentlich das letzte Mal etwas gegessen? Es musste im Hotel gewesen sein. Für Scottie hatte es am Vorabend mit Marmelade bestrichene Cracker gegeben, Scott und Zelda hatten sich lediglich bunte Cocktails gemixt. Die Fitzgeralds schienen keine Anhänger regelmäßiger Mahlzeiten zu sein.

»Bereiten Sie uns ein Frühstück zu, Mylène?« Gegen elf Uhr erschien Zelda endlich in der Küche, mit nichts als einem dünnen Morgenrock über einem Spitzenneglige und bloßen Füßen. Ohne Make-up und aufwendig zurechtgemachte Frisur wirkte ihr Gesicht blass, fast verletzlich. »Ich bin hoffnungslos unbegabt darin, etwas Essbares zuzubereiten.«

»Ich befürchte, wir haben nichts. Wir müssen dringend einkaufen gehen. Aber ich bereite Ihnen gerne einen Kaffee zu und Scottie ihre Milch.« Mylène war froh, sich nützlich machen zu können. Die geöffnete Whiskeyflasche auf der Küchenanrichte entging ihr nicht. War das Scotts Frühstück gewesen?

Zelda folgte ihrem Blick und gähnte. »Scott ist nur mithilfe von Alkohol in der Lage zu schreiben.« Ihrem Tonfall nach war dies keine große Sache. »Er steht aber auch sehr unter Druck, der Arme. Nachdem *Diesseits vom Paradies* und *Die Schönen und Verdammten* solche Erfolge waren, kann der Verleger es kaum erwarten, dass er ein ähnliches Werk nachliefert. Da er des lieben Geldes wegen zwischendurch Kurzgeschichten schreiben und an Magazine verkaufen muss, leidet die Arbeit an seinem neuen Buch doch sehr.«

»Ich schreibe auch Kurzgeschichten«, bemerkte Mylène heiser. Sie hatte das Gefühl, sich Zelda offenbaren zu müssen, es nicht mehr verbergen zu können, dass sie aus ähnlichem Holz geschnitzt war und alles, was Scotts schriftstellerische Arbeit anbelangte, nur allzu gut nachvollziehen konnte.

Zelda lächelte. »Wie schön, meine Liebe. Ich selbst verfasse übrigens auch Geschichten, aber ich glaube, das habe ich Ihnen bereits erzählt. Ist das nicht grandios? Mit Ihnen sind wir ein richtiger Schriftstellerhaushalt.«

»Na ja, ich habe noch nie etwas veröffentlicht«, gestand Mylène verlegen. »Ich habe zwar eine Geschichte an ein Magazin geschickt, doch sie wurde leider nicht angenommen.«

Zelda stützte die Ellenbogen auf den Tisch und beugte sich vertraulich zu ihr vor. »Das kenne ich, denn mir geht es genauso. Als Scotts Frau muss ich immer die zweite Geige spielen, niemand nimmt mich ernst! Als wäre ich nur ein blasser Abklatsch von Scott, und keine eigenständige Autorin! Niemand will etwas von *Mrs* Fitzgerald lesen, wo *Mr* Fitzgerald doch das literarische Genie ist.«

Zeldas Geständnis überraschte Mylène zwar nicht, hatte diese doch bei ihrem ersten Gespräch in der Bibliothek des Grimm's Park Derartiges angedeutet, trotzdem hatte sie Schwierigkeiten, die Äußerung nachzuvollziehen. Zelda war doch bei gesellschaftlichen Anlässen sehr präsent und legte glamouröse Auftritte aufs Parkett. »Das ist sehr ungerecht. Es tut mir sehr leid für Sie.«

»Nenne mich ruhig beim Vornamen. Ich glaube, wir sind im selben Alter, oder? Gib nie auf, Mylène, hörst du?«, beschwor Zelda sie. »Du musst immer weiterschreiben, versprich mir das!«

Mylène nickte heftig, beeindruckt von der Eindringlichkeit, mit der Zelda sprach.

»Die Milch!«, schrie Scottie und deutete mit dem Zeigefinger auf den überkochenden Milchtopf. Eine schaumige Lache bildete sich auf dem Herd. Mylène verwünschte sich dafür, nicht aufgepasst zu haben. Erst das Missgeschick mit der teuren Vase, nun erweckte sie den Eindruck, noch nicht mal einen Topf Milch aufkochen zu können. Obwohl die Fitzgeralds den Verlust der Vase gelassen hingenommen hatten, schoss ihr wieder die Panik kalt durch die Adern. Sie konnte es sich nicht leisten, sich ständig wie ein Elefant im Porzellanladen zu benehmen, womöglich würden die Fitzgeralds sie trotz ihrer zur Schau gestellten Lockerheit doch noch entlassen und sie auf die Straße setzen. Sie war vollkommen von ihrem guten Willen abhängig.

»Tut mir leid«, stieß sie hervor und wirbelte hektisch herum, um eines dieser fadenscheinigen Tücher zu suchen, die sich in den alten Schubladen verbargen. »Tut mir wirklich …«

Fast verzweifelt versuchte sie, die Schweinerei zu beseitigen, dann drehte sie sich langsam zu Zelda und Scottie um und strich sich erschöpft eine Haarsträhne aus dem Gesicht. Zelda betrachtete sie amüsiert. »Meine Güte, Mylène, mach nicht so ein Drama um ein bisschen übergekochte Milch! Das ist nichts, was hier irgendwen stören würde.«

Zu allem Überfluss lief Mylène nun auch noch rot an und fühlte sich vollends wie ein tollpatschiges Kind. Sie musste sich unbedingt beruhigen und ihre Angst, etwas falsch zu machen, in den Griff bekommen.

»Ist … ist gut«, murmelte sie und goss frische Milch in den Topf.

Sara Murphy schickte einige Leute aus den umliegenden Dörfern vorbei, die sich als Hauspersonal bewarben. Mylène spielte mit Scottie im Schatten des Sonnenschirmes auf der Terrasse, während Zelda drinnen die Gespräche führte.

»Ich bin so froh, dass wir uns wieder Personal leisten können«, hatte sie Mylène zuvor anvertraut. »In Great Neck mussten wir nach und nach die Waschfrau, das Dienstmädchen und den Gärtner entlassen, weil uns durch die vielen Partys und diese vielen, vielen Menschen, die sich bei uns festsetzten wie Maden im Speck, das Geld ausging.«

Es dauerte keine halbe Stunde, da trat Zelda zu ihr auf die Terrasse heraus, barfuß und in einem lockeren Flatterkleid, was ihr neuer, bevorzugter Stil zu sein schien, und teilte Mylène mit, dass sie eine Auswahl getroffen hatte. Einen älteren Dorfbewohner namens Thierry hatte sie als Gärtner eingestellt, ein ehemaliger Schiffskoch, der Benoît hieß, war nun für die Mahlzeiten zuständig, und ein junges Mädchen, Camille, würde die Villa Marie fortan in Ordnung halten.

»So ist für alles gesorgt«, bemerkte Zelda. »Und ich habe viel Zeit zum Schwimmen, Lesen und Schreiben.«

Dieser Tagesablauf klang himmlisch in Mylènes Ohren; zu ihrer großen Freude stellte sie fest, dass ihr eigener gar nicht so unähnlich war: Sie begleitete Zelda an den Strand und planschte mit Scottie im Wasser, während Zelda schmökerte oder ihre zarte Haut unbarmherzig von der Sonne verbrennen ließ. Durch das Kokosöl, das sie auftrug, schimmerten ihre anmutigen Gliedmaßen wie Bernstein, wenn sie wie hingegossen auf ihrer Decke lag. Ihre honigfarbenen Haare nahmen allmählich einen helleren Ton an, sie sah aus wie von der Sonne liebkost.

Da für die Hausarbeit nun das Personal zuständig war – sie kauften auch regelmäßig ein –, bestand Mylènes Aufgabe auch im Haus hauptsächlich darin, Scottie zu unterhalten, sie zu baden und ihr zu essen zu geben. Sie mochte es, der Kleinen, die trotz ihrer pummeligen Beinchen blitzschnell war, hinterherzulaufen oder ihr aus einem der Bücher vorzulesen, die die Fitzgeralds aus Amerika mitgebracht hatten, und sie liebte es geradezu, wenn Scottie sich abends müde an sie schmiegte und sie ihren Babyduft nach Badeöl und Puder in sich aufsog.

Nach den Aufregungen im Hotel hatte sich ihr Gemüt in einer Hängematte aus Zufriedenheit und Gelöstheit zur Ruhe gelegt, auch wenn sie natürlich ständig an Sébastien dachte. Ihr Gemütszustand wechselte mehrmals täglich, so wie Ebbe und Flut; mal sehnte sie sich danach, Sébastien möge sie in Valescure aufspüren, mal schämte sie sich so sehr ihres Rufes als Diebin, dass sie sich wünschte, ihm nicht mehr zu begegnen.

»Mylène muss mich tragen«, quengelte Scottie müde, als sie am frühen Abend den Pfad zur Villa Marie erklommen, Zelda mit einem dicken Schmöker und ihrem Handtuch vorneweg, Mylène mit der Kleinen auf dem Arm und ihrem Spielzeug hinterher, klebrig von Kokosöl, Sand und Salzwasser.

Auf der Terrasse stand Sébastien. Fassungslos über sein unerwartetes Auftauchen, ließ Mylène Scottie auf den Boden herunter und ging zaghaft auf ihn zu, versuchte, in seinen Zügen zu lesen. War er verstimmt, weil sie so sang- und klanglos verschwunden war, oder war er trotz allem ebenso erleichtert wie sie, dass sie sich wiedersahen?

»Du bist tatsächlich hier«, murmelte sie und blieb einen Schritt vor ihm stehen. Sie wagte es nicht, sich an seine Brust zu lehnen, und er legte ihr nur unbeholfen die Hände auf die Schultern.

»Komm, Scottie, wir lassen die beiden mal allein.« Zelda nahm ihre Tochter an der Hand und lächelte Mylène aufmunternd zu. »Die beiden haben bestimmt viel zu besprechen.«

Mylène sah sie dankbar an. »Danke, Zelda.«

Sie zog Sébastien auf das Sofa aus Korbgeflecht, das im Schatten zweier Sonnenschirme lag.

»Mein Gott, ist es schön hier.« Sébastien sah sich auf der Terrasse um, nahm die üppigen, mediterranen Pflanzen und den steilen Pfad in sich auf, der sich den felsigen Hügel hinabschlängelte, blickte auf das Meer, das sich in flaschengrüner Pracht hinter dem Sandstreifen erstreckte, der unberührt wie ein geheimer Südseestrand wirkte. »Ein wahres Paradies.«

»Wie hast du mich gefunden?« Sie umarmten sich nun doch, wenn auch etwas unbehaglich, ließen aber rasch voneinander ab und saßen dann zwei Handbreit auseinander auf dem Sofa. Mylène wagte es nicht, ihn zu berühren, zwar sehnte sie sich danach wie nach nichts anderem, doch spürte sie, dass Sébastien bei aller Erleichterung, sie gefunden zu haben, eine Art Schutzmauer um sich herum errichtet zu haben schien; sie hatte es ja befürchtet, ihr plötzliches Verschwinden musste ihn verletzt haben, und die Woche, die sie nun getrennt voneinander verbracht hatten, schien sie mehr als nur räumlich voneinander getrennt zu haben.

»Wie hast du herausgefunden, wo ich mich aufhalte?« Vor Aufregung fingerte sie an ihrem silbernen Kreuz herum.

»Das war nicht schwer. Du warst zwar unauffindbar – Armand, Rosalie und ich haben den ganzen Ort nach dir durchkämmt …« Eine heiße Flamme der Beschämung loderte in Mylène auf. »… aber da die Fitzgeralds am gleichen Tag abgereist sind und oft davon gesprochen haben, ein Kindermädchen zu suchen, haben wir eins und eins zusammengezählt.« Er wich ihrem Blick aus und betrachtete seine Hände, die ruhig auf seinen Knien lagen. »Die Fitzgeralds ließen sich ja ihr Gepäck nachschicken … Das Transportunternehmen, welches vom Grimm's Park üblicherweise beauftragt wird, hatte die Adresse natürlich. Und so habe ich dich gefunden.«

»Ach so.« Mylène holte tief Luft. Innerlich sträubte sich alles in ihr, den vermeintlichen Diebstahl anzusprechen, am liebsten hätte sie die Erinnerung daran gelöscht wie eine der Kinderzeichnungen, die Scottie ungelenk auf ein Stück Papier kritzelte und dann mit einem Radiergummi so vehement wegrubbelte, dass das Blatt zerriss. »Ich nehme an, du weißt, was passiert ist? Dass Aleksej Fjodorowitsch mich beschuldigt hat, sein Fabergé-Ei gestohlen zu haben, und dass Monsieur Guillaud mich daraufhin entlassen und des Hotels verwiesen hat?«

Diese schrecklichen Bilder, wie sie mit ihrem schweren Koffer die Küstenstraße entlanggeirrt war und sich vollkommen verloren gefühlt hatte, gingen ihr nicht aus dem Kopf, peinigten sie noch immer.

»Ich habe davon erfahren«, antwortete er mit rauer Stimme. »Es hat mir einen regelrechten Schock versetzt, das kannst du mir glauben. Die Sache ist einfach lächerlich. Natürlich habe ich sofort nach meiner Rückkehr mit Monsieur Guillaud gesprochen, doch er sagte nur, die Angelegenheit sei erledigt, er könne nichts mehr tun. Ich versuchte auch, mit Aleksej Fjodorowitsch zu reden, doch er lehnte es schlichtweg ab, ein Wort mit mir zu wechseln. Er war sehr aufgebracht.«

»Und was glaubst du?« Ihre Stimme war nur mehr ein Flüstern.

»Was meinst du damit, was ich glaube?«

»Denkst du, ich habe etwas damit zu tun, dass das unglückselige Ei verschwunden ist?«

»Aber nein!« Entsetzt sah er sie an, und nun überwand er doch die Distanz zwischen ihnen, rückte näher an sie heran und zog ihre Hand auf seinen Schoß. »Natürlich nicht! Du hast doch nicht eine Sekunde lang geglaubt, dass ich an dir zweifle, oder?«

Das hatte sie, doch sie schwieg, denn ihre Unsicherheit ihm gegenüber würde ihn nur kränken.

»Es erscheint mir alles wie ein böser Traum, aus dem ich einfach nicht erwache. Es gibt kein Zurück mehr für mich, die Arbeit im Grimm's Park war lediglich eine Episode, nichts weiter«, gestand sie bitter. »Ich bin so froh, dass die Fitzgeralds mich aufgegabelt haben und als Kindermädchen beschäftigen.«

»Na ja.« Sébastien ließ ihre Hand wieder los und verschränkte die Arme. »Ob das so eine gute Idee ist, für sie zu arbeiten, weiß ich nicht.«

»Mir ist klar, dass du sie nicht magst.« Mylène rückte wieder von ihm ab und spielte mit einem Eukalyptusblatt, das sich von einem Bäumchen im Kübel gelöst hatte. »Aber ich verstehe wirklich nicht, warum. Die Fitzgeralds sind großartig, und auch wenn du ihre Art zu denken und zu leben nicht billigst, so sind sie doch sehr liebenswerte und anständige Menschen. Sie haben mich, ohne zu zögern, bei sich aufgenommen, mir eine neue Chance gegeben. Welcher Einheimische hätte mich eingestellt, bei meiner Vorgeschichte mit dem Fabergé-Ei?«

»Anständig?«, wiederholte Sébastien grübelnd. »Hm, diese Attribute wären mir jetzt nicht in den Sinn gekommen. Sicher haben sie dich nur aus Eigennutz aufgegabelt. Ich empfinde die Fitzgeralds als anstrengend und wechselhaft. Mal haben sie sich wie Einsiedler in ihrer Hotelsuite vergraben, dann ist wieder tagelang in Strömen der Champagner geflossen und sie haben Gelage mit ihren Freunden, diesen Murphys von der Strandparty, gefeiert.«

Mylène verspürte das Gefühl, die Fitzgeralds verteidigen zu müssen, was sie ärgerte. Zelda und Scott waren, wie sie waren, daran war nichts Verwerfliches. »Scott arbeitet hart, es ist nur natürlich, dass er ab und zu eine Pause braucht und dabei ein bisschen über die Stränge schlägt.«

»Ja, schon, aber müssen immer diese Unmengen an Alkohol im Spiel sein?« Sébastien sah sie eindringlich an, und sie legte die Hände an die glühenden Wangen, um sie zu kühlen. »Du hast mir doch selbst immer erzählt, wie viele Whiskeyflaschen in ihrer Suite herumstanden, und als Monsieur Fitzgerald mich eben hereingeführt hat, schien er auch was intus zu haben. Sein Geruch sprach eine deutliche Sprache.«

Mylène zupfte hilflos am Saum ihres Kleides. Was ging es sie oder Sébastien an, wie viel Fitzgerald trank? Sie konnten doch nur erahnen, wie es war, tagtäglich um Worte und Formulierungen zu ringen, ständig den Druck eines anspruchsvollen Verlegers im Nacken. Doch sie wusste, dass dieses Argument bei Sébastien auf taube Ohren stoßen würde. Er war nicht umsonst Arzt, Gesundheit und Mäßigung standen bei ihm an erster Stelle.

Beide schwiegen sie, es schien, als gäbe es nichts mehr zu sagen. Mylène fühlte sich wie ein Ventil, dem die Luft entwichen war. Im Innern des Hauses hörte sie Scottie durch die Räume tollen und entzückt »Fang mich, Mommy!« schreien, während Zelda ihr offenbar dicht auf den Fersen war. Dann wurde eine Tür aufgerissen, und Fitzgerald rief ungehalten: »Könnt ihr mal leise sein, ich *arbeite*!«

»Komm, Scottie, wir stören deinen Daddy«, rief Zelda ironisch. »Gehen wir in die Küche, ich mixe mir einen Cocktail, und du bekommst eine gezuckerte Milch.«

Sébastien warf Mylène einen bedeutungsschweren Blick zu, doch sie zuckte nur die Achseln. Stattdessen sprach sie ein anderes Thema an, das ihr unter den Nägeln brannte. »Wie war der Besuch bei deinem Vater?«

»Du weißt, dass ich ihn nicht gerne besuche, deshalb war es kein Vergnügen«, gestand Sébastien bedrückt. »Aber wir waren gemeinsam auf der Bank und haben noch ein paar Unterlagen unterzeichnet, die für die Finanzierung der Praxis benötigt werden.«

In der Ferne schwebte majestätisch ein Passagierdampfer vorüber. Mylène fixierte ihn mit zusammengekniffenen Augen. Eigentlich hatte sie vor, ihre Sorgen bezüglich Monsieur Marais wie gewöhnlich totzuschweigen, doch plötzlich brach alles aus ihr heraus. »Ich habe dich im Hotel mit deinem Vater reden hören, ich weiß, dass er mich ablehnt, weil ich ein einfaches Zimmermädchen bin. Er hat gedroht, dir das Geld für die Praxis nicht zu geben, wenn du dich weiterhin mit mir abgibst.«

Der Schmerz über das Gehörte bohrte sich noch immer wie ein Messer in ihr Herz. Sébastien sagte zuerst gar nichts, was Peitschenschläge der Bestürzung durch sie jagte. Sie wünschte sich so sehr, er würde ihre Befürchtungen zerstreuen oder ihr erklären, dass sie alles falsch verstanden habe.

Doch er nickte nur elend. »Das stimmt. Es tut mir leid, dass du das mit angehört hast. Es ist auch für mich eine schlimme Situation. Vater erpresst mich sozusagen – er droht, das Geld zurückzuhalten, bis ich mich besonnen habe, wie er sagt.«

»Und was wirst du tun?«, stieß sie gepresst hervor, wobei sie nicht sicher war, ob sie die Antwort überhaupt hören wollte. Ihre Welt war dabei, ein weiteres Mal aus ihrer Umlaufbahn geschleudert zu werden.

»Ich lasse mich nicht erpressen.« Sébastien sah ihr fest in die Augen, und ein wenig wich die Anspannung, die sie umklammert hielt wie ein Schraubstock. »Niemals, du musst keine Angst haben, dass ich dich im Stich lasse. Ich liebe dich doch.«

Er legte ihr zärtlich die Hand auf die Wange, und sie lehnte ihr Gesicht dagegen. »Ich dich auch, Sébastien. Was tun wir jetzt?«

»Ich weiß es nicht.« Er schlang beide Arme um sie und zog sie nahe an sich heran. Gemeinsam lauschten sie den Wellen, die an den Strand spülten, und sahen zu, wie die Sonnenstrahlen auf dem Meer hüpften. »Aber wir halten zusammen, du und ich. Das ist das Wichtigste, egal, was noch passiert.«

»Aber du riskierst deine Praxis, deinen Traum«, wandte Mylène leise ein.

Sébastien küsste sie auf die Haare. »Wir werden schon einen Weg finden.«

Nun hatten sie sich einander so geöffnet, dass in Mylène der Wunsch aufstieg, ihm die ganze Wahrheit über sich zu sagen, wie eine Flaschenpost, die nach oben an die Wasseroberfläche strebt, wuchs in ihr die Gewissheit, ihre Geheimnisse nicht mehr vor ihm verbergen zu können – oder zu wollen. Egal, was Zelda ihr geraten hatte; sie würde es bereuen, diesen Moment, in dem sie sich so nahe waren, nicht genutzt zu haben.

»Es ist schon fast lustig, dass dein Vater nichts von mir wissen will, weil er ein Mädchen aus gutem Hause an deiner Seite möchte«, setzte sie an und spürte schon wieder, wie ihr die Röte bis an den Haaransatz kroch. »Denn eigentlich bin ich genau das, das heißt, ich war es früher einmal.«

Er rückte ein kleines Stück von ihr ab, um sie aufmerksam anschauen zu können. »Wie meinst du das?«

»Meinen Eltern ging es in wirtschaftlicher Hinsicht recht gut«, gestand sie. »Wir besaßen ein schönes Haus, und ich besuchte das Lycée. Dort habe ich so gut Englisch gelernt.«

Er starrte sie nur an, als verstünde er kein Wort.

»Mein Vater investierte in verschiedene Firmen, vor allem in die Eisenbahngesellschaften, die wie Pilze aus dem Boden schossen. Er hat sich verspekuliert, weil er immer gieriger wurde und auch in unseriöse Unternehmen einstieg. So hat er unser ganzes Vermögen verloren. Die Gläubiger wurden immer fordernder. Wir mussten unser Haus verkaufen, Mutter hielt uns mit Putzarbeiten über Wasser.«

»Mein Gott, Mylène, das muss entsetzlich gewesen sein.«

»Ja.« Sie verknotete ihre Hände ineinander und sah auf die Bodenfliesen, zwischen denen Moos wuchs. »Eines Tages fanden Mutter und ich Vater in der Scheune hinter der billigen Wohnung, in der wir nach Verkauf unseres Hauses lebten. Er … er hatte sich erhängt.« Bei den letzten Worten brach ihre Stimme, und sie vergrub das Gesicht in den Händen. Sie konnte nicht mehr weitersprechen.

»Und deine Mutter starb kurz später?« Sein Mitgefühl umfing sie wie eine warme Umarmung.

Mylène vermochte nur zu nicken.

Scottie erschien auf der Terrasse und fegte wie ein Wirbelwind um das Sofa herum, auf dem Mylène und Sébastien saßen. Sie spielte offenbar Verkleiden, denn sie trug ein purpurfarbenes Abendkleid ihrer Mutter, eine Perlenkette und hatte Absatzschuhe an den Füßen, in denen sie gefährlich schwankte. Das Kleid war so lang, dass sie bei jedem Schritt darauftrat.

»Schau, was Scottie anhat«, jauchzte sie entzückt und wartete auf Mylènes Reaktion. Als diese ausblieb, zog sie einen Flunsch und stöckelte ungelenk ins Haus zurück.

»Es ist schrecklich, was dir widerfahren ist«, bemerkte Sébastien schließlich, seine Stimme war dunkel vor Emotionen. »Aber ich frage mich … ich frage mich, warum du mir nicht viel früher davon erzählt hast. Warum hast du mir all das verschwiegen? Diese Erfahrungen, die du gemacht hast, sind doch ein Teil von dir, deine Vergangenheit hat dich doch geprägt wie nichts anderes … Warum, Mylène, warum nur hast du mir nichts gesagt?«

»Weil man nicht hausieren geht mit der Tatsache, dass der eigene Vater ein Gierhals war, dem der Profit tausendmal wichtiger war als die Familie? Mutter und ich durften noch nicht mal offen um ihn trauern, da sein Freitod in den Augen der Nachbarn ein Verbrechen war! Er ist auf einem Acker außerhalb meiner Heimatstadt vergraben, geweihte Erde ist für Selbstmörder tabu!«

Sébastien stand auf, steckte die Hände in die Hosentasche und trat an die Felsen, die den Pfad zum Strand säumten, wobei er ihr den Rücken zuwandte. Mylènes Herz zog sich zusammen, denn Sébastien wirkte mit einem Mal derart angespannt und distanziert, dass ihr klar wurde, er würde sie nicht in die Arme nehmen und trösten.

Beklommen starrte sie ihn an und wartete darauf, dass er sich wieder zu ihr umdrehte. Als er es schließlich tat und sie den verschlossenen Ausdruck bemerkte, der in seine Züge getreten war, sank ihr noch mehr der Mut.

»Du verschwindest einfach aus Hyères, ohne mich zu benachrichtigen, du verheimlichst mir alles, was es über dich und deine Familie zu wissen gibt – ich habe mir vorgestellt, mein Leben mit dir zu verbringen, aber du … du hast mir anscheinend nie vertraut.« Er kickte einen Stein weg, der im Weg lag, überquerte mit langen Schritten die Terrasse und verschwand um die Hausecke, womöglich aus ihrem Leben. Mylène blieb in die Polster des Korbsofas gekauert sitzen, ihre Beine fühlten sich an wie Gummi, hatten nicht genügend Kraft, um aufzuspringen und ihm hinterherzulaufen. Doch dann ging ein Ruck durch ihren Körper, und sie stand so schnell auf, dass ihr einen Moment schwindelte, und eilte ihm hinterher.

»Es geht nicht darum, dass ich dir nicht vertraut habe«, stammelte sie, »ich hatte einfach Angst, du würdest mich abweisen …«

Er blieb im Schatten des Hauses stehen und ließ die Arme hängen, die Miene elend. »Ich muss das alles erst einmal verdauen, Mylène …« Zum Abschied legte er ihr kurz die Hand auf den Arm, dann riss er sich los und lief den engen, von Dornen bewachsenen Pfad entlang, der um das Haus herum zur Straße führte, wohl um zu vermeiden, den Weg durch das Wohnzimmer zu nehmen.

Bestürzt schaute Mylène ihm hinterher.

Kapitel 10

Die Zeit floss in der Sommerhitze dahin, die Stunden gingen ineinander über wie das Smaragdgrün und das Aquamarin der Wellen, die am Fuße des Hügels heranbrandeten. Jeder Tag war wie der vorangegangene, auf die ausgedehnten Mahlzeiten, die der neue Koch Benoît zubereitete, folgten lange Stunden, in denen sie am Strand faulenzten, schwammen oder lasen. Abends saßen die Fitzgeralds mit Cocktails auf der Terrasse, während Mylène Scottie badete und ins Bett brachte, bevor sie sich in ihr Zimmer zurückzog und an ihren Geschichten weiterschrieb. Das Gleichmaß der Wochen verlieh ihr eine gewisse Sicherheit und Trost, denn die Entzweiung mit Sébastien bedrückte sie sehr. Nach ihrem Gespräch, das in beredtem Schweigen geendet hatte, war er nach Hyères zurückgekehrt, und seitdem hatte sie nichts mehr von ihm gehört. Nachts lag sie schlaflos in ihrem Bett, starrte in den fahlen Fleck, den der Mond auf die Zimmerecke warf, und grübelte. Vielleicht war es gut so, wie es gekommen war. Durch ihre Trennung hatte sie ihm die Entscheidung abgenommen, zwischen ihr und der Unterstützung durch seinen Vater zu wählen. Nun konnte er sich vollends auf seine Praxis konzentrieren, Monsieur Marais war sicherlich froh, dass sie von der Bildfläche verschwunden war. Manchmal glaubte sie den Schmerz nicht auszuhalten und presste sich die Faust vor den Mund, um nicht zu weinen; sie wollte die Fitzgeralds nicht stören, die immer wach zu sein schienen. Entweder besprachen sie leise die Szenen, die der Autor gerade schrieb, oder sie liebten sich leidenschaftlich, wie sie anhand der erstickten Geräusche von nebenan mitbekam, bevor Scott oft erst in den frühen Morgenstunden und mithilfe einer Flasche Whiskey die Muße fand, die er zum Schreiben benötigte.

Trotz allem genoss sie das Leben in Valescure, die bedingungslose Zuneigung, die Scottie ihr schenkte, sie genoss es, dass Zelda mittlerweile fast so etwas wie eine Vertraute in ihr sah, und es faszinierte sie, dem großen Schriftsteller über die Schulter zu schauen.

Zelda jedoch schien sich mit der Zeit zu langweilen. »Ich wünschte, mir würde etwas anderes einfallen, was wir heute unternehmen könnten, als uns an den Strand zu legen.« Missmutig biss sie in ein gebuttertes Croissant. Mylène freute sich jeden Morgen über das Frühstück, das Benoît liebevoll für sie zubereitete, sie fühlte sich wie ein Hotelgast. Der Milchkaffee war genau das Richtige, um nach dem Aufstehen in Schwung zu kommen, und das Körbchen, das der Koch ihnen auf den Tisch stellte, war immer mit süßem Gebäck gefüllt. Selbst Zelda griff mittlerweile beherzt zu, die Konservenbüchsen blieben in den Schrankkoffern.

»Ich habe bald alle Bücher durch, die wir aus Amerika mitgebracht haben. Und ich habe das Gefühl, in den letzten

Tagen so oft im Wasser gewesen zu sein, dass mir bereits Schwimmhäute zwischen den Zehen und den Fingern wachsen.«

Mylène konnte nicht verstehen, wie man dieses wundervollen Lebens überdrüssig werden konnte.

An diesem Morgen schlurfte auch Scott im Morgenmantel in die Küche.

»Wie lange hast du geschrieben, Goofo?«, fragte Zelda behutsam, griff nach seiner Hand und hauchte einen Kuss darauf.

Fitzgerald sah sie mit rot geäderten Augen an. »Bis um halb fünf heute Morgen. Der Roman geht mir einfach nicht so leicht von der Hand, wie ich mir das vorstelle.«

Zelda berührte mitfühlend seinen Arm. »Ich weiß, wie schrecklich so etwas ist. Mir ging es bei einer meiner Geschichten, *Die Tänzerin und der Soldat*, genauso, erinnerst du dich? Ich litt geradezu unter einer Schreibblockade!«

»Man kann deine kleine Geschichte wohl kaum mit einem Roman vergleichen, auf den ganz Amerika wartet.«

Mylène zuckte unmerklich zusammen, sie hielt Fitzgeralds überheblichen Tonfall für überaus unangebracht, und auch Zelda schien sich nicht wohl in ihrer Haut zu fühlen.

»Entschuldige, ich wollte dich literarisches Genie natürlich nicht in deiner Ehre kränken«, stichelte sie, während sie in kleinen Bissen ihr Croissant aß. Fitzgerald lachte nur wegwerfend, goss sich ein Glas Wasser ein und verschwand.

»Ich habe eine blendende Idee«, verkündete Zelda dann, als sei nichts gewesen. »Wir könnten einkaufen gehen in Saint-Raphaël, Mylène. Dazu hätte ich Lust. Und der Göttergatte hätte das Haus für sich allein, um ungestört schreiben zu können.«

»Wenn du möchtest.«

»Einkaufen«, forderte auch Scottie, die auf zwei Kissen gebettet auf ihrem Stuhl saß.

Zum ersten Mal, seit sie in der Villa Marie angekommen waren, schlüpfte Zelda nicht in eines ihrer losen Kittelkleider, sondern putzte sich nach Pariser Maßstäben heraus. Sie trug ein lindgrünes Chiffonkleid mit tiefer Taille und einen gleichfarbigen Topfhut, auf dessen schmale Krempe rosarote Blumen gestickt waren, dazu lange Ketten aus funkelndem Gold. Gärtner Thierry, der an diesem Tag eigentlich den Pfad zum Meer hinab von Unkraut befreien sollte, wurde kurzerhand zum Chauffeur umfunktioniert, der sie nach Saint-Raphaël kutschierte.

Mit Scottie an der Hand, die bald keine Lust mehr verspürte, einzukaufen, begleitete Mylène Zelda in die Boutiquen und Geschäfte der Hafenstadt. Zelda schien das Geld mit beiden Händen auszugeben; unbehaglich beobachtete Mylène, wie ihre Arbeitgeberin alles kaufte, was ihr ins Auge stach – einen Hut mit Federn, ein buntes Armband aus Glassteinen, drei Blumenvasen, ein Messerset, zwei Puppen für Scottie und einen meterhohen Engel aus Ton für den Garten, der so schwer war, dass sie ihn nicht transportieren konnten. Der Geschäftsinhaber versprach, ihn nach Valescure zu liefern.

»Ach, wie viele wundervolle Dinge dieser Ort zu bieten hat«, schwärmte Zelda, die keinerlei Ermüdungserscheinungen zeigte. »Und nun brauchen wir noch ein Kleid für dich, liebe Mylène.«

»Für mich?« Der Gedanke, dass Zelda sie einkleiden wollte, war ihr unangenehm. Die Fitzgeralds zahlten ihr einen überaus angemessenen Lohn, von dem sie sich, wenn sie ein bisschen sparte, selbst neue Kleidung kaufen konnte. »Das musst du nicht, Zelda, ich meine, das ist nicht nötig.«

»Ob das nötig ist oder nicht, überlasse mir.« Zelda lächelte versonnen und steuerte eine weitere Boutique an. »Ich spüre doch, wie niedergeschlagen du bist, und ich möchte dich ein bisschen aufheitern. Ein neues Kleid hebt die Lebensgeister, nicht wahr, meine Liebe?«

»Ich … nein, wirklich, ich …« Mylène seufzte tief. Mit Scottie an der Hand, die sich lustlos ziehen ließ, hatte sie Schwierigkeiten, Zelda zu folgen, die in rasantem Zickzack Kleiderständer und Regale umrundete. Ihre Traurigkeit ließ sich wohl kaum durch ein neues Kleidungsstück verscheuchen, trotzdem rührte sie es, dass Zelda sich so um sie bemühte.

Zelda lachte ihr perlendes Lachen. »Glaub mir, es gibt nichts Heilsameres gegen Liebeskummer als Einkaufen. Sieh nur, dieses vanillegelbe Kleid – ist es nicht wie Balsam für die Seele? Es würde dir hervorragend stehen. Dein Verehrer wird Augen machen, wenn er dich darin sieht.«

Die Erwähnung Sébastiens war wie ein dumpfer Hieb in die Eingeweide. »Ich glaube nicht, dass ich ihn noch einmal sehe … Wahrscheinlich ist es vorbei zwischen uns«, stammelte sie.

Zelda, die gerade einen seidigen Stoff durch ihre Finger

gleiten ließ, drehte sich zu ihr um und blickte sie durchdringend an. »Ach was, rede dir das nicht ein. Hast du nicht bemerkt, wie er dich anschaut? Er ist hin und weg von dir. Zwischen jedem Paar gibt es mal eine Verstimmung.«

Mylène versuchte Scottie, die sich weigerte, sich noch einen Schritt weiterzubewegen, von der Stelle zu ziehen. »Komm, Scottie, ich bitte dich. Es ist nicht nur eine Verstimmung, Zelda, es geht viel tiefer. Außerdem ist Sébastiens Vater gegen mich und sieht mich nicht als geeignete Partie für seinen Sohn an. Er denkt, meine Herkunft ist nicht fein genug, um die Frau an der Seite eines zukünftigen Arztes darzustellen.«

»Herkunft, Herkunft.« Zelda schüttelte missbilligend den Kopf und wandte sich einigen eleganten Gürteln aus ineinander verschlungenen Lederbändern zu. »Ihr Europäer seid mir ein Völkchen. Wen interessiert der familiäre Hintergrund, wenn man eine Frau an seiner Seite haben kann, die aussieht wie eine von allen vergötterte Schauspielerin?«

Das Kompliment machte Mylène so verlegen, dass ihr das Blut in die Wangen schoss. »Danke, Zelda, aber du übertreibst.«

»Unsinn, ich übertreibe nie.« Zelda wedelte ungeduldig mit der Hand. »Du wirst den jungen Arzt zurückgewinnen, das schwöre ich dir, Liebes. Und nun probier endlich eines dieser Kleider an. Durch Reden und Zweifeln kommt dein Liebster nicht zurück, indem du in dein Erscheinungsbild investierst, schon.«

Mylène unterdrückte ein leises Stöhnen, musste dann aber lächeln. Sébastien hätte Zelda als unerträglich oberflächlich bezeichnet, doch er war nicht da. Sie selbst vermochte sich kaum dem unerschütterlichen Optimismus, den ihre Arbeitgeberin ausstrahlte, zu entziehen, vielleicht sollte sie sich eine Scheibe davon abschneiden. Doch noch immer flüsterte ihr der Verstand ein, dass sie Sébastiens Praxisübernahme nicht im Weg stehen wollte und sich besser von ihm fernhielt.

»Na los. Wie wäre es mit diesem smaragdgrünen Teil? Todschick, wenn du mich fragst. Außerdem brauchst du ein Kleid für unsere Einweihungsparty in der Villa Marie. Da willst du dich doch von den anderen Damen nicht in den Schatten stellen lassen!«

»Du planst eine Party? Wann soll sie denn stattfinden?« Mylène nahm Scottie auf den Arm, die lauthals quengelte. Die Sonne stand inzwischen senkrecht am Himmel und heizte sowohl die Straßen wie auch die Ladenräume auf. Sie verspürte brennenden Durst – wie mochte es der Zweijährigen da erst gehen?

Zelda schüttelte unbestimmt den Kopf. »Das weiß ich noch nicht. Die Idee kam mir gerade erst.«

Als sie eine halbe Stunde später mit einer weiteren Einkaufstüte bepackt aus der Boutique kamen, prallten sie in der Gasse mit einem dunkel gekleideten Mann zusammen.

»Pardon, Mesdames …« Der Herr zog seinen Hut und wollte weitereilen, im letzten Moment hielt er inne. »Madame Fitzgerald …«

»Oh, Mr …« Offensichtlich hatte Zelda den Namen des Mannes vergessen. Es handelte sich um niemand anderen als

Émile Noirot, den ehemaligen Gast des Grimm's Park Hotel in Hyères.

Mylène glaubte im ersten Moment, einen Geist zu sehen. Was um Himmels willen führte Noirot nach Saint-Raphaël?

»Noirot. Émile Noirot. Ich war Gast auf Ihrer Strandparty.«

»Ich erinnere mich.« Zelda lächelte verwirrt, während Noirot sie mit seinen dunklen Augen fast durchbohrte. Mylène ignorierte er völlig. »Verfolgen Sie uns, Mr Noirot?«

Noirot zeigte keine Spur von Heiterkeit über Zeldas Scherz. »Ich wohne jetzt hier. Für eine Zeit lang zumindest. Dieser Ort inspiriert mich für mein Buch.«

»Oh, dann geht es Ihnen wie Scott.« Zelda klang aufrichtig begeistert.

Scottie zerrte an Mylène und drängte sie, weiterzugehen. Mylène fragte sich, wieso Zelda die Begegnung mit dem Pariser in die Länge zog; sie konnte ihn noch immer nicht einschätzen. Entsprach Zeldas scherzhaft dahingeworfene Bemerkung vielleicht der Wahrheit und er war den Fitzgeralds tatsächlich nachgereist? Bereits im Grimm's Park hatte er eine merkwürdige Faszination für die Amerikaner an den Tag gelegt. Aber womöglich hatte er dieselben Beweggründe wie sie, Scott zu bewundern – er wollte sich so einiges von dem Schriftsteller abschauen, bezeichnete er sich doch selbst als Autor.

»Haben Sie Lust, zu unserer Einweihungsparty zu kommen, Mr Noirot? Ich weiß noch nicht genau, wann sie stattfindet, aber wahrscheinlich … am Samstag. Ja, am Samstag, warten Sie, ich notiere Ihnen die Adresse der Villa Marie.«

Noirot förderte aus seiner Hosentasche einen Bleistiftstummel und ein kleines Stück Papier hervor, auf das Zelda ihre Anschrift schrieb. Mylène verfolgte jede ihrer Bewegungen verständnislos. Wieso lud Zelda, kaum dass ihr die Idee zur Party gekommen war, den seltsamen Mann sogleich ein? Zumal Scott ihn auf der Strandparty in Hyères verdächtigt hatte, Zelda zu nahe gekommen zu sein? Manchmal verstand sie Zelda einfach nicht, sie schien unvorhersehbaren Stimmungen zu unterliegen und aus dem Moment heraus Entschlüsse zu fassen, die wenig sinnvoll erschienen.

»Ich freue mich auf Samstag – wie sehr, kann ich Ihnen gar nicht sagen, Madame.« Noirot gab Zelda einen formvollendeten Handkuss – Mylène ließ er weiter links liegen –, und sie setzten ihren Weg fort. Unerklärlicherweise war Zeldas Ausgelassenheit auf einmal wie weggepustet, und sie zeigte sich schweigsam wie selten.

Mylène empfand den Ausflug als überaus anstrengend, sie war heilfroh, als Thierry sie nach Valescure zurückchauffierte, wo sie Scottie zum Mittagsschlaf in ihr Bett legte und sich dann zurückziehen konnte, um in der angenehmen Kühle ihres Zimmers auf ihrem Bett zu liegen und den traurigen Gedanken an Sébastien nachzuhängen.

Sie sah, wie die Staubkörnchen im hellen Licht tanzten, und nahm die Ruhe in sich auf, die die in der Sonne schlummernde Villa ausatmete … Mylène hielt im Schreiben inne und kaute auf ihrem Stift herum. Sie konnte sich kaum auf ihre Kurzgeschichte konzentrieren, denn durch die dünnen Wände hörte sie, wie Zelda und Scott in der Küche lautstark Stühle rückten, mit

Geschirr klapperten und sich unterhielten. Dem Tonfall nach zu urteilen, war die Stimmung gedrückt, und Scotts Worte klangen verwaschen, so als habe er wieder getrunken.

»Ich möchte keine Party«, erklärte er energisch. »Ich dachte, das hätte ich deutlich gemacht. Genau aus diesem Grund sind wir nach Frankreich gekommen: weil wir der vielen Partys und der ständigen Gäste überdrüssig sind und zur Ruhe kommen wollen. Ich will mein Buch schreiben, ohne abgelenkt zu werden. Auf die Strandparty in Hyères habe ich mich eingelassen, das stimmt, aber nun haben wir in der Villa Marie ein vorläufiges Zuhause gefunden, und ich möchte nicht ständig bei meiner Arbeit unterbrochen werden.«

»Musst du so viel trinken?«, entgegnete Zelda mit zitternder Stimme. »Es ist erst früher Nachmittag! Und es kann keine Rede davon sein, dass ich nun regelmäßig Partys feiern will. Ich fände es nur schön, eine Einweihungsparty für unsere Freunde zu geben, mehr nicht.«

»Da du ja bereits den ersten Gast eingeladen hast – ausgerechnet den arroganten Möchtegernschriftsteller aus dem Grimm's Park! –, können wir nun leider keinen Rückzieher mehr machen. Aber kümmere dich bitte allein um die Details der Party und lass mich unbehelligt arbeiten.« Fitzgerald stellte sein Glas so heftig auf dem Tisch ab, dass sogar Mylène es hörte. Ihr wurde bewusst, dass sie seit Minuten kein Wort geschrieben, sondern nur dem Gespräch aus der Küche gelauscht hatte. Zum Glück saß sie nicht hautnah dabei. Auch so fühlte sie sich bereits unbehaglich genug, sie konnte es nur schwer ertragen, wenn Missstimmung herrschte.

Sie zog die Fensterläden, die einen Spalt Helligkeit durchließen, ganz zu. Draußen brütete die Nachmittagshitze. Erneut vernahm sie Gemurmel aus der Küche.

»Übrigens, heute ist ein Scheck angekommen«, sagte Fitzgerald. »Für die letzte Kurzgeschichte. Die nächste habe ich heute Vormittag, als ihr weg wart, fertiggestellt. Steckst du sie in einen Umschlag und klebst Briefmarken drauf, dann kannst du sie gleich verschicken. Vielleicht komme ich jetzt, wo wieder ein bisschen Geld in der Kasse ist, wieder dazu, mal ein paar Seiten am *Gatsby* weiterzuschreiben.«

»Immer zu Diensten«, erwiderte Zelda ironisch. »Ich verrichte gerne Sekretärinnendienste.«

Später am Tag beschloss Mylène, mit Scottie hinunter an den Strand zu gehen, um Sandburgen zu bauen. Zelda verspürte keine Lust, sie zu begleiten, sondern lag ausgestreckt auf dem Sofa im Salon, einen Arm angewinkelt unter dem Kopf, den anderen in fast theatralischer Geste rechtwinklig in die Luft gestreckt. »Geh nur mit der Kleinen«, murmelte sie mit geschlossenen Augen. »Ich verspüre heute ein derart exzessives Gefühl der Langeweile, dass ich, glaube ich, nicht mehr in der Lage sein werde, mich von dieser Couch zu erheben.«

»Geht es dir nicht gut? Möchtest du ein Glas Wasser?« Scottie auf ihrem Arm strampelte wild mit den Beinen und signalisierte, dass sie endlich aufbrechen wollte, doch Mylène wollte Zelda nicht einfach sich selbst überlassen.

»Nein …« Zeldas Antwort klang so gedehnt, als falle es ihr schwer zu sprechen. Seltsam, dachte Mylène, in Saint-Raphaël hatte sie noch vor Unternehmungsfreude gesprüht.

»Ich fühle mich einfach nur so schwer … Als hätte man mich an einer Bleikugel befestigt und auf dem Meeresboden ausgesetzt. Geht ihr nur.« Mit einer schwachen Handbewegung winkte sie sie fort.

Als Mylène später mit Scottie zurückkam – die Kleine hatte noch bleiben wollen, doch Mylène hatte aufgrund ihrer heißen Stirn Angst gehabt, sie würde sich einen Sonnenstich zuziehen –, vernahm sie bereits auf der Terrasse einen heftigen Schlagabtausch von drinnen.

»Mommy und Daddy streiten.«

»Ich glaube, wir bleiben besser noch ein bisschen draußen.« Mylène setzte sich auf einen der Korbsessel und zog Scottie auf ihren Schoß. Um nichts in der Welt wollte sie drinnen zwischen die Fronten geraten.

»Du elender Schuft, wie konntest du nur?«, schrie Zelda außer sich. »Du hast mir versprochen, es sein zu lassen, aber du hast es wieder getan!«

»Ich habe nichts versprochen«, konterte Fitzgerald. Er lallte nun noch stärker, wahrscheinlich hatte er in der Zwischenzeit noch einiges getrunken. »Du weißt, dass es auf diese Weise einfach gewinnbringender ist, egal, was ich oder du persönlich darüber denken.«

»Hör auf, mir diese dämlichen Allgemeinplätze um die Ohren zu schlagen, als sei ich zu dumm, zu verstehen, wie es wirklich läuft! Du hast dieses Mal nicht nur einzelne Sätze aus meinem Tagebuch für deine neue Erzählung verwendet, nein, ganze Passagen …! Das ist geistiger Diebstahl …« Etwas krachte; es hörte sich an, als sei eine Vase zu Bruch gegangen. Mylène wiegte die vor sich hin wimmernde Scottie auf ihren

Armen wie ein Baby, was diese sich gern gefallen ließ. Für das Kind musste es sehr belastend sein, ihre Eltern derart hemmungslos zanken zu hören. Auch sie selbst war schockiert – Fitzgerald las Zeldas Tagebuch, um Passagen daraus zu entnehmen, die er in seine Kurzgeschichten einfließen ließ? Das war unerhört. Das Bild, das sie von Fitzgerald hatte, bekam feine Risse, was sie als sehr schmerzhaft empfand. Wie hatte sie ihn bisher verehrt, sich als etwas ganz Besonderes gefühlt, wenn er sie mit diesen grünen Augen festgehalten hatte!

»Du weißt genau, warum ich das tue«, rechtfertigte sich Fitzgerald mit rauer Stimme. »Die Magazine und Zeitungen sind nicht daran interessiert, Kurzgeschichten von *Mrs* Fitzgerald zu lesen. Alles, was sie interessiert, ist F. Scott Fitzgerald, der vor vier Jahren *Diesseits vom Paradies* verfasst und damit amerikaweiten Ruhm erlangt hat! Wir haben doch schon mal versucht, eine deiner Geschichten in einem Magazin abdrucken zu lassen, erinnerst du dich? Sie hätten dir ein viel geringeres Honorar bezahlt als mir. Nenn es ungerecht, aber so tickt die Welt nun einmal.«

»Ich mache da nicht mehr mit.« Zelda brach in Tränen aus, Mylène vernahm ihr verzweifeltes Aufschluchzen. Scottie klammerte sich an ihren Hals, als brauche auch sie Trost.

»Du stiehlst mir meinen Erfolg, Goofo.«

Es folgte ein etwas leiseres Gemurmel. Mylène schüttelte den Kopf, um das bedrückende Gefühl loszuwerden, und führte Scottie zur Ablenkung ein Fingerspiel vor. »*Un, deux, trois, j'irai dans les bois …*«

Dankbar fiel Scottie ein: »*… quatre, cinq, six, cuiellir des cerises …*«

»Mein Erfolg ist auch dein Erfolg, Liebling«, sagte Fitzgerald drinnen. »Denn wir sind eins, nicht wahr? Wir waren immer eins.«

Am Samstag brachte Mylène Scottie ins Bett, dann gesellte sie sich zu der Abendgesellschaft auf der Terrasse. Obwohl die Sonne noch nicht untergegangen war, funkelte ein einziger Stern am Himmel, und die Silhouette einer schmalen Mondsichel war bereits zu erahnen. Doch noch tauchte die Sonne das Meer, den Strand und die Villa Marie in zarten, kupfernen Glanz.

Mylène nahm sich ein Amuse-Gueule von dem Büfett, das der Koch Benoît und Hausmädchen Camille auf langen Tischen am Rande der Terrasse vorbereitet hatten. Sie trug das neue Kleid, das Zelda ihr in Saint-Raphaël gekauft hatte, doch sie fühlte sich etwas unbehaglich darin; das tiefe Smaragdgrün des Chiffonstoffes, der asymmetrische Schnitt und die gleichfarbigen Federn des Kopfschmuckes erschienen ihr viel zu plakativ. Zelda war nicht weniger auffällig gekleidet – ihr Gewand aus elfenbeinfarbener Seide mit unzähligen aufgenähten Perlen, die das Licht der Laternen und Fackeln schimmernd wiedergaben, war von ausgesuchter Eleganz.

»Das ist die einzige Möglichkeit, die wir Frauen haben, um auf uns aufmerksam zu machen«, vertraute sie Mylène bitter an. Sie war unbestritten die Königin der Nacht, und alle Augen ruhten auf ihr. »Schön und apart zu sein … Ich könnte Weltliteratur schreiben, niemand würde meine Geschichten lesen wollen.«

»Es ist so ungerecht«, pflichtete Mylène ihr leise bei. Auch sie beschäftigte noch immer der Streit, den sie mitgehört hatte. Ihr blutete das Herz für Zelda, sie konnte so gut nachempfinden, wie schmerzlich es war, als Autorin nicht anerkannt zu werden. Aber vielleicht hatte Scott recht, und sie mussten akzeptieren, dass die Welt so tickte – Frauen konnten nie mehr als schmückendes Beiwerk sein, während die Männer den Ruhm einstrichen.

»Meine Erzählungen sind genauso gut wie seine.« Zelda schwenkte heftig gestikulierend ihren Champagnerkelch. »Wieso tut er nicht alles, um mich zu unterstützen? Manchmal denke ich, er ist eifersüchtig auf mich.«

»Meinst du?«, fragte Mylène zweifelnd. Sollten die Fitzgeralds tatsächlich miteinander rivalisieren? Das war unvorstellbar. Die Erinnerung daran, wie Sébastien sie ermutigt hatte, ihre Kurzgeschichte bei *Je sais tout* einzuschicken, und das Paket höchstselbst zur Post gebracht hatte, überkam sie. In ihrer Beziehung hatte es keinerlei Konkurrenzkampf gegeben, nur Liebe und Zuneigung. Einen Moment glaubte sie, nach Luft schnappen zu müssen, so heftig überrollte sie die Sehnsucht nach Sébastien. Doch er war fort, und sie hatte ihn durch ihr mangelndes Vertrauen vertrieben.

»Natürlich.« Zelda knirschte mit den Zähnen, trank einen Schluck, doch dann wandte sie sich um und setzte ein strahlendes Lächeln für ihre Gäste auf. »Doch genug davon. Ich will mich amüsieren bis zum Morgengrauen.«

Émile Noirot gab sich keine Mühe, seine Faszination Zelda gegenüber zu verbergen, seine Augen klebten förmlich an ihr. Fitzgerald, dem dies nicht entging, nahm es mit Humor. »Ist meine Frau nicht zauberhaft?«, raunte er Noirot für alle hörbar zu. Sein Tonfall signalisierte deutlich, dass jeder das Recht hatte, Zelda anzustarren, sie am Ende des Tages aber ihm gehörte.

»Ja, magnifique«, brummte Noirot.

Zelda war ganz in ihrem Element, so als hätte sie innerhalb eines Wimpernschlags einen Schalter umgelegt; während beschwingter Jazz vom Grammofon die milde Abendluft erfüllte, schwebte sie wie eine Hummel von Gast zu Gast, um jedem persönlich das Gefühl zu geben, willkommen und wichtig zu sein, selbst den drei kleinen Murphy-Sprösslingen.

»Liebster Émile, ich freue mich außerordentlich, dass Sie es einrichten konnten, uns heute Abend die Ehre zu geben.« Einen Moment lang stand sie neben Noirot, berührte mit ihrem bloßen Arm fast seinen Ärmel, und schaute versunken auf die Tanzenden.

»Hm, ja«, murmelte Noirot. Fast unmerklich rückte er ein Stück von ihr weg, um sie besser fixieren zu können. »Ich verbringe noch ein paar Tage an der Riviera, dann allerdings reise ich zurück nach Paris.«

»Tatsächlich? Aber Sie sind doch gerade erst gekommen? Um sich inspirieren zu lassen für Ihr Buch?« Zelda hob gedankenverloren eine verblühte Pfingstrose auf, die zu ihren Füßen lag.

»Ja«, bestätigte Noirot dumpf. »Aber nun zieht es mich wieder nach Paris zurück, in diese reizende kleine Pension in der Rue Mouffetard, im Quartier Latin. Ich wohne im obersten Stockwerk – unten auf der Straße tobt das Leben, ich habe oben meine Ruhe zum Schreiben. Das ist mein festes

Quartier, wenn ich nicht gerade reise. Ist nicht jeder Schriftsteller ein Nomade, der dem Ruf seines Inneren folgen muss?«

Mylène sah, wie Fitzgeralds Lippen sich zu einem Lächeln kräuselten. Auch ihr war Émile Noirot mit seinen vagen Andeutungen ein Rätsel. Die Gäste tanzten entweder so ausgelassen wie Kinder, die der Aufsicht ihrer Eltern entkommen waren – so wie Sara und Gerald Murphy gerade –, oder sprachen dem Alkohol zu. Auch Fitzgerald selbst trank ein Glas nach dem anderen. In den wenigen Tagen, seit sie mit ihm in der Villa Marie wohnte, hatte Mylène bereits detaillierte Einblicke in seine Trinkgewohnheiten und die Auswirkungen des Alkohols auf seine schwankenden Stimmungen gewonnen. Nach dem ersten Glas verhielt er sich charmant und liebenswürdig, vor allem seiner Frau, aber auch ihr und Camille gegenüber, doch mit jedem weiteren Glas bröckelte die heitere Fassade, machte düsterer Niedergeschlagenheit Platz. Vielleicht schrieb er in diesen Momenten seine besten Texte, schoss es ihr durch den Kopf.

»Paris war eine einzige Show«, erzählte er nun, während sich ihm alle Gesichter zuwandten, um einer seiner Anekdoten zu lauschen. »Nach dieser Party im Ritz waren wir so erhitzt – wir hatten bis in den Morgengrauen Cocktails getrunken und getanzt –, dass wir dringend etwas Erfrischung brauchten. Wir sind durch die Straßen gelaufen, bis wir diesen Brunnen fanden … Es gibt nichts Herrlicheres als ein frühmorgendliches Bad in kühlem Wasser …«

»Die Gendarmerie, die vorbeikam, war anderer Meinung«, warf Gerald Murphy lächelnd ein, so als müsse er darauf hinweisen, auch mit von der Partie gewesen zu sein. »Sie wiesen uns an, in unser Hotel zu gehen …«

»… leider war der Weg zu weit, um ihn um fünf Uhr morgens und in nassen Kleidern zu Fuß zurückzulegen …«

»… wir hielten das erstbeste Taxi an. Der Chauffeur weigerte sich, uns mitzunehmen, wir würden die ganzen Sitze verschmutzen, meinte er …«

»… wir sagten, kein Problem, Monsieur, dann fahren wir einfach auf dem Dach mit …«

»… und schwups saßen wir auf dem Dach des Automobils und ließen uns durch die schlafende Stadt kutschieren …«

Fitzgerald und Murphy spielten sich die Bälle zu, als hätten sie Übung in derlei Vorführungen. Wahrscheinlich hatten sie das auch, dachte Mylène. Sehnsucht nach Sébastien wallte in ihr auf. Wie sehr sie sich ihn an ihre Seite wünschte, er wäre ein verlässlicher Ruhepol bei dieser überspannten Party. Am liebsten hätte sie sich mit einem Glas Fruchtbowle, die die Gäste weitgehend verschmähten, da sie alkoholfrei war, in einen der Korbstühle gesetzt, in die einbrechende Dämmerung geschaut und der Brandung gelauscht. Stattdessen wurde die Musik immer lauter, die Gäste aufgedrehter und benebelter. Die Damen zogen allesamt ihre Schuhe aus und schleuderten sie in die Blumenbeete, um freier tanzen zu können, und die Herren verbogen sich mit ihnen im Arm zu den wildesten Verrenkungen.

Mylène zog sich mit ihrer Bowle verstohlen an den Rand der Terrasse zurück und setzte sich, halb verborgen von einem Feigenbaum, auf einen Felsen; so kam hoffentlich niemand auf die Idee, sie zum Tanzen aufzufordern. Diese laute, hemmungslose Partywelt war nicht ihre. Wäre Sébastien hier gewesen, wären sie den Pfad zum Meer hinuntergeklettert, um am Strand spazieren zu gehen und ihre nackten Füße vom warmen Wasser umspülen zu lassen. Aber er war nicht da, und die Einsamkeit legte sich kalt um ihr Herz.

Plötzlich tauchte Émile Noirot neben ihr auf und quetschte sich zu ihr auf den Felsen. Sofort rückte sie ein wenig zur Seite, jedoch nur ein paar Fingerbreit, da sie sonst heruntergefallen wäre.

»Sind sie nicht inspirierend, diese Fitzgeralds?«, raunte Noirot. Die Intensität seiner atemlos hervorgestoßenen Worte verwirrte sie, und sie betrachtete ihn verstohlen von der Seite. Sein glühender Blick haftete auf Zelda, die sich beim Tanzen eng an ihren Mann schmiegte und zärtlich zu ihm aufsah. »Ich habe gehört, seine Schriften sind allesamt autobiografisch – er schreibt unermüdlich über sich und diese zauberhafte, elfengleiche Frau … Sie haben gewiss schon einmal in sein neuestes Werk hineinschauen dürfen, oder?« Er bohrte seine dunklen Augen in Mylène.

Unangenehm berührt über so viel Indiskretion, nippte sie an ihrer Bowle. »Nein, natürlich nicht. Monsieur Fitzgeralds Arbeitszimmer ist verbotenes Terrain.«

»Auch für Zelda?« Sein Tonfall klang sehnsüchtig; obwohl ihr Noirot nicht ganz geheuer war, er wirkte viel zu undurchsichtig, verstand sie seine Faszination für Zelda. Wer war nicht von ihr verzaubert, von ihrem kehligen Lachen, der warmherzigen Art, mit der sie versuchte, alle Gäste mit einzubeziehen, sodass sie sich für ein paar Stunden wie zu

Hause fühlten in der Villa Marie, überhaupt von ihrer atemlosen Lebenslust, die jeden anzustecken vermochte?

»Das weiß ich nicht«, erwiderte sie ausweichend. Es war offensichtlich, dass Noirot sie aushorchen wollte. »Ich bin nur das Kindermädchen.« Da sie nicht schroff klingen wollte, fügte sie sanfter hinzu: »Aber ich finde auch, dass die Fitzgeralds ein sehr anziehendes Paar sind. Das Leben, das sie führen, ist einfach traumhaft. Sie haben sich an die Küste zurückgezogen, völlig unabhängig von den Zwängen des Alltags, denen wir Normalsterblichen unterliegen.« Sie lachte ein wenig gezwungen, um ihren Worten den empathischen Klang zu nehmen.

Noirot nickte heftig. »Ich weiß, was Sie meinen. Die Fitzgeralds leben nach ihrem eigenen Rhythmus. Ich beobachte sie sehr genau, um sie in meinen nächsten Roman einfließen zu lassen. Unter verschleierter Identität natürlich.«

»Sie liefern mir auch viele Ideen.« Kaum hatte sie dies ausgesprochen, bereute sie es auch schon. Wie kam sie dazu, sich Noirot anzuvertrauen? Bisher war er ihr nicht sehr vertrauenerweckend erschienen.

Sofort schnellte sein Kopf mit der Hakennase zu ihr herum. »Wie? Was meinen Sie? Schreiben Sie etwa auch, Mademoiselle?«

»Ja, etwas«, gestand sie verlegen.

»Und was? Vielleicht können wir uns austauschen und uns unsere Geschichten zum Lesen geben.« Er klang mit einem Mal so bestimmend, dass sich alles in ihr sträubte, dieses Gespräch fortzusetzen.

»Ach, ich habe noch gar nicht viel geschrieben«, flunkerte sie.

»Wirklich?« Er sah sie an, als glaube er ihr nicht. »Ich könnte mir Ihre Manuskripte ansehen und Sie beraten.«

»Ich glaube nicht …«

»Wieso nicht?«

Warum ließ er sie nicht aus den Klauen? Mylène hielt sich unbehaglich an ihrer Bowle fest. Sie wollte mit Noirot nichts weiter zu tun haben, doch er schien das nicht zu begreifen und sie festnageln zu wollen. Was wollte er nur mit ihren Manuskripten anfangen? War er nicht genug mit seinen eigenen beschäftigt?

»Ich … ich bin noch nicht bereit dazu«, stammelte sie.

Er wandte sich von ihr ab, als habe er jegliches Interesse an ihr verloren, und richtete seinen Blick wieder auf Zelda, die inmitten der Gästeschar ausgelassen tanzte.

»Kennen wir uns nicht von irgendwoher?«, fragte er dann irritiert und musterte sie noch einmal. »Sie kamen mir schon in der Stadt so bekannt vor.«

Sie biss sich auf die Lippen und versuchte, die Erinnerung an ihren unrühmlichen Abgang aus dem Grimm's Park für den Moment in einen verborgenen Raum ihres Gedächtnisses zu schieben. »Ich war in Hyères im Hotel.«

»Ach, Sie waren das.« Er klang, als ginge ihm ein Licht auf, was erneute Fragen in ihr aufwarf. Was meinte er mit: Sie waren das? Doch bevor sie sich erkundigen konnte, ging er bereits hoch erhobenen Hauptes weg und ließ sie allein auf dem Felsen zurück.

Mit fortgeschrittener Stunde – Dunkelheit lag nun wie

eine Glocke über der Villa Marie, in den Gebüschen raschelte es verstohlen, und der Sternenhimmel glitzerte wie Zeldas besticktes Perlenkleid – schien den Gästen die Puste auszugehen; nur mehr lethargisch drehten sie sich auf der Tanzfläche, nur der Alkohol musste häufiger nachgeschenkt werden als bisher.

»Alle herhören!«, verschaffte sich Zelda Gehör. Sie hob den Tonarm von der Schellackplatte, und plötzlich herrschte knisternde Stille. Alle starrten die Gastgeberin an, die erschöpft, ja durchsichtig bleich wirkte. Mylène erwartete fast, dass sie den Abend für beendet erklären und die Gäste bitten würde zu gehen.

»Wie wäre es mit einer literarischen Einlage als Höhepunkt des Abends?«

Mylène sah, wie Fitzgeralds Miene versteinerte. Befürchtete er, seine Frau könne ihn dazu verdonnern, aus seinem *Gatsby* vorzulesen? »Zelda, ich glaube …«

»Sei still«, zischte sie ihm zu und wandte sich an den ältesten Murphy-Sprössling, die kleine Honoria. »Schatz, sag uns doch eines dieser wunderbaren Gedichte auf – du kannst das so gut. Du hast mich in Paris immer mit einem Gedicht aufgemuntert, wenn ich vor lauter Tanzen und Trinken nur mehr ein verheultes Wrack war.«

Honoria gab sich zuerst schüchtern, stimmte dann aber nach einem aufmunternden Nicken ihrer Mutter Sara zu.

Die Partybesucher stellten sich im Halbkreis auf, und das Mädchen begann, ein Gedicht von Keats zu deklamieren, das zarte Gesicht von den flackernden Fackeln rötlich beschienen.

»Ode an die Melancholie. Du sollst nicht Lethe suchen, sollst nicht Wein aus harter giftiger Wolfsmilchwurzel klopfen, noch soll Prosperinas blutrote Pein, Nachtschattentraube, deine Stirn umtropfen. Dein Rosenkranz sei nicht aus Taxusperlen, dein Gram soll nicht zum flaumigen Kauz sich retten, im schwarzen Falter ein Symbol erblicken und klagend wandeln unter Trauererlen, sonst wird nur schläfernd Dunkel dich umbetten und deiner Seele Qual ersticken.«

Mylène sog wie alle anderen jedes Wort in sich auf, wenn ihr auch viele der englischen Worte unbekannt waren. Der mystische Zauber, der von dem Gedicht ausging, dazu die kindlich ernste, getragene Stimme Honorias, schien jeden in seinen Bann zu ziehen. Auf der Terrasse war es so still, dass man das Summen einer Biene in den Blumenbeeten hören konnte.

Doch mit einem Mal vernahmen alle ein unterdrücktes Schluchzen; Mylène wirbelte herum, auch die anderen Gäste waren wie erstarrt. Ihre Kleider raschelten, als sie sich umwandten, um die Quelle dieser Laute ausfindig zu machen. Es war Zelda, die sich, die Hand auf den Mund gepresst, durch die kleine Menschenschar drängte und durch die offene Terrassentür stolperte, wo die Dunkelheit des Hauses sie umfing.

Die Gäste wurden unruhig. Sara drängte sich an Mylène vorbei und sprach beschwörend auf Fitzgerald ein, welcher nur erschöpft den Kopf schüttelte.

Mylène stellte ihr Glas ab und lief auf leisen Sohlen ebenfalls ins Haus; sie war nur das Kindermädchen, auf sie achtete niemand. Drinnen roch es stickig, und sie fühlte die Finsternis wie einen dicken Pelz auf ihrer Haut. Plötzlich vernahm sie das Rütteln einer Türklinke, gleich darauf prallte sie gegen eine Gestalt, die sie mit ausgestreckten Armen von sich schob.

»Mademoiselle!«, sagte Noirot grimmig, so als ertappe er sie bei etwas Verbotenem. Instinktiv entschuldigte sich Mylène. »Tut mir leid, ich habe Sie im Dunkeln nicht …«

»Schon gut.« Er drückte sich an ihr vorbei und verschwand auf die Terrasse. Mit geweiteten Pupillen starrte Mylène ihm hinterher. Warum war er im Haus herumgegeistert? Und hatte er nicht gerade versucht, die Tür zu Scotts Arbeitszimmer zu öffnen? Was wollte er dort? Doch nicht etwa in Scotts Manuskript herumschnüffeln? Die Beharrlichkeit, mit der er sie zuvor um ihre eigenen Texte gebeten hatte, ließen ihr diese Möglichkeit wahrscheinlich erscheinen. Zum Glück schloss Scott sein Zimmer stets ab, sobald er es verließ. Doch das alles war jetzt nebensächlich, sie musste sich um Zelda kümmern.

»Zelda?«, flüsterte sie. Sie wagte nicht, das Schlafzimmer der Fitzgeralds zu betreten – eine Tabuzone für sie –, doch dann drang ein gepresster Klagelaut aus dem Badezimmer. Sie horchte einen Moment, dann klopfte sie leise an die Tür und trat ein. Zelda saß mit weit auseinandergebreiteten Beinen auf dem Boden, den Rücken an die Badewanne gelehnt. Tränen strömten über ihre Wangen, ihr Blick war starr gegen die Decke und die nackte Glühbirne gerichtet.

»Zelda?«, wiederholte Mylène und kauerte sich neben sie. Die Fliesen fühlten sich kalt und glatt unter ihren Knien an. »Was ist passiert, kann ich dir irgendwie helfen?«

Wieder vermisste sie Sébastien heftig. Er hätte sicherlich

gewusst, wie sie sich verhalten sollte, sie selbst kam sich so unzulänglich und klein vor.

Zelda lachte schrill auf. »Was passiert ist? Nichts ist passiert. Wieso denken immer alle, dass etwas passiert ist, nur weil man sich manchmal unendlich traurig und verlassen fühlt …«

Mylène verstand nicht, woher Zeldas Verzweiflung rührte – eben noch hatte sie ausgelassen getanzt, die Männer mit ihrem Charme bezirzt und die Party mit ihrer jedermann einschließenden Gastfreundlichkeit zusammengehalten. Hilflos suchte sie nach Worten, um Zelda zu helfen, ihren Schmerz zu lindern, doch sie fand keine. Sie fühlte sich wie in eine fremde Welt katapultiert, mit Problemen, die sie noch nie berührt hatten.

»Keine Sorge, es geht gleich wieder«, murmelte Zelda, als sei ihr plötzlich bewusst, wie verstörend sie auf Mylène wirken musste. »Ich habe manchmal so Momente – Nächte, in denen mir die Welt so glanzvoll und gleichzeitig so traurig erscheint, dass ich es kaum ertragen kann.«

Mylène griff schüchtern nach einem Taschentuch und reichte es Zelda. »Was kann ich für dich tun, Zelda?« Sie sehnte sich danach, ihrer Arbeitgeberin und neuen Freundin beizustehen und sie zu trösten, so wie diese sie in der letzten Zeit immer wieder auf ihre ganz eigene Weise aufgemuntert hatte.

»Du kannst nichts tun«, raunte Zelda erstickt. »Manchmal ist mir alles zu viel. Mein ganzes Leben.«

Hilflos rutschte Mylène neben Zelda und lehnte sich mit dem Rücken ebenfalls gegen das kühle Gusseisen der Badewanne. Ihr mochten keine Worte einfallen, mit denen sie Zelda zerstreuen konnte, auch fiel es ihr schwer, deren Gemütszustand, der vage wie eine Spinnwebe über ihr schwebte, überhaupt vollends zu begreifen. Ihr eigener Kummer richtete sich stets auf konkrete Anlässe – wie die noch immer schwelende Trauer um ihre Großmutter oder der Abschied von Sébastien, der sie schier zerriss.

Vielleicht merkte Zelda, dass sie sie überforderte, denn sie tupfte sich die Wangen ab und rappelte sich wieder auf. »Gehen wir wieder zur Party, Mylène. Ich möchte tanzen, bis ich umfalle.«

Kapitel 11

»Mommy, Strand!« Scottie kletterte am Frühstückstisch auf den Schoß ihrer Mutter und schlang ihre Ärmchen um sie.

»Nicht schon wieder.« Zelda seufzte und trank ihren Milchkaffee aus. »Jeden Tag das Gleiche …«

Mit ihrer Tochter auf dem Arm erhob sie sich und räumte ihre Tasse sowie die benutzten Teller in die Spüle. Einhändig ließ sie heißes Wasser darüberlaufen und hangelte nach dem Spülmittel, das in einem der oberen Regale stand.

»Aber Madame!« Erschrocken lief Camille herbei und hinderte sie daran, das Reinigungsmittel zu holen. »Lassen Sie das bitte! Dafür bezahlen Sie mich doch!«

»Schon gut.« Seufzend ließ Zelda Scottie auf den Boden herunter und warf sich wieder auf ihren Stuhl. »Siehst du, Mylène? Jetzt möchte ich mich einmal in meinem eigenen Haushalt nützlich machen und darf es nicht.«

»Ich kann mit Scottie allein an den Strand gehen, Zelda.« Dass Zelda sich im Haushalt betätigen wollte, war kein gutes Zeichen – ihr Zustand verzweifelter Langeweile schien von Tag zu Tag zuzunehmen. Mylène bemühte sich um eine betont muntere Miene, um Zelda aufzuheitern. Sie hatte inzwischen gelernt, dass deren Launen oft wie das Wetter von einer Sekunde auf die andere umschlugen und dass sie besser gewappnet war, verständnisvoll darauf zu reagieren, schon um Scottie nicht zu verunsichern. »Dann hast du etwas Zeit für dich und kannst dich ungestört beschäftigen.«

»Wozu sollte ich wohl Zeit für mich brauchen?« Zeldas Tonfall klang dumpf. Dabei hatten sie und Scott den Vorabend auf einer rauschenden Party verbracht, die die Murphys im Hôtel du Cap gaben. Scott hatte zuerst vorgegeben, keine Zeit zu haben, doch Zelda hatte ihn überredet. Sie waren erst gegen fünf Uhr am Morgen zurückgekehrt und hatten sich lautstark darüber amüsiert, Müll in die Gärten von Nachbarn geworfen zu haben, die sich über den Lärm beschwert hatten.

»Nein, ich komme mit ans Meer. Wie jeden Tag«, setzte sie sarkastisch hinzu.

Zeldas Verdrossenheit setzte Mylène zu. Längst hatte sie erkannt, dass das Leben des glamourösen Schriftstellerehepaars durchaus seine Schattenseiten hatte, dass sich hinter den strahlenden Gesichtern auf den Titelseiten der Zeitschriften Menschen verbargen, die persönliche Kämpfe ausfochten und Niederlagen einsteckten. Schon damals, als sie die Fitzgeralds lediglich aus Zeitschriften kannte, hatte sie dies vermutet, wirkte die Fröhlichkeit auf den Fotos manchmal doch recht aufgesetzt.

Camille scheuchte sie aus dem Haus, weil sie durchputzen wollte. Zelda fügte sich achselzuckend, und so stiegen sie wie jeden Tag den felsigen Pfad zum Strand hinab; Mylène trug den Korb mit Proviant für Scottie, die Basttasche mit dem Sonnenöl und den Spielsachen sowie den Sonnenschirm, der ihr bei jedem Schritt aus den Händen zu gleiten drohte, während die Dame des Hauses vorsichtig zwei White Ladys in hohen Gläsern vor sich her balancierte.

Wie gewöhnlich erstreckte sich der Strand menschenleer in beide Richtungen, der Sand strahlend weiß wie Kokosflocken, die leise heranrollenden Wellen von Schaum gekrönt.

Zelda trug mit geschmeidigen Bewegungen Körperöl auf ihre schlanken Gliedmaßen auf. »Das Leben kann so spannend sein und inspirierend …«, murmelte sie, »und dann gibt es wieder Phasen, in denen es so öde ist, dass man sich kaum lebendig fühlt. Manchmal fühle ich mich wie eine dieser Papierpuppen, die Scottie so gerne ausschneidet.«

Sie warf sich mit aufgestützten Ellenbogen auf ihr Handtuch und nippte an ihrem Cocktail. Mylène beobachtete sie verstohlen von der Seite, nahm die schmalen, gebräunten Finger mit den Edelsteinringen, die graziös das Glas hielten, die lang ausgestreckten Beine mit den rot lackierten Zehennägeln sowie das goldene Haar, das sich unter dem Sonnenhut kräuselte, in sich auf. Obwohl sie nun bereits einige Zeit mit den Fitzgeralds zusammenlebte, konnte sie sich noch immer nicht an Zelda sattsehen, bewunderte nach wie vor deren anmutige Eleganz.

»Wirklich?« So ganz konnte sie Zeldas Gedankengänge nicht nachvollziehen. Was gab es Ereignisreicheres als das Zusammenleben mit einem der berühmtesten Schriftsteller Amerikas und ihrer wundervollen kleinen Tochter? Sie kniff die Augen gegen die gleißende Sonne zusammen, um Scottie im Blick zu behalten, die ihren Sandeimer mit Wasser füllte.

»Aber ja.« Zelda gähnte. »Doch das war nicht immer so. Als junges Mädchen war ich eine Südstaatenbelle – jeder Junge im Umkreis von hundert Meilen war in mich verschossen.«

Auch Mylène nippte an ihrer White Lady. In ihrer ersten Zeit in der Villa Marie hatte sie sich dagegen gesträubt, Alkohol zu trinken – Zelda hatte ihr bei jeder Gelegenheit welchen angeboten, doch die Erinnerung an ihren Vater, der seine Verzweiflung in der letzten Phase seines Lebens in reichlich Schnaps ertränkt hatte, hatte sie ablehnen lassen. Inzwischen war ihr Widerstand gegen Spirituosen schwächer geworden, vielleicht, weil es bei den Fitzgeralds und ihren Gästen normal war, Alkohol wie Wasser zu trinken, vielleicht war es auch generell einfacher, mit dem Strom zu schwimmen. Sébastien hätte es todsicher missbilligt, dass sie während der Arbeit Cocktails trank, aber er war nicht hier. Er hatte sich aus ihrem Leben gestohlen, und sie wünschte, er würde nicht noch einen so großen Teil ihrer Gedanken beherrschen. Doch sie liebte ihn noch wie zuvor, es gelang ihr nicht, sich ihn aus dem Herzen zu schneiden. Wahrscheinlich hatte er längst mit ihr abgeschlossen, womöglich hatte er sich inzwischen auch in eine junge Frau aus gutem Elternhaus verliebt, die viel besser zu ihm passte als sie und mit der sein Vater zufrieden war. Rosalie, die ihr gelegentlich schrieb, hatte nichts dergleichen verlauten lassen, aber vielleicht wollte sie Mylène nur schonen.

»Was ist eine Südstaatenbelle?«, fragte sie träge. Der Alkohol stieg ihr wie immer gleich zu Kopf. Es war wirklich keine gute Idee, am Strand zu trinken, aber Zelda hatte ihr eigens einen Cocktail zubereitet, und es wäre unhöflich gewesen, ihn abzulehnen.

Zelda lächelte versonnen in sich hinein. »Ich war ein Mädchen aus gutem Hause, das jüngste von sechs Kindern, hübsch wie eine frisch erblühende Rosenknospe. Meine Mutter verwöhnte mich über alle Maßen. Ich ging auf Bälle wie andere in die Kirche, und die Jungs liebten mich. Ich hätte alle haben können, alle.« Sie kicherte. »Mein Vater, ein spießiger Richter, fürchtete um den guten Ruf der Familie. Mein Leben war ein einziger Roman, auf jeder Seite gab es etwas Neues zu entdecken, zu erleben. Aber dann traf ich ihn, den jungen, überaus gut aussehenden Offizier, dessen größter Traum es war, auf den Schlachtfeldern Frankreichs einen Heldentod zu sterben. Wie überaus albern, findest du nicht?«

Mylène nickte zustimmend und trank noch einen weiteren Schluck, während sich in Zeldas Glas kein einziger Tropfen mehr befand. »Den Heldentod zu sterben? Ja, das ist wahrhaftig nicht nachzuvollziehen.« Mit halbem Ohr lauschte sie Zeldas Anekdoten, während sie versuchte, Scottie nicht aus den Augen zu lassen, die vor den heranbrandenden Wellen Reißaus nahm. Mylènes Kopf war bereits ordentlich schwer.

»Ich war anfangs gar nicht so angetan von ihm – ich musste mich auch nicht entscheiden, ich war achtzehn und hatte das ganze Leben vor mir. Und so viele Verehrer, die mich zum Tanz oder Tee einluden.« Zelda starrte in die Ferne, verlor sich in Erinnerungen. »Aber Scott ließ nicht locker – und das bewunderte ich so an ihm. Unter seiner höflichen, liebenswürdigen Hülle ist er hart wie Stahl, er weiß, was er will, und nimmt es sich. Er überschüttete mich mit Geschenken – mit einem flamingofarbenen Fächer, einem himmelblauen Seidenpyjama, der mit schneeweißen Wolken bedruckt war, einer Platinuhr, einem Verlobungsring …«

»Die Uhr ist wundervoll.« Mylène hatte sie bei der Party und im Grimm's Park Hotel an Zeldas Handgelenk gesehen, sie war mit Brillanten besetzt und wirkte unfassbar teuer.

»Ja, so hat es mit uns angefangen.« Als habe sie plötzlich das Interesse daran verloren, Mylène von ihrer gemeinsamen Vergangenheit mit Scott zu erzählen, nahm Zelda eine Modezeitschrift aus ihrer Tasche und blätterte darin. »Man kann durchaus sagen, Scott und ich haben eine bewegte Vergangenheit. Und nun schau, wo wir gelandet sind: in einem verschlafenen Nest, wo er sich in Klausur begeben hat, um seinen Roman zu schreiben. Er verbringt mehr Zeit mit Jay Gatsby und Daisy Buchanan als mit seiner Familie. Es ist paradiesisch hier, das streite ich gar nicht ab, aber auch sterbenslangweilig.«

Mylène reichte Scottie, die mit sandigen Füßen angerannt kam und sich zu ihnen auf die Decke plumpsen ließ, einen Keks. »Und was würdest du gerne tun?«

Zelda seufzte lustlos und klappte die Zeitschrift zu. »Ich weiß nicht. Im Moment gar nichts.«

Mylène strich Scottie über die vom Wind zerzausten, feinen Haare. Zeldas Denkweise empfand sie als gleichermaßen faszinierend und verstörend. In Amerika hatten sie und Scott in Saus und Braus gelebt, in New Yorker Hotels und in ihrem

Haus auf Long Neck tagelang rauschende Partys gefeiert. Sie hatten vom Nektar des Ruhmes und des Reichtums gekostet, und sie hatten eine bezaubernde kleine Tochter. Trotzdem war es Zelda nicht genug. Natürlich war es das nicht, dachte Mylène. War es nicht traurig, dass die Sinne eines Menschen derart überreizt waren, dass er an nichts mehr Gefallen fand, ihn nichts mehr motivierte?

»Hast du mal wieder etwas von deinem jungen Arzt gehört?«, murmelte Zelda mit geschlossenen Augen. Ihre langen Wimpern warfen Schatten auf ihr in der Sonne glühendes Gesicht. Sie tastete nach ihrem Glas, und ihre Mundwinkel sanken nach unten, als sie bemerkte, dass es leer war.

»Nein. Und ich rechne auch nicht damit, dass er sich noch einmal bei mir meldet. Es ist aus. Inzwischen hat er sich sicherlich mit seinem Vater ausgesöhnt und steht in den Startlöchern, um die Praxis zu übernehmen. Er wird froh sein, einen Klotz am Bein, wie ich ihn darstelle, los zu sein«, brach es bitter aus Mylène heraus.

»Süße, hör auf, dich kleinzumachen.« Zelda blinzelte sie unter der Krempe ihres Strohhutes hervor an. »Er wird schon noch zur Vernunft kommen, eine Frau wie dich wird er sich nicht durch die Lappen gehen lassen. Vielleicht sollten wir eine Party feiern und ihn einladen?«

Mylène zuckte unmerklich zusammen. »Bitte nicht.« Sébastien hasste Partys, vor allem solche, wie die Fitzgeralds sie zu feiern pflegten, voller Alkoholexzesse und Gefühlsausbrüche.

»Hm. Aber eine Party wäre ein großartiger Anlass, damit er dir wieder aus der Hand frisst. Ich sehe dich bereits in einem schwingenden Kleid, vielleicht in Himbeerrot, das ist deine Farbe … Und bei einem Tänzchen würde er dir sicher nicht mehr widerstehen können …«

Mylène ließ eine Prise Sand durch ihre Finger rieseln. Manchmal erschienen ihr Zeldas Ansichten etwas unrealistisch. In ihrer Welt, die aus stilvollen Tanztees und mondänen Dinnerveranstaltungen in teuren Hotels bestand, gelang es wohl jeder jungen Frau mühelos, den Mann, den sie liebte, für sich zu gewinnen. Doch Mylène lebte in der echten Welt, auch wenn sie ihr durch ihren Aufenthalt bei den Schönen und Reichen für eine Weile entkommen war. Dennoch berührte es sie, dass Zelda solchen Anteil an ihren Geschicken nahm, so als sei sie, Mylène, ihre jüngere Schwester, oder … Ein wildes Paddeln schreckte sie aus ihren Träumereien und ließ sie aufschnellen. Scottie lag bäuchlings im wadentiefen Wasser und schlug verzweifelt mit den Armen und Beinen um sich.

»Scottie!« Mylène sprang auf die Füße und hielt sich einen Moment den Kopf, denn es drehte sich alles, so als befände sie sich auf einer schwankenden Brücke. Erst dann lief sie los, dem Meer entgegen, watete durch die heranspülenden Wellen und ergriff Scottie mit beiden Händen. Wie ein Stück Treibholz fischte sie sie aus dem Wasser und presste das triefnasse Kleinkind gegen sich. »Es ist alles gut, Scottie, du hast dich nur erschrocken. Das Wasser ist hier gar nicht tief, siehst du? Es konnte gar nichts passieren.« Der Gedanke, dass sehr wohl etwas Schlimmes hätte geschehen können, wäre Scottie nur ein kleines Stück weiter draußen gewesen, trommelte in ihrer Brust. Wie leichtsinnig von ihr, sich vom Alkoholnebel einlullen zu lassen, sich der Schwere hinzugeben, die ihre Glieder umfangen hatte, statt ein wachsames Auge auf Scottie zu haben! Zitternd trug sie die Kleine zum Handtuch und setzte sie behutsam dort ab. Sie blinzelte zu Zelda herab, die vor sich hin zu dösen schien. Wahrscheinlich hatte sie nichts bemerkt. Mylène reichte Scottie einen Apfel und schwor sich, von nun an die Finger von Cocktails zu lassen – zumindest tagsüber, wenn sie die Verantwortung für das Kind hatte.

»Wie kommst du mit deiner Kurzgeschichte voran?«, fragte Zelda, noch immer mit geschlossenen Lidern. Die kurze Szene, die sich am Wasser abgespielt hatte, schien sie tatsächlich nicht mitbekommen zu haben.

»Ich … halbwegs gut«, stammelte Mylène. Sie rubbelte Scottie mit dem Handtuch ab und umarmte sie fest, wie um ihr nachträglich den erlittenen Schock zu nehmen. »Ich komme gut voran.«

»Das ist wunderbar«, seufzte Zelda. »Es ist gut, Ziele zu haben, Mylène. Auch ich hatte früher welche … Wünsche und Träume.«

Mylène schraubte die mitgebrachte Blechflasche auf und gab Scottie einen Schluck Wasser zu trinken. Allmählich beruhigte sich ihr rasender Puls. Sie fragte sich, welchen Träumen Zelda wohl nachgehangen war. Kaum vorstellbar, dass sie vergangenen Chancen nachtrauerte. Aber obwohl die Fitzgeralds nach außen ein glückliches Paar abgaben, das nichts zu trennen vermochte, gab es doch diese gewissen Momente, in denen die Schale, die sie umgab, unmerklich Risse bekam.

»Welche denn?« Mylène hoffte, dass ihre Frage nicht zu persönlich war, doch ihre Neugier war einfach zu stark.

»Ach …« Zelda wedelte unbestimmt mit der Hand. »Ich hatte Ballettstunden … Ich wollte Ballerina werden! Außerdem träumte ich davon, zu malen, zu schreiben … Aber irgendwo zwischen New York und Long Island scheine ich meine Träume verloren zu haben – vielleicht sind sie in einem Glas Absinth ertrunken.« Zelda lachte bitter. »Wir sind eine *verlorene Generation,* wie unsere Freundin Gertrude Stein mal sagte. Wir haben alles – Luxus, Geld, das Blitzlichtgewitter der Fotografen –, und trotzdem fühle ich mich oft wie eine leere Hülle. Wie ein hinreißendes Abendkleid, in dem niemand steckt.«

Die Nacht war mondhell. Das bleiche Licht brach sich zusammen mit Millionen funkelnder Sterne auf den sich kräuselnden Wellen, die an den Strand rollten, um sich gleich darauf sachte wieder zurückzuziehen. Mylène saß im Schneidersitz, nur in einen dünnen seidenen Kimono gehüllt, den Zelda ihr abgetreten hatte, auf dem Korbsofa auf der Terrasse. Obwohl es alt und etwas abgetragen war, fühlte sie sich wie eine Diva in dem Kleidungsstück. Wenn Zelda von einer ihrer exzessiven Einkaufstouren zurückkam, vollbepackt mit Tüten voller Kleider, schenkte sie Mylène des Öfteren einige ihrer älteren Stücke, die ihr urplötzlich nicht mehr gefielen. Mylène hätte das Herz geblutet, all die schönen Seidentuniken und eleganten Roben herzugeben, aber zugegeben, sie genoss es, die edlen Stoffe überzustreifen wie eine zweite Haut und sich ein bisschen wie Zelda zu fühlen.

Sie horchte in die samtene Dunkelheit. Hatte Scottie nach ihr gerufen? Zelda hatte Scott genötigt, mit ihr und den Murphys nach Antibes zu fahren und sich dort ins Nachtleben zu stürzen, obwohl Scott sich kaum von seinem Roman loszureißen vermochte.

Im Haus war alles ruhig, das Kind schien zu schlafen. Mylène strich noch einmal über den angenehm kühlen, glatten Kimonostoff und wandte sich dann wieder dem Brief zu, der sie aus dem Grimm's Park erreicht hatte. Er stammte von Rosalie; sie freute sich sehr, Nachrichten von ihrer Freundin zu erhalten, denn diese war keine große Schreiberin und meldete sich nicht so häufig. Im ersten Moment hatte sie gehofft, der Brief wäre von Sébastien, doch warum sollte er ihr schreiben? Er hatte ihr sehr deutlich gemacht, dass er ihre Geheimniskrämerei verabscheute und keine Zukunft mehr für sie sah.

Wir vermissen Dich alle, las sie im sanften Licht des Mondes, *besonders ich. Unser Zimmer ist sehr einsam ohne Dich, abends führe ich schon Selbstgespräche! Monsieur Guillaud hat einen Ersatz für Dich eingestellt, eine ältere Frau, die mit ihrer Familie im Ort wohnt. Sie ist so gesprächig wie eine Sandskulptur am Strand, kannst Du Dir vorstellen, welches Redebedürfnis ich habe? Wem soll ich nun abends aus meinen Modezeitschriften vorlesen, und mit wem soll ich mich über unsere wunderlichen Gäste austauschen? Du siehst, Du fehlst mir schrecklich.*

Die Erinnerungen an die Zeit in Hyères trafen Mylène unvorbereitet und mit voller Wucht: die gemeinsamen Stunden in der Hotelküche, in denen sie Karten gespielt und viel gelacht hatten, die Abende in ihrem Zimmer, die gestohlenen

Stunden mit Sébastien in der Bibliothek. Alles schien zu einer lange entschwundenen Zeit stattgefunden zu haben, kam ihr im Nachhinein so blass vor wie eine Rose, die von einem verblühten Blumenstrauß übrig geblieben war.

Auch die anderen sprechen von Dir – Fernand wollte Dir sogar eines seiner köstlichen Eclairs mitschicken, weil er denkt, dass Du so etwas Feines bei den Fitzgeralds nicht bekommst –, bestimmt gibt es bei ihnen nur Konserven aus Amerika, oder? Natürlich habe ich ihm gesagt, dass ein Eclair den Postweg nicht überleben wird.

Mylène schmunzelte in sich hinein; Rosalies Art zu schreiben war so erfrischend, es fühlte sich an, als säße die Freundin direkt neben ihr. *Ich bin so froh, dass wir wissen, wo Du jetzt wohnst, und ich freue mich über jeden Deiner Briefe! Am liebsten würde ich Monsieur Guillaud Deine Schreiben unter die Nase halten, damit es ihm vielleicht doch noch leidtut, dass er Dich vor die Tür gesetzt hat. Das elende Ei ist natürlich nicht wieder aufgetaucht. Derjenige, der es gestohlen hat, ist damit sicher bereits über alle Berge. Aleksej Fjodorowitsch ist wie immer – missmutig und meistens in seine deprimierende Musik versunken.*

»Mylène?« Scotties zarte Stimme erklang von der Terrassentür. Mit nackten Füßen tapste sie nach draußen und schmiegte sich in ihrem dünnen weißen Hemdchen an Mylène. »Wo ist Mommy?«

»Sie kommt bald zurück.« Sie wusste nicht, wie spät es war, doch mit Sicherheit tief in der Nacht. Zelda schien sich in Antibes sehr zu amüsieren, wenn es sie nicht nach Hause zog.

»Auf den Schoß«, drängte Scottie und kletterte an Mylène

hoch, die sie in den Armen wiegte wie ein Baby, damit sie wieder einschlief.

»Mach die Augen zu, ich trage dich gleich wieder in dein Bett. Mommy und Daddy sind sicher gleich wieder da«, flüsterte sie und lauschte dem regelmäßiger werdenden Atem des Kindes. Rasch las sie Rosalies Brief zu Ende. *Liebe Mylène, was hast Du mit Sébastien angestellt? Man könnte meinen, er wäre ein Zwillingsbruder von Aleksej Fjodorowitsch. Er wirkt genauso düster und schwermütig. Ich habe ihn nach Dir gefragt, aber er hat nur den Kopf geschüttelt und kein Wort gesagt. Männer! Vielleicht rührt seine Stimmung aber auch von seinem Vater her, mit dem er wieder gestritten hat. Gestern war Monsieur Marais im Hotel und hat Sébastien kräftig den Marsch geblasen. Was ihn denn davon abhalte, eine letzte Unterschrift für die Übernahme seiner Praxis zu leisten, meinte er. Ob Sébastien noch immer nicht zur Vernunft gekommen sei und Luftschlössern nachjagte, die er sich aus dem Sinn schlagen sollte? Keine Ahnung, was er damit meinte. Armand, mit dem ich die rätselhafte Angelegenheit besprochen habe, hat auch keinen Schimmer, um was es geht. Sébastien ist verschlossen wie eine Auster. Vielleicht weißt Du ja Bescheid. Wenn ja, schreib mir in Deinem nächsten Brief davon, Du weißt, ich bin neugierig wie ein altes Klatschweib. Tausend Küsse! Deine Rosalie.*

Behutsam faltete Mylène den Brief wieder zusammen und versuchte vergeblich, den Kloß in ihrer Kehle hinunterzuschlucken. Die Sehnsucht nach ihrem alten Leben in Hyères brannte in ihr. Wie hatte es nur dazu kommen können, dass sie all das verloren hatte? Einerseits beruhigte es sie, dass Sébastien sich noch nicht endgültig gegen sie und für seine Praxis entschieden hatte – er hatte wohl auch keine passende

Freundin gefunden, Rosalie hätte das gewusst –, andererseits schnitt es ihr ins Herz, dass Sébastien genauso sehr zu leiden schien wie sie. Wenn es doch nur eine Möglichkeit gäbe, mit ihm zu sprechen! Aber die Entfernung zwischen Valescure und Hyères war zu groß, um ihn einfach aufzusuchen.

Sie schob den Brief in die Tasche ihres Kimonos und trug Scottie so vorsichtig, dass sie nicht wieder aufwachte, ins Kinderzimmer, wo sie sie sacht auf ihrem Bett ablegte. Noch lange lag sie wach im Raum nebenan und dachte an Sébastien und ihr verlorenes Glück, bis sie gegen vier Uhr endlich das altersschwache Auto der Fitzgeralds auf der Straße hörte und Zelda und Scott lärmend das Haus betraten.

Kapitel 12

Mylène warf einen Blick auf den Wecker; es war kurz vor fünf, und draußen verdrängte eine eierschalenfarbene Dämmerung die Nacht. Obwohl das Fenster weit geöffnet war, kühlte es nicht ab. Doch nicht nur die Hitze, sondern auch die Stimmen, die trotz der späten – oder frühen – Stunde durch die Wand des Nachbarzimmers drangen, hielten sie wach. Erschöpft zog sie die Knie an wie Scottie, wenn sie ihren Mittagsschlaf hielt, und presste sich den angewinkelten Ellenbogen aufs Ohr, trotzdem vernahm sie beinahe jedes Wort, das nebenan geäußert wurde. Zu Beginn ihres Aufenthaltes in der Villa Marie hatten die nächtlichen Gespräche, ja, die literarischen Erörterungen zwischen Zelda und Scott sie fasziniert, doch nun wünschte sie sich nichts als Schlaf.

»Du hast ganz schön gebechert, Goofo«, vernahm sie Zeldas missbilligende, aber seltsam aufgekratzte Stimme. »Kannst du deinen Konsum nicht wenigstens ein *bisschen* runterschrauben?«

Mylène hörte, wie die Bettfedern nebenan quietschten, wahrscheinlich hatte Scott sich bäuchlings auf die Matratze geworfen. Dann schienen sie sich zu küssen und zu liebkosen, den gedämpften Geräuschen nach zu urteilen.

»Du hast dich in der Bar auch nicht zurückgehalten, Liebling«, spottete der Autor dann liebevoll, wie um Atem ringend. »Zwar hast du nur Champagner getrunken, aber das weiße Pulver, das dir dieser italienische Fürst oder was immer er darzustellen versuchte, gegeben hat, hast du auch nicht verschmäht, was?«

»Das bisschen Puderzucker«, kicherte Zelda. Ihre Stimme klang rau, durchdrungen von einer fast verbissenen Lebenslust. Mylène, die fast eingeschlummert war, war plötzlich wieder ganz klar im Kopf. Puderzucker? Wovon sprach Zelda nur?

»Ich fühle mich großartig. Ich glaube, ich werde gar nicht erst zu Bett gehen, sondern gleich schwimmen. Das Meer ist am schönsten, wenn die Sonne noch nicht so brennt und das Licht so sanft ist wie an einem Regentag in Alabama. Du solltest dir das nächste Mal auch etwas von diesem Zauberpulver geben lassen, Goofo, es würde dir beim Schreiben helfen. Noch nie war ich so klar im Kopf …« Es hörte sich an, als würde sie sämtliche Schranktüren und Schubladen aufreißen, mit Kleiderbügeln klappern und gründlich aufräumen.

»Schön, wenn dir diese neu gewonnene Klarheit dazu verhilft, Ordnung ins Chaos deiner tausend Kleider zu bringen.« Fitzgerald klang belustigt. »Aber stell dir vor, Liebling, heute – oder soll ich sagen, gestern – habe ich ein ordentliches Stück geschafft, auch ohne Zauberpulver. Soll ich dir ein Stück vorlesen?« Scotts Worte klangen undeutlich, so alkoholisiert war er.

»Ja. Ich höre zu, aber lass mich dabei meine Badekostüme durchsehen, damit ich entscheiden kann, welches ich heute anziehe.« Mylène hörte Zelda geschäftig herumwirbeln. Ihr war es unverständlich, wie man im Morgengrauen so agil und lebhaft sein konnte, vor allem, nachdem man sich die Nacht um die Ohren geschlagen hatte. Sie spürte, wie Kopfschmerzen hinter ihrer Stirn aufzogen. Wenn sie nicht wenigstens ein bisschen Schlaf bekam, würde sie heute am Strand eine ziemlich müde Figur abgeben.

Sie rollte sich wieder auf den Rücken. Da die Stimmen der Fitzgeralds sie ohnehin wach hielten, konnte sie genauso gut Scotts Vortrag lauschen.

»Aus meines Nachbars Hause hörte man an den Sommerabenden Musik bis tief in die Nacht. Im blauen Dämmer der Gärten war von Männern und Mädchen ein Kommen und Gehen, wie Mottengeschwirr, und Flüstern und Sekt unter Sternen. Auch nachmittags konnte ich seine Gäste schon beobachten, wie sie bei Flut vom Turm des großen Floßes ihre Kopfsprünge machten oder sich im heißen Sand seines Privatstrandes sonnten, während seine zwei Motorboote die Wasserfläche des Sunds durchschnitten und Wellenreiter hinter sich her durch schaumige Katarakte zogen …«

Mylène lauschte, verzaubert wie immer, wenn sie ein Stück vom *Gatsby* hörte. Dazu Fitzgeralds Stimme, die so weich und getragen klang, dass sie ihre Müdigkeit vergaß, sich plötzlich geborgen fühlte wie als Kind bei ihrer Großmutter. Seltsam, was Literatur alles bewirken konnte.

Als Scottie eine Stunde später barfuß in ihrem Zimmer auftauchte, mit ihren kleinen Fingern versuchte, ihre Augenlider auseinanderzuziehen, und ungeduldig rief: »Mylène, aufstehen! Aufstehen!«, hätte sie sich am liebsten zur Wand gedreht und weitergeschlafen. Aber es half alles nichts, Scottie verlangte nach ihrem Frühstück, und es war ihre Aufgabe, sich um sie zu kümmern.

»Ich komme ja schon«, murmelte sie schlaftrunken, schälte sich aus dem dünnen Laken und taumelte mit dem Kind auf dem Arm in die Küche.

»Da ist meine kleine Prinzessin.« Zelda, perfekt geschminkt und in einem cremefarbenen Kleid, das statt Ärmeln nur Fransen besaß, die bei jeder Bewegung hin und her schwangen, stellte schwungvoll einen Teller mit geschnittenem Obst vor Scottie ab. »Schau nur, was Mommy dir gezaubert hat.« Ihre Haare waren noch feucht und rollten sich an den Spitzen ein, anscheinend hatte sie tatsächlich zu früher Stunde im Meer gebadet.

Scottie beäugte das Obst misstrauisch. Sie war es nicht gewöhnt, dass ihre Mutter sich um das Essen kümmerte, und wenn, dann bekam sie ein dick mit gesalzener Butter bestrichenes Stück Weißbrot vorgesetzt.

»Ich weiß leider nicht, wo wir die Kaffeebohnen haben.« Gespielt zerknirscht setzte Zelda sich zu Scottie; ihre hauswirtschaftlichen Anwandlungen schienen bereits erschöpft. So kochte Mylène Kaffee für sie beide und hörte mit halbem Ohr zu, wie Zelda mit Scottie über alles Mögliche plapperte, über den Strand, eine Einkaufstour, die sie unbedingt heute unternehmen mussten, neue Kleider und perlmuttfarbene Perlen, die sie dringend brauchte.

»Perlen«, wiederholte Scottie gehorsam und griff nach einem Apfelschnitz. »Wir müssen Perlen kaufen.«

»Ganz genau.« Zelda wollte nach ein paar Trauben greifen, doch ihre Hand erstarrte in der Bewegung und schwebte in der Luft. Sie starrte ins Leere, ihre plötzliche Euphorie gedämpft wie eine Flamme, die man mit einem Schwall Wasser erstickt hat.

»Und neue Puppenkleider«, fügte Scottie hinzu, auf ihrem Apfelschnitz herumkauend.

»Ja«, flüsterte Zelda und ließ ihre Hand in den Schoß sinken. So wach und lebendig sie bis eben gewirkt hatte, so ausgelaugt schien sie nun. Schlagartig war das Strahlen aus ihrem Blick verschwunden, stattdessen sahen ihre Lider geschwollen und bläulich aus. »Aber vielleicht sollten … wir … die … Einkäufe verschieben …«

»Was ist mit dir, Zelda?« Mylène stellte eine dampfende Tasse vor ihr ab und betrachtete sie besorgt. »Fühlst du dich nicht gut?« Zwar waren die plötzlichen Stimmungsumschwünge ihrer Arbeitgeberin nichts Unbekanntes für sie, aber dieser Wechsel von energiegeladen zu elend in weniger als einer Minute waren auch ihr neu. Was war nur los?

Zelda fasste sich irritiert an den Kopf. »Ich weiß nicht, ich … Ich habe plötzliche hämmernde Kopfschmerzen, und mir ist übel … Bring den Kaffee weg, ich kann den Geruch nicht ertragen …«

Mylène verschwieg, dass sie aufgrund der schlaflosen Nacht ebenfalls unter Kopfweh litt, und schüttete rasch den Kaffee aus. »Möchtest du dich hinlegen? Ich gehe mit Scottie an den Strand, damit du Ruhe hast.«

Zelda antwortete nicht, sondern erhob sich mit gespensterbleichem Gesicht, so unsicher auf den Beinen, als wäre sie monatelang bettlägerig gewesen.

»Mommy ist krank«, konstatierte Scottie sachlich und ließ sich von Mylène von ihrem Stuhl herunterheben.

»Ja, Mommy fühlt sich nicht gut. Deshalb gehen wir beide allein an die frische Luft. Komm, ich ziehe dich an und suche deine Sandspielsachen.«

Sie hatte die Kleine gerade in ein Hängerchen mit Lochstickerei gesteckt und die Badetasche gepackt, als aus Zeldas Schlafzimmer ein lautes Stöhnen erklang. Alarmiert drückte sie Scottie ihre Puppe in die Hand, damit sie sich kurz allein beschäftigen konnte, und klopfte an die Tür.

»Zelda?«

Zelda lag quer über dem Bett, ein Stillleben aus zerwühlten Laken, einer Bürste mit Elfenbeingriff und einem bunten Kleid, das sie wohl gerade anziehen wollte. Ein mit Goldmünzen besticktes meergrünes Seidentuch schlängelte sich unter ihren Schultern hervor wie eine Alge.

»Ich sterbe«, entfuhr es ihr schwach. Ihre Nasenflügel bebten, sie presste die Hände gegen ihre Schläfen, als könne sie so den unaussprechlichen Schmerz, der sie zu zerreißen schien, lindern. »Hol einen Arzt, Mylène, ich sterbe.«

Scottie, die durch die geöffnete Tür alles mitbekam, stieß einen gellenden Schrei aus, und Tränen quollen aus ihren hellen Augen. »Mommy! Mommy soll nicht sterben.«

»Ganz ruhig.« Mylène eilte zu ihr, küsste sie auf den Haarschopf und verharrte einen Moment hilflos im Flur. Was sollte sie nur tun? Noch immer konnte sie nicht nachvollziehen, wieso es Zelda von einer Sekunde zur anderen so schlecht ging, doch es musste etwas Ernstes sein, wenn sie nach einem Arzt verlangte. Sie musste Scott verständigen, so unangenehm es ihr auch war, an die Tür seines Arbeitszimmers zu klopfen und ihn von seinem Manuskript loszureißen, was er für gewöhnlich mit Unmut quittierte.

»Was gibt es?« Er saß gebeugt hinter seinem Schreibtisch und starrte auf den Bogen Papier, der in seine Schreibmaschine eingespannt war, ein Glas Whiskey in der Hand.

Ein weiteres Stöhnen aus dem Schlafzimmer enthob Mylène einer Antwort. Scott sprang auf und eilte an ihr vorbei. Die Kleine weinte inzwischen laut und ängstlich.

»Ganz ruhig, alles wird gut.« Mylène legte einen Arm um sie und lief Scott hinterher.

»Liebling«, flüsterte Scott und kniete sich neben seine kreidebleiche Frau, die nun leise vor sich hin wimmerte.

»Alles dreht sich, Goofo, und wenn ich die Augen schließe, wird es noch schlimmer, so muss es sein, auf dem Schleudersitz eines Flugzeugs zu sitzen und zu fallen und zu fallen …« Zelda krümmte sich zusammen und schnappte nach Luft. »Und mir ist so schlecht, ich glaube, mein Körper stößt meine inneren Organe ab.«

»Red keinen Unsinn!« Scott klang resolut, doch die Hand, die er auf Zeldas Stirn legte, zitterte. Gebannt stand Mylène mit Scottie im Türrahmen und wagte sich nicht zu rühren. »Du bist heiß. Wir sollten einen Arzt holen. Zu dumm, dass das Personal heute freihat! Mylène, würdest du ins Dorf laufen und versuchen, den hiesigen Doktor ausfindig zu machen?«

»Ich … ja«, stammelte Mylène. Sie fühlte sich völlig überfordert, ihre Augen waren nach der langen Nacht so trocken wie Sandpapier, und ihr Schädel brummte. Vorsichtig stellte sie Scottie auf dem Boden ab. »Ich muss kurz weg, bleib schön hier und kämme deine Puppe, ich bin gleich wieder da, mon trésor.«

»Nein, geh nicht weg!«, schrie Scottie und umklammerte panisch ihr Bein.

»Still, Scottie«, heulte Zelda auf; sie klang wie ein verwundeter Wal. »Bringt das Kind zum Schweigen! Ich kann diesen Lärm nicht ertragen! Holt einen Arzt, aber keinen französischen Quacksalber, der mich nicht versteht!«

»Nun sei nicht so anspruchsvoll«, fuhr Scott sie an und wischte sich über die schweißnasse Stirn. Unschlüssig betrachtete er seine Frau, die gekrümmt auf dem unordentlichen Bett lag und stoßweise atmete. »Wenn du dich nicht selbst in diese prekäre Situation gebracht hättest, bräuchtest du jetzt auch keinen Arzt.«

Was meinte er damit? Mylène strich Scottie beruhigend über den Kopf und bemühte sich, im Hintergrund zu bleiben.

»Aber ich habe mich so gut gefühlt, als ich das Zauberpulver geschnupft habe!«, begehrte Zelda auf. Sie legte sich die Hände über die Augen, wie um das Tageslicht, das grell durch die Ritzen des Fensterladens fiel, auszusperren. »So gut … Soo …«

»Hör endlich auf, es Zauberpulver zu nennen, als wärst du ein kleines Kind.« Scott schob sich die Hemdsärmel hoch und ging ruhelos im Schlafzimmer auf und ab. »Wenn ich nur wüsste, was wir tun sollen … Ehrlich gesagt bin ich auch nicht scharf auf einen Arzt aus dem Dorf, der womöglich überall herumerzählt, dass die Frau des amerikanischen Schriftstellers unter den Nachwehen eines Kokainexperiments leidet.«

Mylène zuckte zusammen. »Kokain?« Um Himmels willen, Zelda hatte Rauschgift konsumiert? Die Erkenntnis, dass Zelda nicht nur eine Schwäche für den ein oder anderen Cocktail zu viel hegte, sondern außerdem nicht abgeneigt war, Drogen einzunehmen, sickerte wie Eiswasser durch ihre Adern. Sie wusste nicht viel über Kokain, hatte nur einmal mit halbem Ohr zwei Küchenjungen im Grimm's Park tuscheln hören, dass der Stoff bei exzentrischen Revuestars oder Nachtschwärmern in Pariser Klubs beliebt war, da er dazu verhalf, bis in die Morgenstunden zu tanzen und zu feiern.

Zu ihrem Entsetzen sah Scott sie fragend an. »Was meinst du, Mylène?«

»Bitte?« Anscheinend hatte er ihr eine Frage gestellt, die sie überhört hatte, so sehr betäubte sie das Entsetzen über Zeldas Eskapade. Scottie verbarg ihr Gesicht an ihrer Schulter und weinte still vor sich hin.

»Würdest du deinen jungen Arzt aus dem Hotel in Hyères benachrichtigen, damit er sich Zelda ansieht? Er spricht Englisch, und ich denke, wir können ihm vertrauen, dass er Zeldas Missgeschick …«, er schnaubte verdrossen, »… nicht in die Weltgeschichte hinausposaunt.«

»Sébastien?« Die Erwähnung seines Namens fühlte sich wie eine neuerliche Backpfeife für sie an. Seit einer ganzen Weile hatte sie nichts mehr von Sébastien gehört, Erinnerungen und Satzfetzen ihres letzten Gesprächs auf der Terrasse waren alles, was sie noch mit ihm verband. Der Schmerz, ihn verloren zu haben, war noch immer sehr präsent, fühlte sich an wie ein Riss in der Haut, der nicht heilen mochte. »Aber wie sollte ich ihn so rasch erreichen?«

Scott wedelte ungeduldig mit der Hand, so als habe er keine Lust, sich mit solch unwichtigen Details zu befassen. »Keine Ahnung, lauf zum Postamt und ruf im Hotel an oder dergleichen … Dir fällt schon etwas ein.«

»Bitte …«, ließ sich Zelda schwach vom Bett vernehmen. »Ich sterbe … Die Wände kommen auf mich zu und erdrücken mich … Ich ersticke …«

»Gut.« Mylène nickte und drückte Scott die Kleine in die Arme. »Ich versuche, Sébastien zu erreichen.«

Die gleißende Sonne verstärkte das Stechen unter ihrer Schädeldecke, als sie durch den Ort zum Postamt lief. Das Dorf erschien ihr heute surreal, eine Explosion schriller Farben, ohnehin war ihr Weltbild wieder einmal durcheinandergeraten. Sie kannte Zelda als exzentrisch, sie war wie ein schillernder Schmetterling, der von Blüte zu Blüte flatterte und von allem kostete, was das Leben ihr bot, doch dass sie sämtliche Grenzen, die der gesunde Menschenverstand einem setzte, missachtete, schockierte sie. Doch woher hatte Zelda auch wissen sollen, wie sich das Kokain auswirkte, ahnen, welchen Schrecken sie ihrer Tochter damit bereitete? Ob Scottie diese furchtbaren Bilder, denen sie gerade ausgesetzt war, vergessen konnte?

Im angenehm kühlen Innenraum des Postamtes ließ sie

sich mit dem Grimm's Park Hotel verbinden und hörte alsbald Armand am anderen Ende der Leitung.

»Armand?«, rief sie atemlos in den Hörer. »Es ist ein Notfall. Wir brauchen einen Arzt in der Villa Marie. Hol Sébastien, er muss zu den Fitzgeralds kommen.«

Verdutztes Schweigen war die Antwort. Sie bemühte sich, sich zu beruhigen, und schickte ein gedämpftes »Bitte« hinterher.

»Meine Güte, Mylène, was ist denn los? Gab es einen Unfall, oder haben die Fitzgeralds …«, Armand gluckste belustigt, »zu viel gefeiert?«

»So ähnlich«, gab sie gepresst zurück. »Sagst du Sébastien Bescheid?«

»Ja, mache ich. Aber du weißt schon, dass ihr nicht um die Ecke seid und es eine ganze Weile dauern wird, bis er kommt?«

»Das weiß ich«, seufzte sie. Es war eine typisch Fitzgerald'sche Schikane, einen Arzt kommen zu lassen, der Stunden entfernt wohnte, doch sie konnte sie verstehen. In Zeldas delikater Situation brauchte man keinen Fremden, der einen aufgrund von Sprachschwierigkeiten kaum verstand. »Danke, Armand.«

»Es ist schön, von dir zu hören, auch wenn ich mir gewünscht hätte, dass es unter anderen Umständen passiert. Ich sage Rosalie, dass du angerufen hast, ja?«

»Richte ihr liebe Grüße aus.« Erschöpft beendete sie das Gespräch. Langsam machte sie sich auf den Rückweg in die Villa Marie, wobei sie kaum die Kraft hatte, die Füße zu heben.

Zu Hause fand sie alles unverändert vor. Scott saß mit düsterer Miene auf einem Stuhl im Schlafzimmer, sprang aber auf, als er sie erblickte, Scottie kauerte in der Ecke und kämmte still ihre Puppe, und Zelda starrte mit weit aufgerissenen Augen ins Leere und murmelte von Zeit zu Zeit beängstigende Fantasien.

»Die schwarzen Schatten …, sie hüllen mich ein, sie legen sich über mich wie große Vogelschwingen, sie nehmen mir die Sicht …«

»Es wird alles gut«, flüsterte Mylène, setzte sich auf die Bettkante und versuchte, Zelda einen Becher Wasser einzuflößen. »Sébastien ist sicherlich bereits auf dem Weg, er wird dir helfen.«

Scott sah im Minutentakt auf seine Armbanduhr und nippte an dem Whiskey, den er sich geholt hatte, die Stirn sorgenzerfurcht; doch es umgab ihn auch ein Hauch Verdrossenheit. Ob er Zelda böse war, dass sie ihn vom Schreiben abhielt?

Es war bereits früher Nachmittag, als es an der Tür klopfte. Mylène, die gerade versuchte, Scottie zu etwas Brot und Käse zu überreden, sprang auf und eilte zum Eingang. Sébastien, groß und ernst, stand im Schatten des Vordaches, die Arzttasche in der Hand. Er erschien Mylène wie ein Retter in der Not, und ihre Nerven lagen inzwischen derart blank, dass sie sich am liebsten an ihn gelehnt hätte, damit er sie tröstete. Natürlich tat sie nichts dergleichen, jegliche Verbindung, die sie einmal gehabt haben mochten, hatte er gekappt.

»Danke, dass du gekommen bist«, sagte sie leise und ließ ihn herein.

»Ich bin so schnell gekommen wie möglich.« Er musterte sie verstohlen, wie um zu überprüfen, ob es ihr gut ging. Ob er sich Sorgen um sie gemacht hatte? »Aber die Fahrt ist lang, und ich musste mir erst ein Automobil leihen. Was ist passiert?«

Mylène ließ sich gegen die Wand sinken, sie vermochte sich kaum noch auf den Beinen zu halten. Sie hörte Scottie, die leise auf ihre Puppe einsprach. »Zelda hat … sie hat …« Natürlich war ihr klar, dass Sébastien Zeldas Verhalten missbilligen würde, sie tat es ja selbst. Trotzdem überkam sie wie immer der Drang, schützend die Flügel über ihre Freundin zu breiten, nichts Schlechtes über sie kommen zu lassen. »Sie war gestern Nacht aus und hat Kokain geschnupft. Nun geht es ihr sehr schlecht.«

Sébastiens Gesicht verschloss sich. »Wo ist sie?«, fragte er ruhig, doch Mylène nahm dennoch den leisen Unmut wahr, der seinen Worten anhaftete.

»Komm mit.« Unglücklich führte sie ihn ins Schlafzimmer. Scott, der mit seinem Whiskey vor sich hin brütete, stand träge auf.

»Gott sei Dank, dass Sie gekommen sind, Doktor. Können Sie meiner Frau helfen? Sie ist etwas unpässlich.«

Sébastien verzog keine Miene über diesen Euphemismus, sondern stellte seine Tasche ab und beugte sich zu Zelda hinunter. »Können Sie mich hören, Mrs Fitzgerald?«, fragte er sanft. Er war ganz für seine Patientin da, jegliche persönliche Emotionen schien er auszublenden. Mylène spürte, wie ihr Herz heftig zu schlagen begann, es schlug für ihn. Sehnsucht wallte in ihr auf, so wie Zelda im Fokus seiner Aufmerksamkeit zu stehen. Wieder einmal überrollte sie das Bedauern über den Verlust ihrer großen Liebe wie eine Woge.

»Können Sie bitte draußen warten?« Sébastien sah Scott kühl an, dann nickte er Mylène zu. Der Schriftsteller schien protestieren zu wollen, fügte sich dann aber und verließ mit Mylène den Raum.

Sie brachte Scottie zum Mittagsschlaf ins Bett, dann blieb ihr nichts übrig, als unbehaglich mit Scott im Flur zu stehen und zu warten. Feine rote Adern durchzogen seine Augen, und er dünstete den Geruch nach Alkohol und saurem Schweiß aus. Und noch etwas anderes umgab ihn, eine Art innere Rastlosigkeit, ein Getriebensein, das sie nur allzu gut von Zelda kannte.

Endlich hörte sie Schritte im Schlafzimmer, und Sébastien kam heraus. Sachte zog er die Tür hinter sich zu. »Sie schläft jetzt«, verkündete er und fixierte Scott durchdringend, bevor er den Blick rasch abwandte.

»Geht es ihr besser?«, flüsterte Mylène.

Sébastien nickte. »Ja, ich habe ihr etwas zur Beruhigung gegeben.« Er räusperte sich, so als überlegte er, wie offen er mit Scott sprechen sollte. »Ihr Körper hat heftig reagiert, als die Wirkung des Kokains nachließ. Unmittelbar nach der Einnahme fühlte sie sich anscheinend hellwach und euphorisch, was völlig normal ist.«

Mylène dachte daran zurück, wie Zelda nach ihrer Rückkehr aus Antibes voller Energie umhergewuselt war und die Nacht zum Tag gemacht hatte.

Scott grunzte. »Ich weiß, ich war dabei.«

»Sobald die Wirkung schwächer wird, kommt es oft zu Kopfschmerzen und Unruhe, man fühlt sich depressiv und völlig verängstigt.«

»Aber sie kommt wieder in Ordnung?«, fragte Scott müde.

»Ja. Aber sie sollte sich ausruhen. Und ich muss wohl nicht betonen, dass sie künftig die Finger von dem Teufelszeug lassen sollte.« Sébastien sah auf Scotts leeres Glas, das dieser umklammerte wie einen Rettungsring.

In Scotts Mundwinkeln zuckte ein schwaches Lächeln. »Ich habe die Botschaft vernommen. Danke, dass Sie gekommen sind, Doktor.«

»Jederzeit.« Sébastien schaute Mylène an, als gelte seine Erwiderung ihr, nicht dem Schriftsteller. In ihren Ohren rauschte es vor Aufregung, Hoffen und Sehnen. Spürte auch er, dass die Geschichte zwischen ihnen noch nicht zu Ende war, oder war das nur ihr Wunschdenken?

»Ich bringe dich hinaus.« Sie trat vor die Haustür und blieb im beschatteten Bereich, in dem es intensiv nach Bougainvillea duftete, stehen. Er folgte ihr, und einige Sekunden sahen sie sich wortlos an.

»Wahrscheinlich habe ich überreagiert«, sagte er schließlich nachdenklich, als sich die Stille so lange hingezogen hatte, dass sie drauf und dran war, ins Haus zurückzugehen, alle Hoffnung zerschlagen, überschwemmt von Traurigkeit. »Ich hätte dich bei unserem letzten Gespräch nicht einfach so zurücklassen sollen. Aber ich war so verletzt, kannst du das verstehen? Du hast mich nicht in dein Leben gelassen, hast mir alle diese wichtigen Erfahrungen, die dich ausmachen, nicht erzählt. Du hast mir nicht vertraut. Das konnte ich nicht ertragen, ich habe keine gemeinsame Basis mehr für uns gesehen.«

Sie bückte sich nach einem leuchtend lila Blütenblatt und zerbröselte es zwischen ihren Fingern. »Ich habe dir immer vertraut. Aber ich habe mich geschämt. Es kommt einem nicht leicht über die Lippen, dass der Vater Schande über die Familie gebracht hat. Ich dachte, es wäre besser, wenn du ein einfaches Zimmermädchen in mir siehst als eine Frau aus einer kaputten Familie.«

»Überlass es mir, zu entscheiden, was ich über dich denke«, entgegnete er ungewohnt heftig.

»Außerdem wollte ich dir nicht im Weg stehen.« Sie hing in seinem Blick, glaubte in seinen blaugrauen Augen zu ertrinken. »Schließlich weiß ich sehr gut, dass dein Vater keine passende Partie in mir sieht.«

Er presste die Lippen zusammen, wandte den Kopf zur Seite und starrte die in der Sonne glühende Straße entlang. »Wer zu mir passt, entscheide ich auch selbst, da hat mein Vater nichts mitzureden.«

»Wirklich?« Sie spürte, wie er mit sich kämpfte, wie das Pflichtgefühl gegenüber seinem Vater mit der Liebe zu ihr rang. Sie schluckte mühsam die Tränen herunter, die aus der Tiefe ihrer Brust aufzusteigen schienen. »Die Finanzierung deiner Praxis ist doch an die Bedingung geknüpft, dass du nichts mehr mit mir zu tun hast. Dass du dir eine Frau aus einer gehobenen Gesellschaftsschicht suchst, die sich in den Augen deines Vaters zur Arztfrau eignet.«

Sébastien griff nach seiner Arzttasche. »Es ist gerade ein bisschen viel für mich. Ich weiß auch nicht, wie es weitergehen soll. Dich wiederzusehen, die ständigen Forderungen meines Vaters im Nacken, die Praxis, die auf mich wartet … Aber ich möchte dich auf jeden Fall wiedersehen, Mylène. Wir dürfen nicht zulassen, dass wir noch einmal so lange keinen Kontakt mehr zueinander haben. Darf ich dich am Sonntag zu einem Ausflug einladen?«

Im ersten Moment wollte sie ablehnen, denn sie sah noch immer keine Zukunft für sie beide, aber ihre Sehnsucht war stärker, loderte in ihr wie ein neu entfachtes Feuer. »Ja.«

Er beugte sich zu ihr und küsste sie. Sie bog sich ihm entgegen, vermochte nicht genug zu bekommen von dieser wieder aufflammenden Leidenschaft, der süßen Weichheit seiner Lippen.

»Bis Sonntag, mon trésor.« Er riss sich von ihr los, so als schaffe er es nicht mehr, wenn er nur eine Sekunde länger blieb, und lief schwungvoll seinem Automobil entgegen. Mit hängenden Armen schaute sie ihm hinterher, hin- und hergerissen zwischen Liebe und Angst, ihn endgültig zu verlieren.

»Ich wünsche dir viel Spaß.« Zelda begutachtete Mylènes Erscheinungsbild, zupfte eine dunkle Haarsträhne unter dem Strohhut zurecht und rückte ihren silbernen Anhänger gerade, wie eine Zofe, die die Dame des Hauses für ein Fest ankleidete. »Kümmerst du dich heute Abend um Scottie? Du wirst ja sicher nicht allzu lange wegbleiben. Die Murphys und ich wollen ins Casino, um uns ein bisschen zu amüsieren. Ich muss gestehen, das verleiht mir nach den letzten Tagen, in denen mich die Eintönigkeit hier fast aufgefressen hat, neuen Auftrieb.«

Mylène schluckte. »Ja, natürlich, Zelda.« Tatsächlich hatte Zelda seit dem unglückseligen Zwischenfall vor einigen Tagen hauptsächlich auf dem Sofa oder im Schatten des Sonnenschirmes auf der Terrasse gelegen, so wie Sébastien es geraten hatte. Körperlich war es ihr rasch besser gegangen, zurück blieb allerdings dieser überreizte, nervöse Zustand, der sie des Öfteren heimsuchte. Dass sie nun wieder ausgehen wollte, erweckte gemischte Gefühle in Mylène.

Zelda schien ihre Gedanken zu erraten. Sie lachte leise und befestigte eine pfirsichfarbene Blüte am Band von Mylènes Strohhut. »Keine Sorge, meine Liebe. Heute will ich wirklich nur tanzen und Champagner trinken und mit Freunden zusammen sein. Du musst keine Angst haben, dass ich wieder über die Stränge schlage. Scott würde mich umbringen.«

»Gut.« So ganz überzeugt war Mylène nicht, doch es blieb ihr nichts anderes übrig, als Zeldas Beteuerung Glauben zu schenken. Der Schock über den Zusammenbruch nach dem Kokaingenuss saß ihr immer noch in den Knochen; nicht nur ihr, auch Scottie beäugte ihre Mutter seitdem argwöhnisch und hing wie eine Klette an ihrem Kindermädchen. »Ich bin wirklich froh, dass es dir besser geht.«

Sie hörten ein Auto vorfahren, und Zelda legte die Hand auf Mylènes Arm. »Und nun amüsier dich. Du hast es dir verdient. Und mach es ihm nicht so leicht – denk dran, er hat dich die letzte Zeit ganz schön zappeln lassen.«

»Ich weiß.« In Wahrheit lag ihr nichts ferner, als Sébastien zappeln zu lassen, sie war nicht wie Zelda, die in Bezug auf Männer taktierte, ihr wurde immer klarer, dass sie simpler gestrickt zu sein schien.

Sébastien küsste sie auf den Mundwinkel und öffnete ihr galant die Automobiltür. »Bereit für einen Ausflug ins Blaue?«

»Ins Blaue? Wohin soll es denn gehen?«

»Das ist eine Überraschung.« Gut gelaunt startete er den Wagen, und sie fuhren gegen Osten, durch kleine, malerische Dörfer mit dicht zusammengedrängten Steinhäusern, auf deren Fensterbrettern so üppige Bougainvilleen in Quittengelb, Tomatenrot und Pflaumenlila wuchsen, dass sie bis auf das Kopfsteinpflaster der engen Straßen herabhingen. Das letzte Stück führte an der Küste entlang. Mylène genoss es, ihre Augen über das in der Sonne funkelnde Meer und den Horizont schweifen zu lassen.

»Ich ahne, wohin die Reise geht.« Ob es eine gute Idee war, nach La Croix-Valmer zu fahren, an den Ort, den sie vor langer Zeit gemeinsam besucht hatten, in ihrer ersten jungen Liebe schwelgend, um dann im Arzthaus auf Sébastiens Vater zu stoßen, der ihren Träumen mit einem Schlag den Glanz genommen hatte?

Die hellen Häuser der kleinen Küstenstadt, die Palmen am Straßenrand, all das schien sie willkommen zu heißen, wirkte freundlich und einladend.

»Besuchen wir Docteur Talon?«, fragte sie und vermochte schwerlich die Panik aus ihrer Stimme herauszuhalten. Was hatte Sébastien vor? Sie gehörte nicht an diesen Ort, wusste nicht, ob sie Teil seiner Zukunft sein konnte, auch wenn sie sich einander wieder vorsichtig annäherten.

»Nein. Ich habe letztens eine entzückende Boulangerie-Pâtisserie hier entdeckt, ich wollte dich zu einem Stück Kuchen einladen«, sagte Sébastien, und sie atmete auf.

»Kuchen ist immer eine gute Idee.«

Sébastien parkte den Wagen und bot ihr lächelnd seinen Arm an. Gemächlichen Schrittes spazierten sie die Hauptstraße entlang, zwei Sonntagsausflügler, die es sich gut gehen ließen. Im Schaufenster des kleinen Cafés, das Sébastien anvisierte, standen Platten mit köstlichen Kuchen und Gebäckstücken, Obsttartes, Eclairs, sowohl mit Schokoladen- als auch mit Vanillecreme gefüllt, Mille-feuilles aus knusprigem Blätterteig, Profiteroles und noch vieles mehr.

»Mir läuft das Wasser im Mund zusammen, dir auch? Nichts wie rein.« Sébastien geleitete sie zu einem Tisch und zog ihr zuvorkommend einen Stuhl mit zuckerweißer Husse hervor.

Die Boulangerie-Pâtisserie ähnelte einer gemütlichen Puppenstube, alles war in Weiß, Bonbonrosa und Pistaziengrün gestaltet. Ein Mädchen mit anrührend altmodischen geflochtenen Zöpfen, die auf dem Kopf zu einem Kranz aufgesteckt waren, und makelloser weißer Schürze nahm ihre Bestellungen entgegen. Um ihnen die Wartezeit zu verkürzen, stellte sie einen silbernen Teller mit zuckerüberzogenen Mandeln auf den Tisch.

»Schöner kann es im Ritz in Paris auch nicht sein«, raunte Mylène Sébastien zu, der krachend eine Mandel zerbiss.

»Du könntest in einem Café wie diesem arbeiten«, sagte

er, den Blick auf den silbernen Teller gerichtet, als wage er es nicht, sie anzusehen. »Du musst nicht bei den Fitzgeralds bleiben.«

Das Mädchen brachte den Kuchen, eine Réligieuse aus Blätterteig und Pudding für Mylène, ein großzügiges Stück Zitronenbaisertorte für Sébastien.

Statt zuzugreifen, verknotete sie unbehaglich ihre Leinenserviette. »Aber Sébastien, wieso soll ich plötzlich in einem Café arbeiten? Ich habe doch bereits eine Stelle.«

»Das mag stimmen. Aber ich mache mir Sorgen um dich.« Sébastien sah hoch, und plötzlich ruhten seine Augen voll lange vermisster Zuneigung auf ihr. »Fitzgerald ist Alkoholiker. Ich weiß, du hörst das nicht gern, weil du an ihm und seiner Frau hängst, aber so ist das nun mal. Er mag ein begnadeter Schriftsteller sein, trotzdem hat er ein Problem, und es ist mir nicht geheuer, dass du mit einem solchen Arbeitgeber zu tun hast. Was ist, wenn er mal die Kontrolle über sich verliert?«

»Das wird nicht geschehen.« Mylène führte ein Stück Kuchen zum Mund, aber es schmeckte wider Erwarten bitter. Rasch verdrängte sie die Erinnerung an ihren Vater, der sich im Rausch erhängt hatte; so etwas würde Scott niemals tun. Er tat niemandem weh, er brauchte den Alkohol lediglich, um seine Schaffenskraft anzukurbeln.

»Und Zelda … Ich bitte dich, die Frau ist so wechselhaft wie das Wetter in der Bretagne, und verantwortungslos noch dazu. Ich muss dich wohl nicht an die Episode letztens erinnern.«

Stumm schob Mylène einen weiteren Bissen in den

Mund. Sie wusste, dass Sébastien mit allem recht hatte, trotzdem waren die Fitzgeralds ihr Zuhause, ihre Familie, seit sie aus dem Grimm's Park verscheucht worden war. »Sie haben ihre Probleme«, sagte sie fest. »Aber sie brauchen mich. Vor allem die Kleine ist auf mich angewiesen. Sie braucht Stabilität, und die kann ich ihr geben. Im Moment vielleicht besser als ihre Eltern.«

Sébastiens Augen huschten bekümmert über sie, aber er beschloss wohl, es gut sein zu lassen, zumindest für den Moment. Sie waren zwar wieder dabei, sich aneinander heranzutasten, dennoch war er nicht in der Position, zu verlangen, dass sie kündigte, und das wusste er sicherlich.

»Außerdem siehst du so müde und erschöpft aus, Mylène … Als ob du zu wenig Schlaf bekommst. Hast du zu lange Arbeitszeiten, gönnen sie dir keinen Feierabend?«

Mylène wandte den Kopf ab. Beim Anblick ihres Spiegelbildes im Schaufenster wurde ihr bewusst, dass Sébastien recht hatte. Ihr Gesicht war unter der Sonnenbräune auffallend blass, ihre Sommersprossen stachen ungesund hervor. Unter den Augen bemerkte sie tiefe, fast gräuliche Schatten. »Ich habe genug freie Zeit. Sobald ich Scottie zu Bett gebracht habe, gibt es nichts mehr zu tun. Aber …« Sie gab sich einen Ruck. Die Zeit der Heimlichtuerei war vorbei, sie wollte ehrlich mit Sébastien sein. »Fitzgerald schreibt bis spät in die Nacht, und wenn er zu Bett geht, führen er und Zelda noch lange Gespräche. Über sein Buch, über das Schreiben, über Gott und die Welt. Da das Haus keine dicken Wände hat, höre ich alles mit, und … Und ich muss gestehen, dass ich natürlich neugierig bin, was die beiden besprechen.«

Sie errötete vor Verlegenheit, doch Sébastien schüttelte belustigt den Kopf. »Das denke ich mir.«

»Doch nicht nur diese Gespräche halten mich vom Schlafen ab«, fügte sie wie zur Ehrenrettung der Fitzgeralds rasch hinzu. »Mir ist kürzlich eine grandiose Idee für eine neue Geschichte gekommen, an der ich jeden Abend ein Stück weiterschreibe, und oft finde ich kein Ende mehr.«

»Irgendwann wirst du so berühmt wie Fitzgerald sein.« Er nahm ihre Hand und küsste ihre Fingerspitzen. Das Vertrauen, das er in ihre Fähigkeiten hatte, rührte sie und ermutigte sie, noch weiter auszuholen.

»Es gibt mir so viel, in der Villa Marie zu wohnen! Ich kann so viel von Fitzgerald lernen, von seiner Arbeitsweise, von diesem Drang, immerfort zu schreiben und niemals aufzugeben, auch wenn er eine schlechte Phase hat und nicht die richtigen Worte findet. Es ist so ein Glücksfall, dass ich die Chance bekommen habe, mit einem der …«

Sébastien unterbrach sie mit einem schiefen Lächeln. »… mit einem der berühmtesten Schriftsteller Amerikas …«

»… zusammenzuleben. Versuch nicht, mir diese Möglichkeit auszureden.«

»Das tue ich nicht, ich weiß, wie wichtig dir dies alles ist.« Doch er klang niedergeschlagen, als er gleich darauf die Rechnung verlangte.

Hand in Hand gingen sie zum Automobil zurück. Die Nachmittagssonne hing träge über dem Meer und den menschenleeren Straßen, die Siesta zu halten schienen. Sébastien startete den Wagen, doch anstatt Richtung Landesinnere zu fahren, steuerte er ihn zu Docteur Talons Praxis. Dort stellte er den Motor ab, und sie starrten beide auf das Arzthaus auf der anderen Straßenseite. Der Garten war seit ihrem letzten Besuch noch verwilderter, glich nun einem undurchdringlichen Labyrinth. Mylène gab sich Tagträumen hin, wie sie mit einer gigantischen Schere versuchte, Ordnung in das Gestrüpp zu bringen, und prächtige Blumen pflanzte.

»Willst du läuten?« Mylène war nicht ganz klar, wieso sie hier hielten, zumal Sébastien keinerlei Anstalten machte, auszusteigen.

»Nein.« Ein wehmütiger Ausdruck schlich sich in seine Miene. »Ich musste mir in letzter Zeit über einiges klar werden, weißt du.«

Sie wagte nicht zu fragen, worüber, sondern spürte nur ihrem eigenen Herzschlag nach, der einem Trommelwirbel glich.

»Es tut mir so leid, dass du mitbekommen hast, dass mein Vater mich von dir abbringen wollte. Ich schäme mich für ihn und seine Verbohrtheit.« Er rückte zu ihr herüber und lehnte seinen Kopf gegen ihre Brust, und sie schlang die eine Hand um seinen Hals, mit der anderen strich sie ihm über das braune Haar, eine Geste, mit der sie Scottie zu trösten pflegte, wenn sie unglücklich war.

»Ich verstehe, dass du an unserer Beziehung gezweifelt hast«, wisperte sie. Ein Schmetterling mit blau getupften Flügeln flog am Autofenster vorüber, und sie blickte ihm gedankenverloren nach. »Du musstest dich deinem Vater fügen – du musst es noch. Er ermöglicht dir deinen Traum einer eigenen Praxis, du bist auf ihn angewiesen.«

»Mein Vater stammt aus einer anderen Generation. Liebe

ist bei ihm nicht der ausschlaggebende Punkt. Er stammt aus kleinen Verhältnissen, es war ihm wichtig, sich hochzuarbeiten und ein gewisses Ansehen zu erringen. Deshalb hat er so große Erwartungen an mich. Für ihn ist es undenkbar, als Arzt mit einer Frau zusammen zu sein, die ein einfaches Zimmermädchen ist!«

»Und genauso undenkbar ist wohl eine Frau, die zwar aus gutem Elternhause stammt, deren Vater aber sein Vermögen riskiert hat und sich aus Angst vor der Verantwortung das Leben genommen hat«, stammelte sie, bemüht, ihre aufgewühlten Gedanken zu ordnen.

»Mag sein. Ich habe mit ihm nicht mehr über dich gesprochen.« Sébastien richtete sich wieder auf und blickte wieder zu dem Arzthaus hinüber. Die Niedergeschlagenheit war aus seiner Miene gewichen, stattdessen lag ein entschlossener Zug um seine Lippen. »Denn ich habe mich entschieden. Für dich, Mylène.«

»Aber …« Ihr Inneres fuhr Achterbahn, ihre Gedanken rasten haltlos durcheinander. Das Glück, das sie wohl empfinden sollte, wurde von dem überwältigenden Gefühl aufgesaugt, dass Sébastiens Entscheidung nicht richtig war. Nicht durchdacht, im Überschwang der Emotionen getroffen. Er konnte doch nicht ihr zuliebe alles, worauf er hingearbeitet hatte, wegwerfen wie einen Anzug, den er sich für ein Fest gekauft hatte, das dann doch nicht stattfand!

»Kein Aber.« Er strich mit dem Finger zärtlich über ihre Wange. »Glaub mir, ich habe wirklich gründlich nachgedacht, mir alle Eventualitäten überlegt. Ich gehe davon aus, dass mein Vater mir keinen Sou für die Praxis zuschießt. Deshalb werde ich verzichten. Docteur Talon wird sich einen anderen Nachfolger suchen müssen.«

»Aber die Praxis war dein Traum …!«, begehrte Mylène auf. Würde sie damit leben können, dass Sébastien seinen innigsten Wunsch ihr zuliebe aufgab?

»Arzt zu sein ist mein Traum. Ich werde eine andere Stelle finden, vielleicht in einem Hospital.« Er zog sie an sich, und sie atmete seinen wohlvertrauten Geruch nach Seife und Sonne ein. »Und ich werde dir jetzt keinen Heiratsantrag machen, hier im Auto und auf der Straße. Das wäre zu unromantisch. Kannst du dich noch ein wenig gedulden?«

Mylène konnte nicht anders, als über seinen schelmischen Ausdruck zu lachen, und mit einem Mal fiel die ganze Anspannung von ihr ab. Die Gewissheit, dass sie alle Schwierigkeiten bewältigen konnten, solange sie nur zusammenhielten, erfüllte sie plötzlich, und sie fühlte sich so leicht wie lange nicht mehr.

»Mir bleibt wohl nichts anderes übrig«, scherzte sie und betrachtete ihn von der Seite, während er den Wagen startete. Wie sehr sie ihn doch vermisst hatte, seine Ruhe und Gelassenheit und die Zuneigung, mit der er sie umfing.

Als sie nach Saint-Raphaël zurückkehrten, stand bereits ein anderes Automobil auf der steilen Straße vor der Villa Marie. Es war das der Murphys, die gerade an der Haustür von Zelda in Empfang genommen wurden. Zelda trug ein meerschaumgrünes, mit Pailletten besticktes Kleid aus Crêpe de Chine und ein dazu passendes Stirnband, das mit Perlen und Glassteinen besetzt war, im aschblonden Haar. Auch

Sara war herausgeputzt, und selbst Gerald hatte sein übliches legeres Shirt gegen einen Smoking getauscht.

»Sie wirken, als gingen sie auf einen königlichen Ball«, murmelte Sébastien, als er Mylène die Autotür öffnete. Scott hielt sich im Eingangsbereich des Hauses auf, lässig an eine Kommode gelehnt, ein Glas mit durchsichtiger Flüssigkeit in der Hand. Sein Haar war zerzaust, sein weißes Hemd hing aus der Hose.

Sébastien hob an, um etwas zu sagen, schluckte seine Bemerkung jedoch herunter. Er nahm Mylène in die Arme und hielt sie einen Moment lang fest. Das Abschiednehmen war qualvoll, ihr war, als nehme er ein Stück von ihr mit, einen Splitter ihres Herzens.

»Pass auf dich auf«, flüsterte er und küsste sie.

»Mach ich«, murmelte sie schwach und sah ihm nach, wie er gleich darauf ins Automobil stieg und den Hügel hochfuhr, um zu wenden.

»Scottie braucht noch Abendbrot«, teilte Zelda Mylène mit. »Wir brechen etwas früher auf als geplant, der Ruf des Vergnügens ist zu stark.« Sie kicherte heiser. »Der Göttergatte bleibt da. Er will lieber weiterschreiben, der alte Spielverderber, was, Goofo?«

Scott ging nicht auf ihren leicht provozierenden Tonfall ein. »Ich möchte einfach in Ruhe an meinem Buch weiterarbeiten.«

Zelda zuckte die Achseln und rauschte den Murphys hinterher zu deren Wagen. Als sie abgefahren waren, trat Mylène ins Haus und zog die Tür hinter sich zu. Noch nie war es so still in der Villa Marie gewesen. Scottie saß auf dem Sofa und zog ihrer Puppe ein schillerndes Partykleid an.

»Komm in die Küche, Kleines«, sagte sie und zog das Kind vom Sofa. »Ich bereite dir etwas zu essen zu.«

Seit dem Ausflug mit Sébastien schien die ganze Welt wieder leuchtender und bunter, die Schwermut, die ihre Schlinge um sie gezogen hatte, war von ihr abgefallen. Sébastien und sie hatten wieder eine Zukunft; zwar wusste sie noch nicht, wie sie ihre noch immer bestehenden Schwierigkeiten lösen konnten, aber sie verspürte Zuversicht, dass sich alles regeln würde. Jetzt lag erst einmal ein wundervoller Abend vor ihr. Sie würde Scottie ins Bett bringen und sich dann in ihrem Zimmer mit ihrer Geschichte beschäftigen, bis ihr die Augen zufielen, nur durch einen kleinen Flur von F. Scott Fitzgerald getrennt, der an seinem nächsten Meisterwerk schrieb, beide verschlungen von einem Taumel aus Worten, Sätzen, papiernen Gestalten, die so real erschienen, als seien sie aus Fleisch und Blut.

Kapitel 13

Nachdem sie mit den Murphys das Casino besucht hatte, war Zelda wie ausgewechselt. Von Stumpfsinn keine Spur mehr, sie sprühte geradezu vor Unternehmungsgeist. Mylène hatte den Eindruck, als würde Zelda von einer inneren Unruhe angetrieben, die sie dazu brachte, so viel zu sehen und zu erleben wie möglich. Dem Abend im Casino folgten mehrere Ausflüge nach Saint-Raphaël, um entweder einzukaufen oder eines der lauschigen Cafés zu besuchen.

»Scottie will an den Strand«, maulte die Kleine, als Mylène sie an der Hand zum dritten Mal in einer Woche hinter ihrer Mutter her durch die Stadt zog.

»Vielleicht später noch, chérie«, tröstete Mylène sie. Auch sie genoss die Ausflüge nach Saint-Raphaël wenig, da es einfach viel zu heiß war, eine Glocke aus Hitze und Staub schien sich über die Stadt zu stülpen. Am Strand konnte man sich wenigstens im Wasser abkühlen.

»Ich brauche unbedingt neue Kleider«, murmelte Zelda; ihre Augen glänzten fiebrig. Mylène überlegte besorgt, ob sie vielleicht krank war. In einer Boutique erstand sie vier Kleider, zwei davon prächtige Abendroben, dazu die passenden

Hüte und Haarbänder, alles, ohne es anzuprobieren. »Das Mitternachtsblaue kann ich im Casino tragen.«

»Und wenn es nicht passt, Zelda? Probiere es doch lieber an.«

Zelda lächelte flüchtig. »Es wird schon passen, Mylène, und wenn nicht, finde ich schon jemanden, der nach Saint-Raphaël fährt, um es zurückzugeben. Thierry vielleicht.«

Später saßen sie unter den Sonnenschirmen eines Cafés. Sie und Scottie tranken eine Limonade, die sie in der heißen, fast auf der Haut klebenden Luft noch durstiger machte, Zelda nippte an einer White Lady.

»Wann siehst du deinen netten Verlobten wieder?«, fragte Zelda, während sie die Flanierenden musterte, als halte sie nach Bekannten Ausschau. »Ich hoffe, du siehst ihn wieder öfter, nachdem er letztens hereingeschneit ist, um mir zu Hilfe zu eilen.«

Der Vorfall mit dem Kokain wurde in der Villa Marie nicht mehr namentlich erwähnt, nur noch vage umschrieben. »Als es mir neulich so schlecht ging«, pflegte Zelda vor den Murphys ominös anzudeuten, oder »als ich nach dem Besuch des Nachtklubs einen kleinen Kreislaufkollaps erlitten habe«.

»Wir sind wieder regelmäßig verabredet«, verriet Mylène. »Ich glaube, unsere Beziehung hat nach der Zeit der Funkstille ein neues Stadium erreicht – Sébastien sprach von Heirat.«

Zelda setzte ihr Glas ab und riss die Augen auf. »Und warum schaust du wie drei Tage Regenwetter? Wenn das kein Grund zur Freude ist!«

»Ich weiß.« Mylène brachte ein zaghaftes Lächeln zustande. »Es ist nur so, dass er, um mit mir zusammen sein zu können, seinen Traum einer eigenen Praxis aufgibt. Du erinnerst dich daran, dass sein Vater mich nicht akzeptiert? Natürlich bin ich glücklich, Sébastien wiederzuhaben, aber ich kann es nicht ertragen, dass er dafür seine beruflichen Pläne über den Haufen werfen muss.«

»Meine liebe Mylène.« Zelda legte ihre braun gebrannte Hand mit den Edelsteinringen auf ihre, begütigend wie eine Lehrerin fortgeschrittenen Alters, die ihrem Zögling ein paar Weisheiten mit auf den Weg gibt. »Darüber mach dir bitte keine Gedanken! Wir Frauen sind ständig gezwungen, Opfer zu bringen, es ist nicht mehr als recht, dass es auch einmal andersherum ist. Liebe bekommt man nicht immer geschenkt, manchmal muss man etwas dafür tun.«

Mylène schluckte; sie merkte, dass Zelda eigentlich über sich selbst sprach, darüber, dass sie gezwungen war, künstlerisch zugunsten Scotts zurückzustecken. Dass sie die zweite Geige spielte, ihrem berühmten Ehemann ihre Kurzgeschichten überließ, damit er in seinem Ruhm baden konnte.

»Dein Sébastien kann ruhig merken, dass du eine Frau bist, die ihren Preis hat«, schob Zelda hinterher.

»Meinst du?« Sicher hörte Zelda die Zweifel in ihrer Stimme. Bereits zu Anfang ihrer Bekanntschaft hatte sie ihr gerne Ratschläge erteilt, wie man mit Männern umzugehen hatte und als Frau am besten wegkam. Hatte Mylène diese Tipps zunächst in sich aufgesogen, schob sie sie mittlerweile immer weiter von sich. Sie vermochte einfach keine Genugtuung darüber zu empfinden, dass Sébastien seinen Traum begrub, im Gegenteil, es schmerzte und belastete sie, dass sie der Grund dafür war.

»Schau nicht so bestürzt, Mylène, sondern denk über meine Worte nach«, sagte Zelda munter und nahm einen großen Schluck ihrer White Lady. »Hat er dir bereits einen Antrag gemacht?«

Scottie prustete durch ihren Strohhalm Limonade über den Tisch, und Mylène beeilte sich, die Tropfen mit einem Taschentuch aufzuwischen. »N…nein.«

Zelda schnalzte mit der Zunge, um ihrem Unmut Ausdruck zu verleihen. »Worauf wartet er? Heiz ihm nur kräftig ein, Liebes!«

»Das kann ich nicht.« Mylène verschwieg, dass ihr nichts ferner lag, als Sébastien unter Druck zu setzen. Natürlich wünschte sie sich nichts mehr, als ihr Leben mit ihm zu verbringen, doch sie verstand, dass es nicht so einfach war. Zuerst musste Sébastien sein Leben in Ordnung bringen, eine Aussprache mit seinem Vater führen, mit Docteur Talon sprechen, eine neue Arbeitsstelle finden … Alles in ihr wurde schwer, schien sie hinabzuziehen.

»Schau zu, dass er in die Gänge kommt. Du weißt, wie das geht. Mach dich rar, gib dich verstimmt, ein bisschen schnippisch, mach ihn eifersüchtig … Er ist es sicher wert. Es ist immer gut, einen Arzt in der Familie zu haben. Einen Arzt und einen Rechtsanwalt. Wusstest du, dass mein Vater Richter ist? Oh, wo wir gerade von attraktiven Männern sprechen …«

Mylène, verwirrt durch den abrupten Themenwechsel, der so typisch war für Zelda, folgte ihrem Blick. Ihre Freundin saß plötzlich sehr aufrecht auf ihrem Stuhl und lächelte einem Mann in Offiziersuniform zu, der sich einige Tische weiter mit ein paar Kameraden niedergelassen hatte. Auch er hatte sie entdeckt, erhob sich und bahnte sich durch die anderen Gäste hindurch seinen Weg zu ihnen.

»Zelda! Welch schöne Überraschung, Sie wiederzusehen!« Er küsste ihr galant die Hand. Mylène musterte ihn verstohlen; er schien sie gar nicht zu bemerken, sondern hatte nur Augen für Zelda. Er war eine große, stattliche Erscheinung, und durch die Uniform strahlte er etwas Respekt einflößendes aus, was Zelda wohl zu gefallen schien. Jedenfalls unterhielt sie sich überaus angeregt mit ihm.

»Mylène, darf ich dir Édouard Jozan vorstellen? Er ist im Fliegerhorst in Fréjus stationiert, wir haben uns an jenem Abend im Casino kennengelernt. Édouard, das ist Mylène Collard, die Mademoiselle, die wir für Scottie eingestellt haben. Das ist natürlich Scottie.«

Jozan strich sich seine dunklen, gepflegten Haare aus der Stirn und verbeugte sich ein wenig, um auch Mylène und Scottie die Hand zu küssen, was die Kleine mit begeistertem Kichern quittierte. In Mylène keimte der Verdacht, dass Jozan womöglich der Grund sein könnte, warum Zelda seit dem Abend im Casino so aufgekratzt war. Nach der Eskapade mit dem Rauschgift traute sie ihr doch einiges mehr zu als zuvor. Andererseits hatte sie noch nie ein Ehepaar gesehen, das einander so zugetan war wie die Fitzgeralds, trotz ihrer Meinungsverschiedenheiten bildeten sie eine Einheit, die unzerstörbar schien.

»Wie nett«, sagte Jozan, wandte sich aber sogleich wieder

Zelda zu und präsentierte Mylène lediglich den Rücken. »Ich habe mich letztens sehr über unser Zusammentreffen im Casino gefreut. War es nicht ein aufregender Abend? Erinnern Sie sich an diese junge Frau, die einen Strauß wie ein Haustier an der Leine führte?«

»Ich könnte mich jetzt noch ausschütten vor Lachen.«

»Oder diese zwei jungen Frauen, die auf einem Tisch den Charleston tanzten, bis das eine Tischbein wegbrach?«

»Meine Güte, das war zum Schreien komisch.«

»Vielleicht begleiten Sie Ihre Freunde wieder einmal ins Casino?«

»Warum nicht?« Mit einem koketten Wimpernaufschlag sah Zelda zu dem Offizier auf. »Genauso gut könnten Sie auch mal zusammen mit Sara und Gerald in die Villa Marie zum Essen kommen. Wie spontan sind Sie?« Mylène spürte, wie sehr Zelda es genoss, mit Jozan zu flirten. Aber ihr Interesse an ihm war gewiss harmloser Natur, sonst würde sie ihn wohl kaum nach Hause einladen.

Mylène wischte Scotties klebrigen Mund ab, während die Kleine auf ihrem Stuhl herumturnte und unwirsch »Noch eine Limonade!« forderte, was Zelda schlichtweg ignorierte.

»Würde Ihnen heute Abend passen?« Um Jozans Mundwinkel zuckte ein Lächeln.

»Natürlich, Édouard. Dann freue ich mich auf Sie! Auf dem Heimweg werden wir am Postamt halten und bei den Murphys durchklingeln. Es wäre herrlich, wenn wir unseren Spaß von neulich wiederholen könnten.«

»Dann bis heute Abend.« Jozan neigte den Kopf zum Abschied und ging wieder zu seinen Kameraden zurück.

»Ein interessanter Mann«, murmelte Zelda gedankenversunken. »Und ich freue mich, heute Abend eines meiner neuen Kleider anzuziehen. Welches, denkst du, ist schöner, Mylène, das cremefarbene oder das hummerrote?«

Die Murphys, die auf dem Postamt per Fernsprecher eingeladen wurden, hatten bereits andere Verpflichtungen für den Abend. Zu Hause angekommen, wies Zelda Benoît an, für das Diner einige französische Köstlichkeiten aufzutischen.

»Es soll ein ganz lockerer Abend werden«, überlegte Zelda laut, als sie später bäuchlings auf dem Sofa lag und ein Kreuzworträtsel löste. »Scottie darf ausnahmsweise mit uns Erwachsenen essen, und du sollst natürlich auch dabei sein, Mylène. Scott und Édouard werden sich sicher gut verstehen.«

Mylène atmete erleichtert auf; Zeldas Hoffnung, Scott und Édouard würden sich anfreunden, zerstreute ihre Befürchtungen, sie wäre in den Piloten verschossen.

Pünktlich um acht erschien Édouard Jozan, einen üppigen Strauß roter Rosen im Arm. Seine stramm sitzende Uniform betonte seine athletische, durchtrainierte Figur.

»Für Sie, Zelda. Danke für die Einladung, ich freue mich sehr.«

Camille hatte auf der Terrasse gedeckt. Die Sonne, die den ganzen Tag stechend herabgebrannt hatte, tauchte nun alles in milderes Licht. Mit der Aussicht auf das ruhige, tintenblaue Meer und die Feigen-, Zitronen und Eukalyptusbäume ringsum wirkte das kleine Plätzchen paradiesisch.

Zelda machte die beiden Männer miteinander bekannt.

Fitzgerald, der sich inmitten einer produktiven Schreibphase befand und mit seinem Buch zur Abwechslung einmal gut voranzukommen schien, wirkte aufgeräumt und gastfreundlich. Mit hochgekrempelten Hemdsärmeln versorgte er den Gast mit Wein.

»Sie sind Flieger? Wo sind Sie stationiert?«, fragte er Édouard und sah ihn mit diesem für ihn so charakteristischen Blick an, der einem das Gefühl verlieh, im Moment das Wichtigste zu sein, das im Fitzgerald'schen Universum existierte.

»In Fréjus. Eine nette Stadt, wirklich. Mit dem Amphitheater und dem Aquädukt fühlt man sich in die Zeit der alten Römer zurückversetzt. Nicht, dass ich viel Zeit hätte, umherzuflanieren. Die meiste Zeit bin ich im Fliegerhorst. Manchmal verbringe ich mit meinen Kameraden einen Abend im Casino, ansonsten komme ich wenig raus. Umso schöner war es, die Bekanntschaft Ihrer reizenden Frau zu machen.« Édouard klang ein wenig nervös, vielleicht befürchtete er, Fitzgerald würde es nicht gutheißen, dass er sich mit Zelda vergnügt hatte.

»Die Freude war ganz meinerseits«, warf Zelda ein und lächelte Édouard über den Rand ihres Weinglases hinweg an.

Zwar war die Atmosphäre entspannt, trotzdem hielt Mylène unbewusst den Atem an. Sogar in Gegenwart ihres Mannes flirtete Zelda mit dem Gast, was Fitzgerald jedoch wenig auszumachen schien. Ungezwungen stellte er Édouard Fragen zu seinem Flugzeug.

»Es muss wundervoll sein, über das Meer zu fliegen und

alles von oben zu sehen«, merkte Zelda verträumt an. »Nehmen Sie mich mal mit, Édouard?«

»Wenn sich die Möglichkeit ergibt?« Der Pilot zog die Stirn in Falten und schien tatsächlich zu überlegen, wie er einen gemeinsamen Flug einrichten konnte. »Ich lasse mir was einfallen.«

»Können Sie nicht mal ein paar Schleifen über der Villa Marie fliegen?« Zelda legte den Kopf schief und fixierte Édouard unter halb gesenkten Lidern.

Dieser lachte. »Ich schaue mal, wie es in meine Flugpläne passt.«

Mylène war froh, sich um Scottie zu kümmern und sich nicht an diesem bizarren Dreiergespräch beteiligen zu müssen. Geschäftig gab sie ihr ein paar Oliven und etwas Brot auf den Teller. Die Kleine schob die Oliven mit angewidertem Gesicht weit von sich, stürzte sich aber auf das frische, noch ofenwarme Brot.

»Und jetzt möchte ich tanzen«, verkündete Zelda nach dem Dessert, nahm sich eine Rose aus Édouards Strauß und steckte sie sich in das aschblonde Haar. In ihrem roten Kleid und mit der Blume in den Locken wirkte sie wie eine Ballkönigin; Publikum brauchte sie nicht, sie war sich selbst genug. »Darf ich bitten, Édouard?«

Fitzgerald steckte sich eine Zigarre in den Mund und setzte das Grammofon in Gang. Zu den Klängen von *Indian Love Call* bewegten sich Zelda und der Pilot langsam über die Steinfliesen der Terrasse. Mylène und Fitzgerald saßen nebeneinander – Scottie fütterte derweil ihre Puppe mit ein paar Brotkrümeln – und betrachteten das tanzende Paar.

Mylène fühlte sich, als besuche sie eine Vorstellung, die nicht für ihre Augen bestimmt war; der Tanz wirkte in Anbetracht der Tatsache, dass Zelda und Édouard sich kaum kannten, seltsam intim. Unbehaglich warf sie Fitzgerald einen Seitenblick zu, doch der rauchte nur gemütlich vor sich hin. Schließlich stand er auf und nahm die Flasche Whiskey an sich, die auf dem Tisch zwischen den Essensresten stand.

»Die Arbeit wartet«, sagte er gut gelaunt.

»Was?« Entgeistert starrte Mylène den Schriftsteller an. Würde er tatsächlich in seinem Arbeitszimmer verschwinden, während seine Frau und dieser Fliegerpilot so eng miteinander tanzten, dass kein Blatt Papier mehr zwischen sie passte? Dann senkte sie den Blick – wie unhöflich von ihr, ihrem Erstaunen so plump Ausdruck zu verleihen!

Doch Fitzgerald lächelte nur und tätschelte ihr die Schulter, so als sei sie eine ältliche Gouvernante, die sich unnötig Sorgen machte. »Gönnen wir Zelda ihren Spaß. Solange sie tanzt, ist sie beschäftigt, und ich kann in Ruhe schreiben.«

»Ach so.« Verwirrt sah sie ihm nach, wie er im unbeleuchteten Haus verschwand. Die Fitzgeralds schienen eine seltsame Beziehung zu haben. Manchmal waren so sie eng miteinander, dass sie sich als Wesen mit zwei Köpfen bezeichneten, dann wiederum spaltete sich der eine vom anderen ab, räumlich und emotional. Vielleicht lag darin das Geheimnis ihres Glücks, vielleicht waren Zeldas Weisheiten tiefsinniger, als sie dachte.

Sébastien schrieb ihr, dass sein freier Tag dieses Mal auf einen Donnerstag fiele. Mylène, die nach den vielen Einkaufstouren nach Saint-Raphaël keine Lust verspürte, wieder ein Café zu besuchen, bereitete ein Picknick am Strand vor. Mithilfe von Benoît packte sie einige Köstlichkeiten, die noch vom Vortag übrig geblieben waren, in einen Korb und lieh sich von Zelda eine Decke aus.

Scottie, die im Schneidersitz auf dem Salonboden saß und mit Bauklötzen Türme baute, die sie immer wieder umwarf, verzog quengelig den Mund. »Scottie will mit Mylène an den Strand.«

»Morgen wieder, chérie«, tröstete Mylène sie und strich ihr über die dünnen Flaumhaare. Zelda lag mit geschlossenen Augen auf dem Sofa und lauschte einer ihrer geliebten Schellackplatten. Auf Scotties energisches »Mommy!« hin schreckte sie hoch. »Was ist? Oh ja, natürlich Zuckerpuppe, Mommy wird mit dir spielen, wir werden Türme bauen …« Sie glitt vom Sofa, hockte sich neben ihre Tochter und begann planlos, Bauklötze zu stapeln. »Wir können auch deine Puppen baden und kämmen oder das Buch mit dem kleinen Hasen lesen … Ich frage mich, ob Édouard es tatsächlich gelingt, einen Rundflug für mich zu organisieren, Mylène. Oder wir könnten ein Puzzle legen.«

»Ich bin rechtzeitig wieder da, um Scottie ins Bett zu bringen.« Mylène stand einen Moment in der Terrassentür, um die beiden zu beobachten. Zelda schien in den letzten Tagen immer sprunghafter zu werden, sowohl in ihren Gedanken als auch in ihrem Tun. Ungeachtet der Vorschläge, die sie Scottie unterbreitet hatte, fischte sie unter dem Tisch einen Kreisel hervor und zog ihn auf.

»Lieber ein Puzzle!«, beschwerte sich Scottie mit der Kraft der Entrüstung, zu der Zweijährige fähig waren.

»Aber der Kreisel ist so schön bunt, Liebling, sieh nur, wie er sich dreht ...«

»Ein Puzzle, ich will ein Puzzle!«

Mylène überließ die beiden sich selbst und verließ das Haus über die Terrasse. Manchmal sorgte sie sich um Zelda, so als sei sie deren Kindermädchen, nicht das ihrer Tochter. Sie fragte sich bedrückt, ob diese Launenhaftigkeit, die Zelda an den Tag legte, durch ihr plötzlich erwachtes Interesse an Édouard Jozan verstärkt wurde. Der Pilot war zwei weitere Male in der Villa Marie gewesen, um mit Zelda am Strand sonnenzubaden; gut, das zweite Mal hatten ihn drei Kameraden begleitet, er war also nicht mit Zelda allein gewesen.

»Ich arbeite so viel produktiver, seit du einen Spielgefährten gefunden hast«, hatte Fitzgerald erst gestern halb neckend, halb ernst bemerkt.

»Wie schön für dich, Goofo«, war Zeldas gedankenverlorene Antwort gewesen. Sie schien den Kopf derzeit in den Wolken zu tragen.

Mylène stieg den Pfad den Hügel hinab. Unten am Strand saß eine Gestalt mit ausgestreckten Beinen im Sand. Ihr Herz hüpfte vor Freude, Sébastien war bereits da und erwartete sie! Noch einmal wanderten ihre Gedanken zu den Fitzgeralds zurück; auch wenn Scott in Édouard nichts weiter als eine männliche Gesellschaftsdame für Zelda sah, machte sie sich dennoch Sorgen. Ob aus dieser Freundschaft mit dem Piloten nicht doch etwas Engeres entstand? Mylène verehrte beide Fitzgeralds gleichermaßen. Scott bewunderte sie für seine wundervollen Texte, sie kannte keinen anderen Schriftsteller, der Begebenheiten und Zwischenmenschliches derart poetisch und doch klar umreißen konnte. Zelda war für sie ein Quell nie versiegender Faszination, sie schien so zart und verletzlich, so unberechenbar in ihren Äußerungen und Handlungen, so unkonventionell und dabei so liebenswert. Mylène würde es als großen Schlag empfinden, sollte Édouard einen Keil zwischen die beiden treiben.

Als sie unten ankam, stand Sébastien auf und lief ihr entgegen, barfuß durch den Sand. Sie fielen sich lachend in die Arme. Sein Körper fühlte sich warm an in der späten Vormittagssonne, und auf seinem dunklen Haar tanzten goldene Lichtreflexe.

»Wie schön, dass du da bist!« Sie stellte den Picknickkorb ab und rollte die Decke aus. Sie ließen sich beide darauffallen, und sie legte den Kopf in seine Armbeuge.

»Schöne Grüße von Rosalie. Sie besteht darauf, dass nicht ich dich das nächste Mal besuche, sondern dass du ins Hotel kommst. Sie vermisst dich sehr.« Sébastien küsste sie auf den Mund, und sie schmiegte sich noch enger an ihn.

»Ach, die liebe Rosalie. Ich vermisse sie auch.« Noch während sie die Worte aussprach, überlegte sie, ob das auch wirklich stimmte. Rosalie war ihr in den Monaten in Hyères eine treue Freundin gewesen, doch im Moment fühlte sich Mylène so ausgefüllt von ihrem Leben bei den Fitzgeralds, dass sie – sie musste es sich eingestehen –, wenig an ihre Freundin dachte. Sofort schämte sie sich und nahm sich vor, Rosalie noch am Abend zu schreiben. Doch nach Hyères fahren wollte sie nicht. »Im Hotel käme ich mir unerwünscht vor.

Monsieur Guillaud hat mich entlassen, und Aleksej Fjodorowitsch ist sicher noch immer der Meinung, ich hätte sein Ei gestohlen.«

Sébastien widersprach ihr nicht. »Das stimmt, aber es müsste dich doch niemand sehen. Du könntest durch den Hintereingang kommen, und wir könnten uns mit Rosalie, Armand, Fernand und den anderen in die Küche setzen.«

»Hm, ich weiß nicht.« Wenn sie ehrlich war, erschien ihr die Zeit im Hotel wie eine Episode, die so lange zurücklag, dass sie sie manchmal gar nicht mehr als etwas selbst Erlebtes empfand, sondern eher wie eine Geschichte, die sie einmal in einem Buch gelesen hatte. Eine wunderschöne Geschichte, deren Seiten aber allmählich vergilbten und nach Staub rochen. Ihr derzeitiges Leben hielt sie so gefangen, dass alles, was vorher gewesen war, verblasste. Außer Sébastien, dachte sie. Sébastien war in ihrem Herzen, er war ihre Zukunft.

Ein Motorengeräusch riss sie aus ihren Gedanken. Unwillkürlich starrte sie in den Himmel, von wo der Lärm immer näher kam. Auch Sébastien hielt Ausschau nach dem Flugobjekt. Aus einem Punkt irgendwo in der Ferne kristallisierten sich die Umrisse eines Flugzeuges heraus.

»Ein Militärflugzeug«, murmelte Sébastien.

»Ich glaube es nicht.« Mylène setzte sich auf und kniff die Augen zusammen, so als könne sie aus dieser Entfernung den Piloten erkennen. »Das ist sicherlich Édouard Jozan.«

»Du kennst den Piloten?«, fragte Sébastien überrascht.

Mylène nickte und erzählte rasch die Geschichte von Zeldas neuer Bekanntschaft. Als sie den Kopf wandte und hoch zur Villa Marie sah, bemerkte sie Zelda und Scott, die auf die

Terrasse getreten waren und ebenfalls das Flugzeug beobachteten. Natürlich war die Distanz viel zu groß, als dass sie die Mienen der beiden hätten deuten können.

Édouard gab eine spektakuläre Vorführung. Er flog Kreise und Schleifen über der Villa Marie, dann drehte er wieder aufs Meer ab, um wenige Augenblicke später zurückzukommen und direkt auf das Haus zuzufliegen.

Sébastien schirmte die Augen vor der Sonne ab. »Ob seine waghalsige Vorstellung erlaubt ist?«

»Das kann ich mir kaum vorstellen.« Doch Mylène war sich tief im Herzen sicher, dass Zelda, egozentrisch, wie sie war, die Flugshow, die nur für sie allein und für sonst niemanden gedacht war, im Innersten berührte. Begann Fitzgerald nun vielleicht, in Édouard einen Nebenbuhler zu sehen? »Jozan muss ein immenses Bedürfnis verspüren, Zelda zu beeindrucken.« Unbehaglich verfolgte sie die waghalsigen Flugmanöver.

Der Pilot flog noch ein paar Achten über der Villa, dann peilte er das Meer an, stieß in die Tiefe, um das Flugzeug im letzten Moment wieder in die Höhe zu reißen und Richtung Fréjus zurückzufliegen.

»Das war wirklich gefährlich.« Sébastien lupfte das Tuch, das über dem Picknickkorb lag, und begutachtete den Inhalt. »Wollen wir essen, mon cœur?«

»Ja.« Noch ganz benommen nahm sie eine Flasche Wasser, zwei Becher, kalten Braten und Weißbrot heraus. Sie warf einen letzten Blick zur Villa hoch; Fitzgerald war verschwunden, nur Zelda stand noch am Rand der Terrasse und blickte in den Himmel. »Ich frage mich, ob es Fitzgerald noch immer nicht stört, dass Jozan ständig um Zelda herum ist.«

»Dieses Dreiecksverhältnis zwischen den Fitzgeralds und diesem Piloten ist recht seltsam, findest du nicht?«, fragte Sébastien, während er sich genussvoll ein Stück Brot abbrach. »Ich kann mir kaum vorstellen, dass Fitzgerald nicht eifersüchtig ist. Welcher Mann schaut zu, wie ein Fremder seine Frau nach allen Regeln der Kunst für sich einzunehmen versucht?«

»Das ist nicht so, wie es aussieht.« Mylènes Worte klangen in ihren eigenen Ohren schal und einfältig. »Zelda war in letzter Zeit etwas niedergeschlagen, weil sie sich zunehmend gelangweilt hat. Durch die Freundschaft mit Édouard blüht sie auf.«

»Niedergeschlagen, weil sie sich gelangweilt hat? Solche Luxusprobleme möchte ich auch mal haben«, spottete Sébastien liebevoll, dennoch versetzte es Mylène einen Stich.

»Zelda und Édouard verbringen gerne Zeit miteinander, aber außer harmlosem Geplänkel ist da nichts.« Sie fragte sich, warum sie die beiden ständig verteidigte. Um ihre Furcht zu beschwichtigen, das Glamourpaar, das im Moment ihre Familie darstellte, könnte sich tatsächlich entzweien? Nachdenklich biss sie in einen Schokoladenkeks.

»Hm, ich hoffe, das ist nicht bei allen Schriftstellern so.« Zu spät erkannte sie den Schalk in Sébastiens Augen, denn er warf sich bereits auf sie und brachte sie durch viele Küsse auf den Hals und die Ohren zum Lachen. »Ich weiß nämlich nicht, ob es dir sonderlich gefallen würde, wenn ich mir später mal eine Freundin zulege, damit ich dir beim Schreiben nicht im Weg bin.«

»Hör auf!«, rief sie, da sie vor Lachen kaum noch Luft bekam, und versuchte ihn abzuwehren, als er mit seinen Fingern ihre Schläfe hinaufkrabbelte. »Und untersteh dich, dir eine Freundin anzulachen! Das erlaube ich dir einfach nicht! Außerdem hoffe ich doch sehr, dass die Beziehung zwischen Zelda und Édouard rein platonisch ist.«

Sébastien ließ von ihr ab und setzte sich wieder auf, um sich einen Apfel aus dem Korb zu nehmen. Seine Ausgelassenheit war wie weggewischt, plötzlich wirkte er wieder ernst. »Lass uns über etwas anderes sprechen als diese allgegenwärtigen Fitzgeralds.«

»Natürlich.« Sie nahm sich ebenfalls einen Apfel und wischte ihn an ihrem Kleid sauber. »Wie geht es nun mit uns beiden weiter? Wirst du mit deinem Vater sprechen … und mit Docteur Talon?« Halb rechnete sie damit, dass er es sich noch einmal anders überlegt hatte und einen Rückzieher machte; dass von Heirat plötzlich keine Rede mehr sein würde. Vielleicht wäre das auch nur vernünftig. Trotzdem spürte sie, wie sie innerlich versteinerte.

»Hör zu«, begann er zögernd. »Samstag nächster Woche jährt sich der Todestag meiner Mutter. Es ist für mich seitdem Tradition, nach Le Lavandou zu fahren und zusammen mit meinem Vater ihr Grab zu besuchen. Möchtest du mitkommen?«

Sein Ton klang so ernst und bittend, dass Mylène klar war, dass es ihm unendlich viel bedeuten würde, sie dabeizuhaben. Trotzdem erschien ihr die Vorstellung, mit Sébastien zusammen seinen Vater zu sehen, wie ein Schreckgespenst. »Dein Vater möchte mich sicher nicht sehen.«

Sébastien nahm ihre Hand in seine. »Ich weiß. Aber ich möchte dich an meiner Seite haben. Außerdem soll mein Vater ruhig sehen, dass wir zusammengehören. Vielleicht versteht er dann eher, dass du mir wichtiger bist als die Praxis. Ich hoffe, er besinnt sich noch und unterstützt mich weiterhin.«

»Ich komme mit dir.« Seine Augen leuchteten, und sie merkte, dass sie die richtige Entscheidung getroffen hatte, auch wenn es ihr davor graute, Monsieur Marais unter die Augen zu treten. Bestimmt würde er nicht mit Verachtung sparen und sie persönlich dafür verantwortlich machen, dass Sébastien die Praxis sausen ließ.

»Das macht mich sehr glücklich.« Er sah sie mit dunklen Augen an, in denen Traurigkeit und Hoffnung zugleich lagen. »Der Todestag meiner Mutter ist immer schrecklich für mich, jedes Mal von Neuem. Wenn du dabei bist, wird er erträglicher.«

Als sie sich verabschiedeten, lehnte Sébastien es ab, mit hoch in die Villa Marie zu kommen und von dort aus zum Bahnhof zu gehen, er wollte lieber den Weg am Strand entlang Richtung Stadtzentrum nehmen. So erklomm Mylène allein den Klippenpfad; wie jedes Mal, wenn sie von Sébastien Abschied nahm, war ihre Gefühlslage gedämpft und melancholisch.

Auf der Terrasse spielte Scottie mit ihren Ankleidepuppen, während Fitzgerald auf dem Rattansofa saß, Zeldas

Kopf im Schoß. Ihre braun gebrannten Beine, die unter ihrem Kleid hervorlugten, hingen lässig über die Sofalehne.

Fitzgerald las gerade eine Passage aus seinem Buch vor, während er liebevoll mit einer goldenen Haarsträhne Zeldas spielte, und sie lauschte aufmerksam mit geschlossenen Lidern. Blütenduft lag stark und betäubend in der heißen Luft, zudem roch es verlockend nach dem Abendessen, das Benoît in der Küche vorbereitete. Die ganze Szene wirkte so idyllisch auf Mylène, dass sie beschloss, ihre Frage auf später zu verschieben.

»*Es war Mittag. In einem angenehm ventilierten Kellerlokal in der 42. Straße traf ich mich mit Gatsby zum Lunch. Ich war noch von der strahlenden Helligkeit draußen geblendet und musste heftig blinzeln, ehe ich ihn im Vorraum entdeckte, wo er sich unauffällig mit jemand unterhielt*«, las Fitzgerald.

Mylène setzte sich auf einen Felsen und hörte ebenfalls zu. Wie immer zog sie Fitzgerald in eine andere Welt, in der sie sich nur allzu gerne aufhielt. Eine Welt, in der die Magie der Worte sie in ihren Bann schlug.

»Hm.« Zelda schien zu grübeln. »Ich hänge noch immer an diesem Satz fest: *Es war Mittag*. Klingt das nicht ein bisschen gewöhnlich?«

»Du hast recht.« Fitzgerald kaute an seinem Stift und starrte in die späte Nachmittagssonne, die glutrot über dem Meer schwebte. »Klingt wie aus einem Schulaufsatz.«

»Wie fühlt sich ein Mittag in New York an? Stell dir die Geräusche vor, den Lärm, die Hektik, die vorbeieilenden Menschen …« Zeldas Stimme verlor sich in Gedanken.

»*Um mich herum brauste und brodelte der Mittag*. Das ist es.

Danke, Liebling, du hast mir mal wieder auf die Sprünge geholfen.« Fitzgerald küsste Zelda zärtlich auf die Lippen und notierte sich die Änderung in seinem Manuskript. Es war nicht das erste Mal, dass Mylène mitbekam, wie die beiden gemeinsam Textstellen überarbeiteten. Fitzgerald legte großen Wert auf die Meinung seiner Frau. Wie schade, dachte Mylène, dass die Verlage und Magazine nicht ebenso an Zeldas Geschichten interessiert waren wie an seinen.

»Zum Dank kannst du mir dein Meisterwerk ja ausnahmsweise mal widmen«, schlug Zelda bissig vor.

»Natürlich.« Zerstreut strich Fitzgerald einige Wörter durch und schrieb mit Bleistift darüber.

Zelda schien zu warten, ob ihr Mann noch etwas sagte, doch als er weiterhin schwieg, versunken in sein Manuskript, erhob sie sich mit hängenden Schultern. »Und jetzt steht mir der Sinn nach einer White Lady.«

Mylène sprang auf, jetzt war wohl der geeignete Zeitpunkt, um sich bemerkbar zu machen. »Ich bin wieder da.«

»Mylène!« Scottie hüpfte ihr entgegen und umschlang ihre Beine. »Spielen wir mit den Papierpuppen?«

Mylène nickte. »Gleich.«

»Na, hast du auch die Flugkünste unseres geschätzten Piloten bewundert?« Fitzgerald lächelte sie an, wobei so etwas wie Spott in seinen grünen Augen aufblitzte. »Kleine Jungs brauchen wohl ein Lieblingsspielzeug, mit dem sie auf sich aufmerksam machen können. Bei Jozan scheint es sein Flugzeug zu sein.«

Mylène war sich sicher, dass diese Bemerkung darauf abzielte, bei Zelda eine Reaktion auszulösen, doch diese ignorierte ihn und fragte stattdessen: »War seine Vorführung nicht spektakulär, Mylène?«

»Geradezu heldenhaft«, zog Fitzgerald sie auf.

»Ja, es war ganz interessant anzuschauen«, murmelte Mylène. Sie wollte sich ungern zu Édouard äußern, war sie sich seiner Rolle doch noch immer ungewiss. Rasch wechselte sie das Thema und brachte ihr Anliegen vor. »Mein Verlobter hat mich für übernächsten Samstag zu einem Ausflug eingeladen. Das heißt, eigentlich ist es kein Ausflug im üblichen Sinne. Er hat mich gefragt, ob ich ihn anlässlich des Todestages seiner Mutter zu ihrem Grab begleite. In Le Lavandou.«

»Natürlich«, antwortete Fitzgerald. »Ich nehme an, für den jungen Mann wird es sehr wichtig sein, dass du an so einem traurigen Tag mitkommst.«

Auch Zelda zeigte sich einverstanden. »Selbstverständlich musst du ihn begleiten, Mylène.«

»Danke.« Mylène war froh, dass ihrem freien Tag nichts im Wege stand. Sébastien wäre sehr enttäuscht gewesen, wenn er allein zum Grab müsste; überhaupt wollte sie ihm zeigen, dass sie für ihn da war. Er war bereit, für sie auf alles zu verzichten, was ihm wichtig war.

Als sie sich an jenem Samstag in der Küche noch ein wenig Brot und Obst für die Zugfahrt geben ließ – ein Buch hatte sie bereits in ihre Handtasche gepackt –, kam Zelda dazu. In ihrem mit Papageien bestickten Morgenmantel, einer Rose im ungekämmten Haar und Spuren dramatisch verwischter Mascara im Gesicht wirkte sie in der vom Morgenlicht durchfluteten Küche, die Benoît und Camille vorbildlich in

Ordnung hielten, etwas deplatziert. Sie war erst in den Morgenstunden zurückgekommen, da sie mit Édouard tanzen gewesen war.

»Ach, Mylène«, murmelte sie und rieb sich die Augen, als sei sie noch todmüde, wobei sie die Reste ihrer Schminke nur noch mehr in ihrem Gesicht verteilte, »sei so lieb und komm zeitig zurück, ja? So um halb vier, vier?«

Mylène, die gerade ihr Butterbrot in Wachspapier wickelte, hielt in der Bewegung inne. »Ja, aber ich …« Unruhe erfasste sie; sie würde sich sehr abhetzen müssen, um es zu dieser Zeit wieder zurück nach Valescure zu schaffen. Die Zugfahrt nach Le Lavandou und zurück, der Besuch auf dem Friedhof, Einkehr im Monsieur Marais' Haus … Wie sollte es da möglich sein, früh zurückzukehren? Ihr wurde heiß vor Unbehagen, als sie im Kopf die Zeiten überschlug.

Zelda goss sich einen Aquavit ein, was nach durchtanzten Nächten ihr präferiertes Frühstück war. »Weißt du, ich möchte mit den Murphys und Édouard nach Antibes, und vielleicht klappt es vorher sogar mit dem Probeflug, den Édouard mir versprochen hat. Es wäre himmlisch, wenn du dann da wärst und dich um Scottie kümmerst!«

»Ich glaube, das wird zeitlich eng bei mir«, murmelte Mylène und schob ihr eingewickeltes Brot in ihre Tasche. Sie fühlte sich hin- und hergerissen. Sie hatte Sébastien versprochen, den Tag mit ihm zu verbringen, und ihr war bewusst, wie sehr er heute Trost bedurfte. Trotzdem wollte sie auch Zelda zufriedenstellen, vor allem, da diese nach den Wochen, die sie mit Trübsinn und Langeweile verbracht hatte, nun endlich wieder aufblühte und so ausgefüllt wirkte. »Ich wollte eigentlich erst nach vier Uhr zurückkommen.« Sie verschwieg, dass sie für die Rückfahrt einen Zug um halb sieben herausgesucht hatte.

Zelda legte ihr ihre angenehm kühle Hand mit den tiefrot lackierten Fingernägeln auf den Arm. »Schau einfach, was möglich ist, ja? Es wäre großartig, wenn du etwas früher kommst.« Damit wandte sie sich ab und schlenderte, das Glas Aquavit in der Hand, hüftenschwingend in den Salon, so als lausche sie einem Lied, das den anderen verborgen blieb.

Camille, die gerade die Brotkrümel vom Frühstück zusammenfegte, sah sie fragend an. Da in der Villa Marie ausschließlich Englisch gesprochen wurde, verstanden die Bediensteten grundsätzlich kein Wort. Mylène zuckte die Achseln, sie war zu niedergeschlagen, um Camille auseinanderzusetzen, worum es in dem Gespräch gegangen war.

Benommen befüllte sie eine Blechflasche mit Wasser. Zelda hatte ihr zwar nicht direkt vorgeschrieben, früh zu Hause zu sein, aber sie erwartete es mehr oder weniger, genauso wie Sébastien davon ausging, dass sie den ganzen Tag an seiner Seite war. Mit dem Gefühl, innerlich entzweigerissen zu sein, verließ sie die Villa Marie.

Sie hatte sich sehr darauf gefreut, im Zug ungestört zu lesen, aber letztendlich war daran nicht zu denken; ihre Gedanken wanderten ständig zu ihrem Dilemma zurück. Kurz vor Le Lavandou blieb der Zug aus unerfindlichen Gründen stehen. Mylène starrte hinaus auf die fruchtbare, saftig grüne Landschaft zu ihrer Rechten und das Meer zu ihrer Linken.

Allmählich wurde sie nervös; warum fuhr der Zug nicht weiter? Auch die anderen Mitreisenden schienen dem Gemurmel nach, das lauter und lauter wurde, ungeduldig. Nach einer ganzen Weile erschien der Schaffner, der, von den Passagieren bestürmt, erklärte, dass es ein Weichenproblem gäbe, das erst repariert werden müsse, bevor der Zug weiterfahren könne. Mylène spürte, wie sich Übelkeit in ihrem Magen ausbreitete. Jetzt stand sie schon so unter Zeitdruck, und nun bescherte ihr die Bahn noch eine weitere, nicht absehbare Verzögerung! Sébastien würde auf sie warten und sich fragen, wo sie blieb. Mit jeder Viertelstunde, die verstrich, wurde es zudem unwahrscheinlicher, zeitig wieder den Rückweg antreten zu können.

Unglücklich lehnte sie ihren Kopf an die Glasscheibe ihres Abteils. Sie würde mit Sicherheit alle enttäuschen – Sébastien und Zelda.

Nach einer Stunde und zwanzig Minuten setzte sich der Zug langsam wieder in Bewegung. Mylène hatte inzwischen ihre Wasserflasche geleert und die Sekunden gezählt. Ob Sébastien trotz der großen Verspätung am Bahnhof stand und auf sie wartete?

Natürlich war er da, mit zwei Blumensträußen im Arm, einem aus weißen und einem aus roten Rosen – als wäre er jemals allein zum Friedhof gegangen und hätte sie sich selbst überlassen! Er war der zuverlässigste Mensch, den sie kannte, und bei dieser Erkenntnis schnürte sich ihr wieder die Kehle zu, denn sie musste ihn unweigerlich enttäuschen, indem sie früh am Nachmittag wieder abreisen würde.

»Für dich«, sagte er und überreichte ihr die roten Blumen; die weißen waren offensichtlich für das Grab gedacht.

»Oh, wie schön. Danke. Ich hoffe, du hast dir keine Sorgen gemacht«, murmelte sie in seinen gestärkten Hemdkragen, eng an ihn gedrückt.

»Es gab eine Durchsage, dass der Zug wegen technischer Probleme später kommt.« Mit geschlossenen Augen umarmte er sie so fest, als wolle er sie nie wieder loslassen, und küsste sie auf die Haare. »Ich hatte schon Angst, du kommst heute überhaupt nicht mehr.«

»Jetzt bin ich ja da«, versuchte sie ihn mit tonloser Stimme zu trösten. »Sollen wir gleich zum Friedhof aufbrechen?«

»Ja. Mein Vater wartet bereits.«

Hand in Hand machten sie sich schnellen Schrittes auf den Weg. Mylène spürte, dass der Todestag seiner Mutter schwer auf ihm lastete, denn er erzählte ihr nicht wie sonst Anekdoten über das, was sich die Woche über im Hotel zugetragen hatte. Auch ihr stand der Sinn nicht nach Plaudereien, sie grübelte unentwegt, wie sie ihm später klarmachen sollte, dass sie früher als geplant wieder nach Valescure zurückfahren musste.

Sébastiens Vater saß auf einer Bank vor der steinernen Mauer, die den Friedhof umgab. Auch seine Hände umklammerten einen Blumenstrauß. Er stand auf, als er die beiden kommen sah. Seinem Sohn nickte er knapp zu, Mylène reichte er steif die Hand.

»Nett, dass Sie meinem Sohn Gesellschaft leisten«, sagte er in einem so herablassenden Ton, als lasse er sich über Küchenschaben in seiner Vorratskammer aus. »Konnte das Hotel heute auf Ihre Dienste als Putzfee verzichten?«

Die aus seinen Worten triefende Verachtung schoss eiskalt durch Mylènes Venen. »Ich … ich arbeite nicht mehr im Grimm's Park.«

»Mylène ist keine Putzfrau, und das war sie auch nie.« Sébastien hielt Mylènes Hand fest umklammert, als suche er Halt bei ihr, doch ihre Finger fühlten sich klamm und kraftlos an. Wahrscheinlich hatte er seinem Vater nichts von ihrer neuen Stelle als Kindermädchen bei den Fitzgeralds erzählt. Sie konnte sich denken, warum. Bei derart exzentrischen Künstlern zu arbeiten stand für Monsieur Marais wohl auf einer noch niedrigeren Stufe, als sich in einem Hotel um die Zimmerpflege zu kümmern.

»Wie auch immer.« Monsieur Marais ließ seine Augen abschätzend über Mylène wandern, wandte dann aber den Blick ab, als sei sie seine Aufmerksamkeit nicht wert. »Ich finde es recht dreist von dir, sie an diesem Tag mitzubringen, mein Sohn. Deine Mutter würde sich im Grab umdrehen, wenn sie wüsste, dass du noch immer um ein einfaches Dienstmädchen herumscharwenzelst, statt dich nach einer standesgemäßen Frau umzusehen.«

Ihr Herz schlug so heftig, dass sie einen Moment Funken vor sich aufblitzen sah. Sie hätte nie einwilligen dürfen, nach Le Lavandou zu kommen, ihr hätte doch klar sein müssen, dass Monsieur Marais sie vorführen würde. Doch als sie Sébastien von der Seite verstohlen ansah, die pochende Ader an seiner Schläfe bemerkte und seine Augen, vor die sich ein Schleier der Verzweiflung gezogen hatte, wusste sie, dass sie ihn immer und immer wieder hierher begleiten würde, um ihm zu zeigen, dass er das Wichtigste für sie war. Monsieur Marais' Anfeindungen musste sie Sébastien zuliebe an sich herabperlen lassen wie Regentropfen an einem Öltuch, so schwer es ihr auch fiel.

Wie würde Zelda reagieren?

Plötzlich war ihre Furcht vor diesem griesgrämigen, verkniffenen Mann, der stocksteif vor ihnen stand, wie weggewischt, und es war Zeldas Stimme, die ihr Worte einflüsterte.

»Sébastiens Mutter hätte sich wohl viel eher gewünscht, dass er glücklich ist. Und das ist er mit mir.«

Das Blut pochte in ihren Ohren, als sie halb ängstlich, halb zufrieden mit sich auf eine Erwiderung Monsieur Marais' wartete. Zelda wäre stolz auf sie gewesen, und Sébastien drückte ihr dankbar die Hand.

»Das denke ich auch, Vater. Mutter lag das Wohlergehen von uns Kindern am Herzen, und ich bin sicher, sie hätte Mylène geliebt, denn sie ist eine ebenso liebenswerte und herzensgute Frau, wie Mutter es war.« Sébastien holte tief Luft, während sein Vater ihn entgeistert anstarrte. »Und wo wir schon dabei sind, Klartext zu reden: Ich werde Mylène nicht aufgeben. Sie ist die Frau, mit der ich im Arzthaus in La Croix-Valmer oder wo auch immer wohnen will. Mit der ich mein Leben verbringen möchte, ob mit oder ohne deinen Segen.«

Monsieur Marais' Kopf lief so rot an, als würde er gleich vor Entrüstung platzen, überhaupt schien alles an ihm anzuschwellen, sein Hals, seine Hände, die er zu Fäusten ballte. »Du wagst es nicht, dich meinen Wünschen zu widersetzen!

Wenn ich dir meine finanzielle Unterstützung entziehe, bist du nichts und hast du nichts, du wirst ein absoluter Niemand sein! Und du glaubst doch nicht im Ernst, ich investiere jetzt noch in deine Praxis! Sie ist ohnehin zum Scheitern verurteilt, mit einer Frau aus den untersten Gesellschaftsschichten kannst du dir keine Reputation erarbeiten! Von mir wirst du keinen Sou mehr sehen!«

»Das dachte ich mir.« Mylène hörte den Schmerz und die Enttäuschung in Sébastiens Stimme, spürte, wie ihn die Abweisung, die er durch seinen Vater erfuhr, traf bis ins Mark. »Ich habe damit gerechnet, dass du meine Pläne, ja, meine Träume mit den Füßen zerstampfst. Aber meine Liebe zu Mylène kannst du mir nicht nehmen, und die ist mir tausendmal wichtiger als irgendeine Praxis. Ich werde eine andere Arbeit finden.«

»Vielleicht als unterbezahlter Arzt in einem heruntergekommenen Hospital in der Provinz.« Monsieur Marais drückte sich seinen Hut auf den Kopf und wandte sich zum Gehen. »Viel Erfolg.«

Der Hohn, der aus ihm troff, ließ vor Mylènes Augen erneut schwarze Pünktchen flimmern. Wieder war ihr, als schlüpfe sie in die Gestalt von Zelda, der wunderbaren, selbstbewussten Zelda, die sich niemals ungestraft abkanzeln lassen würde. »Irgendwann wird es Ihnen leidtun, dass Sie Ihren Sohn, den einzigen, der Ihnen geblieben ist, abgewiesen haben! Ob er Sie dann wieder mit offenen Armen empfangen wird?«

Sébastien schlang den Arm um sie. »Es ist jedes Wort zu viel, lass uns zum Grab gehen.«

»Was erlauben Sie sich …!« Mylène spürte Monsieur Marais' Blicke, die nun eher irritiert als erzürnt an ihr hingen wie Dornen, die sich in die Haut bohrten, doch Sébastien führte sie schon durch das Eisentor des Friedhofs. Sie schauten nicht mehr zurück.

Der Himmel war heute trotz der drückenden Hitze verhangen, und die Vögel flogen tief. Vielleicht würde es noch regnen. Je mehr Gräber sie passierten, desto beklommener fühlte sich Mylène, nicht nur wegen ihres ungewohnten Mutes, sich einer Respektsperson entgegenzustellen, sondern weil sie sich auf Friedhöfen immer unwohl fühlte. Dies war seit dem frühen Tod ihrer Eltern so, und nun, nach dem Tod der Großmutter, hatte sich dies noch verstärkt. Die Angst, dass geliebte Menschen jederzeit sterben und einen allein zurücklassen konnten, überfiel sie regelmäßig, heute ganz besonders.

»Da vorn ist es«, flüsterte Sébastien. Er legte ehrfürchtig die Blumen ab, und dann standen sie stumm vor dem Grab, das die Inschrift *Madeleine Marais* trug, *gestorben im Jahr 1918*. Mylène spürte, wie Sébastien an ihrer Seite stand wie festgefroren, die Augen auf den Namen seiner Mutter gerichtet. Er zog ein Taschentuch aus seiner Hosentasche und schnäuzte sich unauffällig.

»Du hast meinem Vater Paroli geboten«, flüsterte er nach einer ganzen Weile, als er sich wieder ein wenig gefangen hatte. »Das hat er noch nie erlebt. Ich liebe dich noch mehr als vorher, falls das überhaupt möglich ist.«

»Ich hoffe, du wirst es niemals bereuen, dass du meinetwegen auf die Praxis verzichtet hast.« Bedrückt starrte Mylène auf die Rosen, die einen betörenden Duft ausstrahlten. Wieder überkamen sie Zweifel, ob alles so lief, wie es sollte, oder ob es falsch war, dass Sébastien seine Träume aufgab. Doch gegen die große Liebe zu kämpfen, sie gar aufzugeben, wäre genauso falsch gewesen, raunte ihr erneut eine imaginäre Zelda zu, die gerade dabei war, einen festen Platz in ihrem Kopf einzunehmen.

»Wie könnte ich.« Sébastien küsste sie zärtlich auf die Lippen und wischte ihre Bedenken fort. »Das darfst du niemals denken, hörst du?«

Sie nickte, schluckte ihre Tränen hinunter und hakte sich bei ihm ein, um den Rückweg anzutreten. Die Luft war inzwischen schwer und klebrig vom drohenden Regen, und die Laute der Vögel in den Bäumen klangen schrill.

»Gehen wir etwas essen? Bestimmt bist du hungrig nach der langen Zugfahrt. Eigentlich wollte ich dich ja mit nach Hause zu meinem Vater nehmen, aber das hat sich ja wohl erledigt.«

»Ich … also, ich … es ist …« Mylène verabscheute sich für ihr Gestammel, doch ein Blick auf die Kirchturmuhr sagte ihr, dass ihr Zeitfenster immer kleiner wurde. Sie musste zum Bahnhof, um den Zug zurück zu erwischen. Erste Regentropfen fielen, die auf den Blättern der Büsche zersprangen wie platzende Perlen. »Ich muss leider nach Valescure zurückkehren.«

»Was, jetzt schon?« Sébastien klang erschüttert. »Aber wir wollten doch den heutigen Tag gemeinsam verbringen, du weißt doch, wie wichtig es mir ist, dich gerade heute an meiner Seite zu haben.«

»Ich muss zurück in die Villa Marie.« In diesem Moment hasste sie sich selbst, hasste es, ihn so im Stich zu lassen.

»Aber …« Abrupt wich er einen Schritt zurück, einen Ausdruck ins Gesicht gemeißelt, den sie noch nie zuvor an ihm gesehen hatte. »Wieso?«

Mylène spürte, dass sie dabei war, einiges kaputt zu machen, doch was hätte sie anderes tun sollen? Sie wusste keine Alternative. »Zelda hat mich gebeten, früh zurück zu sein.«

»Zelda!« Seine Augen hatten sie noch nie so kühl angesehen. »Natürlich. Zelda ist für dich das Maß aller Dinge, sie gibt den Ton an. Du hast mir versprochen, den Tag heute mit mir zu verbringen. Es ist dein freier Tag, über den du verfügen kannst, wie du möchtest. Warum ist Zelda wichtiger als ich?«

»Ist sie nicht.« Ein Regentropfen rann an seiner Schläfe herab; sie tupfte ihn behutsam ab, doch er drehte ungeduldig den Kopf zur Seite. »Sie hat mir auch nicht vorgeschrieben, früh nach Hause zu kommen, sie hat mich darum gebeten.« Sie verstummte, konnte plötzlich selbst nicht nachvollziehen, warum sie Zelda nicht zu verstehen gegeben hatte, dass der Tag mit Sébastien wichtig war und nicht auf zwei lächerliche Stunden geschrumpft werden konnte.

»Ich habe dich auch um etwas gebeten. Nämlich, am Todestag meiner Mutter bei mir zu sein.« Sébastiens Stimme klang plötzlich rau. Einen Moment standen sie sich schweigend gegenüber, und das Rauschen des Regens in den Büschen dröhnte in ihren Ohren.

»Es tut mir so leid, ich weiß auch nicht, was ich tun soll.« Die Tränen brannten nun in ihrer Kehle. Sie machte alles falsch, es war unverzeihlich von ihr, nicht bei Sébastien zu bleiben. Doch dann würde sie zwangsläufig Zelda enttäuschen – und obwohl Sébastien der wichtigste Mensch in ihrem Leben war, hing sie auch an ihr. Sie fühlte sich so hilflos, dass sie am liebsten wieder zurück auf den Friedhof gelaufen und sich irgendwo zwischen die vom Regen blank gewaschenen Gräber gekauert hätte, um nachzudenken, was sie tun sollte.

»In Ordnung«, sagte Sébastien leise. »Dann ist es eben so. Du musst zurück nach Valescure. Ich bringe dich zum Bahnhof.« Die Wut, die sie zuvor aus seinen Worten herausgehört hatte, war verraucht, trotzdem klang er ernüchtert und irgendwie desillusioniert. Sie hoffte inständig, er würde nicht wieder den Glauben an ihre Liebe verlieren. Während sie zum Ausgang gingen, forschte sie von der Seite in seinem Gesicht, doch sie konnte nichts darin lesen. Er verschloss sich vor ihr wie eine Muschel.

Der Regen plätscherte noch immer warm vom Himmel, durchtränkte ihre Haare und Kleider, tropfte von ihren roten Rosen, doch sie spürte es kaum, so sehr schalt sie sich im Innern dafür, wie schändlich sie Sébastien behandelte.

Völlig durchnässt kam sie in Valescure an. Auch hier rieselte der Regen von den Palmen herunter, und die Wolken spiegelten sich in den Pfützen. In der Villa Marie war es still, nur Scottie rannte ihr entgegen und wollte auf den Arm genommen werden.

»Chérie, wo ist deine Mommy?«

»Mommy ist weg.« Die Kleine zog ein bedauerndes Gesicht.

Mylène schaute auf die Uhr, die Punkt vier anzeigte. Sie stellte ihre Tasche ab – auch sie war tropfnass, die Seiten des Buches, das sie mitgenommen hatte, wellten sich vor Feuchtigkeit –, versorgte die Rosen und ging mit Scottie an der Hand in den Salon, wo Fitzgerald gedankenversunken mit einem Glas Whiskey auf dem Sofa saß. Er trug eine dicke Strickjacke, denn durch den Regen hatte es merklich abgekühlt.

»Ah, da bist du ja, Mylène.« Er griff nach der Whiskeyflasche und füllte sein Glas erneut; er wirkte müde und ausgelaugt.

»Ich habe mich beeilt«, murmelte sie. »Ist Zelda schon weg?«

Fitzgerald nickte und stellte schwerfällig die Flasche auf dem Tisch ab. Seine grünen Augen, die sonst klar und durchdringend waren, schienen gerötet. »Ja. Mit diesem Schönling von Piloten.«

»Aber die Murphys sind doch auch dabei«, beeilte sie sich zu sagen, um sich im nächsten Moment zu fragen, warum sie Zeldas außereheliche Flirtversuche vor ihrem Ehemann verharmloste.

»Richtig, sie hat sich für ihre Showeinlage zwei Statisten mitgenommen.«

Scottie, die die niedergeschlagene Stimmung wohl spürte, setzte sich artig auf den Teppich und blätterte in einem Bilderbuch.

Fitzgerald lehnte seinen Kopf gegen den Sessel. »Es ist dieser verdammte Ort«, murmelte er. »Er bringt uns alle um den Verstand. Wir hätten nie hierherkommen dürfen.« Schwerfällig erhob er sich und verschwand in seinem Arbeitszimmer, wo sogleich das Stakkato der Schreibmaschine erklang, um kurz darauf wieder zu verstummen. Dann schrieb er wieder ein paar Worte, und erneut herrschte Stille. Die Muse schien Scott abhandengekommen, vielleicht hatte Zelda sie mitgenommen, als sie, beschwingt und voller Energie, ins Automobil der Murphys gestiegen war.

Minutenlang stand Mylène auf dem Fleck und starrte die geschlossene Arbeitszimmertür an, betäubt von der unheilvollen Atmosphäre in der Villa Marie und ihrem eigenen Schmerz.

Zelda kehrte erst spät in der Nacht zurück. Mylène hörte, wie die Haustür – recht geräuschvoll – geöffnet wurde und ihre Arbeitgeberin hereinkam. Sie schien zu schwanken, denn ihre Schritte klangen unstet. Im nächsten Moment verklang das Klappern der Schreibmaschine im Arbeitszimmer endgültig, und Fitzgerald trat in den Flur.

»War es schön mit Jozan?« Seine Stimme klang leise, fast drohend. Mylène setzte sich im Bett auf und lauschte beklommen.

»Ach Goofo, komm schon. Spiel nicht die gekränkte Eitelkeit. Du hättest ja mitkommen können.«

»Nein, das hätte ich nicht! Ich habe ein Buch zu beenden!«

»Spiel dich nicht so auf! Die ganze Zeit warst du doch froh, dass Édouard mir Gesellschaft leistet! So bin ich dir nicht auf die Nerven gegangen und du hattest Zeit für dein verfluchtes Manuskript!«

»Was der Typ veranstaltet, geht über reines Gesellschaftleisten weit hinaus, meine Allerliebste! Diese Rundflüge über unser Haus, diese ständigen Einladungen zum Tanzen …! Dieser Jozan ist mir ein wenig zu präsent in deinem Leben …!«

Dann schlug die Schlafzimmertür der beiden voller Wucht zu, doch die Stimmen wurden nicht leiser.

»Du bist bloß eifersüchtig, wie ein kleiner Junge, der plötzlich nicht mehr im Mittelpunkt steht!«

»Und du genießt es, Jozan schöne Augen zu machen … Du spielst mit dem Feuer!«

Bei jedem gereizten Wort, das fiel, zuckte Mylène zusammen. Einmal wurde auch ein Gegenstand geworfen, denn es klirrte verdächtig. Bestimmt war eine Vase zu Bruch gegangen oder eines von Fitzgeralds Whiskeygläsern. Sie zog sich die Decke über den Kopf; sie hatte sich die letzten Stunden schlaflos und betäubt vor Kummer im Bett herumgewälzt, immer und immer wieder gegrübelt, wie sie Sébastien vermitteln konnte, wie leid ihr ihr Verhalten tat. Zusätzlich das Gezanke der Fitzgeralds mitzubekommen war mehr, als sie ertragen konnte.

»Mylène?« Ein leises Stimmchen ließ sie hochschrecken. Sie richtete sich halb auf und erkannte im schwachen Mondlicht, das durch das Fenster fiel, die kleine Gestalt Scotties, die daumenlutschend in ihrem Zimmer stand.

»Mommy und Daddy streiten.«

»Ja, ich weiß. Mach dir keine Sorgen, das tun Erwachsene manchmal. Möchtest du zu mir unter die Decke kriechen?« Sie schlug einladend die Decke zurück, und Scottie krabbelte zu ihr ins Bett, schmiegte sich eng an sie. Noch lange waren die Stimmen aus dem Nachbarzimmer zu hören. Scottie war bald wieder eingeschlafen, aber Mylène fühlte sich so einsam wie lange nicht mehr und bereute es so sehr, Sébastien nicht zur Seite gestanden zu haben, dass ihre Schuldgefühle hart wie Felsen auf die Brust drückten. Der Duft der roten Rosen erfüllte bittersüß ihr kleines Zimmer.

Kapitel 14

Valescure, Juli 1924

Da Scottie ihren Mittagsschlaf hielt, hatte Mylène eine Stunde zur freien Verfügung. Sie saß in ihrem Zimmer auf dem Bett und versuchte, mehr schlecht als recht, einen Brief an Sébastien zu schreiben. Die Rosen, die er ihr in Le Lavandou geschenkt hatte, standen noch immer in einer Vase auf ihrem Nachttisch; sie waren bereits verblüht, die roten Blütenblätter angetrocknet, doch noch immer verströmten sie einen leichten Duft, der sie an jenen Tag erinnerte, der sie noch immer verfolgte wie ein Nachtgespenst.

Obwohl sie sonst so gewandt war mit Worten, fiel es ihr schwer, ihr Bedauern über ihr Verhalten auszudrücken. Alles, was sie zu Papier brachte, klang schal.

»Mylène …«, Zelda kam an ihrer offenen Zimmertür vorbei und blieb im Türrahmen stehen. Obwohl es Mittag war, trug sie einen ihrer blumig bedruckten Seidenmorgenmäntel, und ihr aschgoldenes Haar stand wie eine Wolke von ihrem Kopf ab. Trotzdem trug sie bereits volles Make-up, die Wimpern waren lang und schwarz wie Spinnenbeine, die Lippen weinrot. »Gehst du nachher mit Scottie an den Strand? Die Murphys und ich möchten ein neues Fischrestaurant in Fréjus ausprobieren.«

»Natürlich.« Bei der Erwähnung der Stadt Fréjus schrillten bei Mylène sämtliche Alarmglocken. Sicher war Édouard mit von der Partie. Es war fast, als ob das vierblättrige Kleeblatt, bestehend aus den Murphys und den Fitzgeralds, Scott stillschweigend gegen Édouard ausgetauscht hätte.

Müßig lehnte Zelda sich gegen den Türrahmen. »Schreibst du an einer Geschichte, Mylène? Du wirkst so versunken.«

»Nein.« Mylène gelang ein schiefes Lächeln. »Ich schreibe an meinen Verlobten, aber mir wollen nicht die rechten Worte einfallen.«

»Wieso, hattet ihr Streit?« Zelda trat ins Zimmer und ließ sich auf der Bettkante nieder. Sie sah Mylène so mitfühlend aus ihren großen Augen an, dass diese die Tränen herunterschlucken musste, die plötzlich heiß in ihr aufstiegen.

»Ein bisschen.«

Zelda nickte ihr auffordernd zu, und so erzählte Mylène die ganze Geschichte von dem missglückten Treffen in Le Lavandou. Es tat gut, sich einmal alles von der Seele zu reden, auch wenn es sie verwunderte, dass Zelda, die die letzte Zeit in tranceartiger Selbstvergessenheit umhergeschwebt war, ein Ohr für sie hatte. Zeldas Verhalten war unvorhersehbar.

»Welch eine Misere«, rief Zelda aus, nachdem sie geendet hatte. »Das wäre ein herrlicher Stoff für eine Kurzgeschichte.«

Mylène nickte unglücklich, auch wenn es sie absolut nicht reizte, ihre Erfahrung literarisch zu verarbeiten.

»Aber wieso hast du mir denn nicht klipp und klar gesagt, dass du erst später nach Hause kommen wolltest? Kein Wort hast du verlauten lassen. Sei doch nicht eine jener langweiligen Personen, die es allen recht machen wollen.«

Unter Zeldas Blick fühlte sie sich plötzlich ganz klein und um so viel jünger und unerfahrener als sie. »Ich wollte niemanden enttäuschen, weder dich noch Sébastien.«

Zelda lachte rau und griff nach einem Rosenblatt mit vertrockneten Rändern, das sich von einer Blume gelöst hatte und auf den Nachttisch gesegelt war. »Das gewöhn dir mal ganz schnell ab. Nimm nicht so viel Rücksicht auf andere, das verursacht nur unnötige Falten. Außerdem wirkt man als Frau umso interessanter, wenn man nicht zu allem Ja und Amen sagt. Und das wollen wir Frauen doch, oder nicht? Interessant wirken. Exotisch, exaltiert wie ein seltener Schmetterling.«

Mylène wusste nicht, was sie davon halten sollte. Eigentlich hatte sie noch nie das Bedürfnis verspürt, durch exzentrisches Verhalten Aufmerksamkeit auf sich zu ziehen, Sébastien war auch nicht der Typ Mann, der so etwas attraktiv fand. Aber bei Zelda schien es zu wirken – sie stand immer im Zentrum der Aufmerksamkeit, egal, wo sie auftauchte.

Zelda sah, dass sie nicht ganz überzeugt war, und lächelte mild. »Lass dir meine Worte durch den Kopf gehen, meine Liebe.«

»Hm.« Mylène griff wieder nach ihrem Füllfederhalter. »Trotzdem möchte ich Sébastien zeigen, wie leid es mir tut, ihn so stehen gelassen zu haben. Er hat nächste Woche Geburtstag, ich überlege gerade, womit ich ihn überraschen kann, als Wiedergutmachung sozusagen. Vielleicht mit einem Picknick am Meer?«

»Ja, das könntest du.« Zelda streckte sich, als ermüde sie das Gespräch. »Aber das ist doch überaus öde und abgeschmackt. Wie wäre es mit einer Cocktailparty in der Villa Marie?« Ihr Blick schweifte in die Ferne, so als nehme die Party in ihrem Kopf bereits Gestalt an. »Ich finde, das ist eine grandiose Idee. Wir lassen es uns wieder mal so richtig gut gehen. Wir laden ein paar Leute ein, nicht zu viele, und feiern im kleinen Kreis. Dann kommt dein Verlobter auch mal ein bisschen raus aus diesem muffigen Grimm's Park. Das würde ihm sicher gefallen.«

»Ich weiß nicht.« Unbehaglich zupfte Mylène an der Bettdecke. Es bestand kein Zweifel daran, dass Sébastien sich viel mehr über ein Picknick zu zweit freuen würde. An einer von Zelda ausgerichteten Party fände er bestimmt keinen Gefallen, stand er ihr und Scott doch ohnehin skeptisch gegenüber. »Sébastien ist kein Partylöwe. Er feiert lieber mit mir allein.«

»Sei kein Frosch, Mylène.« Zelda stand auf und ging im Zimmer auf und ab, mit den Händen ihren auseinanderklaffenden Morgenmantel über der Brust zusammenhaltend. »Lass uns gemeinsam eine wunderschöne Party für deinen Liebsten ausrichten. Die Sommerabende an der Riviera sind so wundervoll, da muss man einfach feiern.«

Mylène kaute auf ihrer Unterlippe. Zeldas Worte klangen überzeugend, trotzdem kannte sie Sébastien und wusste, wonach ihm der Sinn stand und wonach nicht.

»Lauf rasch ins Postamt und ruf deinen Verlobten an, um

ihn zu unserer Party einzuladen«, drängte Zelda. »Es wäre mir eine solche Freude, für euch beide ein Fest auszurichten, auch als kleines Dankeschön für die große Hilfe, die du uns bist, Mylène.«

Zwei Seelen kämpften in Mylènes Brust. Eine Party mit Sébastien als Ehrengast klang verlockend, sie sehnte sich geradezu danach, die beiden Welten, in denen sie lebte, zusammenzubringen, wenn auch nur für einen Abend. Ihr war durchaus bewusst, dass sie damit aber eher sich selbst eine Freude machen würde als Sébastien.

Im Nebenzimmer begann sich Scottie zu regen, und kurz darauf tapsten kleine bloße Füße über den Steinboden. Mylène legte ihren angefangenen Brief zur Seite, um das Kind zu holen, doch Zelda stellte sich ihr in den Weg.

»Nun geh schon, Mylène. Ruf im Hotel an, ich kümmere mich so lange um die kleine Zuckerpuppe.« Sie nahm Scottie, die durch die Tür schlüpfte, auf den Arm und bedeckte ihren Hals mit Küssen, sodass diese kreischte vor Vergnügen.

Wenige Minuten später eilte Mylène durch die glühende Mittagshitze durch Valescure zum Postamt. Wie immer um diese Zeit schien der Ort stillzustehen, im Schatten der hohen, sich bedächtig in einer leisen Brise wiegenden Palmen zu schlafen. Der Postbeamte wies sie träge einer Telefonkabine zu.

»Armand? Ist Sébastien in der Nähe?«

»Du hast Glück, er steht direkt neben mir«, sagte der Concierge lachend. »Wir vermissen dich, wann kommst du uns endlich mal besuchen?«

»Das weiß ich noch nicht«, wich Mylène aus. Sie hörte,

wie Sébastien Armand ungeduldig den Hörer abnahm. Stotternd berichtete sie ihrem Verlobten von der geplanten Cocktailparty.

Wie sie erwartet hatte, stieß ihr Vorschlag bei Sébastien nicht gerade auf Begeisterung. »Eine Cocktailparty zu meinem Geburtstag? Bei den Fitzgeralds? Wozu das denn?«

Mylène umklammerte den Hörer so fest, dass ihr die Finger wehtaten. »Zelda hat das vorgeschlagen. Wahrscheinlich hat sie ein schlechtes Gewissen, weil sie mich letztens, als ich dich in Le Lavandou besucht hatte, so früh wieder zu Hause haben wollte.«

»Meinst du?« Sébastien klang zweifelnd. »Ich möchte aber lieber allein sein mit dir. Denk doch nur an diese merkwürdige Strandparty in Hyères zurück, es war ja nicht so, als hätte ich mich da köstlich amüsiert.«

»Ich weiß«, flüsterte sie. Es war eine Schnapsidee, in der Villa Marie zu feiern. Sébastien würde das Fest nicht genießen können, und dadurch würde auch sie sich unbehaglich fühlen. »Verzeih mir, Sébastien. Wie gesagt, es war alles Zeldas Idee. Zuerst habe ich auch gezaudert, aber vielleicht würde es wirklich schön werden – wir würden Cocktails auf der Terrasse trinken und zusehen, wie die Sonne über dem Meer untergeht. Vielleicht könnte ich es ein bisschen wiedergutmachen, dass ich dich am letzten Wochenende so abrupt stehen gelassen habe. Das tut mir nämlich noch immer leid.«

Einen Moment lang herrschte Schweigen in der Leitung. Mylène presste sich unbehaglich die Fingerspitzen gegen die Brust.

»Na gut, ich bin einverstanden.«

»Wirklich?« Aufatmend sank sie gegen die Wand der Telefonkabine, ein Felsbrocken schien ihr von der Seele zu rollen.

»Ja«, sagte er versöhnlich. »Wenn du und die Fitzgeralds diese Party gerne geben möchtet, dann freue ich mich darüber.«

Da die Münzen nur so durch den Telefonapparat rasselten, beendeten sie das Gespräch bald, und Mylène lief wieder zurück zur Villa Marie. Während ihr die Sonne auf den Kopf brannte, kam ihr der Gedanke, ob nicht wieder alles kolossal falsch lief. Zelda wollte eine Party, und sie und Sébastien verbogen sich, um ihr dies zu ermöglichen. Ging es hier wirklich um Sébastien? Doch wahrscheinlich überinterpretierte sie die Situation, und Zelda wollte ihnen tatsächlich eine Freude bereiten. Sie kannte sie als großzügige, liebenswürdige Person, die es nicht nötig hatte, einen Vorwand für eine Party zu erfinden. Zeldas Leben war eine einzige Party.

Gemeinsam mit Zelda schmückte Mylène die Villa Marie, und sie musste gestehen, dass es ihr großen Spaß bereitete. Selbst Scottie half, auf jeden Tisch und in jede Nische einen üppigen Blumenstrauß zu platzieren und auf der Terrasse bunte Lampions aufzuhängen. Zelda hatte in Saint-Raphaël ein englischsprachiges Buch über die Kunst, Cocktails zu mixen, gefunden, das heute Abend zur Anwendung kommen sollte.

»Ich weiß nicht, ob es was mit Tanzen auf der Terrasse wird«, warnte Fitzgerald sie, der auf der Suche nach einer Flasche Whiskey seine *Höhle*, wie Zelda sein Arbeitszimmer inzwischen nannte, verlassen hatte. »Der Wetterbericht sagt Gewitter voraus.«

»Das Wetter hat sich nach uns zu richten«, widersprach Zelda, während sie in dem Buch über Cocktails blätterte. »Wir wollen tanzen und werden dies auch, komme, was da wolle. Oh, und wir müssen außer White Ladys unbedingt *El Presidente* mixen – stellt euch vor, den kenne ich noch gar nicht. Mit Rum und Wermut. Und dieser Cocktail hier klingt auch verlockend: *Between the Sheets.* Ist das nicht was für uns, Goofo?«

Fitzgerald schmunzelte und nahm eine volle Flasche Whiskey aus der Hausbar. »Das müssten wir ausprobieren«, sagte er, zwinkerte ihr bedeutungsvoll zu und drückte ihr einen leidenschaftlichen Kuss auf die Lippen.

Mylène trat an die Terrassentür und sah über die blühende Vegetation hinweg bis zum Meer hinunter. Nach anfänglichem Zögern hatte nun auch sie Gefallen an der geplanten Cocktailparty gefunden und hoffte inständig, dass das Wetter schön bleiben würde. Mit Wehmut erinnerte sie sich an jenen Abend in ihrer Anfangszeit im Grimm's Park, als sie mit Rosalie, Armand und Sébastien tanzen gegangen war. Wie geborgen sie sich in Sébastiens Armen gefühlt hatte; sie sehnte sich danach, dies heute Abend nachzuempfinden.

Zelda trat neben sie und suchte mit den Augen den Himmel ab. Ob sie wohl die Wetterverhältnisse ergründen oder vielmehr nach Édouards Flugzeug Ausschau halten wollte? Mylène kam nicht umhin, sich das zu fragen.

»Schaust du mal eben nach dem Tonarm des Grammofons, Goofo?«, fragte Zelda. »Er kratzt so seltsam über die Platten, und wir brauchen heute Abend eine erstklassige Tonqualität.« Beschwingt begann sie, *It ain't gonna rain no mo* zu singen und sich im Takt einer imaginären Melodie zu wiegen.

»Das passt mir jetzt überhaupt nicht in den Kram. Da sollen sich Benoît oder Thierry drum kümmern.« Fitzgerald betrachtete sie mit leisem Kopfschütteln, so als empfinde er ihre Bitte als Zumutung. »Ich muss diese lästige Kurzgeschichte voranbringen, an der ich gerade schreibe, um so schnell wie möglich mit dem *Gatsby* weitermachen zu können. Du weißt, das Geld …«

»… wird wieder knapp«, vollendete Zelda unbeeindruckt. »Dann schreib deine Geschichte. Aber untersteh dich, dich wieder an meinem Tagebuch oder an meinen Kurzgeschichten zu bedienen!«

»Liebling.« Fitzgerald, bereits auf dem Weg zu seinem Arbeitszimmer, blieb noch einmal stehen. »Meine Kurzgeschichten sichern unser beider Lebensunterhalt. Deshalb sehe ich nichts Verwerfliches darin, ein paar Sätze zu verwenden, die von dir stammen.«

»Du kapierst es einfach nicht.« Zelda ergriff eines der Kissen, die auf der Couch lagen, und zielte auf ihren Mann. »Es geht um geistigen Diebstahl. Hatten wir dieses Thema nicht schon oft genug? Hast du so wenig Einfälle, dass du aus meinen Geschichten abschreiben musst?«

Fitzgerald zuckte zusammen. Er bückte sich, um das Kissen aufzuheben, und warf es auf das Sofa zurück.

Mylène, peinlich berührt von der Szene, schob mit Scottie auf dem Arm ein paar Blumenvasen hin und her.

Die Murphys waren die Ersten, die zu der Party eintrafen. Mylène erstaunte es nicht, dass sie Édouard Jozan im Schlepptau hatten.

»Wo ist das Geburtstagskind?« Gerald sah sich nach allen Seiten um, als verstecke Sébastien sich irgendwo zwischen den Möbeln.

»Er ist leider noch nicht da.« Mylène sah auf die Uhr; eigentlich müsste Sébastien bereits eingetroffen sein, denn er hatte ihr die Ankunftszeit seines Zuges mitgeteilt, sie hoffte, dieser würde keine Verspätung haben.

Fitzgerald, der wohl die Stimmen gehört hatte, kam aus seinem Arbeitszimmer und begrüßte die Murphys freundlich. Édouard maß er lediglich mit einem undefinierbaren Blick. »Schön, dass Sie sich bei uns so wohlfühlen, dass Sie hier ein und aus gehen, Jozan.«

Mylène vernahm den leisen Spott in seiner Stimme, doch Zelda überspielte den Moment mit einem lauten Lachen. »Ja, nicht wahr? Kümmern Sie sich nicht um meinen miesepetrigen Ehemann, Édouard, wir haben sehr gerne Besuch. Wollen wir noch ein wenig an den Strand, bis unser Ehrengast eintrifft?«

»Wenn es dir nichts ausmacht, Zelda, Liebes, würden wir beide uns auf der Terrasse aufs Altenteil zurückziehen. Wir haben den ganzen Tag die Renovierungsarbeiten in unserer Villa America überwacht und sind ziemlich kaputt.« Gerald zog eine schmerzverzerrte Grimasse, über die alle lachten. Zelda sah Mylène fragend an.

»Ich bleibe drinnen, um das Klingeln nicht zu überhören«, sagte sie rasch.

»Nun gut. Édouard?«

Ganz der Kavalier, bot der Pilot Zelda seinen Arm an, und sie verschwanden ohne ein weiteres Wort durch die Terrassentür. Fitzgerald presste die Lippen zusammen.

»Gönn ihr ihren Spaß.« Sara legte dem Schriftsteller begütigend eine Hand auf den Arm. »Die Freundschaft zwischen den beiden ist ganz unschuldig. Wir waren oft genug zu viert aus, um uns dessen gewiss zu sein.«

»Sei nicht so naiv, Sara«, knirschte Fitzgerald und goss sich ein Glas Whiskey ein. »Zelda ist kein Kind von Traurigkeit.«

»Nein, wirklich. Zelda hat mir anvertraut, dass zwischen den beiden nie etwas vorgefallen ist. Und ich glaube ihr, du weißt, Zelda und ich sind sehr eng miteinander.«

Fitzgerald schwieg, doch er schien nicht überzeugt. Rasch stürzte er den Whiskey hinunter.

Schließlich verzog er sich mit den Murphys auf die Terrasse, während Mylène mit Scottie im Haus blieb und inständig hoffte, es möge bald läuten. Wo blieb Sébastien nur? Hatte er es sich anders überlegt? Wenn sie es recht bedachte, war eine Cocktailparty ihm zu Ehren in der Villa Marie doch keine gute Idee. Fitzgerald war angespannt, und Zelda hatte sich mit Édouard verzogen.

»Scottie will Suppe kochen.« Die Kleine setzte sich mit ihrem Puppengeschirr auf das Sofa und sah Mylène erwartungsvoll an. Seufzend setzte sie sich zu ihr, und sie rührten beide in den Miniaturtöpfen herum und fütterten Scotties Puppe. Als Mylène bereits überzeugt war, Sébastien würde nicht mehr kommen, läutete es. Sie sprang auf und lief eilig zur Haustür, Scottie hinterdrein.

»Sébastien!« Sie war so erleichtert, dass er doch noch erschienen war. Ihre Knie zitterten, als sie die Arme um seinen Hals warf. Er wirkte verschwitzt und müde.

»Tut mir leid, dass ich zu spät komme. Stell dir vor, eine Kuhherde stand auf den Gleisen und ließ sich nicht bewegen, weiterzugehen.« Er rieb sich über die feuchte Stirn.

»Herzlichen Glückwunsch, mein Allerliebster«, flüsterte sie und küsste ihn sanft auf die Lippen. »Hauptsache, du bist da, egal wie spät.«

Erschöpft folgte er ihr in den Wohnbereich. »Die anderen sind draußen. Aber ich möchte dir mein Geschenk unter vier Augen geben, einverstanden?«

Er nickte und blieb mitten im Salon stehen, verloren, wie ein Fremdkörper. Er sah aus, als ob er sich genauso fühlte. »Gerne. Ich bin so fertig von der Hitze im Zug und der langen Warterei, am liebsten würde ich mich hier auf die Couch setzen, eine Flasche Wasser trinken und meine Ruhe haben.«

»Ich weiß«, gab sie zerknirscht zu. »Aber wir versuchen trotzdem, heute Abend Spaß zu haben. Hier ist mein Geschenk.«

Sie zog eine Art Schriftrolle aus mehreren zusammengerollten Blättern, zusammengehalten von einer purpurfarbenen Schleife, hinter dem Bücherregal hervor, wo sie das Geschenk versteckt hatte.

»Scottie will das Geschenk übergeben.«

»Also gut.« Mylène reichte die Schriftrolle lachend an Scottie weiter, die sie dem schmunzelnden Sébastien mit gewichtiger Miene in die Hand drückte.

»Danke, kleine Mademoiselle. Ich bin ganz neugierig, was das ist.«

»Es ist eine Geschichte, die ich für dich geschrieben habe. Eine Liebesgeschichte«, erklärte Mylène errötend. »Am besten liest du sie in Ruhe zu Hause.«

Sébastien küsste sie zärtlich. »Tausend Dank, mon cœur, das ist ein wunderbares Geschenk. Na, dann stürzen wir uns ins Getümmel.«

Von Getümmel kann keine Rede sein, dachte Mylène, als sie auf die Terrasse traten. Lediglich die Murphys und Fitzgerald saßen auf den Korbmöbeln, von Zelda und Édouard keine Spur. Alle gratulierten Sébastien, was ihm eher unangenehm zu sein schien, und boten ihm Cocktails an, doch er wollte nur Wasser. Mylène blickte den Hügel hinab zum Strand. Wo blieb Zelda nur? Sie hatte versprochen, für Musik, Kerzen und Konfetti zu sorgen, stattdessen saßen die Gäste etwas hilflos zusammen.

»Es wurden für heute Abend Gewitter vorausgesagt«, verkündete Fitzgerald wie bereits einige Stunden zuvor.

»Ach, das wäre schade, wir wollten doch hier draußen tanzen.« Sara schaute bekümmert in den Himmel, der sich tatsächlich immer mehr zuzog. Gewitterfliegen summten in der heißen Luft, und am Fuße des Hügels schlugen die Wellen heftiger als sonst ans Ufer.

Gerald trommelte mit den Fingern auf seine Oberschenkel. »Zelda und Jozan sind aber ziemlich lange spazieren, wenn ihr mich fragt.«

Fitzgeralds Miene verdüsterte sich noch mehr. »Sofern sie wirklich nur spazieren sind.« Er zog Scottie auf seine Knie, um sie darauf reiten zu lassen, und der Rest der Runde sah schweigend zu. Mylènes Handflächen waren feucht vor Nervosität. Worauf hatten sie und Sébastien sich da nur eingelassen? Hätten sie doch nur darauf bestanden, allein zu feiern und an irgendeinem Strand zu picknicken, statt an dieser Farce teilzuhaben.

Nach einer ganzen Weile drang ausgelassenes Gelächter den steinigen Pfad herauf – Zelda und Édouard waren im Anmarsch.

»Freut mich, dass Sie endlich im Anflug sind, Jozan«, sagte Fitzgerald grimmig. »Und schön, dass Sie meine Frau im Schlepptau haben – vielleicht ist sie nun in der Lage, ihren Pflichten als Gastgeberin nachzukommen.«

Zelda ignorierte ihn völlig. »Ach, Sie sind schon da?«, rief sie, fiel Sébastien um den Hals und gratulierte ihm zu seinem Geburtstag.

Schon?, dachte Mylène, doch Sébastien schmunzelte nur, er schien es mit Humor zu nehmen.

»Was sitzt ihr hier herum wie trübe Tassen?« Zelda legte eine Platte auf, und sogleich wandelte sich die Stimmung, wurde lockerer und sorgloser, so wie der Jazz, der über die Terrasse schallte. »Na los, jetzt ist Tanzen angesagt. Unser Geburtstagskind muss beginnen!«

Sébastien nahm Mylène an der Hand und zog sie auf die kleine, improvisierte Tanzfläche; sein Lächeln wirkte, als habe er Zahnschmerzen. Auch Gerald und Sara erhoben sich, und Zelda schob Édouard vor sich her, um mit ihm zu tanzen. Lediglich Fitzgerald und Scottie blieben sitzen, um zuzusehen.

»Es tut mir leid«, flüsterte Mylène zu den Klängen von *Fascinating Rhythm* von Gershwin, »dass das hier eine so seltsame Party ist. Ich hätte es wissen müssen.«

Sébastien lachte leise in ihr Haar. »Eine seltsame Party – das kann man wohl sagen. Diese Leute sind wohl immer für eine Überraschung gut. Unglaublich, dass die Gastgeberin mit ihrem Galan verschwindet und dann auftaucht, als wäre nichts gewesen.«

Mylène verzichtete dieses Mal darauf, Zelda zu verteidigen. Sie wollte einfach nur von Sébastien gehalten werden und seine Nähe spüren.

Zelda drehte die Lautstärke hoch und ließ zusammen mit Scottie mehrere Eimer mit Glitzerkonfetti über die Tanzenden rieseln. Sie landeten überall, in den Haaren, in den Kleidern, in den Ritzen der Steinfliesen. Sébastien musste niesen, als ihm ein Glitzerpartikel in der Nase landete, woraufhin Scottie quietschte vor Vergnügen. Als die Dämmerung hereinbrach, zündete Zelda unzählige Kerzen an, die sie auf dem Mäuerchen rund um die Terrasse und auf dem Tisch verteilt hatte. Es hatte aufgefrischt, und Wind pfiff vom Meer her, sodass die Flammen auf der äußeren Terrassenseite sofort erloschen.

»Lass den Unfug mit den Kerzen, das Gewitter kann jederzeit losbrechen«, sagte Fitzgerald kopfschüttelnd.

Zelda lächelte. »Nein, es soll alles perfekt sein.«

Sie legte ein langsames Stück auf, und Sébastien und Mylène bewegten sich nur mehr auf der Stelle, Hände und Arme innig miteinander verschlungen. Eine Bö wehte Mylène Konfetti ins Gesicht.

»Ich möchte am nächsten Wochenende nach La Croix-Valmer, um Docteur Talon über die Planänderung zu unterrichten.« Sébastien klang ausdruckslos, doch sein rechtes Augenlid zuckte. »Begleitest du mich?«

Mylène schluckte. Sie wusste, wie schwer es ihm fiel, seine Zukunftspläne endgültig loszulassen; dieses Mal wollte sie ihn nicht im Stich lassen, gleichgültig, welche Forderungen Zelda an sie stellen mochte.

»Natürlich.« Von ferne grummelte nun der Donner, und die Luft schien wie elektrisch aufgeladen. Die Kerzen waren inzwischen allesamt erloschen, die Dämmerung nahm schärfere Konturen an.

Zelda tanzte eng mit Jozan, betörte ihn durch ihre gekonnten Augenaufschläge, die sie tausendmal auf früheren Festen und Bällen perfektioniert haben musste, seine Hände lagen auf ihren Hüften. Die Musik, die schrillen Töne einer Jazzcombo, wirkte wie die Hintergrunduntermalung einer erotischen Revue, die sich vor den Augen der Zuschauer abspielte. Scott beobachtete zähnemahlend, wie Zeldas Oberschenkel, der nackt zwischen den Fransen ihres Kleides hervorstach, an Jozans Hosenbein auf und ab glitt.

Mylène vermochte kaum den Blick abzuwenden, so atemberaubend und gleichzeitig peinlich erschien ihr die Szene. Sie spürte Sébastiens Missfallen, der stirnrunzelnd zu dem Paar hinüberspähte, ebenso wie die Murphys und Scott.

»Schön, dass sie sich auf meiner Geburtstagsparty so amüsiert«, raunte Sébastien verdrießlich in Mylènes Haare. »Sie nutzt wohl jede Gelegenheit, um sich selbst darzustellen, oder?«

»Oh nein, sie denkt sich gar nichts dabei«, widersprach Mylène, die sich reichlich unwohl in ihrer Haut fühlte. »So ist sie eben.«

»Zelda, nimm dein Bein von Jozan.« Scott stand hautnah an seiner Frau und dem Piloten und betrachtete beide mit rot geäderten Augen, wie ein Tiger, der kurz vor dem Ausbruch aus seinem Käfig stand.

Zelda lachte leise. »Sei nicht albern, Goofo, und gönn uns unseren Spaß. Es ist nicht jeder so ein alter Langweiler wie du.« Jozan grinste verlegen, die Murphys verharrten auf dem Korbsofa wie festgefroren, und die Fitzgeralds starrten sich in die Augen, als gelte es, einen Wettbewerb zu gewinnen, wer den Blick als Erster senkte.

»Ich sollte gehen, bevor das Gewitter so richtig losbricht«, sagte Sébastien dumpf. »Vielen Dank für … die Party.« Er schaute in die Runde, ohne jemanden persönlich anzusprechen, überwand sich dann jedoch zu einer kleinen Verbeugung vor Zelda. »Danke schön, Madame Fitzgerald.«

»Aber bleiben Sie doch noch.« Zeldas Augen glänzten fiebrig. »Sie haben ja noch gar nichts getrunken – wie wäre es mit einem El Presidente?«

»Das ist nett von Ihnen, aber nein.« Sébastien lächelte sie unverbindlich an und wandte sich an Mylène. »Bringst du mich zur Haustür?«

Geknickt begleitete Mylène ihn durch das unbeleuchtete Haus. »Musst du wirklich schon gehen?«

»Ja.« Sein Blick war dunkel und unergründlich. »Es ist spät, und nach Hyères ist es kein Katzensprung.«

»Es tut mir leid. Diese Party ist tüchtig danebengegangen«, stieß sie hervor. »Alles tut mir leid, Sébastien, dass ich dich auf dem Friedhof alleingelassen habe und dass dieses Fest eine Farce ist. Es sollte ein Geschenk für dich sein, das dir Vergnügen bereitet. Ich weiß nicht, was schiefgelaufen ist.«

Verlegen spielte sie mit dem Kragen seines Jacketts, wagte es nicht, sich trostsuchend an ihn zu lehnen, aus Angst, er sei böse auf sie.

»Ich schon.« Verdrossen sah er auf sie herab. »Es sind die Fitzgeralds, die sich zwischen uns drängen. Immer die Fitzgeralds.«

Übelkeit schwappte durch ihren Magen. Zwar wusste sie, dass Sébastien recht hatte, dennoch wollte sie nichts auf die Fitzgeralds kommen lassen. »Sie tun es nicht absichtlich. Sie … sind einfach anders …«

Er seufzte und nahm sie nun doch in die Arme. »Das kann man wohl sagen. Ich hole dich am Sonntagmittag ab, wenn Ihre Majestät Zelda nichts dagegen hat.«

Die kleine Spitze war untypisch für Sébastien, aber sie war wohl angebracht.

Traurig schaute sie ihm nach, wie die Dunkelheit ihn verschluckte. Es begann zu regnen, die Luft roch nach warmer, feuchter Erde. Behutsam schloss sie die Tür; der Abend war gründlich misslungen.

Als sie wieder hereinkam, waren auch die Murphys, die

Édouard mitnehmen wollten, im Aufbruch begriffen. Sara und Zelda umarmten sich, der Pilot stand regungslos wie eine Statue daneben.

»Bis bald«, sagte Zelda, und obwohl sie und Édouard sich nicht berührten, bemerkte wohl nicht nur Mylène die Sehnsucht, die in ihren Augen brannte. Die Anziehungskraft zwischen den beiden war fast mit den Händen greifbar.

Fitzgerald räusperte sich. »Dann guten Abend allerseits.«

Die Murphys und Édouard verschwanden im Regen.

Scottie lag, alle viere von sich gestreckt wie ein Seestern, auf dem Sofa, fast schon eingeschlafen. Behutsam nahm Mylène sie in ihre Arme und trug sie in ihr Bett. Der Regen peitschte gegen das Kinderzimmerfenster, und Donner rollte über die Villa Marie hinweg.

Als sie leise die Tür hinter sich zuzog, bemerkte sie, dass die Fitzgeralds sich noch immer im Salon befanden, obwohl sie kein Licht eingeschaltet hatten. Fitzgerald saß, den Kopf in den Händen geborgen, auf dem Sofa, Zelda stand, ohne sich zu rühren, vor ihm. Ihre Arme hingen wie bei einer Stoffpuppe herab.

»Ich will die Scheidung, Scott.«

Zuerst glaubte Mylène, sich verhört zu haben, der erneute Donner musste ihren Ohren einen Streich gespielt haben. Dann zuckte ein greller Blitz auf und erhellte für Sekunden den Salon. An Fitzgeralds schmerzverzerrtem Gesicht erkannte sie, dass sie richtig gehört hatte.

»Hast du verstanden, Scott? Ich will mich scheiden lassen«, wiederholte Zelda, nun lauter.

Atemlos verharrte Mylène im finsteren Flur, die Hände

verkrampft, alle Muskeln angespannt. Über ihr donnerte und blitzte es nun, als gebe es kein Morgen mehr. Ihr war, als zerreiße das Gewitter den Himmel und das Meer und noch dazu das Leben der Fitzgeralds.

Kapitel 15

Ein weiterer Blitz tauchte den Salon für Sekunden in gleißendes Licht, und heftiger Donner schien die Grundfeste der Villa Marie zu erschüttern. Mylène sah Zelda und Scott von ihrem Lauschposten im Flur klar, ihre Konturen scharf hervortretend, bis die Dunkelheit erneut wie ein Vorhang herabfiel und wieder alles in Schwärze tauchte. Starkregen trommelte nun auf das Dach. Ihr Herz pochte rasend schnell, schien sich zu überschlagen, sodass ihr schwindlig wurde. Sie konnte kaum fassen, was sich gerade zutrug.

»Hast du gehört?«, rief Zelda schrill. »Ich will die Scheidung!«

Es dauerte eine Weile, bis Fitzgerald eine Antwort herauspresste. »Das ist nicht dein Ernst, Zelda.«

»Oh doch!«

Mylène glitt an der Wand herab, bis sie auf den Steinfliesen saß, und schlang die Arme um die Knie. Zelda wollte Scott verlassen? Es war nicht schwer, sich auszudenken, weshalb – oder für wen. Dann war es zwischen Zelda und Édouard doch kein harmloser Flirt, wie Sara Murphy behauptet hatte? Zelda hatte ihren Ehemann im Beisein ihres

Geliebten zum Narren gehalten? Kein einziges Mal hatte sie beobachtet, dass die beiden Zärtlichkeiten ausgetauscht hätten. Mylène fühlte sich plötzlich leer, desillusioniert. Dass das Traumpaar der amerikanischen Literatur wie zwei Eisschollen auf dem stürmischen Meer auseinandertrieb, war für sie nur schwer zu ertragen, denn sie liebte beide.

Fitzgerald hatte sich erhoben, sie hörte seine schweren Schritte, die im Salon auf und ab gingen. »Du willst dich scheiden lassen wegen dieses Luftikus? Du wirfst alles weg, was wir haben? Unsere Ehe, die Verantwortung gegenüber unserer Tochter, all die Jahre, die wir zusammen verbracht und die uns zusammengeschweißt haben? Du kennst diesen Kerl wie lange? Drei Wochen?«

»Manchmal genügen drei Wochen, ja, bereits drei Tage, um zu wissen, für welchen Menschen man bereit ist, alles, was war, bedenkenlos aufzugeben.«

Fitzgerald schnaubte über ihren emphatischen Ton.

Mylène schloss die Augenlider und vergrub ihren Kopf in den Armen. Wie konnte Zelda nur all diese Dinge sagen? Die ganze Welt, so schien es Mylène, hatte über die Klatschzeitungen miterlebt, welch ein außergewöhnliches Paar die Fitzgeralds seit jeher gewesen waren, wie sie in New York und Paris ihre eigenen Regeln aufgestellt, die Nacht zum Tag gemacht hatten – jeder, der nur einen Blick auf die hypnotisierenden Fotos in den Magazinen geworfen hatte, hatte gemerkt, wie innig die beiden einander zugetan waren. Sie hatten nur füreinander existiert. Das sollte alles vorbei sein für einen Piloten, den Zelda, wie Scott gesagt hatte, erst wenige Male getroffen hatte?

»Du bist ja nicht ganz bei dir«, warf Fitzgerald seiner Frau vor. Auch er wurde nun lauter, dringlicher. »Und dieser Jozan, der soll mir noch einmal unter die Augen kommen, der Schuft! Ich werde ihn zur Rede stellen!«

»Das lässt du schön bleiben, Goofo. Édouard kann nichts dafür, wie die Dinge sich entwickelt haben.«

In Mylènes Ohren klang es absurd, dass Zelda Fitzgerald auch jetzt noch, wo sie ihn für einen anderen Mann zu verlassen gedachte, mit seinem Kosenamen ansprach.

»Und ob er etwas dafür kann! Ich lasse doch nicht zu, dass mir ein anderer Mann die Frau wegnimmt! Was denkt er sich? Was denkst du dir?« Die feuchte Regenluft, die durch die Fenster drang, wurde von Tabakrauch verdrängt. Fitzgerald hatte sich eine Zigarre angezündet und ging nervös paffend auf und ab. Mylène, noch immer im Dunkeln kauernd, wusste, dass sie Zigarrenrauch von nun an immer mit dieser herzzerreißenden Szene verbinden würde.

»Ich dachte, nichts könnte jemals zwischen uns stehen …! Ich habe tatsächlich angenommen, wir würden unser ganzes Leben lang dieses Traumpaar sein, als das uns die Zeitungen immer bezeichnet haben!« Fitzgeralds Stimme klang rau vor Schmerz.

»Wir sind schon lange kein Traumpaar mehr«, konterte Zelda hitzig.

»Wir waren immer eins! Wir fühlten uns, als seien wir eine einzige Person, ein Herz und eine Seele!«, flehte Fitzgerald. »Zerstör das nicht aus einer Laune des Moments heraus!«

Zelda lachte bitter auf. »Wir sind keine Einheit mehr, begreif das doch. Du trinkst, bist gereizt, wenn es mit dem *Gatsby* nicht so vorangeht, wie du es dir vorstellst, du stiehlst Passagen aus meinem Tagebuch oder meinen eigenen Geschichten für deine Texte! Wie oft haben wir darüber diskutiert, und ich habe dir jedes Mal gesagt, dass ich das nicht möchte! Meine Geschichten gehören mir, und eines Tages werde ich sie veröffentlichen und Erfolg haben, auch wenn das an deinem Selbstwertgefühl kratzt, Mr Francis Scott Fitzgerald!«

Mylène glaubte, ein leises Wimmern aus dem Kinderzimmer zu hören. Hoffentlich wurde Scottie nicht wach – die Szene, die sich gerade zwischen ihren Eltern abspielte, würde sie traumatisieren. Rasch erhob sie sich und lauschte an Scotties Zimmertür. Anscheinend hatte sie sich geirrt, kein Laut war zu vernehmen. Behutsam zog sie die Tür zu und kauerte sich wieder im Dunkeln auf den Boden; das Gespräch der Fitzgeralds ging sie nichts an, das wusste sie natürlich. Doch sie konnte sich nicht davon losreißen, hoffte noch immer aus tiefster Seele, dass sich der Streit bald wie das abziehende Gewitter auflösen und nichts als klare Luft zurücklassen würde. So oft hatten die beiden sich in diesem Sommer gestritten, und jedes Mal unter liebevollen Entschuldigungen wieder zueinandergefunden.

»Worum geht es hier eigentlich?«, stieß Fitzgerald hervor. »Um mein Selbstverständnis als Schriftsteller? Ich glaube nicht, Zelda. Du schweifst ab, wie so oft. Und lass dir gesagt sein, Liebling, auch für mich ist es nicht einfach, mit dir zusammenzuleben. Du bist launisch, unberechenbar, dir ist ständig langweilig, du bist unzufrieden mit dem Leben – das ist absurd, so privilegiert, wie du bist! Du hast alles, und willst ständig mehr! Und jetzt hast du dir in deinen verwöhnten kleinen Kopf gesetzt, dass ich dir nicht mehr genüge und stattdessen ein französischer Marinepilot hermuss!«

»Er ist viel mehr als nur ein einfacher Marinepilot«, schleuderte Zelda ihm entgegen. »Im Gegensatz zu dir ist er aufmerksam und verständnisvoll!«

»Ich höre mir diesen Unfug nicht mehr länger an.« Fitzgerald holte tief Luft. »Ich lasse dich nicht einfach gehen, nur weil du aus einer Laune heraus, die spätestens in einer Woche passé ist, aus deinem Leben ausbrechen willst.«

Zelda lachte laut und höhnisch. »Und was gedenkt der Herr dagegen zu tun? Willst du mich einsperren?«

»Zur Not ja. Ich würde nicht davor zurückschrecken, dich im Haus einzusperren, um dich vor weiterem Unsinn zu bewahren.«

Mylène zuckte zusammen, als sie im Salon Scherben klirren hörte; wahrscheinlich hatte Zelda ein Glas nach Fitzgerald geworfen. »Du elender Mistkerl. Ich glaube sofort, dass du mich, ohne zu zögern, einschließen würdest! Als wäre ich ein unmündiges Kind!«

»Du benimmst dich leider wie eins.« Fitzgerald klang mit jeder Minute erschöpfter, so als sauge dieser Streit jegliche Lebensenergie aus ihm heraus.

Auch Mylène fühlte sich allein vom Zuhören ausgelaugt. Sie versuchte, sich auf den nur mehr leise trommelnden Regen zu konzentrieren. Mit aller Kraft sehnte sie sich nach Sébastien, nach der Sicherheit, Stabilität und Geborgenheit, die er versprach. Sein ruhiges Wesen würde es niemals zu solch einem erbitterten Kampf kommen lassen.

»Bleib da.« Scottie umklammerte Mylène wimmernd und hängte sich wie ein schweres Gewicht an sie.

Mylène nahm sie auf den Arm und küsste sie auf die Haare, die mit rosafarbenen Schleifen zu zwei dünnen Zöpfchen gebunden waren. »Ich muss weg, aber ich komme heute Abend wieder, chérie. Deine Mommy spielt mit dir.« Die Handtasche bereits über der Schulter, spähte sie um die Ecke. Die Stimmung in der Villa Marie war eisig. Scott kam dieser Tage selten aus seinem Arbeitszimmer heraus, während Zelda im Salon auf der Couch thronte, grüblerisch rauchte und sich über Zeitschriften beugte, ohne sie wirklich zu lesen. Sie schien vollkommen im Innern ihrer selbst eingeschlossen, selbst ihre Tochter existierte für sie nur noch als Schatten am Rande ihres Bewusstseins.

»Geh zu Mommy.« Sie setzte Scottie behutsam ab und nickte ihr aufmunternd zu. Sie war so nervös, dass es in ihrem Magen rumorte. Ob Zelda in der Lage war, sich ein paar Stunden um die Kleine zu kümmern? Oder köchelte sie wie die letzten Tage in der Suppe ihres Elends? Ihres selbst verschuldeten Elends, wie Mylène immer wieder dachte.

»Ich will nicht«, heulte Scottie. Erneut nahm Mylène sie auf den Arm, trug sie in den Salon und setzte sie neben ihre Mutter. Sébastien wartete draußen, hoffentlich gab es kein erneutes Drama. Zelda war im Moment nicht zurechnungsfähig. Wieso sonst setzte sie ihre Ehe aufs Spiel?

»Zelda?« Mylène beugte sich ein wenig herab und sprach

leise auf ihre Arbeitgeberin ein, so wie man mit Schwerkranken spricht, die man schonen will. »Ich gehe jetzt. Mein freier Nachmittag, du erinnerst dich?«

»Ach ja …« Zelda blickte zu ihr auf, der Blick verschleiert, als stecke ihr Kopf in den Wolken.

»Ich bin rechtzeitig zurück, um Scottie am Abend ins Bett zu bringen.«

Zelda nickte und spielte mit den Perlen ihrer Kette, mit den Gedanken offenbar ganz woanders. »Gehst du tanzen? Wenn Scott mir nicht verboten hätte, mich mit Édouard zu treffen, würde ich auch ausgehen. Es gibt so nette Tanztees in Antibes …«

Sie sprach schleppend wie eine Schlafwandlerin, und einen Moment lang fürchtete Mylène, Zelda habe wieder ein Rauschpulver eingenommen, diesmal eines, das ihre Nerven beruhigte. Dann gab sie sich einen Ruck. Sie musste gehen. »Nein, wir gehen nicht tanzen. Bis heute Abend, Zelda.«

Sébastien lehnte an dem Automobil, das er sich von seinem Freund geliehen hatte, und blickte ihr erwartungsvoll entgegen. Ihr war, als öffnete sich ihr Herz vor lauter Freude darüber, ihn zu sehen, einige Stunden friedvolle Ruhe und Zuneigung zu genießen und gleichzeitig der beklemmenden Düsternis, die sich über die Villa Marie gesenkt zu haben schien, zu entkommen.

»Wie ist die Lage bei den Fitzgeralds?«, fragte Sébastien leichthin und küsste sie zärtlich. »Noch immer angespannt?« Sie hatte ihm nach seiner misslungenen Geburtstagsfeier geschrieben, sich wieder einmal entschuldigt – obwohl Zelda offensichtlich diejenige war, die die Party gesprengt hatte – und ihm geschildert, was sich danach zugetragen hatte.

»Frag besser nicht.« Sie nahm im Automobil Platz, und Sébastien setzte sich hinter das Steuer. »Die Kleine tut mir so leid. Sie leidet am meisten unter dem ganzen Zwist und ist total durcheinander, das arme Ding. Ich habe kein gutes Gefühl dabei, sie mit Zelda allein zu lassen. Ich weiß nicht, ob sie sich angemessen um die Kleine kümmern wird, sie ist viel zu sehr mit sich selbst beschäftigt.«

»Zelda ist eine egozentrische Ziege.«

Mylène, die grübelnd in die vorüberziehende Landschaft aus Palmen, in der Sonne glühenden Dächern und staubigen Straßen geschaut hatte, wandte sich verwundert zu ihm um. Als sie seine zuckenden Mundwinkel sah, musste auch sie lachen. Die plötzliche Heiterkeit schien wie ein Befreiungsschlag, mit der sie die depressive Enge der Villa Marie hinter sich ließ, und mit einem Mal fühlte sie sich leicht und beschwingt.

»Du hast recht«, kicherte sie. »Das ist sie. Trotzdem – beide Fitzgeralds tun mir leid. Sie machen sich gegenseitig das Leben schwer, dabei …«

»Dabei sind sie doch das Traumpaar schlechthin, wie die Boulevardpresse nicht müde wird, zu betonen«, stichelte Sébastien.

»Du bist heute ganz schön auf Krawall gebürstet«, seufzte Mylène.

Er grinste schief, löste eine Hand vom Lenkrad und legte sie auf ihre. »Nur, weil es schon wieder um die Fitzgeralds geht. Ich wünschte, du hättest sie einmal zu Hause gelassen. Sie begleiten uns immer.«

Es versetzte Mylène einen Stich, als sie erkannte, dass er recht hatte. »Schon gut, ich erwähne sie nicht mehr. Heute soll es nur dich und mich geben.«

In La Croix-Valmer parkten sie das Auto, doch Sébastien schlug vor, zuerst an den Strand zu gehen, bevor sie Docteur Talon aufsuchten. Mylène verstand, dass er noch Zeit brauchte, um dem Arzt gegenüberzutreten. Es würde ein schwerer Gang werden.

Sie zogen ihre Schuhe aus und stapften durch den Sand, der warm über ihre Füße rieselte. Mylène fand eine besonders schöne, perlmuttfarbene Muschel und steckte sie in ihre Rocktasche, zur Erinnerung an diesen Tag. Auch Sébastien bückte sich und suchte nach Muscheln, die außergewöhnlich geformt und von rosa Streifen durchzogen waren.

»Sieh nur, was ich gefunden habe«, rief er, nachdem der milde Wind sie schon eine ganze Weile durchgepustet hatte und die Sandkörner wie brauner Zucker an ihren Füßen und Knöcheln klebten. Sie kniete sich zu ihm, so nah, dass ihre Stirn beinahe seine berührte, und betrachtete das funkelnde Etwas in seiner Handfläche.

»Aber …«, stammelte sie und sah erschrocken zu ihm hoch, verlor sich im Graublau seiner Augen, die sie festhielten, als wolle er sie nie wieder loslassen. »Das ist keine Muschel.«

»Meinst du?«, zog er sie auf, und sie lachten beide. Vorsichtig nahm Mylène den goldenen Ring mit dem grünen Edelstein in die Hand und betrachtete ihn von allen Seiten.

»Willst du meine Frau werden?«, fragte Sébastien, und plötzlich lag ein angespannter Zug um seinen Mund. Sofort überkam sie das Bedürfnis, ihm diese ungewohnte Ängstlichkeit wegzuküssen.

»Ja!«

Nun küsste auch er sie, lange und leidenschaftlich, und in ihren Ohren rauschte das Meer wie das schönste Orchester, und die Möwen wirkten wie weißes Konfetti, das über den Himmel geworfen wurde. Plötzlich bestand die Welt nur noch aus Glückseligkeit und wahr gewordenen Träumen.

»Wir werden es wunderschön zusammen haben«, flüsterte Sébastien und stieß die Luft aus. »Mein Gott, ich war so nervös vor diesem Heiratsantrag!«

»Und ich dachte schon, du hättest Angst davor, Docteur Talon eine Absage erteilen zu müssen.« Mylène steckte den Ring an ihren Finger und betrachtete versonnen, wie der grüne Stein im hellen Licht funkelte. Ihre ganze Welt schien durcheinandergewirbelt wie ein Schüttelglas – noch war der Heiratsantrag zu frisch, als dass sie wirklich begriff, dass sich nun ihr ganzes Leben ändern würde. Sie würde offiziell die Frau an Sébastiens Seite werden. Sie würde für immer mit ihm zusammen sein, kein missgünstiger Vater konnte sie mehr trennen. Wärme und Geborgenheit hüllten sie ein wie eine Decke, ein Gefühl, das sie irgendwann in ihrer Jugend verloren haben musste.

»Ach was, die Praxis habe ich innerlich bereits abgehakt.« Sébastien nahm sie an der Hand und zog sie hoch; beide wischten sie sich erst mal den Sand von den Knien. »Irgendeine Stelle als Arzt werde ich finden. Hauptsache, ich bin mit dir zusammen, mon trésor.«

»Was ist das für ein Stein?« Sie war so fasziniert von dem Schmuckstück, dass sie sich von seinem Anblick kaum losreißen konnte.

»Ein Smaragd. Ich habe mich, ehrlich gesagt, von Zeldas Schmuck inspirieren lassen. Sie trägt immer so ausgefallene Edelsteine, dass ich mir dachte, so etwas gefällt dir bestimmt auch.«

»Jetzt bist du aber derjenige, der wieder von den Fitzgeralds anfängt.«

»Tut mir leid.« Er gab sich gespielt zerknirscht, und sie umarmten sich erheitert.

»Er muss ein Vermögen gekostet haben. Wie konntest du dir einen solch wertvollen Ring nur leisten?« Noch immer ganz gebannt, hielt sie den Ring ins Sonnenlicht und betrachtete ihn.

»Monsieur Guillaud hat mir einen Vorschuss auf meinen Lohn gegeben, und ich habe eine Unmenge Überstunden gemacht. Außerdem ist der Ring aus zweiter Hand, muss ich gestehen. Aber nun lass uns zu Docteur Talon gehen und es hinter uns bringen.«

Docteur Talon öffnete ihnen gut gelaunt die Tür und bat sie ins Haus, in dem es nach Frischgebackenem duftete. Ein Krug mit wilden Blumen stand auf dem Tisch im Salon, zu dem er seine Besucher führte.

»Es ist so schön, Sie und Ihre reizende Verlobte wiederzusehen«, sagte der Arzt, goss ihnen Kaffee ein und drängte sie, von den Blätterteigtörtchen mit Himbeerfüllung zu nehmen, die appetitlich auf einer Kristallplatte angerichtet waren.

Mylène und Sébastien warfen sich einen verständnisinnigen Blick zu. Nun mussten sie Docteur Talon nicht mehr berichtigen, was die Art ihrer Beziehung betraf. Sie waren tatsächlich verlobt. Mylène konnte es noch gar nicht fassen. Ihr Leben war plötzlich ein völlig anderes, fühlte sich ganz seltsam verändert und aufregend und einzigartig an, auch wenn die äußeren Umstände im Moment noch dieselben waren.

»Docteur Talon«, begann Sébastien, während er ein Himbeertörtchen auf seinem Teller hin und her schob. »Ich muss Ihnen leider eine sehr unangenehme Nachricht überbringen.«

»So?« Der alte Arzt hob die Augenbrauen, doch er wirkte eher neugierig als furchtsam. Mylène ließ sich den Blätterteig und die Sahne auf der Zunge zergehen, aber sie vermochte die Süße nicht zu schmecken, so aufgewühlt war sie. Wie Docteur Talon die Neuigkeit wohl aufnehmen würde? Wäre er sehr enttäuscht, vielleicht gar wütend, dass er so viel Zeit in die geplante Praxisübergabe gesteckt hatte, die nun zerplatzte wie ein mürber Luftballon?

Sébastien senkte den Blick. »Es ist leider so, dass sich meine Lebenssituation geändert hat. Mein Vater, der mich die ganze Zeit mit seinen bescheidenen Möglichkeiten finanziell unterstützt hat, ist dazu nun nicht mehr in der Lage …«

Mylène spürte, wie schwer es Sébastien fiel, nicht mit der ganzen Wahrheit herauszurücken, doch sie wusste, er würde seinen Vater trotz des Zerwürfnisses nie in ein schlechtes Licht setzen. Auch dafür liebte sie ihn.

Docteur Talon schob sich ein großes Stück seines Törtchens in den Mund. »Das weiß ich bereits«, sagte er unbekümmert mit vollem Mund. »Ihr Herr Vater war vorgestern bei mir und hat mir alles erzählt. Schauen Sie nicht so erschrocken«, beruhigte er Sébastien, der blass geworden war, und tätschelte ihm fürsorglich die Schulter. »Ich bin durchaus in der Lage, mir selbst ein Bild von Ihrer Lage zurechtzuzimmern. Ihr Vater war sehr aufgebracht, aber ich denke, zu einem solchen Zwist gehören immer zwei Parteien.«

»Sébastien und sein Vater haben sich meinetwegen entzweit«, warf Mylène errötend ein.

Docteur Talon schenkte auch ihr ein wohlwollendes Lächeln. »Grämen Sie sich nicht, ma chère, ich bin sicher, er wird eines Tages wieder zur Vernunft kommen und Sie doch noch in der Familie willkommen heißen. Spätestens, wenn Enkel kommen.«

»Mein Vater kann sehr stur sein«, warf Sébastien ein.

Der Arzt lud beiden noch ein zweites Törtchen auf den Teller, als könne es alle Sorgen vertreiben. »Das ist äußerst schade, denn Sie beide sind ein entzückendes Paar.«

Einen Moment aßen sie schweigend, dann legte Sébastien seine Gabel nieder und sah den Arzt offen an. »Es tut mir sehr leid, dass ich die Praxis nicht übernehmen kann. Meine Verlobte und ich …« An dieser Stelle wurde Mylène wieder von einem Wirbelsturm der Gefühle erfasst; sie war verlobt, sie würde tatsächlich Sébastiens Frau werden! Es fühlte sich noch immer an wie ein Traum, unfassbar und irreal. »Wir hätten uns in diesem Haus sehr wohlgefühlt, und wir haben uns auch in das Städtchen und den Strand verliebt. Aber nun müssen wir nach vorn schauen und nach anderen Möglichkeiten suchen, wie ich als Arzt arbeiten kann.«

»Nein, nein.« Docteur Talon schüttelte vehement den Kopf. »Nein.«

»Was meinen Sie?«, fragte Sébastien, und auch Mylène blickte den alten Herrn verwirrt an.

»Es ist nicht richtig, dass Sie die Praxis, die wie für Sie gemacht ist, nicht übernehmen, junger Mann. Und Ihnen, Mademoiselle, habe ich bei Ihrem ersten Besuch bereits vom Gesicht abgelesen, wie sehr Ihnen das Haus gefällt. Sie sind das Paar, das ich hier haben möchte, Sie sind so liebenswürdig und einfühlsam, Sébastien, meine Patienten würden Sie lieben. Und Sie, Mylène, würden aus diesem Haus ein Nest machen, in dem sich jeder wohlfühlt – die Kranken, die zu Ihnen kommen, um geheilt zu werden, und die Kinder, die Sie haben werden.«

»Aber wir können uns die Übernahme der Praxis nicht leisten«, wandte Mylène schmerzlich berührt ein. Wieso ließ Docteur Talon nicht davon ab, Ihnen Zukunftsvisionen zu zeichnen, die sich nie erfüllen würden? Auch um Sébastiens Mund lag ein gequälter Zug.

»Ich weiß.« Der Arzt machte eine wegwerfende Handbewegung, als wolle er ihre Einwände nicht gelten lassen. »Monsieur Marais hat mir die finanziellen Aspekte bis ins kleinste Detail erläutert, ich bin absolut im Bilde …« Er räusperte sich. »Aber ich fände es jammerschade, wenn die Praxis keinen Nachfolger bekäme, vor allem so einen sympathischen wie Sie, Sébastien, mitsamt Ihrer Ehefrau in spe. Ich habe mir ein paar Gedanken gemacht.«

Sébastien saß plötzlich sehr aufrecht da und hörte aufmerksam zu, die Anspannung schien allmählich aus ihm zu weichen. Mylène umklammerte ihre schneeweiße Leinenserviette. Ob es wohl noch einen Hoffnungsschimmer gab, dass sie die Praxis irgendwie doch übernehmen konnten? Sie wünschte es sich plötzlich mit solcher Macht, dass ihr Schweißperlen am Haaransatz auftraten.

»Welche Gedanken, Docteur?«

»Am Geld soll es nicht scheitern. Was habe ich davon, wenn mein Haus und meine Behandlungsräume leer stehen? Mein Umzug zu meiner Tochter ist bereits besiegelt, und ich möchte ungern länger als nötig hierbleiben, um mühsam einen anderen Nachfolger zu suchen.« Docteur Talon legte nachdenklich den Zeigefinger ans Kinn. »Ich bin bereit, Ihnen andere Konditionen einzuräumen. Ein kleines Stück kann ich noch im Preis für die Ablöse heruntergehen, einen Teil bekommen Sie von der Bank, und den Rest zahlen Sie mir in monatlichen Raten ab. Ich bin mit kleinen Raten zufrieden, die wir über einen größeren Zeitraum strecken können; wenn ich bei meiner Tochter wohne, werde ich wenig Geld brauchen.«

Mylènes Herz raste. Da war er – der unerwartete Rettungsanker, der sie aus ihrer Misere erlösen würde. Sie wechselte einen bedeutungsschweren Blick mit Sébastien.

»Ich möchte aber nicht, dass Sie einen finanziellen Nachteil haben«, brachte er gepresst hervor.

»Den habe ich nicht.« Docteur Talon sah ihn mit fast väterlicher Zuneigung an. »Es ist mir vollkommen gleichgültig, ob ich mein Geld früher oder später bekomme. Sie tun mir einen Gefallen, wenn Sie auf mein Angebot eingehen. Ich bin alt und müde und möchte meinen Ruhestand ungestört mit meiner Tochter und meinen Enkelkindern verbringen. Es würde mir wirklich überhaupt nicht zusagen, noch länger hier wohnen zu bleiben, um die Praxis anderweitig an den Mann zu bringen.«

»Wenn das so ist …« Sébastien nahm Mylènes Hand, und ein breites Lächeln erhellte sein Gesicht. »Dann nehmen wir Ihr Angebot sehr gerne an, nicht wahr, chérie?«

»Sehr gerne«, echote Mylène. Sie konnte ihr Glück kaum fassen, heute war ein Tag, an dem Wunder geschahen, der Himmel voller Geigen hing, es Blüten und Sternschnuppen regnete. Sébastien hatte ihr einen Heiratsantrag gemacht, und sie würden in diesem wundervollen Haus mit diesem völlig verwilderten Garten und durcheinanderwuchernden Blumen leben. Für einen Moment überkam sie leise Traurigkeit darüber, dass ihre Großmutter nicht mehr an ihrer Freude teilhaben konnte, doch dann überwog wieder dieses überwältigende Gefühl, wunschlos glücklich zu sein. In der Villa Marie musste sie Zelda postwendend von den Neuigkeiten erzählen. Zelda … Sie bemerkte, dass sie seit Stunden nicht an die Fitzgeralds gedacht hatte; hoffentlich war die Lage in Valescure nicht noch weiter eskaliert, und hoffentlich kümmerte sich Zelda gut um Scottie, statt sich von der Welt abzuschotten und in ihrem Schmerz zu verkriechen.

Nachdem Sébastien sie wieder in der Villa Marie abgesetzt hatte, fand sie Zelda und Scottie noch immer im Salon vor. Offenbar hatten sie den ganzen Tag drinnen zugebracht.

Zelda lag mit geschlossenen Augen auf dem Sofa, während die Kleine ihren Puppen in ihren Miniaturtassen imaginären Tee servierte, sehr still und ohne wie sonst vor sich hin zu plappern.

»Mylène!« Als sie ihr Kindermädchen entdeckte, sprang sie sofort auf und warf sich in ihre Arme.

»Ich bin wieder da, alles ist gut.« Mylène strich ihr das strubbelige Flaumhaar aus der Stirn und schaute zu Zelda hin, die kaum ein Lebenszeichen von sich gab. Ob sie überhaupt wahrgenommen hatte, dass Mylène zurück war?

»Hast du Hunger, chérie?«

Scottie schüttelte den Kopf und deutete auf einen Teller mit gebutterten Baguetteresten, der mitten auf dem Teppich stand. Mit dem Kind auf dem Arm setzte sich Mylène neben Zelda, wobei sie einen vorsichtigen Sicherheitsabstand einhielt, denn sie wollte sie nicht bedrängen. Ihre Arbeitgeberin schien in den Tagen nach der Party abgemagert, ihre Wangenknochen stachen spitzer hervor als sonst, sie schien ohnehin nichts mehr zu sich zu nehmen.

»Zelda? Soll ich schauen, ob Benoît ein Abendessen vorbereitet hat? Sicherlich hat er etwas in die Küche gestellt«, murmelte Mylène so zaghaft, als spräche sie zu einer Schwerkranken. »Du musst etwas essen.«

»Mommy muss essen«, echote Scottie und beäugte ihre Mutter argwöhnisch. Die Kleine schien sehr genau zu spüren, dass Zelda nicht mehr die Alte war, aber mit ihren kaum drei Jahren konnte sie ihre Besorgnis noch nicht in Worte fassen.

»Eine White Lady füllt den Magen ebenso.« Zelda wedelte schwach mit der Hand. »Und benebelt so schön die Sinne, dass man seinem Elend eine Weile entfliehen kann. Ach, halt – ich vergaß. Sich betrinken ist ja Scotts Gebiet.«

Mylène überhörte geflissentlich den ironischen Tonfall. »Ist es ... ist es wirklich aus zwischen euch?«, fragte sie mit bebenden Lippen. Die frostige Stimmung im Haus machte das überschäumende Glück, das sie den Tag über verspürt hatte, zunichte. Wie konnte sie sich ungetrübt über die Verlobung und die Aussicht, in das wundervolle Haus in La Croix-Valmer zu ziehen, freuen, wenn Zelda und Scott am Abgrund standen?

»Natürlich!«, gab Zelda fast bissig zurück, um gleich darauf wieder in sich zusammenzufallen. »Es hat keinen Sinn mehr mit uns. Ich glaube, unsere Liebe war wie ein Strohfeuer, das lichterloh gebrannt hat, aber nun ist es erloschen. Vielleicht hat es zu intensiv gebrannt und ist vor der Zeit verglüht. Mein Leben ist ein Aschehaufen.«

»Aber du kannst doch nicht einfach alles wegwerfen! Ihr müsst doch versuchen, einen Weg zu finden, weiterhin miteinander auszukommen ...« Mylène wusste, sie begab sich auf dünnes Eis. Zelda hatte ihr zwar schon so manches anvertraut und nicht mit Ratschlägen für sie gespart, trotzdem befand sie sich als ihre Arbeitgeberin in der höheren Position, ohnehin ließ sie sich nicht gerne etwas sagen. Würde sie Mylènes Worte als Einmischung empfinden? Doch sie konnte einfach nicht schweigen, ihr lag zu viel an den Fitzgeralds, als dass sie mit angesehen hätte, wie diese sich gegenseitig zerstörten.

»Müssen wir das?«, fragte Zelda und starrte unter halb geschlossenen Augen ins Leere. »Vielleicht hatte mein Vater recht und Scott war von Anfang an nichts für mich. Édouard ist anders, weißt du? Während Scott das Feuer ist, ist Édouard die Glut, die stetig glimmt, dafür aber nie erlischt.«

Du kennst ihn viel zu kurz, um das zu beurteilen!, wollte es aus Mylène herausbrechen, doch sie biss sich im letzten Moment auf die Lippen. Es stand ihr nicht zu, Zelda zu kritisieren.

Scottie begann, an den Weißbrotresten zu knabbern, und Mylène besann sich auf ihre Pflichten. »Ich bereite der Kleinen ein Abendessen zu. Möchtest du wirklich nichts, Zelda?«

»Habe ich das nicht bereits gesagt?«, fragte Zelda gereizt, dann, gerade als Mylène sich vom Sofa erhob, fasste sie diese am Handgelenk und hinderte sie daran, aufzustehen. »Was ist das für ein Ring, Mylène? Hast du dir einen von meinen genommen?«

»Natürlich nicht!« Mylène schoss die Röte ins Gesicht, empört, dass Zelda ihr so etwas zutraute. Aber wahrscheinlich war sie zurzeit einfach nicht sie selbst. »Sébastien hat ihn mir heute geschenkt. Er hat mir einen Heiratsantrag gemacht.«

Angespannt wartete sie auf Zeldas Reaktion. Es war wohl der falscheste Zeitpunkt, von ihrer Verlobung zu erzählen, Zelda war derart unleidlich und mit sich selbst beschäftigt, dass sie ihre Freude wohl kaum teilen würde.

»Sieh an.« Zelda starrte den Smaragd an, dann ließ sie Mylènes Hand abrupt los. »Hast du dir das gut überlegt, Mylène? Sieh mich an – ich bin erst seit vier Jahren verheiratet, und schon liegt mein vermeintliches Glück in Scherben. Wie ein paar alte, ausgetretene Schuhe, die man auf den Müll wirft.«

»Das muss bei mir nicht auch so sein.« Mylène nahm Scottie an die Hand und zog sie in Richtung Tür. Ihr schoss der Gedanke durch den Kopf, dass Sébastien womöglich recht gehabt hatte, als er Zelda egozentrisch genannt hatte – statt ihr zur Verlobung zu gratulieren, stülpte sie Mylène ihr eigenes Unglück über.

Sie hatte Scottie gerade ins Bett gebracht, als es an der Tür läutete. Scott, der mit aufgeschwemmtem Gesicht aus dem Arbeitszimmer trat – Mylène hatte ihn die letzten Tage kaum gesehen –, öffnete, und zur Überraschung aller standen die Murphys vor der Tür.

»Wir haben uns solche Sorgen um euch gemacht, dass wir einfach kommen mussten.« Nachdem Scott die Besucher mit versteinertem Gesicht in den Salon geführt hatte, saß Sara Murphy auf der äußersten Sofakante, bereit, wenn nötig aufzuspringen und zu gehen. »Ich hoffe, ihr nehmt uns das nicht übel. Scott, Zelda hat mir geschrieben, was vorgefallen ist. Wir sind schockiert!«

»Seit einer geschlagenen Woche ist von euch weder etwas zu sehen noch zu hören.« Gerald musterte Zelda und Scott eindringlich. »Habt ihr euch etwa nicht wieder vertragen? Verzeiht, dass ich mich einmische, aber wir haben in Paris und hier an der Riviera so viel Zeit miteinander verbracht, dass ich euch einfach als Familie betrachte. Deshalb kann ich nicht zusehen, wie ihr euch gegenseitig zugrunde richtet.«

»Auch einen Drink, Mylène?«, wandte sich Zelda an Mylène, die hastig Scotties liegen gebliebene Puppen und das

Miniaturporzellangeschirr zusammenklaubte, um Ordnung zu schaffen.

»Äh … danke, ja.« Verlegen nahm sie einen flamingorosa Drink entgegen, den Zelda ihr reichte, und setzte sich auf einen Schemel an der Schwelle zur Terrasse. Hätte sie sich besser in ihr Zimmer zurückziehen sollen? Wahrscheinlich, aber sie war so durcheinander, dass sie Zeldas Angebot reflexartig angenommen hatte.

»Scott kann nicht akzeptieren, dass ich ihn verlassen will«, berichtete Zelda bitter, während sie sich neben Sara niederließ. Fitzgerald presste die bleichen Lippen zusammen.

»Aber Liebes, hast du dir das gut überlegt? Ihr seid seit mehreren Jahren verheiratet und habt ein wundervolles Kind! Hast du mir nicht immer gesagt, Scott sei deine große Liebe?« Sara legte eine Hand auf Zeldas Oberschenkel. Sie war siebzehn Jahre älter als Zelda und füllte die Rolle der mütterlichen Vertrauten gut aus. Mylène hatte die beiden in den letzten Wochen oft dabei beobachtet, wie sie die Köpfe zusammensteckten und vermutlich die privatesten Themen besprachen, Themen, die Zelda mit Mylène nie erörtern würde.

Fitzgerald blickte Sara dankbar an. »Das sage ich ihr auch, aber das interessiert sie nicht!«

»Weil ich genug von dir habe! Endgültig!«, brauste Zelda auf. »Du denkst immer nur an dich, du und dein ach so großer Roman stehen immer an erster Stelle!«

»Ja, der Roman steht an erster Stelle!« Fitzgerald stemmte sich in seinem Sessel hoch und goss sich mit zittrigen Händen ein Glas Whiskey ein. »Dieser Roman wird dir hoffentlich deinen Lebensstil für die nächsten Jahre finanzieren! Im Ausgeben bist du hervorragend, aber hast du dir auch schon mal überlegt, wo das ganze Geld herkommen soll?«

»Aber natürlich! Du bedienst dich ja nur zu gern an meinen Kurzgeschichten, um ganze Passagen daraus für deine Werke abzuschreiben!«

Gerald vergrub den Kopf in den Händen. »Mir scheint, hier geht es um viel mehr als nur um den Flirt mit Jozan.«

Mylène starrte in die untergehende Sonne, die flammend rot im Meer versank. Sie wünschte sich, zu schrumpfen, bis sie unsichtbar wäre, aber wahrscheinlich nahm das Quartett um den Tisch herum sie ohnehin nicht wahr.

»Ich möchte mich scheiden lassen und mit Édouard zusammen sein.« Zelda stürzte mit grimmigem Gesicht ihren Cocktail hinunter.

»Ich werde diesen Jozan zum Duell auffordern.«

Entsetzt starrten alle Fitzgerald an, der dumpf vor sich hin brütete.

»Das wirst du nicht tun«, rief Sara alarmiert. »Das ist derart antiquiert!«

Gerald hingegen brach in ein raues Lachen aus, so als nehme er Fitzgeralds Ankündigung nicht ernst. »Spar dir ein Duell lieber für eines deiner Bücher auf, Scott.«

Auf den Gesichtern der Murphys und Scotts lag Hilflosigkeit, Verbitterung und Traurigkeit, nur Zelda blies mit einer Zigarette Rauchkringel in die Luft und starrte ihnen versonnen nach.

Die Murphys fuhren unverrichteter Dinge wieder ab; Zelda schien ihrer Untätigkeit immer überdrüssiger zu werden. Tagelang lag sie auf dem Sofa, die Beine über die Lehne geschwungen, hörte eine Schellackplatte nach der anderen und gähnte vor sich hin, während aus dem Arbeitszimmer das Stakkato der Schreibmaschine erklang.

Irgendwann schien es Zelda zu reichen, denn sie verkündete, nach Saint-Raphaël fahren zu wollen.

»Sollen Scottie und ich dich begleiten?«, fragte Mylène mit einem unguten Gefühl.

Zelda winkte verdrossen ab. »Nein, nein, geh nur mit der Kleinen an den Strand, da hat sie mehr Spaß als in der Stadt.«

»Nun gut …« Der Gedanke, dass Zelda sich in Saint-Raphaël womöglich ein Stelldichein mit Édouard geben würde, verursachte Mylène geradezu Beklemmungen.

Fitzgerald hatte ihren Wortwechsel mitbekommen, denn plötzlich stand er wie ein Geist vor ihnen, das Gesicht von tiefem Misstrauen gezeichnet. »Was hast du vor, Zelda? Wenn du dich heimlich mit Jozan treffen willst, dann … dann …«

Ihm schien keine geeignete Konsequenz einzufallen, woraufhin Zelda spöttisch auflachte. »Dann? Meinst du, ich lasse mir irgendetwas von dir verbieten? Diese Zeiten sind vorbei. Heutzutage sind wir Frauen eigenständige Wesen, die sich von Männern nichts vorschreiben lassen, nicht wahr, Mylène?«

»Ich …«, stammelte Mylène, der das Blut in die Wangen stieg. Auf keinen Fall wollte sie sich in das Ehedebakel hineinziehen lassen. Sie nahm Scottie an die Hand und verschwand mit ihr im Kinderzimmer, um der Kleinen ihren Badeanzug anzuziehen und die Sandförmchen zusammenzusuchen.

Stumm lauschten sie den Vorwürfen, die die Fitzgeralds sich lautstark an den Kopf warfen.

»Mommy und Daddy streiten wieder«, murmelte Scottie mit schreckgeweiteten Augen.

Mylène strich ihr zärtlich über das Haar. »Ja. Aber wir beide machen uns einen schönen Tag am Strand, einverstanden?«

Unten am Wasser backte Scottie aus feuchtem Sand mehrere Kuchen, während Mylène den neuesten Brief von Sébastien las. Erwartungsgemäß missfiel ihm die Entwicklung in der Villa Marie. *Ich möchte nicht, dass Du zwischen die Fronten gerätst,* schrieb er. *Kannst Du nicht kündigen? Wir finden eine Lösung, wo Du wohnen kannst, bis wir heiraten. Vielleicht vermietet Dir Docteur Talon ein Zimmer … Lass uns über ein Hochzeitsdatum reden, wenn wir uns wiedersehen!* Einerseits rührte es sie, dass er sich Sorgen um ihr Wohlbefinden machte, andererseits mochte sie sich nicht mit seiner Bitte auseinandersetzen, bereits jetzt bei den Fitzgeralds zu kündigen. War sie im Moment nicht die einzig stabile Komponente in Scotties Leben?

Sie blieben länger am Strand als gewöhnlich, weil sie sich von der friedlichen Abendstimmung, dem orangerosa Glanz der Wolken, dem sich verdunkelnden Wasser nicht loszureißen vermochten. Erst spät packten sie die Sandförmchen und Schaufeln zusammen und kletterten den Pfad zur Villa Marie hoch, die vom Abendrot zart beschienen war.

Fitzgerald saß mit einem Glas Whiskey und seinem Notizbuch, in dem er seine Ideen für den *Gatsby* notierte, auf der Terrasse, umgeben vom Gesumm der Bienen und den betörenden Düften der Pfingstrosen und Schwertlilien.

»Daddy!« Scottie rannte auf ihn zu und warf sich in seine Arme. Er fing sie auf und drückte sie an sich, doch seine Züge waren verzerrt vor Schmerz.

Als inszeniere sie einen Auftritt, erschien Zelda plötzlich auf der Terrasse wie eine Schauspielerin auf der Bühne. Sie trug noch ihr Ausgehkleid und eine bestickte Cloche auf dem Kopf. Ihr Gesicht war weiß wie Wachs.

Fitzgeralds Lippen formten ein lautloses: »Was?«

Doch Zelda schüttelte nur den Kopf, nahm ihre Tochter an der Hand und ging mit ihr ins Haus. Die Kleine versuchte sich loszureißen und wandte sich zu Mylène um. »Mylène soll mitkommen.« Ihre Stimme klang flehend; das Verhalten ihrer Eltern verwirrte und beängstigte sie. Mylène eilte hinterher.

»Ich habe dir ein neues Kleidchen gekauft«, verkündete Zelda im Kinderzimmer seltsam tonlos und zog mit bebenden Händen ein in Seidenpapier eingeschlagenes Hängekleid, das mit Erdbeeren bestickt war, aus ihrer Tasche. »Probier es doch mal an, Zuckerpuppe.«

Scottie, die Stickereien und Applikationen jeder Art für gewöhnlich liebte, blieb mitten im Raum stehen und rührte sich nicht. Fragend sah sie zu Mylène hoch, den Daumen in den Mund gesteckt. Mylène nickte ihr aufmunternd zu. Die Atmosphäre war seltsam, das entging auch der Kleinen nicht. Zeldas Augen glänzten, als fange sie gleich an zu weinen. Sie stieß einen erstickten Laut hervor, dann warf sie das Kleid auf das Bett, sank auf den Teppich und schluchzte, dass sich ihr Oberkörper vor und zurück bog.

Scottie flüchtete erschrocken in Mylènes Arme.

»Was ist geschehen, Zelda?«, fragte sie behutsam und überlegte kurz, ob sie sie mit der Hand berühren sollte, um sie zu trösten. Doch da sich Zelda in den letzten Tagen so merkwürdig distanziert verhielt, ließ sie es bleiben.

»Ich war nur ganz kurz in der Stadt, um das Kleid zu kaufen. Um ehrlich zu sein, habe ich einfach irgendetwas gekauft als Alibi.« Zelda verbarg ihr Gesicht in den Händen, die feucht von ihren Tränen waren.

»Was ist ein Alibi?«, flüsterte Scottie gebannt.

»Scott hatte recht, als er mir vorwarf, Édouard sehen zu wollen. Ich bin nach Fréjus zum Fliegerhorst gefahren.«

Sie klang so tieftraurig, dass Mylène es wagte, sich neben sie auf das Bett zu setzen. Zeldas Schmerz war fast mit den Händen greifbar, er hing wie eine dicke schwarze Wolke über ihr, verdüsterte den ganzen Raum. »Und …?«

Zelda nestelte in ihrer Tasche und zog ein bereits reichlich durchnässtes Taschentuch hervor. Auch auf der Fahrt nach Hause hatte sie ihrer Verzweiflung offenbar freien Lauf gelassen.

»Warte.« Mylène öffnete Scotties Nachttischschublade und zog ein frisches Taschentuch hervor, das sie ihr gab.

»Stell dir vor … Édouard … er war nicht da!«, brach es aus Zelda hervor, begleitet von einer Sturzflut neuer Tränen.

»Aber wieso …?« Mylène legte Zelda tröstend eine Hand auf die Schulter; tatsächlich fing sich diese ein wenig, trocknete ihre Augen und putzte sich die Nase.

»Er scheint nicht mehr dort stationiert zu sein. Ich konnte nur mit einem ganz jungen Piloten sprechen, der neu ist. Mehr wusste er nicht. Wieso ist Édouard weg, ohne noch einmal mit mir zu sprechen? Wie konnte er das tun? Noch nicht mal einen Abschiedsbrief hat er mir geschrieben …!« Unglücklich zerknüllte sie ihr nass geweintes Taschentuch. Scottie hatte sich inzwischen vor ihre Mutter gekniet und legte ihr Gesichtchen mit hilfloser Miene auf Zeldas Oberschenkeln ab.

»Vielleicht wollte er sich nicht zwischen dich und Scott drängen?«, vermutete Mylène leise.

»Unsinn!«, fuhr Zelda auf, um dann ruhiger hinzuzufügen: »Édouard und ich lieben uns doch. Liebe muss stärker sein als alle Konventionen. Und meine Ehe mit Scott war schon lange nur noch ein wackliges Gerüst, so wie die Häuschen aus Streichhölzern, die Kinder bauen. Immer kurz davor, zusammenzubrechen.«

Mylène schwieg. Fitzgeralds Gesichtsausdruck in letzter Zeit war so gequält, dass sie sich kaum vorstellen konnte, dass er genauso wenig Interesse an seiner Ehe hatte wie seine Frau. »Was wirst du jetzt tun, Zelda?« Am liebsten hätte sie sie geschüttelt und gefleht, sie möge sich doch wieder mit Scott vertragen; sie hasste es, sie beide so leiden zu sehen.

Zelda stand abrupt auf, wobei Scottie von ihren Knien rutschte, und ging im Zimmer auf und ab, nahm wahllos Puppen und Bauklötze in die Hand, um sie dann achtlos wieder fallen zu lassen. Ihre Augen wirkten fast fiebrig, ihre Wangen färbten sich scharlachrot. »Ich weiß es nicht … Aber irgendetwas muss ich tun, ich werde verrückt, wenn ich so weitermache wie bisher …«

Kapitel 16

Valescure, August 1924

Mit einer verschlafenen Scottie auf dem Arm, die sich noch müde die Augen rieb, trat Mylène aus dem Kinderzimmer. Fast wäre sie über vier voluminöse Schrankkoffer gestolpert, die den Flur versperrten. Über einem hing wie hingeworfen ein lavendelfarbenes Seidentuch von Zelda, daneben lag einer ihrer mit einer Blume geschmückten Glockenhüte.

Wie so oft beschlich Mylène ein merkwürdiges Gefühl. Gepackte Koffer verhießen nichts Gutes. Wollte Zelda auf und davon? Kürzlich hatte sie seltsam zerrissen gewirkt – meistens lag sie regungslos auf ihrem Bett und starrte an die Decke, oder sie schlief tagelang, Mylène vermutete, mithilfe von starken Schlafmitteln, manchmal aber suchte sie ihren Mann in seinem Arbeitszimmer auf, um erbittert mit ihm zu streiten. Aus den Wortfetzen, die durch die geschlossene Tür drangen, hörte Mylène heraus, dass Zelda Scott die gesamte Schuld an allem gab, was sich zugetragen hatte.

»Du warst überhaupt nicht mehr für mich da … Daisy Buchanan steht dir inzwischen näher als ich …«

»Du bist Daisy Buchanan, Zelda! Jede Einzelne meiner Romanheldinnen bist du, immer nur du …! Es dreht sich alles um dich …!«

»Du liebst nicht mich, du liebst nur die romantische Vorstellung, die du dir von mir gemacht hast … Ich kann nicht mehr mit dir leben …«

Jedem in der Villa Marie standen die Spuren der Ereignisse ins Gesicht geschrieben; Zelda schien Nahrung endgültig durch Cocktails und Nikotin ausgetauscht zu haben, Fitzgeralds Züge waren spitz vor Kummer, und auch Scottie war stiller als sonst und schlief nachts in Mylènes Bett. Mylène versuchte, sich möglichst unauffällig zwischen Haus und Terrasse hin und her zu bewegen, um nicht in das Drama mit einbezogen zu werden. Die letzte Verabredung mit Sébastien hatte sie abgesagt, da sie Scottie nicht allein lassen wollte. Zelda schien keine Kraft zu haben, sich mit ihr zu beschäftigen, und Fitzgerald verließ sein Arbeitszimmer nur, um an der Hausbar Nachschub zu holen.

Sébastien hatte ihr in seinem letzten Brief noch einmal ans Herz gelegt, zu kündigen. Er verstand nicht, wie Mylène in dieser selbst geschaffenen Hölle der Fitzgeralds ausharren konnte und selbst immer nervöser wurde.

»Ich kann Scottie nicht allein lassen«, hatte sie bei ihrem letzten Telefonat, das sie in der stickigen Kabine auf dem Postamt mit ihm geführt hatte, versucht zu erklären. »Sie braucht mich!«

»Du bist für das Drama, das die Fitzgeralds veranstalten, nicht verantwortlich!«, hatte er ungewohnt heftig entgegnet. »Sie gefallen sich doch in ihren Rollen, ihr Leben ist eine

Bühne, begreifst du nicht? Und du musst sie darin nicht noch unterstützen. Kündige, dann begreifen sie hoffentlich, dass sie sich zusammenreißen müssen wie normale Menschen.«

Mylènes Weigerung, die Fitzgeralds in diesen schrecklichen Tagen zu verlassen, setzte Sébastien schwer zu. Das Telefonat hatte nicht im Guten geendet.

Scottie deutete mit ihrem kleinen Zeigefinger auf die Koffer, als Mylène mit ihr darüberstieg, um in die Küche zu kommen. »Verreisen wir?

»Ich weiß nicht, chérie.«

Camille stand bereits in ihrer gestärkten weißen Schürze vor dem Herd und kochte Milch für Scottie auf; sie verdrehte vielsagend die Augen. Mylène seufzte.

»Bereiten Sie uns Lunchpakete vor.« Zelda war ebenfalls in die Küche gerauscht, noch im Nachthemd und barfuß. »Mylène, unser Zug geht um elf Uhr.«

Mylène starrte sie verständnislos an. »Welcher Zug?«

»Paris.« Zelda nahm sich einen Apfel aus der Obstschale und rieb ihn an ihrem Nachthemd sauber. »Ich kann hier nicht mehr leben. Mit ihm.«

»Ich verstehe nicht …« Mylène wechselte einen unsicheren Blick mit Camille, die erneut eine Grimasse zog.

»Du, Scottie und ich fahren nach Paris. Ich brauche dringend eine Auszeit.«

Panikgefühle schwappten in Mylène hoch, so als befände sie sich unter Wasser und bekäme keine Luft mehr. »Paris? Ich kann heute nicht einfach so nach Paris fahren … Mein Verlobter …« Die Gedanken brausten wie Windböen durch ihren Kopf. Die Stimmung zwischen ihr und Sébastien war kühl, sie wusste nicht, wie sie ihm beibringen sollte, dass sie nach Paris verschwinden würde. Gerade jetzt, wo sie ihre Hochzeit planen wollten, wünschte Zelda eine Planänderung, die ihr gar nicht behagte. Wieso ließ sie zu, dass Zelda über sie bestimmte? Sie war kurz davor, ihr zu sagen, dass sie nicht mitreisen würde. Aber dann fiel ihr Blick auf Scottie, die ihre warme Milch trank und sie dabei erwartungsvoll ansah, so als sei sie die Einzige, auf die sie sich mit ihren kaum drei Jahren verlassen konnte. Wahrscheinlich traf dies auch tatsächlich zu, zumindest im Moment. Und Zelda – Zelda starrte sie so aufgewühlt an, das aschgoldene Haar zerzaust, mit zitternden Fingern, zwischen denen sie eine Zigarette hielt, dass sie es nicht verantworten konnte, sie allein mit einem Kleinkind nach Paris reisen zu lassen.

»Sébastien wird es nicht gefallen, dass ich einfach sang- und klanglos nach Paris verschwinde«, protestierte sie noch einmal schwach. »Wie lange bleiben wir?«

»Vielleicht für immer.« Zelda stieß Rauch aus und sah zu, wie sich das kleine Wölkchen im Raum auflöste. »Ruf deinen Verlobten an und sag ihm, dass du verreist, wieso sollte er etwas dagegen haben? Du bist nicht sein Besitz. Lass es nicht so weit kommen wie ich, und lass dich nicht bevormunden«, riet Zelda zerstreut. »Und wenn du aufs Postamt gehst, buche gleich eine Suite im Hôtel des Deux Mondes. Gib unsere Ankunftszeit an. Und packe für Scottie und für dich.«

Verzweifelt legte sich Mylène in Gedanken bereits Worte zurecht, um Sébastien auf ihre Abwesenheit vorzubereiten, während ihre Wut auf Zelda wuchs. Wie konnte sie sie zwingen, ans andere Ende des Landes zu reisen, und Sébastien unterstellen, er buttere sie unter? Musste sie über jede Beziehung zwischen Mann und Frau die Schablone ihrer eigenen Ehe mit Scott legen? »Und was heißt das, wir werden vielleicht nie zurückkehren?«

Zelda zuckte mit den Schultern und überhörte die wachsende Panik in Mylènes Stimme. »Woher soll ich wissen, wie es mit meinem Leben weitergeht? Die Liebe meines Lebens ist urplötzlich vom Erdboden verschwunden, und mit meinem Ehemann werde ich keine einzige Stunde mehr unter demselben Dach verbringen.«

Eine Eisschicht schien sich um Mylènes Herz zu legen. Sie würde Zeldas Wunsch nachkommen, sie nach Paris zu begleiten, aber höchstens für eine Woche, und nur Scottie zuliebe.

»Ich werde nicht lange in Paris bleiben«, murmelte sie, woraufhin Scottie in Tränen ausbrach und sich an sie klammerte. »Mylène soll bleiben!«

Zelda schnalzte ungeduldig mit der Zunge. »Nun sei nicht so dramatisch, Mylène! Ich habe keine Kristallkugel, mit der ich in die Zukunft schauen kann. Ich werde mich in Paris einfach treiben lassen, um wieder zu mir zu kommen. Vielleicht lerne ich neue Leute kennen ... vielleicht liege ich aber auch den ganzen Tag im Bett, ich habe im Moment überhaupt keine Kraft ...«

Mylène ignorierte Zelda und tröstete die noch immer vor sich hin wimmernde Scottie, indem sie sie auf die weichen blonden Haare küsste. »Vorerst bleibe ich bei dir, chérie. Trink deine Milch, ich gehe schnell aufs Postamt, um im Deux Mondes zu reservieren.«

In ihrem Zimmer stülpte sie sich rasch ihren Strohhut auf den Kopf und eilte durch den dunstigen, schwülen Morgen ins Ortsinnere. Was Fitzgerald wohl von der überstürzten Abreise von Frau und Tochter hielt? Womöglich wusste er noch gar nichts davon und es kam zu einem erneuten Eklat, sobald er davon erfuhr?

Nachdem sie eine Suite gebucht hatte, ließ sie sich mit dem Grimm's Park Hotel in Hyères verbinden. Armand begrüßte sie in redseliger Stimmung, doch sie unterbrach ihn schroffer als beabsichtigt und ließ Sébastien an den Apparat holen.

»Sébastien … Ich muss nach Paris. Jetzt gleich.« Sofort bereute sie es, ohne Einleitung mit ihrer Neuigkeit herausgeplatzt zu sein. Wie erwartet, reagierte er bestürzt.

»Das ist nicht dein Ernst. Heute? Warum in alles in der Welt? Und warum klingst du so fassungslos? Ist etwas passiert?«

Sie hörte, wie Armand hustete. Offensichtlich hielt sich der Concierge im Hintergrund auf, um möglichst viel mitzubekommen. »Zelda braucht eine Auszeit, um den Kopf freizubekommen. Wir fahren um elf Uhr ab.«

Ihre Stimme klang kläglich, sie wünschte, sie hätte ihr einen festen, entschlossenen Klang verleihen können.

»Ihr fahrt um elf? Was ist denn das für eine Kurzschlussreaktion?«, murmelte Sébastien.

Darauf wusste sie nichts zu erwidern, denn er hatte ja recht. Einen Moment schwiegen sie, sie vernahm nur Sébastiens flachen Atem und Armand, der mit Unterlagen raschelte.

»Und du musst mit? Für wie lange?«

Sie verkniff sich, Zeldas Aussage *vielleicht für immer* zu wiederholen. »Ich weiß es nicht.«

»Also wieder so eine planlose, theatralische Inszenierung, an der du dich vor lauter Schwärmerei für die Fitzgeralds beteiligst«, sagte er dumpf. »Wann wir uns wiedersehen, steht in den Sternen, ist es nicht so?«

»Ja«, flüsterte sie und wischte sich über die Augen, die sich mit Tränen füllten. »Scottie ist verloren ohne mich.«

»Die Fitzgeralds sollen sich ein anderes Kindermädchen suchen. Du wirst ja ohnehin kündigen, wenn wir heiraten und nach La Croix-Valmer ziehen.«

»Ich weiß.« Der Gedanke, bereits heute alles hinzuwerfen und Zelda beizubringen, dass sie ab sofort nicht mehr zur Verfügung stand, war unvorstellbar. Sie konnte die Fitzgeralds noch nicht loslassen, und sich von Scottie zu trennen vermochte sie ebenso wenig. Das Bild, wie sich die Kleine vorhin an ihrer Milchflasche festgehalten hatte, hatte sich ihr eingebrannt.

Wieder brach eine herzzerreißende Stille über sie herein. Schließlich murmelte Sébastien: »Pass auf dich auf«, und legte auf.

Noch Minuten später hielt Mylène den Hörer in der Hand und starrte ihn an, als begreife sie nicht, was passiert war. Sébastien hatte das Gespräch beendet, ohne noch ein weiteres Wort zu verlieren, ohne ihr wie sonst zu sagen, dass er sie liebte. Erst als der Beamte hinter dem Schalter sich lautstark räusperte, hängte sie den Hörer in die Gabel und verließ das Postamt betäubt vor Schmerz.

Zelda empfing sie atemlos in der Haustür. »Wo bleibst du denn so lange? Du musst packen!«

Mylène nickte stumm. Scottie hing die ganze Zeit an ihrem Bein, während sie Kleider, Schuhe und Hüte in Taschen und Koffer packte, suchte ihre Nähe, nun, wo ihre Mutter emotional außer Gefecht gesetzt war.

»Setz dich auf den Koffer, chérie, damit ich die Schnalle schließen kann.« Scottie ließ sich auf das Gepäckstück plumpsen. Während Mylène sich mit dem Verschluss abmühte, brach auf dem Flur das befürchtete Drama los.

»Was soll das geben, kannst du mir das bitte schön erklären?« Durch die offen stehende Tür sah Mylène Fitzgerald in zerknitterten Kleidern vor seinem Arbeitszimmer stehen, wo er offenbar bis jetzt geschlafen hatte. Seit der Geburtstagsparty für Sébastien mied er das eheliche Bett.

»Wonach sieht es denn aus?«, entgegnete Zelda schnippisch. »Ich fahre mit Scottie nach Paris, wir brauchen eine Luftveränderung. Du kannst doch nicht im Ernst erwarten, dass ich hierbleibe, als ob nichts geschehen wäre! Durch deine Lieblosigkeit mir gegenüber hast du mich Édouard in die Arme getrieben. Immer nur Arbeit, Arbeit, Arbeit.«

»Bist du noch bei Trost?«, fuhr Fitzgerald sie an. »Du hast mich betrogen, du bist die Schuldige! Ich bin bloß der gehörnte Ehemann! Derjenige, der am wenigsten an dieser ganzen Sache beteiligt ist, außer, dass ich jetzt die Scherben zusammenfegen kann!«

Zelda lachte bitter. »Als ob du dir die Mühe geben würdest, Scherben zusammenzukehren! Monsieur sitzt tagein, tagaus in seinem Elfenbeinturm und schreibt und schreibt und lässt die wirkliche Welt völlig außer Acht! Die Sache mit Édouard hat dich wohl wieder daran erinnert, dass du eine Frau hast, diese Tatsache hast du die ganze Zeit verdrängt!«

Fitzgerald hieb mit der Faust gegen die Tür des Arbeitszimmers. »Wie oft soll ich dir noch sagen, dass mein Beruf dir den ganzen Luxus sichert, in dem du lebst … den ganzen Schmuck und die teuren Kleider, die Partys und Reisen …«

»Mommy und Daddy schreien«, sagte Scottie bedrückt. Ihre großen blauen Augen schwammen in Tränen.

»Sie vertragen sich bestimmt bald wieder. Manchmal braucht es nur etwas Zeit.« Mylène hoffte, keine falschen Hoffnungen in Scottie zu erwecken. Zelda und Scott waren beide starke, eigenwillige Charaktere, ob sie sich einander wieder annähern würden, war mehr als fraglich. Ihre so leidenschaftliche, bedingungslose Liebe, die sie so offen zur Schau gestellt hatten, war ins Gegenteil umgeschlagen, aber auch das passte zu ihren extrovertierten, exzentrischen Wesen. Das Leben mit den Fitzgeralds war erschöpfend. Alles in ihr sträubte sich, nach Paris zu fahren. Am liebsten wäre sie nach Hyères gereist, um an Sébastiens Seite zur Ruhe zu kommen.

»Du hörst dich an wie eine Schallplatte, die einen Sprung hat«, schrie Zelda. »Ich muss hier weg, versteh das doch.«

Sowohl Mylène als auch Scottie erstarrten in ihren Bewegungen, als sie vom Flur her keinen Laut mehr vernahmen. Tränen perlten an Scotties weichem Kindergesicht herab, die Mylène zärtlich wegwischte.

»Dann tu, was du tun musst«, erklärte Fitzgerald mit brechender Stimme. »Ich gebe dir eine Woche in Paris, wenn du bis dahin nicht zurückkommst, dann hole ich dich. Ob du willst oder nicht.«

»Ist das eine Drohung? Du kannst lange warten, bis ich freiwillig mit dir irgendwohin gehe.«

Plötzlich stand Fitzgerald im Kinderzimmer. Er kniete sich vor Scottie, die noch immer auf dem Koffer saß, und schloss sie in seine Arme. »Bis bald, Zuckerpüppchen.«

»Du sollst mitkommen«, schluchzte Scottie und krallte ihre Finger in die Hemdsärmel ihres Vaters.

Mylène sah, wie nahe Fitzgerald der Abschied von seiner Tochter ging, und wandte sich schnell ab. Der ganze Tag war traurig und hoffnungslos.

Während der Zugfahrt saß Scottie auf ihrem Schoß, und sie las ihr ein französisches Bilderbuch vor, das Zelda einmal in Saint-Raphaël gekauft hatte. Die Kleine lauschte gebannt, obwohl sie wahrscheinlich nicht viel verstand. Zur Erklärung übersetzte sie ihr die wichtigsten Sätze, während Zelda aus dem Fenster des Abteils starrte und ungewöhnlich schweigsam eine Lakritzpastille nach der anderen lutschte. Von Zeit zu Zeit sah Mylène sie verstohlen an – Zelda schien in ihrer Trauer um ihr verlorenes Glück gefangen, sie wirkte wie eine dieser russischen Puppen, die innen leblos und hohl waren.

Sie überlegte immer wieder, wie sie Zelda trösten konnte, aber wahrscheinlich gab es keinen Trost für sie. Dann wieder flogen ihre Gedanken zu Sébastien, und sie erinnerte sich daran, wie er einfach den Hörer eingehängt und nichts mehr von Paris hatte wissen wollen. Alles schien so verfahren.

»Lies weiter, Mylène.« Scottie blätterte mit ihren pummeligen Fingern um und betrachtete die nächste Seite.

»Vielleicht hätte unsere Ehe überlebt, wenn Scott nicht so verflucht ichbezogen und selbstgefällig wäre«, murmelte Zelda plötzlich, als erwache sie aus einem Nebel, der sie zuvor von ihrer Umgebung abgeschottet hatte. »Aber er ist eben Schriftsteller, und alle Schriftsteller, die ich kennengelernt habe – und glaub mir, es waren eine Menge –, sind so. Halten sich für den Nabel der Welt. Meister der Inszenierung.«

Mylène las Scottie den nächsten französischen Vers vor. Zeldas Charakterisierung hätte genauso gut auf sie selbst zutreffen können. Im nächsten Augenblick krümmte sich diese vor Kummer und fiel elendiglich in sich zusammen, die Hände vor das Gesicht geschlagen.

Scottie schlug erschrocken das Buch zu und hielt es vor ihr Gesicht, als verstecke sie sich dahinter, das Verhalten ihrer Mutter schien ihr unheimlich zu sein. Mylène rutschte ein Stück auf der Sitzbank vor und legte ihre Hand unbeholfen auf Zeldas Knie. »Ich verstehe, wie schlimm das alles für dich ist … Kann ich irgendetwas tun?«

»Niemand kann etwas tun«, stieß Zelda untröstlich hervor. »Ich weiß nicht, wie mein Leben weitergehen soll. Zu Scott kehre ich niemals zurück, und wo Édouard ist, weiß ich nicht. Er ist einfach vom Erdboden verschwunden. Er hat mir noch nicht mal ein paar Zeilen geschrieben …! Hätte er sich nicht wenigstens verabschieden können?«

Mylène drückte Scottie schützend an sich, die ihre Mutter mit weit aufgerissenen Augen anstarrte. Wie viel sie von ihren Worten verstand, konnte Mylène nur vermuten. Sie murmelte ein paar Allgemeinplätze vor sich hin, die ihr selbst peinlich waren, doch womit hätte sie Zelda in dieser Situation helfen können? So heftig wie noch nie sehnte sie sich nach Sébastien, nach dem verlässlichen Gleichtakt, in dem ihre Herzen schlugen. Während Scott und Zelda wie zwei einsame Schollen im Meer trieben, war Sébastien ihr Hafen, in dem sie bisher immer ankern konnte. Um wie viel erstrebenswerter erschien ihr in diesem Moment ihr eigenes Leben, ihre Zukunft, als das zwar schillernde und glamouröse, doch im Grunde einsame und haltlose Dasein der Fitzgeralds. Noch nie zuvor war ihr aufgefallen, welch tiefe Traurigkeit sowohl Zelda als auch Scott im Herzen trugen. Weder Cocktailpartys, Reisen und teure Kleider noch die Sterne über der Villa Marie, die eigens für sie an den Himmel geworfen schienen, konnten darüber hinwegtäuschen.

»Es tut mir so leid«, sagte sie aufrichtig und strich vorsichtig über Zeldas Hand. Diese tupfte sich die Augen ab und lehnte sich so schwach, als sei alle Energie aus ihr gewichen, in die Ecke ihres gepolsterten Sitzes zurück.

»Es muss weitergehen«, erwiderte Zelda erstickt und steckte sich einen weiteren Lakritzdrops in den Mund. »Der erste Schritt ist, Abstand zu gewinnen. Das wird mir in Paris gelingen. Mich gedanklich von allem losreißen. Lass nie zu, dass ein Mann die Herrschaft über dich gewinnt, Mylène. Bestimme selbst über dein Leben, sonst hast du verloren.«

Zelda hielt ihr die Tüte mit den Pastillen hin, und Mylène nahm sich eine, die sie nachdenklich lutschte. Die Sehnsucht nach Sébastien und seiner verlässlichen Ruhe verursachte ein schmerzhaftes Ziehen in ihrer Brust. Ob er sie nach ihrer erneuten Meinungsverschiedenheit über die Fitzgeralds überhaupt noch heiraten wollte? Vielleicht reichte es ihm endgültig, dass sie nach Zeldas Pfeife tanzte und nach Paris verschwand. Sie spürte, wie sich heiße Tränen in ihrer Kehle sammelten und ihr das Atmen erschwerten, doch Scottie stieß sie mit dem Ellenbogen in die Rippen. »Lies weiter, Mylène.«

Im Hôtel des Deux Mondes bezogen sie eine Suite mit zwei Zimmern, die durch eine Zwischentür miteinander verbunden waren. Als sie eintraten, wurde Mylène kurz schwindelig: Goldene Stofftapeten leuchteten an den Wänden, und auch sonst war alles in warmen Gold-, Gelb- und Beigetönen gehalten, vom Samtsofa mit seinen Troddeln bis hin zu den dicken Vorhängen, deren Enden auf den flauschigen Teppich hingen, und den goldgerahmten Gemälden. Das Hotel war noch luxuriöser als das Grimm's Park; in ihrer Unbedarftheit hätte sie das nie für möglich gehalten.

Zelda, die derlei Unterkünfte gewöhnt war, sah sich nur flüchtig um, und auch für Scottie schienen die senfgelben Plüschpoufs, über die sie kletterte, und die Pralinenschachteln mit erlesenen Köstlichkeiten auf den Nachttischen nichts Besonderes zu sein.

»Ich will schlafen, viel schlafen«, verkündete Zelda und schlüpfte in ihrem Reisekostüm unter die makellos glatten Laken im vorderen Zimmer. »Ich glaube, das ist das Einzige, was hilft. Schlafen, lesen, ein bisschen schreiben. Vielleicht kannst du mit Scottie ein bisschen die Gegend erkunden, damit ich Ruhe habe?«

Mylène war gerade dabei, die wuchtigen Schrankkoffer

zwischen dem Bett und dem Tisch zu platzieren. »Natürlich, Zelda. Komm, chérie, wir gehen ein bisschen spazieren.«

Ein Spaziergang wäre eine gute Gelegenheit, von der Hotellobby aus zu telefonieren und mit Sébastien zu sprechen.

Doch als sie sich unten in der gediegenen Halle ein Ferngespräch vermitteln ließ, verkündete ihr Armand am anderen Ende der Leitung, dass Sébastien nicht da war. Er müsse Besorgungen für Monsieur Guillaud erledigen. Enttäuscht hängte Mylène den Hörer ein, nahm Scottie an die Hand und verließ mit ihr das Hotel. Die Avenue de l'Opéra empfing sie mit rauschendem Verkehrslärm. Völlig überfordert sah Mylène sich nach allen Seiten um, während Scottie sich an ihren Arm klammerte, als sei auch ihr nach den beschaulichen Monaten an der Riviera der Trubel nicht geheuer. Mylène bedauerte es, keine Karte von Paris zu haben. Wohin sollten sie gehen, wo die Zeit totschlagen, die Zelda brauchte, um wieder zu sich zu kommen?

»Da entlang!«, entschied Scottie schließlich resolut und wies mit dem Zeigefinger in eine Richtung. Sie marschierten eine ganze Weile, hin und wieder blieben sie stehen und betrachteten ein architektonisch interessantes Gebäude. Sie kamen bis zur Opéra Garnier und bewunderten die Skulpturen an den Bogenpfeilern, die Kuppel aus minzgrünem Kupfer und die vergoldeten Bronzestatuen.

»Wie majestätisch das alles ist, schau nur«, murmelte sie Scottie zu, die sich reichlich erschöpft von ihrem Spaziergang auf die Treppenstufen kauerte. Sie wünschte, sie wäre mit Sébastien hier – vielleicht auf Hochzeitsreise? – und nicht mit Zelda auf der Flucht.

»Bin sooo müde«, klagte Scottie. Mylène setzte sich zu ihr auf die Stufen. Tatsächlich fühlte sich das Gesicht der Kleinen ganz heiß an, und die hellen Haare unter dem Strohhut waren verschwitzt. Da fiel ihr Blick auf eine Bude, in der Zuckerwatte verkauft wurde.

»Komm, chérie, wir gönnen uns etwas.« Mit zwei Portionen schneeweißer Zuckerwatte in den Händen kehrten sie zur Treppe zurück.

»Wann fahren wir nach Hause?« Scottie wirkte so geknickt, dass sie sie an sich drückte.

»Ich weiß es leider nicht.«

Im nächsten Moment schüttete sich Scottie aus vor Lachen, da ihr ein Gespinst aus klebrigem Zucker über Nase und Wangen hing.

Lächelnd nahm Mylène ein Tuch aus ihrer Tasche und wischte ihr das Gesicht sauber. Mit einem Mal beneidete sie Scottie – sie war jung genug, dass sich jeder Schmerz durch eine Portion Süßes lindern oder gar vergessen ließ.

»Mesdemoiselles.« Die Stimme kam Mylène bekannt vor, doch als sie hochschaute, blendete das gleißend helle Licht, das zwischen den Dächern zweier alter, ehrwürdiger Stadtvillen durchschien, sie so stark, dass sie schützend einen Arm vor die Augen hielt.

Ihr Gegenüber trat einen Schritt zur Seite und setzte sich neben sie auf die Treppe.

»Monsieur Noirot«, entfuhr es ihr, und unwillkürlich rückte sie ein Stück von ihm ab. »Sie hier in Paris? Das ist aber eine Überraschung.« In ihrem Kopf wirbelten bunte Erinnerungen an die Strandparty in Hyères, die Begegnung in Saint-

Raphaël und das Fest in der Villa Marie durcheinander. War es ein Zufall, dass er sich überall aufhielt, wo Zelda zugegen war?

»Die Überraschung ist ganz meinerseits«, erwiderte er galant. »Ist Madame Fitzgerald auch in Paris abgestiegen? Sicherlich, wenn Sie Ihre reizende Tochter herumführen.« Mit zusammengekniffenen Augen fixierte er Scottie, wandte sich dann aber rasch ab, als ekele ihn deren klebriges Gesicht. Sogar in ihren Haaren hingen Fetzen von der Zuckerwatte, die aussahen wie Spinnennetze. »Wo sind die Herrschaften denn abgestiegen?«

»Im Deux Mondes.« Kaum ausgesprochen, bereute sie ihre Worte. Was ging es Noirot an, wo sie logierten? Mit Sicherheit würde er demnächst dort aufschlagen und Zelda einen Besuch abstatten; am besten erwähnte sie nicht, dass Fitzgerald an der Riviera geblieben war.

»Daddy ist zu Hause«, plauderte da Scottie bereits aus.

»Ach!« Noirot schob seinen Hut zurecht, unter dem er in der sengenden Hitze zu schwitzen schien, sehr interessiert an dieser Neuigkeit. »Sieh mal einer an. Wie weit ist er inzwischen mit seinem Roman gekommen?«

Wie auf der Einweihungsparty in der Villa Marie hatte sie das Gefühl, er wolle sie aushorchen. »Darüber spricht Monsieur Fitzgerald nun wirklich nicht mit mir.«

»Und was ist mit Ihnen, Mademoiselle?« Die Flügel seiner Hakennase bebten, als er sie durchdringend ansah. »Arbeiten Sie gerade an einer Kurzgeschichte? Mein Angebot steht, Ihnen ein paar Ratschläge zu geben, wie Sie Ihren Schreibstil vervollkommnen können. Ich könnte Sie und Madame Fitzgerald im Hotel besuchen und einen Blick auf Ihre Werke werfen.«

Bloß nicht, dachte sie, während sich in ihrem Innern alle Stacheln aufstellten. Die fordernde Art, wie er ständig nach ihren Texten fragte, verursachte ihr eine Gänsehaut.

»Das ist nicht nötig, danke. Wo sind Sie abgestiegen, Monsieur?«, fragte sie rasch, um das Thema zu wechseln.

»Im Ritz.« Er erhob sich und klopfte den Staub von seiner gebügelten Hose. »Überdenken Sie mein Angebot. Wir sehen uns bestimmt bald wieder. Grüße an Madame.«

Damit spazierte er weiter, sein Gang so selbstbewusst, als gehöre ihm die Welt. Woher er so viel Geld hatte, um sich im Ritz einzumieten? Soweit Mylène wusste, hatte er noch nie ein Buch veröffentlicht und ging auch sonst keiner Arbeit nach. Sie schüttelte den Kopf, wie um die Gedanken an Noirot zu vertreiben. Sie fühlte sich unbehaglich in seiner Gegenwart.

Plötzlich fiel ihr Blick auf eine cremefarbene Visitenkarte, die Noirot aus der Anzugtasche gefallen sein musste. *Pfandleihhaus Hugo Bertrand, Rue Thérèse,* entzifferte sie. Noirot war bereits zu weit entfernt, als dass er sie noch hören würde, und hinterherlaufen mochte sie ihm erst recht nicht. So steckte sie die Visitenkarte kurzerhand in ihre Handtasche. »Gehen wir ins Hotel zurück, chérie.«

Zurück im Deux Mondes, ließ sie sich nochmals zum Grimm's Park durchstellen. Zu ihrer Erleichterung teilte Armand ihr mit, dass Sébastien zurückgekommen war.

»Sébastien …«, flüsterte sie, den Kopf voller Worte, die

aus ihr heraussprudeln wollten, die sie aber trotzdem nicht über die Lippen brachte.

»Du bist in Paris angekommen?«, fragte Sébastien rau.

»Ja.«

»Weißt du inzwischen, wann du wiederkommst?«

Sie spielte angespannt mit dem Telefonkabel und versuchte, Scottie im Blick zu behalten, die sich hinter einer Sitzgruppe versteckte und immer wieder den Kopf hervorsteckte, um herauszufinden, ob Mylène sie entdeckt hatte. »Nein. Es tut mir leid.«

Sie wollte ihm so viele Fragen stellen – ob er sehr böse über ihren Alleingang war, ob sich an ihren Hochzeitsplänen nun etwas änderte –, doch sie schluckte sie herunter. Die Leitung rauschte, außerdem durfte sie Scottie nicht aus den Augen verlieren. Sie war in einem ihr unbekannten Hotel in einer fremden Stadt gestrandet und fühlte sich einfach verloren.

Als sie dachte, er hätte bereits aufgelegt, flüsterte er: »Du bist so weit weg.«

Mehr sprachen sie nicht, denn Sébastien hängte ein. Mylène war wie betäubt; wie sollte es nun weitergehen? Alles schien kaputtzugehen, die Ehe der Fitzgeralds, dieses traumverlorene Leben an der Riviera, die sorglosen Tage am Strand und die durchwachten Nächte unter Sternengeflimmer, und womöglich auch ihre Beziehung zu Sébastien. Ob ihre Liebe diesen ständigen Bewährungsproben standhielt?

Kapitel 17

... Sie schaute ihm nach, wie er im lila Nebel der Lavendelfelder verschwand; ihr war melancholisch zumute, doch innerlich war sie fest überzeugt, dass er wiederkommen würde. Vielleicht nicht heute oder in einer Woche. Sie würde auf ihn warten, jeden Morgen am Zaun des Grundstücks stehen und über die dunstigen Felder blicken und jeden Abend im Schaukelstuhl auf dem Balkon sitzen und den Geräuschen lauschen, die aus den in Finsternis versinkenden Büschen drangen ...
Mylène las den letzten Abschnitt noch einmal durch, befand ihn für gelungen, und setzte dann ein schwungvolles *La Fin* darunter.

Ihre neueste Geschichte, *Am Ende des Frühlings*, war beendet. Mit der Energie, die ihr verblieb, nachdem das Telefonat mit Sébastien so unerquicklich verlaufen war, hatte sie die letzten Abschnitte geschrieben. Die Geschichte war ihr Rettungsanker, denn ohne sie wäre sie in Schwermut und Schmerz ertrunken. Und nun, während Scottie friedlich zusammengekringelt in ihrem Kinderbett lag und Mittagsschlaf hielt, hatte sie den gesamten Text noch einmal in Schönschrift abgeschrieben. Sie wollte ihre Texte nicht länger in der Nachttischschublade stapeln, sondern sie erneut einem Magazin anbieten. Und da sie sich in Paris befand, dem Sitz vieler Zeitungen, konnte sie sie persönlich abgeben. Vielleicht würde es dieses Mal klappen und sie würden veröffentlicht werden. Sie versuchte, sich auf dieses Ziel zu konzentrieren, um die brennende Traurigkeit wegen Sébastien, die sich durch ihr Inneres fraß, so gut wie möglich auszublenden. Es gelang ihr nur schwer. Sébastien war ihr erster Gedanke, morgens, wenn sie die Augen aufschlug, tagsüber bei jedem Handgriff, bei jedem Schritt, den sie tat, und abends beim Einschlafen.

Durch die offen stehende Verbindungstür zum Nebenzimmer hörte sie, wie es dort anklopfte.

»Mylène, würdest du bitte öffnen? Ich habe nicht die Kraft dazu.« Zelda lag in einem seidenen Nachthemd im Bett, in der einen Hand ihr Tagebuch, in der anderen eine Zigarette, an der sie nervös zog. Ein Stückchen Glut fiel auf die Bettdecke; sie wischte es nachlässig weg, doch es hinterließ ein winziges Brandloch im Stoff.

Mylène eilte hinüber und öffnete die Tür. Missmut überfiel sie, als es – wie befürchtet – Émile Noirot war, der sie mit zusammengekniffenen Augen musterte. Wahrscheinlich hatte er gehofft, Zelda persönlich würde ihm öffnen.

»Ist Madame Fitzgerald zugegen?«

»Eigentlich nicht«, erklang es von drinnen schleppend. »Aber meinetwegen kann der Gentleman, wer immer er auch sein mag, mir seine Aufwartung machen. Jedoch nicht länger als eine halbe Stunde.«

Noirot ließ sich durch diese Art der Begrüßung nicht einschüchtern, sondern kam forschen Schrittes herein, wobei er sich so gründlich umsah, als wolle er den Preis der Suite abschätzen.

»Meine liebste Madame Zelda.« Noirot strich sich eine dunkle Haarsträhne aus der Stirn und begrüßte Zelda mit Handkuss. Diese schien nicht sehr angetan von dem unerwarteten Besuch, schlüpfte aber unter den Decken hervor und warf sich ungeniert ihren japanischen Kimono über ihr Nachthemd.

»Ihre Zofe hat mir bereits erzählt, dass Sie sich in Paris aufhalten.« Noirot setzte sich mit gezierten Bewegungen auf einen mit goldenem Samt überzogenen Sessel.

»Ihr Franzosen seid so hoffnungslos altbacken. Mylène ist unser Kindermädchen, keine Zofe«, berichtigte Zelda fast gelangweilt und zündete sich mit trägen Bewegungen eine neue Zigarette an. »Mylène, sei so lieb und lass zwei White Lady heraufbringen. Oder was auch immer.«

»Gern.« Mylène griff zu dem elfenbeinfarbenen Telefonhörer und wählte die Rezeption an. Noirots Gegenwart war ihr unangenehm. Seine Blicke glitten forschend über Zeldas Körper hinweg und blieben an den Stellen, an denen der Kimono nackte Haut zeigte, ungebührlich lange hängen. Sie zog sich in ihr Zimmer zurück, um einen Umschlag an die Zeitung *La Presse* zu adressieren, hörte aber dennoch das stockende Gespräch im Nebenraum mit.

»Man munkelt, dass es mit Ihrer Ehe nicht zum Besten bestellt ist«, begann Noirot behutsam. Mylène schüttelte den Kopf über so viel falsches Mitgefühl. Wie konnte er es wagen, derart persönlich zu werden?

»Nun ja …« Zelda legte eine große Pause ein. »Es kommt

in den besten Ehen vor, dass einer der Partner sich neu verliebt, nicht wahr, mein guter Émile? Gegen Liebe ist kein Kraut gewachsen, das müssten Sie als Schriftsteller doch am besten wissen. Oder schreiben Sie keine Liebesromane? Was schreiben Sie eigentlich?«

In diesem Moment klopfte es an die Tür. Mylène legte ihr Manuskript ab und eilte in den Nebenraum, um die Cocktails in Empfang zu nehmen und sie Zelda und ihrem Gast zu bringen. Noirot vermochte sich noch nicht einmal zu bedanken, so sehr klebte sein Blick an Zelda.

»Ich … Ich schreibe alles Mögliche, meine Liebe. Ich bin sehr vielseitig«, äußerte er vage.

»Tatsächlich.« Zelda zog ungläubig die Augenbrauen hoch, während sie einen großen Schluck von ihrer White Lady trank. »Wie erfrischend so ein Cocktail doch ist, danke, Mylène.«

Mylène war bereits halb durch die Tür, als Zelda sich vertraulich vorbeugte und Noirot zuraunte: »Aber als wäre eine unglückliche Liebe nicht schlimm genug – und das können Sie mir gewiss nachempfinden, so feinfühlig, wie Sie sind –, kommt zu allem Übel noch diese schreckliche, ganz schreckliche Sache mit Édouards Freitod hinzu.«

Noirot schien sich an seinem Getränk zu verschlucken. »Sein … was? Freitod? Sie wollen damit doch nicht andeuten, dass er sich …«

»Doch«, antwortete Zelda leise, mit einem Hauch Verzweiflung in der Stimme. »Es gab keine Möglichkeit für uns, zusammen zu sein. Scott hätte dies nie geduldet. Er sprach sogar davon, sich mit Édouard zu duellieren oder ihn notfalls auf andere Art zu töten. Édouard ist ihm zuvorgekommen, indem er seinem Leben selbst ein Ende gesetzt hat.«

Mylène erstarrte zwischen Tür und Angel. Fassungslos drehte sie sich zu Zelda um, die mit in Tränen schwimmenden Augen aus dem Fenster starrte, jedoch keinen Blick für das bunte Treiben auf der Avenue de l'Opéra zu haben schien. Die Zigarette in ihrer Hand bebte, und ihr zarter Körper schien starr vor Anspannung.

Warum hatte Zelda nicht schon früher etwas gesagt?, hämmerte es Mylène durch den Kopf. Wieso versuchte sie, diese tragische Begebenheit mit sich selbst auszumachen? Sie würde sie nachher behutsam darauf ansprechen; kein Wunder, dass Zelda die meiste Zeit voller Schwermut im Bett lag, rauchte und elend vor sich hin starrte.

»Das ist der Grund, warum ich nach Paris gekommen bin: Ich möchte allein sein. Ich will alles verstehen und mich in meinem Elend suhlen.« Zelda stieß ein bitteres Lachen aus.

Noirot beugte sich zu ihr vor und streichelte ihre Hand. »Liebste Zelda«, murmelte er. »Liebste. Ich bin ja auch noch da. Ich werde Ihnen beistehen, wenn Sie erlauben, und so gut es geht versuchen, Sie zu trösten.«

Sein Ton klang so eifrig und anbiedernd, dass Mylène nun geradezu Abscheu für ihn empfand. Auch Zelda schien er lästig zu werden. »Das werden wir sehen. Und nun, Émile, muss ich Sie bitten zu gehen, ich muss mich wieder hinlegen.«

»Natürlich, natürlich, ich bin schon weg.« Noirot verbeugte sich so tief, dass es fast komödiantisch anmutete. »Dürfte ich Ihre Angestellte darum bitten, mir ein Taxi zu rufen? In der Augusthitze möchte ich nicht zu Fuß zum Ritz zurückgehen.«

»Jaja. Mylène, würdest du bitte …?« Zelda drückte ihre Zigarette aus, glitt wieder unter die Decken ihres Himmelbettes und trank mit einem großen Schluck ihre White Lady aus, bevor sie ihren Kopf auf dem Kopfkissen ablegte, vorsichtig, um ihre Lockenpracht nicht zu zerdrücken.

Noirot erschien in der Zwischentür und spähte neugierig in Mylènes und Scotties Bereich. Die Kleine lag noch immer mit angezogenen Knien im Bett, die Wangen vom Schlaf rosig und zart.

Während Mylène mit der Rezeption telefonierte, um ein Taxi zu ordern, trat Noirot ganz herein, berührte hier ein Buch, da ein auf einen Bügel gehängtes Kleid. Verärgert drehte sie ihm den Rücken zu.

»Das Taxi müsste in wenigen Minuten da sein.« Als sie sich wieder zu ihm umwandte, stand er am Schreibtisch und betrachtete ungeniert, was darauf lag. Mein Manuskript, schoss es ihr durch den Kopf. Dass er im Begriff war, ihre Geschichte anzuschauen, sogar einige Sätze daraus lesen würde, war ihr höchst unangenehm. Ihr Text war im Moment noch ihre Privatsache, etwas, das aus dem Innern ihrer selbst erwachsen war und das Noirot nicht das Geringste anging.

»Was haben wir denn da Schönes?« Noirot nahm ungeniert den obersten Bogen Papier in die Hand.

Schnell trat sie zu ihm und nahm ihm unwirsch das Blatt ab. »Ich bitte Sie, Monsieur, das ist privat. Es ist …«

»Eine Kurzgeschichte? Bereits in der Villa Marie habe ich

Ihnen angeboten, Ihnen mit Rat und Tat zur Seite zu stehen. Doch es war Ihnen zu peinlich, um mich einen Blick auf Ihr Werk werfen zu lassen. Dabei könnten Sie von meiner Erfahrung als Schriftsteller profitieren.« Ein spöttisches Lächeln blitzte in seinen Augen auf, was sie noch wütender machte. Erfahrener Schriftsteller? Er sollte erst einmal ein Werk veröffentlichen.

»Auch dieser Text ist nicht für fremde Augen gedacht, Monsieur«, flehte sie und wünschte sich nur noch, er würde endlich gehen.

»Mylène?«

Sie wirbelte herum. Scottie saß im Kinderbett und rieb sich die Augen, die blonden Haare ganz zerzaust vom Schlafen. »Ich will aufstehen.«

»Natürlich, chérie.« Mylène nahm die Kleine auf ihre Arme und hob sie über die Gitter des Bettchens hinweg auf den Teppich. Blinzelnd musterte Scottie Noirot, der ihren Blick ohne ein Lächeln erwiderte.

»Guten Tag, Mesdemoiselles.« Abrupt drehte er sich auf dem Absatz herum und verließ die Suite. Mylène versuchte, ihr Unbehagen abzuschütteln. Hoffentlich tauchte der seltsame Autor nicht wieder auf; er hatte so etwas Lauerndes an sich.

Da Scottie den restlichen Tag beschäftigt werden wollte, spazierten sie zum Jardin du Palais Royal, wo sie zusammen einen Ball durchs Gras jagten. So kam Mylène nicht dazu, Zelda auf den Tod Édouards anzusprechen. Auch beim Abendessen im Hotelrestaurant wollte sie die Rede nicht darauf bringen, da das Thema nicht für Scotties Ohren bestimmt war.

Am nächsten Morgen, als die Sonne bereits stechend hell ins Zimmer hereinschien und die Muster der Gardinen auf ihren Armen nachzeichnete, wollte sie, solange Scottie noch schlief, als Erstes das Kuvert für ihr Manuskript beschriften. Doch das Schönschriftexemplar, das sie angefertigt hatte, um dem Redakteur der Zeitung *La Presse* nicht ihre Erstschrift, die durch korrigierte oder durchgestrichene Wörter verunstaltet war, zu überreichen, war verschwunden.

Hektisch durchwühlte sie den Schreibtisch, dann alle anderen Orte, an dem das Manuskript versehentlich abgelegt worden sein könnte, das Nachtkästchen, die Kleiderschränke und Schubladen. Doch nirgends fand sie ihre Geschichte. Panikgefühle schaukelten in Wellen in ihr hoch; sie hatte den Text so mühsam noch einmal abgeschrieben, es konnte einfach nicht sein, dass er verschwunden war! Sie klopfte an die Zwischentür und trat auf Zeldas müdes »Herein« hin zu ihr ins Zimmer.

Zelda lag im Bett, eine halb volle Flasche Aquavit neben sich auf dem Nachttisch, dazu ein voller Aschenbecher, der den Gestank nach kalter Asche verströmte.

Sie rekelte sich in ihren Decken. »Weißt du nicht, dass es eine Sünde ist, so früh aufzustehen, Mylène?«

»Mein Manuskript ist weg! Stell dir vor, es ist einfach vom Erdboden verschwunden!«

Zelda richtete sich halb in den Kissen auf. »Einfach weg? Aber das ist ja schrecklich! Und du hast es nicht irgendwo abgelegt?«

Mylène hatte Mühe, die Kontrolle über ihre Gefühle zu behalten, und presste die Handflächen gegeneinander, um zu verhindern, dass sie haltlos zitterten. »Nein, ganz sicher, ich habe das Manuskript nirgendwo abgelegt. Es lag seit gestern an Ort und Stelle.«

Zelda zündete sich die erste Zigarette des Tages an. »Vielleicht haben die Dienstmädchen es gestern entsorgt, als wir beim Abendessen waren?«

Mylène schüttelte wie betäubt den Kopf. »Das kann ich mir kaum vorstellen, denn es handelt sich um das Schönschriftexemplar, das ich für *La Presse* angefertigt habe. Die ursprünglichen Bögen sind noch da. Wieso sollten die Dienstmädchen das makellose Exemplar wegwerfen, das alte mit den Tintenklecksen und durchgestrichenen Fehlerwörtern aber dalassen? Das ergibt keinen Sinn.«

»Aber wenn du die Erstfassung noch hast, ist doch alles in Ordnung.« Zelda lehnte den Kopf gegen die goldfarbenen Ornamente der Stofftapete und schaute versonnen den Rauchschwaden nach. »Gib doch einfach diese in der Redaktion ab.«

»Hm, ich weiß nicht.« Mylène dachte einen Moment nach. »Die Erstfassung sieht so unordentlich aus. Ich würde sie dem Redakteur ungern zu lesen geben.«

»Du bist zu perfektionistisch.« Zelda stieß einen weiteren Rauchkringel aus und blies ihn gegen die stuckverzierte Zimmerdecke. »Ob da einige Begriffe durchgestrichen und obendrüber durch andere ergänzt wurden, ändert doch nichts an der Geschichte. Die äußere Form interessiert wirklich niemanden, meine Liebe. Komm nicht auf die Idee, alles noch mal neu zu schreiben. Genieß lieber den herrlichen Sommertag im Park mit Scottie. Der Sommer geht so schnell vorbei. Alles geht so schnell vorbei …« Gedankenverloren zupfte sie an ihrer Bettdecke.

»Mag sein, aber ich schreibe die Geschichte lieber doch noch einmal ab. Es wäre mir peinlich, dem Redakteur ein so unfertig aussehendes Werk vorzustellen, falls ich überhaupt zu ihm vorgelassen werde.«

Zelda lachte leise auf. »Du bist wie Scott, weißt du das? Bei ihm muss auch immer alles perfekt sein.«

»Ja?« Mylènes Wangen begannen zu glühen, denn sie fasste die Äußerung als Kompliment auf. Welche angehende Autorin wollte nicht mit F. Scott Fitzgerald verglichen werden?

»Ja, durchaus.« Zelda schien wieder zu ermüden, denn sie drückte ihre Zigarette aus und zog die Decke über sich.

Da Scottie noch schlief, beschloss Mylène kurzerhand, Zelda jetzt gleich auf Édouards Selbstmord anzusprechen. Sie entwarf im Geiste mehrere Satzanfänge, die sie aber alle als zu plump oder zu forsch empfand. Doch die Angelegenheit hatte sie die halbe Nacht wach gehalten, und sie musste einfach wissen, was mit Jozan geschehen war.

»Darf ich dich etwas fragen, Zelda?«

»Mhm.« Zelda gähnte ausgiebig.

»Du hast Noirot gestern erzählt, Édouard Jozan habe Selbstmord begangen«, begann sie zögernd. »Ist … ist das wirklich wahr?«

Zelda setzte sich wieder auf und senkte den Blick. In ihrem weißen Nachthemd sah sie so jung und verletzlich aus, ihr Blick wie ein tödlich verwundetes Reh, dass Mylène wünschte, sie hätte nichts gesagt. »Es tut mir leid, ich hätte das nicht ansprechen sollen, ich …«

»Schon gut. Setz dich zu mir.« Zelda klopfte auf den Rand des ausladenden Bettes, woraufhin Mylène näher trat und sich setzte. »Es ist wahr. Ich … ich habe es am Anfang verdrängt, wollte es niemandem verraten …«

Zeldas Blick verdüsterte sich, sie schien sich wie so oft dieser Tage an einen Ort zurückzuziehen, zu dem nur sie Zugang hatte, einen finsteren, einsamen Ort, an dem es nichts außer ihren Erinnerungen und ihrer Trauer gab.

Mylène fasste ihre Hand, um sie aus dieser dunklen Höhle zurückzuholen, ihr zu zeigen, dass sie nicht allein war. Zelda schaute sie einen Moment so verschreckt an, als wisse sie nicht, wo sie sich befand und wie sie hierhergekommen war, dann schien sie sich wieder zu besinnen. »Als ich im Fliegerhorst von Fréjus erfahren habe, was geschehen ist, stand ich unter Schock. Ich bin mit dem Gefühl nach Hause gefahren, in einer Art Luftblase eingeschlossen zu sein, die mich vom echten Leben fernhält. Ich habe nichts gespürt – ich befand mich im freien Fall. Erst nach und nach habe ich die Ausmaße dessen, was vorgefallen war, begriffen. Édouard hat sich getötet, weil wir nicht zusammen sein konnten.«

Zeldas Augen glänzten, blieben jedoch trocken. Mylène kannte das Gefühl, bereits alle Tränen geweint zu haben; man konnte nichts mehr tun, außer sich dieser unvorstellbaren Qual zu stellen, die einen von innen her zerfraß. So war es ihr nach dem Tod ihrer Eltern und ihrer Großmutter gegangen.

»Es tut mir so leid«, flüsterte sie.

»Es ist eine Tragödie.« Zelda drehte an einem Perlmuttknopf ihres Nachthemdes, gram vor Kummer, in sich selbst verloren, bis er absprang.

»Ich nähe ihn wieder an«, versicherte Mylène erstickt und griff nach dem Knopf. Zeldas Geschichte machte sie so betroffen, dass ihr dieser Tag, der so sonnig und strahlend begann, plötzlich nur noch grau und kalt erschien.

»Das eilt nicht«, murmelte Zelda, plötzlich wieder schläfrig klingend. »Was ist ein abgefallener Knopf im Vergleich zu einem Menschenleben? Ach, bevor ich es vergesse: Würdest du einen meiner Ringe zum Pfandleihhaus bringen?«

»Wie bitte?« Der plötzliche Gedankensprung, der so typisch für Zelda war, verwirrte Mylène. Während sie noch immer über Édouard nachgrübelte, huschte Zelda im Geiste bereits zum nächsten Thema weiter. Es war, als könne sie sich kaum an einer Sache festhalten, schon glitt ihr Bewusstsein woandershin, getrieben von ewiger Unruhe.

»Tja, wir sind wieder knapp bei Kasse«, erklärte Zelda abgeklärt. »Aber das ist ja nichts Neues. Ich möchte Scott im Moment wirklich nicht bitten, mir telegrafisch etwas zukommen zu lassen. Außerdem ist er genauso blank wie ich. Im Moment schreibt er wieder an einer Kurzgeschichte, die er erst mal irgendwo einreichen und zu Geld machen muss.« Sie beugte sich zum Nachttisch hinüber und öffnete eine der Schubladen. Ein goldener Ring mit einem Saphir, groß wie eine Murmel, lag in ihrer Handfläche.

Mylène konnte sich gar nicht sattsehen an dem Juwel. »Er

ist so wunderschön. Aber es wäre doch ein großer persönlicher Verlust, ihn im Pfandleihhaus zu versetzen.«

»Ach was.« Zelda winkte ab. »Der Ring war ein Geschenk von Scott. Er hat ihn mir überreicht, um die Veröffentlichung von *Die Schönen und Verdammten* zu feiern. Ich werde dem Ring keine Träne nachweinen. Er bringt uns gutes Geld ein, und wird noch eine Weile unser Leben in Paris finanzieren.«

Es war Mylène unverständlich, dass Zelda, ohne zu überlegen, ein so kostbares Stück, an dem so viele Erinnerungen hingen, weggeben wollte. Sie könnte niemals ein Geschenk von Sébastien einfach so in Bargeld umwandeln, es würde ihr das Herz zerreißen. Liebevoll strich sie über ihren Smaragdring an ihrem Finger. »Wie du meinst, Zelda. Ich werde mit Scottie zu einem Pfandleihhaus spazieren.«

»Gut. Erkundige dich an der Rezeption nach einer vertrauenswürdigen Adresse.«

Die Visitenkarte des Pfandleihhauses in der Rue Thérèse, die Noirot aus der Tasche gefallen war, fiel Mylène ein. Die Straße befand sich nicht weit vom Hotel. »Ich glaube, das ist nicht nötig. Ich kenne die Anschrift einer Pfandleihe.«

»Hervorragend. Und jetzt lass mich noch eine Runde schlafen, und gib unten Bescheid, dass man mir in zwei Stunden ein Frühstück auf die Suite bringt.«

Als Mylène und Scottie etwas später vom Frühstück aus dem Speisesaal zurückkamen, um sich ihre Hüte für den Spaziergang zu holen, erwartete Zelda sie auf dem Sofa. Sie hatte ein aprikosenfarbenes Kleid angezogen, das einen extravaganten, asymmetrischen Schnitt hatte, und trug einen farblich dazu passenden Hut auf den aschblonden Haaren, die sorgfältig onduliert waren. Unmengen goldener Armreifen klimperten an ihren Armen, und um ihren Hals baumelte eine dreireihige Perlenkette.

»Ich habe es mir anders überlegt. Läute bitte zur Rezeption durch, ich möchte kein Frühstück. Dieses fettige französische Backwerk liegt mir ohnehin immer wie ein Ziegelstein im Magen.« Zelda sprang auf und nahm ihre Tochter auf den Arm. Das Kind hatte sie in der letzten Zeit nur noch im Bett gesehen, ein Glas Aquavit oder eine Zigarette in der Hand. »Ich möchte mit euch rausgehen. Wir könnten in den Jardin du Palais Royal gehen, hast du mir nicht davon vorgeschwärmt, Zuckerpuppe?«

»Ja, ja! Ich will in den Park gehen!«, rief Scottie entzückt.

»Aber ich sollte doch zur Pfandleihe.« Mylène versuchte gedanklich, mit Zeldas ständig wechselnden Ideen Schritt zu halten.

Zelda lächelte und zerzauste Scottie die Haare, worüber diese sich ausschüttete vor Lachen. »Das kannst du auch noch morgen oder übermorgen tun, Mylène. Wenn ich das herrliche Wetter sehe, bekomme ich solche Sehnsucht, Teil dieser Welt da draußen zu sein. Ich habe lange genug im Bett vor mich hin gesiecht, meinst du nicht auch?«

Die nächsten beiden Tage verbrachte Zelda in einem atemlosen Rausch hektischer Betriebsamkeit, so als wolle sie in dieser kurzen Zeit alle Sehenswürdigkeiten von Paris abklappern. Scottie, die sich darauf gefreut hatte, in den Parks zu spielen und zu toben, trottete mit hängendem Kopf hinter ihrer Mutter her oder wollte sich von Mylène tragen lassen. Zelda schien dies nicht zu bemerken; mit fiebrigem Eifer wies sie ihre beiden Begleiterinnen auf den Eiffelturm, den Louvre, den Arc de Triomphe und viele andere Wahrzeichen von Paris hin. Wenigstens ging Zelda am Abend recht früh schlafen und beanspruchte Mylène nicht mehr, sodass sie genug Zeit hatte, ihr unschönes Erstmanuskript noch einmal sorgfältig mit schwarzer Tinte abzuschreiben. So manches Mal drohten ihr die Augen zuzufallen, doch sie ging nicht zu Bett, solange sie ihre Geschichte nicht fehlerfrei festgehalten hatte. Ein wenig Stolz erfüllte sie, als sie fertig war und den Stapel Blätter ein letztes Mal durchging. Das war ihr Werk, in das sie viel Herzblut gesteckt hatte, und sie hoffte inständig, dieses Mal würde es in einer Zeitschrift abgedruckt werden. Doch sie verspürte auch einen Hauch Wehmut; sie konnte Sébastien die Geschichte nicht mal schnell zum Lesen geben, er war so weit weg, als befände er sich in einer anderen Zeitzone.

Am dritten Tag schien Zeldas plötzliche Energie zu zerplatzen wie eine Seifenblase. Sie war blass und ausgelaugt und verfügte kaum noch über die Kraft, sich auf den Füßen zu halten. Erneut zog sie sich in die Geborgenheit und Stille ihres Himmelbettes zurück und ließ sich die Mahlzeiten – das meiste davon blieb unangerührt – auf einem Servierwagen in ihre Suite bringen.

»Mommy ist müde, ich will morgen wieder in den Park«, verkündete Scottie, als Mylène sie ebenfalls zu Bett brachte und die Decke an den Seiten feststeckte, wie die Kleine es mochte.

»Das werden wir sehen, ich habe nämlich noch einige Dinge zu erledigen.« Sie gab Scottie einen Gutenachtkuss auf die Stirn, zog leise die Tür hinter sich zu und gesellte sich zu Zelda ins Hauptzimmer.

Diese lag mit geschlossenen, aber flatternden Lidern, zart wie ein kleines Mädchen, unter den Laken. Sie wirkte so zerbrechlich, dass es Mylène wehtat. Wie lange wollte Zelda diese Farce noch aufrechterhalten und sich vor aller Welt im Hôtel des Deux Mondes verstecken? Mylène hoffte jeden Tag, sie würde sich entschließen, wieder an die Riviera zu reisen und mit Fitzgerald zu sprechen. Der Rückzug in das kostspielige Hotel half wenig dabei, eine Perspektive für die Zukunft zu entwickeln. Mylène brannte darauf, ihre Zelte in Paris abzubrechen, nicht zuletzt, weil die Sehnsucht nach Sébastien sie zerriss. Eine leise Verzweiflung schwelte in ihr, und die Furcht, ob ihre Entzweiung überhaupt noch zu reparieren war, beschäftigte sie Tag und Nacht. Sie hatte sich nicht wieder bei Sébastien gemeldet. Was hätte sie ihm auch sagen sollen? Dass sie im Moment keine Möglichkeit sah, zurückzukehren? Zelda schien nicht in der Lage, sich allein um Scottie zu kümmern.

»Zelda?«, flüsterte sie.

»Ja?« Zelda presste sich die Hand aufs Herz, als wäre sie furchtbar erschrocken. Sie schien sich innerlich wieder an einem dunklen, einsamen Ort aufzuhalten.

»Wenn es dir recht ist, gehe ich morgen zur Pfandleihe. Und zur Redaktion von *La Presse*, um mein Manuskript abzugeben.«

Zelda hob schwach die Hand. »Ja, tu das.«

So machte sie sich mit Scottie am nächsten Morgen auf den

Weg, den Ring in einem samtüberzogenen, purpurfarbenen Schächtelchen sorgsam in der Tasche verstaut, eine Mappe mit dem noch mal neu abgeschriebenen Manuskript unter dem Arm. Zelda zuckte mit keiner Wimper, als sie die Suite verließen.

Auch heute staute sich die Hitze wieder über dem Asphalt, und kein Lufthauch regte sich. Scottie hatte keine Lust auf die langweiligen Gänge, die ihnen bevorstanden, und quengelte. »Ich will in den Park.«

»Dorthin gehen wir auch, keine Angst.« Da – das Pfandleihhaus in der Rue Thérèse kam in Sicht, ein weißes Backsteinhaus mit Bogenfenstern, das von außen durchaus vornehm wirkte. In den großen Schaufenstern lagen Schmuckstücke, kostbare Vasen und wertvolle Geräte aus. Mylène atmete auf, als sie in den kühlen, abgedunkelten Innenraum trat, Scottie im Schlepptau, die sich an ihrem Rock festhielt und sich ziehen ließ.

»Du musst jetzt ganz brav sein, bis wir an der Reihe sind.« Mylène flüsterte unwillkürlich, denn in der kleinen Halle war es so still wie in einer Kirche.

Vor ihnen warteten in einer Schlange mehrere Personen, hauptsächlich gediegen aussehende Männer mit Hüten, außerdem noch eine ältere Frau, die einen Korb bei sich trug.

»Mir ist soo langweilig …«, sang Scottie auf Englisch vor sich hin, zum Glück so leise, dass es niemanden störte. Mylène reckte den Hals, um abzuschätzen, wie lange es noch dauerte, bis sie an der Reihe waren. Hinter dem gläsernen Tresen beugte sich gerade ein Angestellter mit einem Vergrößerungsglas vor dem Auge über einen Goldklumpen.

»Pscht, chérie. Sieh nur, es geht schon weiter.« Es waren nur noch drei Leute vor ihnen. Etwas an dem Mann, der nun an den Tresen trat, kam ihr bekannt vor, vielleicht war es die Körperhaltung oder die Neigung seines Kopfes. Unter dem Hut lugte dunkles, etwas zu langes Haar hervor.

Der Mann nahm einen ovalen Gegenstand entgegen; selbst im trüben Licht der Halle leuchteten das Gold und das Rot des Materials weithin.

»Das ist doch …«, bemerkte Mylène viel lauter als beabsichtigt. Niemand kümmerte sich um sie.

Sie trat ein Stück nach vorn, um besser mitzubekommen, was am Tresen besprochen wurde.

»Nicht vordrängen, das gibt's hier nicht!«, wurde sie sogleich von ihrem Hintermann zurechtgewiesen.

Halbherzig zog sie sich ein paar Zentimeter zurück, spitzte die Ohren aber nur umso mehr.

»Schönes Stück«, sagte der Pfandleiher, ein älterer Monsieur mit schütterem Haar, der nur noch gebeugt zu stehen vermochte. »Sie werden mächtig froh sein, dass Sie es wieder zurückholen können.«

Émile Noirot nickte. »In der Tat. Ich bin glücklicherweise durch gewisse andere Geschäfte zu genug Geld gekommen, um mein Ei wieder auszulösen. Der endgültige Verlust wäre sehr schwer gewesen.« Als er das Ei in ein Stück Stoff einschlug, konnte Mylène erstmals sein Gesicht im seitlichen Profil sehen. Ein zufriedenes Lächeln umspielte Noirots sonst so verkniffene Züge.

»Au revoir, bis bald mal wieder.«

»Hoffentlich nicht«, grunzte Noirot und ging dem Ausgang entgegen. Als er an der Schlange der Wartenden vorbeiging, fiel sein Blick auf Mylène. Einen Moment stand er wie festgefroren, dann schien ein Ruck durch ihn zu gehen, und er eilte davon, sein Päckchen fest an sich gedrückt.

Sie starrte ihn nur an, unfähig, einen klaren Gedanken zu fassen oder Noirot anzusprechen. Die jähe Erkenntnis, wer für den Diebstahl von Aleksej Fjodorowitschs Fabergé-Ei verantwortlich war, schlug wie ein Blitz bei ihr ein. Und natürlich hatte er die Visitenkarte des Pfandleihhauses bei sich getragen, weil er das kostbare Stück genau hier abgegeben und sich nun wieder zurückgeholt hatte! Zum Glück war ihm diese schicksalhafte Karte aus der Tasche gefallen, sonst hätte sie bestimmt eine andere Pfandleihe gesucht, der Zufall hätte sie niemals in die Rue Thérèse geführt.

Er war bereits an ihr vorbei, als sie wieder fähig war, ein Wort hervorzubringen. »Monsieur! Monsieur, warten Sie! Das ist das Ei, das im Grimm's Park Hotel gestohlen wurde! Ich wurde bezichtigt, es genommen zu haben! Ich …«

Doch Noirot lächelte sie lediglich herablassend an und schritt weiter, das Fabergé-Ei in seiner Aktentasche verborgen. Wütend lief sie ihm hinterher, doch da begann Scottie zu weinen.

»Meine Beine tun weh, ich will nicht mehr laufen!«

In dem Moment, in dem sie Scottie zu beschwichtigen versuchte, verschwand Noirot, denn als sie kaum drei Sekunden später wieder aufsah, war er nirgends mehr zu entdecken. Wut loderte in ihr hoch wie eine Stichflamme, heiß und kalt zugleich.

»Nun machen Sie schon, und stellen Sie sich wieder in die

Reihe, Mademoiselle«, mahnte ein Monsieur in schulmeisterlichem Ton.

Enttäuschung lähmte sie. Noirot war entwischt, wer wusste, wohin. Ob sie ihn jemals aufspüren konnte, um ihn zur Rede zu stellen? Als junge Frau konnte sie wenig gegen ihn ausrichten, schon immer hatte er sie von oben herab behandelt, falls er sie nicht völlig ignoriert hatte. Er war verantwortlich für all das Leid, das ihr widerfahren war – er war der Dieb des Fabergé-Eis, er hatte zugelassen, dass sie unschuldig verdächtigt und hinausgeworfen worden war.

»Mademoiselle?« Der Pfandleiher betrachtete sie über seine Brille hinweg scharf. »Haben Sie eine Leihgabe, oder …?«

Mylène bemerkte, dass sie am ganzen Körper zitterte und wohl ziemlich aufgewühlt aussah. Scottie, die spürte, dass etwas vorgefallen war, schob ihre kleine Hand in ihre.

»Einen Ring habe ich«, bemühte sie sich mit fester Stimme zu sagen. »Ich möchte einen Saphirring versetzen.«

Draußen setzte sie sich als Erstes auf eine Bank und versuchte, ihre Gedanken zu ordnen, doch sie hatte noch immer Mühe, alles zu begreifen.

»Arme Mylène«, wisperte Scottie und schmiegte sich an sie. »Bist du traurig?«

Mylène versuchte sich an einem schiefen Lächeln. Es brachte nichts, die Kleine zu verunsichern. »Eher wütend. Aber nun komm, wir wollen weiter. Ich muss noch etwas erledigen, und wir hatten doch noch vor, in den Park zu gehen, nicht wahr?«

Als Nächstes suchten sie das Redaktionsgebäude von *La Presse* auf. Sie hoffte, dass sich dieses Magazin als gute Wahl erweisen würde. Scott hatte es auf der Strandparty in der Villa Marie Noirot empfohlen – ausgerechnet ihm! –, daher ging sie davon aus, dass es seriös und für ihre Zwecke geeignet war. Mit der Zeitschrift *Je sais tout* hatte sie ja leider keine guten Erfahrungen gemacht. Die Redaktion befand sich in einem fünfstöckigen Stadthaus mit abgerundeten Ecken, zwischen den schwarzen Dachziegeln befanden sich Giebelfenster. Als sie mit Scottie an der Hand durch die von Säulen flankierte zweiflügelige Eingangstür eintrat, verließ sie augenblicklich der Mut. Alles sah so elegant, fast aristokratisch aus, die Marmortreppen mit den gewundenen Geländern wirkten wie aus Marzipan, und durch die bunten Bleiglasfenster drang die Sonne nur gebrochen. In ihrem einfachen Sommerkleid fühlte sie sich fehl am Platz.

In einer Portiersloge räusperte sich jemand, und sie schnellte herum. Ein ältlicher Pförtner mit Schnäuzer sah sie zugleich fragend und streng an. »Sie wünschen, Madame?«

»Ich möchte dem Redakteur des Literaturresorts etwas überreichen.« Ihre Stimme klang vor Nervosität hoch wie die eines kleinen Vogels; sie ärgerte sich, nicht souveräner auftreten zu können.

»Haben Sie einen Termin?«

Daran hatte sie natürlich keinen Gedanken verschwendet. »Nein«, sagte sie kleinlaut. »Aber könnte ich vielleicht trotzdem zu ihm vorgelassen werden? Es geht ganz schnell, ich möchte ihm nur etwas geben.«

»Schon klar.« Der Portier musterte ihre schwarze Mappe,

die sie fest unter den Arm geklemmt hielt, und nickte, so als sei sie eine von vielen, die tagtäglich ihre literarischen Ergüsse an den Mann bringen wollten. »Aber Sie können leider nicht ohne Termin von Monsieur Lautuse empfangen werden.«

Scottie verzog ihr pausbäckiges Gesicht und begann zu schluchzen. »Ich will in den Park.«

»Schon gut, chérie.« Mylène straffte sich, um ein nicht allzu klägliches Bild abzugeben. »Wir gehen in den Park. Jetzt gleich.«

Der Portier betrachtete sie beide schweigend, dann seufzte er tief und winkte unwirsch mit der Hand. »Na schön, gehen Sie einfach hoch, Ihre Kleine hat es anscheinend eilig. Dritte Etage, am Vorzimmer von Büro acht klopfen.«

»Tausend Dank, Monsieur!« Mylène fiel ein Stein vom Herzen. Dank Scottie wurden sie nun doch vorgelassen. Hoffentlich war ihr dieser Monsieur Lautuse gewogen und stempelte sie nicht gleich ihres jungen Alters und ihrer Unerfahrenheit wegen ab.

Die Vorzimmerdame, eine Frau um die dreißig mit ebenso strengem Gesichtsausdruck wie der Pförtner, musterte sie sauertöpfisch. »Es ist mir gleich, was der Portier gesagt hat, ich mache hier Monsieurs Termine, und im Moment ist er beschäftigt. Sie hätten sich den Weg nach oben sparen können.«

Mylènes Vorfreude fiel in sich zusammen wie ein Soufflé. Nun war sie so weit gekommen, um im Vorzimmer zu scheitern.

»Nanu, was soll das hier werden?« Aus der Tür zum hinteren Raum war ein Mann in gestreiftem Anzug getreten. Mit hellen blauen Augen nahm er die ganze Szene in sich auf und beschloss anscheinend, sie von der heiteren Seite zu nehmen. »Sie wollen zu mir, junge Frau? Dann treten Sie mal ein mit Ihrer reizenden Tochter.«

Mylène verzichtete darauf, ihn zu berichtigen, und auch Scottie, die vermutlich noch nie ein solch geräumiges, von Zeitungen und Zeitschriften überquellendes Büro von innen gesehen hatte, war so erschlagen von all dem Neuen, dass sie kein Wort herausbrachte.

Monsieur Lautuse deutete auf zwei gepolsterte Stühle aus dunklem Holz vor seinem Schreibtisch.

»Womit kann ich dienen?«

Sie setzten sich; Scottie fixierte neugierig die Schreibmaschine, die auf dem Schreibtisch stand. Zwar kannte sie ein solches Gerät aus dem Arbeitszimmer ihres Vaters, doch durfte sie sich selten dort aufhalten, um seine Manuskripte nicht durcheinanderzubringen. Wahrscheinlich hätte sie zu gern ein wenig auf der Maschine herumgetippt.

Mylènes Wangen glühten. Endlich war sie am richtigen Ort, endlich erhielt sie eine Chance, ihren Text zu verkaufen. »Ich möchte Ihnen eine meiner Geschichten vorstellen und Sie fragen, ob Sie sie in Ihrem Journal abdrucken möchten.«

Monsieur Lautuse betrachtete sie wohlwollend und nahm den Blätterstapel entgegen. »Ich bin tatsächlich gespannt, denn die Erzählungen, die mir angeboten werden, stammen meistens von Männern. Männern, die viel älter sind als Sie. Ein frischer, unverstellter Blickwinkel würde mich reizen. Und wie sorgfältig Sie das Manuskript geschrieben haben – eine Schrift wie in der Sonntagsschule. Sie haben wohl keine Schreibmaschine?«

Mylène schüttelte verlegen den Kopf. Falls Monsieur Lautuse die Geschichte tatsächlich abdrucken würde, würde sie sich von dem verdienten Geld eine Schreibmaschine kaufen, das versprach sie sich.

»Wie heißt der Text?«

»*Am Ende des Frühlings.*« Hastig fügte sie hinzu: »Aber ich bin gerne bereit, den Titel noch zu ändern, wenn er Ihnen zu weiblich oder klischeehaft erscheint.«

Monsieur Lautuse schmunzelte. »Nein, nein, der Titel klingt so frisch wie Sie. Dann will ich mir mal ein Bild verschaffen.«

Der Redakteur entfernte das Gummiband, das den Packen Papier zusammenhielt, und schlug die erste Seite auf. Ängstlich gespannt, versuchte Mylène in seinem Gesicht zu lesen; selbst Scottie schien zu spüren, dass dies ein wichtiger Moment war, sie legte sich sogar den Zeigefinger auf den Mund.

Monsieur Lautuse hatte erst ein paar Sätze überflogen, da begann sich seine Miene zu verdüstern. Mylène hätte sich am liebsten in ein Schneckenhaus zurückgezogen; war ihre Erzählung so schlecht?

»Das gibt es nicht«, brummte er stirnrunzelnd.

»Ich arbeite auch gerne ein paar Abschnitte um, wenn Sie es als nötig erachten«, warf sie hastig ein.

Statt einer Antwort erhob sich der Redakteur und schlug das Papierbündel so hart auf den Tisch auf, dass sowohl Mylène als auch Scottie zusammenzuckten. Mylène bemühte sich, einen inneren Schutzwall um sich herum hochzuziehen. Selbst wenn ihre Kurzgeschichte von ungewöhnlich schlechter Qualität sein sollte, war dies noch lange kein Grund, ein so böses Gesicht zu ziehen und die Blätter auf den Schreibtisch zu pfeffern wie einen Stapel Altpapier.

»Dass Sie es wagen«, begann Monsieur Lautuse mit gefährlich leiser Stimme, »so unverfroren hier aufzutauchen und mir ein Plagiat unter die Nase zu reiben! Sie sehen so unschuldig aus, gute Frau, dabei haben Sie es faustdick hinter den Ohren!«

»Wie meinen Sie das?« Mylène klammerte sich an ihrer Handtasche fest, um Halt zu gewinnen. »Wieso Plagiat? Das ist mein Text, von wem soll er denn sonst sein?«

»Ja, von wem wohl?« Monsieur Lautuse stützte sich auf dem Schreibtisch auf und sah sie mit stechenden blauen Augen an. »Tun Sie nicht so unbedarft. Verraten Sie mir, wie Sie daran gekommen sind! Wo haben Sie das Manuskript gefunden oder mitgehen lassen?«

Scottie begann zu weinen; dicke Tränen kullerten ihre Wangen herab. Mylène war froh, einen Moment lang abgelenkt zu sein, und trocknete behutsam die Tränen ihres Schützlings.

Dass er die Kleine so aufgebracht hatte, schien den Redakteur milder zu stimmen. Er sank wieder auf seinen Stuhl. »Wenn Sie sich dumm stellen wollen, bitte schön. Ich durchschaue Sie durchaus. Vor zwei Tagen sprach ein Monsieur bei mir vor, ein aufstrebender Autor, der mir genau diese Erzählung zur Überprüfung gab! Nur hieß sein Werk *Unter den Sternen der Riviera*. Aber ein Titelblatt mit neuer Überschrift lässt sich natürlich im Handumdrehen erstellen, das ist mir klar. Wenn ich mir die Geschichte, die Sie mir andrehen wollen, so anschaue …«, Monsieur Lautuse blätterte durch die Seiten, las hier und da ein paar Sätze, dann überflog er den Schluss, »dann fällt mir natürlich auf den ersten Blick auf, dass dieser Text haargenau identisch ist mit dem, den ich vor zwei Tagen bekommen habe.«

Émile Noirot. Niemand anderes als Noirot konnte ihr Werk entwendet haben. Sie erinnerte sich mit Schaudern an den Tag, an dem er in Zeldas Suite auftauchte und einen Moment auch bei ihr im Zimmer gewesen war. Während sie telefonisch um ein Taxi gebeten hatte, hatte er sich sehr interessiert den Stapel Papiere auf dem Tisch angeschaut. Dieser schamlose Dieb!, dachte sie mit rasendem Herzen. Er hatte das Fabergé-Ei gestohlen, ihre Geschichte, wer wusste schon, was er noch alles hatte mitgehen lassen?

»Das habe ich geschrieben«, erklärte sie heiser. »Und ich vermute, dass es ein gewisser Monsieur Noirot war, der Ihnen meine Unterlagen hat zukommen lassen. Besagter Monsieur hat *Das Ende des Frühlings* auf meinem Schreibtisch gesehen, danach war es verschwunden.«

»Das behaupten *Sie*.« Der Redakteur schaute auf die Uhr, als sei er der Unterhaltung überdrüssig. »Wie auch immer. Monsieur Noirot hat mir seine Rechte an der Geschichte verkauft – der Text ist übrigens stilistisch und inhaltlich hervorragend –, und sie erscheint am Wochenende in *La Presse*. Der Autor hat sein Geld bekommen, und damit ist die Sache erledigt. Ich denke, unsere Unterhaltung ist beendet, Madame. Nehmen Sie Ihr Kind, und gehen Sie nach Hause.«

Die Endgültigkeit dessen, was er sagte, versetzte ihr nochmals einen Hieb. Sie sah auf die von ihr so sorgfältig geschriebenen Blätter. »Ich möchte mein Manuskript wieder mitnehmen.«

Monsieur Lautuse schob ihr unwirsch die Papiere zu. »Meinetwegen. Auch wenn es wahrlich nicht Ihre Geschichte ist. Am Samstag kann jedermann sie in der Zeitung lesen, und der Name des wahren Verfassers – Monsieur Noirot – wird gut sichtbar darüberstehen.«

Mylène griff mit verschwommenem Blick nach ihrem Text, steckte ihn mit zitternden Händen in ihre Mappe, nahm Scottie an die Hand und trat aus dem Büro.

Wie in Trance verließen sie das Gebäude, an der Sekretärin und unten am Portier vorbei. Erst draußen, in der glühenden Mittagssonne, wurde ihr bewusst, dass sich alles um sie herum drehte und ihr Übelkeit wie eine bittere Brühe durch den Magen schwappte. Ihre Erzählung würde erscheinen, der Redakteur hatte sie für gut befunden, nur wurde sie nicht unter ihrem, sondern unter Émile Noirots Namen veröffentlicht.

Kapitel 18

Benommen verbrachte Mylène ein paar Stunden mit Scottie im Park und schaute ihr geistesabwesend zu, wie sie schaukelte und auf der Suche nach Gänseblümchen über die Wiesen lief. Noch immer konnte sie kaum fassen, mit welcher Dreistigkeit Noirot sich ihr Manuskript unter den Nagel gerissen hatte. Genauso wenig verstand sie, wie man sich an den Lorbeeren, die man nur mithilfe eines Betrugs einheimste, erfreuen konnte. Würde Noirot nicht ein schales Gefühl verspüren, wenn er am Samstag *seine* Geschichte las? Aber wahrscheinlich kannte er da keinerlei Skrupel.

»Scottie, wir müssen zurück«, drängte sie früher als sonst. Scottie zog einen Flunsch, trottete dann jedoch gehorsam mit.

»Krieg ich heiße Schokolade?«

»Ja, im Hotel bekommst du eine.« Von den prachtvollen Avenuen, die sie entlanggingen, bekam sie kaum etwas mit; es drängte sie, so rasch wie möglich im Deux Mondes anzukommen, um Sébastien anzurufen. Obwohl zwischen ihnen Eiszeit herrschte, seit sie in Paris angekommen war, konnte sie nun nicht anders. Sie brauchte seinen Rat, seine Hilfe, am allermeisten jedoch wollte sie darüber reden, was ihr widerfahren war. Danach würde sie Zelda ihr Herz ausschütten, doch ob diese in ihrer derzeitigen Stimmung in der Lage war, sich ihren Kummer anzuhören?

In einer der Telefonkabinen in der Lobby setzte sie Scottie auf einen Schemel und ließ sich zum Grimm's Park durchstellen. Auch heute war sie nicht in der Verfassung, erst mit Armand zu plaudern, was diesen offenbar enttäuschte. Sofort überkam sie wieder das schlechte Gewissen, ihre Freunde zu vernachlässigen.

»Ich rufe Sébastien, einen Augenblick«, versprach der Concierge, der plötzlich wie ein Fremder klang.

Nach einigem Geraschel und eiligen Schritten vernahm Mylène, wie am anderen Ende der Leitung der Hörer wieder aufgenommen wurde.

»Mylène?«

Beim Klang seiner Stimme schossen ihr Tränen in die Augen. Es war die reinste Qual gewesen, in der letzten Zeit nichts von ihm gehört zu haben, und nun fuhren ihre Gedanken Achterbahn. Es fiel ihr schwer, den Diebstahl ihrer Geschichte in zusammenhängenden Sätzen zu schildern, es war, als ob sie sich bis zu diesem Moment zusammengerissen hätte, um nun vollends in sich zusammenzufallen.

»Erzähl langsamer … ich verstehe ja kein Wort … Und was soll das heißen, du weißt, wo das Fabergé-Ei gelandet ist?« Im Gegensatz zu ihr klang Sébastien ruhig und gefasst.

»Ich habe Noirot im Pfandleihhaus beobachtet – er hat Aleksej Fjodorowitschs kostbares Ei gestohlen und hier in Paris versetzt. Mittlerweile ist er zu genug Geld gekommen, um das Ei wieder auszulösen. Und weißt du, woher er das Geld bekommen hat?« Sie presste sich die Hand vor den Mund, um nicht laut aufzuschluchzen. Scottie schlang tröstend die Arme um ihre Beine.

»Womit?«

»Er hat meine letzte Geschichte gestohlen und an *La Presse* verkauft! Am Samstag wird sie gedruckt!« Mylène zerrte ein Taschentuch aus ihrer Tasche und wischte sich über die feuchten Wangen. Mit brechender Stimme erzählte sie ihm alle Details. »Wahrscheinlich hat er auch an vielen anderen Orten Dinge gestohlen und versetzt, denn zum Auslösen des Fabergé-Eis reichte das Geld von der Zeitung bestimmt nicht.«

»Mein armer Liebling«, sagte Sébastien leise. Er klang so mitfühlend, dass ihr Schmerz für einen Augenblick etwas gemildert wurde. »Ich wünschte, ich könnte etwas tun. Dir ist in der letzten Zeit so viel Übles widerfahren durch diesen Schurken – zuerst ließ er zu, dass man dich verdächtigt hat, das Ei gestohlen zu haben, dann hat er deine Geschichte mitgehen lassen und als seine ausgegeben. Nun streicht er das Geld und den Erfolg an deiner Stelle ein.«

»Ich würde ihn gerne in sein arrogantes Gesicht schlagen.« Als sie Scotties erschrockenes Gesicht sah, lenkte sie rasch ein: »Zumindest möchte ich meine Geschichte wiederhaben. Ich will nicht, dass sie unter seinem Namen gedruckt wird. Und ich will, dass mein Name reingewaschen wird. Jeder soll wissen, dass er der Dieb war.«

»Ich komme zu dir«, sagte Sébastien fest entschlossen.

»Aber … du kannst doch nicht einfach aus Hyères verschwinden … Du hast doch gar keinen Urlaub«, widersprach Mylène, obwohl sie sich nichts sehnlicher wünschte, als dass er seine Ankündigung wahr machte.

Es war, als sehe sie Sébastien vor sich, wie er den Hörer umklammerte und die Zähne zusammenbiss. Nichts würde ihn von seinem Vorhaben abhalten können, dessen war sie sich sicher. Sie liebte ihn dafür. Er war verlässlich und stark, und er würde ihr zur Seite stehen, ungeachtet der Missstimmungen der letzten Zeit. Dass ihr ihre Geschichte offiziell nicht mehr gehörte, begann zu verblassen vor dem Hintergrund der Gewissheit, dass Sébastien zu ihr hielt. Er würde kommen, und gemeinsam würden sie schon eine Lösung finden, wie es weiterging. Alles würde gut werden. Eine unerwartete, plötzliche Ruhe legte sich wie ein lindernder Balsam auf ihre Seele.

Gleichzeitig wurde ihr klar, dass sie nun wirklich nicht mehr länger in Paris bleiben wollte. Sie wollte weg von dieser Welt, dem luxuriösen Hotel, in dem sie ziellos in den Tag lebte, der Suite, in der Zelda im Bett lag, mal aufgekratzt, mal verzweifelt, immer wechselnden Launen unterworfen, sie wollte weg von dieser alkoholinduzierten Einsamkeit, dem oberflächlichen Glamour, der nicht ihrer war.

»Halte durch, ich komme so schnell ich kann. Ich rede mit Monsieur Guillaud, und wenn er mir nicht freigibt, komme ich trotzdem. Ich lasse dich in einer solchen Situation nicht allein, mon cœur.«

Der zärtliche Klang seiner Stimme verlieh ihr Kraft. »Das bedeutet mir mehr, als du dir vorstellen kannst.«

Sie verabschiedeten sich bald, damit Sébastien seine

Reise vorbereiten konnte. Mylène nahm Scottie an die Hand, und sie fuhren mit dem Aufzug nach oben in ihre Suite. Zelda lag noch genauso in die Kissen gegossen wie am Morgen.

»Heiße Schokolade!«, verlangte Scottie, woraufhin Mylène telefonisch eine orderte. Während die Kleine mit schokoladenverschmiertem Gesichtchen trank, überreichte Mylène Zelda das Geld, das sie im Pfandleihhaus für den Saphirring erhalten hatte, und berichtete ihr alles Weitere, was sich zugetragen hatte.

Zelda saß bleich wie ein Gespenst im Himmelbett und sah sie fassungslos an. »Dieser elende Dreckskerl! Scott konnte ihn von Anfang an nicht leiden.«

So ernst das Thema auch war, musste Mylène sich ein Schmunzeln verbeißen. Nachdem Zelda nun wochenlang auf Scott herumgehackt und sich so weit wie möglich von ihm distanziert hatte, schien seine Meinung plötzlich wieder an Gewicht zu gewinnen.

»Holst du mir mein champagnerfarbenes Kleid aus dem Schrankkoffer?« Zelda schwang die Beine über die Bettkante.

»Wohin willst du denn?« Mylènes Blick glitt an Zelda, die nur ein dünnes seidenes Hemdchen trug, herab. Sie schien derart abgemagert, dass Mylène Sorge hatte, ob sie nicht zu schwach war, auszugehen.

Zelda blitzte sie mit hellen, wütenden Augen an. »Das ist doch klar, oder? Wir lassen uns ins Ritz kutschieren und stellen den Halunken zur Rede!«

Ihr Widerspruch blieb Mylène im Hals stecken. Zelda setzte ihren Kopf immer durch, außerdem war es vielleicht keine schlechte Idee, Noirot persönlich aufzusuchen. Gleichzeitig durchflutete sie Erleichterung, dass Zelda zumindest vorerst zu ihrem früheren tatkräftigen Ich zurückgefunden zu haben schien, jegliche Lethargie fiel gerade von ihr ab.

»Danke für deine Unterstützung«, brach es aus ihr heraus. Sébastien irrte sich gewaltig – Zelda war bei Weitem nicht so egozentrisch, wie er sie darstellte, sie ließ alles stehen und liegen, um ihr zu helfen. Das tat sie gewiss nicht, um einen bühnenreifen Auftritt im Ritz zu haben!

»Wisch der Kleinen das Schnütchen sauber und bestell ein Taxi«, ordnete Zelda an. »Wäre doch gelacht, wenn wir nicht für Gerechtigkeit sorgen könnten.«

Der bestellte Wagen brachte sie rasch an die Place Vendôme. Im Hotel Ritz marschierte Zelda energisch zur Rezeption und forderte, zu Monsieur Noirot vorgelassen zu werden. Sie musterte den Concierge mit kühlem Blick, sodass dieser recht eingeschüchtert in seinem dicken Belegungsbuch mit Goldschnitt blätterte. Mylène versuchte währenddessen, Scottie davon abzuhalten, um die marmornen Säulen herumzulaufen und die imposanten, breiten Treppen hochzustürmen.

»Wie, er wohnt nicht hier?« Zelda spielte ungläubig an einer ihrer schimmernden Perlenketten herum und musterte den jungen Mann hinter dem Tresen argwöhnisch.

»Es tut mir leid, Madame, aber bei uns logiert kein Monsieur Noirot.«

»Vielleicht hat er das Hotel inzwischen verlassen?« Zelda wandte sich mit einer Grimasse an Mylène. »Das würde zu dem Verbrecher passen. Jetzt, wo wir ihm auf den Fersen sind, die Flucht ergreifen. Hat jemand dieses Namens bis vor Kurzem hier gewohnt? Bis gestern vielleicht?«

Der Concierge schüttelte den Kopf. »Nein, ausgeschlossen. Ich habe hier die An- und Abreise der letzten Wochen vor mir liegen. Niemand namens Noirot hat hier logiert.«

»Danke.« Zelda zog Scottie, die mit tief in den Nacken gelegtem Kopf einen gewaltigen Kronleuchter an der Decke betrachtete, mit sich, und wenige Augenblicke später standen sie wieder in der Nachmittagswärme der Place Vendôme.

»Was bedeutet das?« Mylène sah an den Fenstern des Luxushotels empor, als verberge Noirot sich irgendwo.

»Das ist doch sonnenklar. Er hat nie hier gewohnt. Hätte es uns nicht stutzig machen müssen, als er behauptet hat, im Ritz abgestiegen zu sein? Es ist doch offensichtlich, dass er keinen Sou auf der hohen Kante hat.«

»Na ja, jetzt schon, vor allem, falls er noch mehr gestohlen hat.«

»Gerade dann.« Zelda winkte einem Taxi, das sofort für sie hielt. »Er wird sich reichlich bedeckt halten, um nicht aufzufallen. Da steigt man nicht im ersten Hotel am Platze ab.«

Mylène ließ Zelda und Scottie den Vorrang, dann stieg auch sie in das Taxi. Drinnen war es heiß und stickig. »Jetzt sind wir genauso klug wie zuvor. Sollen wir zur Polizei gehen?«

Zelda starrte aus dem Fenster in den hektischen Verkehr auf den Prachtstraßen. »Hm, die Polizei. Ich weiß nicht. Leider habe ich mit der Polizei bisher nicht die besten Erfahrungen gemacht.«

Mylène lächelte in sich hinein und dachte an all die Zeitungsartikel zurück, die sie verschlungen hatte, bevor sie die Fitzgeralds kennengelernt hatte. Erregung öffentlichen Ärgernisses, Trunkenheit auf den Straßen Manhattans, nächtliche Ruhestörung durch diverse Partys, Beamtenbeleidigung in alkoholisiertem Zustand – beliebt waren die Fitzgeralds gewiss nicht bei der Polizei, zumindest nicht bei der amerikanischen.

Das Taxi brachte sie zurück zum Deux Mondes. Oben in der Suite nahm Zelda den Umschlag mit dem Geld von der Pfandleihe zur Hand und zog ein paar Scheine hervor.

»Hier, Mylène, nimm das.«

Diese schaute sie verständnislos an. »Was soll ich damit, Zelda? Es ist dein Geld.«

Zelda wedelte energisch mit den Scheinen. »Es ist meine Schuld, dass dieser scheußliche Noirot in unser Leben getreten ist. Oder auch Scotts, wie auch immer. Wir beide haben ihn zu unseren Partys eingeladen, nur dadurch ist er auf dich aufmerksam geworden und konnte dir letztendlich deine Geschichte stehlen.«

Mylène weigerte sich, das Geld zu nehmen, und verschränkte abwehrend die Arme vor der Brust. »Das ist doch Unsinn, Zelda. Du kannst doch absolut nichts dafür, dass er immer wieder da aufgetaucht ist, wo auch wir waren. Außerdem steht dir das Geld schon allein deswegen zu, weil du deinen Ring versetzt hast. Ein Geschenk deines Mannes.«

»Das ist mir egal«, erwiderte Zelda fast trotzig. »Wir haben dieses Scheusal in dein Leben gebracht, und ich möchte dich für den Ausfall entschädigen, der dir durch den Diebstahl der Geschichte entstanden ist. Wenn ich diesen Noirot zwischen die Finger kriege, werde ich ihn nach allen Regeln der Kunst verprügeln.«

Wäre die Situation nicht so bitter gewesen, hätte Mylène lächeln müssen.

»Ich werde das Geld trotzdem nicht annehmen.«

»Dann werde ich es dir heimlich in deine Unterwäscheschublade stecken.«

Die ganze Nacht warf Mylène sich schlaflos umher; ein bleicher Mond schien durch den Spalt zwischen den dicken Vorhängen hindurch. Wann Sébastien wohl eintreffen würde? Ob Monsieur Guillaud ihm überhaupt freigeben würde?

Am nächsten Morgen ließ sie auf Zeldas Bitte hin das Frühstück aufs Zimmer bringen, und sie saßen um den runden Tisch herum. Der Himmel schien verhangen, denn durch die Fenster drang nur trübes Morgenlicht. Übernächtigt, wie sie war, hätten ihr helle Sonnenstrahlen ohnehin in den Augen wehgetan.

»Noch ein Croissant, Mylène.« Scottie hielt ihr eines der goldbraunen, knusprigen Gebäckstücke hin; im Gegensatz zu ihrer Mutter beherrschte sie die französische Aussprache der ihr geläufigen Wörter perfekt.

Mylène war gerade dabei, Butter auf das Croissant zu streichen, als das Zimmertelefon läutete. Sie hastete an den Apparat und riss den elfenbeinfarbenen Hörer hoch.

»Ein Monsieur für Sie, Mademoiselle«, vermeldete der Concierge.

»Schicken Sie ihn hoch!«, rief sie atemlos. Erst als sie aufgelegt hatte, fiel ihr ein, dass sie gar nicht gefragt hatte, um wen es sich handelte. Aber es musste einfach Sébastien sein, Émile Noirot würde sich wohl kaum noch einmal blicken lassen.

Sie öffnete die Tür und wartete, Zelda hinter sich, die genauso gespannt schien wie sie. Nur Scottie verzehrte weiterhin in aller Ruhe ihr Croissant.

Am Ende des Flurs hörte Mylène die Gittertür des Aufzugs knarren, dann sah sie Sébastien, mit einem kleinen Koffer in der Hand, aussteigen. Ihr Herz trommelte in ihrer Brust, schien Freudensprünge zu vollführen.

»Sébastien!«

»Mylène!

Sie fielen sich in die Arme und hielten sich so fest, als hätten sie sich seit Monaten nicht mehr gesehen. Es fühlte sich auch nach einer Ewigkeit an, vor allem, da sie ja nicht nur räumlich getrennt gewesen waren, sondern weil sich, ihren Zwistigkeiten geschuldet, noch zusätzliche Distanz zwischen ihnen eingeschlichen hatte. Mylène schien es jedoch, als wären diese mittlerweile nichtig, nie hatte sie sich Sébastien näher und inniger zugetan gefühlt wie in diesem Augenblick. Sie brauchte ihn, und er hatte sofort alle Hebel in Bewegung gesetzt, um auf der Stelle zu kommen.

Zelda zog sich diskret zurück, und sie traten in Mylènes Zimmer, wo sie auf den Bettrand sanken.

»Bist du mit dem Zug gekommen?«, fragte Mylène und strich ihm mit dem Zeigefinger zärtlich über die Wange. Er sah müde aus.

»Ja. Ich war die ganze Nacht unterwegs.« Er gähnte verhalten. »Aber nun ich bin hier, und ich möchte alles wissen.

Du warst am Telefon so aufgeregt, dass ich nur die Hälfte verstanden habe. Erzähl von Anfang an.«

Er sank mit dem Oberkörper auf das Bett und lauschte mit geschlossenen Augen, während Mylène ihm, auf den Ellenbogen gestützt, alles erzählte, von dem Tag an, an dem sie und Scottie Noirot vor der Oper getroffen hatten, bis zu ihrem Besuch im Ritz.

Als sie geendet hatte, wartete sie gespannt auf seine Reaktion. Er ließ die Augen noch eine Weile geschlossen, wie um nachzudenken, dann öffnete er sie endlich und sah sie an.

»Das ist alles ein verdammter Schlamassel, mon cœur. Wir haben zwei Möglichkeiten: Wir könnten zur Polizei gehen und versuchen, den Druck deiner Geschichte stoppen zu lassen, aber ich befürchte, dafür ist es zu spät. Sie erscheint ja bereits morgen. Und es lässt sich bestimmt nicht in fünf Minuten beweisen, dass die Geschichte von dir ist. Oder wir lassen alles hinter uns und fahren nach Hause, du und ich.«

Mylène legte ihren Kopf auf seine Brust und vernahm seinen gleichmäßigen Herzschlag, der so beruhigend klang. Innerlich drängte sie alles, seinem zweiten Vorschlag zuzustimmen. Wie verlockend klang es, in Paris einfach alles stehen und liegen zu lassen und mit ihm heimzufahren – wobei *heim* erst noch genauer definiert werden musste. Sie sehnte sich nach der Brandung des Meeres, dem Salzgeruch in der Luft, dem warmen Wind am Strand, und vor allem wünschte sie sich, Sébastien nicht nur sporadisch zu sehen, sondern immer und jeden Tag. Ohne ihn fühlte sie sich wie die Hälfte einer Kugel, der das Gegenstück fehlte.

»Ich bin so glücklich, dass du da bist«, flüsterte sie.

»Danke, dass du sofort gekommen bist. Mir war ganz schrecklich zumute ohne dich.«

»Wirklich?« Er hob ihr Kinn an und sah ihr in die Augen. »Ich hatte in der letzten Zeit oft Angst, dich zu verlieren.«

»Niemals«, gab sie erschrocken und empört zugleich zurück. »Wie bist du darauf gekommen?«

»Ich habe befürchtet, dich an die Fitzgeralds und deren glanzvolles Dasein zu verlieren. Diese Villa direkt über dem Meer, dieser Müßiggang, die Partys und Cocktails … Das kann ich dir alles nicht bieten. Ich kann verstehen, wie sehr es dich fasziniert, bei einem Schriftsteller, der einen legendären Ruf genießt, zu wohnen und ihn bei seiner Schaffensweise zu beobachten. Ich dagegen bin nur ein unbedeutender Landarzt, bodenständig und langweilig.«

»Das darfst du nicht denken!« Mylène fuhr hoch, Sébastiens Worte wühlten sie auf und machten sie gleichzeitig traurig. »Dieses luxuriöse Leben der Fitzgeralds, die teuren Hotels, ihre Extravaganzen – das ist alles nur die äußere Hülle. So viel habe ich während meiner Zeit bei ihnen gelernt. Unter dieser prächtigen Oberfläche lauert so viel Traurigkeit … Glaub mir, ein einfaches Leben an der Seite eines geerdeten Mannes, in einem kleinen, beschaulichen Küstenstädtchen reicht mir vollkommen, um glücklich zu sein. Das ist genau das, was ich will. Alles, was darüber hinausgeht, das habe ich jetzt begriffen, laugt auf Dauer nur aus.«

Sébastien schluckte. »Ich bin froh, dass du mir das alles sagst. Manchmal habe ich mich so ausgeschlossen gefühlt.«

»Ich werde es nie wieder so weit kommen lassen«, versprach Mylène. Sie beugte sich wieder zu ihm herunter, und sie küssten sich erst zart und innig, so als wäre es das erste Mal, dann leidenschaftlicher, klammerten sich aneinander wie zwei Schiffbrüchige, die sich eine rettende Holzplanke teilen mussten.

Lautes, aufgeregtes Stimmengemurmel im Nebenzimmer ließ sie schließlich innehalten. Scottie kreischte vor Vergnügen.

»Hört sich an, als hätten die Damen nebenan Besuch«, murmelte Sébastien.

Mylène rollte sich von ihm herunter, ignorierte seinen Protest und öffnete die Tür zum angrenzenden Teil der Suite einen Spaltbreit.

»Scott ist da!«, raunte sie Sébastien zu.

»Mylène! Daddy ist da!«, rief Scottie gellend, die sie sofort bemerkt hatte. »Komm zu uns!«

Mylène ordnete rasch ihre zerzausten Haare und strich ihr Kleid glatt, und auch Sébastien kroch vom Bett und brachte sich wieder in einen respektablen Zustand.

Fitzgerald begrüßte sie beide aufgeräumt, während Zelda ihren Mann mit einer Art stillem, glühendem Stolz beobachtete, so als sei ihr Zerwürfnis, infolgedessen sie die Riviera verlassen hatte, längst vergessen.

»Auch einen Drink?« Fitzgerald bediente sich an der Hausbar, als sei er hier zu Hause.

»Nein, danke, sonst schlafe ich gleich ein«, lehnte Sébastien ab. Auch Mylène schüttelte den Kopf, nur Zelda ließ sich einen Cocktail mixen.

»Woher weißt du, was sich hier zugetragen hat?« Zelda

ließ sich auf der Couch nieder, eng an ihren Mann geschmiegt, und nippte an ihrem flamingofarbenen Getränk.

Fitzgerald schaute sie verwundert an. In seinem Leinenanzug wirkte er frisch und ausgeruht, dabei musste auch er die halbe Nacht unterwegs gewesen sein. »Was sich hier zugetragen hat? Keine Ahnung, sag du es mir. Ich komme, um dich und Scottie zurückzuholen. Ich habe dir doch bei deiner Abreise gesagt, dass ich dir ein wenig Zeit gebe, um zu dir zu kommen, dir dann aber nachreisen würde, um dich nach Hause zu bringen. Dein Platz ist bei mir, Liebling. Zum Glück hat unser Renault durchgehalten, ein paarmal dachte ich unterwegs, er gibt den Geist auf.«

»Ach, Goofo«, murmelte Zelda und spielte mit einem losen Faden ihres Kleides. »Wir waren wohl beide ein bisschen hitzköpfig, nicht wahr?«

Fitzgerald lachte. »Ohne deine Temperamentsausbrüche wäre unser Leben langweilig. Du stellst immer wieder eine gute Inspirationsquelle für meine Bücher dar.«

»Du hast mir schon hundertmal gesagt, dass *ich* Daisy Buchanan bin, mein Lieber, die Protagonistin des *Gatsby*. Das ist wahrhaftig nichts Neues für mich«, sagte Zelda scheinbar gelangweilt, doch sie legte lächelnd ihren Kopf an Scotts Brust. »Du solltest mir Anteile deiner Tantiemen geben, wenn das Buch veröffentlicht wird.«

Mylène und Sébastien verfolgten das Gespräch, die zärtlichen Neckereien zwischen Zelda und Fitzgerald wie die Zuschauer eines Tennisspiels, schauten vom einen zum anderen.

»Ich hoffe, du verarbeitest den Selbstmord von Édouard

nicht in einer deiner Geschichten.« Zelda senkte den Kopf und schaute in die rosa Flüssigkeit ihres Cocktails. »Ich denke, du hast von der Sache gehört, oder?«

Mylène griff instinktiv nach Sébastiens Hand; dieser sah recht verwirrt aus. Vom Freitod des Piloten hatte er gewiss nichts mitbekommen. Zwischen Fitzgeralds Augenbrauen erschien eine steile Falte, doch er schüttelte seine Bestürzung ab und murmelte: »Ja, habe ich, Liebling. Egal, was ich von ihm gehalten habe – es ist eine Tragödie.«

»Lasst uns nicht mehr davon sprechen.« Zelda sprang auf und griff sich an die mehrreihige Perlenkette, die sich um ihren schlanken Hals schmiegte. »Es haben sich mittlerweile neue Probleme aufgetan. Mylène, erzähl Scott, was dieser Schurke Émile Noirot dir angetan hat.«

Kapitel 19

Fitzgerald und Sébastien gingen aufgebracht in der Suite auf und ab, während die Damen, Scottie in ihrer Mitte, auf dem Sofa saßen. Der Zimmerservice hatte inzwischen auch für die beiden Herren Frühstück gebracht, und der Tisch bog sich unter geköpften Eiern, leeren Kaffeetassen und Gebäckkrümeln.

»Diesem affigen Kerl müssen wir einen Denkzettel verpassen.« Fitzgerald zog genüsslich an seiner Zigarre, die dicke, aromatische Rauchschwaden durch den Raum wabern ließ. »Er kam mir von Anfang an suspekt vor. Dass er Schriftsteller sein soll, habe ich ihm nicht abgenommen. Damit wollte er sich doch nur wichtigmachen und deine Aufmerksamkeit auf sich ziehen, Liebling.«

»Mag sein.« Zelda lächelte verträumt vor sich hin; sie war es gewöhnt, dass Männer um ihre Gunst eiferten.

»Von einem Denkzettel würde ich jetzt nicht gerade sprechen«, wandte Sébastien ein. »Wir wollen ja keine Selbstjustiz üben. Aber zur Rede stellen möchte ich den Mistkerl schon.«

»Unbedingt«, stimmte Fitzgerald zu.

Mylène strich Scottie, die ihren Kopf auf ihren Schoß bettete, zärtlich über die Haare. »Aber wir wissen doch gar nicht, wo Noirot sich aufhält. Vielleicht ist er bereits über alle Berge; er scheint doch von Ort zu Ort zu reisen.«

»Nur leider nicht zur Inspiration, wie er uns allen vorgegaukelt hat, sondern um möglichst unauffällig Dinge mitgehen zu lassen.« Sébastien lehnte sich ans Fensterbrett; auch nach dem starken Kaffee sah man ihm seine Müdigkeit noch deutlich an.

»Wartet mal …« Fitzgerald kniff die Augen zusammen und legte den Zeigefinger an die Lippen, in Gedanken versunken. »Ich erinnere mich da dunkel an etwas …«

Zelda sah ihn bewundernd an. Sie schien in Fitzgerald auf einmal wieder den Helden zu sehen, der alle Probleme lösen würde. Die Verachtung, die sie ihm nach der Affäre mit Jozan entgegengebracht hatte, schien vergessen. »Ja, Goofo?«

»Auf der Party in der Villa Marie erzählte er mir, dass er aus Paris stammt, aus dem Quartier Latin … Er nannte auch die Straße … Er sagte, er wohne da in einer Pension unter dem Dach.«

»Welche? Wie heißt sie?«, fragte Sébastien ungeduldig. »Denken Sie nach!«

Fitzgerald winkte ab, um nicht in seiner Konzentration gestört zu werden. »Die Straße begann mit M … Welche Straße mit M kommt infrage, Sébastien?«

Er sah Sébastien mit einem intensiven Blick seiner grünen Augen an. Dieser zuckte nur die Achseln. »Da fragen Sie mich zu viel. Ich bin ein Mann des Südens, kein Pariser. Ich war noch nie zuvor in Paris. Ich kenne mich hier überhaupt nicht aus.«

»Vielleicht können wir uns an der Rezeption eine Stadtkarte besorgen«, stieß Mylène heiser hervor. Ihr Puls raste vor Aufregung.

»Hervorragende Idee«, lobte Fitzgerald. Sébastien wurde auserkoren, beim Concierge nachzufragen. Zur Begeisterung aller kehrte er nach wenigen Minuten mit einem großen, ausfaltbaren Plan wieder zurück. Da der Tisch noch voller Frühstücksgeschirr stand, breitete er die Karte auf dem dicken Teppich aus, und alle knieten sich darum herum, selbst Scottie, die mit ihrem pummeligen Zeigefinger die Straßenlinien entlangfuhr.

»Rue Mouffetard! Kann es die sein?« Zelda spähte angestrengt auf die winzig gedruckten Straßennamen.

Fitzgerald küsste sie kurz auf den Scheitel. »Heureka!«

»Aber die Rue Mouffetard ist lang, wie man auf der Karte sieht«, gab Mylène zu bedenken. »Wie sollen wir die richtige Pension herausfinden?«

Zelda lächelte begütigend. »Wir sind zu viert, Liebes. Wir können uns aufteilen und nachfragen.«

»Wir sind fünf!« Scottie streckte fünf Finger in die Luft und wunderte sich, warum die Erwachsenen alle lachten.

Allein die Fahrt in der Metro war für Mylène und Sébastien ein Abenteuer. Hier war nichts von der ruhigen Beschaulichkeit der Riviera zu spüren. Hektisch drängten sich die Menschen in den unterirdischen Gängen und in den Waggons. Da der Zug überfüllt war, standen sie dicht aneinandergedrückt; Sébastien schlang noch zusätzlich den Arm um sie, damit sie nicht umfiel. Es fühlte sich für Mylène wie ein Abenteuer an, nervenaufreibend, aber kolossal spannend. Und sie genoss die Nähe zu Sébastien.

Die Fitzgeralds standen ein Stück entfernt und klammerten sich an einer Haltestange fest. »Unser Ausflug ins Quartier Latin bietet Stoff für eine gute Erzählung«, rief ihr Fitzgerald über die Köpfe der anderen Passagiere hinweg zu. »Wir müssen uns einigen – wer bekommt die Geschichte? Du oder ich?«

»Und was ist mit mir?«, fragte Zelda empört.

Mylène lachte. »Mir ist es wirklich egal.«

»Nein, schreib du darüber«, sagte Fitzgerald mit blitzenden Augen. »Deine Geschichte wurde gestohlen, deshalb sollst du die Gelegenheit bekommen, eine neue zu schreiben.«

Die Rue Mouffetard war quirlig, laut und sehr belebt. Scharen von Touristen flanierten zwischen den alten, malerischen Häusern hindurch, betrachteten die Auslagen der Geschäfte oder kehrten in eines der vielen Bistros ein.

»Wir sollten unser Vorgehen abstimmen.« Zelda, Scottie, Mylène und Sébastien scharten sich um Fitzgerald, der ganz selbstverständlich die Führungsrolle übernommen hatte. »Wir teilen uns auf – Liebling, du, ich und die Kleine beginnen am oberen Ende, ihr beiden am unteren. Treffen wir uns hier an dieser Stelle in … sagen wir, in zwei Stunden? Wenn ein Team bis dahin herausgefunden hat, wo er wohnt, überraschen wir ihn zu viert – Pardon, zu fünft. Ich möchte nämlich unbedingt dabei sein.«

»Und wenn wir herausbekommen, wo er wohnt, er aber nicht zu Hause ist?«, wandte Sébastien ein.

»Das macht nichts. Dann kommen wir heute Abend wieder oder morgen.« Fitzgerald sprühte vor Unternehmungsfreude, er genoss das Detektivspiel.

Sie trennten sich, und Sébastien und Mylène spazierten zum Anfang der Rue Mouffetard, wo sie sich im Häuserschatten erst einmal zärtlich küssten.

»Wir beide in Paris, der Stadt der Liebe«, flüsterte Sébastien und hielt sie mit einem liebevollen Blick fest. »Wer hätte das gedacht?«

»Eigentlich war es den Diebstahl meiner Geschichte wert.«

Sébastien wurde plötzlich ernst. »Sag das nicht, mon cœur. Was Noirot getan hat, ist unverzeihlich, und ich hoffe, wir können irgendetwas bewirken – auch wenn ich befürchte, dass der Text unter seinem Namen veröffentlicht wird. Es ist zu spät, die Redaktion bis morgen vom Gegenteil zu überzeugen.«

»Solange du bei mir bist, bedeutet mir die Geschichte nichts. Na ja, das ist übertrieben … Sie bedeutet mir nicht so viel.« Sie küssten sich noch einmal innig, dann suchten sie die Häuserfronten nach Hinweisen auf Pensionen ab.

Waren sie am Anfang noch voller Gewissheit, die Pension, in der Noirot logierte, recht bald zu finden, schwand diese Hoffnung doch bald dahin. Überall begegnete man ihnen mit Kopfschütteln, niemand kannte den Namen. Es war recht ermüdend, an den Rezeptionen der Unterkünfte immer wieder dieselbe Frage zu stellen und unverrichteter Dinge wieder gehen zu müssen.

Es wurde Mittag, dann früher Nachmittag.

»Kehren wir zu unserem Treffpunkt zurück«, murmelte Sébastien erschöpft und wischte sich mit einem Taschentuch über die Stirn. Die Sonne brannte heiß herab, Hitze staute sich auf der asphaltierten Straße, und in manchen Pensionen empfing sie stickige, abgestandene Luft.

Mylène strich sich unter dem Hut ihr feuchtes Haar aus der Stirn. »Hoffentlich waren die Fitzgeralds erfolgreicher als wir.«

Etwas später trafen sie die Fitzgeralds an der Straßenecke, an der sie verabredet waren, vergnügt im Außenbereich eines Bistros sitzend, im Schatten großer Sonnenschirme. Jeder hatte einen Croque Monsieur vor sich stehen, sogar vor Scottie türmte sich eine große Portion. Mylène lief nach der vielen Sucherei das Wasser im Munde zusammen, und sie vermutete, dass es Sébastien auch nicht anders ging.

Zelda und Fitzgerald winkten hektisch und machten lautstark auf sich aufmerksam, als sie sie erblickten.

»Es ist nicht zu übersehen, dass sie Amerikaner sind«, flüsterte Sébastien grinsend, und auch Mylène musste schmunzeln.

»Setzt euch zu uns.« Einladend schob Zelda zwei weitere Stühle an den Tisch. Scottie hielt Mylène ihre Gabel mit einem Happen ihres überbackenen Sandwichs hin, was sie gerührt ablehnte.

»Danke, chérie, das ist süß von dir, aber ich glaube, wir bestellen uns selbst etwas.«

Sébastien bestellte zwei weitere Croques Monsieur und eisgekühlte Limonade. »Haben Sie etwas herausgefunden?«

»In der Tat.« Zelda trank einen langen Schluck, wie um sie absichtlich auf die Folter zu spannen.

Mylène hielt es vor Ungeduld kaum auf ihrem Stuhl. »Und …?«

»Wir haben Noirots Pension recht bald gefunden«, berichtete Fitzgerald lässig. »Das Witzige war, dass wir sie gefunden haben, ohne überhaupt dort nachzufragen. Plötzlich tauchte Noirot nämlich vor uns im Getümmel auf, so sind wir ihm einfach gefolgt bis zu seiner Unterkunft.«

Zelda rümpfte die Nase. »Es ist wahrlich keine schicke Unterkunft, wenn ihr mich fragt. Ich kann schon verstehen, dass er vorgibt, im Ritz zu wohnen.«

Mylène umklammerte angespannt ihr Limonadenglas. »Habt ihr ihn angesprochen?«

»Nein, keine Angst. Wir waren zwar sehr in Versuchung, aber wir konnten uns gerade noch zusammenreißen. Wir suchen ihn nachher gemeinsam auf.«

Mylène atmete auf und legte ihre Hand auf Sébastiens.

»Keine Angst, wir werden ihm noch früh genug begegnen. Lass uns erst mal in Ruhe essen, mon cœur«, beruhigte er sie.

»Ausgezeichnete Idee.« Fitzgerald trank seinen Rotwein aus und bestellte sogleich bei der Kellnerin einen weiteren.

Nachdem sie alle reichlich gegessen und getrunken hatten und Scottie noch eine Tarte aux pommes bekommen hatte, die sie jedoch nur mithilfe ihrer Mutter schaffte, brachen sie gemeinsam auf.

Mylène und Sébastien folgten den Fitzgeralds ein Stück die Rue Mouffetard hinauf, bis sie zu einem schmalen, grauen Haus kamen, das zwischen den breiten Nachbarhäusern mit ihren Obst- und Gemüsegeschäften im Erdgeschoss und den bunt gestreiften Markisen der Cafés und Bars kaum auffiel. Ein kleines Schild neben der Klingel verriet: *Chambres d'hôtes.* Auch die zwei Treppenstufen zur Haustür waren so eng, dass sie wie im Entenmarsch hinter Fitzgerald her stapften. Der kleine Empfangsraum im Innern war klein, beengt und roch nach altem Staub, sodass Mylène sofort das Bedürfnis hatte zu husten. Zelda nieste mehrmals hintereinander. Wenigstens kam daraufhin eine alte Frau hinter einem verschlissenen Samtvorhang hervor und fragte mürrisch: »Ja?«

Fitzgerald begrüßte sie lächelnd. »Guten Tag, Madame. Ein Bekannter von uns, ein gewisser Noirot, logiert bei Ihnen. Ob Sie uns bei ihm anmelden würden?«

Die Frau schien immun gegen seinen Charme. »Gehen Sie einfach selber hoch, wir sind hier nicht im Ritz, wo der Concierge mal eben in der Suite der Gäste anklingelt.«

Bei der Erwähnung des Ritz brach Zelda in nervöses Kichern aus, und auch Mylène biss sich auf die Lippen, um nicht aufzulachen.

»Einfach die Treppe hoch, immer weiter, bis ganz oben, letztes Zimmer.« Die Frau machte eine unbestimmte Handbewegung. Fitzgerald verbeugte sich leicht. »Danke schön, sehr verbunden.«

Das Treppenhaus war finster, und auch hier roch es stickig. Die Holzdielen knarrten unter ihren Füßen. Außer Atem kamen sie schließlich oben an. Fitzgerald sah sie alle prüfend an, dann nickte er und klopfte entschlossen an die

Tür. Von drinnen vernahm man ein Geraschel, dann dumpfe Schritte.

Die Tür ging einen Spalt auf, und Noirots spitze Nase lugte hervor. Mit einem Schlag leichenblass, versuchte er die Tür wieder zuzuschlagen, doch er hatte nicht mit Sébastiens Reaktionsfähigkeit gerechnet, der schnell seinen Fuß in den Spalt stellte.

»Ich danke für Ihren Besuch, die Herrschaften, aber ich bin sehr beschäftigt«, murrte Noirot und riss an der Tür herum, als würde Sébastien seinen Fuß dadurch zurückziehen. Mit den Ellenbogen schoben Fitzgerald und Sébastien die Tür vollends auf. Wie ein Bienenschwarm ergoss sich die kleine Gesellschaft in Noirots Zimmer. Eigentlich war es eher eine kleine Kammer, in die ein Bett, ein Tisch, ein Stuhl und ein Schrank passten. Die Wände waren schmucklos, nicht der kleinste persönliche Gegenstand war zu sehen. Fast spürte Mylène Mitleid mit Noirot und der kargen Umgebung. Auch Zelda sah sich um und strich mit einem Zeigefinger über den Schrank; angewidert wischte sie die Fingerkuppe an ihrem Kleid ab.

Fitzgerald lächelte süffisant. »Beschäftigt, alter Knabe? Womit? Schreiben Sie gerade eine neue Geschichte? Oder gar einen Roman? Den großen französischen Gesellschaftsroman?«

»Wenn Sie auf diese überspannte Geschichte anspielen, die die Zofe von Madame Zelda sich aus den Fingern gesogen hat, dann hoffe ich doch sehr, dass Sie als vernunftbegabter Mann in der Lage sind, zwischen Fantasie und Wirklichkeit zu unterscheiden.« Noirot setzte sich auf die Fensterbank, die so schmal war, dass er gekrümmt wie ein Äffchen dort hing. Er gab keine gute Figur ab.

Mylène verkrampfte ihre Hände; vor lauter Anspannung tanzten ihr schwarze Punkte vor den Augen. Fantasie und Wirklichkeit? Was maßte sich dieser armselige Möchtegern nur an? Am liebsten hätte sie ihn an seinem speckigen Hemdkragen gepackt. »Hören Sie mit dieser Scharade auf. Jeder hier im Raum weiß, dass es meine Geschichte ist, die Sie an *La Presse* verkauft haben!«

»Und selbst wenn es so wäre«, ging Noirot darüber hinweg, während er sie alle, sogar Scottie, mit angeekeltem Gesichtsausdruck musterte, »könnten Sie auch nichts dagegen ausrichten. Die Geschichte ist in der Druckerei und erscheint morgen früh in der Zeitung.«

»Dass Sie sich nicht schämen!« Sébastien trat näher an Noirot heran; es schien, als würde er ihn gleich schütteln und könnte sich nur im letzten Moment noch zurückhalten. Mylène griff nach seinem Arm, sie wollte keine Handgreiflichkeiten zulassen. »Sie sind ein gemeiner Dieb. Sie haben geistigen Diebstahl begangen, den Sie nicht wiedergutmachen können. Aber das können Sie wahrscheinlich nicht nachvollziehen, so gefühllos, wie Sie erscheinen. Und über das gestohlene Fabergé-Ei müssen wir uns auch noch unterhalten.«

Noirots Gesichtszüge, die eben noch verkrampft und voller Verachtung gewesen waren, verloren ihre Schärfe, er fiel in sich zusammen und legte verzweifelt die Hände an die Schläfen. »Sie können sich nicht vorstellen, wie schwer es ist, in Paris zu überleben, Sie Landei. Ich bin tatsächlich Schriftsteller, habe es aber noch nicht geschafft, auch nur ein einziges Manuskript an den Mann zu bringen. Die Konkurrenz ist groß. Wovon soll ich leben? Monsieur Fitzgerald – gerade Sie müssen mich doch verstehen.«

Fitzgerald sah angewidert auf ihn herunter. »Stellen Sie uns beide nicht auf eine Ebene. Uns trennen Welten, Sie Halunke.«

»Wenn es mit dem Schreiben nicht funktioniert, sollten Sie sich etwas anderes suchen, von dem Sie leben können«, rief Mylène dazwischen. »Irgendeine andere Arbeit – und wenn es nur zur Überbrückung ist, bis Sie einen Verleger gefunden haben.«

»Ich bin zu feingeistig dafür.« Noirot lupfte ein Taschentuch und presste es an den Mund. Fitzgerald und Sébastien sahen sich belustigt an. »Zu feingeistig für Arbeit – köstlich.«

Zelda starrte Noirot feindselig an, die Arme vor der Brust überkreuzt. »Um das ganze Geschwurbel mal abzukürzen – unglückseligerweise ist es nicht mehr rückgängig zu machen, dass die Geschichte unter Ihrem Namen erscheint. Aber was Sie tun werden, ist, Mylène Ihr Honorar auszuhändigen, das Sie bekommen haben. Sie wissen, dass es ihr zusteht.«

Noirot begannen die Schweißperlen die Stirn herabzulaufen. »Ich … habe das Geld nicht mehr. Meine Miete muss bezahlt werden, ich muss was essen, und ich …«

Zelda wandte sich ab, ohne weiter auf ihn zu achten, und riss die Schranktür auf. Das Innere des Schrankes war bis auf wenige Kleidung leer. Doch auf dem obersten Regalbrett stand in aller Pracht das Fabergé-Ei und leuchtete purpurrot und golden; es war ein so erhebender Anblick, dass sie es alle erst einmal stumm betrachteten.

Sébastien fand als Erster seine Sprache wieder. »Aleksej Fjodorowitschs Ei. Seltsam, es plötzlich in diesem Schrank wiederzusehen, findest du nicht, mon cœur?«

Mylènes Hals war wie zugeschnürt. Sie erinnerte sich an die Tage im Grimm's Park, in denen sie Aleksej Fjodorowitschs Zimmer gereinigt hatte und er ihr Geschichten über seine Flucht aus Russland erzählt hatte – im Gepäck das in Unterwäsche eingewickelte Fabergé-Ei, die kyrillische Bibel und die Ikone. Es berührte sie schmerzlich, das kostbare und von Aleksej Fjodorowitsch so geliebte Ei in diesem miefigen Schrank wiederzufinden.

»Dass ich das Ei hier bei Ihnen sehe, macht mich noch wütender!« Sébastien biss die Zähne zusammen und ballte die Fäuste, als müsse er sich beherrschen, Noirot nicht doch noch anzugehen. »Sie haben im Grimm's Park still und heimlich das Ei eingesteckt und zugelassen, dass man meine Verlobte dafür verantwortlich macht! Das ist so schäbig …! Sie hat ihre Arbeit verloren, ihr Dach über dem Kopf, alles … Nur weil Sie ein feiger Dieb sind, der sich keinen Deut um seine Mitmenschen schert …«

In Mylènes Kopf stürmten die Gedanken durcheinander, sodass sie sie kaum zu fassen bekam. Welche Konsequenzen Noirots Diebstahl für sie gehabt hatte! Wie Sébastien bereits erwähnt hatte, hatte sie ihre Arbeit, die sie so geliebt hatte, verloren, ihr Zuhause, das innige Zusammensein mit ihrem Verlobten. Andererseits hatte sich ihr dadurch erst die Möglichkeit ergeben, zu den Fitzgeralds zu ziehen. Des Diebstahls beschuldigt worden zu sein und davongejagt zu werden hatte ihr Leben nicht zerstört. Im Gegenteil, sie hatte einiges gewonnen.

Plötzlich fühlte sie sich sehr müde und ausgelaugt. Sie wollte dieses ärmliche Zimmer nur noch verlassen und wieder frische Luft um die Nase spüren; sie hatten Noirot zur Rede gestellt, mehr konnten sie nicht tun.

»Lasst uns gehen«, murmelte sie und wandte sich ab, um Noirot nicht mehr vor Augen zu haben.

Sébastien sah sie besorgt an. »Bist du sicher?«

Sie nickte. »Ich möchte die Sache beenden. Eines noch: Kommen Sie nie wieder in unsere Nähe, Noirot.«

»Als ob ich darauf Wert legen würde«, entgegnete Noirot schnippisch.

Fitzgerald trat ihm mit drohendem Blick entgegen. »Halten Sie Ihre Nase nicht zu hoch, Sie Würstchen. Was die junge Miss zu Ihnen gesagt hat, gilt auch für meine Familie und mich: Bleiben Sie weg von uns. Kommen Sie nie wieder auf die Idee, sich in unserem Dunstkreis zu bewegen.«

Sébastien nahm behutsam das Fabergé-Ei aus dem Schrank und legte es in Mylènes Handtasche, die sie ihm offen entgegenhielt. »Ich möchte wirklich nicht wissen, was Sie sonst noch alles gestohlen haben. Nur mithilfe des Honorars von *La Presse* werden Sie eine solche Kostbarkeit wohl kaum ausgelöst haben.«

»Meine übrigen Geschäfte gehen Sie nichts an«, erwiderte Noirot schroff.

»Ich würde auch vorschlagen, dass Sie sie für sich behalten. Mir ist schon übel genug.« Zelda hielt sich ein nach Jasminparfüm duftendes Taschentuch vor die Nase.

»Ich auch, Mommy«, rief Scottie leidend und hangelte nach dem Tuch.

»Sobald wir zurück in Hyères sind, geben wir Aleksej Fjodorowitsch sein Ei zurück.« Ein letztes Mal starrte Sébastien Noirot grimmig an. »Es steht ihm selbstverständlich frei, Anzeige gegen Sie zu erstatten. Aber das ist seine Entscheidung.«

Damit verließ er die Kammer, gefolgt von Mylène und den Fitzgeralds.

Die Fitzgeralds waren in Feierlaune, Mylène vermutete, dass sie nach ihrem Empfinden bereits zu lange keine Party mehr veranstaltet hatten. Sie ließen Champagner und Cocktails auf die Suite bringen, Zelda zog sich sogar um und schlüpfte in eines ihrer silberfarbenen, schwingenden Kleider mit lockerer Silhouette. Selbst Scottie stülpte sich ein Band mit angenähten Federn über ihren weichen Haarflaum.

Mylène war nicht nach Feiern zumute; den einzigen Erfolg, den sie errungen hatten, war, das Fabergé-Ei entdeckt und in Sicherheit gebracht zu haben. Trotzdem entschädigte sie Sébastiens Anwesenheit für den Verlust ihrer Geschichte.

»Sei nicht traurig, mon cœur«, tröstete er sie, als sie aneinandergeschmiegt auf dem Sofa saßen und an einer White Lady nippten. »Du wirst noch viele Geschichten schreiben, und dieser Taugenichts wird uns nie wieder über den Weg laufen.«

»Ich weiß«, seufzte sie und lehnte den Kopf an seine Schulter.

Er sah mit funkelnden Augen auf sie herab. »Der Garten unseres neuen Hauses in La Croix-Valmer ist wie geschaffen dafür, sich in den Schatten zu setzen und ungestört zu schreiben.«

Ein Lächeln stahl sich auf ihre Lippen, als sie an das verwilderte Paradies dachte. »Das werde ich definitiv tun.«

Zelda legte eine Platte auf, und sie und Scott tanzten beschwingt zu Charlestonklängen. Auch Scottie hüpfte an ihrer Seite mit und hatte offensichtlich einen Riesenspaß.

»Ich muss mir noch ein Zimmer für die Nacht suchen, und dann werde ich morgen früh zurückreisen«, erklärte Sébastien leise, um die Musik nicht zu unterbrechen. »Ob es im Deux Mondes auch preisgünstige Zimmer gibt?«

Fitzgerald, der mitgehört hatte, lachte schallend. »Das kann ich mir kaum vorstellen. Vielleicht können Sie die Besenkammer mieten.«

»Dann muss ich mich bald verabschieden, um nach einer Pension Ausschau zu halten.«

»Seien Sie kein Spießer, Sébastien. Natürlich übernachten Sie bei Mylène.«

»Das ist leider nicht erlaubt.« Sébastien verzog das Gesicht, als habe er Zahnschmerzen.

Zelda lachte nur. »Stellen Sie sich nicht an wie ein Ministrant. Wie oft hatten Sie und Mylène bisher die Möglichkeit, eine Nacht zusammen zu verbringen?«

»Nur zu, greifen Sie die Gelegenheit beim Schopf«, ergänzte Scott grinsend.

Mylène wechselte einen Blick mit Sébastien und zuckte mit den Schultern. Sie musste nicht weiter überredet werden, ihn für die Nacht aufzunehmen. Eine erwartungsvolle Freude begann in ihr zu kribbeln und sich in ihrem ganzen Körper auszubreiten.

»Na dann«, sagte Sébastien lächelnd und küsste ihre Fingerspitzen, ein kleiner Ausblick auf das, was in der Nacht geschehen würde.

Zelda vollführte ein paar gewagte Drehungen und Sprünge und lachte dabei über das ganze Gesicht. Sie war wie ausgewechselt. Es war Mylène unbegreiflich, wie man so oft und übergangslos die Stimmung wechseln konnte. Doch sie war froh, dass Zelda aus der dunklen Höhle ihrer Schwermut aufgetaucht war und das Leben wieder genoss. Sie hing an Fitzgeralds Arm und sah ihn mit so zärtlichem Blick an, dass sie wie ein frisch verliebtes Paar wirkten.

»Goofo, ich möchte wieder nach Hause.«

Fitzgerald trat einen Moment auf der Stelle. »Nach Alabama?«, zog er sie auf.

Sie schlug spielerisch nach ihm. »Nein, du Spaßvogel, nach Valescure natürlich. Ich vermisse unsere Villa Marie und die Nächte unter dem Sternenhimmel ... Manchmal liege ich nachts im Bett und glaube zu hören, wie die Brandung rauscht. Es ist jedes Mal enttäuschend, wenn mir bewusst wird, dass es sich nur um Verkehrsgeräusche handelt.«

»Ich will an den Strand«, trompetete Scottie.

»Nichts höre ich lieber als das.« Fitzgerald strahlte seine beiden Damen an. »Abfahrt morgen früh?«

»Darauf müssen wir anstoßen.« Zelda hob ihr Champagnerglas, stieß mit ihrem Mann an und prostete auch Sébastien und Mylène zu.

Mylène stieg vor Freude die Röte ins Gesicht, der Cocktail, der ihr süß und alkoholisch die Kehle hinunterrann, tat sein Übriges. Sie konnte es kaum fassen – nach den vielen Tagen des Nichtstuns durfte sie endlich wieder nach Hause an die Riviera; sie wäre Sébastien wieder viel näher, auch rein geografisch.

»Ich rufe gleich bei der Rezeption an und lasse alles vorbereiten. Dein Gepäck …«, Fitzgerald ließ einen zwinkernden Blick über die vielen Schrankkoffer gleiten, »… soll nachgeschickt werden, sonst bleibt das Auto unterwegs liegen. Und ihr beiden …«

»Oh, ich fahre mit dem Zug«, beeilte sich Sébastien zu sagen. »Ich habe ein Hin- und Rückfahrticket.«

»Ich möchte mit ihm im Zug fahren.« Rasch fügte Mylène hinzu: »Wenn dir das recht ist, Zelda.«

»Aber natürlich, meine Liebe.«

»Eins noch«, begann Mylène zögerlich. »Könnten du und Scott so etwas wie eine … wie eine schriftliche Stellungnahme verfassen, dass ihr Zeuge wart, wie wir das Fabergé-Ei bei Noirot gefunden haben?«

Fitzgerald sah von seinem Glas auf. »Wozu denn das?«

»Nun, wenn wir mit dem Ei im Grimm's Park auftauchen, wird uns niemand glauben, dass Noirot derjenige war, der es gestohlen hat. Monsieur Guillaud und Aleksej Fjodorowitsch werden sich in ihrer Meinung bestätigt sehen, dass Mylène die Diebin war. Das müssen wir verhindern«, erklärte Sébastien inbrünstig.

Der Schriftsteller klopfte ihm jovial auf den Rücken. »Ich habe eine bessere Idee, mein Junge. Ich klingele gleich mal zum Grimm's Park durch und erkläre dem Direktor die ganze Angelegenheit. Falls noch eine schriftliche Erklärung nötig sein sollte – vielleicht möchte der Russe tatsächlich die Polizei einschalten –, liefern wir sie gerne nach, sobald wir wieder im Süden sind, nicht wahr, Liebling?«

»Selbstverständlich.« Zelda nickte und schob ihren Mann in Richtung Tür. »Dann begib dich gleich nach unten in die Halle, um dich durchstellen zu lassen, Goofo! Und beeil dich, ich will endlich tanzen.« Fitzgerald lächelte in sich hinein, stellte seinen Champagner ab und verließ eilig den Raum, um so rasch wie möglich wiederzukommen und seine Frau zu den Klängen des Grammofons umherzuwirbeln.

Scottie wurde kurzerhand ins Bett ihrer Eltern verfrachtet, und Mylène lag im hellen Mondlicht, das silbrig durch das Fenster schien, neben Sébastien. Sie fühlte sich so geborgen wie nie zuvor. Sein warmer Körper schmiegte sich an ihren, und sie sah mit klopfendem Herzen zu, wie er mit langsamen, geschmeidigen Bewegungen ihr Nachthemd aufknöpfte, Knopf für Knopf, während das Verlangen nach ihm in ihr pulsierte.

»So wie heute Nacht wird es bald immer sein«, flüsterte er ihr ins Ohr und liebkoste ihren Hals und ihre Brust. Sie schloss die Augen und wagte kaum zu atmen. Ihre Sinne waren hellwach, gleichzeitig fühlte sie sich wie in einem Traum – verloren in ihren Empfindungen, in den Schatten, die sich über die Möbel legten – und in der Wirklichkeit, die aufregend war wie nie.

Sie bog sich ihm entgegen, um eins zu werden mit ihm.

Als sie später wach neben ihm lag, voller neuer Eindrücke, die sie am Schlafen hinderten, und Sébastiens gleichmäßigen Atemzügen lauschte, seinen nackten Arm über ihrer Brust, dachte sie an die nächsten Tage. Morgen würden sie nach Hause fahren, zuerst nach Hyères, um das Fabergé-Ei zurückzubringen. Sébastien legte Wert darauf, dass sie mitkam, da er erwartete, Monsieur Guillaud und Aleksej Fjodorowitsch würden sich dafür entschuldigen, sie grundlos verdächtigt zu haben. Fitzgerald hatte nach seinem Telefonat mit dem Hoteldirektor berichtet, dass dieser recht geknickt darüber gewesen sei, ihr den Diebstahl angelastet zu haben.

Die ganze Zeit hatte sie sich aus falscher Scham geweigert, das Grimm's Park Hotel wieder zu betreten, doch nun schien es ihr, als sei das Vergangene nicht mehr so wichtig. Ihre Hochzeit nahte, und ihr neues Leben rückte näher.

Die Fitzgeralds verabschiedeten sich am nächsten Morgen derart aufgedreht von ihnen und dem Hotelpersonal – es war sogar ein Fotograf zugegen, der Bilder für eine Zeitung schoss –, dass sich auf dem Bürgersteig Schaulustige einfanden, die Spalier standen, um der Abreise beizuwohnen. Zelda machte es sich mit einer Flasche Champagner im Renault bequem und ließ den Korken knallen, sodass die Flüssigkeit weiß überschäumte und sich über ihren Schoß ergoss. Scottie sprang auf dem Rücksitz aufgeregt auf und ab, Zelda lachte, Fitzgerald veranstaltete ein wahres Hupkonzert, dann verschwanden sie mit heulendem Motor.

Mylène und Sébastien standen mit ihrem Gepäck vor dem Hotel und warteten auf ihr Taxi zum Bahnhof.

»Ich bin wirklich froh, dass wir mit dem Zug zurückfahren«, seufzte Sébastien. »Um wie viel ruhiger werden wir es doch haben.«

»Ich bin sicher, ich werde auf der Fahrt dazu kommen, zu lesen. Ich habe seit Wochen kein Buch aufgeschlagen.«

Sie lächelten sich verständnisinnig an und küssten sich.

Der Lärm und die Hektik an der Gare de Lyon schlugen wie eine riesige Welle über ihren Köpfen zusammen. Alle Welt schien am heutigen Tag auf Achse zu sein. Während Sébastien eine Fahrkarte für Mylène besorgte, stand sie abseits, umklammerte ihren Koffergriff und betrachtete flüchtig die ineinander verschwimmenden Gesichter der anderen Reisenden.

Eine Gruppe junger Offiziere in Uniform war in der Wartehalle erschienen. In lockeren Grüppchen standen sie müßig beisammen, manche rauchten, andere kauften sich noch rasch eine Zeitung für die Zugfahrt. Von Weitem sah Mylène an einem Zeitungsständer die neueste Ausgabe von *La Presse*, und ihr fiel siedend heiß ein, dass darin nun ihre Geschichte stand. Sie war zwar neugierig, wie sich ihr Text in gedruckten Lettern präsentierte, brachte es jedoch nicht über sich, ein Exemplar der Zeitschrift zu kaufen. Sie wollte Noirots Diebstahl weit hinter sich lassen.

Ein Gesicht stach deutlich aus der Gruppe der Offiziere heraus; Mylène starrte es an, unfähig, sich zu rühren. Das konnte doch nicht … Wie war das möglich? Plötzlich drehte sich der Mann um, und ihre Blicke trafen sich, verhakten sich ineinander. Der Offizier wirkte verwirrt, anscheinend vermochte er sie nicht zuzuordnen.

Mylène schleifte ihren und Sébastiens Koffer hinter sich her zu der Männergruppe, wobei sie einigen Reisenden in den Weg trat und gegen ihr Gepäck stieß. Sie bemerkte es kaum, denn sie hatte einen Toten entdeckt.

»Monsieur!« Nach Atem ringend, kam sie vor ihm zu stehen.

Er sah sie fragend an. »Mademoiselle?«

»Ich … wir kennen uns«, keuchte sie. »Sie sind Édouard Jozan, und ich bin Mylène Collard, das Kindermädchen …«

»… der Fitzgeralds. Jetzt erinnere ich mich.« Er führte sie ein paar Schritte von seinen Kameraden weg.

Sie sah ihn forschend an. Er hatte sich seit dem Geburtstag Sébastiens, als sie ihn zum letzten Mal gesehen hatte, nicht verändert, sein markantes Gesicht war noch immer tief gebräunt, die Figur durchtrainiert und das dunkle, glänzende Haar kurz geschoren. In seiner Uniform sah er recht schneidig aus.

»Ich verstehe das nicht …«, stammelte sie schließlich. »Ich dachte, Sie sind … ich glaubte …«

»Was dachten Sie?«, hakte er geduldig nach.

»Dass Sie tot sind!«, platzte es aus ihr heraus.

»Tot?« Er gab ein Lachen von sich, das eher an ein Schnauben erinnerte. »Ich fühle mich quicklebendig, Mademoiselle. Wie kommen Sie nur darauf, ich sei tot?«

Mylène fühlte heiße Röte in ihr Gesicht aufsteigen. »Jemand hat erzählt, Sie hätten … den Freitod gewählt.« Dass dieser Jemand Zelda gewesen war, behielt sie lieber für sich.

»Absoluter Unsinn. Wer erzählt so etwas herum?«

Hilflos zuckte sie die Achseln. Auf keinen Fall würde sie

gestehen, dass selbst Fitzgerald Zeldas Gerücht übernommen hatte. Seltsam, wie waren die beiden nur dazu gekommen, so eine Behauptung in die Welt zu setzen? »Auf jeden Fall bin ich froh, dass es sich offenbar um eine Falschmeldung gehandelt hat und es Ihnen in Wirklichkeit gut geht.«

»Mir geht es sehr gut.« Er ließ seine Augen einen Moment auf ihr ruhen, als sinne er darüber nach, wer wohl das Gerücht über seinen angeblichen Tod gestreut hatte, dann schüttelte er den Kopf, als wolle er seine fruchtlose Grübelei vertreiben. »Ich wurde vor Kurzem von Fréjus nach Marseille versetzt. Meine Kameraden und ich waren für eine Woche in Paris, zu einer Fortbildung. In einer Viertelstunde geht unser Zug zurück nach La Marseille, wo ich mich jedoch nur kurz aufhalten werde; es ist im Gespräch, dass man mich danach nach La Rochelle schickt.«

»Ach, so ist das.« Mylène versuchte Ordnung in ihre verworrenen Gedanken zu bringen. Édouard hatte sich nicht umgebracht. Die Affäre zwischen ihm und Zelda war beendet, so sang- und klanglos, wie viele Beziehungen endeten. Er war an einen anderen Stützpunkt versetzt worden, was beim Militär jeden Tag vorkam. Das war alles. Sie konnte es kaum erwarten, mit Sébastien im Zug zu sitzen, um mit ihm zusammen zu erörtern, weshalb um alles in der Welt Zelda Jozans Selbstmord erfunden haben mochte. Der Gedanke schockierte sie noch immer.

In Édouards Kameraden kam Bewegung, sie schulterten ihre Gepäckbeutel; auch er musste wohl los. »Auf Wiedersehen, Mademoiselle, und gute Reise.«

»Danke, ebenso.« Noch Minuten später stand sie an ein

und derselben Stelle und sah den Offizieren nach, die längst aus ihrem Sichtfeld verschwunden waren.

»Wo steckst du denn? Ich habe dich gesucht.« Mylène schreckte aus ihren Gedanken hoch und blickte Sébastien in die Augen, der ihr eine Fahrkarte entgegenstreckte. »Komm, wir müssen zu unserem Gleis.«

»Ich habe ein Gespenst gesehen«, murmelte sie, »ein lebendes Gespenst aus Fleisch und Blut.«

»Was?« Sébastien half ihr, ihren Koffer in das Abteil zu wuchten, und als sie ihre Handtasche auf der Sitzbank abstellte, fiel ihr auf, dass Édouard überhaupt nicht nach Zelda gefragt hatte.

Es dauerte eine ganze Weile, bis genügend Ruhe eingekehrt war, um die Sprache auf ihr rätselhaftes Erlebnis in der Wartehalle zu bringen. Jetzt, wo sie Sébastien gegenübersaß und das Rauschen des Zuges so beruhigend, fast einschläfernd klang, fiel es ihr nach all der Aufregung leichter, ihm von ihrer Begegnung mit Jozan zu berichten.

»Ich verstehe das alles nicht«, schloss sie stirnrunzelnd und starrte in die Landschaft, die von der Sommerhitze ausgetrocknet an ihrem Fenster vorbeiraste. »Wie kam Zelda nur auf den Gedanken, zu erzählen, Édouard habe sich getötet? Und Fitzgerald ist darauf eingestiegen und hat die Geschichte bestätigt! Ich sehe noch Zeldas dramatisches Mienenspiel vor mir, als sie das erzählte.«

»Hm.« Sébastien riss eine Tüte Himbeerbonbons auf und bot sie ihr an. Gedankenverloren schob auch er sich dann ein Bonbon in den Mund. »Keine Ahnung, mon cœur. Vielleicht ist erzählerische Freiheit bei ihrem exzentrischen Lebensstil einfach gang und gäbe? Du kennst doch all die Geschichten, die sie bei ihren Partys immer wieder erzählen: wie sie in Brunnen gebadet haben, auf Taxidächern durch Paris gefahren sind und so weiter.«

»Du hast recht. Ich glaube, die Fitzgeralds haben den Drang, einfach immer im Mittelpunkt zu stehen. Solche Geschichten helfen dabei. Die beiden sind einfach die geborenen Selbstdarsteller. Wahrscheinlich planen sie bereits ihre nächste Party, auf der sie die Geschichte von Jozans Freitod zum Besten geben werden, womöglich in einer noch tragischeren Version.« Mylène legte ihre Wange an die kühle Glasscheibe und schloss die Augen. Es war, als habe die Zeit in Paris sie ermüdet, sowohl ihren Körper als auch den Geist. Sie dachte nun immer öfter an das kleine, schmucke Haus in La Croix-Valmer und an das Leben, das sie dort erwartete. Ihre Vorfreude wuchs mit jedem Tag; allmählich spürte sie, wie sie dem aufregenden Leben bei den Fitzgeralds mehr und mehr entwuchs und sich nach der Ruhe und Beschaulichkeit ihrer Ehe mit Sébastien sehnte. Alles hat seine Zeit, dachte sie, öffnete noch einmal die Augen und betrachtete den Mann ihr gegenüber verstohlen, seine angenehmen und verlässlichen Gesichtszüge, die blaugrauen Augen, die sich in der Ferne der Landschaft verloren. Sein Wesen strahlte Gelassenheit und Stärke aus; er legte keinen Wert darauf, im Zugabteil die Sektkorken knallen zu lassen und auf dem schwankenden Boden zu tanzen, so wie es die Fitzgeralds sicher getan hätten. Lächelnd schloss sie wieder die Lider und verfiel in einen leichten Schlaf, in dem sie von Feigenbäumen und Wildblumen in einem kleinen Garten träumte, von einem Sonnenschirm, unter dem sie unzählige Geschichten schreiben würde.

Kapitel 20

Sie fühlte sich ein wenig beklommen, als sie in Hyères aus dem Zug stiegen. Wie würde man sie im Hotel empfangen? Es berührte sie tief, die hohen Palmen, das hinter der Stadt glitzernde Meer und die alten Gassen und Festungsmauern wiederzusehen. Es kam ihr vor, als wäre es Jahre her, seit sie hier gewohnt hatte, und als ob sie nun in einem Paralleluniversum lebte. Die Ruhe, die Beschaulichkeit des Hafenstädtchens, die Erinnerungen an die wunderschöne Zeit mit Sébastien – das alles wühlte sie sehr auf. An Sébastiens Hand betrat sie das Grimm's Park Hotel durch den Haupteingang und stand wie vor einem halben Jahr in der marmornen Kühle der Eingangshalle. Auch jetzt wirkte das Hotel verlassen und leer.

»Sind noch immer so wenig Gäste hier?«, flüsterte sie Sébastien so leise zu, als befänden sie sich in einem Museum.

Er nickte und antwortete ihr ebenso verhalten. »Ja, es hat sich in den letzten Wochen nichts geändert. Aleksej Fjodorowitsch ist unser Dauergast, ab und zu kommen für einige Tage noch ein paar Engländer oder Franzosen aus dem Norden hinzu. Aber die eigentliche Saison beginnt wohl erst im November wieder.«

Nun hatte Armand sie erspäht und kam hinter dem Empfangstresen hervor, um sie zu begrüßen. »Mylène, altes Mädchen! Dass man dich auch mal wieder zu Gesicht bekommt! Welch eine Überraschung! Rosalie wird außer sich sein vor Freude, dich zu sehen.«

Er zog sie an sich und umarmte sie fest.

»Nicht so stürmisch, ich bekomme ja keine Luft mehr«, protestierte sie lachend.

»Ich vermute, Rosalie ist um diese Zeit in der Küche zum Abendessen. Kommt mit, ein kleiner Imbiss könnte euch bestimmt auch nicht schaden, ihr müsst total fertig sein von der Reise.«

»Wo du recht hast, hast du recht. Ich darf unser Gepäck dort hinter dem Empfang abstellen?«, fragte Sébastien.

»Na klar.« Armand eilte voraus, sie konnten kaum folgen. Für Mylène war es überwältigend, durch all die ihr so bekannten Gänge zu gehen und zu wissen: Hinter dieser Tür wohnten damals die englischen Ladys, dort der Schmetterlingssammler, hinter jener Wand Émile Noirot; aber an den wollte sie lieber keinen Gedanken mehr verschwenden, er hatte für genug Unheil gesorgt.

Als sie in die Küche traten und Rosalie sie erblickte, ließ sie mit einem Aufschrei ihren Löffel in die Suppe fallen und sprang auf. »Ich glaube es nicht! Mylène! Du bist wieder aus der Versenkung aufgetaucht!«

Unsanft stieß sie gegen Maël, damit er aufstand und sie vorbeiließ, und im nächsten Moment lag sie bereits in Mylènes Armen. »Du treulose Tomate, wie konntest du mich nur verlassen! Du weißt ja, dass deine Nachfolgerin eine ganz langweilige Person ist, ich habe dir davon geschrieben. Ich habe noch keine zehn Wörter mit ihr gewechselt. Kommst du wieder zurück ins Hotel?«

»Das geht leider nicht.« Mylène schüttelte bedauernd den Kopf.

»Ach, komm.« Rosalie setzte eine gespielt beleidigte Miene auf. »Du kannst mir nicht erzählen, dass die Arbeit bei diesem Schriftsteller interessanter ist als die Tätigkeit im Hotel. Ich bin mir sicher, du musst dort den ganzen Tag auf Zehenspitzen herumschleichen, um Monsieur nicht bei der Arbeit zu stören, und sein Kind hat sich bestimmt als verwöhnter Fratz entpuppt.«

Mylène drückte ihr lachend die Hand. »Das Gegenteil ist der Fall. Du irrst dich in jeder Beziehung.«

»Hm.« Rosalie zog einen Flunsch. »Auf jeden Fall bestehe ich darauf, dass du heute Nacht bei mir in unserem alten Zimmer übernachtest. Es ist ja wohl schon zu spät, um jetzt noch ins tiefe Hinterland zu reisen, wo diese Amerikaner wohnen.«

»Das würde ich wirklich gerne«, gestand Mylène zögernd. »Aber ob Monsieur Guillaud das erlauben wird? Immerhin hat er mich unehrenhaft entlassen.«

»Darüber reden wir gleich mit ihm, er weiß ja inzwischen Bescheid«, flüsterte Sébastien ihr zu und zog sie am Arm zu sich auf die Eckbank.

»Genau, jetzt wird erst mal gespeist!« Fernand, noch genauso dünn und drahtig wie im Frühling, setzte zwei dampfende Teller mit Zwiebelsuppe vor ihnen ab und reichte ihnen knuspriges Baguette dazu.

»Mademoiselle, Messieurs …« Sébastien setzte eine feierliche Miene auf. »Mylène und ich haben etwas zu verkünden. Wir wissen es schon eine ganze Weile, aber ich wollte mit der Neuigkeit warten, bis wir zusammen ins Hotel kommen würden. Was heute endlich der Fall ist. Lange Rede, kurzer Sinn: Wir werden heiraten.«

Einen Moment herrschte ungläubige Stille, dann brach ein wahrer Tumult los, Stühle wurden gerückt, Gläser erhoben, alle sprangen auf, um dem Paar zu gratulieren.

»Du Glückliche«, flüsterte Rosalie, die sie fest in die Arme zog. »Ich wünsche euch alles Glück der Erde.«

»Danke.« Mylène traten Tränen in die Augen, es war ein bisschen viel an Emotionen, die über sie hinwegspülten wie eine Flutwelle.

»Ihr passt so gut zusammen, ihr beiden.« Rosalie tupfte sich die nassen Wangen ab. »Na, Armand, willst du dir an Sébastien nicht ein Beispiel nehmen?«

Ihr Freund sah sie begriffsstutzig an. »In Bezug worauf?«

»Na … darauf?« Rosalie nahm Mylènes Hand und hielt sie bedeutungsschwer in die Höhe. Der goldene Ring mit dem Smaragd glänzte für alle sichtbar im Licht der Tischlampe.

»Oh.« Armand wurde etwas blass um die Nase. Fernand und Philippe klopften ihm belustigt auf den Rücken, während der Rest der Belegschaft sich vor Lachen ausschüttete.

»Wir beide müssen nicht heiraten, jedenfalls nicht so bald«, redete Armand sich um Kopf und Kragen. »Bei Sébastien ist das anders, er übernimmt demnächst eine angesehene Arztpraxis und muss einen seriösen Eindruck machen. Als unverheirateter Jüngling würde er den alten Damen, die seine Sprechstunde aufsuchen, nicht vertrauenswürdig erscheinen.«

Rosalie verzog verärgert das Gesicht. »Was Schlaueres fällt dir nicht ein?«

In diesem Moment erschien Monsieur Guillaud im Türrahmen und brachte die angeregte Plauderei mit einem Mal zum Verstummen. »Ist hier etwa eine Party im Gange?«

Seine Augen huschten nervös über sie hinweg; ob er ein schlechtes Gewissen verspürte, sie damals kurzerhand vor die Tür gesetzt zu haben? Er hatte doch wissen müssen, dass sie keinen Ort gehabt hatte, an dem sie Zuflucht suchen konnte.

Sébastien stand auf. »Mylène und ich haben etwas dabei, das Sie interessieren dürfte.« Er nickte Mylène aufmunternd zu, und sie nahm mit zitternden Händen das Fabergé-Ei, das sie zum Schutz in ein Halstuch gewickelt hatte, aus ihrer Handtasche. Ein kollektives Staunen und Raunen erfüllten die Küche, als sie es, für alle gut sichtbar, in die Höhe hielt.

»Das verfluchte Ei«, entfuhr es dem Hoteldirektor. »Da ist es wieder. Ich konnte es kaum glauben, als mich dieser Amerikaner gestern angerufen und mir erzählt hat, dass er, seine Frau und Sie beide …«, er nickte sowohl Sébastien als auch Mylène zu, »… Noirot in seiner ärmlichen Kammer überrascht und ihn dazu gebracht haben, das Ei, das er gestohlen hat, herauszurücken. Tatsächlich dachte ich bis dato, Sie wären die Diebin gewesen, Mademoiselle Collard.«

»Ich habe mit dem Diebstahl nichts zu tun!«, begehrte

Mylène auf, und obwohl ihre Unschuld nun dank Fitzgerald bewiesen war, dämpften die Worte Monsieur Guillauds ihre Freude über das Wiedersehen mit ihren alten Freunden ein wenig.

Sébastien schlang schützend den Arm um sie. »Zum Glück haben wir den wahren Übeltäter ausfindig gemacht. Aber sollten wir nicht Aleksej Fjodorowitsch hinzurufen?«

»Jaja, Sie haben recht …« Monsieur Guillaud schien mit der Situation völlig überfordert. Hektisch blickte er sich nach allen Seiten um. »Rosalie, würden Sie bitte …«

»Ich hole ihn.« Im Laufschritt verließ Rosalie die Küche.

»Wird hier etwas gefeiert?«, fragte der Direktor irritiert, während sie warteten.

»In der Tat.« Sébastien strahlte bis über beide Ohren. »Mylène und ich haben uns verlobt.«

»Na, darauf müssen wir anstoßen! Das heißt, sobald Aleksej Fjodorowitsch sein Fabergé-Ei zurückhat …« Erleichtert wandte sich Monsieur Guillaud dem Exilrussen zu, der mit Rosalie die Küche betrat.

Mylène rutschte das Herz ein Stockwerk tiefer. Mit feuchten Händen umklammerte sie das Ei. Wie Blitzlichter zuckten die Erinnerungen an jene unheilvollen Momente in Monsieur Guillauds Büro vor ihr auf, als der Russe sie beschuldigt hatte, seine Kostbarkeit entwendet zu haben. Wie klein und hilflos sie sich damals gefühlt hatte!

Aleksej Fjodorowitsch fixierte sie mit glühenden Augen, dann glitt sein Blick zu dem Ei, das noch halb von dem Halstuch umhüllt wurde. »Mein Fabergé-Ei!«, stieß er voller Inbrunst hervor, stürzte sich auf Mylène und riss ihr das

Schmuckstück fast aus den Händen. »Mein kostbares Ei! Ich konnte kaum glauben, was Monsieur Guillaud mir gestern Abend berichtete!«

Mylène übergab ihm das Ei so behutsam wie einen Säugling, zu aufgeregt, um zu sprechen. Deshalb erklärte Sébastien noch einmal ausführlich, was sich in Paris zugetragen hatte. Alle Anwesenden lauschten so gebannt, als läse er ihnen eine Kriminalgeschichte vor.

Währenddessen untersuchte der Russe das Ei Zentimeter für Zentimeter, nickte dann aber zufrieden. »Es ist unversehrt. Dieser Schuft! Dieser elende Noirot! Versündigt sich am russischen Kulturgut! Nimmt einem armseligen Exilrussen das Einzige, was ihm außer seiner Würde noch geblieben ist – seine Vergangenheit, eine Erinnerung an das wundervolle Zarenreich, wie es einst war. In den Kerker müsste er geworfen werden!«

»Sie können ihn immer noch anzeigen«, gab der Direktor zu bedenken.

»Darüber muss ich nachdenken, ich bin noch zu durcheinander, um einen klaren Kopf zu haben.« Aleksej Fjodorowitsch sank auf einen Küchenstuhl und strich über das glatte Email des Eis, als liebkose er es.

Mylène lehnte sich liebevoll und dankbar an Sébastien. Sie war froh, die Verantwortung für das kostbare Stück nun wieder losgeworden zu sein und es in den Händen seines rechtmäßigen Besitzers zu wissen.

Monsieur Guillaud reichte Aleksej Fjodorowitsch ein Taschentuch, in das er sich kräftig schnäuzte.

»Wir verstehen, wie schwierig und schmerzhaft das alles

für Sie ist«, sagte Sébastien nach einer Weile. »Schmerzhaft war es aber auch für meine Verlobte, zu Unrecht beschuldigt und entlassen zu werden.«

Monsieur Guillaud sah Mylène erstmals in die Augen. Seine Miene war überschattet von Schuldgefühlen, stellte sie fest. Plötzlich tat er ihr leid; die ganze Situation war auch für ihn nicht leicht gewesen.

»Ich bitte aufrichtig um Verzeihung«, brachte er leise hervor. »Es war natürlich falsch, Sie aus dem Haus zu jagen, das hätte ich niemals so leichtfertig tun sollen.«

Ihr Hals fühlte sich mit einem Mal ganz ausgetrocknet an, sodass sie nur mehr krächzen konnte. »Ist schon in Ordnung, Monsieur. Sie mussten eine Entscheidung treffen.«

»Die leider zu Ihrem Nachteil war«, klagte der Direktor. »Ich möchte es irgendwie wiedergutmachen, was ich Ihnen angetan habe. Ich würde mich glücklich schätzen, Sie wieder in die Dienste des Hotels aufnehmen zu dürfen.«

»Vielen Dank«, sagte sie bedauernd. »Aber für die paar Wochen bis zu meiner Hochzeit lohnt sich das nicht mehr.«

»Ich habe auch etwas wiedergutzumachen«, ließ sich Aleksej Fjodorowitsch vernehmen, der die letzten Minuten versonnen sein Ei betrachtet und gestreichelt hatte. »Als Erstes muss ich mich entschuldigen, Sie als Diebin bezeichnet zu haben – dabei sind Sie das genaue Gegenteil! Sie haben mir mein Ei zurückgebracht! Ich möchte Ihnen einen Finderlohn zukommen lassen. Das ist das Mindeste, was ich für Sie tun kann.«

Mylène errötete bis unter den Haaransatz. »Ich … ich glaube nicht, dass das notwendig ist, Monsieur. Ich bin einfach nur froh, dass die Wahrheit ans Licht gekommen ist, das ist mir Belohnung genug.«

»Unsinn!« Er schüttelte so vehement den Kopf, dass ihm seine schwarzen, zu langen Haare in die Stirn fielen. »Mit Bescheidenheit kommen Sie nicht weiter, junge Frau. Kommen Sie nachher in mein Zimmer, dann überreiche ich Ihnen Ihren Finderlohn. Sie haben ihn sich verdient.«

»Sébastien war aber genauso daran beteiligt wie ich, dass wir Noirot aufgespürt haben. Und die Fitzgeralds auch«, protestierte sie. »Wir werden teilen.«

»Genug diskutiert«, rief Rosalie übermütig in die Runde. »Haben Sie vorhin nicht gesagt, wir müssen anstoßen, Monsieur le Directeur? Ich würde sagen, jetzt, wo alles geklärt ist, ist es höchste Zeit für ein Gläschen.«

Alle lachten, sogar Monsieur Guillaud. »Sie hat recht! Was steht ihr hier alle herum wie auf einem Kindergeburtstag? Wir brauchen Champagner!« Er scheuchte Fernand in den Weinkeller. »Na los, wollen Sie einer Schnecke Konkurrenz machen?«

Bald standen sie alle im Kreis und stießen auf Mylène und Sébastien an. Der Alkohol prickelte in Mylènes Kehle und stieg ihr bereits nach den ersten Schlucken zu Kopf, sodass sie das Gefühl hatte, schwerelos zu sein und wie ein Stern am Himmel zu hängen. Sie stand eng an Sébastien geschmiegt und spürte die Wärme seines Körpers; er würde sie von nun an ein Leben lang wärmen, sie musste keine Angst mehr haben, auf sich allein gestellt durch ihr Dasein zu straucheln, so wie damals, als erst ihre Eltern starben, dann ihre Großmutter, und auch später, als sie das Hotel verlassen musste.

»Wann heiratet ihr?«, fragte Rosalie, die ihr Glas bereits geleert hatte.

»Sébastien wird die Praxis im Oktober übernehmen.« Es fühlte sich merkwürdig an, von ihren Plänen zu sprechen, die immer konkreter wurden. Noch immer kamen sie ihr wie Träume vor, weit davon entfernt, wirklich wahr zu werden.

Rosalie heftete einen flehenden Blick auf sie. »Darf ich deine Brautjungfer sein?«

Mylène umarmte die Freundin, die in ihren Zügen sehnsüchtig nach einer Antwort forschte. Wahrscheinlich träumte sie bereits von einem wallenden, pastellfarbenen Kleid und einem Korb voller Blumen, die sie streuen durfte. »Es wird eine kleine Hochzeit werden, Rosalie. Ich habe keine Verwandten, und Sébastien … Nun, er hat nur noch seinen Vater, und ich glaube nicht, dass er die Einladung zur Hochzeit annimmt. Wir werden keine Brautjungfern brauchen. Aber …« Sie brach mit klopfendem Herzen ab, um dann zaghaft zu fragen: »Vielleicht möchtest du meine Trauzeugin sein?«

»Aber natürlich!« Rosalie stieß einen kleinen Jubelschrei aus. »Lass uns morgen mit den Planungen anfangen, einverstanden? Kleider, Blumen, Haare, Schmuck …«

»In Ordnung.« Fernand näherte sich erneut mit der Champagnerflasche, und sie ließ sich noch einen Fingerhut nachschenken. Noch immer schien ihr die Hochzeit so irreal, als lese sie in einem Roman darüber, erlebe dies aber nicht selbst. Nun, das würde sich bestimmt bald ändern. Sie hatte noch den restlichen Sommer vor sich, um sich an die Vorstellung von ihrem neuen Leben zu gewöhnen.

»So, Leute.« Monsieur Guillaud klopfte mit einem Löffel an seinen Champagnerkelch.

»Oh, Monsieur le Directeur will eine Rede halten«, bemerkte Armand respektlos.

»Unsinn. Wir müssen zur Tagesordnung übergehen. Wir können doch nicht die ganze Nacht durchfeiern, morgen wird genauso früh aufgestanden wie sonst auch immer. Die Gäste verlangen ihr Frühstück zur gleichen Zeit wie an jedem anderen Tag auch.« Monsieur Guillaud setzte ein gespielt strenges Gesicht auf und winkte sie alle mit beiden Armen aus der Küche. »Und zu euch beiden Liebesvögeln: Sobald ihr einen Termin für die Hochzeit habt, gebt Bescheid, dann reservieren wir unser Restaurant für die Feier, in Ordnung?«

»Vielen Dank, Monsieur, das ist ein großzügiges Angebot, das wir gerne annehmen, nicht wahr, chérie?«, sagte Sébastien.

Mylène nickte. »Sehr gerne.« Mit ihren Freunden aus dem Hotel an dem Ort zu feiern, an dem sie sich in Sébastien verliebt hatte, würde wundervoll werden. Hier hatte alles begonnen, und hier setzten sie den Grundstein für die Zukunft.

Monsieur Guillaud wünschte ihnen eine gute Nacht, und sie stiegen die Treppe hoch zu den Angestelltenunterkünften. Im Dämmerlicht des Flurs versperrte ihnen plötzlich eine Gestalt mit drei wuchtigen Schrankkoffern den Weg.

»Es ist niemand an der Rezeption!« Vorwurfsvoll stützte sich der Mann, der erschöpft schien von der schweren Last, auf einen der Koffer, einen Kescher in der Hand. »Arbeitet hier niemand mehr?«

Mylène spürte, dass auch Sébastien kaum ein Schmunzeln unterdrücken konnte. Vor ihnen stand der Schmetterlingssammler, den sie heimlich Monsieur Papillon genannt hatten. Sie zermarterte sich das Gehirn, kam aber nicht auf seinen richtigen Namen.

»Entschuldigen Sie, Monsieur Laurel, wir hatten eine kleine Feier. Ihre Ankunft muss in Vergessenheit geraten sein«, sagte Sébastien bedauernd.

»Ich habe mich bereits vor Wochen angemeldet«, grummelte der Schmetterlingsliebhaber. »Aber heutzutage scheint niemand mehr einen Funken Pflichtbewusstsein zu besitzen. Mademoiselle, Sie verfügen doch über einen Generalschlüssel. Wenn Sie mir bitte mein Zimmer aufschließen würden? Ich habe dieselbe Unterkunft gebucht wie beim letzten Mal. Ich hoffe, meine Schmetterlingskästen hängen noch an den Wänden.«

Ein Lachen sprudelte in Mylène hoch wie Kohlensäure in Wasser. Jetzt, wo sie die ganzen unguten Erinnerungen an den Diebstahl und ihren Rauswurf aus dem Hotel ad acta legen konnte, überwogen wieder die schönen Bilder. Die Szene, wie sie und Sébastien sich über Monsieur Papillons Wunsch, Glaskästen an den Wänden anzubringen, amüsiert hatten, stand ihr wieder deutlich vor Augen.

»Verzeihen Sie bitte, aber ich arbeite nicht mehr hier, ich habe leider keinen Schlüssel.« Vor unterdrückter Heiterkeit bekam sie nun auch noch Schluckauf, weshalb sie sich Hilfe suchend an Sébastien wandte. »Hast du einen Schlüssel?«

Sébastien kramte in seiner Hosentasche herum.

»Warte … Ja, hier ist er. Ich schließe Ihnen Ihr Zimmer auf, Monsieur, und helfe Ihnen mit Ihrem Gepäck.«

Er küsste Mylène leicht auf die Lippen, woraufhin der Schmetterlingssammler pikiert die Augenbrauen hochzog und sich abwandte. »Wir sehen uns morgen früh.«

Sie lächelte und machte sich auf den Weg zu Rosalies Zimmer. Wie in alten Zeiten.

Auch mit Rosalie war alles wie früher. Die Freundin erwartete sie bereits mit einer Modezeitschrift, die sie rasch weglegte, in ihrem ehemals gemeinsamen Zimmer.

»Erzähl mir alles«, bestürmte sie sie und warf sich auf Mylènes altes Bett. Mylène lachte und zog ihr Kleid aus, das sich nach der langen Reise staubig anfühlte.

»Mach ich.« Sie schlüpfte in ihr Nachthemd, ein spitzenbesetztes Teil aus Seide, das kühl ihre Knöchel umspielte; Zelda hatte es ihr abgetreten, als sie sich Nachschub an luxuriöser Kleidung gekauft hatte.

Rosalie befühlte beeindruckt den Stoff. »Meine Güte, nobel geht die Welt zugrunde, was?«

»Die alten Flanellnachthemden meiner Großmutter sind eigentlich gemütlicher.« Mylène kroch zu Rosalie unter die Decke. Der Mond warf einen blassen Schein durch das kleine Dachfenster und beleuchtete schwach die einfachen Möbel und den abgenutzten Fußboden. Trotzdem fühlte Mylène sich wieder von dieser Geborgenheit umhüllt, die sie hier immer gespürt hatte. Das Grimm's Park war einige Monate lang ihr Zuhause gewesen, und es war Balsam für ihr von all den Eindrücken in Paris aufgewühltes Gemüt, wieder hier zu sein, wenn auch nur für eine Nacht.

»Was machst du mit dem Finderlohn von Aleksej Fjodorowitsch?«, fragte Rosalie neugierig. »Eine schöne Reise finanzieren?«

»Ich war gerade in Paris, so schnell will ich nicht mehr verreisen, glaub mir.« Mylène hangelte nach ihrer Handtasche und nahm einen Bleistift sowie ihr Notizbüchlein heraus.

Rosalie schlug gespielt verzweifelt die Hände vor das Gesicht. »Oh nein, bitte nicht. Dieses Buch, das du überall mit hingeschleppt hast, ist immer noch im Einsatz? Sag nicht, du musst dir heute Nacht noch Notizen für eine neue Geschichte machen.«

»Doch, das muss ich.« Mylène lächelte verschmitzt und knipste die Nachttischlampe an, um ein paar Stichpunkte zu notieren. »Aber ich beeile mich.«

Scott hatte recht gehabt: Aus ihren Erlebnissen in Paris ließe sich eine spannende Detektivgeschichte schreiben, und gerade eben waren ihr ein paar Ideen eingefallen, die sie unbedingt festhalten musste. *Es regnete in Strömen, als Natalia in Paris eintraf, das kostbare Fabergé-Ei, Erbstück ihrer Großmutter, hatte sie in ihrem Koffer verstaut* … So würde ihre Erzählung beginnen, und sie konnte es kaum erwarten, sie demnächst auszuformulieren. Literarische Eingebungen waren wie Schmetterlinge – man musste sie einfangen, bevor sie davonflogen. Ihr Notizbuch war wie der Kescher von Monsieur Papillon. Rasch skizzierte sie mit wenigen Worten ein junges Paar, das seine Hochzeitsreise in Paris verbringen will und dabei zufällig einer Bande von Kunstdieben auf die Spur kommt.

»Von meinem Finderlohn werde ich mir eine Schreibmaschine kaufen«, verkündete sie, als sie ihr Notizbuch zufrieden zuklappte, auf den Schreibtisch legte und die Lampe ausschaltete. Die neue Kurzgeschichte würde sie, sobald sie fertig war, säuberlich abtippen und an eine Zeitschrift schicken – vielleicht würde sie dieses Mal Glück haben und ihre Erzählung würde veröffentlicht werden? Wobei – auch ihre letzte Geschichte war ja veröffentlicht worden, unglückseligerweise nur nicht unter ihrem Namen. Mittlerweile verlieh ihr dieser niederschmetternde Umstand ein ganzes Stück Selbstvertrauen – ihr Text war gut genug gewesen, dass ein Chefredakteur ihn gekauft hatte.

Rosalie gähnte. »Wie langweilig … Erzähl mir lieber von Zelda. Hat sie sich in letzter Zeit viele neue Kleider gekauft? Bestimmt sind sie le dernier cri …«

»Und ob sie das sind.« Mylène zog sich die Decke bis zum Kinn und begann zu erzählen, bis ihnen im Morgengrauen die Augen zufielen.

Kapitel 21

Mylène saß im Zug nach Saint-Raphaël und aß ein Stück Baguette mit Käse und Tomaten, während sie aus dem Fenster schaute. Fernand hatte es sich nicht nehmen lassen, ihr ein Vesperpaket zu packen, damit sie auf dem Weg zurück zu den Fitzgeralds keinen Hunger erleiden musste. Der Abschied von Sébastien und ihren Freunden war bittersüß gewesen; sie verschmerzte ihn dieses Mal besser, da sie wusste, dass sie nur noch wenige Wochen in der Villa Marie verbringen würde, nur bis Ende September. Monsieur Guillaud hatte ihnen heute Morgen noch einmal versichert, das Hotelrestaurant für ihre Hochzeit zu reservieren, und mit Rosalie wollte sie sich am nächsten Wochenende treffen, um die Kleiderfrage zu besprechen.

Der Abschied von Sébastien war wie ein allerletztes Innehalten vor ihrem gemeinsamen Leben, das bald beginnen würde, ein tiefer Atemzug, bevor sie sich einander für immer versprachen.

Weiße Schäfchenwolken bauschten sich wie Wollknäuel am strahlend blauen Himmel zusammen, der August war fast zu Ende, doch an der Riviera war davon noch nichts zu spüren; noch hatte man das Gefühl, als halte der Sommer für immer an.

Zelda begrüßte sie wie eine lange verschollene Schwester, dabei hatten sie sich erst am Vortag in Paris zum letzten Mal gesehen. Auch Scottie sprang ihr sogleich in die Arme.

»Mylène, du bist wieder da! Gehen wir an den Strand?«

Sie strich ihr über das weiche, blonde Haar. »Ja, wenn du möchtest.«

»Meine Auszeit hat mir sehr gutgetan«, berichtete Zelda, die im Salon im Schneidersitz auf dem Boden hockte, einen Zeichenblock auf dem Schoß, auf dem sie eine Rose skizzierte. Die Blume stand in einer kristallenen Vase auf dem Tisch, die Blütenblätter weiß wie Sahne und mit gezackten rosa Rändern.

»Die Zeichnung ist hervorragend.« Mylène konnte sich gar nicht sattsehen an der Skizze, die Blume wirkte so plastisch, als könnte man sie in die Hand nehmen.

»Danke. Ich habe schon immer gern gezeichnet, und ich versuche, wieder damit anzufangen. Es ist so entspannend. Ich glaube, Scott ist es lieber, wenn ich zeichne, statt zu schreiben.«

Mylène glaubte, einen Hauch von Traurigkeit an ihr wahrzunehmen. Wie sie da auf dem Teppich saß, wirkte Zelda so zerbrechlich wie nie zuvor, gleichzeitig kam sie ihr auch gelassener, in sich ruhender vor.

»Meine Frau hat viele Talente«, bemerkte Fitzgerald. Er war unbemerkt aus seinem Arbeitszimmer gekommen, beugte sich kurz zu Zelda und küsste sie leicht auf die Wange. Sie wandte sich ihm zu und schloss lächelnd die Augen, als er sie berührte. Mylène schien es, als sei das Intermezzo mit Édouard Jozan lediglich ein langsam verblassender Traum gewesen, dessen Sinn letztendlich darin bestanden hatte, Zelda und Scott wieder enger zusammenzuführen. Sie schienen sich so nah zu sein wie eh und je.

Auch als die Murphys am nächsten Abend zum Essen kamen, leuchteten die Fitzgeralds geradezu von innen heraus, so harmonisch und einander zugewandt war ihr Umgang miteinander.

Sara beobachtete die beiden über den Kerzenschein hinweg. Der Himmel hatte bereits eine tintenblaue Färbung angenommen, denn es wurde nun immer früher dunkel. Trotzdem wehte noch eine milde Brise, und die Brandung am Fuße der Felsen war noch immer beruhigend und gleichförmig. »Ich bin so froh, ihr beiden, dass ihr euch wieder gut versteht. Gerald und ich haben uns solche Sorgen um eure Ehe gemacht.«

Gerald nickte bestätigend. Über seinem Hemd trug er heute einen ausgefransten, marineblauen Pullover, der ebenso französisch anmutete wie seine übliche Kleidung. »Es hätte uns sehr getroffen, wenn ihr euch entzweit hättet. Ihr seid doch das Vorzeigepaar schlechthin.«

Zelda nahm sich einige mit Ziegenkäse aufgespießte Oliven, die Benoît liebevoll zubereitet hatte. »Ich denke, diese Ehekrise hat unsere Beziehung gestärkt. Ich habe das Gefühl, das nun wirklich nichts, gar nichts mehr zwischen uns kommen kann. Was meinst du, Goofo?«

Alle Augen ruhten neugierig auf Fitzgerald. Dieser trank

in aller Seelenruhe sein Glas Rotwein aus, bevor er antwortete. Seine Worte klangen bedächtig. »Das denke ich auch. Wir wissen beide, wohin wir gehören. Nun noch stärker als zuvor. Darüber hinaus …«, seine meergrünen Augen funkelten plötzlich, »… hat Zelda mir wie so oft Stoff für einen neuen Roman geliefert. Irgendwann werde ich ihre Affäre mit Jozan in einem Buch verarbeiten.«

Zelda stieß ihm empört in die Rippen. »Du bist abscheulich, Goofo. Du bewertest jedes Ereignis im Leben danach, ob es sich dafür eignet, literarisch verwertet zu werden oder nicht. Manches sollte man einfach geschehen lassen. Ist es nicht schlimm genug, dass der arme Édouard seinem Leben selbst ein Ende gesetzt hat vor lauter Gram? Musst du noch in der Wunde stochern und ihn als eine deiner Papiergestalten wieder zum Leben auferstehen lassen?«

Unbehaglich beobachtete Mylène Sara und Gerald, die mit schreckgeweiteten Augen an Zelda hingen. Offenbar war ihnen die Geschichte mit dem Selbstmord neu.

»Jozan hat sich umgebracht?«, flüsterte Sara mit bleichen Lippen.

Fitzgerald füllte sein Weinglas nach und nickte bedeutungsschwer. »Ja, das hat er wohl, der alte Knabe. Hat sich aufgehängt, habe ich gehört. Im Flugzeughangar, ein Kamerad fand ihn am nächsten Morgen. Sehr tragische Geschichte, wirklich.«

Mylène lag es auf der Zunge, die Sache zu berichtigen. Aber er hat sich doch gar nicht umgebracht, wollte es aus ihr herausplatzen, doch sie hielt sich im letzten Moment zurück. Um ihre Anspannung unter Kontrolle zu halten, nahm sie ein paar Weintrauben und aß sie einzeln auf. Wieso führten die Fitzgeralds ihre Lügengeschichte fort? Fitzgerald hatte sie ja eben sogar noch weitergesponnen, die ursprüngliche, kargere Version ausgeschmückt!

Hatte Sébastien recht mit seiner Vermutung, die Fitzgeralds seien grandiose Selbstdarsteller, die gern in ihren eigenen, erfundenen Geschichten schwelgten, um ihr Leben noch außergewöhnlicher darzustellen, als es ohnehin schon war? »Wie traurig das ist. Ein so vielversprechender junger Mann. Bei der Marine hatte er eine große Karriere vor sich«, murmelte Sara dumpf.

»Eine verdammte Schande ist das.« Gerald stützte den Kopf auf die Hände und starrte nachdenklich in die Kerzenflammen, die in der leichten Brise flackerten. »Hätte er sich doch nur von Anfang an von dir ferngehalten, Zelda. Er wusste doch, dass du verheiratet bist.«

Mylène glaubte, vom Kinderzimmer her Scottie rufen zu hören. Sie sprang auf, erleichtert, den Tisch verlassen zu können. Doch gleichzeitig erhob sich auch Zelda. »Bleib sitzen, Mylène, ich schaue nach der Kleinen.«

Schwer sank Mylène wieder auf ihren Stuhl zurück und knabberte an ein paar Nüssen, um sich zu beschäftigen.

»Weißt du, Scott«, Sara beugte sich vertraulich zu Fitzgerald vor und senkte die Stimme, »ich hoffe sehr, du weißt, dass zwischen Zelda und dem unglückseligen Jozan nie etwas Körperliches war. Sie haben zwar reichlich Zeit miteinander verbracht, oft genug waren Gerald und ich ja dabei, doch sie haben nie Zärtlichkeiten ausgetauscht oder … Du weißt schon. Auch wenn sie allein waren, passierte nichts. Zelda hat es mir oft genug versichert.«

Fitzgerald hielt den Blick gesenkt und zerbröselte ein paar Brotkrümel, dann nickte er. »Ich weiß, Sara, ich weiß es. Zelda hat mir alles gestanden.«

Plötzlich fröstelte Mylène. Obwohl Zeldas Gefühle lediglich einer backfischhaften Schwärmerei geglichen hatten, war sie bereit gewesen, ihr bisheriges Leben über Bord zu werfen, Scott zu verlassen.

»Ich hole mir schnell eine Strickjacke«, murmelte Mylène und verschwand nach drinnen. Eigentlich wollte sie nur ein paar Momente für sich allein haben. Im Haus war es dunkel, aus Scotties Zimmer kam kein Laut mehr; anscheinend war sie wieder eingeschlafen. Als sie auf dem Weg zu ihrem Zimmer an Zeldas Tür vorbeikam, bemerkte sie dort eine schwarze Silhouette. Zögernd blieb sie stehen – sollte sie Zelda ansprechen oder einfach lautlos ihre Jacke holen? Zelda saß gebeugt, fast in sich zusammengefallen, auf dem Bett und schien etwas zu betrachten. Ihre Schultern bebten.

Mylène gab sich einen Ruck und klopfte an die offene Tür. »Zelda, alles in Ordnung?«

Zelda schrak zusammen und starrte sie an; im Halbdunkel glänzten ihre Wangen feucht.

Sie gab ein solches Bild des Elends ab, dass Mylène, ohne weiter zu überlegen, eintrat und ihr die Hand auf die Schulter legte, um sie zu trösten.

»Warum bist du auf einmal so traurig?«, fragte sie leise. Jetzt, aus der Nähe, sah sie, dass Zelda ein Foto von Édouard in den Händen hielt, es regelrecht umklammerte.

Zelda senkte den Kopf, während die Tränen in ihren Schoß tropften. »Ich habe ihn so geliebt«, flüsterte sie und sah Mylène so hilflos und verzweifelt an, dass sie meinte, etwas in ihrem Innern zerbrechen zu hören.

»Oh Zelda.« Mylène setzte sich zu ihr auf die Bettkante und schlang den Arm um sie. Noch nie waren sie sich so nah gewesen. Zelda drückte ihr nasses Gesicht an Mylènes Schulter, wie ein kleines, schutzbedürftiges Mädchen. »Es tut mir so leid. Ich würde dir so gern helfen.«

Doch die Frage war, wie? Wahrscheinlich war die unglückliche Liebe zu Édouard, so harmlos sie auch gewesen war, eines dieser einschneidenden Ereignisse im Leben, über das man ganz allein hinwegkommen musste; niemand konnte Zelda helfen, den Schmerz mit ihr teilen. Mylène schnitt Zeldas Verzweiflung ins Herz; am liebsten hätte sie sie ewig gehalten, um diese schwere Last von ihr zu nehmen und aufzupassen, dass sie nie wieder so nah an den Abgrund der Zerstörung gelangte.

»Ich habe ihn so sehr geliebt«, wiederholte Zelda wispernd. »Auch wenn ich ihn kein einziges Mal geküsst habe.«

Als sie später wieder zu den anderen auf die Terrasse kamen, war die Nacht vollends hereingebrochen. Sterne funkelten am schwarzen Himmel, der die Villa Marie wie eine gewaltige Kuppel überspannte. Der Duft der Blumen schwebte nun noch intensiver und betörender in der Luft als tagsüber.

Fitzgerald, Sara und Gerald unterhielten sich noch immer leise, so als sei in der blütengetränkten Stille jedes laute Wort unangebracht.

Zelda lief bis zu dem steinigen Pfad, der den Hügel hinabführte, und starrte in die Nacht. Plötzlich wirbelte sie schwungvoll herum und verkündete mit einem Glitzern in den Augen: »Lasst uns schwimmen gehen! Oder noch besser, lasst uns etwas vollkommen Verrücktes tun und von den Felsen ins Meer hinunterspringen! Was muss das für ein herrliches Abenteuer sein, durch die samtige Luft zu segeln und unten ins kalte Wasser einzutauchen!«

Mylène zog sich schlagartig der Magen zusammen. Das klang nach absolutem Wahnsinn! Zum Glück schienen auch die anderen dieser Meinung.

»Zelda, nicht! Wie kommst du auf so eine wahnwitzige Idee!«, rief Sara erschrocken. »Von hier aus ins Wasser zu springen ist lebensgefährlich, hörst du?«

»Setz dich wieder zu uns.« Fitzgerald streckte ihr auffordernd die Hand entgegen und sah sie ernst, jedoch nicht überrascht an, so als brodele unter seiner Oberfläche eine stetig schwelende Angst, seine Frau könnte sich unbedacht in Gefahr bringen.

»Nein.« Zelda klang wie ein trotziges Kind. »Ich meine es wirklich so. Lasst uns heute etwas Übermütiges tun, bis an unsere Grenzen gehen!«

»Du hast in deinem Leben bereits oft genug die Grenzen überschritten, Liebling.« Fitzgerald stand auf und ging ihr entgegen, langsam, als wollte er sie nicht erschrecken.

Auch Mylène trat zu ihr und fasste ihre Hand, die trotz der nächtlichen Kühle glühend heiß war. »Komm, wir setzen uns wieder zu den anderen an den Tisch.«

»Hör auf, mich wie eine Geisteskranke zu behandeln.« Unwirsch schüttelte Zelda sie ab.

Mylène zuckte zurück und schlang sich die Arme um die Brust.

»Zelda!«, mischte sich nun auch Gerald besorgt ein. »Wenn du von den Felsen springst, wirst du ein Stück weiter unten aufgespießt oder brichst dir das Rückgrat. Du wärst sofort tot.«

Zelda lachte, doch es klang schrill. »Unsinn. Hier weiter drüben ist eine Stelle, eine herrliche Stelle, wo der Felsen so weit über das Meer ragt, dass ich problemlos im Wasser landen würde. Seid doch nicht solche Hasenpfoten.«

Wie um ihren Worten noch mehr Eindringlichkeit zu verleihen, strauchelte sie durch das kratzige Gebüsch, kämpfte sich durch Dornen und Stacheln. Mylène starrte auf ihre nackten Waden, sie mussten ganz zerstochen sein.

Alle folgten ihr mit stummen Blicken. Schließlich blieb Zelda stehen, reglos wie eine Statue, und zog sich ihr Kleid über den Kopf. Mylène war es übel vor Angst. Sie zweifelte keinen Augenblick daran, dass Zelda springen würde.

»Zelda, verdammt noch mal, komm zurück.« Fitzgerald kam ihr nach, stapfte ungelenk durch die Wildnis von Büschen und Zwergbäumen, riss Zweige ab, die ihm in den Weg kamen. »Ich bitte dich.«

Zelda hatte sich inzwischen ihrer Kleidung entledigt und stand barfuß, nur in einem dünnen, seidenen Unterkleid, auf einem kantigen Stein.

»Zelda!«, schrie Fitzgerald. Er eilte ihr hinterher. »Wage es nicht, zu springen! Es ist so dunkel, du kannst das Wasser noch nicht mal sehen, nur erahnen!«

Lediglich ein Lachen war die Antwort.

Mylène bemerkte, wie Sara und Gerald sich ahnungsvolle Blicke zuwarfen, und auch sie selbst grübelte darüber nach, was plötzlich in Zelda gefahren war. In ihrem Schlafzimmer war sie noch gebeugt von Liebeskummer und Verzweiflung gewesen, nun war ein unberechenbarer Gemütszustand über sie hereingebrochen. Ihr Verhalten schien immer merkwürdiger, extremer zu werden.

»Zelda!«, brüllte Fitzgerald. Das Wort hallte weithin durch die Bucht, war wahrscheinlich noch im Ort zu hören.

Doch Zelda hob leichtfüßig ein Bein und hob ab. Sie segelte scheinbar schwerelos nach unten, ihr Körper verborgen von den Felsen. Die ganze Welt schien den Atem anzuhalten. Mylène kämpfte gegen ihre Übelkeit an, sie befürchtete, sich gleich übergeben zu müssen. Wie von ferne vernahm sie Saras und Geralds Keuchen. Fitzgerald stand ganz still, wie gelähmt.

Dann ertönte von unten ein erlösendes Platschen. Zelda war im Wasser aufgeschlagen und schien, den Geräuschen nach zu urteilen, heftig mit den Armen zu rudern.

Mylène, die Murphys und Fitzgerald kraxelten ein Stück den Felsen hinab, um einen Blick nach unten zu erhaschen – tatsächlich, Zelda strampelte im Wasser wie ein gestrandeter Vogel.

Fitzgerald gab einen erstickten Laut von sich und sank in die Knie, als könne er sich nicht länger auf den Beinen halten. Sara strich ihm unbeholfen über den Arm, und Gerald atmete ein paarmal geräuschvoll ein und aus.

Mylène presste sich die Hand vor den Mund, lief zu den Büschen auf der rückwärtigen Terrassenseite und übergab sich. Überdrehtes Jauchzen drang vom Meer her zu ihnen hoch.

Was dachte sich Zelda nur? Wie um Himmels willen konnte sie ihr Leben riskieren, keinen Gedanken an ihre fast dreijährige Tochter, die sie so dringend brauchte, verschwenden?

Fitzgerald rappelte sich wieder hoch und kletterte wackligen Schrittes den Pfad hinunter zum Meer, um Zelda zu holen. Die Murphys, die auf der Terrasse zurückblieben, flüsterten verschwörerisch miteinander.

»Was ist nur in sie gefahren?«

»Was denkt sie sich?«

»Ich verstehe sie überhaupt nicht mehr.«

Dann wandte sich Sara Mylène zu und betrachtete sie forschend. »Geht es Ihnen gut, meine Liebe?«

Mylène nickte, obwohl ihr Magen noch immer in Aufruhr war. »Es geht schon.«

Es dauerte lange, bis Fitzgerald Zelda wieder nach oben brachte. Sara war sofort mit einer wärmenden Decke zur Stelle, in die sie sie einwickelte.

»Zelda, ich kann kaum fassen, welchen Schrecken du uns eingejagt hast«, tadelte sie ihre Freundin sanft. »Tu das nie wieder. Ich koche dir am besten eine heiße Schokolade, damit du dich aufwärmen kannst. Möchte noch jemand eine?«

Auch Fitzgerald und Gerald verlangten ein heißes Getränk, sodass Sara schließlich für alle eine Schokolade zubereitete.

Wenig später saßen sie wieder um den Tisch, so wie am frühen Abend. Oberflächlich betrachtet, schien alles wieder gut. Trotzdem war nichts mehr wie zuvor; Mylène spürte deutlich die feinen Schwingungen in der Luft, die verrieten, dass sich unmerklich alles zwischen ihnen verschoben hatte. Sie war sich sicher, dass auch den anderen bewusst war, welch feine Veränderungen stattgefunden hatten, wie feine Risse im Gestein, die erst mit den Jahren stärker zutage treten, dann aber nicht mehr zu kitten sein würden.

Für Außenstehende sah es gewiss wie der gemütliche Abschluss eines schönen Abends aus, wie sie so einmütig zusammensaßen und an ihren Bechern nippten. Zeldas waghalsiger Sprung in die Tiefe wurde nicht mehr thematisiert, nur einmal sagte Fitzgerald noch mit leiser, alarmierter Stimme: »Das war Irrsinn, Zelda. Momente lang warst du dem Tod näher als dem Leben. Du hättest uns, Scottie und mich, in einer Sekunde zerstören können.«

Zelda, die noch immer zitterte vor Kälte, zog sich die Decke bis zur Nasenspitze. »Trotzdem – es war ein wahnsinniger Spaß, Goofo. Manchmal muss man etwas riskieren im Leben.«

Er schaute sie lange und ausdruckslos an. »Wozu, Zelda? Wozu?«

»Weißt du, worauf ich Lust hätte?« Zelda schien Fitzgerald nicht gehört zu haben, vielleicht gab sie das aber auch nur vor. »Italien! Rom, die Ewige Stadt …« Ihre hellen Augen schimmerten träumerisch. »Lass uns unsere Zelte hier abbrechen, sobald der Herbst einzieht. Lass uns weiterreisen.«

Fitzgerald legte die Fingerspitzen zusammen und schaute nachdenklich in sein Glas. »Rom also. Warum nicht?«

Mylène, die ein bisschen abgerückt von den anderen saß, fühlte sich verloren, so allein wie einer der unzähligen Sterne, die in der Schwärze der Nacht über ihr leuchteten. Die Fitzgeralds würden Frankreich bald verlassen, dann hieß es Abschied nehmen. Aber bereits jetzt wünschte sie sich weg von alledem hier, weg von den Fitzgeralds, von der Villa Marie. Sie konnte es kaum erwarten, endlich mit Sébastien ihr neues Leben zu beginnen. Ihre Zeit bei den Fitzgeralds begann abzulaufen, und in ihr verfestigte sich die Gewissheit, dass das gut so war. Sie sehnte sich nach ruhigen Gefilden, weg von den Dramen, die das Familienleben von Zelda und Scott immer wieder aufrüttelten. Diese ganze Verzweiflung, diese Bejahung des Lebens und gleichzeitig die Angst davor, Zeldas Labilität und Verletzlichkeit … Sie wusste, dass sie bei den Fitzgeralds etwas gelernt hatte, das sie von nun an ständig begleiten würde; was es war, konnte sie nicht genau benennen. Vielleicht hatte sie auch nur eine Ahnung bekommen vom Glanz und der Traurigkeit der Welt.

Zelda schmiegte sich an Scott, und er legte seinen Arm um sie.

»Es ist so eine schöne Nacht, Goofo. Liest du uns ein Stück aus deinem *Gatsby* vor?«

»Oh ja, bitte, ich bin so gespannt auf dein Buch«, bat auch Sara.

Fitzgerald wollte zuerst protestieren, doch dann versank

er in Zeldas Lächeln. Er konnte ihr nichts abschlagen. »Wenn ihr unbedingt wollt …« Er ging sein Manuskript holen, dann las er mit leiser Stimme ein paar Abschnitte vor, die von blauen Gärten in der Dämmerung handelten, von gesprenkelten Sommerhimmeln, dem Flüstern der Brandung in der Nacht.

Epilog

Nyon, Genfer See, August 1930

Hélène und Jules stürmten voraus, und die Krankenschwester folgte ihnen unauffällig wie ein Schatten.

Der in der Sonne glitzernde See zog wie ein beliebiges blaues Band zu ihrer Rechten vorbei, ohne dass Mylène ihn noch wahrgenommen hätte. Sie legte sich im Kopf Worte zurecht, um ihre nächste Frage zu formulieren, doch es war gar nicht so einfach, sich in dieser Situation unverfänglich auszudrücken. »Wird … wird dir hier geholfen?«

Zelda bückte sich, um ein Gänseblümchen abzureißen, das sie sich an ihren Hut steckte; es sah wie eine ärmliche Kopie des prächtigen Kopfschmuckes aus, den sie vor Jahren getragen hatte. Mylène erinnerte sich wehmütig all der gold- und silberdurchwirkten Stirnbänder, die kunstvoll bestickt, mit funkelnden Pailletten oder echten Blumen geschmückt waren. »Aber ja. Wenn es mir allzu schlecht geht, werde ich mit Tabletten ruhiggestellt, sodass ich in einen hundertjährigen Schlaf zu fallen scheine.« Sie gab ein kleines Lachen von sich. »Was wirklich schlimm für mich ist, ist, dass Docteur

Forel mir zuweilen verbietet, Besuch von Scott zu erhalten. Er hält das nicht für gut, er meint, wir würden uns gegenseitig herunterziehen.«

Mylène konnte die Aussage des Arztes durchaus nachvollziehen. Schon damals, vor sechs Jahren, waren Zelda und Scott Liebende und Rivalen zugleich gewesen; vermutlich hatte sich die Lage inzwischen noch zugespitzt.

»Scott hält mich seit Jahren klein, er ist eifersüchtig auf das, was ich schreibe – vielleicht hat er Angst, ich könne besser sein als er. Noch immer stiehlt er mir meine Ideen.« Zeldas Worte klangen so nüchtern, als zitiere sie einen Arztbericht. »Er denkt, er sei ohne Fehl und Tadel, dabei ist er dauerbetrunken. Darunter leidet seine Produktivität, und wir sind ständig knapp bei Kasse. Was meinst du, wie oft er seinen Verleger um Vorschüsse anpumpt? Als wir noch zusammengewohnt haben, hat er sich nächtelang herumgetrieben … Ich hatte keine Ahnung, wo er war … Wahrscheinlich lag er irgendwo bewusstlos in der Gosse …«

Zeldas Blick verlor sich in der Ferne, zwischen dem sanften blauen Himmel und dem Gebirge in seiner weißen Pracht. Mylène gingen ihre Schilderungen so nah, dass sie das Gefühl hatte, eine schwarze Wolke würde den schönen Sommertag verdunkeln. »Es tut mir so leid«, stammelte sie. Sie kam sich völlig unzulänglich vor; aber wie hätte sie Zelda trösten können?

Zelda sah sie mit riesengroßen Augen in dem vom Ausschlag entzündeten Gesicht an. »Aber warum denn, Mylène? Es ist alles halb so wild. Egal, was zwischen Scott und mir vorfällt oder noch vorfallen wird: Wir lieben uns abgöttisch.

So sehr wir auch streiten und uns zuweilen hassen, wir werden uns nie trennen. Niemals. Wir können nicht ohne einander leben.«

Aber auch nicht miteinander, dachte Mylène bitter.

Zelda berührte vorsichtig eine feuerrote, brennende Hautstelle an der Wange. »Unter anderen Umständen würde ich annehmen, dass wir beide miteinander alt werden, Seite an Seite, so wie diese Leute, die sich seit ihrer Geburt kennen und dann in kurzem Abstand mit achtzig sterben. Aber ich glaube nicht, dass wir alt werden. Scott und ich haben so intensiv gelebt, dass wir absolut ausgebrannt sind. Wir sind vor der Zeit alt geworden.«

Mylène schwieg. Auch darauf fiel ihr keine Antwort ein. Es stimmte ja, was Zelda sagte; nichts an ihr erinnerte mehr an die strahlende Schönheit, an die sprühende Energie, die alles überrollende Lebenslust der Zelda von vor sechs Jahren.

»Früher habe ich immer zu Scott gesagt: Lass uns niemals alt werden; wir *müssen* einfach sterben, wenn wir dreißig sind. Jetzt bin ich dreißig – und noch immer da. Aber schau nur, in welchem Zustand.«

Die Klinik kam in Sicht; die Krankenschwester überholte sie, als habe sie es plötzlich eilig. Hélène pflückte ein paar Pusteblumen und blies ihre Samen in die Luft. Dann lief sie mit erhobenen Armen auf Mylène zu und wollte herumgewirbelt werden. »Höher, Maman, höher!«, jauchzte sie. Aus dem Augenwinkel betrachtete das Kind Zelda argwöhnisch.

Diese schien es nicht zu bemerken. »Wir sind gleich da. Genug von mir. Wie ist es dir ergangen, Mylène?«

Mylène überlegte einen Moment. Viel Zeit zum Berichten blieb nicht, denn die Schwester stand bereits wartend an der Abzweigung, die zur Klinik führte. Außerdem wollte sie Zelda nicht ihr eigenes Glück vor Augen führen, das hätte sie als unpassend empfunden. So beschränkte sie sich auf das Wesentliche. »Sébastien und ich haben geheiratet – am Ende jenes Sommers. Es lief alles wie geplant, er hat seine Praxis in La Croix-Valmer eröffnet, und wir haben zwei Kinder bekommen. Zuerst Jules, dann diese junge Dame hier.«

Hélène lächelte unsicher zu Zelda hoch.

»Entzückende Kinder«, sagte Zelda wehmütig. »Ich hätte auch so gerne mehr als eines gehabt. Aber es sollte nicht sein.«

»Zelda?«, rief die Krankenschwester.

»Ich muss los. Es war schön, dich wiederzusehen.« Zelda nahm ihre Hand und drückte sie; ihre Haut fühlte sich trotz der sommerlichen Wärme kalt und klamm an.

Mylène schluckte. Sie empfand es als armselig, sich mit einem schlichten Gruß zu verabschieden und für wahrscheinlich immer aus Zeldas Leben zu schleichen – zum zweiten Mal. »Ich wünsche dir alles erdenklich Gute, Zelda.«

»Danke.« Zelda lächelte in sich hinein, wandte sich ab und ging auf dem schmalen Pfad ihrer Pflegerin entgegen, wobei sie wieder *It ain't gonna rain no mo* vor sich hin sang, so in sich selbst versunken, als habe die Begegnung mit Mylène nie stattgefunden.

Mylène sah ihr noch eine Weile nach, innerlich geschüttelt von Emotionen, Wehmut, tiefer Trauer. Doch bald zogen die Kinder an ihren Armen.

»Los, Maman! Siehst du Papa, da vorne kommt er!«

Tatsächlich, Sébastien bewegte sich als kleiner Punkt in der Ferne auf sie zu, wurde größer und größer. Die Kinder rannten übermütig auf ihn zu, und er fing sie auf und hob sie hoch.

Mylène ging ihnen entgegen; als sie bei Sébastien ankam, küsste er sie liebevoll. Er hatte sich in den letzten sechs Jahren nur wenig verändert, wirkte mit seinen sanften Gesichtszügen und den offenen blaugrauen Augen noch immer auf besondere Weise vertrauenswürdig; seine Patienten liebten ihn über alle Maßen. »Du siehst aus, als hättest du ein Gespenst gesehen, mon cœur.«

»Hat sie auch!«, rief Jules, und Hélène unterbrach ihn: »Da war so eine merkwürdige Frau.«

»Eine merkwürdige Frau?«

»Zelda.« Mylène biss sich auf die Lippen, noch immer sehr durcheinander von der Begegnung.

Sébastien sah sie forschend von der Seite an. Mehr als ein »Oh« brachte er nicht heraus.

»Ich erzähle dir nachher alles in Ruhe.« Sie nickte in Richtung der Kinder, und er verstand.

Am See entlang schlenderten sie zurück und aßen auf der Terrasse eines kleinen Restaurants, die Gesichter warm und golden von der Abendsonne beschienen. In der Pension lasen sie Jules und Hélène wie üblich eine Gutenachtgeschichte vor und brachten sie zu Bett, um sich danach mit einer Flasche Wein auf den Balkon zu setzen, den ein geschnitztes Holzgeländer mit überquellenden Blumenkästen umgab.

Mylène liebte die Abende am See, wenn sie gemütlich

mit Sébastien zusammensitzen und einen weiteren paradiesischen Ferientag Revue passieren lassen konnte.

Sébastien deutete auf das Notizbuch, das aufgeschlagen auf ihrem Schoß lag; selten traf man sie abends ohne ihre Notizen an, die Schreibmaschine, die sie auch auf Reisen begleitete, stand auf dem runden Tisch bereit. Auch an diesem Abend würde ihn Mylènes Schreibmaschinengeklapper in den Schlaf begleiten.

»Wann ist der Abgabetermin für deine Kurzgeschichte?«

Mylène nippte an ihrem Wein und nahm sich eine Handvoll Nüsse aus der Schale, die auf dem Geländer stand. »Am Einunddreißigsten.«

»Hast du Zelda erzählt, dass sich die Zeitungen und Magazine inzwischen um deine Geschichten reißen? Und dass du sogar einen Vertrag mit Fayard für einen Roman abgeschlossen hast?«

Mylène sah den glühenden Stolz, der in Sébastiens Augen aufleuchtete, wenn es um ihren stetig wachsenden Erfolg als Autorin ging. Auch sie spürte dieses warme, berauschende Gefühl darüber, dass sie mit ihren Texten ein immer größeres Publikum fand, in sich aufsteigen. Seit sie vor sechs Jahren eine Detektivgeschichte über gestohlene russische Preziosen geschrieben hatte, wollten die Menschen immer mehr von ihr lesen. »Nein, ich habe ihr nichts erzählt. Es wäre mir ungehörig vorgekommen. Sie schien auch wenig empfänglich für Neuigkeiten aus der … wie soll ich sagen? Aus der realen Welt, an der sie derzeit keinen Anteil hat. Es war, als würde sie ganz in ihrer eigenen Person aufgehen, mit nichts Kontakt haben außer ihrem tiefsten Inneren.«

Sébastien nickte verständnisvoll. »Es muss sehr schwierig sein für sie. Und für das Kind und den Ehemann wohl auch.«

Mylène starrte auf den See, dessen Wasser sich im Abendlicht verdunkelte. Die Berge ringsum schienen näher zu kommen, sich auf die Nacht vorzubereiten. Der Schmerz über Zeldas kränkliches Erscheinungsbild und ihre tragische Geschichte brannte noch immer in ihr. Sie würde dieses Bild der Malerin am See, deren Gesicht vom Ausschlag entstellt war, nicht so leicht vergessen.

Doch neben der Traurigkeit war noch etwas anderes in ihr – ein Hauch Sehnsucht umwehte sie sanft wie der Flügel eines Schmetterlings, Sehnsucht nach diesen durchtanzten Nächten auf der Terrasse der Villa Marie, nach den flüsternden Stimmen von Scott und Zelda, wenn sie im Morgengrauen Manuskripte besprachen, nach dem Glanz, der Zelda umgeben hatte wie Glitzerstaub.

Sie wurde sich bewusst, wie sehr sich ihr Leben gewandelt hatte, seit sie von den Fitzgeralds fortgegangen war. Noch eine Woche Urlaub, dann würde sie mit Mann und Kindern in ihr Leben nach La Croix-Valmer zurückkehren, sich um Hélène und Jules kümmern, Sébastien in der Praxis helfen und in der übrigen Zeit schreiben, schreiben, schreiben. Abend für Abend würde sie am Küchentisch sitzen und an der Schreibmaschine fremde Welten erschaffen. Bei den Fitzgeralds hatte sie gelernt, was es bedeutete, ein schillerndes Leben zu führen, die Nächte durchzufeiern. Doch bereits damals war ihr klar geworden, dass sie ein unkompliziertes, bodenständiges Dasein bevorzugte. Ein Leben, wie sie es mit

Sébastien führte. Es schenkte ihr viel mehr Geborgenheit, als Zelda wohl jemals erfahren hatte.

Mylène legte ihr Notizbuch weg, rückte ihren Stuhl näher an Sébastiens heran und lehnte ihren Kopf an seine Brust. Gemeinsam sahen sie in die hereinbrechende Dämmerung, die der Traurigkeit wegen der Fitzgeralds die Schärfe nahm. Die Monate mit ihnen wurden wieder zu dem, was sie die letzten Jahre gewesen waren – ein verblassender Traum, eine Erinnerung, die nicht mehr recht zu fassen war, eine Rosenblüte, deren Blätter im Herbstwind davonsegelten.

Nachwort

Mit sechzehn Jahren habe ich bei meiner Oma *Zärtlich ist die Nacht* von F. Scott Fitzgerald entdeckt. Ich habe mich sogleich unsterblich in Fitzgeralds Schreibstil verliebt, und auch heute verzaubern mich die Anmut und Schönheit seiner Sprache noch immer. *Zärtlich ist die Nacht* habe ich seitdem unzählige Male verschlungen, und jedes Mal entdeckte ich darin Formulierungen und Sätze, die mir vorher noch nicht aufgefallen waren und mich in ihren Bann zogen.

Lange war es ein Traum von mir, ein Buch schreiben zu dürfen, in dem Fitzgerald und seine Frau Zelda zumindest als Papiergestalten wieder zum Leben erweckt werden.

Deshalb gilt mein großer Dank dem Ullstein Verlag und meiner Lektorin Margit Schulze, denn sie haben mir dieses Buch ermöglicht. Danke und merci!

Mein Sommer mit Zelda ist eine Mischung aus Wahrheit und Fiktion. Mylène, Sébastien und die Menschen aus dem Hotel sind Geschöpfe, die meiner Fantasie entsprungen sind. Die Fitzgeralds hatten in ihrer Zeit an der Riviera zwar ein Kindermädchen, allerdings handelte es sich dabei um eine Engländerin namens Lillian Maddock.

Fiktiv ist auch Zeldas kurzer Parisaufenthalt, als sie über das Ende der Beziehung zu Édouard Jozan trauert.

Im Übrigen habe ich mich an Ereignisse aus dem Leben der beiden Fitzgeralds gehalten, wie sie in den Biografien überliefert wurden. Sara und Gerald Murphy waren enge Freunde und sehr präsent in diesem Sommer des Jahres 1924. Auch die Affäre mit dem Piloten Édouard Jozan hat auf die ein oder andere Weise stattgefunden, auch wenn nie klar wurde, wie weit sie ging.

Des Weiteren habe ich zahlreiche Details aus dem Leben von Zelda und F. Scott Fitzgerald aufgegriffen, um ein Bild der beiden zu schaffen, das auch heute noch verdeutlicht, wie unersättlich ihr Lebenshunger und wie tief ihr Absturz war.

Wie Fitzgerald in *Diesseits vom Paradies* schrieb: *O Schlaf, der träumt, und Traum, der niemals endet, presst aus den Blütenblättern dieser Lotusblume etwas, das man behalten könnte, das Kostbarste einer Stunde. Nicht mehr zu warten auf das Mondzwielicht in diesem abgeschiedenen Tal von Stern und Spitze, denn ein ewiger Morgen vergeht und wird zum irdischen Nachmittag; (…) in dieser Mitternacht wird mein Verlangen sehen, verborgen unter der schwelenden Glut, gebündelt in der Flamme: den Glanz und die Traurigkeit der Welt.*

Zitate

Ode an die Melancholie von John Keats, aus: *Gedichte*, Edition Holzinger, 2016.

Zitat S. 273 (*Aus meines Nachbars Hause …*), aus: F. Scott Fitzgerald, *Der große Gatsby*, Diogenes, 1974, S. 45.

Zitat S. 317 (*Um mich herum brauste und brodelte der Mittag …*), aus: ebd., S. 75.

Zitat S. 214 (*Der Wind war ganz abgeflaut …*), aus: ebd., S. 28.

Zitat aus dem Nachwort, S. 505 (*O Schlaf, der träumt …*), aus: F. Scott Fitzgerald, *Diesseits vom Paradies*, Arche, 1988, S. 210.

Blanche Monet – Ein Leben für die Kunst

Als die elfjährige Blanche zum ersten Mal die Bilder von Claude Monet sieht, kann sie sich dem Bann der leuchtenden Farben nicht entziehen. Sie hat einen Traum: Malerin zu werden. Doch ihr Vater, Mäzen von Monet, ist bankrott und die Familie flieht hochverschuldet aus Paris. Blanche und ihre Mutter kommen bei dem eigensinnigen Maler unter. Doch das neue Glück währt nicht lange, denn schon bald suchen schwere Schicksalsschläge die Familie heim …

Claire Paulin

Blanche Monet und das Leuchten der Seerosen

Roman

Klappenbroschur

Auch als E-Book erhältlich

www.ullstein.de

ullstein